李浩白

著

图书在版编目（CIP）数据

洪武十二年 / 李浩白著. — 重庆：重庆出版社，2022.7

ISBN 978-7-229-16876-6

Ⅰ.①洪… Ⅱ.①李… Ⅲ.①长篇小说—中国—当代 Ⅳ.①I247.5

中国版本图书馆CIP数据核字（2022）第089691号

洪武十二年
HONGWU SHIER NIAN

李浩白 著

出　　品：华章同人
出版监制：徐宪江　秦　琥
责任编辑：王昌凤
营销编辑：史青苗　刘晓艳
责任印制：杨　宁　白　珂
装帧设计：晨星书装

重庆出版集团
重庆出版社　出版

（重庆市南岸区南滨路162号1幢）

投稿邮箱：bjhztr@vip.163.com
北京盛通印刷股份有限公司　印刷
重庆出版集团图书发行有限公司　发行
邮购电话：010-85869375
全国新华书店经销

开本：880mm×1230mm　1/32　印张：18.25　字数：455千
2022年10月第1版　2022年10月第1次印刷
定价：68.00元

如有印装质量问题，请致电023-61520678

版权所有，侵权必究

目录

第 一 章 叩门 / 001

第 二 章 惊变 / 010

第 三 章 缉捕 / 022

第 四 章 公堂 / 032

第 五 章 御史 / 043

第 六 章 对峙 / 053

第 七 章 逃脱 / 064

第 八 章 分赃 / 070

第 九 章 对联 / 080

第 十 章 故人 / 090

第 十一 章 探穴 / 098

第 十二 章 碑林 / 105

第 十三 章 家宴 / 111

第 十四 章 贤女 / 116

第 十五 章 遇刺 / 125

第 十六 章 权衡 / 132

第 十七 章 威压 / 138

第 十八 章 面君 / 146

第 十九 章 开源 / 154

第 二十 章 心结 / 163

第二十一章 暗语 / 171

第二十二章 隐情 / 180

第二十三章 款待 / 192

第二十四章 禁锢 / 201

第二十五章 劫杀 / 208

第二十六章 暗访 / 217

第二十七章 赠宝 / 227

第二十八章 督查 / 236

第二十九章　香灰 / 244	第四十七章　执念 / 417
第 三 十 章　酒会 / 256	第四十八章　东宫 / 431
第三十一章　消息 / 268	第四十九章　绯梦 / 443
第三十二章　来客 / 279	第 五 十 章　诏令 / 451
第三十三章　铁案 / 289	第五十一章　箴言 / 463
第三十四章　清誉 / 302	第五十二章　乩仙 / 469
第三十五章　疯癫 / 309	第五十三章　交锋 / 482
第三十六章　赏石 / 320	第五十四章　锦衣 / 494
第三十七章　突袭 / 326	第五十五章　考题 / 506
第三十八章　解谜 / 338	第五十六章　舞弊 / 516
第三十九章　入彀 / 345	第五十七章　疑犯 / 525
第 四 十 章　比试 / 352	第五十八章　落网 / 535
第四十一章　棋子 / 365	第五十九章　假面 / 546
第四十二章　神通 / 381	第 六 十 章　图穷 / 554
第四十三章　法会 / 387	第六十一章　败局 / 560
第四十四章　祈雨 / 394	第六十二章　征兆 / 571
第四十五章　功成 / 401	尾　　　声 / 577
第四十六章　君恩 / 407	

第一章
叩门

那是一只通体黑亮的蝉，在明净的月光映照下静静地伏着，仿佛正在积蓄全身的力量，准备着突然发出那惊人心魄的一鸣！

然而，这蝉却是用极品的墨玉雕琢而成，莹润如酥，栩栩如生，令人叹为观止。一只白净的手掌轻轻地托着它，竟有一两刻钟的工夫不曾晃动过。

"逃虚师侄，你这半天都一直托着它不放，莫非你还真以为它能吸收月光中的精华？"发话者是一位青袍老道。他看似年已六旬，面容清癯，须发斑白，一双眼睛亮若寒星，不时闪过一毫精芒，让人对视之下不免有些刺眼。

"垂绥饮清露，流响出疏桐。居高声自远，非是藉秋风。"那手托玉蝉的白衣书生漫声低吟着，缓缓抬起了脸：他年纪看起来四十岁上下，面如冠玉，双唇浅红，两道剑眉斜飞入鬓，双眸恰似幽潭深水，湛湛然令人望不穿。眼下虽是初秋，他身上竟然披了一件厚厚的斗篷，似乎有些体虚畏寒。

吟罢，他小心翼翼地握住这只玄玉蝉，回过头来看着青袍老道："师父曾经说过，这玉蝉乃是极品的活玉，是先天灵宝——真的可以吸日月之精华而'养活'的。"讲到这儿，他手掌一摊，将玉蝉在青袍老道面前一亮:"您不觉得方才经那月华一照,这玉蝉比以前更明润些吗?"在他展示之下,玉蝉的体表上果然似是隐隐沁出了一层朦胧如纱的浮光。

"这只是你自己的先入之见吧!"青袍老道从鼻孔里哼了一声,"你太相信你师父了。贫道觉得,你师父天天都在寻找什么法宝啊、灵物啊,简直是有些走火入魔了!依贫道看,真想要白日飞升、羽化登仙,可绝不是他这般修炼之法。"

白衣书生仍是用手掌轻轻地盘弄着那玉蝉,幽幽一笑:"哦?青阳师叔,莫非您想出了什么法门秘诀,可否给师侄一个指示?"

青袍老道也不推辞,抚须笑道:"你莫非不知道'御封成圣'这一说?我们真阳一气教的太师祖张三丰张真人就是被元朝颁旨封为'忠孝神仙',享受了人间的香火供奉后,顺顺当当羽化飞升的。"

白衣书生将玄玉蝉轻轻一捏:"有道理,有道理。御封成圣其实就是'因名生实'之法:钟馗天师、关帝圣君,俱由此法而成。不过,太师祖受封'忠孝神仙',乃是元朝之事,而今乃是大明朝——直到目前,师侄还没听说哪一位道门中人被当今陛下拜为天师、神仙的!所以,师叔,您这个法门秘诀,似乎有些不合时宜啊。"

"你怎么能这样说呢?当今圣上近年来重设道录司,并置立左正一、右正一之要职,说明他已有大兴玄门之宏愿。"青袍老道摇头,大是不以为然,"我等先从道录司入手,不愁将来没有御封成圣的机会!"

白衣书生不想和他多辩,便起身踱到阁室的圆窗前,轻笑道:"青阳师叔,我们可是身在人家沙门宝地——寒山寺普明宝塔的望江阁里呢!一口一个'玄门',一口一个'飞升',恐怕是对佛祖有些不敬哪……"

"呵呵呵,你我还怕什么佛祖?当年老君西出函谷'化胡为佛',论起来释门终在我道门之后,就是寒山寺的净空方丈见了贫道也不敢托大吧……"青袍老道长眉一立，硬声言道。

"师叔，您看，江上的夜雾起来了。这可是著名的'姑苏八景'之一，平日难得一见呢。"白衣书生为了转移话题，忙向青袍老道热情地招呼，伸手往窗外一指。

青袍老道应声望去，只见大运河上缓缓浮起一层薄薄的轻雾，在月光浸润之下，宛若给河水披上了白蒙蒙的纱衣，随着习习夜风的撩动漫荡开来，腾腾而上，连大半个苍穹都似要被它蒙住一般。那轮银月，也就在这淡蒙雾幔中渐渐不再那么晃眼了，明明润润的，犹如苏州的秀女，妩媚中显出几分缠绵来。

恰在这时，寒山寺的钟声也悠悠扬扬地响了，一波一波地回漾在这漫天的月色银雾之间，十分清旷，又十分高远。

"真是异景天成啊！"青袍老道听着这钟声，看着这月色，竟是有些痴了，喃喃地道，"逃虚师侄，你能在此寺隐逸静修，朝读圣贤之书，夜赏江月之景，何其惬意也！难怪你乐不思蜀，竟连灵应观也不回了。"

"月落乌啼霜满天，江枫渔火对愁眠。姑苏城外寒山寺，夜半钟声到客船。"白衣书生静静地看了许久，才微微含笑转脸对青袍老者言道，"张继这首《枫桥夜泊》意境太清太冷，其实只写出了寒山寺外江月之景的一半。今日青阳师叔您目睹了这另一番月华漫江、清钟荡云的枫桥夜景，只怕更是别有一样意味萦绕于心吧？"

"那是当然。张继毕竟是以游子之心绘成此诗，自是意境萧寒。而师侄你与贫道今夜则是以隐逸之心来观此景，当然与他别有异趣了。"青袍老道捋了捋颔下斑白的须髯，忽又一笑，"若是你师父也在，必会认为此刻正值亥子相交，可以采吸夜间清灵之气而健身培元了。"

"我师父行事确是这般无趣。"白衣书生微笑着踱步过来为青袍老道斟了一杯暖茶，"师父这一生潜心玄门道术，真怕是跳不出那志在飞升的'心障'了！"

"这不，他把偌大一个灵应观甩给贫道和平虚师侄来打理，自己却云游采药去了！"青袍老道一谈到这些，话语间便甚是不平，"贫道天天被观里那些琐事搞得头大……你'逃虚子'也果然是会逃，竟逃到这寒山寺里逍遥自在，也不回来帮贫道一把……"

白衣书生听了，只是轻笑着伸手端起茶盏品啜起来，任他师叔在那里大发牢骚。

"师侄，你知道吗？近来灵应观里收的香火钱和符箓钱又要大大减少了！贫道相信你在这寒山寺中也感觉到了……当今圣上又发了一道诏书，将从苏州城内再迁二百三十户富绅西赴湖广……这些富户若是都被迁走了，城里的道观、寺院统统得关门大吉了。"青衫老道兀自滔滔不绝。

白衣书生在掌心里旋转着茶盏，淡然道："应杰师弟为人圆融、手段灵活，不是把灵应观的香火搞得很旺吗？青阳师叔，您休焦虑，城中富户减少了，他也是有办法的——应杰师弟的父亲徐大老板，可是灵应观的大香客啊！"

青袍老道长叹一声道："平虚师侄徐应杰确是善于交际，但他的玄门修为终归比你差了许多，他烧的祈愿符也是时灵时不灵的，哪儿有你功力深厚啊！"

白衣书生双眼晶光闪动，却不再接青阳师叔的话头。场中顿时安静下来。

青袍老道按捺了片刻，终是忍不住又问道："师侄，贫道其实有些不明白：当年升平之世，天子圣明，群贤在朝，你本有满腹经纶，却为何甘居灵应观、寒山寺等方外之地息影静修？真是可惜了你这一身绝学异才！你若去登场入试，只怕蟾宫折桂亦易如反掌！你当个状元郎来，也好荫泽一下我灵应观啊！"

"师叔,您讲得对——'当今升平之世,天子圣明,群贤在朝',那小侄又何必再去名利场中凑那个热闹?"白衣书生轻轻啜了一口清茶,又吃了一小块酥饼,淡淡笑道,"息影静修、著书立言,也是君子立身一途。"

青袍老道却是不依不饶:"师侄啊,依贫道之见,你真不如干脆还俗!这苏州城以前的知府、现任朝廷右御史大夫的陈宁,和我灵应观渊源不浅,贫道给他去一封书信,包管你可以进士及第!"

白衣书生不禁一愣:"青阳师叔如何又当起朝廷吏部的说客来了?您对小侄出仕之事真是一向热心得很,每次都会谈到这个点儿上……唉!小侄素来恬淡闲散惯了,又不耐繁剧,实在无意为官。"

青袍老道见他执意甚坚,似是有些失望。他沉吟稍顷,眼珠一转,又捋须道:"对了,你刚才吟诵张继的《枫桥夜泊》,倒是让贫道想起他写的另一首诗来。"

"哦,是什么诗?"

"《题严陵钓台》。"青袍老道面含微笑,漫声吟道,"你且听贫道吟来:'旧隐人如在,清风亦似秋。客星沈夜壑,钓石俯春流。鸟向乔枝聚,鱼依浅濑游。古来芳饵下,谁是不吞钩。'——你简直就是那一条'不贪饵不吞钩'的'小灵鱼'!"

"师叔说笑了。"白衣书生静静地看了他一会儿,才悠悠道,"当今陛下,圣明雄武,大兴儒教,一宗朱熹理教之学,令天下士子非五经、孔孟之书不习,非濂、洛、关、闽之学不讲,封禁苏秦、张仪纵横之言。而小侄正是杂书读得太多,胸中器识不纯,又不屑似腐儒书痴一辈子皓首穷经,也不想当博士循吏草草一生……小侄宁可效仿严光、管宁隐逸于世、得道自足,亦不愿碌碌风尘受绊受累。"

"呵呵呵,苏秦、张仪纵横之学,当今陛下亦并未尽绝嘛!圣上曾言,苏、张纵横之学为国所用则善而可取,为私所用则恶而可弃!

你若是精擅纵横权谋之学，且又一心效忠于国，陛下绝不会胶柱鼓瑟的。"青袍老道听罢，沉吟了一下，忽又开口笑道，"如今辽东平胡要用兵，云南讨贼要用兵，浙边备倭也要用兵，哪里就少了你的用武之地呢！师侄你还是听了贫道这番劝言，随贫道到应天府去应试，如何？"

白衣书生不再接话，而是端起茶盏向他敬去："师叔，喝茶，喝茶！这些事情以后再谈吧，小侄目前确实志不在此。"

青袍老道一听，抚膝而叹："逃虚师侄，你以为你息影沙门便能隐世不出了吗？倘若你命中官星高照，终有一日会有安车蒲轮征你入朝的！"

恰在此刻，却听得楼下"噔噔噔"一阵声响，两个青年僧人匆匆上得阁来，径自向白衣书生禀道："道衍师兄，师弟等有事禀报。"

原来，这两位僧人正是法号为"道衍"的白衣书生在寒山寺内的师弟道涤、道沐。白衣书生道衍虽是在寺带发修行的俗家弟子，却为本寺方丈净空大师的座下首徒，其品行才识一向为举寺僧众所敬服。平日里，净空方丈外出云游或是闭关潜修之时，道衍若在寺中，便让他代为主持全寺事务。这时，白衣书生听到二位师弟有事要禀，便向青袍老道赔了个礼，转脸看向两人，肃然道："何事？"

"嗯……嗯……这个……"二师弟道涤只是拿眼在那青袍老道身上瞟来瞟去。

青袍老道会意，却并不回避，正色道："你光瞧贫道干什么？你大师兄在你们寒山寺的法号是'道衍'，在我们灵应观的道号是'逃虚子'——他有这双重身份，可以坐跨释、道两派，是他的本事！他既在你们寒山寺内挂名大师兄，同样在我灵应观挂名大师兄，那你们寒山寺还必须和我灵应观分个内外彼此吗？你个木驴，净空方丈此时若在，不知道会把你训成什么样？！"

道衍拿手罩定面前的茶杯，笑微微地道："师弟，这位青阳子道长说的是。他也是我等的长辈，不是外人，有什么事情尽管讲吧！"

"大师兄，事情是这样的：刚才山门外有个儒生带着一个女丐前来敲门投宿，不知本寺该不该收留他们？请大师兄示下。"道涤双掌合十，恭然而问。

"儒生？女丐？一起来的？"道衍立时便听出了事情的关窍，"他们可有路引？"

"那个儒生身上带着路引，那个女丐身上自然是没有路引的。"三师弟道沐也补充道，"那儒生对我们说，他本想护送这女丐去附近的养济院，但她硬是死活不去，只好带她一起来本寺投宿了。"

"哦？儒生携女丐，其事必有蹊跷。"青阳子双眉一动，"师侄，难怪你这两个和尚师弟为难！你怎么看？"

道衍捏了捏掌中那只玄玉蝉，没有接话，只是盯着道涤："是不是那女子虽然自称乞丐，形容举止实则不似乞丐，这才让你们踌躇的？你们害怕她是没有路引而遁逃四方的贱籍之女或勾栏流莺？"

"大师兄果然英明，这话确实说中了我们的所思所虑。"道涤、道沐互视一眼，面露惊讶之色。

道衍不由得暗暗思忖起来。原来，所谓路引就是指当今朝廷发给各地士民的通行证。朝廷严禁天下游民无故滋事，下令全国士民凡出门在外探亲访友、行商经营、游历求学者，一律必须持有原籍衙门办理的路引。路引通常由纸片制成，上面须得写明外出士民的体貌特征、外出理由、外出路线及所携物件，以备途中各处关卡检查。士民唯有持此路引，方能顺利出行，否则必被严惩：若是军户，则治以逃兵之罪；若是民户，则治以私渡关津之罪。举国之境，只有官、吏、僧、道等人士例外，各凭官牌、度牒、戒牒等出行，无须持有路引。而乞丐，更是用不着路引了，因为当今圣上朱元璋年幼时也曾流落为丐，在登极御宇之后便发下了"天下无丐"的宏愿，于全国各大州县设立了专门收留乞丐的养济院，由州县衙门拨粮拨布来供养他们。所以，当今天下，哪里还有今夜这般流丐上门、求告投宿之奇事？那女丐不去养济院反来寺院求宿，莫非她的来历真是有些问题？

想到这儿，道衍容色一定，慢慢喝了一口清茶："二师弟、三师弟，你们觉得此事应当如何处置？"

"禀告大师兄，这女丐居然不去附近的州府养济院，却来咱们这寒山禅院叩门请留……"道涤想了又想，方才答道，"本来，我寺若是死守律令，自不可收留这女丐；但她必不会去养济院留宿，则难免有暴露山野林间之苦，又与我佛门慈悲宽大、普度众生之宗旨不符……况且，那儒生也分明察觉了那女丐的异样，支支吾吾，却不赶她走，非要和她一起守在山门不离开……这其中，似乎另有莫大的隐情……"

"二师兄，你这就是有些多管闲事了。"道沐不悦地道，"依贫僧之见，佛门乃清静之地，何苦去招来纷纷红尘？干脆紧闭山门，任由他俩在外面折腾吧。"

"大师兄，那儒生确实看着端正，不像是刁徒；那女丐也不似流莺贱籍……所以，师弟我才觉得有些为难啊！"道涤仍是坚持着向道衍禀明一切。

青阳子笑起来："莫不是那儒生拐了别人家的女娃一起私奔出来的？女娃没有路引，所以那儒生便让她扮成女丐和自己在一起？"

道衍不禁莞尔道："青阳师叔，您真会开玩笑！"他略一抬头，表情忽地怔住了，只见窗外夜空中，竟有一蓬星光疾掠而过！他心下暗暗沉吟有顷，长身而起，徐徐答道："这样吧，我们一起到山门外亲自察问后再作定夺，如何？"

道涤即刻双掌合十："谨遵大师兄吩咐。"

道沐却唤道:"大师兄,此事请三思啊!"

青阳子也开口了:"师侄,你这一开山门,说不定将来真给你招来诸多是非,你何必亲自出去,不如让贫道先去帮忙料理一下……"

"师叔,天命之道,来之则迎,去之则送;该静必静,该动必动。"道衍合十而答,"蹊跷莫名之事找上门来,我等亦只能随机应变了。漠然不应外事,岂非修个'木身石心'也?"

第二章
惊变

寒山寺的两扇大门"吱呀"一声缓缓开启，一盏灯笼照亮道路，道衍率道涤、道沐和青阳子昂然举步而出。

台阶下右侧站的那青衫儒生急忙上前施礼相迎："深夜叨扰各位师父清修，小生实是不安。"

道衍见这儒生气宇轩昂、举止谦和，并非粗浮浅薄之徒，心底已是暗暗着意。他目光一掠，见对方身后果然立了一个女叫花子，一身破旧衣裳，满脸污垢，低眉垂眼，似是羞于见人，又似在躲避什么一般，总不敢来光影下说话。

那青衫儒生递上一张路引，恭恭敬敬地道："烦请这位师父将小生的路引再转各位师父审阅，小生乃是明州府庠生，姓黄名子澄，欲往应天府参加秋试。不料遇上这位姑娘遭恶人欺负，才带了她过来。"

道涤接过路引呈给道衍："大师兄，您看……"

青衫儒生见状，微微吃惊："他，他是你们的代理掌门大师兄？他……他和小生一样也是儒家弟子嘛……"

道沐连忙向他介绍道："黄施主，我们大师兄是寒山寺带发修行的俗家弟子，法号道衍，俗名为姚广孝，表字天僖。"

"道沐，他可不光是你们寒山寺的人。"青阳子也站上前来，

"这位姚君还是我灵应观紫阳子席应真道长的关门爱徒,道号逃虚子,在我们灵应观还备有度牒的。"

"寒山寺的道衍大师?小生在明州府也听闻过您的文才之名。"黄子澄一下想起来,抚掌笑道,"不承想竟在今夜一睹您的真容!那么,道衍大师,小生是应该称呼您的法号、道号还是俗名呢?"

"明州第一才子黄子澄,也是名扬遐迩,小僧久仰了。"道衍回礼笑道,"你还是称小僧的俗名吧。"

"姚君,黄某请借一步说话。"黄子澄将手往旁一伸。

道衍面色静定,随他走到了一旁,问:"何事?"

"姚君,你应该也看出这位女子的一些异样了吧?"黄子澄神色十分诚恳,"老实说,她其实并不是遭到恶人欺负才乔装乞丐的。有个情况,黄某必须向姚君你说明,黄某方才认真询问过了,她可能是家逢冤狱而乔装避祸的……"

"哦?"饶是道衍素来沉稳,也没料到竟是如此严重的情况,不禁踌躇起来。

一边的道沐耳力灵敏,立刻失声叫了出来:"大师兄,如果是冤狱案件,这就和官府扯上关系了。官府的事情,咱们怎敢涉足?他们两人,咱们是收留不得了。"

青阳子听了道沐的话也是一惊,过来对道衍道:"师侄,他们若是遇到其他的事体还好,然而既与官府案件有关,咱们确也要从长计议。"

黄子澄一怔,看向青阳子,面露不屑之色:"这位道长是谁?您……您难道就没有兼济天下之心吗?"

"他是我的师叔青阳子周应泰前辈。"道衍摆手止住了黄子澄,"黄君,你和这位姑娘的事情,姚某须得思量思量……你放心,姚某自有权衡。"

他正说话间,忽听那女丐清清朗朗地吟道:"夕阳阁远树,春云散澄江。不见荡舟人,空对白鸥双。"

此诗一出,在场诸人俱是一惊。道涤、道沐二人尤为诧愕——她吟的正是师兄道衍的近作《绿洲曲》。

道衍听了,面容微动,低低宣了一声佛号:"阿弥陀佛,原来女施主是故人。贫僧失礼了。"

那女丐仍是侧着身子,幽幽道:"小女子素闻贵寺有旷世无双之逸才高士,今夜仓促前来投宿,也是迫不得已。还望众位师父大发慈悲……"

恰在此时,大运河那边的枫桥镇上隐隐传来一片鸡鸣狗吠、喧嚣嘈杂之声,而且似乎越来越近。

女丐的声音顿时变得焦急:"若……若是师父们无意,小女子也不好叨扰,就此别过了罢……"说着,转身欲走。

"且慢!"道衍当机立断,慨然道,"佛门渊深海阔,能容世上难容之人,能纳世上难纳之士,况且二位施主是有难来投!罢了,且随我来吧。"他也不顾道涤、道沐的喋喋劝诫,径自吩咐道:"道涤师弟,你速去寺中偏院收拾两间客房,备点儿斋饭、热水和衣袍,让两位施主用膳洗沐后再来见我。"

道涤、道沐见大师兄这般交代,便只得允了,带着黄子澄和那女丐疾步而去。在跨过寺院门槛之时,那女丐若有意似无心,微微侧头深深看了道衍一眼,方才轻步而入。

道衍视若未见,双掌合十,静若一尊佛像。

伊吕两衰翁,历遍穷通。一为钓叟一耕佣。若使当时身不遇,老了英雄。

汤武偶相逢,风虎云龙。兴王只在笑谈中。直至如今千载后,谁与争功!

看了方丈净室内墙上挂的这幅王安石的《浪淘沙令》,青阳子连连点头:"逃虚师侄,想不到你的净空师父居然也曾经是'猛志固常在'的豪杰之僧!"

道衍只是一笑,请他在香草蒲团上坐下:"师叔,您对今夜之事有何指教?"

青阳子长叹一声:"贫道只怕你收留了这儒生和女子,寒山寺日后难得清静矣!他俩毕竟来历不明……"

"师叔,您信不信'因缘生法'一说?"

"哦,此话怎讲?"青阳子诧然。

"多年来小侄已然将心性修炼得静如山岳、雷打不动。"道衍徐徐道,"岂料今夜碰见黄生和这女子叩门来宿,竟意动如潮,难道真是缘来便动?小侄只怕是真又免不了到万丈红尘之中去行走一番了。"

青阳子正视着他:"你既有此言,则说明你确也该动了。只不过,你此番之动,究竟是劫是缘、是福是祸,还要徐徐看来。"

正说之际,只听得道涤将净室木门轻叩数声,禀道:"大师兄,贫道已将黄施主和女施主带过来了。"

道衍应了一声,但见在道涤的引礼下,黄子澄和那女丐一先一后走了进来,最后道沐跟入,进屋后掩上了净室的木门。

青阳子抬眼一看,竟怔住了:这还是那位身着烂衣缕、脚拖破布鞋、满脸灰污泥的女丐吗?只见她面如美玉皙洁端丽,眸若明珠莹然生光,发似乌云披垂脑后,全身上下洗沐一净,穿的虽是一件僧服旧袍,却掩不住顾盼举止之中那一派清雅秀逸之气。

道衍脸上却并无格外惊讶之色,他面容平静似古井无波,只是伸手指了指净室一侧的两张红木椅,淡淡道:"两位施主请坐。"

那少女欠身一福，落落大方地在红木椅上坐了下来，柔声道："多谢各位师父关照了，小女子不胜感激。"声音恰似珠走玉盘一般悦耳动听。

道衍微微颔首，指着青阳子介绍道："这位道长乃是苏州城灵应观的副住持，在玄门一脉位高望重。今夜贫僧请他在场，只是为大家做个见证。"

黄子澄忙朝青阳子施了一礼："原来是鼎鼎大名的紫阳子席应真仙长的同门，小生失敬失敬。"

青阳子脸上不由得显出几丝尴尬来：原来自己在外人耳目之中，竟是师兄席应真的陪衬！他又不能发作于外，也不接黄子澄的话头，只是干咳几声以示回应。

在室内一片静谧中，道衍把目光投向了那少女，缓缓道："这位女施主可是姓宋？"

那少女似是一惊，抬头迎上了他亮利如月华的目光，颤声道："姚……姚师父，原来你记得小女子？"

道衍转向周应泰、道涤、道沐等肃然道："师叔、师弟，这位女施主其实是宝虹绸缎庄老板宋明德施主的女儿。"

青阳子一愕："哦，原来她竟是宋老板的千金？"

"宋老板之富裕，几乎是名冠浙西，宋姑娘你又为何沦落至此呢？"黄子澄也是惊诧莫名，"对了，你所说的冤案可是……"

那少女没有答话，只是静静地看着道衍，眼中似有泪光闪闪。

道衍注视着净室正壁悬挂的寒山、拾得二位高僧的画像："今年四月初八佛诞节，宋明德施主携全家老小到我寒山寺进香祈福，一出手就捐给本寺六百两白银的香火供奉。"

听到这里，道涤一拍脑门，嗟叹出声："难怪贫僧方才一直觉得很眼熟，原来女施主您竟是宋家小姐！"

坐在一旁的青阳子周应泰也是耸然动容：六百两白银啊！如今天下初定、民生渐苏，十两白银便是农村八口之家整整一年的耕作收入。这宋明德也可算阔绰大方得很了！不过，也许正是因为他这番慷慨捐资，才会让姚广孝等对他一家人有所重视吧？

果然，道衍又道："由于宋施主此番进香礼佛之意甚是诚笃，净空方丈便携了贫僧一道出来致谢诵经以示还礼。当时贫僧就曾看到女施主您正站在宋施主身边。"

"不错，宋明德正是小女子的父亲。"那少女听得道衍谈起这些往事，眼圈变得更红了，声音也有些哽咽，"小女子名叫宋紫荷……唉，家父那日前来贵寺礼佛进香，本是祈求佛祖庇佑我宋氏一族远迁巴蜀一路平安的。谁曾想到，佛祖失灵，哪里真的能够佑善驱邪呢？刚从贵寺礼佛出来不久，我宋家便祸从天降……"

"宋姑娘，你刚才之言差矣！自眼下情景而观，佛祖焉有失灵？你今日能入寒山寺之山门，岂非佛祖借在场诸位师父之手相助乎？"黄子澄急忙劝道，"你就把你们宋家后来遭到的横祸奇冤讲出来吧——黄某相信在佛祖脚下，他们这些高僧名道应该不会袖手不理的。"

听罢黄子澄这一席话，场中随即静了下来。还是道衍打破了这一团寂默："宋姑娘，你讲吧，贫僧自当倾听而审断之。"

宋紫荷忽然抬起眼，炯炯然正视着道衍："道衍大师，您可知道，小女子夜叩寒山寺，其实原本就是想见您的师父和您的。"

众人不由都看向道衍。道衍的面容依旧平淡如水："贫僧方才就已经知道了，也全部回忆起来了。"

"父亲在送走我们的紧要关头郑重嘱咐，说他当日在寒山寺便得到净空方丈和道衍师父的提醒，说他'面有晦色，恐遭困厄，须得小心提防'。因了你们这一番先见之明，我父亲才要小女子在迫不得已之际前来寒山寺问个运程和化解之道。"

黄子澄直盯着道衍，惊呼道："道衍师父，您……您莫非真有未卜先知之能？"

青阳子也抚须而言："逃虚师侄，你既已洞明天机，又何必半遮半掩，连对师叔我也不曾明言？"

"阿弥陀佛，贫僧哪有这等神通？"道衍双掌一合，有点啼笑皆非，"贫僧和师父当日不过瞧宋施主心事重重、坐卧难安，提醒他多加注意罢了。师父还和他单独详谈了一番，至于你们宋家后来遭到了何等灾劫，贫僧此刻亦是一头雾水，否则此时又何必多问于你呢？"

青阳子"嗯"了一声，不再怀疑道衍，问宋紫荷："宋姑娘，你刚才讲宋家要远迁四川，莫非你们是在迁居途中遭了什么变故吗？"

"宋家远迁四川，本为应诏。今年二月，当今圣上颁下御诏，命令苏州城内家资在两千两白银以上的二百三十户富绅西迁川楚。我宋家也在这西迁名单之列。"宋紫荷拭去了泪痕，娓娓道来，"其实，对陛下这道御诏，苏州城的大多数富商，像沈贯山、徐立诚、吴进祥他们，个个怨声载道，只是拖着赖着不肯迁徙。我父亲虽系白手起家，但也是知书明理的儒士，念念效仿陶朱公，视钱财如鸿毛，又欣慕古人'千金散尽还复来'的豪放之举，所以对圣上的西迁之诏毫不排拒。他积极响应朝廷的号召，准备率先举家迁往四川立足。临行之前，他便带着我们全家来贵寺进香礼佛求个平安……这些情况，道衍师父你们也都已知道了……"

道衍面色郑重："你继续讲。"

"但是，不知何故，我父亲在礼佛完毕回家之后，却突然暂停了西迁四川的筹备事务。又过了二三十天，有一日竟有媒婆上门为小女子提亲，而对方则是平东将军、吉安侯陆仲亨的儿子陆飞。而且，陆家还向我父亲保证只要小女子嫁入陆家，宋家就不用再远迁四川了，可以留在苏州府继续营业。"

当今圣上告御状！小女子决不相信陆飞他们在青天白日之下竟能指鹿为马、冤枉好人！"

"唔，宋姑娘，你若是先去找你娘亲，再到应天府去告御状，有些远水解不了近渴啊！"青阳子道，"你父亲被陆飞他们关在狱里危在旦夕，要告倒他们得尽快！"

黄子澄瞥了一眼宋紫荷，见她听青阳子这么一说，已是满面忧色，一味流泪，他叹了口气道："周道长之言何尝不是在理，但宋姑娘此刻若想再快也只得是这般快了……"

"贫僧倒有一个建议。"道衍把玄玉蝉轻轻放在桌面上一点，慢慢道，"昨天贫僧得到消息，我朝鼎鼎有名的清官、左御史大夫汪广洋大人正在这一带观风巡检、激浊扬清，只怕今天已到离此地不远的无锡府了。"

青阳子闻言一惊："对啊，贫道看道录司发来的邮书，也谈起汪广洋大人近期会来巡检江南——逃虚师侄，你怎么比贫道知道得还清楚啊？"

道衍目光一闪，并未作答。

"汪广洋？"黄子澄听到这个名字，眉头一动，"黄某曾在应天府求过学，听闻别人称他'廉明持重、清正无私'，爵号忠勤伯，他若真在无锡府倒好了！"

"贫僧方才夜观天象，见数百里外有官星闪耀，他应是到了无锡。无锡府离这里不过三百里路程，一匹快马一日足矣！"道衍看向黄子澄，"黄公子，你可有意带宋姑娘前去汪广洋大人驾前拦轿告状？"

黄子澄面色一变，怔了许久才嗫嚅言道："这个……黄某记得《大明律》规定：'生员事非干己之大者，毋轻诉于官。'黄某纵然有心，却奈这条律规何？"

"哦，你在担心这个啊，其实，这倒不是真正的难题。"道衍

019

淡淡道，"宋姑娘毕竟是闺门女流之身，在外行走不便，且又身负奇冤，你完全可以代她到官署呈递诉状。这也符合《大明律》淳风良俗之惯例，贫僧包你百无妨碍的。"

黄子澄一听转过念来，甚是佩服："想不到姚君竟是如此聪颖！此番入京秋试，你我可否同行？彼此也可切磋一下诗文学术。"

道衍微笑道："在下法号道衍、道号逃虚子，实乃方外之人，焉能与你同赴考场？"

黄子澄顿时面露失望之色："那真是可惜了你的满腹才学。"

道衍直视着他："黄公子，事已至此，你可有意代宋姑娘前去汪广洋大人驾前鸣冤告状？"

"这……这个……"黄子澄面色犹豫，"秋试在即，官事烦琐，黄某奉父母之命进京赶考，只怕不能代宋姑娘持久申冤啊！若是只为宋姑娘开了一个线头，黄某届时因事中途离开，又于心难安……"

道涤、道沐等听罢，脸上都不禁微微泛起不屑之色。

道衍面色不变，款款道："《世说新语》有一则故事，华歆、王朗俱乘船避难，有一人欲依附，歆辄难之。朗曰：'幸尚宽，何为不可？'后贼追至，王欲舍所携人。歆曰：'本所以疑，正为此耳。既以纳其自托，宁可以急相弃邪！'遂携拯如初。世以此定华、王之优劣。黄公子，贫僧可有记错之处？"

黄子澄脸上一红："道衍师父博闻强记，焉有错漏？唉，黄某今日愧为王朗也！"

"黄公子勿要多心。其实你今夜能够见义勇为救下宋姑娘并护送她前来本寺，已是难能可贵，你已做了你该做的。"道衍将掌心玄玉蝉轻轻一翻，"你明早只管进京赶考，剩下的事情由贫僧代劳吧。"

黄子澄注视他许久，面色变了又变，最后起身向道衍深深一揖："道衍师父竟有如此担当，黄某钦佩之至。"

道沐惊讶之余，急忙劝道："大师兄，兹事体大，还请三思啊！"

道衍把手一挥，正色道："见义不为，枉为佛子；兼济天下，方为修禅。稍后贫僧会代女施主拟一份诉冤状，有劳道涤师弟连夜火速送往无锡汪大人处。宋姑娘，黄公子，青阳师叔，夜色已深，请下去歇息吧。"

宋紫荷听得分明，大是感动，不禁从红木椅上滑下，跪地重重叩头谢道："小女子在此多谢师父们见义勇为、扶危济困的大恩大德了……"

第三章
缉捕

晨雾蒙蒙，寒山寺的钟声犹如天籁一般凌空漾开，悠悠扬扬，还是那么悦耳动听。

青阳子周应泰走出厢房，却见道衍已倚坐在庭院一角的廊柱旁，正执着一卷书在细细阅看。

"呵呵，像逃虚师侄这样勤敏好学的年轻人现在可是越来越少了！"他慢慢踱到道衍身畔，微低头在书页上瞟了一眼，随口问道，"你读的是什么书？"

"小侄读的乃是本朝诚意伯刘基先生所著的《郁离子》。"道衍急忙端正坐起，将手中书卷翻到扉页，用手指了一指，微笑着答道，"此书寓世事治乱之妙诀于故事杂谈之中，读来只觉津津有味，深品之下又理趣无穷，实是令人百看不厌的好书。"

"是啊！诚意伯的《郁离子》确是一部旷世奇书。听闻它被称赞审乎古今成败得失之迹，明乎天人吉凶趋避之机，还特意被陛下置于御案右侧，奉为治国理政之龟鉴呢！"周应泰连连点头，娓娓言道，"这样的绝世妙典，实非诚意伯这样的旷世大贤而不能写成。贫道当年游历应天府求师访道时，还曾见过他两三面。他虽以儒学为本，亦旁通道术，故自号'郁离子'。贫道在他跟前实乃受教甚深。只可惜，天不假年，诚意伯六十五岁时便溘然长逝……现在，贫道一忆起他当年的音容笑貌，就禁不住潸然泪下……"

青阳子说着，眼里竟是晶光流转。而道衍已然低下头去，泪水夺眶而出，滴落在衣襟之上，湿了一大片。

场中静默了片刻，二人方才收泪。周应泰便转移了话题，问道："黄公子已经走了？"

道衍无言地点了点头。

"人之常情，人之常情。"周应泰叹息，"毕竟他是庶族出身，焉敢与吉安侯这样的豪门权贵结怨生隙？"

道衍没有直接答话，而是低低念道："古之君子，其责己也重以周，其待人也轻以约。重以周，故不怠；轻以约，故人乐为善。"

周应泰瞅了他一眼："只是，而今寒山寺却要成为各路矛盾冲击的要津了。"

"小侄自信应该能闯荡过去的。"道衍双掌相合，平静答道。

就在这时，宋紫荷袅袅婷婷地走过来，声音婉转："姚师父，您确是智勇双全的真君子，您才应该还俗入仕，为天下百姓争一个朗朗乾坤出来！"

她声音柔美，眉目含笑，道衍急忙避开她的直视，双手合十道："贫僧为人行事有一诗可证：千尺丝纶直下垂，一波才动万波随。夜静水寒鱼不食，满船空载明月归。"

宋紫荷仍然注视着他，声音甜甜柔柔的："姚师父，其实另有一诗令小女子对您的为人心性刮目相看。"

"何诗？"周应泰好奇地问。

"小小板桥斜路，深深茅屋人家。竹坞夕阴多雨，桃源春暖多花。这首短诗是您所作的，情趣盎然，生动活泼，完全证明姚师父实为外冷内热之人。"

道衍不禁浑身一震，抬眼看向她："宋姑娘别具慧眼、灵枢天成，贫僧叹服。"

宋紫荷静静地看着他，一双星眸泪光闪烁，竟是哽咽着说不出话来。

道衍朝她深深地还了一礼，轻声吟道："'涉江采芙蓉，兰泽多芳草。采之欲遗谁？所思在远道。'女施主，万事有缘，且看佛祖将来如何旋天转地吧。贫僧只望你能永远喜乐安康。"

宋紫荷没有再看他，只是款款欠身回了一个万福。

忽然，前院寺门口处"咣当咣当"一阵震天价响，一下便击碎了所有的宁静。

道衍立即向宋紫荷咳声示意，宋紫荷会意，急忙闪入偏厢房中躲了起来。不一会儿，一片嘈杂的人声蜂拥而至，二三十名黑衫衙役如狼似虎地从那满月形洞门中直扑进来。

道衍心头一凛，知道必是宋紫荷的事儿泄了，面上却不动声色，上前问道："诸位官差大人，不知突然闯我寒山寺有何贵干？"他瞥见刚才道沐也紧跟在这帮衙役后面慌慌张张地挤过来，站到他身边。只听道沐喃喃地道："大……大师兄，我们在外面拦不住啊！……"

"唔，看来你这假书生便是这里管事的和尚头儿了，是不是苏州府长洲县南门里那个'姚游医'的儿子？"那群衙役当中一个身着捕头装束的中年汉子站出来，握着腰间佩刀，冷笑着踱到道衍面前，语气里是满满的骄横，"这苏州地界上，没有哪一匹马哪一头驴是本大爷不知晓底细的！但是，你认得本大爷吗？"

道衍摇了摇头："不认得。"

那汉子的声音一下提高了许多："你竟然不认得本大爷？枉你在寒山寺混了这么久！本大爷正是苏州府衙门捕快首领钱大斤！"

"哦，尊驾就是赫赫有名的'钱抓手'钱捕头？失敬失敬。"道衍脸上仍是毫无表情，双掌合十而答。

那群捕快中有几个"扑哧"一声笑了出来。

"钱抓手"三字是形容钱大斤平日贪污成性的绰号。钱大斤听了自是勃然大怒："好你个蓄着头发的假秃驴，竟敢嘲弄本大爷！本大爷待会儿让你吃不了兜着走！"

道衍却是不畏不惧，看向道沐："师弟，你方才可记下了？"

道沐一愕："大师兄……"

道衍朗声道："钱捕头方才以'秃驴'二字加诸我等，你也听到了，算是一位目击证人。当今圣上也曾出身释门——他既侮辱了我等释门弟子，岂非也正是在侮辱当今圣上？我们稍后便将此事写明经过移呈僧录司和礼部，请他们秉公裁决。"

钱大斤一听额头上顿时隐隐见汗，知道自己今日碰上硬茬儿了，但他又不甘服输，拔出腰中佩刀当空一舞，恶狠狠地吼道："你……你……你这假和尚竟敢倒打一耙！本大爷今天是带人来查你们擅自窝藏张匪余孽的，你休得反咬一口浑水摸鱼……"

"张匪余孽？"道衍双掌合十，宣了一声佛号，"鄙寺乃佛门清静之地，一向不介入红尘俗事，更不会窝藏像张匪余孽这样的歹恶之徒。"

"我们接到举报，你们寺里昨夜收留了一个女子，"钱大斤不再和他兜来转去，开门见山地道，"她就是张匪余孽！你们快快把她交出来，不然，本大爷就把你们庙里老老小小的秃……和尚们都抓了！"

"哦，贫僧请问钱施主，那女子姓甚名谁，是何样貌，所犯何罪，可有缉拿文书？"道衍不慌不忙地道，"你若不解说分明，我等又怎知昨夜本寺收留的那个女丐是否你等所要缉拿的张匪余孽？"

"这个嘛……你莫管那么多！"钱大斤双目凶光一闪，将佩刀向他一指，厉声道，"你且喊那女丐出来，本大爷一辨便知是不是那张匪余孽了。"

"哦，这么说，钱施主您手里是既无缉犯图像又无缉拿文书了？"道衍继续不紧不慢地接了一句，"遵照《大明律》中的条令，有司须出示缉犯图像与缉拿文书方可捕人，二者缺一不可，钱施主，您恐怕不该到鄙寺空手拿人吧？倘若贫僧此刻交出那个女丐，却被您指鹿为马、随意栽赃、横加诬蔑，则是贫僧莫大之罪过也！"

周应泰在一旁静静地听着，不禁暗暗颔首。

"你……你这假和尚，当真是巧舌如簧、无理取闹！"钱大斤不由语塞，半晌跳脚大呼道，"你竟还敢挑官府的不是！本大爷只问你交不交人，若再啰啰唆唆，本大爷和手下弟兄们就不客气啦！"

"且慢！"周应泰猝然插话，冷然道，"贫道也曾记得《大明律》里有这么一条律令：有司非经事实查清、文牒完备而不得外出缉捕，若违此者视为扰民，扰民则民可抗之。这位捕头大爷和您的弟兄们若真要动粗，只怕到时候会落得个自取其辱哟！"

"你是哪来的牛鼻子老道？给我滚一边去！"钱大斤顿时气得浑身发抖，"唰"的一下挺着钢刀直逼向前，狞笑道，"不怕你们几个花花肠子多，本大爷认定你们也是那张匪余孽的同党！弟兄们，先把他俩绑了！……"

他话音未落，却见道衍淡然一笑，转身向道沐吩咐道："师弟，你马上去召集寺中诸位同门，一齐遵照那《大明律》的条令所教来抵抗这些枉法扰民的酷吏。"道沐张了张嘴想说什么，但看到大师兄满面坚毅果敢之色，只得默默地点了点头，往庭院的洞门外而去。

那边，几个捕快已伸手去拉周应泰的袍袖，周应泰须髯戟张，大喝一声，重重一掌拍在面前的石桌上："你们果然是无法无天了，那就休怪贫道手重！"只听"哗"一声响，石桌立时裂成八块散落在地。

"啊？"钱大斤看得分明，脸色不禁变得惨青。其余捕快也被吓得纷纷向后退开。

这时，一个尖锐刺耳的公鸭嗓蓦然响起："钱大斤，你真是瞎了狗眼！连我苏州鼎鼎大名的活神仙青阳子老真人都不认识，还不给本官退下！"

随着这话声，一位身着云雁花纹绣袍、头顶乌纱帽、体态瘦削的中年官员，从满月形洞门中迈步进来。他身后还跟着一个师爷一直给他摇着折扇。

"大人……"钱大斤和众衙役一见，禁不住都弯腰俯身迎了上去。

道衍和周应泰也有些惊讶地对视了一眼：没想到为了抓捕宋紫荷，居然连苏州知府魏忠明都亲自出马来到这寒山寺！

魏忠明毫不理睬钱大斤等人的逢迎，徐步走到道衍面前，傲然道："尔等抗命不从，便是想要看图像、文书吗？这好办。要缉犯图像，本府现在就让人当场给尔等画来！要缉拿文书，本府现在也可让人当场给尔等填来！尔等应当乖乖交出那女犯来了吧？"

场中稍稍静默一会儿，道衍淡淡答道："好啊，那就请魏府君令人快快画来、填来，我等才好从命。"

魏忠明被顶得面色发青，却也不好硬来，只得向跟随而来的师爷晁咸之努了努嘴。晁师爷急忙退到一边去办理图像、文书了。

周应泰却大摇大摆地向魏忠明而来："老魏，那女娃可真是含冤之人哪……你千万不能把案子搞偏了！"

魏忠明看到他近前，也换上一副笑脸："周真人和您的师兄席真人都是我苏州城德高望重的道门名宿，本府一向对您二位是尊崇有加的，再加上陈宁大人的临行嘱托，本府可是从来没敢打扰过灵应观。周真人，您可千万不能为难我们啊！"

"贫道哪能为难您这位'明镜高悬'的父母官呢？"周应泰嘻嘻笑道，"不过，贫道倒很想看着您这位'魏青天'秉公断案。"

"断案判词有什么好看的？"魏忠明袍袖一摆，"周真人，本府还是派一顶大轿先送您回灵应观吧……"

"不必，不必。"周应泰把手一挡，"贫道就留下来好好瞧一瞧您是怎样当'魏青天'的。您也不用催贫道走了！"

魏忠明没奈何，只得撇了他大剌剌地朝道衍走来，笑道："想不到净空大师和紫阳子真人共同的高足——道衍师父居然如此年轻！本府这厢有礼了。寒山寺不是数月前来过文函需要我们府衙拨下经费修缮阁堂吗，本府正在多方筹措中……"

道衍知道他这是在向自己卖人情，不卑不亢地回了一礼："本寺多谢府君大人的关照了。"

魏忠明上前低低道："道衍师父，你也是释门新秀，应该是明事理识时务的，何苦为宋家来蹚这一摊浑水？寒山寺乃方外之地，何必插足红尘？"

"府君大人有所不知，宋姑娘已然敲响本寺的空寂之境，为了佛门的真善净，只怕我等也不能不应劫前来这红尘中走一遭。"道衍面如止渊，合十而答。

"道衍师父你莫要偏执！"魏忠明附到他耳边，"查出宋家乃张士诚匪帮余孽的，可是吉安侯陆仲亨父子。他们乃是炙手可热的侯爷，寒山寺岂不为之稍避乎？"

道衍目光一亮，灼然直视着他："无论是谁查出案件，总归要秉公而断吧？魏大人您不会为了迎合吉安侯的心意就草菅人命、酿成冤狱吧？"

魏忠明听他话锋凌厉，不禁咳了数声，急忙装模作样地将腰间乌牛皮带紧了一紧："本府素来清正廉明、铁骨铮铮，怎会徇私枉法、断案不公?"

道衍遂将双手往前一拱:"既是如此,我等便在此多多领教了。"

魏忠明哼了一声,翻了翻眼睛,没有答话。这时,那晃师爷却好不知趣地上来问道:"大人,您和这位师父谈得怎么样啦,缉拿文书还填不填?"魏忠明心里窝火得很,没好气地朝他喝道:"你刚才没听到师父们背诵的《大明律》条令吗?赶快填好给他们过目!"晃师爷被喝得把头一缩,只得又拿起笔来填填写写。

魏忠明也不再去看道衍和周应泰,冷冷吩咐钱大斤道:"你和众捕快定要把这里周围守好了,稍后图像、文书一弄完就开始缉拿女犯!"

道衍和周应泰相视一笑,也不理他。

过了一会儿,晃师爷跳将起来,左手缉犯图像,右手缉拿文书,大叫道:"弄完啦,弄完啦!钱捕头,你可以抓人了!"

魏忠明咄了一声,瞪他一眼,示意他将图像、文书给道衍递过去,一边逼问道:"道衍师父,可以请那位宋姓女施主出来了吧?"

道衍神色不变,将那图像、文书接在手中,细细看完,才向道沐点了点头。

道沐会过意来,正欲拔腿往庭院深处那间厢房而去,刚一转身,就见一位绝色少女,袅袅婷婷,正自轻移莲步缓缓而来。虽然她身上衣着稍显破旧,可自有一份窈窕大方,令人掬手可感。

魏忠明的目光立时凝定在了她身上:难怪陆飞那个小霸王千方百计也要夺得这女子了,换了是自己,只怕也禁不住有那么几分想入非非。

宋紫荷款款行到道衍、周应泰等人面前,无声地敛衽一礼,然后垂眉低目,并不理会魏忠明他们。

魏忠明干咳了一声,正了正脸色,故作肃然地道:"这女子可是苏州府宝虹绸缎庄的宋紫荷?"

宋紫荷这才看向他:"正是。"

"既是如此,本府就对你明言了,有人举报当年大明天军征伐逆匪张士诚时,你父亲宋明德曾经捐赠给张氏三十万两的饷银。"魏忠明端起知府的官架子,拿腔拿调道,"现本座已查明,这些举报属实,而你父亲宋明德显然亦是张士诚余孽无疑。依照朝廷整肃张匪余孽的律令,本府要将你等缉捕归案。你服不服罪?"

"大人,我爹当年被张士诚搜刮走了三十万两饷银之事确是不假,可那时是在张士诚独霸苏州的淫威之下,迫不得已而为之。"宋紫荷神色淡定,徐徐道,"当日苏州城中,哪一户商贩没有被张士诚派人勒索过饷银?便是城里沈贯山、徐立诚、吴进祥等巨商富户,又何尝不是各自被张匪恶党盘剥了数十万两白银去?倘若你们凭着此事来定我父亲的通匪之罪,只怕苏州城中没有一家百姓不是那张匪余孽了。"

"你在这里替你父亲狡辩又有何用?"魏忠明的语气阴寒如冰,"你父亲自己都已经写下供词招认了——你且服了罪吧!"

"什么,我爹自己已经招认了?这……这不可能!没做过的事,他怎么招认得出来?"宋紫荷面色骤变,声音显得十分惊骇,"你们这是在编造谎言来欺骗小女子。"说着,她把求助的目光投向了道衍。

道衍若有所思地道:"通匪谋逆之罪非同小可,刑部一定会认真复查宋老施主供词的。"

魏忠明眼珠一转,森然道:"这是当然,本府自会上报刑部复查。宋姑娘,你若还是不信,便随本府返回苏州府衙,亲自一睹你父亲的认罪供词,如何?"

宋紫荷没有立即回答,仍是看向道衍。道衍脸上似古潭无波,只是半闭着双眸向她轻轻颔首。她心神一敛,这才转过身来,向一脸阴笑的魏忠明点了点头，道："好，小女子答应回你们衙门申冤。不过，小女子却不能一个人过去。"

魏忠明一怔："你不想一个人过去？莫……莫非你还有同党？！"

"府君大人，宋女施主的意思是，依据《大明律》，她应该可以为自己聘请一位讼师吧？"道衍一语如箭射出。

"请讼师？哦哦哦，她当然可以为自己请讼师，"魏忠明冷笑道，"但这个时候她能请到谁呢？她全家犯的可是通匪大罪，苏州城里哪个愿意给她当讼师？"

宋紫荷语声朗朗道："小女子愿聘博学明理的道衍师父为讼师！"

魏忠明怒道："你莫不是得了失心疯？道衍师父乃出家之人，岂可担任讼师？"

道衍双手一拱："在下乃是寒山寺带发修行的俗家弟子，自可出任讼师。"

钱大斤和晁师爷都跳了起来："你……你一个假和尚，居然敢包庇通匪女犯！大……大人……"

魏忠明把袖一摆，阴沉着脸问道："道衍和尚，你真的要替他们宋家出任讼师？你可考虑清楚一切后果了？"

"在下信佛法、守王法，决不后悔此刻的决定。"道衍郑重地答道。

"那就带他俩一起回府衙吧！"魏忠明冷冷地吩咐道。

"且慢！"周应泰这时却站出来大喝一声。

"周道长，你又意欲何为？"魏忠明老大不耐烦地道。

"依据《大明律》，贫道申请启用旁听审案之权，以求一睹府君大人的清明如镜！"周应泰含笑道。

第四章
公堂

走进苏州府衙大堂,道衍立刻感到一股阴沉森严之气扑面而来。府案背后照壁顶上,那面"明镜高悬"四字横匾似是蒙了尘垢一般,灰扑扑的,毫无光彩。

魏忠明已是径自上了府案后昂然坐下,师爷站到他身旁,钱大斤和衙役们也分立两侧,摆出了一副大开审讯的架势。

在这一片昏暗莫名的环境中,唯有宋紫荷半跪在堂下。她那一份清丽明艳的气质,宛如一朵破雾而出的玉莲盈盈绽放,让两边的衙役都看直了眼。

道衍环顾了一下空空的衙堂,诧异道:"而今方是未时初刻,为什么衙门内外竟如此安静,如同黄昏将至一般?"

"是啊,连围观旁听的人都没一个!"周应泰也附和道。

魏忠明只是整理着自己的官服,没有理睬他们。

道衍双眉一挑:"魏大人,不会是您派人把衙门外面的三街六巷都给清空了吧?"

魏忠明冷冷道:"本府认为,庶民百姓不宜知道通匪谋逆这样的大案。"

"大人,天下案自与天下人断之,您岂可一手遮天?"道衍目光如剑,言辞如刀。

魏忠明心中恼怒,先前是在寒山寺,自己顾忌观感,不好当众动粗,而今到了我苏州府衙,哪里还容得你这假和尚说三道四?他面色一沉,端起堂堂府尹的威风,抓起那块红亮的惊堂木,啪地一拍,敲得堂上诸人心头为之一颤:"本府不管什么天下不天下,你也莫要多提什么《大明律》,眼下在这衙门之内,本府就是《大明律》的化身!谁违逆了本府,本府便可以用律令治谁!"

道衍将掌中的玄玉蝉一下捏得死紧,却暗暗忍住了没有辩驳。

魏忠明见状,心头暗喜。随着方才惊堂木那重重一拍,两边衙役列杖而立,威仪肃然,他顿时抖擞了十足的官威,先前在寒山寺被道衍、周应泰耗去的胆气又溢然而盛。他冷冷地盯着宋紫荷,大喝一声:"宋氏犯女,你知罪吗?"

道衍不得不挺身而出:"魏大人,她身犯何罪,可否告知?"

"宋氏一家乃是张士诚匪徒余孽,岂得无罪?"

"有何证据?"道衍现在的身份是"缁衣讼师",自然要依律而问。

魏忠明咄咄道:"首先,宋明德一向心怀不轨,竟然在自家府门上贴了一副大逆不道的对联!"

"是何对联?"

"上联是'从龙聚水安乐居',下联是'倚天靠山福寿堂'。你说,这不是大逆之言吗?"

"这些词句怎么就大逆不道了?"

"龙为至尊之物,天为至高之神,岂是凡夫俗子可以使用的?"

"魏大人,人家的用词是'从龙',而不是'驭龙';是'倚天',而不是'翻天'!"道衍哭笑不得,"这算不得逆词!"

魏忠明把惊堂木重重一敲:"道衍,你休得与本府抬杠!本府说它是大逆不道，它就是大逆不道！"

周应泰在旁嗤笑一声："原来'明镜高悬'的魏大人就是凭着这样一副对联给人家定下通匪谋逆之罪的！他们寒山寺佛堂摆了降龙罗汉，是不是也该拆了？我们灵应观中供着昊天金阙至尊玉皇大帝，是不是也要恳求您高抬贵手不要追究了？当朝的道录司和僧录司怎么就没有魏大人您这般'明镜高悬'呢？"

此话一出，堂上的大小衙役都禁不住哄笑起来。魏忠明的脸也涨得通红，却只有把惊堂木敲得山响："逆言逆行，本府暂时不管了，但你宋家是张匪余孽，却无可抵赖。来呀，传证人！"

道衍心弦一紧，目光射向衙堂侧门入口处。只听得足音笃笃，三名衙役带着三个身着蓝布宽袍、商贾打扮的中年人走了进来。

宋紫荷认得这三人，正是苏州城内有名的富商沈贯山、徐立诚、吴进祥。其实这三人都和宋家有着深深浅浅的关系，但沈贯山自看到宋紫荷的第一眼起，脸上就不由得现出几分愧色，目光也躲躲闪闪的，不敢与她正视。

徐立诚是道衍在灵应观的师弟徐应杰的父亲。他陡然见到青阳子周应泰和道衍都在堂上，不由吃了一惊："周……周道长，姚师父……"

道衍只是朝他施了一礼，回头问魏忠明："府君大人，这三位施主是准备指证宋家所犯何罪呢？"

魏忠明瞪着宋紫荷，板着脸道："宋紫荷，就是这几位苏州商户举报你父亲当年捐给了张士诚三十万两饷银，他们就是你父亲当年附逆作乱的目击证人！徐立诚、吴进祥、沈贯山，你们自己说是不是啊？"

"魏大人讲得一点儿没错。"徐立诚第一个站出来谄笑道，"当年张士诚这逆匪遇到本朝天军负隅顽抗、弹尽粮绝之时，那宋明德居然为了在张匪面前争功邀宠，主动捐上三十万两饷银，帮助张匪继续逆天而行……"

"对对对！"吴进祥也跟着一迭连声道，"吴某那日亲眼见到是宋明德押着装了饷银的大车队连夜给张匪营送去的。"

宋紫荷气得浑身发抖，急切地争辩道："你……你们血口喷人！当年我爹被迫交出的三十万两饷银，完全是张士诚手下闯进我们府中抢劫而去的……"

听着她微微发颤、带着哭腔的声音，道衍面色凝重之极。他缓缓道："宋姑娘，当时张匪部下到你们府中抢劫银两，可有下人仆役耳闻目睹？"

宋紫荷道："魏大人、姚师父，不仅我府中下人尽皆知晓，当日他们闹得动静不小，就连我们的街坊邻居也有不少知道此事。"

道衍立刻转身对魏忠明道："府君大人，请容许贫僧暂时休庭，贫僧立即去请来宋氏的街坊邻居出庭作证。"

"你想休庭就休庭？"魏忠明冷笑一声，"来人，把这宋氏女犯拉下堂去用刑，看她到底招还是不招！"

"大人且慢！"道衍忙喝道。

"道衍师父，你虽是僧录司在籍僧人，恐怕也不能在公堂之上妄图阻扰本府严格执法吧？"魏忠明语气变得尖利如矢。

道衍却悠悠道："大人断案执法势若雷霆，贫僧佩服，也无意阻挠。不过，贫僧在此有一件事要提醒，这宋姑娘昨夜已经请人向前来浙西一带观风巡检的左御史大夫汪广洋大人呈递了一份诉冤状纸过去。依汪大人的清正廉明，决然不会坐视不理，只怕再过一两刻钟，他就会驾临此处了。大人若此时将宋姑娘打伤打残，在汪大人面前恐怕不好交代吧？"

"什……什么？你居然把这案子捅到了御史台汪大夫那里？"魏忠明如同被蜂针刺了一下直跳而起，"你……你……释道衍，你们好生刁滑！"

沈贯山、徐立诚、吴进祥等人也是脸色大变，面面相觑。

魏忠明眼珠一转，阴笑着又坐了下来："本府险些上了你这虚张声势的当！浙西一域甚为广大，州府众多，你们到哪里去投递状纸，总不成是挨州挨县去问汪大夫的大驾行踪吧？本府不会一直空等汪大人驾临的，毕竟通匪之案拖延不得！来人啊——"

"魏大人，宋姑娘请的人是往无锡府赶去了。"道衍的声调听来清劲有力，"以魏大人之耳目精敏，此刻汪大夫究竟身在何地，您恐怕应是心中有数吧？"

魏忠明这一下才真是呆若木鸡了。他回过神来，忍住怒气思考对策，越想越是吃惊：汪广洋近日来浙西一域观风巡检本是邸报传出的，但他的行踪路线是朝廷的机密消息，他们几个方外之人怎么知道得如此清楚？这太蹊跷了！而且，这周应泰和道衍竟还如此之深地介入了这场案狱……难道两人名为僧道，实际上却是那个传说中的神秘有司的便衣细作？一念及此，魏忠明不由得呼吸骤紧，瞪大了眼睛。他挥挥手招来师爷，附耳吩咐道："快去请小侯爷来！"

"好啦，汪老伯也没什么可怕的！"就在此刻，一个有些阴阳怪气的声音忽地响了起来，"平东将军是侯爵，他汪广洋只是一个伯爵，有什么可怕的？魏知府，你该怎么审就怎么审！我平东行营的人在这里给你撑场子壮胆气！"

话音未落，一个身穿锦袍的青年武士从衙堂上那座照壁后傲然大步而出。他生得鹰眼猴腮，满面纨绔之气，身后有一队亲兵手按刀鞘紧紧护持着。

宋紫荷抬眼一瞥不禁心头剧震，脸色一下变得惨白，这青年武士赫然是陆仲亨之子陆飞。

"紫荷姑娘，没想到吧，"陆飞带着一脸淫笑，背着双手慢慢踱到宋紫荷身畔，慢悠悠地道，"你我终究又见面了！呵呵呵，而且，从今往后，你想再不见我都难。"

宋紫荷恨恨地睨视着他，身子往道衍那边缩了缩。陆飞说得兴起，伸手就来摸宋紫荷的下巴，道衍横身一挡，阻住了他："这位公子言语轻薄、举止不端，还请自重！"

陆飞看也不看，骂一声，一巴掌重重地甩了过去："一个病快快的瘦竹竿，也敢管你家小爷的闲事？"瞬间，周应泰已电光石火般一步跨到，将他这一巴掌轻轻拂开："君子动口不动手，陆小侯爷，贫道这厢有礼了。"

陆飞这一巴掌莫名其妙地甩了个空，口里咦了一声，正欲发作，那边魏忠明赶快过来劝道："小侯爷，他们是灵应观和寒山寺的人，和陈宁大人有些关系。这位青阳子周道长，也是苏州府数一数二的玄门高手。"

"哦？既然和陈宁大人有些关系，那为什么还和我们过不去？"陆飞吼了起来，"陈宁见了我爹，也是要弯腰作揖的！"

道衍单掌当胸一立："宋姑娘已经请了贫僧为她的缁衣讼师，贫僧于公堂之上，自当为她宋家据理力争。"

"据理力争？你一个小小的破庙争得过我平东行营吗？"陆飞尖笑一声，"不要争断了你的小胳膊小腿儿！"

道衍并不作答，只是缓缓念道："宝剑值千金，曾将托生死。不知燕赵间，何人是知己？"

他这缓缓念来，竟似乎挟有铿锵震耳的金石之音，陆飞心头一凛，感到对方全身上下杀气四溢，慌忙倒退几步闪入亲兵队中，才色厉内荏地叫道："你……你想怎样？你……你还想行刺小爷？"

魏忠明挡在他们中间，双手环拱了一圈："诸位，还是让本府把宋氏通匪案审将下去吧……"

道衍和陆飞都默而不语，算是同意了他的说法。

自陆飞出现后，魏忠明心中已是有恃无恐。他像恶鬼一下又还了阳般戾气暴长，坐回公案之后，重重一拍惊堂木：“来人啊，给宋氏女犯上刑！”

"慢！"道衍和陆飞几乎是同时喊道。两人对视了一眼，陆飞抢先向魏忠明喝道："魏知府，你还是要多存一点儿怜香惜玉的心思嘛！天之尤物，岂可轻伤？这么娇滴滴、美艳艳的姑娘，你也下得去狠手？"

"好好好！小侯爷你提醒得对。宋紫荷，你口口声声说你父亲不是捐饷附逆的张匪余孽，"魏忠明把手一挥，"来人啊，拿宋明德摁了指印的供状来给她瞧一瞧，看她有何话说！"

师爷急忙从一旁的书记桌上捧起一叠纸，递到了宋紫荷眼前。宋紫荷有些茫然地往那血迹斑斑的纸张上看去，细看之下，一边摇头一边哀哀哭道："不……不……这不是真的！我父亲怎会无故承认自己是张匪逆党？你们一定是屈打成招……我……我要见我父亲……"

魏忠明森然道："这是你父亲自己写的供状、自己摁的指印，你认为是我们作伪得来的？"

道衍也上前将宋明德的供状看了一番，沉声道："既然没有作伪，就请府君大人把宋明德老施主发上堂来与贫僧和宋姑娘亲自对簿，如何？"

魏忠明盯着道衍，压了压怒意，佯装温和道："道衍师父，你素有明慧机智之名，今日事已至此，何必苦苦执着？你的缁衣讼师之责已毕，何必为一件红尘小案而乱了清静呢？小侯爷这边，本府可以保证他们不会与你计较。青阳子道长，您最是清通圆融，也帮本府劝一劝道衍师父吧！"

周应泰沉吟了一下看向道衍，道衍面容一定，肃然道："道之所在，虽千万人为阻，吾往矣。府君大人，贫僧既已为宋氏一案踏入红尘，必得求个真果方能回寺。贫僧岂可使供佛虔诚的施主蒙冤不白、含悲佛前？"

陆飞在一旁冷笑道："和尚，你别说得那么文绉绉的！直说吧，他宋明德给了你们寺庙多少香火钱，小爷也可以让平东行营加倍给你，怎样？"

宋紫荷见魏、陆二人竟如此威逼利诱，心底不禁微微发慌，急忙泪眼蒙眬地看向道衍。

道衍果然心志如钢，正色答道："你们认为佛祖也可以被贿赂吗？佛祖永远是不偏不倚的，也永远会惩恶扬善。"

陆飞哼了几声："那你且等佛祖来超度你这多管闲事的假和尚吧！"

魏忠明也只好重重一拍惊堂木："兀那和尚，通匪逆犯岂是你想见就能见的？他已经押往平东行营收监了。宋紫荷，你身为逆犯之女，依《大明律》之条令，也该由平东行营拘押审问。小侯爷，你们可以带她走了！道衍师父，你且去平东行营里替她申诉吧！"

他耍的这一招斗转星移，实在是又刁又滑。陆飞听了，先是一怔，后又嘻嘻一笑，也不回绝，仗着自己老爹是封疆大吏，向侍立在身侧的两个亲兵努了努嘴，丢个眼色。那两个亲兵立时会意，恶狠狠地扑上前来，就要架起宋紫荷将她带走。

"且慢！"道衍厉声喝道，"魏大人，只凭这一纸供状就能给人随便定罪吗？宋明德施主必须到场对簿，否则我们怀疑他是否已身遭意外！那时候，您一人承担得起吗？"

"放肆！本府刚才已经说过了，宋明德是被平东行营收押了。道衍和尚，你若要与他对簿，只管去平东行营那里！"魏忠明把惊堂木拍得山响，"本府要宣布退堂了！"

道衍目光炯炯地逼视着他:"大人,您此刻若想潦草转移此案,恐怕稍后汪广洋大人亲临复审,届时可有些不好向他交代!他若问您要人,您何以自处?"

"这——"魏忠明不由得迟疑起来,将目光投向陆飞。

陆飞撇嘴冷冷一笑:"假和尚,你以为抬出汪广洋就能吓住谁吗?今天的苏州府,上上下下、里里外外,都是我陆家说了算!老魏,你只管放心,我平东行营,他汪广洋也无可奈何!"说罢,他打手势直催那两个亲兵动手抓人。

"尔等若是胆敢不遵《大明律》恣意妄为,那就休怪贫僧出得衙去当街击鼓鸣冤,约请同郡乡亲百姓将尔等扭送应天府!"道衍双眉高扬,眸中精光四射,逼视着陆飞和魏忠明,毫不畏怯地道,"尔等也休要张狂,贫僧此举乃是纯依《大明律》所教:凡士民遇有不法官吏者,皆可召集民众将其纠送京师,联名呈请御前治罪。魏大人、陆公子,尔等千万不要逼迫贫僧拿出这杀手锏来!去年年底,扬州府宁远县县令顾英被乡民陈寿六等人绑送京师问了罪,陛下还四处行文公开嘉奖了陈寿六等人,难道今日衙堂之上还有谁想当第二个顾英吗?"

听到道衍侃侃而言,魏忠明面色顿时一片僵青。去年腊月,宁远县县令顾英等人因深感该县库银不足、开支紧缺,遂巧立名目、肆意加赋,又催逼甚急,乡民陈寿六一家仅有的口粮和来年的粮种皆被顾英的爪牙搜刮殆尽。陈寿六实在忍无可忍,趁顾英酒醉未醒,把他身边两个差役打昏,联合几名乡亲持《大明律》当作进京上告的"路引",直接便将顾英绑送到应天府,敲了皇城午门的登闻鼓。当今圣上朱元璋亲自接见过问,在查清此事本末之后,立即把顾英打进大牢审讯定罪。他还排除了中书省关于"以下犯上之风不可助长"的异议,不但没有处罚陈寿六等乡民看似"僭越"的罪过,更是当面赏赐各人十余两白银,免除了他们的杂役,并派拱卫司亲兵把他们护送回乡，谕令地方官吏不得对他们进行任何报复打击。

这件事在全国各地传得沸沸扬扬，一时成了当今圣上澄清吏治的一桩旷古美谈。魏忠明当然也从邸报邮书上对此事有所了解，今天听道衍竟援引此事来警告自己，不禁有些忐忑，急忙拿眼瞥陆飞，看他有何应对之策。

陆飞从小就在行伍里长大，哪里会把道衍这些话放在眼里？他冷声道："你这刁僧，竟敢舞文弄法来要挟朝廷命官！魏大人，陈宁大人的面子，咱们是顾不得了！对这样犯上作乱的刁僧，咱们该抓就抓、该打就打！"

"这……"魏忠明抓着惊堂木沉吟起来。

周应泰却哈哈一笑："苏州府寒山寺可是归当朝僧录司直辖的，魏大人您可无权抓捕这位道衍师父哟！"

"魏大人，你还犹豫什么？"陆飞叫起来，"他一个方外之人，竟然如此出头袒护宋明德一家，说不定他也是张匪余孽！你先当堂把他拿下，小爷我立即从平东行营调兵过来把他和宋犯押走！"

"列位师父，平东行营是专管捕匪平乱之事的，他们要和你们过不去，本府也没办法！"魏忠明暗一咬牙，也只得硬起头皮狠下心来，抓起一支令签，向两边衙役下令道，"众衙役，将这几人收押起来，稍后押往平东行营！"

钱大斤领着诸衙役齐齐应了一声，便向道衍、周应泰、道沐等人包围过来。宋紫荷慌忙起身，护在道衍他们身前："师父们与宋家无关，你们不要乱抓好人！"

陆飞阴笑道："你看，这女犯居然不顾羞耻地来回护这假和尚，说不定他俩还是一对姘头呢……"

道衍双掌合十，庄肃如怒目金刚："你们竟敢如此徇私枉法、颠倒黑白，难道不怕《大明律》昭昭在上来治你们吗？"

"陆小侯爷说得对,你这和尚定是她宋紫荷的姘头!来啊,快把他拿下!"魏忠明也只有一不做二不休,将令签唰一下掷在地上,"本府才是执行《大明律》的父母官,你也配在本府面前提什么《大明律》?老实说,本府忍你这刁僧很久了……"

第五章
御史

"你错了,你真的错了。"恰在此时,一个苍劲沉着的声音从衙门口乍然传来,"魏忠明,这《大明律》本就是人人应当日习日新而谨遵不懈的,没有谁配提不配提的!便是当今陛下,每日若是有暇都要将它观阅一遍,视为圣躬一言一行之圭臬。而你居然拒绝庶民百姓以《大明律》来约束你!殊不知'法先自治而后治人'乎?"

听到这个声音,魏忠明顿时心头剧震,慌忙抬眼看去,只见一位身穿大红獬豸绣服、腰束浅青嵌玉绦带、头戴犀角横梁发冠的长者,在六名带刀侍卫的陪护之下,正缓步走进堂来。长者的身侧,还有一位蓝衫文官和一位青年僧人。

"师弟!"道衍一见那青年僧人,不禁脱口呼道。同时,他闪亮的目光向那位长者望去,已经猜出他应该就是当朝左御史大夫汪广洋了。

"大师兄!"那青年僧人正是道涤,"这位大人便是汪广洋大人。他一接到小僧代宋姑娘转呈的诉冤状纸后,连早饭都没用,当下便马不停蹄地随着小僧赶来了。"

"汪……汪大人!"魏忠明听得分明,这长者赫然便是官居一品、爵封忠勤伯的汪广洋!他脸色大变,赶紧一整衣冠,匆匆奔下衙案,迎着汪广洋一头拜了下去。衙堂两边的差役一见自家老爷这般举动,也都忙不迭地丢了刑棍,当场就跪了一地。

陆飞嘴角微微一斜,犹豫了一下,也在原地给汪广洋单膝屈下行了一礼。

汪广洋却没有理睬他们,只是环顾着衙堂四周,慨然自语道:"当年老夫跟随陛下打败张士诚,攻进姑苏城时,也是在这个地方督粮抚军的。宜可啊,那时老夫还在这儿留下了一首《偶占》之诗:'昔为歌舞池,今为战争场。与君骑瘦马,联辔踏夕阳。'想不到十多年过去了,老夫重来此地,却感觉这衙堂似乎一切都没变啊……"

那个被他称为"宜可"的蓝衫官员"嗯"了一声,并没答话,一边拿眼扫视着堂上诸人,一边扶着汪广洋径自往堂上府案背后的那张太师椅而去。

随着他俩走到府案后,魏忠明和他手下的衙役们也都战战兢兢地爬转身来,仍是朝着汪广洋长跪不起。

汪广洋在太师椅上刚一坐下,便用左手捂着胸口激烈地咳嗽起来。他用右手从腰袋里慢慢扯出一条手帕,掩住了口,待得这一阵咳嗽停止后,方卷起手帕放在案旁。

道衍、宋紫荷和周应泰都静静地注视着他,一言不发。

汪广洋忽地抬手向那蓝衫文官一指,沉声道:"这位韩宜可韩御史乃是本座台阁中的得力之士。现在,本座就请他代为复审理冤。宜可,你可以开始了。"

韩宜可清清朗朗地应了一声,向府案下跪着的宋紫荷看过去:"这位姑娘可是宝虹绸缎庄老板宋明德之女宋紫荷?"

宋紫荷悲愤答道:"小女子正是宋明德之女。一切请大人们秉公雪冤啊!"

韩宜可微微颔首,又看向道衍:"这位师父就是寒山寺的道衍高僧了?"

道衍单掌一立:"阿弥陀佛,贫僧正是。"

此时汪广洋忽地目光一凝,犀利如六尺青锋,朝他直视而来:"道衍师父,请问你的俗家姓名为何?"

"贫僧俗家姓名为姚广孝。"道衍迎着他的目光缓声道。

汪广洋凝视了他许久,才闷咳一声,将目光投向远方,悠然叹道:"你让老夫想起了当年一位姓刘的故人。'璇室群酣夜,璜溪独钓时。浮云看富贵,流水淡须眉。偶应非熊兆,尊为帝者师。轩裳如固有,千载起人思。'"

道衍听罢面色却微微变了。原来,汪广洋吟诵的正是诚意伯刘基所写的《题太公钓渭图》一诗。难道这个汪广洋觑破了自己和刘基先生当年的一些秘密事机?或者,他也隐隐知晓了自己的一些来历?

汪广洋吟罢捂胸又咳了一会儿,目光转向魏忠明:"魏知府,这位韩御史是被圣上钦赐了'铁胆獬豸'之别名的,去年山东省三州四府联手贪污官粮一案,就是被他暗访侦破的。在他面前,您须得谨言慎行哪!"

魏忠明听着,额上汗出如浆:"下官明白,下官明白。下官在韩大人面前定当据实以对。"

"汪大夫这是谬赞韩某了。"韩宜可谦谢了一句,转过话头向魏忠明直劈而来,"魏知府,宋明德通匪附逆一案,你们确是查实了?"

魏忠明连忙叩头答道:"汪大夫,韩大人,宋明德附逆一案,下官确已查清,现有沈贯山、徐立诚、吴进祥三位苏州商绅的证词和宋明德本人的供状为据,一切还请两位大人明鉴!"说罢,他朝跪在自己身旁的师爷使了个眼色,师爷会意,急忙将证词和供状递到了他手里,魏忠明捧着膝行来到衙案前,向韩宜可呈了上去。

韩宜可接过来细细翻看一遍,淡淡地道:"魏知府,宋明德之女宋紫荷托人给汪大夫呈来了一份诉冤状,声称是你们府衙为了谄媚某些权贵将他们一家胡乱打成张匪余孽，从而制造了一起骇人听闻的冤狱！对宋紫荷这番说法，你们苏州府有何辩解啊？"

"下……下官哪有什么可辩解的地方？韩大人，沈贯山等人的证词和宋明德本人的供状，就是他宋家铁案如山的证据！"魏忠明强自镇定，又斜眼瞟了瞟依然在堂侧傲然而立的陆飞，有些游移不定地道，"至于宋匪之女宋紫荷向汪大夫、韩大人诉冤翻案……不过是犯罪之人的常情罢了，查案子，哪能不碰上几个喊冤叫屈的？她就是有罪，也要狡辩一通……这些情形，想必御史台也见得不少吧？但下官相信汪大夫、韩大夫等一向明察秋毫，决不会被这逆犯之女的花言巧语所惑！"

韩宜可唔了一声，望向正凄凄而泣的宋紫荷，问道："宋姑娘，你还有何话要说？"

"启禀韩大人，贫僧先前已在这堂上代宋姑娘辩论过，若要证明宋明德之捐饷附逆，沈、徐、吴三人的证言不足为凭，可请大人下令即刻召宋氏的街坊邻居当庭作证。"道衍上前施了一礼，一针见血地道。

韩宜可刚才听道涤介绍过道衍是他的师兄，心中对这位见义勇为的俗家僧也有几分欣赏，便问魏忠明："魏知府，这位道衍师父言之有理，本府拟依他所言而行，如何？"

"韩大人！这……这道衍和尚是在节外生枝！"魏忠明立刻大叫起来，"沈、徐、吴三位乃是当地名望颇高的商绅，朝廷不相信他们，莫非真要去信那些屠夫小贩的不根之谈？"

"魏大人，您这是对陛下以民为重方略的恶意攻击啊！"道衍在一旁道，"若无这些屠夫小贩、下里巴人献粮供役，哪来我大明朝威震四方、如日中天？"

这时，汪广洋也插话道："魏知府，你是百姓的父母官，岂可妄自存有轻重亲疏之别？你当庭讲话，今后务必慎重一些！"

魏忠明急忙在地上连磕了几个头："汪大夫教训得是，下……下官知错了。"

周应泰亦冷笑道："只要真相之所在，三岁小儿之言尚可采信。魏知府，您确实是偏听偏信了，这个时候悬崖勒马还来得及！"

魏忠明正欲反驳，韩宜可一拍惊堂木，凛然道："魏知府，请少安毋躁。你们此番判定宋明德为张匪余孽的唯一证据，就是他曾经向张士诚捐过三十万两饷银？"

"嗯，目前暂时是这样的……"魏忠明瞥了一眼陆飞，有些吞吞吐吐，"他的其他附逆之罪行，我……我们正在深挖追查之中……"

韩宜可目光如电："那么，你们至今并没查出宋明德自我朝建立以后是否做了新的不轨之事喽？"

"这个……我们正在追查之中，下官相信用不了多久就能穷究其罪……"魏忠明不停地抹着汗，朝陆飞拼命使眼色。

道衍在一旁听两人这几问几答，眼底精光一闪，若有所悟，却不说破。

果然，韩宜可面色一变："魏知府，当今圣上在打下苏州府时，曾经下过一道《更始令》，你可清楚？"

魏忠明大惊："什……什么《更始令》？下……下官从来没听说过。"

"关于这道《更始令》，老夫当日也在苏州城，到现在还记得。"此时，汪广洋却陡然开口了，闷闷轻咳后才道，"那道《更始令》的内容是陛下以吴王的名义发布的：'孤怜姑苏之民困于张匪之乱政久矣，特掀天而揭地、除旧而布新，大赦黎庶，与民更始。'魏知府，你如今可清楚了？"

"啊？！汪……汪大夫，您……您的意思是想给宋家免罪吗？"

魏忠明如遭当头一棒,简直不敢相信自己的耳朵,试探着问道。

韩宜可沉声道:"魏知府也是饱读诗书的四品大员,莫非连与民更始这四个字都理解不了吗?"

此话一出,魏忠明整个人几乎软倒下来,紧盯着陆飞连使眼色。他现在对汪、韩二人完全没了招架之力。那边,周应泰、宋紫荷都同时松了一口气,眉眼也露出了难得的喜色。唯有道衍一直正视着陆飞,观察着他还有什么举动。沈贯山、徐立诚、吴进祥三人已是慌成了一团。

这时只听陆飞冷笑一声,缓步上前,阴恻恻地道:"两位御史大人且慢!我们认定宋明德确系张匪余孽,不仅仅是因为他当年曾主动捐饷给张士诚,我们近日还从他府内小阁堂里搜出了秘密供奉着的张士诚遗像!"

"张士诚遗像?"韩宜可和汪广洋互视了一眼。

宋紫荷急忙大喊道:"冤枉啊!我们家从来没有什么张士诚的遗像,不知道他们是从哪里搜出来的!"

韩宜可微微抬手止住了宋紫荷,斜眼看向陆飞:"请问阁下是何身份?"

陆飞身旁一个亲兵大声道:"这位是平东将军吉安侯的大公子。"

韩宜可道:"他有什么官职在身吗?他现在能代表哪个方面和御史台交接?"

陆飞大怒:"小爷马上就要出任苏州卫指挥使了!"

"请你将任命书呈来过目!"韩宜可把手一摆。

"任……任命书,还在吏部寄送途中……"陆飞语塞。

"那你现在还不是苏州卫指挥使,暂时还没资格在公堂之上对这等大案要案横行插言!"韩宜可双眉一竖,冷声喝道。

魏忠明慌忙站出来为陆飞解围："韩大人且慢，下官记得陆小侯爷还是有资格的，他上一次偕同我苏州府抄封宋家时，亮出过平东将军帐前校尉的铜腰牌。"

陆飞这才记起，忙将腰间铜牌递来："韩宜可你休要张狂，小爷是完全有资格代表平东行营的……"

韩宜可言语步步紧逼："平东将军帐前校尉是几品？"

陆飞冷冷地扭过脸去，没有答话。

韩宜可又道："据我大明朝吏部的官阶制度而断，各军中行营的校尉一般是正七品。陆公子，你既是正七品，还不退下堂去，与魏知府一般比肩侍立，恭听御史台的裁断？"

"你……你……"陆飞的心肺几乎都要被气炸了，"韩宜可！你不要狐假虎威、欺人太甚！忠勤伯，你就这么放任你的手下戏弄功臣后裔？"

汪广洋坐在那里静默了片刻，又是一阵闷咳，然后缓声道："宜可，陆小侯爷确是功臣后裔，可以免礼。小侯爷，你就在旁代表平东行营参议此案吧。"他向陆飞把手一伸："小侯爷，看来你们平东行营也参与了宋明德一案的查处。有什么情况就说吧。"

"汪大夫此举倒还公正。"陆飞得意地一笑，看着宋紫荷逼问道，"你们宋府当然收藏有张士诚的遗像。据你们府中下人交代，每逢九月初四，你家老头子就带着全家上下在张士诚遗像前供起酒肴花果来纪念他。张士诚俗名叫张九四，你们这是'九月四日忆故主'嘛！这样的事儿，只有张匪余孽才做得出来！"

宋紫荷泪眼汪汪急切地道："两位御史大人，他们这是在捏造事实、构陷栽赃！"

魏忠明拱手道："两位大人，此女甚为刁钻蛮横，应该拖下去拷问一番再说！"

道衍双目锐光一闪:"原来魏知府平日里便是这样断案的呀,酷刑之下岂有真相?"

"魏忠明你休得胡言。"韩宜可厉声喝住了他,目光灼灼地逼视着陆飞,"陆校尉,你们平东行营既然抓了宋明德,又掌握了一部分证人证据,那么,我们只有前往你处提出宋明德本人当庭对簿,才能一查虚实啰?"

"这……这……"陆飞有些迟疑起来。

汪广洋也把目光从那几份证词、供状上缓缓抬起,捂胸又咳了三四声,开口道:"魏知府,你可是亲眼见到这份认罪供状为宋明德本人亲笔所写?上面的指印究竟是不是他本人亲自所摁?你且从实讲来,休要欺瞒老夫。"

"汪……汪大夫,这些……这些供状、证词都……都是平东行营转交过……过来的……"魏忠明被汪广洋这一问顿时面色惨白,瞥了一眼陆飞,吓得连话也说不利落了。

陆飞仍是强自撑持着,冷然不语。

韩宜可看着他:"陆校尉,是我们即刻到平东行营去和宋明德当庭对簿呢,还是你们即刻把宋明德送过来当庭对簿?你给一句明白话吧!"

众人的目光齐刷刷聚在陆飞身上,陆飞暗暗捏紧双拳,闷声道:"宋明德一案确是我平东行营主办、苏州府衙协办的,你们御史台前来复查,并无不可。只是宋明德在狱中因体弱气虚受了风寒,一直病得很重,后来竟发热发烧而变得有些神志不清、胡言乱语。你们若要和他当庭对簿,须得事先知晓这一点,休要乱怪我平东行营没有言在先……"

"你……你们竟把我父亲逼疯了……"宋紫荷失声哭道。

周应泰、道沐、道涤等人听了,亦是个个嗟叹。

道衍出列朗声道："平东行营非但将宋老施主屈打成招，更屈打成疯，此案将置《大明律》于何地？这真是旷古未有、骇人听闻之冤狱！贫僧等恭请两位御史大人明裁！"

韩宜可皱了皱眉头，追问陆飞："宋明德的神志不清之症，你们就没请人治疗过？"

"禀告御史大人，正在治疗中，但似乎并无实效。"陆飞摆出一副死猪不怕开水烫的模样。

"陆校尉，你和平东行营可要想清楚了，这桩案子出了如此匪夷所思的状况，经得起细细推敲吗？你们自信能到陛下驾前去自圆其说？"韩宜可按捺不住，厉声而问，"这样吧，我御史台也不用再去平东行营复查核实了，即刻便带走宋紫荷一道回京面圣启奏，陛下有的是途径来查明此案一切真相。"

汪广洋倒没有他这般冲动，语调深长地问了一句："陆校尉，你可否先带老夫去面见一下吉安侯？吉安侯一向行事稳重，应该能找来名医把宋明德治好吧？"

陆飞狠狠一咬牙，大手一拂："他宋明德疯了就是疯了，我家老爷子也别无他法！御史台只能接受这个事实。"

汪广洋面色微变，沉声道："宜可，走吧。平东行营既已将此案做成了这样毫无转圜余地的铁案，本台也确实只能依律上呈御前，请陛下发诏会同刑部、吏部、兵部等有司一齐复查。相信陛下对如此离奇的案情也定是颇感兴趣的。"

他说得声色俱厉，陆飞却仍是斜眼睨视着他，丝毫不以为意。魏忠明听到这里，却已吓得小腿肚子都抽筋了。他全身俯在地上哆嗦个不停，声音颤抖地道："汪……汪大夫，下……下官只……只是担有协……协办之责，有很多案情下……下官也是模糊不清啊！"他又拼命挤出几丝谄笑道："另外，下官和右御史大夫陈……陈宁大人可是多年的至交啊！……下……下官对御史台一向尊崇得很……"

韩宜可双目寒光凛凛地逼视着他和陆飞："谁若办了冤案、错案、假案，却能及时悬崖勒马、自首坦白，我御史台也定会从轻发落的。"

"汪大夫，韩御史，此案其实真的不干下……下官什么事儿啊！"魏忠明立时嚷叫起来，"这……这是平东行营那边……"

"魏忠明，你可不要像疯狗一样乱咬！"陆飞一声厉叱，恨不得一脚踹他个四脚朝天。

"陆飞，事到如今，你还敢咆哮公堂恐吓别人！"汪广洋止住了咳嗽，拉下脸来，双眉倒竖，威势毕露，"魏知府，你休要怕他，有什么内情只管给我从实招来！"

陆飞被他这一喝也乱了方寸，正自焦虑犹豫之际，蓦然室外有人说话了："招什么招？没影儿的内情，汪大夫你让他一个小小的府君招什么呢？御史台难道就是这样审问胆小怕事的循吏的吗？"

第六章
对峙

听到这个声音,汪广洋盛怒中的面色一僵、动作一缓,慢慢坐靠在椅背上,用手帕捂住了嘴,把一声咳嗽硬生生地堵了回去。韩宜可却是嘴唇一抿,毫不掩饰地流露出一丝不屑来。两人身边那几名带刀侍卫也面露惊疑之色,都是不自觉地踏前一步,掩护在衙案之侧。

堂中众人纷纷扭头朝外看去,只见厅外深深的夜色之中骤然亮起了两排灯火。前边两盏六尺余高的曲柄水晶琉璃大灯,照得阶前亮如白昼。二十余名着青衣小帽的仆役和盔甲鲜明的卫兵分列两旁,中间一座八人共抬的黄梨木漆金六角小轿赫然而立。轿边,一个气势精悍如玄豹的黑衣汉子傲然瞪视着堂上:"丞相大人驾到,品阶低下的人统统回避了吧。"

魏忠明张大嘴,下巴都快掉下来了,他急忙朝钱大斤、师爷等人挥了挥手:"你们都快快退下!"钱大斤、师爷和众衙役自是十分识趣,一个个磕头膝行着从门边退了出去。沈贯山、徐立诚、吴进祥三人则爬到厅外廊柱下长跪不起。魏忠明又似旋风般直奔出去,跪在小轿前喊道:"卑职叩见丞相大人!"

韩宜可也自觉地退下衙案,坐到府衙师爷先前的书吏小桌后,提笔做起了刚才审问过程的笔录。御史台诸侍卫皆是如临大敌,神情十分紧张。只有道衍双眸深处精光一闪,紧握着掌中的玄玉蝉,仍然挺身直立,深深地盯向那座六角小轿,低低地自语了一句:"原来他也来了……"

黑衣汉子的目光如利刃般横削过来:"你们这几个出家人还不赶快来拜迎丞相大人?"

周应泰袍袖一抖,嘻嘻笑道:"这位军爷,我等方外之士可以拜天拜地拜陛下拜师尊,但不会跪拜任何凡间权贵。你们丞相大人也应该是度量大如海、仁德高似山,不会和我们一般见识吧?"

黑衣汉子正欲发作,轿中人那平缓有力的声音又传了出来:"老道长讲得不错。当今圣上尊道崇佛,你们方外之士自可不必拘礼。倒是你老汪,架子好大,怎么也不下来见过本相?"他的话流畅清晰,非但毫不难听,更是带给别人一种奇异的亲切感。

汪广洋咳了一声,从木椅上站起身来,抱拳凑合着摇了两下,淡淡道:"遵您的金口玉言,汪某这厢见过了。"

在他说话之际,六角小轿已被徐徐抬入堂中。四周的仆役们一番动作之下,小轿的顶盖和厢板都被飞快地拆去,现出一架平辇来。一个身穿绛紫宽袍、腰缠羊脂玉带的贵人施施然端坐辇上。

此人颔下三绺长髯轻轻飘拂着,箍在进贤冠中的头发漆黑发亮,脸色却苍白如雪,唇角泛起一抹阴郁的猩红。他脸上皮肤亦似保养极佳,显得光洁异常,没有丝毫皱纹,细细看来,眼中却终有一抹掩藏不住的苍老之态,宛如一个六旬老者换上了一层年轻细嫩的皮肤一般有着莫名的反差。

他的目光森森然罩向了汪广洋,口中咯咯笑道:"好你个老汪,论官阶,你是从一品,本相是正一品;论职衔,你是左御史大夫,本相乃是天下百司之总枢——中书省的领相;论爵位,你是忠勤伯,本相乃是定远侯;论交情,你我在朝中同事多年;就是论年纪,本相好像也大你两三岁——你怎么就一直喜欢这样敷衍本相啊?也不怕下边的人说你没规没矩?"

"好了,好了,咱家的心意到了不就成了?"汪广洋坐回椅中,顺手摘了头上的横梁发冠,平放到案桌上,"胡丞相惟庸大人,您若是没事儿,就请自去吧!"

胡惟庸雪白的脸上绽开一丝微笑,仍是轻声轻气地道:"本相今夜前来亲自找你老汪,是带着一桩莫大的事体而至,岂能倏忽而来,奄忽而去?你老汪可休要怪本相叨扰了。"

"莫大的事体?什么'莫大的事体'?"汪广洋低头呷了一口凉茶,却不抬眼瞧他,只是盯着案上那一方惊堂木,沉声道,"倘若胡丞相口中所讲的'莫大的事体'是为某些不法之徒徇私说情,对不起,您这事体再大,也请恕汪某人不能从命!"

"哦?汪老弟,你凭什么就断定本相这'莫大的事体'是为某些不法之徒徇私说情?"胡惟庸仿佛不以为忤,咯咯咯地干笑了三声,"你这话怕是有些先入为主了!"

汪广洋闷咳一声,目光一抬,猛地盯向他:"那这莫大的事体是什么?"

"先不忙说,本相要送一份大礼给你。"胡惟庸从座辇上下来,向那黑衣汉子招了招手,"林贤,取圣旨来。"

那被唤作林贤的黑衣汉子急忙从袖中拿出一封黄绢卷轴呈给胡惟庸。胡惟庸将它托在手中,正容道:"左御史大夫兼观风巡检钦差大臣汪广洋接旨。"

汪广洋怔了一下,戴上横梁发冠,整了整官服,一撩袍角跪到辇前,叩首道:"微臣汪广洋接旨。"

胡惟庸慢慢摊开卷轴,不疾不徐地念道:"奉天承运皇帝诏曰:朕闻汪广洋代天出京,观风巡检,恪尽职守,颇有清誉,心甚嘉之。

现京中秋试在即,朕特命汪广洋兼任应天府尹,即刻动身返京坐镇抚理大小庶务。汪广洋先前所兼观风巡检之钦差一职,由礼部侍郎吴靖忠接任。钦此。"

"微……微臣叩谢天恩。"汪广洋听罢不禁一怔,暗暗觉得这道诏书来得十分蹊跷。他抬眼瞟一下胡惟庸,满腹狐疑地起身接过那道圣旨,凑在灯下逐字仔细看了一遍,末了又对着灯透了光查看玺印。

"这个老汪,你这般举动真是可笑……莫非还怕本相骗你不成?"胡惟庸脸色一变,声音有些冷厉起来,"你竟敢对圣上的旨意心怀疑虑,小心拱卫司到圣上那里参你一本,让你吃不了兜着走!"

"诏书是从你中书省给过来的,汪某仔细查看一下,又岂有大碍?你又不是不知道汪某的为人,汪某最怕遭了别人假传圣旨的欺骗……"汪广洋一边嘟嘟哝哝地说着,一边慢悠悠查看完圣旨,然后恭恭敬敬地封存好了,交给身边的侍卫随从,重又坐回了案后的太师椅中。

"老汪,这诏书你也算是看得仔细了,"胡惟庸也换上一副弥勒佛似的笑脸,"怎么,汪老弟,圣旨明明说是让你即刻返京兼任应天府尹,你还有心情闲坐?"

汪广洋瞅了他一眼,慢声道:"这黑灯瞎火的,您胡丞相让汪某怎么走?就是圣上差人办事,也没说不让过夜啊?河流这么多,岔路又到处都是,坐着乌篷小船摸黑乱钻,万一船沉了呢?您胡丞相到哪里捞人啊?到时候,陛下定会怪你催得太急……"

胡惟庸面色一窘,被他呛得说不出话来。汪广洋倒是话锋一转,逼起他来了:"咦?这礼也给您见过了,圣旨您也传了,怎么还不走?咱家可是个穷官,您若是想要什么打赏那是等不着喽!快去吧,咱家还等着审案哪!"

"呵呵呵……汪老弟,你还操这份闲心干吗,圣旨上讲了,你现在的观风巡检之钦差已经由吴靖忠接任了,他正从嘉庆府那边紧赶过来。"胡惟庸干巴巴地笑着,目光似刀尖般盯着汪广洋,"算了吧,汪老弟何苦还在这里耽搁工夫?你知道吗,圣上对这次秋试会考看得很重,又担忧胡元会派奸细暗中破坏,所以才特招你这位治世之能臣返京坐镇,你可莫负了陛下的殷殷期望!"

"胡丞相您休要乱扣大帽子!这宋明德附逆一案,汪某刚才已经审了半截,"汪广洋目光一凝,毫不回避地正视着胡惟庸,冷然道,"您以为汪某会在此刻半途而废吗?"

"哦,是平东行营和苏州府衙查出来的张士诚逆匪余孽案吗?"胡惟庸深沉的目光往堂下跪着的宋紫荷一瞥,"这位姑娘是?"

"这位姑娘是宋明德的女儿,在此向汪大夫陈情诉冤。"韩宜可在一旁郑重道,"丞相大人,您可想再倾听一下她的陈述?"

"不必,有你们汪大夫审着,本相何须多言?"胡惟庸沉声道,目光在宋紫荷身上打了个转儿,"这位宋姑娘实在是天姿国色、人间尤物,难怪汪大夫会在此流连入夜。汪大夫,本相劝你一句,可不要怜香惜玉而坏了我朝的法度啊!"

汪广洋眼神往陆飞那里一扫:"真正破坏朝廷法度的,只怕不是汪某,而是另有其人吧?!"

胡惟庸双袖一展,继续直逼上来:"老汪,本相管着中书省,依朝廷官制是百司纲领,总率郡属,似乎也有权过问一下你审理此案的情形吧?"

"您当然有权过问。"汪广洋冷冷一笑,向韩宜可示意道,"你把审案笔录做完了?都呈给胡丞相亲自验看吧!"

一个相府随从急忙上前,接过韩宜可交来的笔录,捧给胡惟庸。胡惟庸说完了刚才那段话,径回平辇上坐着,顾盼竟有威煞之气。身畔早有十三四名仆役来回奔忙,流水似的送来香茗、瓜果、熏笼、唾壶、毛巾,又有两三个童子在旁打扇伺候,气派大得令人瞠目。

胡惟庸双手平伸，任由两个侍从用毛巾仔细地擦净了手，这才接过笔录，一页页翻着细看。汪广洋斜眼盯着他，一边故意大声吩咐左右道："你们都给本座瞧仔细了，有人若是胆敢撕毁咱们的笔录，你们不管他是谁，统统记下来，回京后本座拼了这顶横梁发冠不要，也会去撞景阳钟、敲登闻鼓，到圣上面前和他打钦命官司！"

道衍和周应泰听了都不禁莞尔，觉得这汪广洋身上居然猴性不少。

胡维庸闻言却是一动不动，仍然细看着那笔录，口里嘻嘻笑道："汪老弟此话可是有些不成体统了，我中书省管着你们御史台，哪里就用得着撕你们的笔录了呢？本相会不相信你老汪的清正廉洁吗？只不过你审的是涉及张匪余孽的案子，陛下重视得很。兹事体大，本相岂能知而不问？"

"那您胡大丞相就细细看着吧！"汪广洋冷哼一声，转头叫住了一个递毛巾的相府仆从，"把毛巾给咱家拿来！还有那瓜……咦？好像是西域进贡来的哈密瓜，你家丞相真有口福！啧啧啧，也给咱家切一份儿。这帕子你拿着，给咱家洗干净了。要洗不干净，小心咱家叫你家胡大丞相打你板子！"

胡惟庸位极人臣、权倾天下，等闲尚书、侍郎见面也都阿谀逢迎，唯恐失了礼数。那名仆从极少见过有什么官儿敢在主子面前这般放肆，迟疑了片刻，却听身后的林贤森然道："还不照他说的去做，莫非你真想挨板子？"那仆从像被蛇蝎咬了一口全身一震，急忙一迭声答应着去了。

过了一盏茶的工夫，胡惟庸看罢笔录，轻轻合上交给了林贤，让他还给韩宜可，却向汪广洋微微笑道："难得汪老弟你手下有韩吏君这样的人才，把笔录记得如此详略得当、恰到好处，相信陛下看了也会觉得大有理趣的。"

"既是如此，你胡大丞相还要插手此案吗？"汪广洋一边嚼着哈密瓜，一边问道。

胡惟庸端起一只青玉杯盏，呷着清茶，慢慢道："你又错了。此案本相何曾说过要插手啊？来人，将邸报拿给汪大夫！"

一个侍从应声走到案前，将一份白绫封面的函笺呈给汪广洋。汪广洋掀开瞧了几眼，面色陡然变得铁青。

"老汪，这个案子已经结案了。"胡惟庸淡淡道，"平东行营已经上报朝廷，陛下已经下旨嘉奖，并钦定把宋氏家产全部抄没入官以充军国之用，且将此案用邸报明发天下以儆效尤。本相今夜巴巴到这里来，你以为真是本相在应天府闲着没事做，和你叙交情来了？是陛下让本相亲自代君出行，直赴这苏州府恩慰吉安侯他们的。"

他这一番话讲出来，宋紫荷、道衍、周应泰等人俱是大惊失色：想不到陛下这么快就给定性结案了，还用邸报明传天下！这一下，真是难办了！

"陛……陛下……"汪广洋捏着那份邸报的手颤抖得十分厉害，"您……您怎么不让我御史台先复核一下再下旨钦定呢？陆仲亨，你们竟敢如此蒙蔽陛下！"

"汪大夫，你说吉安侯他们蒙蔽陛下，可得拿出真凭实据。"胡惟庸阴阴笑道，"否则，《大明律》里清清楚楚地写着，'诬人之罪者以其所诬之罪抵之'……这可开不得玩笑哟！"

汪广洋已经气得失去了常态，狠盯着胡惟庸："你们中书省竟然不等我御史台的复核会签，就匆忙将此案上呈御前结案明发！胡丞相，你也难辞其咎！"

胡惟庸干笑一声，往四周看一眼，把手往旁一引："老汪，你且少安毋躁。来，来，来，请借一步说话如何？"

汪广洋慢慢冷静下来，只得随他去了屏风后交谈。胡惟庸四顾无人，低声道："当今圣上最喜乾纲独断，绕过有司钦定圣裁的事儿多了去了，你怎的当众怪起我中书省了？！我中书省也常常是被圣上一手甩开自行圣裁的，哪里就你们御史台一家被置而不问？"

汪广洋斜眼瞥着他："这件事若说你胡丞相没捣鬼，汪某决不相信！"

"老汪，你且听本相细细道来。"胡惟庸的态度倒是十分沉稳，"你也知道，陛下近日正在实施'欲征北必先安南'之大略，肃清浙西张匪余孽，乃是陛下'安南'之首务。陛下非常需要一个像宋明德附逆案这样的大案来震慑浙西一带'伏戎于莽'的宵小之辈！这也是陛下为什么会如此火速地明发邸报通告天下的目的。你是左御史大夫，应该不会连这一点通达时务的本事都没有吧？"

汪广洋脸色一滞，半晌才长叹道："汪某何尝不懂陛下的圣意，问题是朝廷以冤案、假案来立威浙西，将来只会令亲者痛而仇者快，胡元奸细届时不会借此大肆抹黑我大明朝吗？"

胡惟庸仿佛没有听到他这些话，一言不接。

汪广洋踌躇了片刻，右拳紧紧一捏："不行，汪某必须让圣上明白这是一桩冤案、假案！"

"忠勤伯不愧是忠勤伯！"胡惟庸淡淡一笑，"那么，就得请你自己赶紧回京去面圣陈情了。这也是你的应尽之职。"

汪广洋不再多言，疾步转出屏风，坐回了衙案后面，捂着胸口重重地咳了几声，脸色显得十分难看。胡惟庸也若无其事地走回到榻上坐下，眯着双眼，轻轻地吹着掌中茶杯上腾腾升起的热气，神态十分悠闲。

道衍一见此状暗暗皱眉：看来，汪广洋终究还是没能顶住胡惟庸"挟钦案以制人"的压力！

果然，片刻之后，汪广洋一声嗟叹，喊来宋紫荷、道衍上前，声音低沉地道："老夫刚才深思过了，圣上的钦定邸报既已下发，我御史台此刻亦无法硬拗。老夫只能即刻带上宋姑娘的诉冤状回京面圣陈情。你们且在此等候消息，如何？"他又看了一眼韩宜可："宜可，你也留下来陪护他们吧。"

韩宜可正欲答应，胡惟庸却阴沉沉地发话了："汪大夫，别怪本相事先没有提醒你，浙西一带匪患隐没，寻常人等出入难安，你就不害怕你这位得意门生在此身遭意外之厄？"

汪广洋的脸色瞬间白了，沉吟了一会儿道："宜可，你还是随老夫一道返回应天府吧。"

"大人，下官怎能如此？"韩宜可连连摆手，又看向宋紫荷、道衍，"他们留在此处，便如留在虎口啊……"

"你……你怎么这般说话呢？"林贤在一边听着，脸都似气歪了。

道衍仍是一脸平静："韩大人，您尽管随汪大夫去吧，贫僧自有应对之策，只是宋姑娘她……贫僧以为大人可以带她一道赴京诉冤！"

汪广洋看了一眼哭得带雨梨花似的宋紫荷，有些为难地点了点头："似乎亦可……"

那边，陆飞一下火急火燎起来，眉发俱张，便欲出来耍横。却见胡惟庸放下玉杯，冷声道："老汪，你真是糊涂了，宋紫荷怎么能跟你们走呢？依照大明刑律，她可是钦案主犯之家属，必须拘押在苏州原籍！"

韩宜可怒道："我等若将宋姑娘留在此地，只怕你们会胡作非为！"

胡惟庸哪里把他放在眼里，单刀直入地问汪广洋："这位韩御史的话可是有些含沙射影了！汪大夫，本相只当他是疯言疯语。只是小心平东行营吉安侯会拿着钦案邸报找你们御史台讨个说法，你们哪只眼睛看到他们胡作非为了？"

"我们审问的笔录记下了，宋明德已在平东行营莫名其妙地疯了！"韩宜可毫无惧色地回道，"宋姑娘若在此处再有个三长两短，平东行营也不好对陛下交差吧？！"

胡惟庸悠悠道："有些通匪附逆的钦犯为了逃避罪责，故意装疯卖傻也是常见的事。"

"罢了！"汪广洋一挺腰板，"宋紫荷向御史台陈冤诉情，御史台应该可以护她入京面告御状。"

"但邸报已经对她宋家一事结案了，她现在已是钦犯家属，依刑律必须拘押在原籍。你们强行带走她，分明是越职越权之举！"胡惟庸再没了先前的平和优雅，咄咄逼人地道，"我中书省面对这等违法乱纪之事，自可随机处置。汪广洋，你要逼本相调平东行营之军治你们一个知法犯法之罪吗？"

"胡惟庸，你敢？！"汪广洋一拍案板，勃然而起。

"你意欲越职带人在先，本相又有什么不敢？"胡惟庸夷然回视，双目圆睁，寒光凛凛，锐若钢针。

相持有顷，汪广洋终于还是软了下来，挥一挥衣袖，召魏忠明到近前，对他郑重吩咐道："你等都要清楚，本座已将此案纳入御史台的监察范围，本座现在明令你苏州府将宋紫荷暂时拘留于寒山寺内，由道衍师父等和你们府衙共同看管照料，并随时听候复查审核。其余人等，均不得有所骚扰。胡丞相，本座此举还算知法犯法否？"

胡惟庸一阵干笑："你御史台确实比平东行营、苏州府衙的层级都高，你依法依律部署他们，本相有何话说？"

汪广洋注视着魏忠明："你可听明白记清楚了？"

魏忠明点头犹如鸡啄米："下官听明白了，下官记清楚了……"

汪广洋这才长长地吐出一口气来，一转脸正迎上道衍那两道清亮的目光。他自嘲地笑了一下："姚君，今天本座又让你失望了！"

道衍面无异色："汪大夫何出此言,您已经做到了您能做到的极致,贫僧敬佩!"

　　汪广洋微一颔首,拉起韩宜可,招呼自己的随从侍卫,喝道:"咱们走!"也不多讲什么,也不向胡惟庸作礼告别,就那么拂袖扬长而去。

第七章
逃脱

待得汪广洋一行走远，一直站在旁边不敢擅言的陆飞终于大舒了一口气，突然一撩衣角，跪到胡惟庸辇前，恭恭敬敬地喊道："孩儿拜见干爹！"

听他叫出这一声干爹，宋紫荷、道衍师兄弟、周应泰都吃了一惊：想不到他和胡惟庸之间竟还有这样一层关系！

胡惟庸微微一怔，随即哈哈大笑："哎呀，我的乖儿子！来，这是朝廷任命你为苏州卫指挥使的文书，你快收好了！从现在起，你就是货真价实的方面干将了，今后得为干爹多多长脸啊！"

陆飞双手接过任命书，叩首道："孩儿多谢干爹的栽培！"

胡惟庸微一点头，正欲开口，却听道衍宣了一声佛号，徐徐道："丞相大人，我等就此告辞了。"

"且慢！"胡惟庸用手一指，"你们准备将宋紫荷带回寒山寺去？"

"不错。汪大夫吩咐在前，我等自当遵从。"道衍单掌立胸，不软不硬地答道。

"不必了，宋紫荷即刻交由苏州卫接管。这，是本相的命令。"胡惟庸板着脸孔一字一顿地道。

道衍双目冷光一闪："汪大夫和韩御史前脚刚走，丞相大人您就置御史台之严令于不顾？"

胡惟庸双掌按膝，冷笑道："中书省的层级比御史台更高，本相自然能推翻他们的严令。是不是啊，魏知府？"

魏忠明立刻跪地答道："丞相大人言出法随，自然是极对的。"

道衍依然炯炯正视着胡惟庸："胡丞相，宋姑娘可是托了汪大夫赴京代告御状的，你这样翻云覆雨，只怕将来对御史台、对陛下都不好交代吧？"

"告御状？"胡惟庸嗤笑一声，向林贤示意，"林贤，你代本相去问一问宋姑娘，她现在还告不告御状了？"

那林贤应了一声，一步跨到宋紫荷面前，右掌一摊，掌心赫然是一块玛瑙玉佩。他脸色如铁，沉声道："宋姑娘，你母亲刚才在平东行营那边已经招认了你们宋家附从张士诚为逆的罪行，这是她托本官转交给你的信物，希望你再也不要胡乱折腾了。"

一见那块玉佩，宋紫荷顿时面色惨白：看来，母亲已然落在了他们手里！现在，胡惟庸的势力明显压倒了御史台，而汪广洋实际上也是被他逼走的，自己孤身奋战，能轻易抵达御前告状吗？胡惟庸、陆仲亨他们又会给自己这一线机会吗？只怕自己若是再不屈从，母亲也定会被他们逼成父亲那种半疯半死的模样！

哀哀悲泣良久，宋紫荷才掩面拭泪道："启禀各位大人，小……小女子此刻亦是无冤可诉，只求你们高抬贵手、宽大为怀！"

道衍一听，顿时急切地看向宋紫荷："宋姑娘！你休要怯怕，我等定会助你沉冤得雪！"

"道……道衍师父，谢谢你了。"宋紫荷泪光闪闪地仰视着他，"小女子命薄厄重，不能再连累你们也一同遭殃了！师父们，小女子来生再报大恩大德！"

周应泰闻言，也不禁沉痛地宣了一声道号："无量天尊！"

"呵呵呵……这就对了嘛！"胡惟庸笑得眯起了眼，"宋紫荷，你眼下这般痛痛快快地认了罪、服了法，本相自会酌情对你宽大为怀的。陆飞，你先将她带到后堂去。"

陆飞得意扬扬地小跑过来一伸手："宋姑娘，请吧！"

宋紫荷婷婷而起，走到道衍身旁行了一个万福，双目泪光流转，凝望着他，缓缓道："道衍师父，小女子永远记得，西厢房内，青灯黄卷，一片丹心，永朝佛前。"

道衍双目微闭，神色变了又变，显得前所未见之复杂，最后合掌徐徐叹道："南无阿弥陀佛。"

陆飞立即嚷道："你看你看，这假和尚其实还是个贪恋美色的花和尚！陆某要到僧录司去告你！"

宋紫荷却不理他，转身径向胡惟庸道："胡丞相，今日一切与各位师父无关，所有罪责尽在小女子，请您放过他们吧！"

胡惟庸面无表情："你且退下，本相自有裁断。"

就在此时，道衍双眉一立，突然低低地唤了一声："师叔！"

周应泰立即会意，倏然飞身而前阻住陆飞，喝道："御史台已将宋姑娘交我们托管，你怎敢乱来？"说着，一手向陆飞兜胸抓去！那边，林贤也似苍鹰扑兔般急掠而至，右掌一划，朝两人中间横截而下："道长慢来！"只听"当"的一响，犹如金铁交鸣，震人耳鼓。周应泰和林贤两掌一触即分，原来他俩皆是内力精纯，达到了运气如钢的境界！这一过招，周应泰上半身只是微微一晃，林贤却禁不住倒退了半步，显然他比周应泰的修为稍逊一筹。

借着两人交手的空隙，陆飞已拖着宋紫荷退到了大堂一角，几个亲兵侍卫赶上前来掩护住他。

周应泰站稳身形，有些惊愕地看着林贤："想不到相府之中竟然藏有如此年轻的内家高手，贫道倒是浅陋了。"

林贤也暗暗调息着自己胸中翻滚不定的内气，心中思量：这青阳子果然厉害！下一次交手，务必要利用好那件暗器才行，否则自己必落下风。

这时，胡惟庸带来的那些亲兵已纷纷搭箭满弦，站成两排，齐刷刷地瞄准了周应泰、道衍等人。而陆飞也趁着场中混乱，急忙把宋紫荷拖去了偏室。

道涤、道沐在道衍的示意下，也一齐站到周应泰左右两侧，蓄势待攻。大堂之上的空气几乎紧张得要爆炸开来！

沉寂之中，胡惟庸却是一声厉喝："谁也不要动手，本相有几句话要问他们！"

道衍只得一使眼色，让周应泰他们退了回来："丞相大人而今还有何赐教？"

胡惟庸死死地盯着他："这位道衍师父，你的俗家姓名可是姚广孝？"

"不错。"道衍缓缓道，"假如贫僧没有猜错，丞相大人今日也必是为了贫僧才专程赶来这苏州府的。"

胡惟庸一拂袍袖，悠然道："姚师父，其实你我都认识一位故人——诚意伯刘基。依本相看来，今日刘基若在这公堂之上，自会远胜汪广洋，而不会这般草草退场！"

道衍双掌合十叹道："汪大夫终究还是不及刘先生，他不敢拂逆圣意，不敢推翻陛下钦定的大案，若是换成刘先生，他是决不会因害怕拂逆了圣上颜面而放弃追查到底的！"

"可是刘基已经死了！"胡惟庸冷冷地吐出了几个字。

"刘先生真的已经死了吗？"道衍正色道，"那么，今天贫僧等人又怎会出现在丞相大人您的面前呢？"

"不错。这些年来，你我井水不犯河水，"胡惟庸缓声道，"本相真没想到你今天竟会冒出来与本相作对。"

"原来宋家冤家的幕后黑手果然是丞相大人您啊！"道衍冷冷答道，"这一点，其实是在贫僧预料之外的。"

"姚师父，你看你而今大隐隐于林，本是做得极佳的，你既有佛门俗家弟子的身份，又有玄门道士的度牒，而且深通诗书经纶之学，在王纲密罩、万流归一的大明朝，你随时可以左右逢源、脱颖而出！"胡惟庸慢慢地呷着杯中清茶道，"往明了说，你既可以做身为佛官的左善世宗泐，又可以做由僧还俗的山西布政使华克勤；既可以做灵应观的真人席应真，又可以做身为道官的左正一封万尘；既可以通过科举应试而入仕为官，又可以潜伏居塾授书谋生！这是何等高明的狡兔三窟之术！但你今日却大大地失策了……姚广孝，你这是何必？"

道衍微笑着反问道："对啊，贫僧既已做好了狡兔三窟的进退之策，这一次又怎会踏足红尘卷入纷争呢？这难道不值得丞相大人您反思吗？"

胡惟庸脸上隐隐一红，思忖片刻，才缓和了容色，道："道衍师父，只要你和周道长他们今日就此彻底退出宋紫荷一事，本相便既往不咎，还会派人专程恭送你们各归其所。当然，本相和陛下一样尊道崇佛，自会给你们分别奉上香火供献之资的。"

道衍纵声大笑起来："难道在胡丞相心中，普度众生的佛祖和清静无为的老君，都是可以被尘世的权与利收买的吗？"

胡惟庸脸色一沉："姚广孝，你可不要为你刚才这句话后悔！"

道衍哪里惧他，衣袖一拂，对周应泰、道涤、道沐道："我们走！"

"你们还想往哪里走？"林贤大喝一声，双臂一展，犹如一头大雕飞到半空，双手十指屈曲如钩，直向道衍头上抓下。与此同时，周应泰一步跨至道衍身前，右掌往上一翻，"呼啦"一响，一团气劲如飞轮般疾旋而上，迎着林贤狂卷过去。林贤身在半空微微一停，手上招式一变，铁指齐弹，五缕殷红胜血的锐芒暴射而出，嘶然有声，径向周应泰雄浑的掌劲中贯穿而入。周应泰避之不及，只得凝气于掌硬碰硬，不料刚一接招，便觉双掌掌心竟似被蝎针刺了一下，剧痛难当。紧接着，他掌上的劲气急速流失，再也无法凝聚起来。一惊之下，周应泰不禁踉跄后退了三四步。林贤瞧见周应泰果然中了自己的暗算，不由得心头狂喜，双掌箕张，势如泰山压顶，竟朝周应泰天灵盖重击而下！

刹那之间，却见道衍一反体弱无力之态，灵猿般闪身而前，托起掌中那只玄玉蝉，用食指轻轻一弹，但听一声轻啸，蝉嘴上一线细细的黑光如矢如箭激射而出，穿破了林贤的如山掌影，刺在他的膻中穴上。林贤陡感一阵气血迸涌，全身内力一散，"啊呀"一声，身形在半空中倒翻而回，跌落在地，险些站立不稳。

这边，周应泰忍着剧痛，一双大袖往外狠狠一扇，一阵劲风狂扫而出，顿时桌翻椅倒，那些亲兵侍卫也都被吹得跌跌撞撞挤成一团。待得劲风稍息、尘土散尽，林贤他们扑到堂门之时，周应泰和道衍师兄弟三个早已乘机逃得无影无踪了。

座辇之上的胡惟庸仿佛永远那样稳坐如山，居然在刚才劲风扑袭的情形下，仍能双手撑住扶手，尽管衣襟被劲风吹得猎猎作响，身形竟一动未动。

隔了片刻，他才缓缓开口，面色显得前所未有的狰狞："林贤，你看到了？这个病恹恹的假和尚，其实才是本相平生最狡猾的对手吧？"

林贤一手捂着胸口，单膝跪地："请义父放心，孩儿一定会千方百计铲除这个妖僧！"

第八章
分赃

　　场中安静下来之后,林贤扶着胡惟庸踏进后堂,险些以为自己走错了屋子。原来,就在刚才他和周应泰等人交手的短时间内,相府仆从们已经把这里完全整饰一新。地上铺了一层猩红的毡毯,壁上张着绛色帷幕,梁柱全用彩绢包裹,四角立着四尊丹凤朝阳型的青铜宫灯,桌椅也都换成了崭新的,上面摆满了茶点。

　　胡惟庸倚着一张太师椅坐下,脸上忽地现出几丝疲倦之色来。他朝林贤招了招手:"把那件东西拿过来,本相要养一养精神。"

　　林贤会意,从一方紫檀木匣里极为小心地取出一根玉琮来,恭恭敬敬地递到了胡惟庸掌中。这玉琮白如凝脂、润似油酥,通体上下环刻着龙腾虎跃之纹路和弯曲如龟蛇的字符,显出了一股莫名的秀逸和神秘。胡惟庸用双掌捧着它,两眼微闭,往琮身当中的空心孔洞内深深地吸了一口长气。他那苍白的皮肤下顿时泛起了阵阵潮红,精神也显得越来越健旺了。

　　正在此刻,窗户忽地无风自开,一道灰影似鬼魅般一掠而入,在屋角宫灯的暗影中立定,竟是一个玄衣蒙面人。他向胡惟庸遥遥一躬:"丞相大人出手果然摧枯拉朽!"

　　胡惟庸见到他却毫不吃惊:"还是亏得你报讯及时,不然这一次宋家的事真有可能就败在这苏州府衙了。"

蒙面人道："此事有姚广孝和周应泰搅和其中，确是棘手。家师也不好出面，就只有请胡相爷您了。"

"你看，姚、周二人方才竟打伤林贤逃了，他们确是本相的劲敌。本相一定会想尽办法除掉他们的。"胡惟庸冷森森地道，"你和你师父不会再存妇人之仁了吧？"

"不会，一切任凭胡相爷放手施为。您看，今天若不是在下预先送了法器给林公子，周应泰会这么轻易受伤吗？"

胡惟庸这才缓和了面色："你替你师父拿到宋家那件宝物了？"

"暂时还没拿到。"蒙面人双拳一抱，"不过，宋紫荷现在也落到了咱们手中，之后应该能够盘问出来的。"

胡惟庸又拿着那根白玉琮在自己脸上轻轻滚压着："宋家的产业，本相自会做主分给你家一半的。"

"多谢丞相大人恩赐。"蒙面人急忙欠身答道。

胡惟庸又沉声道："你看，本相对你们师徒二人可没有食言吧？"

"丞相大人请放心，家师和在下也决不会对您食言。您吩咐的事儿，我们正办着呢！"

胡惟庸用手指点了点桌面："还有，此番秋试选贤十分重要，本相不希望新科状元花落别家，你们一定要替本相做得滴水不漏。"

蒙面人向他抱拳道："胡相爷尽管放心，我等自有妙术促成此事。"

"对了，本相听闻内廷拱卫司护送两个神秘人物来了常州府附近，你去瞧一瞧你师父在那里可留下什么后患没？"胡惟庸把玩着掌中的白玉琮，又徐徐道。

"好，在下告辞。"蒙面人身形一闪，便凭空消失了。

胡惟庸看向林贤："陆飞那小崽子呢？"

"刚才陆小侯爷带着宋紫荷躲到偏房去了。"

胡惟庸眉头一皱:"你去喊那小崽子滚进来!"

"多谢干爹救了孩儿一命。"陆飞一进屋便满脸堆笑,跨上几步,连忙向胡惟庸屈膝跪倒。

胡惟庸瞧也没瞧他:"林贤,给我掌他的嘴!"

"啊?干爹,您是恨孩儿没给您长脸吗?"陆飞急忙自己打起自己耳光,"孩儿自己掌嘴!孩儿自己掌嘴!"

"罢了!"胡惟庸一抬手止住了他,"飞儿啊,你什么都好,但就是喜欢耍小聪明!本相知道,你当着道衍、周应泰的面突然喊我干爹,是想把事情做绝、把后路堵死,因为你这一喊,本相就只能将道衍、周应泰他们灭口了!好啊,你居然连本相也要下套啊!"

"孩……孩儿知道错了。"陆飞一听,吓得连声音都颤抖起来。

"罢了,本相自然是会帮着你化险为夷的,不过,道衍、周应泰他们还是乘隙逃脱了,飞儿你看怎么办?"

陆飞把袖子往上一撸:"寒山寺那里,孩儿带人去荡平了它!"

"你又错了!"胡惟庸右手一挥,"寒山寺那里,你只能派人暗暗蹲守,千万不可肆行打扰。"

"为什么?"陆飞一愣,"那个破庙有什么不可拆毁的?"

"因为他们的方丈净空大师来历不凡。"

陆飞一脸不屑:"那老和尚能有什么不凡的来历?"

胡惟庸肃然道:"据本相探知,寒山寺的净空方丈实际上正是当今陛下在皇觉寺时的师兄。你说,谁敢去那里轻易招惹他们?"

"这……这……"陆飞顿时语塞。

"不过你放心,你林贤哥哥已经答应会替你除掉道衍、周应泰的。"胡惟庸拿起那根白玉琮晃了晃,"你还不快去谢谢他?"

陆飞连忙转过身朝林贤不停地拱手作礼："林大哥，林大哥，小弟这厢真是多谢了！"他谢了一会儿，忽又想起了什么，向胡惟庸问道："干爹，孩儿瞧那个汪广洋也是茅坑里的石头——又臭又硬！他万一跑到陛下那里胡搅蛮缠，您看……"

"是啊！"胡惟庸不动声色地看着他，"你说本相该拿他怎么办？"

陆飞狠狠一咬牙："汪广洋那老匹夫怎配和干爹您作对？孩儿瞧他是个肺痨，只要林大哥稍使手段，他八成是活不到应天府的……"

胡惟庸端茶杯的手蓦地一定，双眼一横，直直地盯视着陆飞，看得他全身上下极不自在。过了好一会儿，胡惟庸才慢慢开口道："飞儿，你这一次又错了。第一，你不该叫他老匹夫。汪广洋虽然官职稍低于本相，但他确实廉明贤能，不愧为圣上亲手树立的清官模范。对他的为官为人，本相素来敬佩之极。第二，你不应该盼着他死。你不知道，有了汪广洋时不时地在朝中跳出来给本相唱几句反调，倒正符合了圣上'以彼制此、分权而治'的驭人之道，这才使得我胡惟庸这个左丞相之位坐得稳当。倘若有一天这朝上没了汪广洋和本相针尖对麦芒的杂音，只怕你干爹我也就和前任丞相李善长一样被搁到一边返乡养老了。所以，飞儿啊，这汪广洋万万死不得。

"况且，他这一次回京面圣，也翻不起什么风浪来。陛下这一次御笔钦定宋明德案并以邸报公然宣示天下，自有其深意。汪广洋能去拂逆圣意、硬翻钦案吗？本相认为他是做不到的。"

陆飞听到这里，不由得连声称赞："汪……汪大人哪里有干爹您高明中正呢？他给您提鞋都不配！"

"慢着，干爹的话还没说完。第三，不妨告诉你，本相其实很看不起你的为人。飞儿啊，欲成大事，不拘小节，自然不错，但大节有亏，就成不了什么大事。飞儿，不是干爹训斥你，财色两关打不破，这便是你大节所亏之处！这一条你若不改正，只怕一辈子都成不了气候！你瞧你这一次，被宋紫荷的美色迷得神魂颠倒的，万一她反以美色来蛊惑于你，你岂不成了她的裙下之臣？那时候，你还做得成什么宏图大业？"

陆飞听得满身冷汗，强忍着心底的慌张，在地板上把头磕得如捣蒜泥，一迭连声地道："干爹的教诲鞭辟入里，孩儿誓死铭记了……"

看到陆飞这般俯首认错，胡惟庸才深感满意地微一颔首，将手中茶杯送到唇边呷了一口，吩咐道："那么，你稍后就把宋紫荷交给林贤接管。"

"啊？干爹……您……您要相信孩儿的定力……"陆飞的表情还有些不甘不愿。

"就这样定了，宋紫荷可是宋氏大案的关键人物，岂能放在你这个冒失鬼手里？等把她驯服好了，到时候再给你。"

陆飞只好答道："干爹说什么就是什么吧。"

胡惟庸又问他："本相问你一件正事，你爹爹吉安侯在浙西这里兵权抓得怎么样？"

"家父认为，只有制造出越来越多的张匪余孽，他的兵符才会越握越紧。"

"他这个想法是不错的，"胡惟庸道，"但也无须先入为主地四面树敌，一切总该恰到好处才行。他有什么举措，还是先报给本相研判一下，如何？"

陆飞双手一拱："孩儿一定会将干爹您的告诫转禀家父。"

胡惟庸放下茶杯，又拿起那根白玉琼把玩起来："林贤，你去前堂把魏忠明和那三个商人都传唤进来。"

不多时，魏忠明带着沈贯山、徐立诚、吴进祥三人几乎是连滚带爬地抢进门来，个个一副受宠若惊的模样，远远地跪在门边，连头也不敢乱抬。

"魏知府啊，本相听陈宁大人提起过你，他称赞你是最擅长审时度势、通权达变的了。"胡惟庸抚摸着那根白玉琮，和蔼地道，"你经历了多年的宦海风波，是前元至正年间的进士吧？原来你名叫魏忠仁，一考上前元的进士，便把自己的名字改成了魏忠元；后来张士诚占据了苏州府，你投降归附了他，又把名字改成了魏忠诚；我朝荡平张匪之后，你投诚归顺过来，再一次把名字改成了魏忠明……魏知府，你可真是很识时务啊！"

魏忠明连连叩头，谄媚之极地道："卑职还想改一次名字，改作魏忠庸。恳请丞相大人恩准。"

"忠庸"，胡惟庸岂有听不明白之理？他淡淡一笑："你现在还是大明的官员，还不到再次改名的时候吧？"

"是是是，丞相大人说改，卑职马上就改；丞相大人说不改，卑职就不改。卑职心中只装着丞相大人。"魏忠明笑得甚是灿烂。

"言归正传吧。"胡惟庸道，"忠明啊，从宋府各个柜台抄出来的现银现款究竟有多少，你一定要对本相说老实话。"

"禀告丞相大人，本来共有一百零六万四千两现银，但……"

胡惟庸把手一抬，魏忠明急忙闭嘴。门边的沈贯山、徐立诚、吴进祥三人立刻非常知趣地退了出去，不敢旁听。

一个相府侍从奔进来，将一张纸条呈给了胡惟庸。他把纸条看完，问魏忠明："你的师爷禀报说宋家抄出现银一百零一万四千两，你怎么说得比他多了五万两？"

"这……这五万两是卑职让捕头钱大斤有意隐瞒下来另外孝敬给中书省的。"魏忠明也不着慌，朝胡惟庸谄笑道，"丞相大人请明鉴，卑职决无中饱私囊的杂念。"

"很好。难得你有这一片孝心,中书省记住你了。"胡惟庸也不再深究,用手捏了捏座辇扶手,"你继续禀报吧!"

"我们本来总共从宋家抄出了一百零六万四千两现银,但吉安侯那里派人来强行提走了六十三万两,他说要做浙西剿匪之用……"魏忠明看了一眼陆飞,还是硬着头皮说了出来。

胡惟庸目光一横,扫在了陆飞脸上:"你爹的胃口实在是不小啊!你以为圣上就会任他这么生吞活咽吗?你以为本相今夜火速过来,背后就没有圣上的鞭策吗?"

陆飞急忙上前附在胡惟庸耳边低声道:"家父的意思是从'军费开支'里过账是最安全、最隐蔽的……"

胡惟庸听了,也不多言,只向魏忠明吩咐道:"忠明啊,你既然让你的师爷报上来是一百零一万四千两,中书省就认了你这个数吧。你苏州府中现在还剩三十八万四千两吧?其中的三十八万两现银全部发往应天府,那四千两就赏给你们府衙自行支配。"

魏忠明大喜道:"多谢丞相大人开恩。"

胡惟庸又朝林贤挥了挥手:"贤儿,你下来后去吉安侯那里协调一下那六十三万两现银之事。"

林贤将身一躬:"孩儿知道了。"

胡惟庸这时才把眼色一丢,魏忠明忙去把沈贯山、徐立诚、吴进祥三人召唤进来。

只见胡惟庸满脸堆笑,把亲切十足的目光投向沈贯山、徐立诚、吴进祥身上:"各位老板真是简朴啊!本相着实佩服。"

沈贯山等人听了,都不禁苦笑了几声。吴进祥窘然道:"胡相爷,我等也不想穿得这么破旧来拜见您老人家,只不过《大明律》里特别规定了,农户之家,许穿绸纱绢布;商贾之家,只许穿布。咱们就只有在您老面前失仪啦!"

"这个……"胡惟庸不动声色地道，"依本相所虑，当今圣上以律法命令你们商户只许身穿布衣，也许是不想让你们恃富而骄、炫耀于众，以防激起农民不平之情嘛，说到底，也是帮助你们隐富于贫，免得招来盗贼觊觎。这也是拳拳可感的一片苦心啊。"

徐立诚见胡惟庸一脸的和蔼，禁不住多说了一句："丞相大人倒是宽慰得好，只怕圣上是想让我们商人永居四民之末，使那些傻农民骑在咱们头上……"

沈贯山脸色一变，急忙踹了踹他，然后拉着吴进祥一齐跪倒："草民等承蒙丞相大人教诲，自当深体圣意、甘之若饴。"

"嗯，还是你沈大老板最会说话。"胡惟庸含笑瞅了他一眼，伸手一招，"本相有些乏了，来，陆飞、忠明陪本相下去。林贤，你且留下来替本相接待三位老板。"说完，他在陆飞、魏忠明和一大群侍从的簇拥下施施然出门而去。

跪送走了胡惟庸后，林贤让仆从拿了几张杌子给沈贯山等人坐下。

吴进祥屁股还没落稳，便有些急不可待地道："林大人，咱们遵照您的吩咐一齐联手扳倒了宋明德，您看，您当初说过的话……"

"林某说话一向算数。"林贤把刚才从胡惟庸手中接过的那张纸条细细看罢，也不回避他们三人的目光，直言道，"宋家确实还有宝虹绸缎庄、粮田、米店、园林、客栈等不少产业。这些东西现在都是官产了，中书省也要把它们卖了充公。他们苏州府先估算了一下，你们猜它们该值多少钱？"

吴进祥正欲抢答，沈贯山却瞪了他一眼，开口道："一切全凭林大人做主。"

"官府初步估算它们该值六七十万两。"林贤平静地道。

"这……这……哪有那么多？"徐立诚和吴进祥都嚷起来。

林贤目光如刀横空一扫，冷声冷气地道："不值这个价？宋家的产业岂是孬货？明州府的贾老板、扬州府的童老板早就派人来丞相府这边递帖子了，他们可是识货得很……"

吴进祥、徐立诚急忙又叫："那……那……还是请林大人优先照顾咱们吧，咱们对丞相府从来都是忠心耿耿的。"

林贤佯装口气一松："这样吧，宋家的全部官产在明面上折算成三十六万两白银出售，徐老板、吴老板你俩各出其价、各得一半吧！私底下，你俩再将二十万两白银交给林某带回丞相府。"

"林大人既然这么说了，吴某自当遵从。"吴进祥厚着脸皮笑道，"不过，吴某的侄儿乃是礼部侍郎吴靖忠，听他谈起过和林大人您一向交好，吴某请求这次能够买下宋家产业的十分之七，还望您恩准！"

"吴老板，你自己有一个好侄儿是不差，但你认为人家徐老板就不会出一个好儿子吗？"林贤冷冷笑道，"让你们两家各得一半，是丞相大人的意思。你看，人家沈老板连宋家一片砖瓦都没分到呢！你再闹下去，说不定相爷就要改主意了。"

"好的，好的。咱们一切听从丞相大人的安排就是。"

吴进祥被林贤这么一刺，不敢再多说什么了。徐立诚阴笑着看他，暗恨于心。

林贤朝他们摆了摆手："两位先出去等着，林某要和沈老板单独谈一些事情。"

吴进祥、徐立诚二人只得乖乖退出去，还替他们轻轻掩上了门。

林贤面容一肃，对沈贯山道："沈老板，相爷说了，你沈家现在是钱财多如山，不能再要宋家的产业了。你再要，就是给自己种祸，你懂吗？"

"沈某懂得，沈某懂得。"沈贯山忙道。

"中书省会赏给你一方'济世义商'的金字牌匾，让你沈家永远不在西迁的名单上。你可满意？"林贤又款款道。

沈贯山一下跪倒尘埃，咚咚磕头："沈某对丞相大人的再造之恩永铭于心、没齿不忘！"

林贤连忙把他扶起来，徐徐道来："沈老板，相爷对你的经商牟利之才是十分欣赏的。在相爷看来，你沈家要想在苏州府长久地扎住根脚，就得参与到军需供应的大生意里来。你为军界办事，谁也不敢轻易动你！你懂吗？"

"多谢相爷指点迷津！"沈贯山连声道谢。

"朝廷准备向辽东用兵，需要五十万件棉衣，由山东行省布政使罗永辉负责。"林贤直入正题，"山东出棉花，浙西织衣服，沈老板你完全可以接下这桩生意。相爷已经写了密函给罗永辉，你下来和他衔接吧。"

沈贯山认真回道："为丞相大人办事，沈某定当尽心竭力。"

林贤又道："规矩还是和原来一样，相爷抽四成的利润，林某这边会帮你做好账簿，但那些利钱还是存在你沈老板的名下，我们只需要随时支用即可。"

沈贯山忙道："我沈家的钱柜就是相爷的钱柜，相爷但有所需，我沈家自是无所不从！"

第九章
对联

星月无光，夜幕如漆。道衍师兄弟和周应泰运使轻功一直遁到苏州城外的小树林，才歇息下来。

道衍鬓角见汗，调息了片刻，无意中竟看到周应泰原本枯瘦的双掌已红肿如小馒头，不禁失声惊问："师叔，您这掌上的伤势怎会如此严重？"

周应泰半咧着嘴，像牙疼似的抽着冷气："是啊！贫道的金灵天罡掌一向是刀枪不入、坚逾精钢的，不知为何这一次竟被林小狗的暗器伤得这么严重……贫道一路上都在运功逼毒，但似乎成效不大……"

道衍忙仔细察看了一番他手掌上的伤势，紧皱双眉道："师叔，依您的丰富阅历，辨认得出这是被何等暗器所伤吗？"

"应该是一种入肉即化、见血便钻的奇异毒针，贫道却说不出它的名称来。"

"您不觉得它看起来似是武林中多年未见的无影化血针吗？"

"哎呀！是那专破内家真气的无影化血针？"周应泰变了脸色，"贫道也只是听你紫阳师父谈到过，从来不曾亲眼见识过……这林小狗手中怎会有这般阴毒的暗器？"

"师叔，小侄读过《万金方》和《百药经》，知道以您的玄门修为来化解这毒，至少需要七七四十九天的工夫。"道衍正色道，"从现在起，您必须要留在安全之处闭关疗伤。否则，无影化血针之毒继续发作下去，将会后患无穷。"

周应泰急忙又封住自己上半身六七处关键血脉，阻住毒液浸流。他无奈地道："好吧，贫道就暂时潜伏起来闭关疗伤。逃虚师侄，你也和贫道一起吗？"

道衍沉吟有顷，道："小侄还要为宋氏一案到应天府走一趟。"

"大师兄，你……你真要上应天府去告御状？"道沐再也忍耐不住脱口道，"我们出家之人真要为红尘中事而久溺不归？"

"师弟，见义不为自不可取，为义不笃则更不可取啊！"道衍合十而言，"试问，我们与宋姑娘易地而处，谁能任人欺凌善罢甘休？我佛慈悲！不将此事处置恰当，为兄一念难静，终是寝食难安啊！"

道沐还欲多言，周应泰却先开了口："师侄，胡惟庸此番已然对你起了杀心，他又有一批如此歹毒的党羽，你还是小心自保为上。等贫道毒伤疗好之后，再安然护送你进应天府吧？"

"师叔是担心胡惟庸会伤害到小侄？"道衍唇角掠过一抹冷笑，"您放心，小侄自负有纵横天下之才，区区一个胡惟庸岂能伤我？"

周应泰朗声笑道："也是，你姚广孝乃是陈平再生、贾诩转世，胡惟庸之流确难以伤你。你既愿为宋紫荷而开关入世，师叔到时候自会去应天府见你的。"说罢，他长袖一舞，一阵劲风拂过，人已翩然而去。

道衍转过身来面对道沐、道涤二人，神情极为认真地道："这一次为兄前往应天府，一路上必是凶险万端。你们先回寒山寺，为兄自己去即可。"

道涤急道："这怎么行？大师兄，还是让小弟陪你同行吧。"

道沐踌躇了一下也道:"大师兄,不如让小弟陪你同去,道涤师弟回寒山寺报讯吧……我们当中若无一人回寺,只怕寺里要大乱了……"

道衍深深地看了他一眼,感叹道:"道沐师弟,将来寒山寺方丈的位置你是坐定了。待他日师父出关,为兄一定力荐你为代理住持。"

"大师兄,你……你这话真是折杀小弟了……"道沐慌得连连摆手。

"这样吧,道沐,你且先回寒山寺去安抚众师弟。你也大可放心,有净空师父闭关坐镇,胡惟庸他们明面上不敢对寺里乱来的。"道衍吩咐道,"道涤,你就随为兄赶紧上路吧。"

道沐和道涤同时应了一声:"是。"

"但是在临别之际,如何赴应天府,贫僧还是恭请佛祖来决定吧。"道衍面容一肃,忽然将手中所握的玄玉蝉往天空中高高一抛,"玉蝉头朝东,我们就从常州府北上;玉蝉头朝西,我们就从无锡府北上。"

那枚玉蝉在半空中翻了几下,飘飘坠落在道衍右手掌心,它的头嘴直直地朝向了东方。

常州城外鸣玉溪的河岸边,"又一碗"饭店的幡旗高高飘扬,远近可见。南北旅客往来如织,生意煞是兴隆。

道衍和道涤来到店外,他们已经化了装,道衍现在是一身儒士打扮,装成进京赶考的士子;道涤则戴一顶小帽,换了一袭布袍,扮成了道衍的书童。两人进店坐下,一边喝着桌上的茶水,一边等着店小二过来招呼。趁着这空当,道涤抱怨道:"师兄,你为什么非要从常州府绕去应天府不可啊,这得多走好几百里的路程呢。"

道衍合起掌中的折扇,双眉一皱:"这不是佛祖授意决定的嘛!

为兄掷玉蝉时,道沐也在场呢。"

"师兄,我们要多走好几百里路,这得多花几天的盘缠啊……我们兜里的银两不多啦!"

"从常州府北上,应该自有奇遇。为兄曾夜观星象,见有奇星降临……"道衍耐心地道。

"师兄——"道涤不禁拖长了声音反讽过来,"你何必拿这些空话来搪塞?"

道衍只好道:"你放心,在这条路线上,会有人给咱俩送盘缠的。"

道涤一扬眉毛:"既是如此,师弟我今天就敞开了肚皮大吃大喝啦!"

"原来你是为了这事儿在闹东扯西?"道衍扑哧一笑,"你该怎么吃就怎么吃嘛!和为兄一道,还怕饿了你的肚皮?"

道涤立刻高声喊道:"施……小二,快端十碗米饭、二十个馒头来,我们等急啦!"

他这一喊,顿时惊得四周的顾客个个睁大了眼。

道衍连忙扯着袖子止住了道涤的叫嚷,同时含笑往店里看去。蓦地,他面色一凝,目光一亮:只见南面靠窗的那张方桌上,坐着四五个年轻人也在叫菜吃饭。其中,东座那位公子生得面如满月,眉若长剑,双眸晶光莹莹,容貌甚为俊美,身着一件鹅黄色泰山纹圆领长袍,气宇素雅之极。他右手边的另一位锦服公子看似年方弱冠,身形魁梧、浓眉大眼,顾盼之间神采飞扬,豪气逼人。坐在他俩对面的,则是两个铁塔般的壮汉,一穿黑衫,一穿蓝袍,俱是威风凛凛。

黄袍公子此刻正在问那店小二:"你们这里有什么汤菜,且报将上来。"

"我们店里只有一般的家常便菜,但我们这里卖的汤却是各有特色：萝卜汤很甜，豆腐汤很嫩，白米汤很鲜，牛骨汤很香，羊杂汤很可口……"

"那就来一盆萝卜汤、一碟羊杂小炒、一盘豆腐、一碗猪肉丸子。四弟，你陪为兄吃这三菜一汤。"黄袍公子径自吩咐着，又看了看那两个壮汉，"唐冲、平安，你俩呢？"

那蓝袍壮汉答道："我平安只要他们端来的几笼包子就行了。"那黑衫壮汉却笑盈盈地站起来，对店小二说："小二，你领我去你们后厨看一看，我家公子最看重的是食材干净！"

店小二瞧见他们似是来头不小，哪敢多说，只一迭声地带着黑衫壮汉往后面去了。

道衍双眸深处精芒连闪，沉吟不语。道涤凑过来低声道："师兄，你又在关注别人的闲事啦……"

道衍将他右掌暗暗一捏："师弟休要胡言，为兄已经找到给咱们送盘缠的人了。"

那边，锦服公子正朝黄袍公子笑道："大哥，你真是把父亲大人的叮嘱牢记在心啊，每一顿都要三菜一汤，太节俭啦！"

黄袍公子徐徐答道："四弟，你瞧，此刻此景之下，为兄倒是想出了半个对联，'小村店，三菜五汤，没有东西'，咱们就是想奢侈也奢侈不起来啊！"

锦服公子抿嘴一笑："也是。"

"四弟，为兄既已想出了上联，你也来对一对下联嘛！且让兄考一考你的学问。"黄袍公子两眼一眨，逼了过来。

锦服公子摸摸脸，不好意思地道："大哥，你考一考我的身手还行，你考我的学问，这不是强人所难吗？"

黄袍公子毫不让步："四弟，对联是读书人求学入门最粗浅的功夫，比写诗赋词还容易，你连这都用心不来，将来怎么批文理事？"

"大哥,我将来用得着亲自批文理事吗?"锦服公子一声朗笑,"大不了请一位信得过的先生替我坐在府里批文理事,我呀,去学岳武穆'壮志饥餐胡虏肉,笑谈渴饮匈奴血'!"

"你……你……你呀!"黄袍公子指着他,一时有些语塞。

正在这时,道衍起身来到两人桌前,插话道:"这位兄台,您出的这上联看似简单浅白,但细思之下极繁极难。您四弟一时不得机缘,对起来确是不易。您也休要催他,他若有触景生情之时,或许便能对得上来。"

锦服公子恰在窘迫中,一听他这话,顿时如同抓到了挡箭牌一样,朝大哥笑道:"大哥,你看这位公子说得对极了,小弟我此刻'未得机缘',也没有'触景生情',硬对也对不出来啊!"一边说一边把感激的目光投向了道衍。

那蓝袍壮汉却对道衍一脸的警惕:"你是哪来的野书生?我家大公子和四公子谈话,轮得到你来多嘴?"

"平安休得无礼!"黄袍公子立即喝住了他,同时起身朝道衍一拱手,"这位先生既有此言,想必也是墨林高手,朱某这副上联,倒想请您多多指教。"

道衍眉眼间微微扬开笑意:"小生确是想出了一副下联,只怕讲出来,却难免有浮腾迂阔之讥!"

"你只管对出来,浮不浮、迂不迂,人间自有定论。"黄袍公子肃颜道。

"小生的下联是'大明朝,一统四方,不分南北'。这位公子以为如何?"道衍浅浅笑道。

他此语一出,黄袍公子满面惊讶之色,称赞道:"这位先生的下联对得极妙,简直是志存九霄、气吞万里!可否入座与我等同席切磋?"

锦服公子也站起身抱拳道:"先生确是大才,晚辈在此有礼了。

平安,快给先生让座。"

那名叫平安的蓝袍壮汉只得侧开身,道衍在他身边坦然坐下。

黄袍公子温颜道:"在下朱贤文,这位是在下的四弟朱贤武。我们是奉父命在外游学的。先生您呢?"

"在下姓姚名天僖,是进京参加秋试的士子,当不起先生二字。"道衍谦和地道。

朱贤文微笑道:"姚君你对对联那么厉害,诗词歌赋也定是出类拔萃的,可有佳作与我等一观?"

道衍长声道:"士之致远者,当先器识而后文艺,必重德才而轻词赋。吟诗作赋,乃雕虫小技耳,何足道哉?"

"何以见得?"朱贤文含笑道,"古人云,诗言志。以诗言志,以志励气,岂可小觑?"

"朱公子只知其一,不知其二。先儒韩越曾言:'气,水也;言,浮物也。水大而物之浮者大小毕浮。气与言犹是也,气盛则言之短长与声之高下者皆宜。'你我心中自有豪情逸气,便可因言而宣、借诗而显,又何须他人之诗来激发之?"道衍侃侃言道,"例如当今圣上,胸有吞吐日月之伟量,所作之诗自是气壮山河,你们看他的《咏竹》:'雪压枝头低,虽低不着泥。一朝红日出,依旧与天齐!'虽然言辞浅显,但仍无愧于一首气盛而志扬的好诗!"

"讲得好!讲得好!"朱贤文双眉一动,"姚君也做一首气盛而志扬的好诗让我等欣赏一番如何?"

道衍推辞不过,只得含笑道:"姚某近日作得一首《祥云歌》,请大家听了莫笑!"

千姿百态意自如,横江托月化奇峰。

悠悠琼楼升万重,无限潇洒贯长空。

朱贤文听完，深深地凝视着他："姚君果然是胸有鸿鹄之志和灵逸之气，确系非同凡响。朱某等甚是敬佩。你的诗文之才既是这般出众，想来胸中器识也是惊世骇俗的了？"

这时，那黑衫壮汉陪着店小二从后厨出来。店小二径将托盘上的豆腐汤、炒羊杂、肉丸子等放上了桌。黑衫壮汉瞧见在座突然多了一人，满眼疑惑。

道衍听了朱贤文的话，也不多言，招手喊住了店小二，问道："小二，你们这店办得不错，就是规模太小，只卖汤菜和肉丸，能赚多少钱？依我说，应该再多做些炒菜、蒸肉、炖肉，生意一定更加兴隆！"

店小二听罢，竟吓得连连摆手："客官，您这哪是教我们赚钱，分明是教我们栽跟头！我家老板常教导我们，小本生意就往小里做，不敢做得花样太多……朝廷以俭治国的大方略可不敢违背！"

"哦？你们老板居然还晓得以俭治国的大方略？"道衍喝了一口萝卜汤，悠悠一笑，"不过，经商自有经商的道理，你们往治国大略上扯什么？朝廷提倡以俭治国，是说给文武百官听的，是让他们不要大手大脚乱花官家的钱，而不是要你们也刻意装穷、勒着裤带过日子！如果真是你们理解的那样，我们这些人也该个个自带干粮上路，那沿途的饭店酒庄岂不都要关门了？两位朱公子，姚某说得对不对？"

朱贤文和朱贤武互视一眼，笑着点头称是。

那店小二拿手掩着嘴，低声道："客官啊，你们不晓得，我家老板常说，做生意决不能贪大图强，否则，就如同圈里的猪儿吃肥了就该遭宰了！"

道衍听了，笑而不应。朱贤文却是吃了一惊："你这话怎么说？"

"你们怕是不晓得，上面发下布告，凡存银三百两以上的商户将会分期分批迁往巴蜀之地，我家老板怎舍得背井离乡远去西疆吃苦受累?所以,他只赚二百九十九两银子,决不敢再多挣一个洪武通宝!这其中的道理,你们懂了吗?"

道衍也含笑问朱贤文兄弟二人:"两位朱公子,你们可懂了?"

朱贤文轻轻一叹:"朝廷以东填西、迁民入蜀,实乃不得已而为之,只是今后须得多以惠民之策善加引导才好。"

朱贤武却转了转眼珠,问店小二:"朝廷不是要从你们这些商户身上抽税吗?你们挣得越少,往上交的税钱也就越少,国库的收入就更加空虚。大哥,朝廷这不是南辕北辙、事与愿违吗?"

店小二双手一摊:"那我们就管不着了。"

道衍这才挥手让他退下,然后笑盈盈地看着朱贤文兄弟:"两位公子方才各有卓识,实在令姚某佩服。"

朱贤文沉吟有顷,朝道衍深深一礼:"姚君妙思连珠,借舟渡河,引人入胜、知微知彰,实乃非常之器!"

"大哥说得不错,姚先生,你这个朋友博学多才,我们今天是交定了!"朱贤武也很豪爽地道,"姚先生,你还要吃什么菜,尽管点来,我和大哥请你的客!"

道衍闻言,连忙含笑谦辞不已。

那黑衫壮汉唐冲见了,心底却不以为然,暗暗向蓝袍壮汉平安使了个眼色。平安会意,右手食中二指在衣袖里悄悄掂出一粒小石子,"嗤"的一声轻响,直向道衍右膝盖处弹去,想让他栽个大大的跟头当众出丑。不料,这粒小石子竟似掉进了无底深渊一般,无形无声地被消去了全部劲道,轻飘飘落下地来,半分尘土都没激起。

在平安惊骇莫名的目光中,道衍唇角带笑地看向他:"这位小兄弟,投石问路可不是你这种投法,你有什么问题可以当面提出,不需这样给我暗中送礼哈!"

唐冲不由吃了一惊:这书生果然有些门道,不可招惹!

朱贤武眼尖，看到地上那粒石弹子顿时明白了一切，瞪着平安厉声叱道："无知的奴才，还不快向姚先生赔礼道歉！"

"姚……姚先生，平……平某真的错了……"平安只得上前嗫嗫地鞠了三躬。

朱贤文拉了道衍过来坐下，细细看了他一番，诧然道："姚君，朱某和你颇有一见如故之感。难道我们曾见过？"

道衍也不再闪避，正视他的双眼，轻声吟道：

客路秋风里，扁舟夕照时。
渚鸿鱼复阵，江树井陉旗。
哀朽嗟谁与？愚蒙荷帝慈。
山中牧羊子，岁暮尔相期。

朱贤文听罢，双眉剧颤，也回吟道：

有美一人兮在山中，苍眉黑须兮玉雪其容。
饮沆瀣兮食紫虹，澡石泉兮洒清风。
邀初平兮从赤松，超逍遥兮乐无穷。
安得羽翼兮致我与同？！

道衍双掌一合："果然是故人，小生失礼了。宋先生可还安好？"

朱贤文望望四周，低声道："此处不是说话的地方，饭后我们在店外溪边小树林中详谈。"

第十章
故人

荫荫绿树下，朱贤文两眼放光、满面泛红，胸膛剧烈地起伏着，还不停地踱来踱去，一直把目光投注在小树林的入口处。

朱贤武从没见过大哥如此激动的模样，不禁好奇地问道："大哥，你这个态度也未免太过了吧？书上怎么写的，周公吐哺，求贤若渴啊！这位姚先生真值得你这么期待吗？"

"嗯，四弟，他就是刘璟经常在你我面前赞不绝口、极力推崇的那个姚广孝！我们今天终于又再相遇了！"

"哦，真的是诚意伯当年的那位关门弟子？"朱贤武面色一变。

"不错。为兄一直觉得他有些面熟，后来听了他吟诵的诗才完全确认。"朱贤文认真地道，"那首诗是诚意伯在洪武元年辞官归乡时写给宋濂老师的《客路》。他若不是姚广孝，怎会背诵得出来？那一年，正是他陪送诚意伯告老还乡的。"

"那……那你回吟的诗又是怎么回事？"

"为兄所吟的，则是诚意伯写给宋老师的另一首怀旧诗《寄宋景濂》。为兄是用这首诗向他表明自己身份的。"

朱贤武又道："可刘璟不是告诉咱们，这位姚先生在苏州城寒山寺带发修行吗？"

"是啊，他来常州府和我们巧遇，这就是天意。为兄这一次来浙西，便是要请他出山的。"

"小弟观他所言所行，倒似确有几分真才实学。"朱贤武沉吟道，"大哥若能得到他的辅佐，实为国家之福。"

"岂止是几分真才实学？"朱贤文掠了他一眼，"依为兄看来，他完全堪称雄才大略！当年，他借李彬一案搅动内外政局，逼退淮西党的围攻[1]，那才真是神鬼莫测呢！"

朱贤武双手背在身后，一边思考一边道："大哥，休怪小弟泼冷水，时过境迁，毕竟离洪武元年已然过去十多年了，世道人心都有可能会改变的……"

朱贤文微微一怔："待会儿他过来后，为兄会细细考察他一番的。"

约莫半刻钟后，道衍和道涤并肩缓缓走进了小树林。朱贤文整了整衣冠，三步并作两步迎了上去："姚先生，久违了，久违了。"

道衍闻言停下来，站在那里呆了一下，脑海里仿佛涌起了层层叠叠的往事，目光也变得有些迷离。他嘴唇哆嗦一下，忽地拉住道涤朝朱贤文屈膝跪倒："师弟，这位少施主乃是当今太子殿下，切勿失礼！"

朱贤文急忙用手托起道衍的双臂，双目也有些湿润了："姚先生怎可如此？快快起身……"

"啊？"道涤张口结舌道，"大……大师兄，他……他真的是东宫太子啊？"

朱贤文含笑看着他，又朝朱贤武努了努嘴："本宫姓朱名标，这是本宫的四弟燕王朱棣。"

道涤大张着嘴，几乎塞得进一个鸡蛋。半晌他才叹道："大师

---

[1] 详见拙作《大明神断：洪武元年1368》。

兄，你先前说常州这边有奇星降临，果然是一点儿都没算错！咱们居然遇到了太子和王爷，他俩不是奇星谁是？"

"你声音小些！"道衍瞪了他一眼，面色恢复了如潭的平静，向朱标、朱棣躬身道，"在此巧遇太子和燕王，贫僧等荣幸之至。"

"本宫知道姚先生您一向在寒山寺带发修行，正准备这几日去登门求教，没料到会在这里遇见您。"朱标温和地道，"姚先生真是观了星象才来常州和本宫兄弟巧遇的？您当年从诚意伯那里学到的奇门数术，确是超凡入圣啊！"

"太子殿下言重了。贫僧师弟方才的话不过是一句戏言，贫僧致歉。"道衍淡然道，"贫僧也没料到会在此偶遇两位殿下。"

"哦，想必姚先生也是听闻常州府近日发生的天坑异象之传言才来的？"朱棣追问道，"您也准备来探清这天坑异象的虚实？"

道衍微一沉吟，目光一定，双掌合十，深深注视着朱标、朱棣："实不相瞒，贫僧和师弟是被别人一路追杀过来的。"

"您……您说什么？"朱标和朱棣骇然相顾，失声道，"谁？是谁在追杀你们？"

道衍摆了摆手："此事暂且不足为两位殿下道也。"

朱棣肃容道："姚先生何必回避，莫非是认为我等保护不了你们？您只管道来。"

平安也冷笑道："这位先生，咱们四皇子素有侠王之称，你只管说出那贼人的名字，我们一定会护你周全！"

朱标也道："姚先生，你我乃故交，今日却在本宫面前见外了？"

道衍叹息一声，缓缓道："当朝左丞相胡惟庸在追杀我们。"

他此语一出，场中顿时静了下来，静得地面上叶落之声几乎清晰可闻。

朱标的面色顿时凝重起来："难道时隔十余年，胡惟庸还是私怨难平，为着当日李彬一事竟要对您赶尽杀绝？"

"那倒不是。"道衍双目一垂。

这时道涤插话道："师兄，太子和王爷应该比胡老贼的官儿更大吧？"

"你这和尚说的不是废话吗？"唐冲笑道。

道涤憨憨地问道："倘若胡老贼做了大大的坏事，太子和王爷能对他严正执法不？师兄，我们也就不用再进京告御状了吧？"

朱标听到这里，面色又是一变，看向道衍："这……这到底是怎么回事？姚先生请讲得更明白一些。"

道衍目光闪动，将自己牵涉进宋家通匪附逆一案的前前后后向朱标、朱棣细细说了。讲完后，他合掌看着朱标二人，饶有兴味地问道："事已至此，贫僧和师弟当下应该何去何从，两位殿下可否一赐高见？"

朱棣最先按捺不住，捏紧了腰间刀鞘，双目灼然直视着道衍："姚先生，您所言属实？"

道衍面沉如渊，双掌相合："贫僧敢在佛前起誓，贫僧所言句句属实。"

朱棣"嗯"了一声，扭头看着朱标："大哥，想不到胡惟庸和陆仲亨父子在苏州城竟是如此指鹿为马、颠倒黑白！不如我们立刻调集兵马前去苏州府和平东行营，把这桩冤案直翻过来！"

道衍听完，双眸深处隐隐一动，又将目光投向了朱标，并不多语。

朱标一脸踌躇，沉吟道："四弟，你见义勇为固然不错，但你没听姚先生刚才说吗，此案已被父皇御笔钦定，还发了邸报——我们要推翻的，可不仅仅是胡陆一党……"

他心中暗想，自己和四弟前来潜察浙西民情，父皇只让自己带了耳朵和眼睛来,并未授予便宜从事之权。实在是没想到,道衍刚一见面就给他捅了一个惊天大案过来!胡惟庸身居相位多年,势力盘根错节,当下又似乎深得父皇之倚重,哪里是自己说查就能查、说扳就能扳的?况且,此案牵涉到所谓的"张匪余孽",更是棘手难办!据自己平日观察,父皇身边的大内侍卫从来都是选用淮泗人氏,并无一员一卒出自浙西各地——这就可见父皇对张匪余孽的忌惮之情。万一父皇也暗暗认可胡惟庸、陆仲亨这种"宁可错杀、不许枉纵"的手法呢,否则,又怎会如此快速地将此案以邸报明示天下?自己和四弟能和他硬顶硬撞吗?

一念至此,朱标幽幽一叹:"姚先生、四弟,依本宫之见,此事恐怕还须从长计议啊。"

道涤一听,便冷笑起来:"看来堂堂当朝太子也拿那奸相没辙,先前的那些海口都是白夸了!师兄,这桩闲事我们还怎么管,他俩可是太子、王爷啊!他们朱家的人自己都不去维护他们朱家的律法……"

朱棣听着,脸涨成了猪肝色,却沉默着没有反驳,只把腰间刀柄捏得死紧。

"大胆!"唐冲一声厉喝,"你这小和尚,竟敢如此冒犯两位殿下!"

"休要无礼!"朱标把手一摆,喝止了唐冲,面带惭色对道衍道,"姚先生,您也熟读《大明律》,应该知道,我等王公,自当恪守本职,是不能直接插手有司政事的。当然,四弟若是吴王,倒可以去苏州过问一下——他而今又是燕王……"

"《大明律》是有这么一条律令。"道衍点了点头,神色淡然。

朱标思忖着道:"本宫认为,涉及律法的事情,还是交由律法本身来解决。汪广洋大人不是已经代表御史台接了这个案子吗?我们且先看他在京师如何处置吧。"

道涤依然冷笑道："胡惟庸在汪广洋走后立即对我们师兄弟狠下毒手，太子殿下认为汪广洋在京师真能起到什么作用吗？"

朱标缓缓吐出一口长气："倘若汪大夫也无力招架，那么就只有最后一条路，要翻钦案，必须告御状。这，也是姚先生最后的抉择吧？"

道衍淡淡一笑，双掌一合："不错，贫僧等主意已定，今日与两位殿下就此别过吧。"

"姚先生何出此言？您为《大明律》而告御状，我等岂可坐视不理？"朱棣朗声道，"本王可以全力护持您安全抵达应天府。"

道衍道："如今胡惟庸已然派出极厉害的刺客追杀贫僧和师弟，两位殿下何必引火烧身？"

朱标正容道："姚先生，本宫绝不是畏缩怕事、肩无担当之人。本宫方才说过了，此案既已钦定，总还须告御状才能翻过来，本宫和四弟实在不好强行插手。但你们的人身安全，本宫和四弟却是可以保证到底的。"

说着，他看了一眼唐冲："我们也无须再微服暗访，到了常州府，我们便亮明钦差的身份，令常州府派兵护卫入京。胡惟庸的刺客再凶狠，应该也不至于在光天化日之下来公然挑战吧？"

唐冲躬身回道："是。"随即右手倏地一扬，一支袖箭笔直射到半空，"啪"的一响当空炸开，绽放出斗大一朵烟花来。

平安道："两位殿下和两位师父请放心，唐兄这支信箭一旦发出，用不了多久，一直暗中随行护卫我们的弟兄就会火速聚拢。那时，胡惟庸的刺客便无隙可乘了。"

见他们都做到了这个份儿上，道衍便领了这情，展颜微笑道："既是如此，贫僧与师弟便在此谢过诸位了。"

朱标敛容抱拳,朝道衍恭恭敬敬地道:"姚先生,本宫决意奉您为师尊,希望您能多多赐教,本宫感谢不尽。"

道衍双手合十道:"赐教东宫,贫僧何德何能?不过,方才贫僧见平施主给店家付账时,本是四十余文洪武通宝的花费,您却让平施主多付了三百文,殿下对待庶民百姓真是宽仁大方啊!"

朱标一声叹息:"又一碗饭店经营不易,本宫只是想让他们多得实惠。"

道衍微眯双眼,平平地道:"据贫僧所知,苏、常二州约有饭庄数百家,殿下此行带了多少钱银可以分赐给他们呢?殿下身为储君,总不能厚此薄彼吧?"

朱标脸上一红:"本宫思虑不周,多谢先生指正。"

道衍款款言道:"诚意伯曾经有言,富者赠人以钱财,贵者赠人以势位,唯王者赠人以惠政。殿下为天下士民所能做的,并非挥金如土、横加恩赏,而应当广布德政、泽及万方。"

他这一席话出来,不要说朱标,便是朱棣也扬声赞道:"姚先生讲得真好!我等真是受教了!"朱标深有意味地看了道衍一眼:"姚先生,本宫一定会将您方才和店小二那一番对话之深意择机转奏给父皇的。"

道涤见两人如此通情达理,也不禁对道衍道:"师兄,看来咱们和他们一道进应天府,路上吃喝应该不用愁了!"

道衍莞尔一笑,向朱标问道:"两位殿下刚才似乎说要赶去常州府看什么天坑异象,这是怎么回事?"

朱标道:"我等奉了密旨本是来潜察浙西民情的,近日忽闻常州府鸢罗村那里一夜之间地陷成坑,不知是何缘故。又听得官府火速派人以栅板围墙将此天坑圈封,严禁百姓聚观,后来谣言越传越多,竟说坑里似有天降陨石,恰如当年秦始皇之时的'亡秦者胡'陨石一般，石身上刻有谶语奇文，官府害怕外人知晓才封锁现场的。所以，我等意欲赶去一探究竟。"

他顿了一顿，注视着道衍："本宫素知姚先生您通古今之变，明天人之机，对此有何高见？"

"天坑乍现？这倒确是一件咄咄怪事。"道衍双眉一皱，"也好，我们正欲从常州绕往应天府，贫僧可以陪同两位殿下亲临现场一观，那时才能再作研判。此时此刻，请恕贫僧不能妄言。"

第十一章
探穴

鸢罗村就在常州城外三十里处。道衍、朱标他们赶到传言中的天坑所在地时，只见那里早被一圈高达二丈的木板围墙拦隔开来，十余名衙役皂卒正扼守在围墙的入口处，任谁也不肯放进去。

朱标见状，诧异地道："这里的官府也真是的，越这样封锁现场，不是越容易滋生谣言吗？倒不如大大方方地放开，使流言顺风而自熄。"

"在自己的地盘上突然出了所谓的天坑异象，究竟是吉兆还是凶兆，想来常州知府大人也拿捏不准。"道衍笑道，"所以，只有暂时封锁起来，而他自己说不定正头痛着怎样构思一篇官样文章上报朝廷呢。"

这时，那群衙役发现了他们，为首一个捕快随即拦了上来，连连挥手："这是官府禁地，请各位勿要围观，无事便去了吧。"

朱标抖开折扇，朝唐冲微一示意。唐冲傲然向前，朝那捕头亮出一块镀银的豹头腰牌："我们是大内拱卫司的人，想进去查看查看。"

那捕头浑身一颤，嘴巴顿时张得老大，腰杆也弯了下来："原……原来是钦差大人！请容卑职去……去通报陈知府速来接待……"

"嗯,你可以派人去通知常州知府速来此处。"唐冲收了腰牌,冷然道,"但我们要马上进去探看这天坑,你再派八九名差役随行吧!"

"陈五,"那捕头喊来一名差役,"快去通禀知府大人,就说京城来了拱卫司的钦差老爷要探看天坑情况,让他快来接待。"吩咐完毕后,他又朝朱标他们大献殷勤:"各位老爷,请先跟卑职去歇息歇息吧……"

唐冲板起了脸:"你先带我们去那天坑里探一探。"

"启禀各位老爷,那坑洞没什么可看的。"那捕头引朱标、道衍等进了木板围墙里,指着那个圆桌般大小的坑洞入口,嘴里不停地道,"各位大人看,它是自己塌陷而成的,并非什么天降陨石砸成的……"

平安眼尖,叫了一声:"咦,这里还有一条石坎梯通往洞底。"

道衍看着黑森森的洞口,忽道:"你们可曾下去探察过?"

"下去探察过。"那捕头继续道。"我们打着火把沿梯坎往下头走了没多久,"他的面色忽地变得煞白,"就听到洞底下传来鬼哭狼嚎般的怪声,刺得人耳膜生痛,便……便不敢再往下走,只好退了出来。"

朱标双眉一拧:"你们知府大人准备怎么处置这件事呢?"

"我们陈知府在请示朝廷来的江南巡检使吴靖忠大人。据说,吴大人的意思是赶紧让陈知府把这个坑洞填封了……但陈知府还有些犹豫……"

朱标微微沉吟了一下,看向道衍:"姚君,您的意见是?"

道衍思忖有顷,道:"古语有云,千金之子,坐不垂堂。贤文、贤武两位公子请勿入坑涉险。姚某和师弟随几名衙役下去探察即可。"

朱标一声长叹："这怎么行？姚君，您不怕这坑洞中有什么蹊跷吗？"

唐冲、平安亦道："两位公子真的不必以身涉险。姚先生博学广才，入洞之后自能一路顺遂的。"

朱棣却道："大哥留在外面，小弟陪姚先生一起进洞去瞧瞧！"

朱标沉吟片刻，道："也好，平安也和你们一起下去吧。"

那捕头便在前面点燃了火把，带着八个衙役先行跳下坑洞，道涤、道衍随后，朱棣、平安居尾，进洞而去。在洞中梯坎走到半途，四下里阴风乍起，传来了长一阵短一阵呜呜咽咽的鬼哭狼嚎之声。那捕头吓得大叫起来："各位大人，你们听……"

朱棣和平安互视一眼："莫非这地底真有什么怪物？"

道衍静听片刻，忽地冷笑一声："地穴里气流回旋而发声作响，本也平常，没什么可怕的。"说着，他继续大步往下而行。众人紧紧跟上，一路果然无事。

长长的梯道走完，迎面竟是一座开启的石门。门上有一古匾，刻着四个金字："藏春地宫。"进得门去，里面是一个密闭的地室。四面是石壁，顶上悬着一颗鸡蛋大的夜明珠，光如烈炬，照得上下通明。夜明珠底下，是一口八角形古井。古井的青铜井盖已被掀落在地，到处一片狼藉。

道衍目光四扫之下，还是有所发现，地室南壁上镌刻着一副对联："五方五玉镇乾坤，三英三奇开太平。"北壁上则写着四行楷书律诗：

昨朝信马凤城西，鞭约垂杨过小堤。

春色满园花胜锦，黄鹂只拣好枝啼！

他读罢不由吃了一惊:"原来这是前元的护国异士、藏春散人刘秉忠的衣冠冢!"

"刘秉忠?就是那位深受诚意伯推崇的前朝异人?"朱棣也讶然道,"敢情是有人盗了他的墓呀?不过,他一个前朝占星大臣,又有什么可被人盗取的呢?"

道衍盯着那"五方五玉镇乾坤"七个字,微微摇头:"藏春散人刘秉忠虽在前朝贵为布衣卿相,据闻两袖清风,但他终究还是得道高士出身,说不定在这衣冠冢中留存有什么玄门宝物吧?"

朱棣笑道:"朱某并不关心这些鸡鸣狗盗的琐事。姚先生,既然这天坑地洞查明了不是天降异象,那我们就速速离去吧,免得节外生枝。"

平安也道:"不错。公子,咱们走吧。"

"你们先出去,稍后姚某和道涤自会出来。"道衍沿着石壁慢慢寻查,希望能找出隐藏的机关来。

朱棣见状,只得道:"那朱某还是等姚先生您一起出去吧!"

道衍没有答话,忽地身形一停,问道涤:"师弟,你听到什么怪声没有?"

道涤闭目细听片刻,蓦地睁开,惊道:"师兄,有人在暗中作法施术!"

平安的耳力也甚灵敏,隐约听出地室四角的暗处传来细细微微的嗞嗞之声,他立刻拔刀出鞘:"保护朱公子!"

"不……不会又是什么气流的回旋发声吧?"那捕头还在发愣,道涤忙喊道:"这一次是奇门邪术!你们千万要小心!"捕头这才慌了,带着差役们站成一圈肉墙,把朱棣围护在当中。朱棣急忙喊道衍:"姚先生,您赶紧退回来!我让平安护住您……"

道衍单掌当胸而立,向他微微一笑,却站在原处,并不迈步。

猝然间，一波可怕的地震从地心深处猛然传来。有两个差役顿时受惊，"哎哟"一声跌坐在地。接着，惨惨阴风从井口缝隙刮了出来，风中的寒意如冰刀般刺入每个人的肌髓深处，实在是难受已极。

　　道衍重重地咳嗽了几声，披肩的乌发在阴风中飞舞，石雕般冷峻的面容竟是毫无波动，眼帘微垂着，右掌托着那只玄玉蝉，一派宝相庄严。道涤也是满脸凝肃，一掌按在道衍左肩的肩井穴，向他源源不绝地注入内家真力。

　　骤然，凄厉的怪啸声似无形的利箭从井口疾射上来；随着这啸声，无数点黑影盘旋飞升，一团一团，在半空中横冲直撞。

　　差役们吓得纷纷后退，只有朱棣昂然而立，手握剑柄，全无惧色。

　　"装神弄鬼！卑鄙无耻！"道衍厉声喝道，挥手便向那团团黑影隔空连击三掌：排山倒海的三掌，风雷俱动的三掌，连地下的石板也被震得微微颤抖。

　　几声闷雷似的爆响震得地室顶上的尘灰沙沙落下，那夜明珠都不禁摇了几摇。漫天翻滚的黑影应声散开，散成千丝万缕的黑气，宛若无数条毒蛇嘶嘶地啸叫着，奔绕在地室上空。

　　平安大吼一声，抓起地上一块巨砖，向那条条黑气猛掷而去。"嘭"的一响，巨砖在半空中乍然被震得粉碎，同时，那千百条黑气已从四面八方聚拢过来，凝聚成高高的一幢黑雾，其形其状便似一张巨大而狰狞的人脸，而那黑雾之中，竟有一双绿莹莹的"鬼眼"正恶狠狠地盯着他们。

　　朱棣也耸然动容，右手一扬，掌中宝剑化作一道银虹暴射而出，刺中了那团人脸黑雾。不料，这一刺之下，居然如中实物，"铮"的一响，宝剑被震弹而回，坠落在地。那团黑雾随之厉啸一声，竟似一堵厚重的铁壁朝道衍、朱棣等当头直压而下！它挟卷过来的风势，几乎把所有衙役手中的火把扑灭。

就在这一瞬间，道衍双眸圆睁，左掌往外一翻，口中沉沉缓缓地念出了"摩诃般若波罗蜜"七个字，声音淳厚而有力。他右掌上的玄玉蝉也似活了一般发出一声长吟，清越入云，一束白光直冲而出，宛若倚天之剑，"唰"的一下便在那黑雾中破开了一道长长的口子。

黑雾在半空中一滞，蓦地爆发出一阵锐啸，一胀一鼓之下，纷纷扬扬地溃散开去。同时，众人顿觉身上的压力为之一轻。随着嗤嗤的细响，黑雾渐渐消失得无影无踪。

道衍这才吁出一口长气，脸色一松，也不顾地上脏或不脏，疲惫之极地坐了下来。道涤松开了按住他肩井穴的手掌，向大家招呼道："没事了，没事了。"

过了好一会儿，看到道衍呼吸渐渐平稳，朱棣才问道："姚先生，这是什么妖物，竟然如此可怕？"

"大公子，这世间哪有什么妖邪鬼魅？"道衍淡淡地道。"这是有人在施用奇门幻术暗害咱们呢！你看这些残雾，"他丢了一粒小石子在那残余的黑气中，石子穿过黑气，投在石壁之上，发出一声脆响，"这些黑气刚才是贯注了内家真力才能发硬似铁，现在已是气消劲散、虚无一物，再也伤不了人。"

"那……那是谁企图暗害我等呢？"朱棣诧然。

"也许和这里的盗墓之人有关？"道衍陷入沉思，"但他的手段，又似乎主要是冲着贫僧和道涤师弟来的。"

朱棣眉尖一挑："会不会是胡……"他没再往下说。

"说不准。他在这里下手，总比在外面的光天化日之下方便得多。"道衍徐徐道。

"胡……他手下竟有这等的能人异士？"朱棣眉头紧皱了起来。

"重赏之下，岂无异士？"道衍一笑，"贤武公子，这些年来，他挥金如土、招客纳士，明里暗里不知积蓄了多少势力。"

朱棣听到后来，眉头越皱越紧。

道衍一边讲述一边却在心中暗想，今日来攻的这套奇门幻术，让他隐有似曾相识之感。虽然对方似在刻意掩饰其门户来源，但他出招之际还是没能藏住一些蛛丝马迹……莫非他们也卷入宋家一案这场律法之争中了？道衍心底一跳，却是不敢再深想下去。

正在这时，地室入口那里传来了纷乱喧杂的脚步声、呼喊声和兵甲相碰之声，朱标的朗朗清音更是直透而入："姚先生、四弟，你们在里边还好吧？我和常州府的官兵来接应你们上去了！"

第十二章
碑林

常州知府陈若余正站在围墙根处，他的衣着甚是简朴，道衍目光一转之下，看到他的布鞋上都打着四五个补丁。他满脸堆笑，挤得似连眼睛都睁不开了："哎呀，各位钦差，居然劳烦了大驾来亲探这天坑地洞，本府真是该罚该罚！"

"常州府，想必这天坑地洞一事也曾给你们带来不少困惑吧？"朱棣依着道衍事先所教，开口吩咐道，"我等现已查明此处乃是前朝异士、藏春散人刘秉忠的衣冠冢，被人盗挖而导致塌陷的，与天时人事无关。你们可用门锁将它封了，上报给中书省以正视听。"

朱标也补充道："既是刘秉忠的衣冠冢，想必这里先前也藏有我等所不知道的奇珍异宝，只是被贼人盗挖而去。常州府，你们可调拨精干人手细细追查，从速查到盗墓之人。若是你们追查吃力，可以行文给内务署拱卫司，拱卫司会前来协调相助的。"

"多谢钦差大人指示，我等自当切实照办。"陈若余俯下身来，连连拱手。

朱标忽地看了一眼道衍，微一沉吟，向陈若余敛容道："朱某现有几件密事问你，你可让无关人等退下。"

陈若余闻言，急忙挥手让那些衙役、捕快等全部退了出去，唯有一个身着碧衫的年轻胥吏留了下来。

"他是？"朱标目光一冷。

"启禀钦差大人，他是本府的小陈主簿，也是本府最为得力的助手。您稍后若有密事相询，他必能有所裨益的。"陈若余恳切地道。

朱标还欲再言，道衍却道："陈知府既对这位小陈主簿如此看重，留下他备询也无妨。"

他这么一说，朱标便不再多说什么了，直接问道："本官特问陈大人，近来常州府可曾查过有关张匪余孽的案子吗？"

陈若余和那小陈主簿对视一眼，躬身答道："本府境内暂未发现张匪余孽。"

朱标追问道："苏州巨商宋明德，据闻已被查出是张匪余孽，他的生意似也做到了你们常州境内。陈大人，依你所见，他平日可有张匪余孽的蛛丝马迹暴露出来吗？"

陈若余忙道："那日的邸报陈某也看过了，那可是陆侯爷亲办、万岁爷钦定的大案，陈某岂有异议？况且本府为官以清、慎、勤为准则，与那宋明德从无交往，自然也就不好说什么蛛丝马迹。"

朱标见他一上来就急着撇清一切，皱了皱眉头，正欲开口，却听那小陈主簿进言道："启禀各位钦差大人，宋明德在我常州境内确有几家来往甚多的商铺，府尹大人早已派人将他们严密监控；大人若有疑问，府里立刻便能将他们提来备查。一切有请各位钦差大人示下。"

朱标见他二人果然是相得益彰，彼此配合把问题答复得滴水不漏，也不好再在这个问题上问，转了话题道："朱某听闻你和苏州府魏忠明大人有同乡之谊，那么你对魏大人有何评价呢？"

陈若余犹犹豫豫地向小陈主簿瞥了一眼，小陈主簿以袖掩口，轻轻咳嗽了一声。陈若余似是会意，跨踏着道："本府从来都是面折人短，不会私议人非的。"

朱棣浓眉一动："我们是让你私议了吗？你现在是当着本朝大内拱卫司特使的面在公议。"

陈若余被他如此一逼，只得答道："魏忠明大人一向通达时务、圆融老到，陈某实不及也。"

"哦，你举例说明一下。"朱标继续追问。

这时，小陈主簿开口了："启禀各位钦差大人，魏大人的通达圆融，在浙西一带久享盛誉。他入仕元朝之前的本名叫魏忠良；二十年前考上元朝的官吏后，便给自己取名为魏忠元；十六年前他又在张士诚手下效力，遂改名为魏忠诚；到了洪武元年，他再次改名为魏忠明……卑职觉得这个事例足以说明。"

朱标听罢，看向道衍："原来他竟是这样的人！"

道衍唇边飞过一丝笑意："说不定，他将来还会继续改名的。"

忽然小陈主簿主动问道："诸位钦差大人，听那些府内衙役说起，方才藏春地宫里似乎发生了一些怪事，不知是否惊扰到了大人们？"

道衍眼中一亮："小陈主簿如此问，莫非先前已听闻了什么关于这里的奇谈怪事吗？"

小陈主簿在他凌厉的目光逼视之下，竟是话头一缩："这个……倒是没有……"

道衍朗然道："刚才这位朱贤武钦差已经说了，那里面应该是有盗墓贼行动过，却并无鬼神妖怪之事。况且此乃盛世之下、明府之治，本就应该没有什么怪事可言。对吗？"

小陈主簿目光一转："这位大人说得极是。"

道衍忽又问道："吴靖忠大人日前让你们填封这藏春地宫，用的是什么理由？他亲自来此处看过吗？"

陈若余有些迟疑，吭吭唧唧地语塞了。道衍目光直射向小陈主簿:"小陈主簿,还是请你详细回答这个问题吧!"

小陈主簿只得答道:"吴大人和您的说法是一样的,盛世不宜有怪事,所以,他让我们尽快填封此洞。不过,事发之日,他倒是悄悄领了一队自己的亲兵随从到藏春地宫里探察过,但看完后,他却并无任何结论返给我们常州府。"

朱棣失声道:"这吴靖忠的胆子够大啊!他既然晓得里边有什么怪事,居然还不怕,居然还下过地宫?!"

道衍立即向他丢了一个眼色。朱棣会意,闭口不再多说。

那小陈主簿为了转移话题,争取在朱标、朱棣等人心中留下一个好印象,笑盈盈地开口道:"刚才这位大人说了我们常州是明府之治,确实,我们常州府自有惠绩,大人们不想采闻回去吗?"

"我知道你口中的惠绩。陈大人,初入贵境,我们就听说你们在府衙门前的告民广场上搞了一片圣语碑林,竟然还引得四方士子前来观摩学习?"朱标若有所忆,开口道,"可它究竟是怎么一回事,你能和我们说明一下吗?"

陈若余一听,正欲侃侃而谈,不料小陈主簿却插话道:"既然各位钦差大人果是早有耳闻,正所谓耳听为虚,眼见为实,何不前去现场亲自看一看?"

常州府衙门前的告民广场上,竖立着二三十座八尺来高的青石碑,碑上镌刻着一行行隶书词句:

人君能以天下之好恶为好恶,则公;以天下之智识为智识,则明。

万事不可以耳目察,惟虚心以应之;万方不可以智力服,惟诚心以待之。

积善如积土，久而不已，则可以成山；积恶如防川，微而不塞，必至于滔天。

　　圣王之道，宽而有制，不以废弃为宽；简而有节，不以任易为简。施之适中，则无弊矣。

　　人主以明为治而不自用其明，当取众人之见以为明。

　　若守己廉而奉法公，犹人行坦途，从容自适。苟贪财罹法，犹行荆棘中，寸步不可移。纵得出，体无完肤矣。可不戒哉？！

　　……

　　朱棣读罢，对朱标诧异道："大哥，这些语句我读起来似乎很熟悉啊？"

　　小陈主簿上前解释道："这些箴言语句都是我们知府大人从每日邸报中的圣旨钦诏里精心挑选、摘录出来的，我们知府大人就是想以此圣言圣语来教化境内士庶。"

　　此刻他走得近了，朱标、朱棣、道衍等人才发现他竟是眉清目秀、珠眸丹唇的一位翩翩美少年。朱棣向朱标眨了眨眼睛，低声道："这位小陈主簿若是女儿之身，必是一个大大的美人！"

　　那边，陈若余也托着厚厚一本簿册过来："列位钦差大人请看，这就是各地士子在观摩了这圣语碑林后留下的心得体会之言。"

　　朱标一边细细阅看，一边微微颔首。他看得差不多了，才望向道衍："姚君，您觉得呢？"

　　道衍语气平缓："陈大人以圣言圣语教化世人，所作所为当然是值得赞扬的。"

　　朱标心中亦是此意，脸上便显出几分宽和来："陈大人，您这桩惠绩，朱某会带回京城上奏给陛下的。"

陈若余和小陈主簿大喜，立刻向他躬身致谢。

这时，道涤目光一扫，竟看到了一个熟悉的身影也在观摩那片碑林。他急忙拉了拉道衍的衣袖："师兄你看，那位黄公子也在这里呢！"

道衍也认出了黄子澄，沉吟了一下，不知该不该去打招呼。朱棣注意到了，轻声问道衍："这里面有您的熟人？"道衍点了点头。朱棣又道："能与姚君交往的人，应该不会是泛泛之辈。也可让他过来见一见。"道衍无奈，便让道涤去把黄子澄喊过来。

黄子澄正在那边认真记诵碑石上的圣言圣语，忽然见到道衍、道涤二人，心中大是惊喜，一溜小跑过来，径直向道衍施礼道："道……道……道衍师父，你们也来了常州府？宋姑娘的事情处置妥当啦？"

道衍不好多说什么，只道："宋姑娘一事，待会儿姚某下来和你细谈。黄公子，你且来见过朱贤文、朱贤武两位公子。"黄子澄便随他向朱标、朱棣二人行礼见过。

"哦，你也是进京赶考的士子？"朱标问道，"那你对这常州府的圣语碑林观感如何？"

黄子澄中规中矩地答道："我等凡庶之人，平日哪里看得到当今圣上的圣言圣语？常州府能够把它们摘录出来公之于众教化四方，确是惠政一桩。"

朱标追问道："你认为就没有可以改进的地方了吗？"

黄子澄老老实实地回答："当然有。其实圣语碑林只摘录当今陛下一人的圣言圣语还不够，孔子、孟子、董子、朱子等大圣大贤的箴言警句也应该铭刻出来风行于世。"

朱标听了，没有立即回答，只是道："好，你讲话很诚实。黄君，你就随我们一道进京吧。"

第十三章
家宴

参观圣语碑林完毕,进到常州府衙前厅坐下,道衍对陈若余道:"陈大人,有劳您找几个差役,帮姚某往苏州寒山寺和灵应观分别送两份信函如何?"

陈若余躬身答道:"能为拱卫司效劳,本府自当从命。"

朱棣看了道衍一眼:"您认为寒山寺和灵应观那里便没有他们的暗桩吗?"

道衍轻轻一笑:"您莫非忘了'明修栈道,暗度陈仓'的故事?"

朱棣思忖了一下,道:"姚君确是令人高深莫测。不过,若想更加稳妥一些,朱某就喊平安帮您亲自送去,怎样?"

"这……"道衍略一迟疑,"姚某怎好麻烦贤武兄动用你的贴身侍卫?"

朱棣右手一挥:"就这么定了。平安,你带几个常州府差役把姚先生的信函好好护送到寒山寺和灵应观去。"

"四公子,平某可是要贴身护卫您的人身安全的……"平安皱起眉头,有些不情不愿。

朱棣脸色一寒:"怎么,连我的话你也不听了吗?有姚先生陪护在身边,我安全得很,比你在我身边还安全。"

听他此言，平安只得乖乖答道："是。"

道衍唤他近前，道："既然是你亲自前去，姚某便请你为我师弟道沐带一个口信，必须是在足够保密的前提下你亲口说给他。"然后，他让平安附耳过来，低声说了短短的一句话："你不要忘了那个人在苏州府衙对我讲的最后一句话。"

平安点了点头："平某记住了，一定不会带错话的。"说罢拿着那两封信函，带上苏州府几个衙役走了出去。

道衍端杯呷了一口清茶，道："陈大人，可否将这几日的邸报拿来给我等阅看一番？"

陈若余看了他们一眼，道："朝廷邸报本是机密要件，非七品以上官员不得私阅。但各位乃是拱卫司钦差，自当不受此约束。"说完，自己起身去厅侧铜柜里取出了一叠邸报。

朱棣瞅了瞅四周，有些惊奇道："咦，小陈主簿哪里去了？他此刻竟没和陈大人你在一起，真是怪了。"

陈若余脸上一红："他到本府后院安排一些事情去了。"

说话间，唐冲上前接过邸报，准备先呈给朱标。朱标却道："你先送给姚先生阅看吧。"唐冲想到道衍乃是沙门出身，并非官场中人，不由得犹豫了一下。朱标看着他："还不快给姚先生呈送过去？"唐冲一个激灵，疾步来到道衍身前，把邸报递了上去。道衍倒是不以为意，翻开邸报，一目十行地看罢，微皱眉头，然后静静地合上，递还给了唐冲。

最近的那份邸报是昨天送到的，上面写明了左御史大夫汪广洋已回应天府，并被当今圣上委任为今年秋试会考的主事官。此外，邸报中并无一丝涉及宋明德案件的消息。这反而显得十分蹊跷。道衍心中虑及此处，不禁暗暗拧紧了双眉。

朱标察觉了他的异常反应，关切地问："姚君在忧虑什么？"

道衍沉声道:"姚某担心那件事被淹了。"

朱棣却硬声道:"姚君不必多虑,只要能安全回到京师,哪怕它沉到了海底,咱们也能把它翻上来!"

"多谢贤文公子、贤武公子的鼎力支持了。"道衍向两人深深致了一礼。

这时,陈若余缓步近前,眉眼间都堆满了讨好的笑容:"列位大人今天也都有些乏了吧,陈某恭请大家到后院小憩一下,如何?"

陈府的后院其实也不太大,但有三四座太湖石假山和六七株垂柳碧荫点缀陪衬,倒是显得精致简洁。院中的浅浅绿茵之上,已摆了一桌荤荤素素的菜肴,香气扑鼻,色鲜诱人。

陈若余恭恭敬敬地请朱标、朱棣、道衍、道涤、黄子澄他们入席坐下,笑道:"天色将晚,陈某略备菜肴,请列位大人赏脸。"他看到朱标欲言又止的模样,急忙主动说明:"这是陈某自掏腰包做的一席家宴,也都只是一些地方特色小吃,算不得铺张奢侈吧?"

朱标正欲开口,朱棣先说话了:"我们拱卫司在外用餐,待会儿是一定要将饭钱给你交上的。不过,今日忙将下来,我也饿了,姚先生想必也饿了,都很想好好吃一顿。陈大人,你且向我们介绍介绍这些菜肴,让我们也长长见识?"

朱标听朱棣这样说,明白了他是在提醒自己不要太拘束于条令而怠慢了道衍这位奇才,于是笑着点头表示认可。

陈若余这才放下心来,呵呵笑着手指那些菜肴,向他们一一介绍:"这是我们常州府最美味的明溪老鸭汤,这是最可口的酸甜炒鸡丁,这道豆干炒肉丝也很脆,还有这金皮蒸柿饼……"

朱棣一边听着,一边瞥了一眼唐冲,唐冲会意地向他点了点头:这些菜肴他刚才都已一一检验过,均未发现含有毒物。

这时，道衍却突然一屁股坐到桌旁的圆凳上，嘻嘻一笑："方才贤武公子说得对，姚某真是饿了，先吃一点儿汤菜填填肚子。"他一边说着，一边径自从那钵明溪老鸭汤里舀起一勺喝了一口，赞道："好鲜美！好味道！……"

朱标、黄子澄见他这般举止，都有些意外：道衍师父似乎从来都是气宇端重、言行严谨，今天怎会显得如此失态？而且，他们都知道道衍的真实身份是僧人，此刻一开口就喝鸭肉汤，破了荤戒，真是特立独行啊！道涤也看不下去了，暗中连拉道衍的衣袖，道衍却旁若无人，丝毫不理。只有朱棣饶有兴致地看着道衍，含笑不语。

道衍喝完那勺老鸭汤，又夹起一块炖鸭肉吃罢，仰起脸来看着陈若余："陈大人，你家这道明溪老鸭汤真是不错。有请你家炖煮这道老鸭汤的师父前来领赏，姚某要重重赏他！"

陈若余大喜道："难得姚公子夸奖，你们快去喊煮这钵汤的严师父来！"

片刻后，厨房里一个仆人来回禀道："老爷，大人们，严师父方才有急事出府去了。"

"他什么时候走的？"道衍手中竹筷一停。

"就在汤菜全部上席完毕后，他说他家里有急事便走了。"

陈若余忙向道衍他们连连拱手："陈某代严师父谢过各位大人夸奖，待他回来后，陈某令他务必前来致谢。"

道衍却微微笑道："这位严师父只怕今日离开你们陈府后，就再也不会回来了，他再也领不到我们的赏钱了。"

陈若余还没回过味来，只道："姚先生，您真会开玩笑。"

道衍笑容里的深意越来越浓："鸭肉吃起来软而腻，鹅肉吃起来紧而实。他这钵明溪老鸭汤其实不是用鸭肉炖成的，而是用货真价实的鹅肉炖成的。"

"鹅肉？鹅肉汤……也不错啊！"陈若余还是一脸茫然。

朱棣腰板一挺，眉飞色舞，只等着看好戏上台。

果然，道衍的冷笑如同霜刃毕露："假如我们先吃了这道金皮蒸柿饼，再吃了这钵里的鹅肉，那将会发生什么事呢？陈大人，您知道吗？"

唐冲立刻反应过来："俗话说鹅肉加柿子，胃破流血死。陈若余，你这个厨子竟想以混合之毒来暗害我们？！"他心头一急，铁掌一翻，抓住陈若余的领口就怒吼起来。

陈若余早已吓得失魂落魄："我……我怎么会害……害你们呀……老严，你……你害死我了……"

道衍看着天际幽幽道："以鹅代鸭，瞒天过海，嫁祸于人，他们实在是阴险得很哪！"

朱棣却向唐冲摆了摆手："放手吧，陈知府都快被你掐死了。真正的凶手不是他，也不在这里。姚先生，您又救了我们一次！"

朱标已然明白过来，重重一拳擂在桌沿上："他们竟敢如此猖狂！"

黄子澄十分不安地看着他们，但他本人对这其中的蹊跷似懂非懂，便不敢轻易发言。

唐冲丢开陈若余，向朱标、朱棣躬身道："属下办事不力，请两位公子移驾别处用餐。"

道衍却伸手虚空一按："那倒不必。把这钵鹅肉汤撤下去，这一桌菜肴依然可以再吃。两位公子，何必浪费了陈大人的家宴呢？"

唐冲满面凝肃地直盯着他："姚先生，您能保证这些菜肴里已经没有其他问题了吗？"

道衍刚欲开口，一个温婉动听的声音便在场中徐徐响起："小女子愿为诸位大人先行试吃这些菜肴，以消诸位大人心底的疑忌之念。"

第十四章
贤女

　　众人循声望去，只见一位气宇华贵卓然的红衫女子袅袅而来，她全身上下妆似牡丹，钗髻摇曳如繁花，环佩鸣动似流珠，绦带飘扬若云霞，恍同瑶池仙子临凡间。

　　这红衫女子走到桌前，拿起竹筷，在席桌上从除了那钵鹅肉汤之外的所有菜肴中都夹起一点儿自己吃下，然后静候了一两刻钟，觉得自身毫无异样，才向朱标、朱棣等人万福一礼，款款道："小女子已经试吃过了，并无异常，诸位大人尽可放心享用。"

　　朱标和道衍对视一眼，方才安然落座。朱棣、黄子澄、道涤自然也随之入席。朱标瞥了一眼那红衫女子，向陈若余吩咐道："陈大人，本朝律令，官员设宴，不可有歌女艺伎陪侍。你可以让这位姑娘退下了。"

　　陈若余抹了抹脸上冷汗，忙道："列位钦差，本府这是家宴，没有招唤什么歌女艺伎……"

　　朱棣细细看了那女子一番，诧然道："她怎么看起来有几分面熟呢？"

　　道衍已是拱手一礼："原来真是小陈主簿，失敬失敬。"

　　那红衫女子微一屏息，紧喉变声，果然是小陈主簿的嗓音："小女子陈如意,今日易容改装接待诸位钦差,真是失礼了,还望见谅。"

陈若余也解释道:"她便是陈某的小女,并非歌女艺伎。"

朱标用竹筷夹起一块金皮蒸柿饼慢慢吃着,徐徐发问:"陈大人,你竟以自家女儿为府署主簿,是否有些不太恰当呢?"

陈若余急忙摆手:"列位大人误会了……"

却见陈如意玉手一扬止住了父亲的话,正视着朱标道:"请问这位公子,小女子今日与列位交谈周旋之际,言谈举止可有什么地方做得不符合州府主簿之职、之才吗?"

"这……"朱标沉吟起来。说实话,今天陈如意化装成州府主簿来交涉,口若悬河,妙语连珠,应对得体,若不是她自曝女儿身,自己还一直认为堪称一介能吏呢。

陈如意一边执壶为他们斟酒水,一边娓娓道:"父亲大人聘小女子女扮男装做州府主簿,实有不得已之处。依大明吏部条令,家父身为知府,每月俸米为十六石,一石俸米可折算成一两白银。家父每月收入仅为十六两白银,还要公私两用、养家糊口。若是从外面聘请一个师爷担任州府主簿,每月至少须当花费五六两白银。家父为了节省开支,便用了小女子出任主簿。钦差们觉得此举有何不妥吗?"

朱棣笑嘻嘻地看向黄子澄:"黄公子,你对此有何看法呢?"

黄子澄正在夹菜,连忙搁下筷子,答道:"只怕时间一长,大家看破了小陈主簿的真实身份,会对常州府有牝鸡司晨之讥。"

朱标却将询问的目光投向了道衍。

道衍注视着陈如意道:"只要才符其职,陈小姐此举非但不该有牝鸡司晨之讥,还应当是圣朝的一段佳话。陈小姐虽为闺秀,却有经纶世务之能,难得难得。常州府能有如此治绩,多半也要归功于你了!"

朱棣哈哈笑着举起杯盏,敬向陈如意:"陈小姐,我朱贤武尊重你是一位巾帼英才,特此敬你一杯美酒!"

陈如意也是豪气,举杯碰过一饮而尽,乘着酒兴妩媚一笑:"多谢列位大人青睐。"然后,她冉冉起身,走到院中一张琴几后面,柔声道:"小女子愿为诸君抚琴助兴,可否?"

朱标没有答话,抱着"食不言,寝不语"的准则自己吃着饭菜。黄子澄也觉得在钦差特使面前不敢放纵,十分拘谨地垂着头,不出一语。倒是道衍一笑道:"那就有劳陈小姐抚曲鸣音了。"

陈如意含笑点头,端坐如柳,纤纤十指抚动琴弦,悠然慢声吟唱道:

> 东南形胜,三吴都会。钱塘自古繁华。烟柳画桥,风帘翠幕,参差十万人家。云树绕堤沙,怒涛卷霜雪,天堑无涯。市列珠玑,户盈罗绮,竞豪奢。

这是宋代著名词人柳永所写的《望海潮·东南形胜》一词的上半阕。道衍淡淡笑道:"陈小姐借柳永之词歌颂当今江南的升平盛世,可谓处处不失良吏之风啊!"

朱标笑着附和道:"小陈主簿不愧是小陈主簿!"

陈如意婉然一笑,又抚琴吟起了这首词的下半阕:

> 重湖叠巘清嘉。有三秋桂子,十里荷花。羌管弄晴,菱歌泛夜,嬉嬉钓叟莲娃。千骑拥高牙,乘醉听箫鼓,吟赏烟霞。异日图将好景,归去凤池夸。

听到这儿,朱标再也忍不住开口道:"陈小姐,听曲明音,其实我等并非'千骑拥高牙'的权臣大吏,亦不是'乘醉听箫鼓'的优游之官。当然,你和你父亲也放心,你们的惠绩,我等自会呈上'凤池'，至于陛下夸不夸，那实非我等所能及。你也不要有太重的执念，如何？"

他这么一说，陈如意连忙起身，玉容微微变色，向朱标、朱棣等人欠身行福："钦差大人教训得是。小女子失言于琴，恳请谅解。"

陈若余慌了心神，便要过来辩解。陈如意暗暗朝他使了一个眼色，陈若余会意，立刻知趣地退了出去。

道衍刚刚吃下一块藕片，略一思忖，目光流转，向陈如意挥手道："陈小姐琴艺超群、妙音动人，我等听得心爽神快，还望继续不吝赐曲助兴。"

朱标有些愕然地看着道衍："想不到姚君素以清净法门而自持，却能在入世之中逐声取色，似与朱某平素心中之见微微不同。"

道衍目光炯炯正视着他："佛经曾言：'色不异空，空不异色。'以处一化齐之慧眼而观，求道之心即是功利之念，功利之念亦是求道之心。贤文公子，你察人料事，不可落了分别心的下乘。"

他的话来得尖锐刺耳，但朱标细细思考，顿有所悟，急忙向他深施一礼，拱袖而谢："姚先生一针见血，朱某受教了。"

道衍一笑而罢，转脸看向陈如意，语气又变得缓和之极："姚某要吟一首陆游先生的《生查子·独游雨岩》，有请陈小姐为我抚曲配乐，如何？"

陈如意向道衍投来满是谢意的眼神，徐徐坐回几前，按琴而答："姚公子请吟词。"

道衍长身而立，仰望夜幕，悠悠吟道：

溪边照影行，天在清溪底。天上有行云，人在行云里。

高歌谁和余？空谷清音起。非鬼亦非仙，一曲桃花水。

朱棣听完，不禁连连鼓掌："姚先生深得天人道法之本源，不愧为百年难遇的奇士异杰。"

那陈如意又缓缓行来，整了整衣装，竟向朱标、朱棣、道衍等人双膝跪下。

朱标讶然道："陈小姐你这又是干什么？"

陈如意婉然道："小女子见三位公子气宇非凡，才华出众，愿与三位公子结为兄妹金兰之交。"

朱标与朱棣面面相觑，不知如何应答。道衍却沉声道："陈姑娘为什么非要和我们三人结拜金兰？莫非你还精通相面观人之术？"

"哪里，哪里，小女子就是觉得三位公子器识非凡，交往之中获益良多……"

"依姚某之见，你到底还是为了你父亲吧？"道衍仍是单刀直入。

陈如意暗暗惊服道衍之目光敏锐，只得实话实说："若论私心，小女子确有。三位公子都是当今天子的耳目之臣，对朝政风声自然比小女子知晓得更便捷一些。小女子所求也仅止于此。当今大明圣朝，为官甚是不易：为贪吏自是不可，为庸官也难行。家父不得已出仕当了这个区区的知府，岂不知宦海险恶莫测？小女子为求家父平平安安为官一生，也不得不女扮男装，出谋划策、亲力亲为。望三位公子瞧在小女子这一份纯孝之心上，多多指教。"

她讲到这里，眼中泪光莹然，最后泣不成声，更为楚楚可怜。

场中静了下来，道衍和朱棣都看向朱标，朱标喟然而叹："陈小姐此举确是难能可贵。你放心，你父亲只要不贪不污、不懈不怠，本公子可保他终身平安。你也不必与我等猥自结拜。"

陈如意却道："三位公子不必过虑。小女子知道大内拱卫司钦差不能私结外臣，但小女子这等微末身份，不会如何牵累三位公子的。"

朱标和朱棣都不禁踌躇起来，道衍忽地幽幽一笑："想必日前吴靖忠大人前来常州府巡检时，陈小姐也曾和他义结金兰了？"

他这句话来得锐利之极，只刺得陈如意玉颊绯红："姚公子说笑了，小女子并未与他……"

"为什么呢？堂堂的部院侍郎，比我们这三个六七品的区区尉吏，不知在仕途上更能保护你父亲多少倍，你不应该舍大而取小啊……"

陈如意的目光倏然清寒下来："小女子本想学当年红拂女一样做个慧眼识英豪的巾帼奇杰，今日反倒被姚公子取笑了，小女子心头实是不服。"

"陈小姐，姚某真没有取笑你的意思。"道衍容颜一正，"你也不要被刚才贤武公子的吹捧之语迷惑了，我们中间哪有什么百年难遇的奇士异杰，不过是互相吹嘘罢了。实际上，这位黄公子饱读诗书，目前虽无官阶在身，他日必成廊庙之器！你呀，才最应该与他义结金兰！"

黄子澄吓得急急摆手，道："姚君，你千万莫要取笑在下。在……在下酒足饭饱，就此回屋看书去了……"

"黄兄，我俩同行吧。"朱标起身拉住他，"陈小姐，朱某还有一些公务要办，暂且别过了。"唐冲连忙陪同他俩离席而去。

朱棣忙呼道："大哥，黄……黄兄，你们可真是没趣！姚君你呢？"

道衍莞尔一笑："我这里和陈小姐的交流还没结束呢，贤武公子，你留下来一道陪我。"

朱棣哈哈笑道："有一句古话说得好，唯大英雄能本色，是真名士自风流。这说的就是你我二人吧？"

道衍浅笑道："陈小姐，你看，贤武公子他又在说醉话了。"

陈如意却已回到琴案边，双手搭在琴身上，嫣然笑道："两位公子，现由小女子为你们抚唱一曲以助雅兴。"说罢，她抚琴吟道：

琼姿只合在瑶台，谁向江南处处栽？

雪满山中高士卧，月明林下美人来。

寒依疏影萧萧竹，春掩残香漠漠苔。

自去何郎无好咏，东风愁寂几回开。

　　道衍细细听去，从她这首高启的《梅花》中听出了她一腔自负才气而知音难觅的心曲，而且还用了袁安卧雪以示清操、何仲言爱梅求调扬州两个典故来自我标榜。他心念一动，含笑道："好雅致，好志向！陈小姐，你既是用了高启先生当年所作的妙诗，姚某在此就以一首拙诗应和一下，'袁安卧雪卖高名，亦为功利亦为民。何郎好梅下扬州，半是窈窕半是清'。陈小姐，你可懂了？"

　　陈如意心底一震，感到这位白衣姚姓公子委实是目光如炬，仿佛一眼便能看穿任何人士的任何心思一般。她一惊之余，慌忙起身道："小女子今后立身行世，必如姚先生之所教，心心念念以德为本，争取与古之辛宪英、黄月英等贤女子并耀于世！"

　　朱棣亦是悠悠一叹："可惜了你是女儿身，你若是堂堂须眉，将来朝堂之上必有你显赫之极的一席之地。陈小姐，我与你虽不好义结金兰，但你日后到应天府若有用得着我朱贤武的地方，我定当尽力而为。"

　　陈如意听了，顿时双眼闪闪发亮，一脸欣喜之色，急忙过来向他敬酒谢过。

　　道衍轻咳了一下，便拿出话头来暗暗打探："陈小姐，实不相瞒，我们此番从苏州过来，最想打探的是苏州宋氏宝虹商庄在常州这边的情况。你是常州府的多面手，可否向我们说一些实话？"

　　陈如意秀眉一挑："难道你们认为苏州的宋氏大案另有隐情？"

道衍和朱棣几乎是同时向她点了点头。

　　陈如意也就开门见山了："朱公子、姚公子，其实小女子与那宋家的小姐宋紫荷关系甚熟，对他们的有些情况略知一二。"

　　道衍仿佛早已料到了一般，淡然道："你把你所知道的都讲出来吧。"

　　陈如意娓娓道："宋紫荷的貌美才佳之名早冠于浙西。不过，依小女子之见，众人皆言宋紫荷清丽绝伦，但她深居养名，不交俗子，难道不是为了找到更好的夫婿？公室侯门，才是她念念不忘的好去处罢了。"

　　道衍眉头隐隐一皱，看陈如意的目光却另有一番意味了："看来，你和她果然交往甚深，简直比她还了解她自己。你继续说下去。"

　　陈如意又道："至于宋明德，他做生意的手法一向是羚羊挂角，天衣无缝。他口口声声宣称自己要西迁四川，但他近期却多次来常州购买大船。难道他还要到四川做航运买卖？可四川江窄水曲，并非大船出没之所啊！"

　　道衍一惊："竟有这事？"

　　"近日小女子更是从几个琉球国来的商人口里无意中听闻，他们宋家居然有人曾打探去琉球的水运路线，"陈如意到后来更是语出惊人，"而且，他们约定的日期就在这旬日之内。然而，谁也没料到，宋家这么快便被一举扫平了。"

　　"你还知道其他什么情况？"道衍一边思索着，一边追问道。

　　"小女子知道的大概就这么多了。"陈如意目光一定，缓缓道，"小女子忙于府署公务，也没多少时间去理会他们商界之事。"

　　道衍也不再穷追不放，而是转移了话题："陈小姐，你为你父亲操作圣语碑林等惠绩，可以助你父亲入京升职不假，但依照朝廷用人之制度，你父亲最有可能出任礼部堂官一类的清流之职。你莫非希望你父亲竟是这样一个去处？恐怕你最想的是助推他进入中书省任职吧？"

陈如意轻轻一叹："走一步再看一步吧。到了京中,小女子再为父亲多想办法吧。"

朱棣点头道："想不到你真是一个大孝女。"

陈如意抬眼直视着两人："每个人都有迫不得已的地方。宋紫荷故作脱俗也罢,费尽心计也罢,都是为了她的父母。我又何尝不是如此？"

朱棣回看她一眼,目光中隐有深意："为自己的亲人无论如何付出,都是没有错的。你放心,你父亲营建圣语碑林的事迹,我们一定会上报陛下。但今天,我们也不会要你做什么,真的就只陪我们一起奏奏曲、扮扮戏、喝喝酒就可以了。"

第十五章
遇刺

应天府南城的朱雀门遥遥在望，在青山绿水的映衬之下显得格外巍峨醒目。

道衍从马车的窗口远眺，心底波澜汹涌：想不到一别十余年，他会再次踏足金陵！当年和诚意伯刘基在这里与淮西一派斗智斗勇、纵横捭阖的一幕幕浮上心头，他的眼眶不知不觉湿润了。

朱标一直默默地注视着他，待他渐渐平静下来，方才开口道："姚君，你今日的心情似乎很激动啊？"

道衍沉沉地叹了一口气："昔日金陵游，今日再度来。刘公已不在，姚郎何其哀？！"

"姚君，刘先生虽然不在了，可我们还在啊！"朱棣道，"刘先生的在天之灵见到你为苍生为律法而投袂奋起，必是十分欣慰的。"

道衍点点头："两位殿下，我们暂时就在这里分手吧。你们先行进城，贫僧随后再入。"

朱标知道他这是为了隐身避嫌，便道："也好，本宫和四弟稍后先行。你们的御状书，本宫亲自带回去交给拱卫司，让他们转呈陛下。你们入京后就在城西的同德客栈住下来。一有消息，本宫就让唐冲或平安去找你们。"

"对,你们就住在同德客栈。"朱棣也道,"那个客栈由我们信得过的人在把守,会把你们保护得好好的,胡惟庸他们插不进手来。"

"好,多谢太子、燕王。"道衍双手合十一礼,"如此贫僧便在那里静候佳音了。"

同德客栈窗明几净、座席整洁,精致又不失大气,看上去里面入住的也多是进京赴考的各地士子,使店内的气氛显得既热闹又并不吵闹。

门口处,店小二把一身儒生打扮的黄子澄放了进去,却拦住了道衍、道涤:"两位师父,咱们客栈被礼部征用为此番秋试会考专门接待考生的住处了,请你们移步到别的客栈吧。"

道衍面色如常:"小僧是由冲德号商铺唐老板介绍来此暂住的。"

一听到冲德号唐老板的名号,店小二一怔之后立刻换了一副表情:"快请进来,小的将你们三位安排在相邻的厢房里吧。"

道衍一边让黄子澄去与店小二看房,一边迈步进店,竟赫然见到了那位号称"铁胆獬豸"的监察御史韩宜可,他身着便装,坐在东角一桌上正静静观察着店里各处的士子们。

道涤失声喊了出来:"师兄,那位韩御史也在这里……"

韩宜可似是听到了这边的动静,转头看来,恰与道衍四目相视,他一惊之下,立即跳起迎了上来:"道衍师父……"

道衍上前见过,诧异地问:"韩施主,你怎么在这里?是等人吗?"

韩宜可放低声音答道:"韩某受汪大夫之命在这里负责专门照看这些参加秋试会考的士子们。"

道衍微微点头:"汪大夫进京后够忙的吧?"

韩宜可脸上红了一下:"想不到真的劳动你们进京了……"

道衍立刻伸手将他止住:"这里说话不太方便。"

那边,黄子澄早拿了几把钥匙过来:"两位师父,他们给咱们在楼上备好房间了。"

进了厢房，把门掩好，道衍才将汪广洋、韩宜可那日走后苏州府衙里发生的一切向韩宜可讲了，只是到常州府后的事情则略去不提。

韩宜可用拳头一擂桌面："胡惟庸、陆飞他们竟如此嚣张，逼得你们两位空门中人也进京来告御状了。"

"你和汪大夫进京后又是如何举措的？"道衍用话锋轻轻一带，"想必也遇到阻力了？"

韩宜可的面色顿时变得灰暗："我和汪大夫火速返京后，便将宋家冤案写了奏报直接上呈御前，可陛下只批了'知道了'三个字回复，然后就没了下文。第二天，汪大夫和我便被催促着来这边办理秋试会考的有关事宜了。"

道衍的眉头皱得紧紧的："这么说来，你们的奏报其实并没有被胡惟庸他们过滤掉，陛下也确实是阅览过了？这，倒让人有些费解了……"

"就是啊！"韩宜可也拍膝而叹，"而且，这件事也过去六七天了，陛下那里竟然毫无动静。我还回御史台去催问过，宫里仍是没有任何回应。这……这让我们手足无措，也让我们愧对道衍师父你们了……"

"这怎么能怪你和汪大夫呢？"道衍右手微微一摆，"韩施主，你在京中，消息自是灵通，胡惟庸、陆仲亨那里有什么消息反馈过来吗？"

"前几日我得知一个消息，据说陆仲亨从宋明德被抄没的家产中擅自截留了六十三万两白银挪为军费，陛下龙颜大怒，认为陆仲亨这种先斩后奏、不报而行的举动是触犯国法皇权，发下密旨对他大加训斥。陆仲亨也回奏声称自己是为了肃清张匪余孽而临机制宜。后来，中书省出面替陆仲亨做了一份详细的军费开支清单交将上来，证明陆仲亨虽属挪用而并无贪墨，陛下这才没有过分追究，只是将奖赏陆仲亨的邑户削减了四分之一。同时，胡惟庸也上奏声称自己在南下抚慰时未能劝诫住陆仲亨，自请受罚。陛下回复道：'悍将骄习，不重法纪，自宜徐徐纠之，而责不在胡卿。'这桩事，也就渐渐平息了。"

道衍听罢微笑道："这位胡相爷两面取巧，确实是一只修炼成精的老狐狸呀！"

道涤在旁边却忍耐不住了，一开口就来了个透底亮："师兄，先莫去管什么老狐狸、小狐狸，你看，依韩施主所言，陛下自己都把宋家这件事甩在了一边，这说明他已经默认了陆仲亨、胡惟庸他们的说法……你还去告御状吗？这个御状，还有必要再告吗？"

道衍双目缓缓一闭："我们先等一等拱卫司那边的回复再说。"

"拱卫司？"韩宜可一震。

"我们从常州府绕道潜行时，正巧碰到自称是拱卫司特使的唐某和平某二人，他们帮我们转呈御状进宫去了。"道衍开口解释道。

韩宜可顿足嗟叹道："只怕你们是遭那些打着拱卫司幌子的骗子给蒙骗了，陛下连汪大夫的亲笔加急奏报都不闻不问，还会管你们的御状书？"

道衍双眸微微睁开，语气变得刚硬起来："如果唐某、平某那里真没有回复，小僧就拿着度牒直闯午门去敲登闻鼓！大明圣朝连平民百姓的御状都不愿接受的话，只怕当今陛下会在天下士民面前龙颜失彩的！"

韩宜可盯了他好一会儿，深深叹息："道衍师父，你果然有'虽千万人，吾往矣'的昂扬锐气，韩某愧不能及也！"

道衍哂笑道："小僧乃是空门中人，无牵无挂，无私无贪，所以能无畏无惧、无忧无悔。你上有主君、下有三亲，本就比不得我们。"

韩宜可叹罢又道："看来汪大夫真是一直都没看错你，他在接到陛下那三字批复后，就对韩某说，陛下这一次忽视了御史台，但他下一次就得直面寒山寺释道衍的冲击了。你今天果然就来了。"

道衍双掌一合："韩施主稍后请速速离去，免得日后招来一些小人们的暗算攻击。今后，小僧若不让人来联系你，你切不可主动来见小僧。"

韩宜可正视着他，淡淡一笑："道衍师父，你这是哪里话？韩某既然接了你们这桩冤案，就不怕被胡惟庸他们报复。为了你们的安全，韩某平日自会多来此处照看你们。今日你们也乏了，韩某便告退了。"

待他走后，道涤才将自己心底的真话问了出来："师兄，你说太子和燕王会不会也递不进去咱们的御状书？"

道衍沉吟有顷，道："不会的。以当今陛下之圣明远虑，为了在太子和燕王面前做个表率，他也会接受咱们这份御状的。用不了多久，宫里就会有人来传召我们。"

道涤拍了拍膝盖，大大地舒了一口气："那就好，那就好，我真怕咱们这一趟会白来京师。"

"现在不是白不白来的问题，"道衍笑问道涤，"而是几天后咱们便会进宫面圣去告御状，师弟你紧张不紧张？"

道涤思忖着回答："我记得师父曾经说过当今圣上乃是明王转世，又是现在佛之化身，师弟我当然是十分敬畏的啦！"

道衍却道："你呀，要学会处一化齐之慧眼法：色不异空，空不异色。佛与我平等，自然也是帝与我平等。到了金殿之上，你平时怎么和师父对话，也就怎么和圣上对话罢了。"

道涤点头道："到底还是师兄你阅历丰富、修为精深，到任何境遇都能泰然处之！这一次进宫面圣，相信咱们也一定能成事如意。"

听了道涤这话，道衍却是暗暗苦笑了一下。他刚才在心底还有半截真话没当着道涤的面讲完：朱元璋能够接受自己的御状书是不假，但他在将来的审案过程中是否会秉公明断,那就不太好说了。毕竟,汪广洋的翻案奏报被高高挂起,这本身便是一个十分明确的信号。要想真正打赢这场御前官司,恐怕还有很艰难的关要闯。

入夜,道衍见窗外月朗星稀、地气清澄,便对道涤道:"这几日为兄忙于俗务,未曾修真吐纳,今晚倒想入定静修一番。师弟你来帮为兄护法吧。"

"好的。"道涤应了一声,便去锁好房门,来他身旁站定。

道衍在床榻上盘腿端坐,右手按住右膝,左掌托着那只玄玉蝉,双目垂帘,吐纳入定。过得片刻,他分明感到掌心的玄玉蝉暗暗沁出一股清凉芬芳之真气,从劳宫穴直流而上头顶百汇穴,又倒注入浑身筋脉,上下流通,左右回旋,令他感觉体内舒爽无比。

正在这时,室外似惊雷乍起,传来了"失火啦""救火啦"的高呼声。道衍心头一阵震荡,慌忙收功,睁开双眼,只见窗外已是火光熊熊、烟气弥漫。道涤跃身而起,右掌护胸,便要去开门。道衍目光一闪,急忙喝住了他:"不要开门!这是离宫神火符的幻象!"

他话音刚落,窗户砰然一开,一道烈焰火柱激射而入,朝他扑面撞来。道涤的身手确也敏捷,左脚一踢,一只圆凳飞了起来,往火柱那里隔空一挡。不料,那火柱竟是无形无质之物,将那圆凳透射而过,即刻扑到了道衍身前毫厘之处。

道衍的坐姿仍是一动未动,整个人却倏然平平横掠开去,只听"轰"的一声响,他身后的墙壁竟被那火柱撞破了一个大洞。随着一阵锐啸,那火柱忽然变得柔如软鞭,便似化成一条火蟒,又呼地旋舞而回。这一下道衍似是躲闪不及,被它猛然卷了进去,紧紧缠绕,烧个不停。

"师兄——"道涤嘶声叫道,眼角都已急出泪来,拿着被盖便要过来扑火。

然而，在这熊熊烈焰之中，一阵沉沉梵音咒语缓缓响起：道衍的身躯乍然暴长而起，宛若一座金光夺目的佛像，高达屋顶。那条火蟒渐缩渐小，最后竟是化作一点萤火虫般的赤焰，被他托于右掌掌心。紧接着，道衍左手一扬，掌心中的玉蝉清啸一声，闪出一束黑光，往窗外猛射而去。窗外的漫天火光中顿时传出一声重重的闷哼，然后波的一响，火星四散后，一切又归于死寂。

道涤眼前一暗，室内窗户未开，墙壁未破，一切如常——原来又是有人在暗中使了幻术偷袭狙击。

道衍慢慢收了法身，飘然坐回床榻上，望着高高的屋顶，缓缓叹道："看来，有些人是拼了命也不想让我们进宫告御状啊！既是如此，小僧倒越发想闯一闯这龙潭，看一看底下的水深水浅了！"

第十六章
权衡

红布慢慢扯开,箱子里满满当当地装着金砖、银锭、玉器、珍珠等,五光十色,夺人双目。

胡惟庸看了一番,问道:"这些便是那个倭人头领平九郎送来的明州海关买路钱?"

林贤垂手而立,点头答道:"不错。平九郎他们一直想从明州城到应天府建成一条据点链,以此打通商道。"

"是打通兵道而不是商道吧?"胡惟庸冷冷地笑道,"平九郎真正的身份背景是什么,你莫非真的不清楚?"

"孩儿知道,平九郎的真正背景是倭国南朝怀良亲王的征西先锋官,外托海盗之名,而内藏刺探之实。"

"你知道这一点就好。"胡惟庸面色沉肃,"他们想从明州登上内陆做生意,这可以允许;但他们想伺机购地潜伏,这可不行。他们只能是短期交易,决不能落地置业。你一定要把这点警告转给他们。"

"孩儿记住了。"林贤急忙答道。

"倭人是一柄毒剑,使用不当就会反受其伤。"胡惟庸徐徐道,"现在还不是起用他们的时候。"

林贤指了指那一箱宝物:"这些东西放到后院地库去?"

胡惟庸慢慢把玩着掌中那只白玉琮:"这一箱东西,你稍后分成三份:一份送给李善长老相爷,一份送给晋王朱棡,剩下的那份你再分送给皇宫大内的那些暗线。"

林贤听他特意把内廷暗线提出来格外奖赏,可见他对这些暗线所发挥的作用十分满意。确实,他们功劳不小。近日就是他们传来消息,说陛下最终还是接受了姚广孝的御状书,要择时传召其上殿对质。"是,孩儿一定悉心照办。"

胡惟庸坐回太师椅,把白玉琮往桌面上轻轻一磕:"现在是子时一刻了,姓徐的还没传讯回来,可见他在同德客栈又失手了。"

林贤叹道:"应该是这样。"

"释道衍,不,姚广孝!这个假和尚!"胡惟庸勃然怒道,"本相终究要和他在金銮殿上面对面地交锋了!"

林贤马上进言:"且让孩儿再去安排一场刺杀。"

"罢了。"胡惟庸的脸色又冷下来,"天子脚下,帝宅所在,你把动静搞得太大了,反倒会惊动陛下,平添不少麻烦。"

"那……义父,你对金殿对质可有……"林贤犹豫之色甚浓。

胡惟庸却并未直接回答,而是问了另外一个话题:"今天下午陆仲亨送来密函了?他怎么说?"

"陆仲亨在密函里声称他畏惧陛下之天威,担忧陛下会派人分割他的平东将军之权。"

"看来平九郎他们马上就派上用场了。"胡惟庸用手指在白玉琮的柱身上轻轻一弹,"叮"的一声袅袅清音响起,"让陆仲亨就地制造一些假象,然后上一道密表,附上这些假证据,就说他查出一部分张匪余孽似与沿海倭寇有所勾结。这样一来,陛下只会对他陆仲亨增权而不会削权的。"

"万一陛下派出监军前去制衡陆仲亨呢?"林贤思忖着又问。

胡惟庸冷笑一声:"北边辽东有胡元余寇,西边云南有元梁王余党,川蜀一带又要防民变,京中稍微能干一点儿的将领都派出去镇抚了。他手头的武将也不多了,还能派出谁去平东行营当监军呢?费聚吗,毛骧吗?这些二流将领哪一个不在本相的笼络之中?"

林贤单膝跪下:"义父高瞻远瞩,孩儿佩服之至。"

"至于几天后的金殿对质,本相已有成竹。"胡惟庸又道,"平东行营、苏州府已经对宋案做了一番善后,表面上是让人不好下口的了。"

"但姚广孝这个人铜牙铁齿、巧舌如簧,义父您千万不可掉以轻心啊!"林贤提醒道。

"所以,陛下的态度才是最关键的。他的态度又取决于我们或是他们在他心目中谁的价值更大。"胡惟庸面色一狠,"姚广孝再是铜牙铁齿、巧舌如簧,也不能违背这一条铁则。"

林贤思索着问道:"陛下日前已将汪广洋这老匹夫的翻案奏报搁置了,这是不是意味着陛下已有答案?"

"陛下此时此刻在内外庶务上倚重我们的地方多了,"胡惟庸沉沉地道,"我想,他应该不会因为一个小小的宋明德案便舍弃大局的。"

"确实,这十余年来只有义父才能为陛下分忧解难,也只有义父才能为陛下增光添彩。"林贤点头应和道,"陛下,始终是离不开义父的。"

"你这话可说错了。这世间,没有谁离不开谁。"胡惟庸的面色忽然变得十分阴郁,"这位陛下,其实是无时无刻不在想抛离本相的。你知道陛下为什么对这一次秋试会考格外重视吗?"

"这个……孩儿不甚清楚。"

"日前,陛下突然抛出了一个构思,在中书省之外再设一个号称'政犹水也,欲其常通'的通政使司,职能是'审命令以正百司,达幽隐以通庶务;当执奏者勿忌避,当驳正者勿阿随',你听出什么门道了吗?"

"这……这不是在御史台外又增设一个官署专门来制衡中书省吗?"林贤骇然道。

"对,陛下就是这么做的。在他通政使司的构思中,内部会设立通政使、左通政、右通政、左参议、右参议等官职,而这些官职的人选,应该会从这次秋试会考中择取。他是想抛开中书省和我们淮西党另起炉灶,选用一批新人进通政使司来辅助他。"

林贤若有所悟:"怪不得他会让一向与义父您不和的汪广洋去主办这件事情……"

胡惟庸一下将掌中的白玉琮捏得死紧死紧:"所以,我们要未雨绸缪,决不能让通政使司落入异己势力之手。在秋试会考中上位的人,只能是我胡惟庸的亲信。"

林贤退下后,胡惟庸忽然容色一定,庄肃之极地对贴身老仆胡普吩咐道:"去喊胡万年进来。"

胡普答应一声,疾步而去。不多时,室外一串哈欠之声传了进来,一个身上松松垮垮地披着锦袍,头上发如乱草,醉得满脸通红的纨绔公子摇摇晃晃地走入屋中。正是胡惟庸的嫡亲儿子胡万年。

胡惟庸让胡普关紧了门在外守着,转头对胡万年喝道:"你这小崽子,今晚又去喝花酒了!快给我醒一醒谈正事!"

胡万年靠着椅子乜了他父亲一眼:"父相,您莫发怒,孩儿是奉了您的钧命去外边专门吃喝玩乐拉关系的,您可不能骂孩儿!"

胡惟庸将白玉琮在桌板上重重一击:"府里又不是没有醒酒丸,你干吗白天黑夜都把自己搞成一副醉汉相?"

"父相,孩儿这是把整套的大戏演足给外人看啊!"胡万年拉过一壶茶水喝了个干干净净，然后一抹嘴唇，双目变得清明有神，"您有什么正事要谈？"

"天界寺那边，你去过了？"

"是。孩儿前几日假装去天界寺上香游玩，找到了宗泐那个呆和尚，暗中传达了您的意思，让他从僧录司的职权出发，以不守清规、勾结匪人的罪名把姚广孝的度牒革去，并带回天界寺看管起来。没想到，宗泐居然阳奉阴违，迟迟不肯出手。"

胡惟庸反问道："你怎么看宗泐的这些反应？"

"依孩儿所见，他僧录司在宫中耳目众多，想必已经知道了有太子、燕王插手此事，自然是不会轻易来蹚这一池浑水的。"胡万年思忖了一下，笃定地答道。

胡惟庸左拳一擂膝盖："为父也没料到这假和尚一离开苏州，就神差鬼使地绕道常州遇到了朱标、朱棣，这是天要助他！他竟攀附上了东宫一脉，令为父也有些投鼠忌器。不然，何至于被逼得与他金殿对质？"

"孩儿这几日和晋王朱㭎、驸马欧阳伦等聚会，从他们那里也侧面打探出了一些东西。"胡万年又禀告道，"他们说，朱棣近日回京和他们交往时，对那个假和尚姚广孝是赞不绝口，而且也劝朱㭎、欧阳伦他们多多亲近那假和尚。"

"哦，朱棣和姚广孝的关系变得这么好了？"

"不只他，听说太子朱标对那假和尚也是佩服得五体投地……"

胡惟庸暗暗吃惊：这姚广孝不愧是刘伯温的关门弟子，仅仅在常州府和朱标、朱棣初次见面，便能一拍即合，如胶似漆，看来，他蛊惑人心的手段真是不可小觑！

胡万年嘻嘻一笑："父相您胸怀天下，手握万机，他姚广孝只是一个小小的假和尚，一辈子沉沦空门，怎会撼动您的赫赫威权？"

胡惟庸沉声道："汉高祖刘邦是小小亭长出身，宋武帝刘裕是区区赌徒发家,就是当今陛下也曾当过空门中人,你以为姚广孝就不能像华克勤一样衣紫腰金、出将入相?只要他凭借东宫一脉顺势而为,本相也未必压得住他,此人定会成为我胡府的心腹大患!"

"东宫一脉目前也只是有名无实,哪里能与父相您硬碰硬斗?"胡万年冷笑道,"晋王朱㭎志锐谋深,燕王朱棣雄毅壮武,加上驸马欧阳伦等不甘清闲,朱标的太子之位坐不坐得稳当,都还是未知之数。姚和尚跟着他们,未必有什么好结果。"

胡惟庸瞪了他一眼:"现在陛下就准备让东宫一脉变得有名有实啦!将来不出为父之所料,如果通政使司得以设立,朱标和他手下的人一定是会过来把持这个新官署的。"

"父相,那您……您对此有所绸缪吗?"胡万年面现忧色。

"为父也只能是见招拆招、随机应变。"胡惟庸揉着自己的太阳穴,"你就替为父在朱㭎、欧阳伦等人那里多多游走打探吧。你……你先下去休息吧。"

胡万年站在原地磨蹭了一会儿,却没有移步。胡惟庸目光一抬,语调里寒气四溢:"你有话就直说,不要给我藏着掖着。"

胡万年嗫嚅道:"父相,外边都有流言在传,说林贤大哥并非你的义子,而是您的私生庶子,您对他比对我这亲儿子还要好!这已经影响到您的清誉了。"

"哦,原来你在担忧这个谣言啊?"胡惟庸干笑了一声,慢吞吞地道,"这样吧,我教你一个办法去平息这谣言,你且附耳过来。"

胡万年面露喜色,急忙乐滋滋地朝他身边靠拢:"父相请讲——"

话音未落,只听"啪"的一声脆响,胡万年左耳一阵剧鸣,胡惟庸重重一记耳光打得他跌坐在地,隐隐然父亲的咆哮声在他脑海中回荡不停:"你这猪头!难道不知道我这是为你好吗?你给我下去好好想一想!"

第十七章
威压

　　空阔辽远的宫城一眼望不到边际，让站在御道起点的道衍、道涤都不禁自觉十分渺小。

　　一位身着锦袍的中年宦官走近，打量了道衍一番，施礼道："咱家乃是内廷署符书使云奇，奉了陛下的旨意特来陪同道衍、道涤两位师父的。"

　　道衍见这宦官面如明玉、眉目修长，双瞳深处寒光隐射，似是修为甚深的内家高手，便平静答道："既是如此，就有劳云公公了。"

　　云奇右手往前一引："陛下有旨，请道衍、道涤两位师父先到百灵阁稍息，待御前廷议结束之后，由咱家再引领两位上奉天殿去。"他说完又问道衍："咱家听闻道衍师父竟是净空大师和紫阳子真人两大名宿共同的嫡传弟子？"

　　道衍点点头。云奇笑得有些意味深长："咱家乃是拱卫司供奉洪德公的弟子。"

　　洪德公是三十年前与净空大师、席应真等绝顶高手齐名天下的武林奇丐。云奇是他的亲传弟子，倒令道衍有点微微动容："原来竟是七巧神丐洪德公的高徒，小僧失敬失敬。"

　　"我师与你师俱为道友，亲如一体，那咱俩也亲热亲热？"云奇呵呵笑着，左掌缓缓伸出，向他握了过来。

道涤觑见他手掌茧皮粗厚发黄，一看便是久习铁掌功的高手，不禁挺身过来："云公公可不要厚此薄彼啊，咱俩先亲热一下吧！"

道衍却将他轻轻推开，道："师弟别闹！"随即运起内家真气以左掌握了上去。

云奇本已暗暗使出铁掌功硬家招数，手掌变得坚如精钢，一握之下就是铁蛋也要四分五裂。不料，道衍的手掌虽被他一把紧紧握着，却其软如绵，柔柔韧韧的，云奇握得越紧却越是使不上劲。惊怒之下，云奇又施展铁爪功的招数，想将道衍的手筋硬生生掐断，没想到道衍的手掌也随即变得如同泥鳅一般滑不溜丢的，片刻间将他的铁爪功劲力卸了个干干净净。连续两招遇挫，云奇胸中争胜之念大盛，暗暗又转换为火云掌内家玄功，左掌立时变得炙热如烙铁，想要把道衍烫得哇哇直叫当众失态。万万没料到道衍脸色如常，朝他淡淡一笑，手掌倏然间便似化成了一块极冷极硬的玄冰，反将云奇的火云掌劲力抵消了大半。

这三个回合下来，云奇已知自己决非道衍的对手，只得悻悻放开手，道："拱卫司里盛传道衍是深藏不露的绝世高手，今日一见，果然是真人有真才。"

道衍知道自己一定是被朱棣那大嗓门给宣传出去了，只得合十道："空门中人，聊以粗浅之术自保养生罢了，何敢称雄于世？"

云奇有些诧异地看着他："俗话说，学成文武艺，货与帝王家。你若有意，拱卫司新一代世外供奉一定会是你。"

道衍眸中精光一闪："是拱卫司大统领李文忠将军让您来测试小僧的？"

"咱家是内廷署的人，不是拱卫司的人。"云奇一笑。

道衍若有所思："小僧明白了。"

百灵阁的大门被缓缓推开,一片耀眼的奇异光辉从内里散射而出。阁堂中铺着猩红色的长绒地毯,四周点着十八根手臂般粗细的羊脂蜡烛,仿佛永远也不会熄灭。

然而,令道衍满面惊诧的却是,在他的感觉中,那片夺目的光辉并非从十八根巨烛上发出的,而是来自阁中那座高达一丈二尺的纯白石碑!

从第一眼看到这座石碑起,道衍便陡然觉得自己的呼吸一阵阵发紧,似有无形的巨力从四面八方无声地压上身来,他的丹田之内,真气运转也越来越缓慢。

道涤在他身后停下脚步,低低唤了一声:"师兄,有符阵。"

"你原地待着。"道衍面不改色,仍是双掌当胸合十,朝那座纯白石碑缓缓行近。他的身法,就像一只破开层层波涛的莲舟,来得缓慢之极,也庄严之极。

云奇的眼眸中流露出深深的钦佩之色。

走近白石碑前面二尺之处,道衍才定睛看清碑上工工整整地镌刻着数行楷书大字:"人君能清心寡欲,勤于政事,不作无益以害有益;使民安田里、足衣食,熙熙皞皞而不自知,此即神仙也。功名垂于简册,声名流于后世,此即长生不死也。"[1]左下角的落款竟是"朱元璋手书"五个字。

道衍看罢,悠悠颔首:"陛下有如此英明卓绝之见识,非秦皇汉武不能及也!他以堂皇正大之箴言,镇住虚幻怪异之浮言,实在是用心良苦。"

再往下看,白石碑的下部是用纯金嵌印的两行小篆,状如龟蛇盘屈之形,粗粗一看竟似一串串桃符篆文。而道衍强烈地感觉到,那种

---

[1] 摘自《明太祖宝训》卷二。

无形压力就是这两行篆字散发出来的。仔细辨认，这是《道德经》里的句子："重为轻根，静为躁君，是以君子终日行不离辎重。虽有荣观，燕处超然。"而左下角的落款，则是"臣刘基谨书"。

道涤在后面也看得清楚，失声惊呼道："师兄，刘先生这字迹就像是正道宗一脉所画的灵符咒文！"

道衍一言不发，仰头往碑顶上缓缓看去，却见是一块形同虬首的天然奇石，黑亮如墨，非雕非刻，足有海碗大小：它怒睛圆睁，须眉飞扬，双角峥嵘，张口而啸，活灵活现，便似要凌空飞扑而下。

道衍听紫阳子席应真讲过，这种天然生成的龙头石蕴含有天地间至阳至刚之灵气，可以辟邪镇宅，是极为珍稀的玄门奇宝。而刘基就是运用这龙头石，配合他的正道宗灵符手法，在大明宫城里为朱元璋营造了一个无形阵法，镇住方圆六里之内，可以令任何玄门之士一入皇宫便再无用法之地。

此时，云奇方才低低讲道："陛下只是担心道衍师父稍后在金殿上与胡相国等人御前对质之际，一时冲动有所异动，致令皇宫不安。"

道衍当然懂得，这其实也是朱元璋借此符阵给自己一个下马威，警告他在巍巍皇权面前不得恃术而骄。他迎着云奇的目光，低沉有力地道："请放心。小僧一定是用光明正大之律法和智谋为国除奸、为民申冤，而决不会倚仗小小术数去争强夺胜。"

一朝出海腾九霄，紫气东来披龙袍。

千山万湖都照遍，唯吾德煦最为高。

"诸位爱卿，这首名为《咏日》的七言绝句写得如何？大家尽可道来。"

龙椅上的朱元璋头戴翼善冠，身穿明黄袍，双手按着御案，昂然端坐，整个人宛若一幅画像在晨光中显得格外清晰：身材伟岸如苍松，面色沉厚似古铜，脸廓间棱角分明，双眸中精光闪烁，顾盼之际令人无不为之肃静生寒。

场中静了片刻，站在群臣右列首位的胡惟庸轻咳了一声，躬身道："启奏陛下，老臣认为此诗气象宏伟，非人臣之胸襟所能写出。陛下之超凡文才，当真是傲视千古。"

朱元璋似笑非笑地俯视着他："胡爱卿，这首诗不是朕写的。"

胡惟庸面色骤变，沉声道："此诗若非陛下所作，便有猖狂浮夸之弊，可谓大言炎炎、耸动人心。老臣有请礼部对其作者予以严厉警诫！"

朱元璋目光微沉："胡爱卿这是要朕以文字狱而入人于罪了？倘若这首诗乃是唐太宗李世民所作呢？"

"老臣记得历代雄主明君皆未写过此诗。"胡惟庸俯身答道。

朱元璋的目光扫向汪广洋："汪爱卿，这首诗是不是有些'气吞万里如虎'的意境？你也是诗人，你评一评？"

汪广洋规规矩矩地答道："老臣不敢妄议。老臣也并不喜欢这种锋芒逼人的大话之诗。"

朱元璋哈哈一笑，道："胡爱卿刚才讲对了，此诗确实不是出自古今帝王之手。不过，晚些时候，朕可以告诉你们这首诗的作者是谁。"

他讲到这里，从御案上堆积如山的奏章里抽出一份捏在手里，向玉阶下的众臣晃了几下："这是拱卫司从北平城发回的密报，声称胡贼元寇在朔边到处散布谣言，咒骂朕像后梁太祖朱温一样杀人如麻、残暴无比！"

众臣齐齐叩头呼道："胡贼妖言无据，可恨之极！"

朱元璋眼中精芒微闪，扬手将那份奏报撕了个粉碎："朱温岂配与朕相提并论？他杀人如麻，是杀百姓如麻，所以身死国灭而人人唾弃；朕确也杀人如麻，是杀贪官如麻，直到杀出一个官清民淳的太平盛世来！"

胡惟庸领头带着群臣跪拜山呼："陛下神武天纵，澄清玉宇，实为万民之幸！"

朱元璋待得百官稍静之后，又拿出一份奏折，看向了群臣左列首位站着的朱标，语带威压地道："太子，御史台涂节行文弹劾你麾下的太子舍人、内廷礼科给事中田尔丰卖文求利、似涉贪迹、不合礼制，你怎么看？你可要平正回话。"

朱标显然知道这一事件是胡惟庸一党对自己东宫派系的阴险构陷，他心中有底，便出列半躬而答："启奏父皇，儿臣对此事已然有所了解，自可平正回话。田尔丰家有老父身患肺喘之疾，而他的俸禄不足以养家治疾，所以迫不得已，在外面常为一些商贾撰写诗文以获润笔之费。但他所交之商贾皆是慕名而来，他所写之诗也符合王道圣理，谈不上不合礼制，便谈不上似涉贪迹。请父皇明察。"

朱元璋的目光投向站在朱标身后的朱棣："燕王，你有何看法？"

朱棣躬身向前，朗朗答道："儿臣认为，官员卖文求利，与普通文士卖文求利唯一不同的在于，双方之间是否涉及权钱交易。官员若是以售卖诗文为幌子而收受贿赂，则必当严惩不贷；但官员与商贾之间若无权钱交易，则不必小题大做。"

朱元璋脸上不带丝毫表情，冷然问涂节："涂爱卿，对太子、燕王的奏对，你又有何话说？"

涂节没想到这件事会被朱元璋拿出来当众追问，又见朱标、朱棣亮明态度，正踌躇间，一眼看到胡惟庸阴沉之极的眼神劈来，心头一哆嗦，只得硬起头皮道："启奏陛下，微臣认为，那些商贾今日以爱好田尔丰之诗文为名而赠财于他，应当是作为他日田尔丰发达当权之后的曲线投资！"

朱棣听罢冷声一笑，驳道："御史台岂可无证无据而预定他人数十年后之罪状？本王所写之诗亦属不少，但毫无文采，怎不见有人买之以待数十年后之曲钱投资？父皇，儿臣认为，勿论诗与不诗，田尔丰权钱交易之真凭实据，今日若能查得，今日便可抓其下狱治罪；明日若能查得，明日便可抓其下狱治罪！但一日未得其罪证，一日便不能冤枉无辜！"

朱元璋听完他这长长的一席话，方才沉声问涂节："涂爱卿，你们查出田尔丰与那些商人之间存在权钱交易之事实否？"

涂节顿时怔住了："这个……这个……目前似乎尚未见到那些商贾有向田尔丰求办方便之行迹……"

"既是如此，田尔丰一事便到此为止。"朱元璋面色一平如水，"你们今后若是查到他贪赃枉法的真凭实据，再来举告也不迟。你们要记住，朕虽然痛恨贪官至极，却从不矫枉过正。"

涂节"扑通"一声长跪在地："微臣对陛下的圣谕谨记在心。"

朱元璋转脸望向朱棣，眉目间露出一丝难得的笑意："燕王，你刚才那番话讲得极好。看来此番你随同太子采风江南，确是颇有进益啊！"

朱棣跪谢道："启奏父皇，儿臣有所进益，一则归功于太子之谆谆教导，二则归功于良师益友之指点提携。儿臣何敢自诩自大？"

"良师益友？"朱元璋若有所悟，向侍立在玉阶右侧的拱卫司副统领马文锐吩咐道，"文锐，去宣那个前来告御状的释道衍上殿。"

"释道衍"三个字从朱元璋口中吐出时，全场随即出现了一阵隐隐的骚动。陈宁、吴靖忠、汪广洋等皆是面色微变，齐齐盯向胡惟庸。胡惟庸却显得若无其事,双眼向下看着自己手中的牙笏,神情格外沉静。

这边,马文锐应了一声,已是下殿而去。朱元璋正色开口道:"朕昨夜做了一个异梦,梦见一只硕大的白雕展翅高翔,冲入云端,似有驮日升空之异象。钦天监,不知此梦主何兆应?"

钦天监监正兼道录司左正一封万尘闻言,犹豫了一下,出列奏道:"启奏陛下,此乃灵鹫入梦之吉兆,预示陛下将会获得一位具有大智慧、大神通的高人之鼎力辅助。"

朱元璋哈哈大笑:"既是如此,朕就寄希望于此番秋试会考能够为国家选出一位具有大智慧、大神通的高人异士来!汪爱卿,你可不要负了朕之所望!"

汪广洋慌忙回奏:"微臣自当尽心竭诚为国选贤。"

朱元璋眼底闪着锐利的寒光,扫向了玉阶下的众臣:"列位爱卿,此番秋试会考乃是为国选贤,为民求才,非同小可,隆重之极。朕有言在先,谁若敢在这里边营私舞弊,休怪朕铁腕无情、严惩不贷!"

群臣齐齐山呼:"臣等遵旨,决无二心。"

殿中静了未久,云奇那嘹亮之极的呼喊声从殿门外传了进来:"寒山寺僧臣释道衍上殿觐见陛下!"

第十八章
面君

朱元璋朝着殿门处微眯起眼，剑锋般凌利的目光沉沉地落到了释道衍身上。他在暗暗打量这个集郁离子刘基、紫阳子席应真、净空大师三位绝世高人之真传于一身的旷代奇才释道衍。第一眼看去，此人容颜秀逸、气宇高华，举手投足落落大方，毫无拘谨畏缩之态，确非常人能及；第二眼再看，他面色稍为苍白，身披斗篷，略显病态，似是真元不足；第三眼细看，他双眸深如渊海，英华内敛之中又有灵气四溢，隐隐透着一股令人不敢忽视的沉雄和威势。

朱元璋微一颔首，喊了一声："释道衍！"

道衍双手合十，深深一礼："小僧正是。"在朱元璋的赫赫声威之逼压下，他的声音依然清冽若冰泉。

朱元璋不依不饶地紧盯着他："你的俗名是不是叫姚广孝？"

道衍缓缓点头。

朱元璋威严十足地问道："当年你进京举告中书省都事李彬贪墨卖官一案，搅得应天府上上下下好一波动荡！那时候，你究竟是何居心？"

道衍面色镇静如常："启奏陛下，小僧当年依律上告，只求大明风清弊绝而为历代之楷模。"

"诚意伯刘基先生向朕举荐过你，朕还未及召用，你却遁入寒山寺和灵应观出了家,亦僧亦道,左右逢迎。那么,你现在又是何居心?"

"请陛下宽恕,小僧体弱多病,不能耐繁任重,只能遁入空门以养残躯。"

朱元璋捋着花白的胡须,呵呵冷笑:"哦?朕听闻你虽自称成了方外之士,但为何关于你的传言却始终十分热烈呢?在浙西一域,梵门之中多人称你为假和尚、花道士,净空大师、宗泐方丈又曾当众称你虎目含威,气盖一世,是虎和尚……可见你进了空门,也是颇能闹腾!"他蓦地提高了嗓门:"而且,此番你又是借着张匪余孽案再行入京举告,释道衍!你莫非又想如同当年一样再次搅得我大明朝风云迭起、波涛重重?"

他这一阵怒吼,竟是震得朱标、朱棣、胡惟庸、汪广洋等人齐齐变了脸色。道衍却依然岸立如山,眉色不动:"陛下,小僧此番仍是依律上告,只求大明圣朝风清弊绝,并无他意。"

朱元璋沉了一口气,又徐徐逼问:"那首《咏日》诗是你写的吧?'一朝出海腾九霄,紫气东来披龙袍。'释道衍,正所谓诗为心声,你在这诗中霸气外露,足见你素来野心勃勃!"

道衍眉宇间掠过一抹清傲之极的神色,转瞬即逝,看上去,他仍是那个闲静淡泊的病弱僧人:"陛下,小僧虽有几分傲骨,但也不至于狂妄到自以为可与天争衡吧?这首《咏日》诗,是小僧敬献给蒸蒸日上之大明圣朝的。小僧衷心希望陛下能成为诗中所写的'千山万湖都照遍,唯吾德煦最为高'的旷世明君!"

殿中一下静如止渊。

半晌,朱元璋沉缓之极地开口道:"殿内官阶在从二品以下的众卿家,可以退朝了。"

偌大的奉天殿内，最后只剩二十余个臣子，显得有些空荡。

朱元璋从龙椅上起身，在琼玉台上缓缓踱着方步，声音响响亮亮地传了下来："释道衍，你的御状书，朕已经看过了。你主要的控告对象是胡惟庸大人，他就在这里，说不定你早认出了他。稍后，朕会让你和他当殿对质。

"朕先给你谈一谈这段时间来朕对宋明德这个案子的处置和关切。他家这个案子，起先由平东行营、苏州府联名奏进，有证人有证言，朕在九重内总不可能一拍脑袋就无中生有地否掉它吧？既然他们有证有据，朕也只能以邸报明发天下。相关材料，你若不服，可以去这里的内监署铜柜调阅。你说，朕可有做错的地方？"

道衍在玉阶之下正视着他，眉眼间微微扬开："陛下，既是通匪谋逆之大案，您为何不让御史台一同介入复核会审呢？这个环节，不该漏掉。"

"嗯……此案是从军界一线报来的，朕不好拖延。"朱元璋语气隐隐一滞，"但朕虽以邸报明发，却并未下旨让平东行营、苏州府擅自处置相关人犯，而是让他们依律送京由御史台复核有无屈打成招等情伪。汪广洋大夫回京后，也火速向朕反映了此案大有蹊跷。

"朕没有立刻公开回复他，是因为这样一件大案，牵涉到中书省、平东行营、苏州府等上上下下一大片人员，实在仓促不得。而且，它也可能使朕一言九鼎的邸报明诏化为一场儿戏！所以，朕只能对外示以虚置，对内却抓紧密查。汪大夫，你明白朕的苦心了？"

汪广洋急忙俯首答道："陛下深思远虑，老臣自是体会。"

"朕在看过汪大夫的翻案奏报后，就发诏令平东行营、苏州府衙门以六百里加急快骑，把宋明德全家交由拱卫司提送进京。你们看到了吧，朕甚至出动拱卫司去直接办理此事。没料到朕的诏书和钦差刚发出的第二天下午，平东行营、苏州府八百里快骑加急的联合奏文就到了,胡爱卿,朕记得似乎还是你刚刚代朕恩慰结束后就亲自从中书省送过来的吧?"

在众人含义复杂不一的目光中,胡惟庸神色如常,叩头答道:"启奏陛下,张匪余孽,非同小可,老臣自是不敢怠慢。加之兹事蹊跷,老臣顾不得车马劳顿,只求陛下明鉴于早,以免误国误君。"

"平东行营、苏州府的联名急奏之内容,确是让人大吃一惊。"朱元璋停下踱步,直直地看着道衍,语调微有波动,"他们声称,宋明德夫妇因年迈体弱,加之自知获罪于天而惶惶不可终日,竟在狱中双双病重身亡了!"

他此语一出,大殿之上的朱标、朱棣都不由轻呼一声,语气里大是怀疑。

道衍却面色不变,缓缓开口道:"启奏陛下,宋明德的女儿宋紫荷芳龄十八,年轻体健,她应该还幸存于世吧?"

"她吗?据平东行营、苏州府所奏,苏州府衙门捕头兼狱掾钱大斤垂涎宋紫荷的美色,意欲强奸不成便施暴杀人,放火将她烧成了一具焦炭以毁尸灭迹。"

这一下,殿中隐隐泛起了一阵震动。朱标、朱棣、汪广洋等人皆是面有愤色,胡惟庸则半眯着眼,若聋若哑,一语不发。

道衍捏紧了掌中的玄玉蝉,沉声问道:"钱大斤可曾被捕落网?"

朱元璋的脸上凝结着厚厚的阴云:"据他们所奏,钱大斤也畏罪潜逃、不知所踪了。"

"陛下,这其中必有蹊跷啊!"汪广洋扬声而奏。

朱元璋却把手一挥:"朕得到了确实的消息,据派去苏州的拱卫司差员返回初步报告,钱大斤确曾在狱中对宋紫荷强奸未遂,也确在狱中纵火后莫名潜逃了。所以,我们对此或许只能感叹一句造化弄人!汪大夫,你明白朕为何不好回复你的翻案奏报了?"

汪广洋喃喃道:"这……这也太过巧合了……"

道衍忽然笑得有些意味深长:"好一招釜底抽薪,果然狠辣之极。"

朱元璋犹豫了一下,看了看胡惟庸,又逼视着道衍,语气不往深里去,也不往浅里来:"释道衍,此时朕却要问你,你这一番代人举告,却连苦主都没了,宋家的人都死光了,试问,此情此景之下,我们查为谁查?审为谁审?判为谁判?翻为谁翻?"

道衍肃然答道:"启奏陛下,我们查为《大明律》而查,审为《大明律》而审,判为《大明律》而判,翻为《大明律》而翻!"

他这番话讲得极为铿锵,朱棣禁不住脱口赞道:"说得好!"

朱元璋的目光,缓缓移向了胡惟庸。胡惟庸若有所感,忽地出列举笏奏道:"陛下,老臣有事请奏。"

"讲。"

"陛下,适才所闻,大案刚起,苦主们一夕之间便死亡净尽,老臣亦觉大有蹊跷。以陛下之天纵英明,谁人敢弄虚作假而蒙蔽之?老臣恭请陛下降旨彻查。"胡惟庸双目平视着朱元璋,说得煞是义正词严。

朱标、朱棣都惊讶万分地瞧着他,完全没料到他真是脸皮厚如城墙。

道衍低低叹了一声,双目垂帘,让自己的情绪毫不外溢。

朱元璋一边直视着胡惟庸,一边重重地说道:"胡爱卿,你从来都是知道的,朕平生最痛恨的就是欺君!欺君就是欺天!天岂可欺乎?马文锐——"

马文锐应声出列:"臣在。"

朱元璋意识到自己因心情波动而稍稍失态,暗暗吸一口气,缓和了语调道:"朕很理解你们的心情,这么多的巧合堆在一起,确实有些反常。但依《大明律》断案，是要讲证据的，而不能单凭臆测之词，对吧？马文锐，你从拱卫司选用精干差员沉下去彻查——这个钱大斤，朕活要见人，死要见尸！宋家的事情，要查个水落石出，不能让宋家这个案子又变成久拖不决的悬案！"

"微臣领命。"马文锐朗朗答道。

朱元璋背负双手，缓步走下琼玉台，冷然注视着道衍："对这个苦主尽无的死案，朕已决定严查到底。释道衍，你现在可满意了？"

道衍双掌一合："陛下圣明，小僧此时无话可说。"

朱元璋瞪了他一眼："你最好有话直说、言无不尽，朕不希望今后再听到你在人前背后胡言乱语。"

道衍的眉尖跳动了一下："既然陛下非要小僧给出一个意见，小僧就用陛下曾经写过的一首诗《咏竹》来回奏陛下吧。"

雪压枝头低，虽低不着泥。

一朝红日出，依旧与天齐。

朱元璋听完，沉默片刻，用眼角的余光瞟了瞟胡惟庸，脸颊肌肉一阵暗暗抽动，然后他盯向龙椅上方"明光普照"的金匾，沉沉地道："你这个意见回奏得不错。朕很满意。"

道衍缓缓垂头，并不接话。

朱元璋又问："你最后还有什么话想对胡相国说吗？朕先前说了，允许你今天和任何人进行金殿对质。"

道衍睁开眼来，徐步走近胡惟庸，直视着他，眼底闪射出尖锐的寒芒："小僧并无多余之言与胡相国交谈。不过，小僧曾听过一则寓言故事，自觉颇有理趣，想讲给胡相国听一听。"

胡惟庸眉眼间浮满了笑意："素闻大师舌灿莲花，但讲便是。"

"这个寓言故事是这样的：赵人患鼠，乞猫于中山。中山人予之猫，猫善捕鼠及鸡。月余，鼠尽而鸡亦尽。其子患之，告其父曰：'盍去诸？'其父曰：'是非若所知也。吾之患在鼠，不在乎无鸡。夫有鼠，则窃吾食，毁吾衣，穿吾垣墉，毁伤吾器用，吾将饥寒焉，不病于无鸡乎？无鸡者，弗食鸡则已耳，去饥寒犹远，若之何而去夫猫也？'"

胡惟庸听到半截，便已晓得这则故事出自刘基所著的《郁离子》一书。待道衍讲完之后，他只是干干地笑道："多谢大师开示，胡某受教了。"

朱元璋看向朱标、朱棣："你们还有什么意见吗？"

朱棣躬身奏道："儿臣也想借彻查这桩悬案之机锻炼一下。"

朱元璋点了点头："马文锐，你让燕王也参与此案追查吧。"

马文锐应道："微臣遵旨。"

这时，胡惟庸却又开口奏道："陛下，老臣记得平东行营来文有所请示，是问张匪余孽还继续深挖追剿吗？"

"这……"朱元璋踌躇了一会儿，没有立即答话。

道衍再也忍耐不住，忙道："陛下，小僧有话要讲。"

"你讲吧。"朱元璋侧脸看着他，眉棱隐隐一跳。

"小僧曾听过诚意伯刘基先生的一首诗，名为《过苏州》，内容是这样的：'姑苏台下垂杨柳，曾为张王护禁城。今日淡烟芳草里，暮蝉犹作管弦声。'陛下以为如何？"

朱元璋何等聪睿，立刻明白这是道衍在劝谏自己：苏州已入大明治下十余年，除了淡烟、暮蝉，哪里还有什么张士诚余孽？他微一沉思，面色一板，冷笑道："哦，'暮蝉犹作管弦声'？这说明那里还是有杂音的嘛！朕觉得要把这一句改成'暮蝉驱尽再无声'才是最好的！释道衍，你说呢？"

道衍脸上掠过一丝深深的苦笑，轻咳一声没有答话。朱标在一旁看着，嘴唇动了几动，最终没说什么。

朱元璋转身向胡惟庸肃然吩咐道："朕的意见是，对张匪余孽，该挖则挖，该剿则剿，但是对他们的处置之权，再不许陆仲亨自专擅为。否则，朕便收了他手中的兵符！"

胡惟庸微躬着腰，眼眸深处波光一闪："老臣相信陆仲亨上次被陛下教训后，一定会老实许多的。"

朱元璋迈着方步朝丹墀慢慢走回："释道衍，你今天的御状已经告完，接下来将何去何从？"

"小僧想返回寒山寺清修。"

"那倒不必。左善世宗泐发来一封奏文，请求将你借调到天界寺里一段日子以共研佛法。"朱元璋回头看了看他，"他那里有一些事情也确实需要你去帮忙，朕已经准了，你稍后便去天界寺吧。"

"小僧领旨。"道衍若有所思，平静答道。

"你们都退下吧。"朱元璋坐回龙椅，双手按着膝盖，沉声道，"胡爱卿，你暂且留下。"

第十九章
开源

朱标、朱棣、道衍、汪广洋、陈宁等纷纷退出后,朱元璋咳嗽一声,使了个眼色,云奇立刻端了一杯温茶献上。

朱元璋持杯在手,吩咐道:"给胡相国赐座、赐茶。"

胡惟庸慌忙叩头:"老臣恭谢天恩。"云奇忙拿了一个杌子请他坐下。

朱元璋呷了一口茶水,语气变得缓和之极,对胡惟庸款款言道:"刚才那个虎和尚释道衍生得虎头虎脑的,不知分寸,不懂规矩。他的金殿举告虽是滥及于你,但清者自清,浊者自浊,朕希望胡爱卿你宰相肚里能撑船,不要介意这些,继续忧公忘私、忠勤为国。"

胡惟庸似是十分感动,眼眶里泪光浮动,微微哽咽着答道:"陛……陛下,老臣实在是委屈啊!但老臣也……也只能忍了。老臣身处天下枢机交会之地,自然便该当承受……这四面八方的异议与误解。请……请陛下放心,老臣若是斤斤计较,也不配再坐在这个位置上了。"

朱元璋点了几下头,又喝了一口水润润嗓子,缓缓道:"宋氏一案,朕指派拱卫司再查,但宋家既无后人,他们的私产自当归于官库,你该变卖则变卖、该支用则支用,以补官费之不足。这一点,你放手做去，勿要迟疑。"

"老臣知道。"胡惟庸连连点头，眼底却瞬忽闪过一丝亮色。

"另外，宋紫荷被害一事发生在苏州府监狱，苏州府的责任不可推卸。这是众所瞩目的。苏州知府应该如何处置，你拟个条陈来。"

胡惟庸急忙从杌子上垂手站起回奏道："老臣认为，苏州知府魏忠明监管不严、有失职守，但他举发张匪余孽有功，而且陆仲亨平贼定乱暂时也离不开他，可予降官两级、削俸一年，以待留职察看。"

朱元璋听罢，右手捏着茶杯，脸上笑意微微："很好。胡爱卿果然善于赏功罚过，事事总是做得恰到好处，连朕也挑不出什么纰漏来，就照你的拟办意见去处置吧。"

胡惟庸闻言，惊得跪伏在地："陛下何出此言？老臣诚惶诚恐，一切事宜恭请陛下圣裁明断，老臣遵从即可。"

"平身，平身，你不要这么客气嘛！"朱元璋放下茶杯，正色道，"胡爱卿，朕从来是有话直说，毫不虚饰。你是朕倚仗多年的股肱之臣，应为天下士民以身作则，但近来有不少人向朕反映，你素日锦衣玉食、排场甚大，这岂是百官楷模之所为？"

胡惟庸恭敬地答道："陛下，老臣一向谨守'身无长物，家无余财'八个字。身无长物，则人必不附；家无余财，则客必不来。陛下赏赐给老臣的近万俸禄、爵米，老臣只有'取之于天，用之于身'，随用随尽，不使其旁流他人之手而效法杨素、李林甫等奸相沽名钓誉之所为！这，才是老臣敬事给陛下最大的忠心。"

朱元璋默思有顷，道："不错。你用的是你自己该得的俸禄米钱，既没豪夺也没巧取，那你就是珍馐美味、夜夜笙歌，朕都管不着你！但你就不想积蓄下来给子女一个锦绣生活吗？"

"犬子胡万年自幼体弱多病，又贪玩好耍，老臣之家财在他手里哪能积蓄得了？我父子二人都是一样的心思：随用随尽，而不为诱人之资。"胡惟庸俯身答道。

"好吧，好吧。你们可以随用随尽、不留余财，朕却要为天下事务而多多积蓄、未雨绸缪啊！"朱元璋脸上愁云忽露，低低问道，"胡爱卿，兵部近日送上的文书你看了没有？"

"请陛下明示是何文书？"胡惟庸一听要谈正事，遂端坐而问。

"徐达、冯胜等联名呈来的奏章。徐达他们虽然将朔边的胡贼扫荡得差不多了，但盘踞辽东的伪元太尉纳哈出却一直在生事作乱，徐达为此在向朕请战。"朱元璋慢慢道，"可是朕觉得眼下国库不丰、粮草不足，所以准备答复他暂缓出击。胡爱卿，你是当朝丞相、统领六部，这粮饷之事还须得你来尽心承办啊！"

胡惟庸听罢，仿佛顿时来了兴致，眼中闪过一抹异样的神采："启奏陛下，筹集粮饷，无外乎开源与节流两途。节流暂且不言，开源之途，老臣倒有一番愚见。"

"你说吧。"朱元璋从御案后探出头来，仔细倾听。

"老臣近日苦思，我朝威扬四方，而今有天竺、安南、占城、爪哇、倭国、琉球、暹罗等大大小小近二十个属国前来朝贡，每日盘桓于应天府及江南各府的外夷人氏三万有余。他们有钱有货，正可导之以贸易而补我朝国库之不足。"

"如何导之以贸易？"朱元璋一边盼咐云奇给胡惟庸送上果盘，一边追问道。

"老臣认为，纳四夷之财以供中国，便是目前最有效的开源之途。"胡惟庸低了眉眼，幽幽道，"至于如何导之以贸易，老臣建议可以大设花楼，从外夷客商身上抽取花税。"

"花楼？开设花楼？"朱元璋一愕，"那……那妓女从何而来？"

"老臣近日调阅了一下刑部关于抄没入官的各省犯妇、罪女之簿册，查到截至今年二月已有四万余名犯妇、罪女。她们可以择优充作官妓，配入我朝官办花楼，专赚外夷之利。"

朱元璋沉吟着，没有回应。

胡惟庸从杌子上斜身而起，佯装失色道："老臣自知此举恐有伤风化，但为补济国库，老臣也顾不得遭人讥刺，以此进言于陛下，请陛下圣裁。"

朱元璋踌躇片刻，方才毅然道："你所言倒也切实。只要有利于国库收入，你尽管放手去试，朕自会替你压下那些浮言乱语。但你一定要名实双收，不可令朝廷之利有损！"

胡惟庸敛容答道："老臣一定将此事办得圆满无缺。"

朱元璋仰视着大殿那高高的藻井，缓缓道："既然是办花楼，里边总应该摆放一些奇玩异器。那日安南国不是向朕进贡了十几座罕见的水晶钟漏吗？天竺国也给朕进献了二十尊红宝石大象雕像。朕本来正准备让你们中书省拿去赐了高丽、琉球等属国。现在你们就到内廷尚方署取了，拿去装饰花楼。另外，你们觉得还有哪些贡品可作实用，但取无妨。"

"老臣叩谢陛下的鼎力支持之恩。"胡惟庸跪下重重叩头。

朱元璋大手一摆："你速去着人落实，朕希望下个月就可以看到应天府的官办花楼处处开张。"

胡惟庸垂手而起，倒退着往殿门而去："老臣一定遵旨立办立行。"

待胡惟庸离开后，朱元璋舒了舒腰脚，从龙椅一侧的武器架上提了一柄龙头金背大砍刀，持在手中，一边挥舞而起，一边对云奇吩咐道："你去偏殿把太子和燕王喊来，朕要找他们练一练身手！"

云奇疾步而出，不多时便召来了朱标、朱棣二人。朱元璋一见两人，就喊道："来，来，来，你俩陪朕练练刀法。"

朱标急忙奏道："父皇，大殿之上舞刀练武，似是不妥。"

朱元璋呵呵笑道："朕在大殿之上非但要舞刀练武，有时候还要杀人除暴，这有何不妥？你当年没看到吗？朱亮祖便是被朕在大殿上当众以钢鞭活活打死的！"

朱棣却是眉飞色舞，一跃而前，从武器架上取了一把大刀，也跳入场中，与朱元璋过起招来："父皇，儿臣陪您练一练身手，万望父皇刀下留情。"

朱元璋大笑道："好好好，你这小子生龙活虎，很像朕当年的劲头，莫要学你大哥文绉绉、酸涩涩的。"说着，他右手的龙头金背大砍刀舞起了朵朵刀花，呼呼生风，似车轮一般向朱棣滚压过来。

朱棣却也冷静沉着，双手紧握刀柄，把刀身竖直向上，以力劈华山之势，迎着那一大团刀花直挡上去。只听"当当当"一阵响亮的声音，两刀交锋，朱棣双臂都被震得隐隐发麻，身形也连退两三步，脚下拼命使劲方才稳住了步法。他吃了一惊，脱口赞道："父皇神武，儿臣不及！"

朱元璋收刀而立，气定神凝，抚着花白胡须，爽朗笑道："你父皇是马上天子出身，在刀剑丛中开天辟地，你可不要忘了这个根本！朕也希望你经过千锤百炼，成为马上藩王，替我大明稳守江山！"

"儿臣一定不负父皇所望。"朱棣拱手答道。

朱元璋站到一旁，向他昐咐道："你且舞一套刀法给朕瞧瞧。"

朱棣兴奋地答了一声，手中钢刀一摆，便似猛虎下山一般舞将开来，招数大开大阖，劲风刮面，雄雄烈烈，令人望而胆寒。

朱元璋一边连连颔首，一边走近朱标，若有意又似无心地问道："标儿，朕昨夜在灵鹫之梦醒转后又特意占了一卦，六个阳爻，竟是一个乾卦。你是宋濂先生的高徒，也研习过《易经》，你给朕剖析一下这个卦？"

朱标思忖了一下，答道："乾卦的卦辞为'元亨利贞。天行健，君子以自强不息'。父皇，这是上天在启示我大明朝以阳刚正大之神威，而行大道于天下！"

"嗯，你只讲出了第一层寓意。"朱元璋淡然一笑，"在朕看来，上乾下乾，六爻尽阳，是为乾卦。上三爻是一个乾，下三爻也是一个乾。上三爻中间的阳爻为九五之爻，爻辞为'飞龙在天，利见大人'。这肯定暗喻的是朕这个九五之尊。下三爻中间的阳爻为九二之爻，爻辞为'见龙在田，利见大人'。那么，这位田中之龙又是谁呢？你知道吗？"

朱标嘴唇暗暗动了动，却转了转念头，问道："父皇以为它指喻何人呢？"

"释道衍此番上金殿告御状，阳刚之气逼人，大有排山倒海之势，为刘基殁后朕所仅见。"朱元璋的目光慢慢凝聚成一点，投向遥遥远远的苍穹，"朕这条飞天之龙和他这条田中之龙初次相见，或许只是一个开端，后面应该还有许多大戏上演吧？"

朱标垂下眼帘，没有接话。

朱元璋右手一举："棣儿，你且稍息一下。"

那边朱棣应了一声，把刀光一敛，抹着满脸的热汗向两人走来。

朱元璋目光一转，终于直问而出："朕想，你兄弟俩也一定憋坏了吧？好吧，你们怎么看待宋明德一家这个案子？"

朱标双袖一拱，朗朗奏道："儿臣深知父皇有志于推行'损有余以补不足'之赫赫大道，这固然没错，但该损者必损，不该损者亦不能损！天下商户亦有正邪、义奸之分，正商、义商，就应该扶持；邪商、奸商，就应该打压！宋明德堪为行善之商，岂能诬以张匪余孽而害之，又岂能贪其资财而夺之？"

"你可真是宋濂他们精心教导出来的仁厚君子啊！"朱元璋容色微变，用手指轻轻叩着龙头金背大砍刀的刀身，敲出"铮铮铮"的声响。

朱棣却是另外一种论调："儿臣其实明白胡丞相和中书省的用意，如今国库空虚、军饷奇缺，而浙江商人少有捐助者。胡丞相他们之所以故意以扫除张匪余孽之名来劫富、削富，委实也是万不得已而为之。"

"四弟，他们狐假虎威、盗用朝廷名义，大肆劫富、削富，只怕不是为了补充国库，而是为了中饱私囊！"朱标硬声顶道。

"这当然不可以，谁敢从中贪污，谁就必死无疑！"朱元璋乍然开口，声如惊雷，透出一股浓浓的杀气。他讲完之后，稍稍恢复了平和，幽幽道："宋明德一案确有隐情。你们其实都是只见一斑，不及全貌。实话给你们说了吧，今年三月下旬，寒山寺方丈、朕的师兄净空大师为宋明德代转了一封效忠信给朕，说他愿意拿出一件秘宝和四分之三的家财贡献给朝廷，而他自己则附信请求朕允准他举家外迁到琉球国。"

他这番话一出，朱标和朱棣不禁面面相觑：谁也没想到，这区区一桩案件居然一直牵蔓到了父皇这里。

朱元璋继续道："朕当时觉得宋明德有外隐藩邦、不忠于国的私念，心底有些不悦，就压下了这封效忠信，没有急着回复。不料过了没多久，净空师兄突然闭关不出，朕和宋明德之间的联系就中断了。朕本想等净空师兄出关后，再让他去好好沟通一下。正在这时，陆仲亨和苏州府便报来了宋明德涉嫌张匪余孽的案子，朕心想，这样公事公办也好，吓他一下，看他有何交代，于是默许了陆仲亨他们。不料，到最后竟淆乱到了今天这一步……至于宋氏口中的秘宝，又究竟是怎么回事，也只有等净空师兄出关后才能明白了。"

朱标待他说完，才冷不丁地刺出一句："父皇，制造宋明德冤案的，恐怕不仅仅是陆仲亨一人吧？"

朱元璋锋利的目光在朱标脸上一晃："胡相国和中书省毕竟给朕

筹来了几百万两饷银,朕也不能不给他们留几分薄面。"

朱标直逼而来:"脓疮若不及时挤掉,只恐越长越大!"

朱元璋眼眸深处闪射着锐利之极的寒光:"既是脓疮,那就暂时任由它长大吧!它长得若是不够大,朕还没心思向它动手呢!等它长大了,朕才能把所有的脓液挤得干干净净!"

朱标幽幽一叹:"父皇,虎狼若是多存一日,百姓就会多遭一份罪苦啊!"

"一个两个虎狼其实好除,关键是朕想把那些虎窝、狼窝全部端掉!"朱元璋深深地注视着朱标,"标儿啊,你可懂了?"

朱标低下头去,不再多言。

"好了,好了,这个案子朕已经让拱卫司直接介入了,什么真相、什么秘宝,马文锐他们一定能千方百计地给朕刨出来,你就不要再管了。"朱元璋肃颜问道,"标儿,你此番巡游浙西,有何所见?有何所闻?"

朱标直言道:"儿臣觉得各地守令都嫌俸禄太低。"

朱元璋愕然道:"怪了,本朝七品县令年俸四十五两白银,怎么会低?农村里一户八口之家,全年的耕作所得也不过是十两白银!用三十六个农民汉子来出钱出力供养一个肩不能挑、手不能提的县老爷,哪里就亏欠了他?他还敢嫌俸禄太低?"

"父皇,那些守令还要用这四十五两白银支付衙门差役、奴仆等人员的各种开支,落到他们手上也真的剩不下几两银子了。"

朱元璋哂然一笑:"他们自己可以多劳则多省啊!他们如果自己一个人精敏能干,就可以少请几个仆役,自然也就为自己多攒了几钱银子嘛……"

朱标被激得都快哭了:"父皇,此事决非儿戏!"

朱元璋暗暗一叹,只得敛容定神,向他认真讲道:"标儿啊,你有所不知，朕这样做，就是要让他们习惯于淡泊明志。古语有云，由俭入奢易，由奢入俭难。这些守令既然想来当官入仕，就决不能有因官牟利之杂念！若想发财休当官，若想当官休贪财！朕这是用淡泊之道来磨砺他们啊！

"你看朕，朕身为天子、富有四海，一顿所食也不过四菜一汤，每年开支也不过几十两白银，朕能淡泊而自持，他们就做不到？朕都守得住这一份清俭，他们就守不住？朕已以身作则，自然也不怕他们有何怨念！"

朱标还欲张口劝谏，朱棣暗暗扯了扯他的袖子，开口转圜道："大哥，你看而今海内尚未完全底定，辽东要用兵、云南要用兵、备倭要用兵，一用兵就须得花钱，而且是花大钱，百官上下若不厉行节约、勒紧腰带，怎能换来一个金瓯无缺的太平盛世？只要他们跟着父皇熬了过去，儿臣相信父皇将来自会好好优恤他们的！"

朱元璋听罢，神情一定，眼眸里微微发亮，瞥了几眼朱棣，不由感叹：朕今日忙活了一整天，茶没喝几杯，饭没吃一口，末了竟没想到是从这个一身草莽气的四皇儿口中听到了一句贴心话！唉……那个标儿啊……

第二十章
心结

出了殿门，下了白玉阶，走进静悄悄的南宫甬道，朱标忽然转脸问朱棣："四弟，你对姚先生和父皇今日的这番金殿告状有何感想？"

朱棣脚步一停，沉吟一下，道："大哥，你是不是有这样一种感觉，今天在大殿之上，父皇仿佛显得十分超然，对任何事情都指点到了，同时又仿佛对任何事情都没有实质性的解决，甚至还让陆仲亨继续深挖追查所谓的张匪余孽？"

"不错。为兄就是觉得父皇这一次似乎有些和稀泥的感觉，这和他从前刚断英特、坚毅果锐的作风颇为不同。"

"大哥，父皇依然是刚断英特的呀！"朱棣沉声道，"只是他这一次拿捏住了尺度，没有霸气外溢。你想，张匪余孽还是要深挖严查的，毕竟浙西一带乃我大明朝的肘腋之地，若不彻底肃清，父皇怎好放手去远征辽东？但若放纵陆仲亨在那里指鹿为马、妄兴大狱，自然也是不对的。所以，父皇又让小弟以藩王之身介入宋案追查，其实就是以此震慑陆仲亨、胡惟庸他们，让他们有所收敛。"

"仅仅震慑一下他们就够了吗？"朱标愤愤道，"更应该将苏州府的胡氏同党、平东行营的陆氏同党抓起来论罪议罚！"

朱棣轻声劝道："大哥，你这些话记在心里就好，不可再在父皇面前宣泄了。若有想不通，可以私下里再咨询一下姚先生，姚先生一定能够给你一个好的解析。"

"你处事倒是越来越圆融练达了。"朱标深深地看了他一眼，点点头，"今天姚先生给胡惟庸讲的那个寓言故事，其实是诚意伯《郁离子》一书当中的《捕鼠》一文，听起来十分浅白。你觉得他讲这则寓言有何深意？"

"刘先生的寓言故事最是能以小见大、以浅透深，比那些专写大道理的官样文章好读多了。"朱棣解析道，"小弟觉得姚先生是向胡惟庸点明，在父皇心目中，鸡固然重要，但衣、食、垣墉、器用更为重要；鼠若是企图挟鸡以自重，则终会被父皇起用之猫吃个尸骨无存。"

"嗯，你领悟得不错。"朱标称赞道，"姚先生聪睿天成、名不虚传。他看出胡惟庸是在挟中书省之鸡以对抗朝廷的拱卫司、御史台之猫，于是故意点破，给他一个警告。"

朱棣认真地道："大哥，咱们今后要斗倒胡惟庸一党，非得倚重姚先生不可。"

"这是自然。"朱标微皱眉头，又诧异道："不过，为兄有些为姚先生不平，姚先生素有奇才，而父皇却将他发往了天界寺。如此大贤岂可如此闲置？为兄要择机劝说父皇令姚先生还俗入仕。"

朱棣笑道："大哥，你认为以天子之诏强令姚先生还俗入仕，就可以获得姚先生的倾心相报吗？"

"这……"朱标语气顿时一滞。

朱棣道："非常之士，必当待以非常之礼，所以刘玄德以皇叔之尊而不惜对诸葛亮三顾茅庐。姚先生确是不亚于诚意伯的一代奇才，大哥你用寻常礼遇是打动不了他的。"

"那依四弟之意，该当如何？"

"依小弟看来，宋紫荷一案已经成了姚先生的心结，他此刻不露声色，实则暗暗在意。我们若是不遗余力地助他破了这个心结，他必会知恩图报的。这也是小弟要主动参与追查宋案的原因之一。"

朱标连连点头："还是四弟想得明澈。"他往前走了几点，忽地停住，又问朱棣："四弟，你觉得需不需要拉上你三哥一起做倒胡反腐的大事？"

朱标口中的三哥指的自然是晋王朱㭎。朱棣道："大哥，你有所不知，三哥和胡惟庸的公子胡万年、陆仲亨的儿子陆飞平日里混得火热，而且他和咱们的志向根本不在同一条道上，实话说，依小弟之见，三哥是不会真正随同咱们去做倒胡反腐这种事的。"

"倒胡反腐、肃清纲纪，我朱家子弟本当人人有责。"朱标紧紧盯住朱棣，"你怎么这样说你三哥呢？他若有此等暧昧行为，你便要拿出具体的事例来。"

"有一些事，小弟以前不好明说，今天大哥既然问到了，小弟就向大哥禀报一件事。你知道胡万年、陆飞他们有时候送给三哥什么礼物吗？两天前，北城畅欣园里的两个头牌歌女被不明之人花重金赎了身，送到三哥的晋王府当了侍婢。我想，三哥这几天正和她俩玩得神魂颠倒、晨昏不省呢！"

朱标见朱棣神色坦然，目光坚定，心知他没有说谎，只气得把脚一跺："父皇常说，看不破美色、挣不脱贪欲，就成不了大事，你三哥真是让为兄深感失望！找个时间，为兄一定要好好教训他一番。"

站在金殿外最高层的汉白玉砌栏台上，目送着朱标兄弟走进南宫通道之后，朱元璋那一脸的轻松淡定才渐渐隐去，眉宇之间徐徐浮现一片冷峻肃重之色。他突然低低地唤了一声："云奇！"

云奇闻声趋步上前："陛下，奴婢在此。"

"你在百灵阁中辨识出那个虎和尚的修为究竟如何？"

"启奏陛下，一切确如净空大师、宗泐方丈所言，此僧艺高志大、非同凡器。"

"好。你传话给拱卫司，派出最为隐秘的飞鸢署细作们去查一查这个虎和尚与朝中哪些大臣还有暗底下的来往联系。"

云奇忍不住问道："陛下，您不是让青阳子前辈一直在就近监视这个虎和尚吗？寒山寺里，又是净空大师在坐镇……

"那也要再查！"朱元璋低吼一声，"他在接近和影响朕的儿子们，朕不把他的底细摸个明白，怎敢放心？"

"是，是，奴婢遵旨。"云奇吓得就要跪下去。

"对了，青阳子的伤势现今如何了？"朱元璋忽然关切地问。

"青阳子正在拱卫司的秘境里养伤，还未彻底康复。"

朱元璋冷笑了几声："这一次胡惟庸在幕后真是请出了高人啊，居然连朕的儿子都要追杀暗害！"

"臣等一定竭力保护太子、燕王。"云奇郑重禀道，"拱卫司已经出动卧龙署的大内高手入驻太子、燕王等身边。"

朱元璋转过身朝殿门口缓缓走去："还是回到释道衍这个问题上来。朕猜想应该还有其他臣子和这个虎和尚暗中联系，谋划着另立门户、自成一派……难道当年铁板一块的浙东派就那么心甘情愿地把他这样一个后起之秀白白闲置？大学士宋濂、太常卿张羽、江西布政使徐贲他们这些浙东派头面人物，就真的一次也没和这个释道衍联系过？"

"奴婢谨遵御旨，下去细细查来。"

朱元璋抬起头望向高远的苍穹："有些人自以为内外勾结、上下其手，便能蒙蔽朕的圣聪、圣明？哼！这八荒六合之内，哪一件大事小事能逃得过朕的法眼？朕只是看透，却暂时不会说透。孔夫子说得好:'天何言哉?四时行焉,百物生焉,天何言哉?'天若有言,非是沛泽如春,便是雷霆万钧!"

书房里那座半人高的青铜博山炉飘出缕缕香烟,升到半空凝成千姿百态,或如龙如虎,或似凤似鹤,令人叹为观止。胡惟庸手里把玩着那只白玉琮,在紫竹长椅上半坐半躺,微闭双目,伸着鼻子极力地嗅吸着空气中这些香烟,显得十分贪婪。

过了半刻钟,他才停下来,向立在一旁的林贤问道:"据说这是天竺国进贡来的汇元神木香,你觉得怎么样?"

"孩儿听说过这种异域奇香,嗅闻过它后可以使男人心力旺盛、精气大增,是大利于闺第之事的好东西。义父能得到此香,实属不易。"

"哦?贤儿,你认为这汇元神木香又是义父擅自截留的?"胡惟庸嘻嘻一笑,"它可是陛下专门从内务府尚方署拨放出来让义父开设官办花楼之用的。"

林贤弯腰一躬:"圣上对义父宠信有加,可喜可贺。"

"是啊,他姚广孝在东宫、燕王、汪广洋等一帮人的支持下,上金殿告了御状,又有何用?义父之博识通才,岂是陛下可以轻忽的?大明朝的国库,缺了义父,又能到哪里去弄钱、套钱?国库里缺钱,陛下还不是得纡尊降贵地向我殷殷求助?"

林贤抱拳再贺:"义父实为大明国之柱石、朝之元勋。"

"你这娃儿讲得不错。正是如此,陛下才在宋氏一案上轻轻放过,连对平东行营也未给出丝毫责罚。"胡惟庸讲到此处,不禁双眉一锁,"不过陆飞和魏忠明办事怎的这等不谨不密,居然连钱大斤都逃脱了……这可是一条祸根哪!"

"义父请放心,孩儿已经交办下去,甚至动用了平九郎手下的倭国忍者杀手,一定能够抢在拱卫司前抓住钱大斤。"

"嗯,你安排好了就行。"胡惟庸又道,"姚广孝这个假和尚也不可不清除。"

"咱们也可以动用天界寺的内线寻机除掉他。"

胡惟庸掌中的白玉琮忽地紧了紧:"宗泐和尚近来有些摇摆不定,你也找机会替义父敲打一下他。"

"好,"林贤答道,"宗泐是应该好好敲打一下了。他庙里的那件宝贝不是失窃了吗?您可以发动御史们抨击他,给他一个管理不善、有辱沙门的罪名。"

"倒也不必做得这么尖锐。"胡惟庸躺在紫竹长椅上,表情这时才显得松弛下来,"吴进祥来了没有?"

"他正在外面等着呢。"

胡惟庸凝望着半空中那团香烟绽放成一朵莲花,冷不丁又问:"宋家那小妮子在你手头还好?"

"孩儿用了松筋软骨散,让她自杀不得,自残也不行。不过,有些麻烦的是,陆飞很想要走她,而姓徐的那边也很想要,还公开点明是他师父的意思。"

"陆飞想要她很正常,那姓徐的要她去做什么?莫非也要拿她做鼎炉?"胡惟庸甚是诧异。

"宋明德夫妇一直到死也没说出那件秘宝的下落,姓徐的师徒想从宋紫荷嘴里撬一撬……"

"你也没撬出来?"胡惟庸一怔。

"这个宋紫荷,外表柔弱,内心刚毅,孩儿也没能问出什么来。"

胡惟庸将白玉琮紧紧一握:"且慢将她移交过去,本相要用她的初夜好好赚一把暴利。"

林贤俯首答道:"父相既然另有用处,孩儿自会向陆飞、姓徐的他们小心回话的。"

胡惟庸从靠手上端过温茶呷了一口,又问:"秋试会考的人选名单拟好了吗?"

"有几个寒门士子,这样可以不让外人起疑。"

胡惟庸挺起身子,冷冷道:"寒门士子在关键时刻未必靠得住,还是与我们关系紧密的世家子弟更有用一些。他们总不会背叛自己的家门和我们作对吧?听胡万年说,吴靖忠的儿子吴可远颇有几分文才?你和吴靖忠通一通气,就定了由他的儿子来做此番秋试会考的状元。"

"孩儿遵命。"林贤点头答应。

"你去把吴进祥喊进来。"胡惟庸放下茶碗,坐正了身形。

片刻后,吴进祥进得屋来,立时便向胡惟庸跪下,膝行而前:"相国大人,小人在此叩见。"

胡惟庸端起了架子,向他庄肃道:"陛下准备大开官办花楼以增加国库收入,本相特意将这项要务交给你吴家来办。如何?"

吴进祥正为上一次分得宋氏家产不如己意而暗暗不满,今天听胡惟庸这么一说,连眼角都笑得裂开来:"多谢相爷关照,多谢相爷关照。您这如天之仁、如海之恩,我吴家怎当得起?"

"你当得起,你当得起。"胡惟庸缓声道:"你先前是江南四大商门之一,现在是江南三大商门之一。你做不来,谁做得来?"

"相国大人,天下万利尽在您手,您捧小人,小人才当得起!您不捧小人,小人只有饿死街头!"吴进祥一边感谢一边又拿话试探,"不知相国大人对开办这些花楼有什么指示?"

"先从应天府开始设办,依次是明州府、杭州府、苏州府、无锡府等。应天府里的各藩邦使臣驻馆大多位于秦淮河附近,可先在那里开设十三座豪华阔气的官办花楼。"

吴进祥也是一点即通的机灵人,立刻道:"吴某懂了。依吴某之见，若要建起十三座豪华花楼，那就须得把秦淮河北岸的所有商铺、商楼全部迁走，腾出一大块地皮来，才能有所动作。

"哦？这么多的商铺、店楼，你准备如何迁走？"胡惟庸一边转动着手中的白玉琮，一边问道。

"吴某的办法是这样的：一是以店易店，对一些其他营生的店铺，可用没收入官的那些店铺去交换过来；二是以钱买店，掏一笔银子，再买下一批店铺；三是以权压店——这是针对那些私办花楼的——由朝廷中书省下发一纸命令，全部停业解散，愿变卖离走的自行变卖，愿入股官办的则择优入股。"

"看来你确实是早有绸缪，门道还不少。"胡惟庸颔首微笑道，"本相事先提醒你一句，开办这些花楼，国库是没有一文钱款投入的。你唯一可以获得的，中书省是你的后台，能够出法令支持你。"

吴进祥笑嘻嘻地答道："您给出的法令条文，就是咱们最大的摇钱树——您既然这么说了，我吴某人也只能是赶鸭子上架、拿鸡毛当令箭、空手套白狼！"

胡惟庸探身过来，盯着他冷森森地道："别高兴得太早。从花楼开业的第一个月起，你就要给朝廷交纳至少十万两白银的花税。至于你怎么去把花楼搞火，从谁那里搞钱，本相一概不管。"

吴进祥微微怔了一下，还是厚起脸皮赔笑道："好，好，好。一切请相爷您放心。"

第二十一章
暗语

黄亮亮的铜镜里，道衍的面容依然那么淡定而沉静。他伸手摸了摸下颌，又多了几根银丝。

"俗话说四十不惑，你现在真是万事不惑而剖决如流的奇僧了，居然还血气方刚地上金殿告御状！"宗泐在他身后喋喋然地说道，"岁月不饶人，你还是定一定心，早早到僧录司来当左阐教，过几年接任老衲的左善世吧！"

"哦？师叔，你是怕小侄在外边得罪了胡丞相会给天界寺惹来麻烦？所以，要把小侄放在僧录司关起来？"道衍讲话总是那么一针见血。

宗泐叹了一口长气："天界寺虽贵为皇家寺院，但也不是空中楼阁，每一季都要求着中书省、户部那边拨款拨粮，和他们搞坏了关系，咱们办事也困难。当然，我们也未必怕他胡丞相有意刁难。"

"他在明面上当然不敢公开刁难，"道衍徐徐转过身来，"但他暗地里却可以操纵道录司、通明观等令我天界寺大损颜面而失尊于朝廷。对吧？"

宗泐圆脸上泛出一丝莫名的笑意，指指对面的黄绸蒲团，请道衍坐下："师侄，咱们边喝茶边谈事儿。"

道衍侧目看去，净室之中，紫泥炉上，正煮着一只小小的铜锅。铜锅之上，水汽盈然，里面斜放着一截黄萝卜似的人参，四肢齐全，皮纹深皱，茎须宛然。一阵阵清甜的异香扑鼻而来，锅里的汤水已是煮得微黄微亮。

宗泐拿出瓷杯倒了一盏参汤，递至道衍手上："来，老衲见你精气似乎有些不足，喝杯参汤补一补吧。"

道衍谢了，接过瓷杯将参汤一饮而尽，只觉芳香满口，甘美异常，低声赞道："这参汤大妙！即使是小僧喝过的辽东长白山千年人参所熬之汤，也难及其味十分之一！"

"辽东的千年人参算什么？老衲这是泰山顶上深埋了万年的人参精！它们那些凡品，哪里比得上？"

"哦，原来这就是传说中的人参石？"道衍想起师父曾讲过，宗泐手里收藏了一件人参化石，十分珍异。而宗泐之开心益智、延年长生，全靠此宝。

"不错，正是那山中圣宝人参石。"宗泐伸手指了指那根形色逼真的人参。

道衍笑道："普通人参，熬汤不过五次便已无味。左善世，你这里却有一根永远也折不断、煮不烂、打不碎的人参，实在是人杰地灵啊。"

宗泐看了看道衍手中握着的玄玉蝉，道："师侄，你知道，老衲平日里最喜欢收藏的是应天府特产的雨花玛瑙文石。老衲认为，它们的价值并不亚于世间任何一块良质美玉。"

道衍双掌相合："石即是玉，玉即是石，石玉为一，不分贵贱，本该如此。"

宗泐又道："说起来，镇压宫城的那块龙头石就是由我天界寺供献的。"

"对了，小侄记起您这里不是供有一尊天生而成的三色佛头石吗？它可真不愧为佛门至宝！"道衍忽道，"小侄还记得陛下亲临瞻仰后，为它御笔钦赐了'佛宝天成、妙绝八荒'的金字匾额。"

他一边说一边还忆起了那块佛头石的奇妙之处，它有真人头颅般大小，上面花纹恍若一团团的螺髻，而且现有碧睛赤颊、方口如玉，宝相俨然，极为逼真。当那件佛头石被朱元璋下旨传遍江南各地示众时，道衍曾和师父净空大师一起在寒山寺瞻仰过。他还为这尊佛头石题写了一首七绝诗："六载功成便出山，顶旋螺鬓耳金环。大悲愿力应无尽，离世间还入世间。"

对面的宗泐听完他这番话，表情突然变得十分古怪，扭扭捏捏了半晌，才一拍膝盖，向道衍低声道："唉，你有所不知，这尊佛头石而今已然失窃了……"

道衍变色道："天界寺不是一向将佛头石深藏周严、秘不示人的吗，如何失窃得了？陛下追究下来，你们担当得起？"

宗泐满面汗出，神色惊惶："是啊，它失窃得十分蹊跷，今后老衲再与你细说。如今陛下日日催逼，老衲只有求师侄你出手相助了。"

"师叔莫慌，小侄问你，近来可有哪个外人瞻仰过佛头石？"

"三个月前，倭国禅宗一脉的两个僧人曾来参拜过，可他们进出本寺之际并无异样啊！陛下还派了拱卫司对他二人暗查密访，至今亦无发现。师侄，你可一定要帮老衲啊！"

道衍面色凝肃，问道："小侄听到一个传言，据说这佛头石乃是当年达摩祖师所传，为佛教镇门之宝，若有通灵之士用之，可以获得佛我合一之法力。对吗？"

"这个传言确是真的，但千百年来，运用这佛头石的法门却实不曾有。不过佛头石于我沙门一脉之气运影响极大，我们若不找到，又如何面对陛下和天下众僧？"宗泐眉头紧锁，脸上愁云密布，实是焦虑已极。

"好吧，师叔，小侄一定竭力帮您找到佛头石。"道衍只得答应下来。

宗泐这才稍稍安了心，又从袖中取出一张字条，放在茶几之上，伸指向它点了一点，对道衍说："另外，这里有一条来历不明的谶言也请师侄帮忙好好参详参详。"

道衍注目看去，只见纸条上写着"日月双璧，八芝重光，栖云摘星，真人应世"十六个隶书字。他呵呵笑了一下，道："这分明是钦天监或道录司的人，为了讨好圣上放出来邀功领赏的贴金之语，哪里还用得着参详勘破？"

"师侄，你错了，这谶言并不是钦天监、道录司放出来的，它是近一个月突然从民间暴蹿而起的，传遍了大江南北，甚至连藩邦使臣都知晓了。"

道衍一愕："居然还有隐世高人用这种方式为大明朝歌功颂德、正名流芳？师叔，你放心，这世间没有无缘无故的付出和贡献，到了合适的时候，自然会有人跳出来认领这份功劳。"

"问题是谶言已经被炒热这么些日子了，却始终未见幕后推手现身，这便有些蹊跷了。"宗泐连连叹气，"陛下对它也甚是在意，竟让我等预测这其中'日月双璧、八芝重光'之异象出现的日期。我等实是测算不出啊！本想求教于净空师兄和紫阳子真人，结果他俩一个闭关，一个云游，唉，真是愁死我等了。"

道衍摆了摆手："实不相瞒，这类谶言非其主创者不能自圆其说。小侄才疏学浅，也不能推测得出。"

宗泐横了他一眼："你肯定能行，只不过在老衲面前坚守'万言万中，难及一默'罢了。"

道衍双眉一正，侃然而道："师叔，谶言岂可妄断？您记得唐朝'首尾三鳞六十年，两角犊子自狂颠，龙蛇相斗血成川'这条谶言吗？它起源于武周时期，绵延流传百余年。当时，几乎所有的贤人智士都解析为唐朝会遭牛姓之人所乱，牛仙客、牛僧孺等人也多次遭到这条谶言的连累，结果，它却应验在了一代枭雄朱温身上。两角犊子，其中八为两角之状，牛为犊子之称。一八、一牛相合，不正是一个朱字吗？"

"呵呵呵……朱泚、朱滔两兄弟也曾扰乱过唐室，你怎么不说这条谶言是应验在他俩身上呢？"

"师叔莫非忘了这条谶言的第一句'首尾三鳞六十年'啦，朱温从头到尾只活了六十岁，不正好与这句谶言相吻合吗？而朱泚、朱滔作乱的时间不过短短数年，哪有六十年之久？"

宗泐点点头，叹服道："不错，你此番解析甚是精准。那么，'日月双璧、八芝重光、栖云摘星、真人应世'又该如何解析呢？"

"师叔勿催，小侄只能与时推移，徐徐参悟而来。"

宗泐又为道衍斟了一杯参汤："师侄，你若破解得出，老衲座下这个御赐蒲团定然让贤于你。"

道衍将参汤缓缓饮尽，眉尖微动，反问宗泐道："说起谶言，小侄倒想起一件事来。小侄曾在常州府刘秉忠的衣冠冢里发现了两句谶言，'五方五玉镇乾坤，三英三奇开太平'。师叔您见多识广，可知其来历？"

宗泐讶然道："刘秉忠的地宫？'五方五玉镇乾坤'，老衲先前曾经听过，是指五种神秘的玉器散布在天下各方，谁若收齐了它们，谁就可以独尊天下、万劫不坏。"

道衍容色剧变，忙问："师叔，究竟是哪五种玉器呢？"

宗泐摊了摊手："这一点，老衲就不太清楚了。不过，你师父早年游历四方、见识丰富，应该比老衲更清楚这两句谶言。等他出关之后，你可以去问他。"

　　一只透明的薄晶缸里，紫莹莹的珊瑚树上有两尾金鱼悬空而停。它们全身的鳞片随着水波荡漾闪闪发光，耀人双目；它们前仰后摆、瞪眼鼓腮的姿貌，也显得生动之极。

　　然而，许久过去了，它们在原位置上却始终一动不动。

　　道衍终于将目光从薄晶缸移开来，笑道："宗泐方丈收集的玛瑙文石真是精美绝伦。道涤，你看这两枚金鱼石简直就似活物一般，太逼真了！"

　　"哎呀，师兄，亏得你心情还这么悠闲！"道涤赌气似的坐在榻床一侧，鼻子眼睛都仿佛挤到了一块儿，"你上金殿告御状，一时风头无两，哪个不在街头巷尾评论你？没料到，末了你却把一桩冤案告成了一桩悬案——你就那么心宽意广，你就不感到愤慨和失望吗？"

　　"哦？师弟，你今天这嗔戒犯得不小啊！"道衍轻轻笑着，眨了眨眼睛。

　　道涤蓦地一拳重重擂在床板上，"嘭"的一声响，打出碗口般大小的一个坑洞来。他愤愤地道："金刚怒目，也为世间执法不公！我可没你的好涵养，憋不住！"

　　道衍身形一转，缓步走到他面前，双手合十道："很好，很好。为兄此番金殿告状，确是有负宋姑娘之重托。师弟，你再打一拳在为兄的胸口上吧，或许你的满腔义愤可以散得更快，来吧！"

　　道涤闻言浑身一震，脸色顿变，向道衍深深一礼："师兄，小弟不持己志、迁怒于物，身犯重戒，请您原谅。"

　　"不错，你确是心魔乍生，不可不改！"道衍容色庄肃，凛然而言，"人心之大用，在于顺物而制变，决非逆物而从己。陛下把冤案变成悬案，已是他彼时彼境之下最努力的选择了，只要还没定成死案，就说明陛下对胡党一派的制衡依然存在。为兄相信，陛下在这个问题上不会让天下士民失望的。"

"宋氏一家三人都被陆仲亨、魏忠明他们灭了口，圣上到时候怎么替他们昭雪冤情呢？"

道衍微垂的眼眸深处似乎跳起了两簇灼灼的光焰："师弟，为兄有一种特殊的直觉，宋紫荷姑娘应该还活着。总有一天，她会被解救出来的。"

道涤背过身去，面窗而叹："当今圣上号称明王出世，素以刚明果锐为天下所服，为何对胡惟庸他们的处置如此犹豫？"

道衍伸手指了指窗外一棵足可数人合抱的大槐树，道："师弟，你看这棵大树，岂是一两次刀劈剑砍就能倒下的？陛下也是人，不是神。"

道涤低下头，徐徐答道："师兄，小弟知错了。"

道衍缓步走回蒲团旁，悠悠道："宋姑娘并非庸愚女子，实际上她还是给为兄留了破案线索的。"

"是不是你让平安施主带给道沐的那个口信？"道涤忽然反应过来。

"嗯。你能注意到这个细节，说明师弟你才是真的外愚而内智啊！"道衍笑笑，"你猜，为兄会给道沐师弟带怎样的一段口信过去？"

"小弟怎么猜得出来？"

"为兄让平安带给道沐的口信是：'你不要忘了那个人在苏州府衙对我讲的最后一句话。'"道衍语气平缓地郑重道。

道涤愣了一下，道："宋姑娘在苏州衙堂上对您讲的最后一句话是一段偈语，小弟记得很清楚，'西厢房内，青灯黄卷，一片丹心，永朝佛前'。这句话有什么蹊跷吗？"

"为兄第一次感到这段偈语有些蹊跷的地方在于,那一晚宋姑娘投宿我寒山寺,其实一直住的是东厢房,而不是西厢房。"道衍面色微动,"之后为兄一直在思索,这十六个字肯定寓有深意,她应该是在西厢房里藏了什么秘密,留给为兄去取。为兄那时不能分身,只好让平安带口信给道沐。以道沐之智虽然不足以破解这十六字的暗语,但他应该会好好看守西厢房,不让外人前去乱搜。"

道涤深深颔首:"师兄果然沉毅明敏,当世无双。你准备什么时候亲自返回寒山寺破解这十六字暗语?"

"等太子和燕王与为兄会谈后,为兄便会返回寒山寺一趟。"

"太子和燕王还会来见你?"道涤一愕。

"会的,"道衍点点头,"而且会很快。"

道涤若有所忆地又道:"对了,今天小弟去后山的罗汉堂练武,听到一些师兄、师弟在谈论一件大事。"

"你说。"

"据说因为应天府已有两个月未降霖雨而致酷暑难当,陛下准备举办祈天求雨法会,由钦天监、僧录司、道录司共同承办。"

道衍听了,唇角露出浅浅的笑意:"陛下这是想让佛、道两派的精英高手同台竞技、一分雌雄啊!"

道涤叹了口气:"听师兄、师弟们说,宗泐方丈担心自己一个人修行不够,正在广择助手呢……"

道衍忽然问了一句:"师弟,近来这两次咱们在藏春地宫、同德客栈,遭遇的似乎都是道门一脉的幻术啊!"

"师兄,你又准备……"

"为兄也想到这场祈天求雨法会上去见一见道家的那些高手,说不定还能寻觅到一些蛛丝马迹。"

道涤显得十分惊诧:"师兄不是也拜了紫阳子真人席道长为师

吗?他那么神通广大、博学多才,你在他门下还不清楚整个道家术数的底细?"

道衍眼中的亮光闪了一闪:"席师父虽然修为通神,但他终究不是真神,所传法门中也难免会有不尽不实之处。为兄亲自出场拜会一下道门各派高手,总是有益的。"

第二十二章
隐情

东宫太子驾临天界寺，自然是一桩极大的盛事。寺中众僧丝毫不敢怠慢，左善世兼天界寺方丈宗泐、右善世兼天界寺护法长老宗涟，率本寺七品以上僧官尽出山门恭迎。

朱标和朱棣这一次仍是便服出行，身旁侍卫除了唐冲、平安外，还多了一个中年壮士，生得黄发黄须，连面孔也是一片焦黄之色，特别引人注目。

宗泐一眼认出了他，正是大内拱卫司卧龙署的顶尖高手、洪德公的首席爱徒金甲新。陛下让这位武林异士全程贴身护卫两位殿下，也可显出他对太子、燕王与众不同的重视。

金甲新游目四顾，似在随时监视着四周，对宗泐等人的趋近毫不在意。

朱标面含微笑，迎着宗泐道："有劳宗泐方丈的法驾了，本宫其实只想安安静静入寺的。"

宗泐躬身道："太子、燕王莅临本寺，不知有何指教？"

朱标一边前行，一边随口答道："本宫特为咨询祈天求雨法会而来。不知方丈与诸位高僧大德准备得如何了？"

宗泐慌得额角见汗："我等正在尽力绸缪，只求不负圣上之殷殷重托。"

朱棣有意逗他，哧哧笑道："老和尚，这次法会上有天竺的胡僧、西域的番僧，还有倭国的东僧，都会出席观摩。希望你们天界寺以四方禅林之冠，莫要失了我大明的威仪！"

宗泐急忙答道："陛下洪福齐天，自有百灵护国。佛祖有感必应，甘霖指日可待。"

谈话间，他们一行人等已是进了山门。"宗泐方丈这话答得极好。"朱标说了一句，顿了一下却问，"不知那位寒山寺来的道衍师父在贵寺何处？本宫顺便要和他谈一谈禅法。"

宗泐心底咯噔一跳：原来这才是两位殿下同赴天界寺的真正目的啊！但他脸上却不显异色："道衍、道涤二人在本寺西厢房乙字间内打坐静修。他平时奉了陛下的圣旨在参详谶言大义。殿下此刻便去见他？"

朱标点点头，吩咐道："你们自己去忙，本宫和燕王识得西厢房的去路，就不须你们陪同了。本宫与道衍大师谈经论禅时，也不许有闲杂之人近前打扰。"

宗泐正欲答应，身边的宗涟却先开了口："殿下是何等尊贵之人，本寺焉敢失敬失礼？贫僧还是派遣几个机警能干的小沙弥为殿下等端茶陪侍，以免无礼之咎。"

朱棣把手一摆："道衍师父的师弟道涤自可在场陪侍，其他僧人就用不着了。我等自有安排，你等也不为失礼。"

"道涤那个粗手大脚的愚鲁脾气，如何使得？……"宗涟兀自唠叨着，宗泐暗暗踩了他一脚，挡在他身前，一迭声地答道："殿下们如此吩咐，我等自当谨遵。"

一进西厢禅房，朱标便看到室内正壁上悬挂着那张落款为"释道衍"的字幅，不禁脱口念道：

  盈窗听松涛，开门雪顶山。

  日近春光到，与君共把欢。

  念罢，他深深赞道："姚先生诗文绝妙，清通自然，本宫甚是叹服。"

  道衍徐步而近，面色淡定，躬身作礼："两位殿下亲临鄙舍，小僧诚惶诚恐，失敬失礼。"

  "你哪里就惶恐了？用不着讲这些客套话。"朱棣大咧咧地笑道，"虎和尚师父在这里住得还习惯吗？缺什么、要什么，你只管给同德客栈孙老板那里带句话，本王马上给你配齐。"

  道衍淡淡笑道："多谢燕王关心。小僧乃空门中人，无欲无求、不缺不要，何劳殿下们操心？"

  朱标却不似朱棣那么随意不拘，轻轻递上一方木盒，道："姚先生何必拘礼？如今天气酷热，容易伤肺损脾。本宫这里有一盒大内秘制的金菊宝莲茶，专用极品的菊瓣和莲子做成。姚先生平日冲水泡了喝去，包管你百脉通畅、神清气爽。"

  道衍只得接了："多谢太子殿下厚意。"

  朱标牵引道衍上了主位坐下，有些不好意思地微微笑道："姚先生，本宫是担心您对此番金殿告状有所失望，特来……"

  道衍一举手止住了他："太子何出此言？小僧并无失望，而是十分理解圣上的难言之隐。"

  朱棣看看守在门边的金甲新："难得姚先生有此卓识，父皇若是知道了，只怕也是很高兴的。"

  金甲新双臂环抱胸前，目不斜视，面无异容。

道衍顺着他的视线也看向金甲新,侃侃道:"其实,在金殿之上,我们足以看出陛下略显掣肘难为的态度。宋家三口一夕尽亡,疑点甚多,陛下若想真正破案,应该是把陆仲亨、魏忠明双双停职,然后派出拱卫司、御史台前去调查。但陛下并没有这样做,因为陆仲亨在浙江那边的兵权还不能削,也不好削,陛下暂时还需要他来稳定大明的东翼。两位殿下切勿忽略这一点,在大明的东翼,还有倭国鹰伺狼顾!"

他讲到这儿,朱标、朱棣、金甲新等人都是面色微动。

道衍缓了一缓,又道:"其次,难道陛下就真的没看出中书省与平东行营明里暗里的内外勾结吗?但中书省以百司之纲领、平东行营以重兵之要津,互为表里,内外呼应,陛下一时也难以硬压。所以,只有陛下积蓄了足够的底气后,才会雷霆出击,才会除恶务尽。而在那一天到来之前,咱们只有积极作为、未雨绸缪。"

朱标听罢,如同醍醐灌顶,顿时恍然,不由得向道衍拱手赞道:"姚先生之言洞明玄机、高屋建瓴,本宫真是深为受教了。"

朱棣却追问道:"依您之见,咱们应该怎样未雨绸缪呢?"

道衍双目精光闪闪:"我们未雨绸缪的关键点就在太子、燕王两位殿下身上。"

"啊,此话怎讲?"朱标一愕。

"实际上小僧临别前送给胡惟庸的那篇《捕鼠》短文中,还蕴含着更深一层的意思:在小僧看来,陛下是雄才盖世的英主,敢于放手起用既能吃鼠又能吃鸡的怪才、鬼才,但陛下终究还是不愿鸡被吃得太多,所以他会千方百计地把鸡圈扎牢关好。一旦鸡圈变得牢实,鸡们得以保全,那他放出的那只猫便会大显身手,将鼠吃个干干净净!现在,陛下所做的正是扎牢鸡圈的功夫,而对那只恶猫也正是在待时而用。"

"原来姚先生讲《捕鼠》一文的真正寓意是这样的呀！"朱棣还是继续一问到底，"这和我们未雨绸缪有什么联系吗？"

"以小僧之私心揣度，陛下扎牢鸡圈的全局谋划应该是这样的：第一手，在朝廷里新设通政使司，由太子您牵头统管，形成一股清流之力，与胡惟庸一手揽权的中书省相抗衡；第二手，在外藩里派出燕王等人，以其英敏之才去接管各地军权，把陆仲亨之流的骄帅悍将彻底摒弃。唯有如此，陛下才能摆脱内外掣肘，一插到底，把宋氏大案查个水落石出，把诸多新政推行到位！"

他这番话一抛出来，室内顿时静如深潭。良久，朱标、朱棣对视一眼，看向道衍："姚先生，您这番话讲得如同晴天霹雳，实在振聋发聩！"

道衍抖了抖自己的白袍，平静地正视着两人，唇边微露笑纹："两位殿下今日特来我处，不就是想听小僧方才那番话的吗？"

朱标离座而起，正了正衣冠，肃颜向道衍深深一躬："我等愿诚心实意奉姚先生为良师益友，共为大明长治久安携手同行。"朱棣也连忙跟朱标一起向道衍行礼。

道衍双目微闭，合掌道："小僧本是方外之人，不求闻达于朝野。两位殿下自当于科举正途之中求师觅友，小僧能济何用哉？"

朱标目光闪动，叹道："姚先生向必如此谦逊？'安石不出，将如苍生何？'"

道衍见他这般紧逼，只得慨然答道："心如大海无边际，广植净莲养身心。自有一双无事手，为作世间慈悲人。"

这是唐代高僧黄檗希运所作的一道禅诗。朱棣粗通文墨，并不太懂，朱标却顿时就明白了。他微微一笑："姚先生怀慈悲之心而入世，自能无往而不济。"

朱棣也瞧出道衍默认了会出力相助，便把话题引到正事上来："对了，姚先生，关于宋氏大案，陛下也有一段隐情可以向您说明一下。"

"是何隐情？"道衍果然对宋家一案不能放下，不禁开口急问。

"陛下亲口对本王讲过，宋明德在今年三月下旬曾托您的师父净空大师代呈了一封效忠信给陛下，愿意将一件秘宝和四分之三的家财捐献给朝廷，换取他们举家外迁琉球国。"

"怪不得陈如意说他们购买巨船准备出海……"道衍若有所思地点了点头，"而且今年三四月份宋明德和净空师父确实是来往接触了好几次。"

朱棣又道："陛下当时觉得宋明德以商贾之身竟敢挟利而逼君，心底有些不快，就压下了那封效忠信未及时回复。结果，在一个多月的时间里，陆仲亨、魏忠明等人就给宋家搞出了一桩大冤案，陛下对此也是十分惊诧。还有，宋氏口中的'秘宝'究竟是怎么回事，陛下也在等着净空大师出关后尽快禀明呢。"

"原来如此，原来如此。"道衍口中连连惊叹，忽然想起宋紫荷告诉自己的那十六字暗语，他和道涤心有灵犀地隔空对视一下，彼此眼中都亮起了火花。

片刻之后，道衍定下心神，缓缓道："看来，正所谓'匹夫无罪，怀璧其罪'，宋氏一门定是因为家藏秘宝，才招致了这场飞来横祸。燕王殿下，想必您即将启程前去苏州查案了？"

"不错，两日后本王收拾妥当，就会奔赴苏州。"

道衍将双掌一合，施礼道："燕王殿下，届时小僧愿与您同往苏州，协助您彻查此案。"

"好，姚先生既能同行，本王求之不得。"朱棣兴奋之极地道。

朱标正要开口，却见道衍忽然丢了一个眼色，便闭口不言。

道衍面色凝重，目光徐徐抬起，朝南边打开的窗户似有意又似无心地瞟了一下。金甲新和道涤也心有感应，一起向那个方位出手。

道涤衣袖一拂，一支毛笔疾掠而出，直向窗外那棵大槐树浓密的树荫中电闪而去，金甲新则抓起桌几上一张纸平射而出，宛若一弧刀片，飞旋成一团白光，也没入那丛大槐树树荫之中。刹那间，树荫中传出一声痛呼，只见灰影一闪，那隐身偷听的蒙面人已似受伤狡兔飞窜而出，几个起落便失去了踪影。

金甲新身形一展，便要追出，道衍却沉实有力地喝了一声："慢！"

金甲新身形微滞，最终还是停下来转头看着道衍。

"放他去吧。他刚刚潜到，就栽在了你二人手里，应该也没听到什么东西。"道衍微一垂目，又定定地看向金甲新，"原来阁下竟是洪德公前辈的高足，失敬失敬！两位殿下身边有您护持，自然是百邪难近了。"

金甲新面无表情地还了一礼："净空大师和紫阳子真人的共传弟子，亦不愧为非常之器啊！"说罢，身形一闪，又退回到房门口守候，恍若铁人一般静立不动。

朱棣已是回过神来，长叹道："姚先生，看来您在天界寺也不太安宁啊，不如迁到同德客栈去住？"

"树欲静而风不止，石欲移而水自逐。"道衍悠悠道，"这方外之地，总比那红尘之所更为清静一些。况且，平日里小僧在此只是做些析谶破谜之事，似乎也没有什么人潜来打扰。"

这边，朱标一眼瞥间见室内茶几上放着一张黄草纸，上面写着"日月双璧，八芝重光，栖云摘星，真人应世"十六字谶言。他便踱了过去，用手指着这黄纸："姚先生，这谶言可是陛下给天界寺僧众钦定的重大任务，您可破解出来了？"

道衍缓缓点头："小僧略有心得。"

"本宫愿闻其详，还请赐教。"

"这谶言的第一句'日月双璧'其实很容易理解：日月共处天

穹，则为明字，喻指我大明朝。第二句'八芝重光'，里面有重、八二字，小僧听净空师父隐约提起过，似乎对陛下有些大不敬。"

朱标脸一红，把衣袖一摆，道："重八本是陛下龙潜民间时的小名，你此刻是在解谶，称不上冒犯。"

"第二句'栖云摘星'，则喻指陛下龙潜民间时那段'栖于流云之下，目望星辰可摘'的游历生活。"

朱棣听了，心底暗笑：亏这姚广孝讲话巧妙之极！这哪是什么游历生活，其实指的就是父皇少年时期那段餐风露宿、步步维艰的游丐生活。

道衍又道："至于'真人应世'，更是寓意明确，也无须小僧多作解释了吧？"

朱标深深点头："您解析得十分准确。有句俗话说，无风不起浪，那么，您能看出这谶言的来历和用意吗？"

道衍眼帘微微低垂："启禀殿下，从重八、栖云摘星之语可见，这谶言应该是陛下当年一同创业的那些勋旧老臣所作，否则外人哪里会知道这些旧事典故？"

朱标的语气倏地严厉起来："那么，他们擅自作此谶言，究竟是何用意？就不怕被钦天监查出来后扣上浮言扰众的罪名吗？"

"大概是想预留田地、献忠于上而邀宠于君？将来某位勋旧大臣违法被查，他便可搬出这段谶言为自己饰过脱罪吧？"

"原来如此，原来如此！你讲得对！"朱标顿时明白过来，连连点头，"想不到宗泐方丈参悟了好几个月不见分晓，到了你这里却是一语中的、精准之极！"

道衍双眉轻扬，直视着朱标道："另外，小僧请求太子您在回宫将这谶语代为解析给陛下的同时，也请他不要再逼天界寺僧众牵强附会了。这谶语本身就只是四个字谜组合而成，至于'日月双璧''八芝重光'都是谜面，而不是真实的异象。您让宗泐他们去测算出所谓的异象出现的具体日期，这不是空里说空、梦中谈梦吗？为一段凭空捏造、虚无缥缈的浮言，却在现实里生搬硬套、东拉西拽，岂不是非常可笑？"

朱标听罢，脸色红了又红，拱手认真地道："姚先生，本宫一定会把您这个建议转呈圣上，请他纳善而从。我大明也决不会再给某些别有用心之徒使诈弄巧的机会。"

道衍静视了他片刻，双目向道涤微微一扫："师弟，把太子殿下送的金菊宝莲茶冲来给大家尝一尝吧！"道涤应了一声，便去屋角那边张罗了。

朱标轻咳了一声，又问道衍："姚先生，本宫听宋濂老师和刘璟谈起过，说您有识文断人、观字察命的本领。是不是真的？"

"雕虫小技，不值得太子垂询。"道衍回道。

朱标闻言，容色顿定，便朝唐冲努了努嘴。唐冲立刻从随身腰袋中取出两卷纸笺来，一一展开，铺放在茶几之上。朱标指着纸笺上的文字，恳切地道："这是我手下两位文友各自亲笔所作的诗文，请姚先生为他们将来的性情、事业、命格等辨析一番，如何？"

道衍微一蹙眉："太子殿下，自古至今，圣贤明君知人料事之际，须是取之以微、观之以密，而重之以大节。所谓识文断人、观字察命等小小术数，又何足为据？"

朱标急忙道："本宫只是想借姚先生一双慧眼作个参照而已，别无他意。"

道衍也明白朱标这是在借此测验自己，便不多言，拿过第一张纸笺细细察看，只见上面是一首名为《春游见闻》的长诗：

层峦耸云依长空，状得剑南气势雄。

浓淡自成点翠黛，潇洒直欲夺春风。

森森古木穿云碧，灼灼奇花映日红。

恰逢芳辰当好景，天地之画最为工。

他看过后微微颔首，对朱标道："作此诗的士人，可谓心窍玲珑、才思敏达。诗中'依长空''夺春风''穿云碧''映日红'等字样，完全透露出他'身居近贵''骏逢伯乐'的吉祥之兆。再以其书写之笔迹而判之，他笔走游龙，婉折流丽，圆通之气不绝。所以，小僧断言，此人可任翰林主笔、文苑学士，将来的通政使司中，他堪当妙用。"

朱标听了，也不立即表态，指着第二张纸笺问道："这一位士子又如何？"

道衍见这纸笺上的诗名为《仰陆贽墓》：

千载谁识陆宣公？丰碑永新向江头。

忠如魏徵文超凡，惜逢庸主妒国手。

唐自公殁浩气衰，贞观不见使人愁。

昏君贼子尽成灰，唯我宣公耀星斗！

他看罢点头笑道："这位士人以诗言志，念念以魏徵、陆贽为楷模，行笔之间刚正有力，气盛如川，不可小觑。他虽然文笔平平而无逸才，但日后必能成为一代诤臣而流芳百世。"

朱棣看了看朱标："大哥，姚先生已经辨析完了，你也该说明这两人到底是谁了吧？"

"姚先生、四弟，前一首乃田尔丰所作，后一首则出自韩宜可。"朱标极为激动地道,"姚先生不见其人而仅凭一诗一字辄下评判,竟与我等数年来对两人的印象完全吻合,实在是知微知彰、明达无双!"

道衍连连摆手,郑重言道:"太子殿下过奖了。小僧这不过是臆测偶中之言,不足为凭。若真要选贤任能,还是须如宋代名相王安石所言'精察之、审用之'六字诀而行。切记,切记!"

朱标、朱棣齐声道:"必当谨遵姚先生之教导。"

道衍又道:"小僧也明白,两位殿下雄心勃勃,有志于澄清玉宇、正纲立本,不得不以求贤自辅为急务。王安石曾言:'天下法度未立之先,必先索天下之材而用之。如能用天下之材,则能复先王之法度。'既是如此,小僧在苏州一境多年,也曾闻见一些善男信女之嘉德懿行,可以荐给太子和燕王选而用之。"

朱标和朱棣皆是大喜过望:"为国举贤,善莫大焉。姚先生只管道来。"

道衍款款而言:"苏州城草桥铺有一位卖字先生,年方而立,名为邹景贤,虽久试不中,却素有义行。曾有贾人弃其病妇而去,邹见而怜之,为其买药调治,病愈,其妇愿留以服侍而报恩,邹景贤坚辞不受,以礼待之,送其返乡。后又于路旁无人处拾得遗金五十两白银,遂守候多日,待失主寻来而尽还之,分文不取。此人可堪为贤吧?"

朱标转头盼咐唐冲道:"唐君,你且记下了。回府后你派人去苏州将这位邹先生征召而来,入我府中担任秘书郎。姚先生您还知道哪些贤才,继续说来。"

道衍又道:"小僧记得苏州城枫树桥巷里有一位义仆,年有二十八,名为彭善华,体健通武。他虽佣工于人,却尽心努力,诚实不欺。其雇主后家业中落,而彭善华仍事之如故,奔走效劳,闻命即至,全然不以贫富而易心。"

朱棣立刻便道:"这个彭善华,本王将他纳了,待本王去到苏州,顺便提拔他来身边做个侍从。"

正说话间,道衍端来一盘茶碗放在众人面前:"金菊宝莲茶冲好了,大家边喝茶润喉,边畅谈大事!"

第二十三章
款待

两岸垂柳掩映之下的秦淮河面，银波粼粼，竟似一匹极亮极阔的白练延伸到天际。一艘高峻而气势庄严的楼船在河中央缓缓行驶着，两边的堤道上各有一队骑兵同步护卫而行，显示出楼船主人非比寻常的身份和权威。

高船的楼顶平台上，一群身着宫装的宫娥正载歌载舞，瑞彩翩翩，当中一位身材高挑、美目流盼的宫娥拍着竹板，正自慢吟高唱。

朱元璋身着一套半旧不新的明黄袍，除了腰间束一条白玉带外，竟再无华贵饰品。但在这近乎极度的简朴整洁之中，他的一举一动又透着无人可及的端正雍容。

他两侧的长席之上，列坐着信国公汤和、曹国公李文忠、延安侯唐胜宗、平凉侯费聚、长川侯郭智刚、汝阴侯范普以及吉安侯陆仲亨的弟弟陆季顺等人。

朱元璋在主座上望着他们，脸上的笑容十分和蔼可亲："列位爱卿都是朕当年同生死、共患难的手足，朕这几日有些想念大家了，特意请大家聚一聚。"

众人忙避席而跪："臣等恭谢陛下隆恩，恭祝陛下万寿无疆。"

朱元璋挥手让他们平身归席，又拿着竹筷点了点自己餐桌上的菜看，笑吟吟地道："诸位爱卿可能还不知道今天朕给大家准备了什么样的美味吧？爱卿们每人面前摆着四个瓷盘，这白瓷盘盛的是高丽国进贡的鹿肉，这红瓷盘盛的是琉球国进贡的鲸鱼肉，这青瓷盘盛的是天竺国进贡的大象肉，还有这蓝瓷盘盛的是西域进的绵羊肉。大家好好尝一尝，看看它们各自的口感如何？"

他讲到这里，忽地顿了一顿："一个和尚都能品尝出鹅肉和鸭肉的口感不同，朕希望今后若有藩邦使臣宴请你们时，你们也会有所辨识，方能显得我华夏之人见闻广博！"

唐胜宗素来有些随性，便在席间大笑起来："陛下，您的口福真不错，微臣平日里吃的就是猪肉、狗肉、山羊肉，连牛肉都不敢吃多了！"

朱元璋搁下筷子，浅浅一笑："你这个唐胜宗，你以为朕平日里会吃这么多好吃的肉？朕吃的还是当年的烤地瓜、粟米饭和青菜汤！今天能陪你们打一打牙祭，也是托了各个藩邦进贡的口福！不过，今后朕开放门户，与各藩邦通商来往，你们就能经常吃到这些美味的肉肴了。"

唐胜宗哪能听出朱元璋话中的深意，只是嘻嘻笑道："原来陛下吃的饭菜比我们这些臣子吃的还不如啊，微臣实在是没想到。"

朱元璋本想借此肉肴展览暗示自己与藩邦通商济国的意图，却没料到这些老将个个不甚开窍，也只得转换话题，从另一个方面来诫勉谈话了："是啊，大家看看，北边辽东的胡寇余众还在蠢蠢欲动，西南还有元贼余孽跳梁作乱，东面的倭国也似有些桀骜不驯……朕的天下并不是十分太平，朕的国库也天天往外掏钱，朕自己不以身作则、省吃俭用，行吗？"

众人齐齐山呼："陛下淡泊明志，实为圣主，臣等受教了。"

朱元璋大袖一摆，对那个高挑宫娥道："你继续唱曲儿，诸位爱卿继续用膳。"

那宫娥拿了竹板，轻敲几下，扬声唱道：

年年牛背扶犁住，近日最懊恼杀农夫。稻花肥待抽花，渴煞青天雷雨。

恨残霞不近人情，截断玉虹南去。望人间三尺甘霖，看一片闲云起处。

朱元璋听到这里，忽然喊了一声停，然后问道："你们听一听，这宫娥唱的是什么曲儿？谁人听得出来？"

"启奏陛下，老臣知晓。"一个苍老的声音缓缓答道。

朱元璋目光一掠，见是满头银发、一脸憨厚的汤和。只见汤和起身奏道："老臣近来居家休养，闲来无事也常听马致远、关汉卿、白朴等人的词曲，颇觉受益。这宫娥所唱乃是前元才子冯子振写的《鹦鹉曲·农夫渴雨》。从这首曲子可以听出，陛下真是时时刻刻心系苍生，为近日江南地界儿的大旱事宜操碎了心，又是举办祈天求雨法会，又是号召各地官吏下乡为百姓帮忙挑水、送水。虽古之尧舜，也不能及陛下圣德之万一！老臣深受陛下之激励，自愿捐献两千两白银帮助百姓抗旱救灾！"

"信国公讲得好！也做得好！朕敬你一杯！"朱元璋一拍大腿，兴奋地大声叫道。

敬完汤和后，唐胜宗也起身奏道："老臣也愿为朝廷的抗旱庶务捐银一千六百两。"

"老臣费聚愿捐一千五百两……"

"老臣郭智刚愿捐一千五百两……"

"老臣陆季顺愿捐一千四百两……"

朱元璋见状，哈哈大笑："朕请你们聚会同乐，哪里会要你们来捐银捐钱呢？你们今日只管吃好喝好玩好，不要做这些虚头巴脑的事情，你们的银钱来得甚是不易，朕一分一文也不会乱要的。"

众人齐齐跪倒："臣等不敢有负圣恩，臣等只想为陛下分忧于万一。"

"你们能有这样一份心意，朕万分感动。其实你们每一个人能够一以贯之地公忠体国、遵纪守法，就是对朕最大的报恩。朕希望你们一个个都好好的，不要为了一些蝇头小利而丢了爵位、丢了官身、丢了性命，再也不能陪同朕一起把酒言欢。"朱元璋的话在温情脉脉之下却又锋芒隐露，"你们还记得洪武元年吧，韩国公李善长的亲侄儿、中书省都事李彬，那也是朕亲眼看着鞍前马后效力一天天长大的崽儿，当时诚意伯刘基揭发他卖官纳贿之罪属实，朕也只能以《大明律》为重，在万般不忍之下将他斩首以谢天下。这些前车之鉴，希望你们要牢记不忘啊！"

众人齐道："臣等谨记陛下之圣训。"

朱元璋喝了一口汤，又苦口婆心地继续讲道："在座的诸位爱卿都是以军功立身起家的侯爷、方伯，朕待你们真的不薄。朕赐给你们的俸禄是每年两千多两白银，而朕发给一个四品知府的俸禄才只是每年近二百两白银！凭着这两千多两，你们完全可以过上逍遥快活的神仙日子，山珍海味、穿金戴银都不在话下，况且还有朕赐给你们的邑户、庄田。合算起来你们和你们的子孙连续八辈子都享用不尽，那你们还用得着以权谋私、贪污受贿吗？"

众人都听明白他的意思了，汤和领着众人齐声喊道："陛下之苦口教诲，臣等一定铭刻于心。"

朱元璋点头一笑，又手指费聚："平凉侯，听说你一个月内又纳了八九房小妾？你这日子过得蛮滋润的嘛！照你这样收纳下去，就是金山银山也会被你自己搬空的哟！"

费聚吓得满脸是汗，连忙叩头："启禀陛下，老臣再也不敢纳妾了。"

"那倒不必，但你有这十三房姨婆也确实足够了。"朱元璋走下主座，来到船栏边侃侃而谈，"你要学会算账，男子汉大丈夫，喜欢美色，没有错，就是有些和尚也会'冲顶一怒为红颜'呢，但不要过于痴迷。朕已有意开设十三座官办花楼，届时自有环肥燕瘦的各色美女供你们享用！你算一算，找个漂亮姑娘玩乐一宿才不过一二十两银子，你纳个小妾还不花几百两银子去？这划不来嘛！朕从此规定，公侯之门只能是一妻三妾制，若想纵情享乐，只管到我大明的官办花楼里来！"

他一边说一边指着秦淮河两岸的街坊堤道，又认真讲道："你们看朕把这十三座官办花楼开设在这沿河两岸，选址还是合适的吧？你们都给朕提一个建议嘛！"

众人面面相觑：这陛下怎么训导着就跑了调，忽然推销起官办花楼的生意了？看来，陛下一心想弄钱、搞钱，简直是无所不用其极了。

就在朱元璋于楼船上宴请众臣的同时，秦淮河北岸的堤道上，一辆缓缓行驶的垂帘马车内，吴进祥也在用另外一种方式邀请林贤和工部侍郎贾信秘密地议事。

这辆马车的车厢便似一间精致的小屋，十分宽敞，绣槛纹窗，悬珠飘带，五光十色，布置得极为华丽。林贤和贾信分坐左右两边的榻床之上，中间隔了一层绛红纱帘，而外厢的吴进祥则侧身坐在门边的机子上，施施然和两人交谈着。

此时的林贤却是解了衣袍躺坐在榻床锦垫上，露着满身虬结如铁的肌肉，显出他江湖豪雄的本相来。他面前一个酥胸半露、细腰丰臀、涂脂抹粉的艳装美女俯了身子，在他腰胯处轻轻地按摩着，淫靡之味几乎溢满车厢。他嘻嘻笑道："吴老板做事情真是步步到位！花楼尚未建成，您却将这美女香车先给配置好了！"

"两位大人有所不知，吴某刚一接手这花楼置办的任务，应天府里有些大人便似猫儿闻到腥一般立时找到了吴某，想对这门官妓服侍的活儿先睹为快、先享为乐。"吴进祥不紧不慢地道，"于是，吴某便就近从应天府女狱的那些犯妇、犯女当中，挑选了一批能歌善舞、貌艺俱佳的女子让大春楼的老鸨调教了一番，送来给大人们试用了。大人们对此都还感到满意。今儿这两个娘子，都是那些大人们交口称赞的精品。您二位且请鉴赏鉴赏，让我吴某人心头更有一些底儿。"

"不错，不错。"贾信也是一副帽歪衣斜的样子，倚在另一边的榻床锦被里，"你这美女香车设计得很是巧妙——可睡可玩，可行可止，方便之极，还不容易被外人察觉。"他的身边，也有一个衣着轻薄的美妓在替他剥果递茶。

吴进祥不无得意地介绍道："这叫七香逍遥车，是仿照古书上记载的隋炀帝杨广当年所乘之秀女七香车制的。这里面的妙处多着呢，诸位大人们想怎么玩想怎么浪，都能尽兴极乐！"

林贤一边伸手在那美妓的胸脯处细细地揉搓着，直捏得她脸泛红霞、娇喘连连，一边却用庄肃之极的口吻道："林某听说那个犯了赃罪的原镇江府同知乔加运的女儿生得极美，现被收押在应天府女狱中，吴老板是不是已将她挑出列在官妓籍册里了？"

外厢的吴进祥哧哧一笑，还未及答话，他身前那个美妓已一脸娇嗔地盯着他："奴家就是乔红儿，不是已经在这里服侍大人您了吗？"

吴进祥这才补充道："林大人，您先前向吴某提过几次这位乔红儿，吴某都替您记挂着呢！怎么样，还满意吧？"

林贤"哦"了一声，以手托起她的脸端详了一番，叹道："姿色也还勉强，就是有些粗浮了些，想必在女狱里也没少被那些牢头和狱卒耍弄过。吴老板，她比起那宋紫荷来，可就真是天壤之别啦！"

"是啊，吴某就给相爷说过，我们花楼里若有宋紫荷那样漂亮的姑娘，只怕全天下男人的生意都能一揽了来！"

乔红儿白眼一翻，看似颇为不甘，但也能忍住不发，任由林贤那只禄山之爪在自己的娇躯上下为所欲为。

林贤一边弄得她春情泛滥，一边又问："相爷让我问你，关于那些沿河商户的拆迁事宜，现今办到哪一步了？"

吴进祥一下来了兴致，得意地道："吴某先放出风声，对外宣称这一带将为朝廷所征用，而先前的店铺商户们则统统被迁往吴中苦寒之地安置。这样一来，大多数商户就会担惊受怕，惶惶不可终日。然后其中便会有晓事儿的几个商户带头找到吴某钻营门道。吴某就假借中书省的背景，表示给他们开后门，让他们以房易房，先把他们迁出安置在应天府城西坊区。如此施为后，剩下的商户就会纷纷跟进，被吴某一个一个换将过来。"

"不错，你办得还好。后面若是遇到什么硬骨头，你只管禀报上来，相爷和我会为你全力撑腰的。"

贾信在那一边道："老吴啊，这几日咱们工部议了一下，你所需要的匠人在数量上缺口不小啊，应天府周边，工部实际上调不了多少匠人来填充。这个事情，你自己可有什么办法吗？"

"真的难以调人吗？"

"真的难以调人。"贾信也认真答道，"实话告诉你，大部分匠人都被抽到北平修城防去了。"

吴进祥眨巴了几下眼，摸了摸下颔："昨天刑部刘主事来这七香逍遥车玩耍时,曾和吴某提起过,江南各府的监狱里就关押了二三十万的犯人……"

"哦,你想怎样?"贾信追问。

"吴某建议从附近的扬州府、无锡府、九江府等地先调用一批在押的囚犯过来,以服役做差的名义来修建花楼。如果还不够用,就再向外省的监狱征用。"

贾信脸上笑容渐露:"这个主意倒还使得。我回去后就拟个条陈报给相爷批了,马上开始调人。"

吴进祥打趣道:"咱们背靠中书省这样的大树,还怕什么事办不成吗?咱们就是到月亮上修花楼,那嫦娥也得乖乖出来接客!"

"休说你招来嫦娥,你便是再物色到几个像宋紫荷一样的娘子就是大功一桩,"林贤敛了脸色道,"吴老板,这官办花楼主要是面向藩邦外夷的。所以,你还是要多掏钱请一些外邦工匠过来,争取把花楼修得更有异域风情一些,要有天竺国、暹罗国、日本国、乌斯藏、吐鲁番等各个藩邦的特色,要让外藩之人有宾至如归之感。这一点,你可切记了!"

"好的,好的,吴某下来后一定照办。"

到了这时,林贤才伸了伸懒腰,道:"正事儿既已说完,咱们就且看吴老板您调教出来的这两个姑娘如何给咱们好好玩一玩吧。"

吴进祥闻言,板起了面孔,朝乔红儿等两个官妓叱道:"既是专门出来就近做这生意赎罪赎命的,就得把该做的便做尽,莫要扭扭捏捏的!且各自讲个染荤带腥的笑话来为二位大人逗逗乐!"

乔红儿便拿纤纤玉手摸捏着林贤讲了一个,林贤哈哈邪笑着道:"那你稍后也让我快活快活!"

贾信指着自己身边的官妓道:"你也快讲一个荤笑话让本官高兴高兴!"

吴进祥却道："且慢，那日金殿上那个假和尚姚广孝一直与我家相爷甚是为难，我却要臭他一臭！杜二娘你且讲个与和尚有关的荤笑话来。"

杜二娘飞个媚眼，挨近贾信，款款开口……

第二十四章
禁锢

烟笼雾罩一般朦胧的轻纱帐里，陈如意发鬓微乱，上身披了一件薄衫，下身却掩在银亮水滑的绸被里。朱棣赤了上身，拥着她左肩，哧哧地笑道："你唱个曲儿给我听一听。"

陈如意双颊绯霞隐露，捻动着腰间松松软软的丝绦，曼声吟道：

> 樱桃落尽春归去，蝶翻金粉双飞。子规啼月小楼西。画帘珠箔，惆怅卷金泥。
> 门巷寂寥人去后，望残烟草低迷。……

朱棣哪里识得这是南唐后主李煜所作的名词《临江仙》，不禁摇头道："你这词儿也太文雅了！闺床之间哪用得着这般婉转低回？你且给我唱个明白晓畅的。"

陈如意柳眉一扬，变了腔调，拈着兰花玉指，朗朗吟道：

> 云鬟雾鬓胜堆鸦，浅露金莲簌绛纱，不比等闲墙外花。
> 骂你个俏冤家，一半儿难当一半儿耍！[1]

---

1 此系元代关汉卿所作名曲《一半儿·题情》。

朱棣听着，不禁拍手赞道："这曲儿选得好，也唱得好！咱俩一对俏冤家，情来难当，兴来好耍！"

陈如意拢起发髻，插了钗环，柔声道："燕王殿下雄才超世，小女子早就有所感应，幸而有缘侍奉，实乃三生之幸。"

"你父亲已经调任礼部郎中，业务单纯，远离财势之网，只要不贪不污，必能平平稳稳安居在位。而且本王是托晋王转了个弯儿给吏部打的招呼，无论是胡惟庸还是汪广洋，都不敢轻易对他怎样的。"

朱棣穿上衣衫，束紧了腰带，道："本王的承诺已经兑现了，你偌大一个后顾之忧被本王解决了，你也是该好好谢我一谢。"

陈如意为朱棣戴上束发银冠，盈盈一笑："燕王一言九鼎，您却要如意再做什么？"

朱棣嘻嘻一笑："我本想收你进府做个侍妾，你可愿意？"

陈如意抚弄着自己的丝绦："殿下认为如意是甘心做那笼中鸟、盆中花的凡俗女子吗？"

朱棣捏紧了拳头："很好。那么你就追随本王与太子做一番轰轰烈烈的大事业，也不埋没了你七窍玲珑、八面来风的天赋，如何？"

陈如意行了个万福，浅浅笑道："如意愿辅佐燕王成就大业。"

朱棣深深地看了她一眼："你真的愿意为本王付出一切？"

陈如意坦然地看着他，点了点头。

朱棣面色一肃，伸手指了指窗户："那你敢脱了这上衣，到窗口处朝楼下站几刻钟么？"

楼下是坊间大道，人来人往，众目睽睽，谁有异动，必被暴露无遗，终至身败名裂！

陈如意玉颊一红，略略迟疑了一下。

朱棣微微笑道："不敢？罢了，本王只是说笑……"

他话音未落，陈如意咬了咬银牙，反手将背后的系带一扯，任衣衫脱落，举步便往窗口走去："这等小事，如意有何不敢？只是可惜殿下却将美玉抛入瓦石堆中掉了价……"

朱棣一把将她拉住，正容道："且住，这是本王试一试你的忠心。本王爱才如命，只要你不负于我，本王决不会让你受到丝毫伤害的。"

陈如意顺势倒在他怀里，一双澄亮的眼眸睇视着他："你终究是爱我的才，而不是爱我这个人。道衍师父却是爱了宋紫荷那个人，才不顾不问她的才德而为她赴汤蹈火……"

朱棣装作没听见她这些话，把话题转开了："明天本王就和道衍师父一道前往苏州了，你留在应天府自己多加小心。"

陈如意思忖着道："我听闻汪广洋大夫的夫人最喜欢摆办赏花茶会，把京城各府的官宦小姐们召集起来传风带声、互通有无。她们给我也送了一份请柬，我倒想去那里摸一摸虚实深浅。"

"好。你能主动有为、积极谋划，本王的确没看错你。"朱棣赞了一声，又道，"右御史大夫陈宁不是你的堂叔吗？你和你父亲而今进了京，你不搭上这一条关系去闯闯？"

陈如意幽幽地看着朱棣："殿下有所不知，其实陈宁这个人心性最是凉薄，他若肯在仕途上关照家父，如意又岂会女扮男装来做家父的主簿？"

朱棣点了一下头："也是。但此一时，彼一时，你父亲现在官拜郎中，他应该不会再像先前那般对待你们了。本王要你和陈宁他们多多交往，最好能够充当本王的千里眼、顺风耳，替本王和太子监视他们的一举一动。"

陈如意道："好，如意一定照办。"

朱棣又道："你在京城替本王办事，总要花销的。本王会让平安拿给你一笔三千两的款子，你自己好好使用。"

"想不到燕王殿下对手下竟是这般体贴周到,不愧是一代侠王。"陈如意不禁粲然一笑。

朱棣拥着她的身子,一脸认真地对她道:"如意,我朱棣其实没读过多少书,讲话有时粗浅了些。你们若问我应该如何礼贤待人,我不知道别人是怎么干的,我平日里就守着八个字去做!"

"哪八个字?"

"就是当年刘基先生教我的:一是将心比心,通情达理,己所不欲,勿施于人;二是以心换心,赤诚待人,毫无杂念,绝不以权术谋略而驭制臣下。"朱棣坦然道,"所谓路遥知马力,日久见人心,你今后总会看到我是怎么做的。"

"好一个将心比心、以心换心,燕王殿下果然天资英睿、贤明自成啊!"陈如意不禁深深赞叹,"大明圣朝在您的藩护之下,必能蒸蒸日上!"

天亮了,东方已露出浅浅的鱼肚白。可是,黎明的晨晖却始终照不进这玄石四壁的地下室。周围仍是一片昏黑,只有头顶一盏铜盘油灯洒下了一团黄光。

灯光之下,是一张宽大的象牙榻床,倒也甚是整洁。上面铺着绣有大朵金兰的柔丝锦被,更是显得十分奢丽。宋紫荷身着薄若蝉翼的罗衫,仰躺在象牙床上。她的双手双脚都被坚韧细密的银链禁锢在大床四角,难以动弹。她身体上那一处处瘀青,显露出所受的侵害。然而,她只能紧闭星眸,无声地哭泣。

像这样被囚禁的日子已经过去不少天了,有时候宋紫荷甚至想一口咬断舌头自杀了之,但一想到父亲、母亲还落在他们手里,又不忍了断。她也曾很天真地幻想过道衍的御状会一告成功,而朱元璋也会大显明威,把自己全家从这黑暗的深渊里解救出来。

然而，那一天却迟迟没有等来。

最后，竟是三天前这地下密室来了一个服饰华贵的蒙面公子，狠狠地撕碎了自己的衣衫，如同饿狼一般将自己的身子强行玷污了。那一晚，她痛得几乎窒息过去，从此之后，一颗心便变得麻木了。

第二个强暴她的，却是那个道貌岸然、官气十足的胡惟庸。他老了，懒得和她折腾，干脆给她下了浓烈的媚药，让她自己在欲火焚身中呻吟着放弃了抵抗。那一刻，宋紫荷才感到自己区区一个弱女子，和这些衣冠禽兽无所不用其极的手段对抗，是多么可悲、多么无力。

但她还是咬着银牙在心底暗暗发誓：倘若有一天自己能逃出魔掌，必定要将这些恶人一个一个除掉！

这天，地下室的石门又缓缓开了。走进来的，却是一个身形魁梧的黑袍蒙面老者。他浑身一切形貌特征看起来都是朦胧不清的，整个人仿佛笼罩在一团若隐若现的青寒之气中。只有头顶银亮的白发，被一顶八瓣莲花碧玉冠束成高高的髻，显得十分醒目，透出一股雄峻昂扬的威势与庄严。

宋紫荷突然从心底深处漫出了深深的惧意，虽然他既不像那个蒙面公子那样狂肆，也不像胡惟庸那样阴险。

他手里持着一柄拂尘，缓缓走近宋紫荷，也不多言，只是拿幽幽亮亮的双眼向她瞳眸中一盯，仿佛要看穿她的整个心房。刹那间，宋紫荷的心神起了一阵剧烈的震荡。在一股欲飘欲飞的感觉里，她眼前的蒙面老者倏然消失了，恍恍惚惚中，居然现出了寒山寺高僧道衍的身影。他坐在榻旁，表情似是悲喜交加，正深深凝视着她。

宋紫荷喜极而泣："道衍师父，我以为你已经忘了小女子呢……想不到还能在这里见到你……"

那道衍轻轻抚摸着她的面庞，含情脉脉地道："宋姑娘，你放心，小僧终于来救你出去了……"

宋紫荷急忙挣了挣银链，却是无力挣脱，只得背过脸去，任由珠泪从腮边滑落："我……我再也没脸见你了……"

那道衍一边伸手来解她腕部的银链，一边温柔地问道："宋姑娘，这次御状告成了，你全家冤情昭雪了。陛下想要验看你们家祖传的那件秘宝，你可知道它藏在哪里吗？"

宋紫荷微微一怔："我……我不是已经告诉你了吗？"

道衍那清俊脱俗的脸上露出茫然之色："苏州一别，你我就再未相见相交……你何时告诉小僧的？"

"西厢房内，青灯黄卷，一片丹心，永朝佛前。"宋紫荷一脸肃穆，缓缓吟道。

道衍听罢，不禁喜形于色："原来真的就是这十六字暗语！那日在衙堂之上，我也记得。不过，你知道它的具体寓意吗？这段字谜，小僧一直没能破解出来……"

宋紫荷眉宇间掠过一抹哀伤，沉沉而叹："这是我父亲临别时告诉我的，他说宋家有一件极重要的秘宝就藏在寒山寺，而具体地点就在这十六字暗语里……他让我带这段暗语来找你们寒山寺的净空方丈。你既破解不出，可以去问你师父。"

道衍摇了摇头："我师父一直没有出关。你能洞晓这十六字暗语的真正意思吗？你有什么见解，讲来听一听。"

宋紫荷面色一暗："我也不明白。其实，不明白也好。匹夫无罪，怀璧其罪。这东西若是找不出来，倒可以免了将来诸多的纷争与祸事……你说呢？"

道衍的脸色突然变得冷峻无比，紧紧逼视着她："不找到这件秘宝，小僧实在是心意难平啊！宋姑娘，你再替我好好想一想吧！……"

"道衍师父……你怎么了？"宋紫荷见他的表情有些异样，全无平日的从容温和之气，正疑虑间，陡觉脑门一紧，仿佛有一道道无形的钢圈直箍进来，顿时头痛欲裂、眼冒金星，失声痛呼起来。

一阵天旋地转之后，她迷蒙中看到眼前那个道衍脸上的五官忽然渐渐消去，只剩下一张空白的面孔……她惊恐得大叫一声，便一头昏死过去，什么也不知道了。

第二十五章
劫杀

暮色渐深,无锡府回香津渡口处,一艘乌篷船驶离了岸,顺流缓缓摇行。

船头处,平安、道涤二人肃然侍立,环顾四方,随时防备着有人从水底冒出来狙击偷袭。船身舱室的靠栏那一边,是几名御史台过来的书吏正在查阅整理案牍。这一边,却是用垂帘隔出的茶间,朱棣和道衍、韩宜可围几而坐。韩宜可是朱棣点名要求从御史台借调过来一起翻查宋氏冤案的。朱元璋鉴于韩宜可那一日在苏州府衙确与汪广洋一同参与了宋案的初次复核,便也允准了。

此刻,道衍跌坐在席位之上,一手捻动那只莹润发光的玄玉蝉,双目微闭,面色却忽然变得异乎寻常的难看。

朱棣第一次见道衍露出这般神色,不禁讶然道:"姚先生,您这是怎么了?是不是晕了船?看起来怎么这般不舒服?"

道衍似遭电击般全身一颤,睁开了眼,沉吟着没有答话。

韩宜可若有所思地看了他一眼:"道衍师父莫非是为宋氏一案而乱了心境?"

道衍定下心神,叹道:"我本无念亦无梦,冤狱惨景入心来。大概是小僧想得太多,反倒走火入魔,心思障变成了梦境障。"

朱棣问道:"您有何梦境障?"

道衍吸了一口气,徐徐道:"小僧梦见那宋紫荷女施主被囚于无边黑狱之中,正在遭受痛苦至极的烈焰烙身之刑,呼号之惨厉闻所未闻。"

韩宜可立即合掌念了一声佛号:"南无阿弥陀佛。《孟子》一书有云:'思天下之民,匹夫匹妇有不被尧舜之泽者,若己推而内之沟中。'道衍师父,您因慈悲而生梦障,也只有彻底了结此案,方能解除心障。"

道衍淡淡道:"佛家之空,是指看空名枷利锁、看空得失成败,却并不是看空礼义廉耻、看空天道人心。燕王殿下常说要将心比心,若宋紫荷是你的亲姐亲妹,你当如何待她?你必会历尽险阻、赴汤蹈火解救她吧?所以,为官为政,始终须有物我一体的同情心。小僧再讲得深一些,换成我是宋紫荷,落到这种暗无天日、权大于法的地步,我该怎么办?我渴望得到什么样的救助?我是不是渴望有一位神通广大的大侠从天而降替我家复仇?"

朱棣一拍几案,慨然道:"小王知道您很想一下子就把宋家冤案翻转过来,把宋紫荷姑娘马上解救出来——天界寺的佛头石失窃案也很重要吧?您却为了宋氏一案,不顾宗泐方丈的苦苦挽留,终是和小王一道直奔苏州来了。这足见您对宋紫荷的重视程度,小王也感同身受。您要相信小王,宋紫荷姑娘心目中那位神通广大、秉公执法的大侠一定会如期而降的。"

道衍听罢,深深看了他一眼,开口低吟道:

日没渡口昏,水风著人热。

渔灯带萤火,微光互明灭。

舟人报行程,路远行欲歇。

> 故山不分明，目尽心力绝。
>
> 遥想山中人，待人仍待月。

朱棣虽是粗通文墨，但对他这首新诗的言外之意亦有所了悟，于是不再多言，只莞尔一笑，拿出一张纸条，道："姚先生，临出京城之际太子殿下托小王带了一首词曲儿给您，您且瞧一瞧是何意境？"

道衍接过一看，却是宋代杨万里写的一首名词儿《好事近》：

> 月未到诚斋，先到万花川谷。不是诚斋无月，隔一林修竹。
>
> 如今才是十三夜，月色已如玉。未是秋光奇绝，看十五、十六。

他看完之后，唇角微露笑意："太子殿下这首词选得极好，一切尽在词语中。小僧多谢太子殿下的挂念和鼓励。"

朱棣这时才进入正题："姚先生，您怎么看近日里朝廷发生的一些事情？"

道衍看朱棣能够当着韩宜可的面如此发问，加之上一次朱标拿了韩宜可的诗作来请自己"观相察运"，已然明白韩宜可其实早就是东宫派的骨干分子了。他也不虚晃，微笑道："殿下，你是说近日朝野中闹得沸沸扬扬的花楼官办之事？对了，韩君，你似乎是最反对花楼官办一事的？你有何见解？"

韩宜可长叹一声，正色直言："不怕胡党一派吹得如何天花乱坠，韩某确是极力反对花楼官办的。韩某还向陛下敬献了一首唐诗以为引证。"

"哦，诗谏？"道衍面露浅笑，"你且让小僧猜一猜你所谏之诗？莫不是唐代诗人李山甫的《上元怀古》：'南朝天子爱风流，尽守江山不到头。总是战争收拾得，却因歌舞破除休。'应该是这首诗吧？"

韩宜可点头称是："道衍师父学识渊博，确是此诗。"

道衍衣袖一摆，呵呵笑道："小僧却是这么认为的，当今国库匮乏之际，恰逢万国来朝、商路纵横之盛事，若不以官妓花楼吸金于藩邦，岂非太迂太钝？就如端着金碗做乞儿！当然，陛下并非不知此等贱业之伤风害俗，也是不得已而为之。他自忖有'缰绳在手，收放自如'之大权，所以力排众议而兴之。此事虽有逆人情，却合乎实理，可以谅而行之。"

韩宜可双眉直竖，凛然道："商纣因妲己而荒政，石崇因绿珠而亡身，韦皋因薛涛而败名，前车之鉴历历在目，令人痛心！此等淫风一开，不知何时是个尽头！"

道衍一笑："韩君，我来问你，妲己能诱姬昌而荒政乎？绿珠能惑陶侃而亡身乎？薛涛能迷陆贽而败名乎？淫之一念，起于自身之放恣，而终于自身之慎独。你若真不贪色，色来迷你而你心不动；你若是贪色，色不逐你而你必渔色！渔色之念一起，又岂在官妓、私娼之别？"

韩宜可愤然作色："道衍师父，韩某口拙舌钝，自知说不过您，但韩某知道国家庄严，兹事体大，岂可自开官妓以营利？这让人真是羞于启齿！"

"古史有载，管仲治齐，置女闾七百，征其夜合之资，以充国用，而称霸于东。"道衍含笑道，"陛下已经颁了严旨，禁止一切在职之官吏狎妓宿娼，违者终身罢黜。他如此施为，也是想以此霹雳手段斩断淫风与官风之间的纽带，此无不可？"

看到韩宜可又要辩说，朱棣插话道："本王以为陛下之开办官妓花楼，只是一时的营利富国之举，日后终当废除。"

他此刻虽是对韩宜可这么说，心下却另有想法。目前，充实国库以强兵壮马是当务之急。父皇开办官妓花楼，也是为大明朝新开一条财路。他为了筹钱筹款，也确实做到了"不择手段，无孔不入"的地步。是时势在逼着他这么做，倘若国库殷实，父皇乐意去做这等丑事？

当然，开办官妓花楼是一桩"脏活儿"，谁来主持都必遭骂名。像韩宜可、田尔丰这样的清流之臣能够拉下脸面做这种"脏活儿"吗？以他们的群情激愤之举来看，他们顾虑自己的清誉和身份，必定是死活不肯的，就算以大权强迫他们去做，也终是心不甘情不愿。在这个节骨眼上，像胡惟庸、吴靖忠、贾信这样的奸猾之臣便派上用场了，他们以追功逐利为目标，必能将官妓花楼办得红红火火。官妓花楼一旦红火，朝廷就有了财税收入来源，父皇心里的难题也就最终得到了解决。所以，父皇暂时是离不开胡党一派的。但父皇又不想胡党一派过度膨胀坐大，于是派了自己和拱卫司来追查宋氏冤案——而这桩冤案，就是父皇用以制约胡党的把柄和笼套。如果胡党这匹野马还能驾驭，还能拉车赶路，那么父皇也暂时不会有所动作；如果胡党过度膨胀、挑战皇权，父皇就祭出宋氏冤案以杀鸡儆猴。

同时，朱棣也深深地明白了：自己作为父皇最为信任的血亲势力，肯定是要当好他腰鞘中那最后一柄利剑的，一定要把自己磨砺得锐不可当，才能随时冲上阵前为其披荆斩棘、破关斩将！

他想到这里，心头一阵激动，无意间正撞见道衍那张若深若浅的笑脸，一瞬间不由全部明白过来：道衍就是通过与韩宜可的对话，让自己的思维不知不觉中到了这样一条轨道上。他才是自己人生中不可或缺的导师——总能随时随地巧妙之极地为自己开窍益智。

第二天上午，乌篷船停靠在太湖边一处渡口。朱棣、道衍在平安和道涤的陪护下上岸准备用午膳。已经遥遥望见那片树林边似有炊烟缕缕，几人加快脚步，却见林侧路口有一精壮汉子，身着黑衣，面罩青纱，头戴斗笠，在一棵树下端坐如石像。

道衍停住脚步，从这人身上感觉到了浓重的杀气，他转头看朱棣："四公子，看来有些人还是不想我们前往苏州啊。"

朱棣哼了一声，吩咐道："平安，你让这人莫要挡路。"

平安应了一声，上前对那戴笠蒙面人喝道："这位先生，你且让出路来，我们要去那树林里。"

那戴笠人幽幽打量了一下道衍、朱棣等人，用一种稍显生硬的腔调缓缓吟道：

卿乘车兮我戴笠，日后相逢下车揖。

我步行兮君御马，他日再逢请道立。

道衍双眉不禁微微一动，此人讲话间，嘴里就像含了一个铁蛋，音不准调不正，显然并非中原人氏，而且这汉语也是强学强套来的。

平安却不管那么多，伸出右手便朝那人当胸一抓："嘿，你这老小子，挡别人路还挡出道理来了？让开！"不料他一抓之下，竟蓦地抓空。他大吃一惊，右手一翻，五指屈曲如铁钩，挟着细细的风声，再次抓出。却见那戴笠人肩不晃身不动，恰似魅影一般往后闪了一下——巧而又巧的是，平安这一记铁爪功又落了空。

平安又羞又怒，大喝一声，身如灵猿疾扑而上，这一下终于抓住了对方衣襟，开口叱道："我把你这装神弄鬼的家伙甩到爪哇国去，看你怎么挡路？"想不到，他双手一提之下，只觉这戴笠人身似铁塔，竟若重逾千钧，丝毫不曾挪动。他自负膂力超群，又沉声一喝，使足了劲道，拼命一提，那戴笠人仍是沉沉稳稳地端坐在地，连眉头都没有动一下，只是森森然直视着平安，冷笑连连："原来中原的大内好手就是这等斤两,可笑可笑!"

到了这时,平安才知遇上了大敌。正进退两难之际,道涤缓缓走上前来:"阿弥陀佛,平施主稍退,且让小僧会他一会。"

那戴笠人抬头斜视了道涤一眼,冷冷笑道:"久闻中原禅门自有高人,不知小和尚你修为几何啊?"

道衍肃然道:"小僧观足下似来自异域,敢问今日是为切磋琢磨而来还是为拦路劫杀而来?"

"既是切磋,也是劫杀。你打得赢便是切磋,你打不赢就是劫杀。"戴笠人阴恻恻地道,"我们那边的规矩一向便是如此。"

"果然是蛮夷之徒。大师兄,休要理他,且让小僧以中原礼法好好教训他一下。"道涤说罢,双掌一立,一股劲风如刀似剑,自双掌之间直劈而出,向戴笠人迎面而去。他这一招去势凌厉,平安见了也暗自叹服。然而,那戴笠人只是举起衣袖在面前轻轻一挡,暗劲四溢,道涤的掌风顿时如同刀劈秋水,被化解得无形无声。

道涤一惊,身形原地一旋,披着的袈裟脱体而飞,仿佛化成了一片红云,哗然作响,挟着排山倒海之势,直向那戴笠人当头罩下。那戴笠人右手一挥,一根细细的竹枝疾刺而出,宛若一束青光,"唰"的一下笔直穿入红云之中。"哧啦"一声锐响过后,道涤手中的大红袈裟被划开了一道长长的口子,同时,他身子在半空一个急翻,不得不倒跃回来。此时,那戴笠人却如影随形,向道涤直追而至,手中竹枝利若钢锥,继续朝道涤的后心猛刺,来得又刁又狠。

在这千钧一发之际,一只手掌凭空出现,硬生生将那根竹枝抓定,然后往斜刺里一甩,那戴笠人整个身躯也不由自主地斜闪开去,疾落在地。

在朱棣、平安等人的惊呼声中,戴笠人凝神一看,才发现是道衍乘隙出手,一把抓住了自己的竹枝剑。看到这等快若鬼魅的轻功身法，他不禁骇异之极。

道衍一手抓牢他的竹枝，一手单掌立胸，面相庄肃，沉声道："没想到这位师父居然是日本国破月流的剑道高手，小僧佩服佩服！"

那戴笠人被他一口喊破自己的武功根底，更是吃了一惊："你也知道破月流剑法？你去过日本？"

道衍冷冷道："我大明海纳百川，无所不知，无所不能，区区破月流何足称道？倒是你们日本禅宗门人本当超尘出世，竟然也要效仿山贼土匪拦路行凶吗？"

戴笠人也不甘示弱，亢声道："小僧本是武僧，唯力是视，以武会友，有何不可？你就是他们口中所称的江南虎和尚？很好，很好，那你便接我几招看看？希望你不是浪得虚名！"

道衍松开那根竹枝，沉声道："小僧本以为是回到寒山寺后方有机会比试，你既是如此急迫，那便来吧！"

戴笠人也不多话，脚尖点地，苍鹰捕兔一般朝道衍疾扑过去，在临近道衍头顶时，手中竹枝倏然点向其前额眉心。他这一招看似无奇，实则狠极。这竹枝一刺之间大有伏笔，点、勾、划、挑四式一招，蕴含着绵绵不尽的随机应变，快中出奇，奇中蕴快，让人难以招架。

朱棣在一侧看得分明，不由得暗暗为道衍紧捏了一把冷汗。道涤也失声呼道："师兄小心！"

却见道衍身形凝然不动，如同佛陀拈花一般，手掌轻轻一翻，五指齐弹，嘶然生啸，劲气缕缕，竟似有五柄无形的利刃从不同方位直射而出，迎向了那根变招无穷的竹枝。

空中响起"叮叮当当"一阵刀劈剑击之声，清脆之极，悦耳之极。戴笠人和道衍的身影往来腾挪之际，恍若莺飞蝶舞，翩翩然曼妙之极。突然，只听"铮"的一响，两道人影一触而分，那戴笠人趔趔趔趔地退到了树脚,方才站稳身形,手中竹枝上裂痕斑斑。他面色灰白,大口大口地喘着粗气,浑身汗出如浆,死死盯着道衍。道衍却依然双掌合十,岸立如山,面色沉静如湖,只是鼻息稍显粗重。

那戴笠人容色一定,飞跃而起,落到一棵大树的枝头,俯望着地上的道衍、朱棣等人,抱拳道:"虎和尚果然名不虚传,破月流剑法甘拜下风,咱们后会有期。"说罢,身形一晃,几个起落之间,已然杳无影踪。

朱棣、平安等人一起围拢上来向道衍赞道:"姚先生,您真是武神下凡,身手实在了得!"

道衍这时才松弛了表情,将双袖轻轻抖开一看,上面几乎全是孔洞,碎布散落了一地,显然都是那戴笠人的竹枝剑所刺。这一下,朱棣、平安惊住了,张口结舌说不出话来。

道涤骇然道:"师兄,您这一仗也斗得凶险啊!"

道衍却仿佛没有听到他的感叹,沉吟着自言自语道:"日本禅宗的人怎么也会卷进来?是谁请他们来拦路挑战的?可真蹊跷了……"

第二十六章
暗访

乌篷船向枫桥渡口处渐渐靠近，那里却有一队苏州府的衙卒守候着。见他们的船靠拢过来，衙卒们个个两眼放光，就像猫儿见了鱼肉一样。

道衍、朱棣等人是以商贾的身份微服出行的，所以他们递给渡口守卒检查的是商用路引。

那个十夫长看罢他们的路引，却不还来，顺口道："你们是做丝绸买卖的？"

韩宜可一脸赔笑地答道："不错，苏州的丝绸确实质优工美，在外地卖得很好。"

十夫长拍了拍那几张路引，粗声粗气地道："既然你们是商户，那就必须到前边的锦雨巷去留宿一夜后再入城。路引就先在我这里扣着，明早你们再来取走。"

"这……为什么呀？"韩宜可丈二和尚摸不着头脑。

十夫长道："我们苏州府魏大老爷体谅你们常年在外没日没夜地奔波贩卖，过得十分辛苦，因此特地在锦雨巷里开设了官妓花楼，供你们消遣解乏。怎么，你们还不乐意？"

韩宜可怒道："朝廷还没有公然放开官妓花楼吧？你们苏州府的衙

卒竟在光天化日之下替妓院花楼拉起了皮条！这……这是何道理？"

那十夫长振振有词地道："朝廷早就放出风声要在应天府开设官妓花楼以充国用，承办之人正是我们苏州巨富吴进祥大老板。我们苏州府官署自然是要上行下效的——魏知府目光长远、先行一步，抢在各州各府前面开办官妓花楼，让你们这些外来客商享尽鱼水之欢，何错之有？瞧你这满身正气的模样，好像从没沾过女人似的……"

韩宜可气得面红耳赤，却被朱棣一使眼色止住了。而这边，道衍却知道前面那条锦雨巷里多是私娼暗窑，不禁问道："锦雨巷何时也成了官妓花楼之地？姚某以前来过，却不是今日这般情形。"

"州府一声令下，三四天之内，锦雨巷内私娼转官妓，暗窑转为花楼，这也就成了。"

"魏知府这么迅速便办起一条街巷来做官妓花楼，实在是眼明手快啊！"道衍似笑非笑道。

朱棣面色如铁，显得有些难看。

这时，一个外地客商从那边过来，听到他们的交谈，便插话道："不光是眼明手快，而且手辣刀快！咱们先前在私娼窑子里只花一二两银子，到了他们的官妓花楼却要多出好几倍的价钱，而且还是强买强卖，不嫖宿就不给路引！这……这是哪家的官法哟！"

"这当然是朝廷的官法，你敢不遵？"那十夫长腮边肌肉一横，凶狠地道，"官妓花楼的嫖资是要上交国库的，定价自然不能和私娼暗窑相比。而且，现在从应天府发起，各级官府就是要化私娼为官妓，你们以前只想凭一二两银子就能享受路边货的日子再也不会有了！"

说着，他又拿刀指着道衍、朱棣补充道："还有，我家魏大老爷定出了章程，你们若敢因贪图便宜去私娼暗窑嫖戏，被咱们抓到，便要处以十两到二十两的银钱罚金！你们休怪咱们没有警告在先！"

朱棣越听越怒，正要言明身份弹压一下他的气焰，却被道衍暗暗一拉衣角止住了。道衍上前对那十夫长道："其实姚某以前做生意时，也是经常来苏州玩耍的。姚某记得锦雨巷原来就是私窑一条街，其中最著名的是温香楼，老鸨是出了名会来事儿的莫喜娘。现在你们也把她的温香楼征为官妓花楼了？"

那十夫长瞅了道衍一眼："听你这老板的话，看来对我们苏州妓院的行情倒真是熟悉。温香楼现在确是征为了官妓花楼，在锦雨巷里仍是生意最好的头号窑子。"

道衍含笑道："那你记录下来吧。我们今夜便去温香楼留宿，明早来你这里取回路引。"

刚到温香楼门口，打扮得花枝招展、浓妆艳抹的莫喜娘便嘻嘻笑着迎了上来："各位老板，我这里的姑娘包你们个个满意！"

韩宜可瞧着这莺莺燕燕的场面，忍不住连皱眉头："姚先生带我们来这里干什么？殿……公子，您看？"

朱棣却坦然视之，面无异色："这还用问？姚先生是带我们来这花街柳巷之地体察民情呢！"

道衍先塞给莫喜娘五两银子："喜妈妈，您先陪我们去楼上临街的甲字号房间里谈一谈事情。"

"哎呀，我这黄脸婆有什么可陪诸位老板交谈的？"莫喜娘接了银子，甩了甩帕巾，"有什么事您说！"

"喜妈妈，您怎么能自称黄脸婆呢？至少您也是粉粉嫩嫩、红颜如旧的白脸婆啊！"道衍微笑着回复她，"您稍后再喊四个姑娘上来一起陪侍吧。"

"多承老板的夸奖啦！"莫喜娘一看他出手这么大方，便乐滋滋地去办了。

到了房间里，朱棣、道衍、韩宜可三人围桌坐下，平安、道涤侍立在旁。道衍这时才将易容乔装的假眉毛和假胡须取掉，露出真面目来，直视着稍后跟进门来的莫喜娘。

"莫施主，还认得小僧吗？"

莫喜娘定睛看来，不禁大吃一惊："这不是寒山寺的小佛爷道衍师父吗？你……你怎么也来了这个地方？"

"小佛爷？这里的人都这么叫你？"韩宜可十分讶然，瞠视着道衍，"想不到你在苏州的名气居然这么大？"

"对呀，道衍师父就是寒山寺的神僧！"莫喜娘收起了脸上轻浮的笑意，神色十分认真，"他在这里专为穷苦百姓求福消灾，对我们这些下三流的贱籍之人也从不歧视，诵经焚符、治病救人皆是来者不拒，我们都喊他小佛爷！"

朱棣深深地看向道衍："小佛爷这个尊称，姚先生确实当得起。"

"且住，且住。"道衍伸手一抬，问道，"喜妈妈，小僧还记得你上个月来寺里乞求以至诚香换取你肺疾的好转，当时是小僧帮你做的法事。你近来的咳喘症状应该缓解了许多吧？"

"我的肺疾好了，好了，也很少咳很少喘了！小佛爷，你的法事真是灵验。"

道衍从圆桌上端过一杯清茶慢慢呷着："当时小僧不是嘱咐过你要将温香楼歇业七七四十九天以祈福免灾吗？这才刚刚过了一个月，你就犯戒啦？小心肺疾重新发作哟！"

莫喜娘连连摆手道："这一个月里，我温香楼对外确是歇了业的，我手下这些姑娘们也只是让她们去接老客户做一点儿私活挣点衣食钱。只是八日前官衙来了通告，强行要我们开业经营，到处拉客。这没办法呀！你的佛法再大，也大不过他们的官法呀！"

"好一个佛法大不过官法！"道衍笑吟吟地看向朱棣、韩宜可二人，"你们瞧，我们这苏州一个婆姨的觉悟和见识，也不比那些诰命夫人们差多少吧?"

莫喜娘拿帕巾掩住了脸:"小佛爷休要取笑我这没用的老婆子了,你若没有别的盼咐,老婆子可要下去接待客人了!"

道衍脸色一正,忽地透出一股令人难以抗拒的威严来:"喜妈妈,今天你暂且留在这房里和我们聊一聊事情。至于楼下客人的招待事宜,就让你手下的罗三姐去办吧!"

"哎哟!小佛爷,小佛爷你……"莫喜娘还是有些不情不愿。

道衍伸手指了指朱棣、韩宜可:"喜妈妈,你一向消息灵通,应该也知道小僧此番进应天府上金殿告御状的事了吧?"

"知道,知道。他们都在传说你进京城见到了当今的天子爷,还和天子爷对上了话……对了,你给老婆子我讲一讲,那位天子爷是不是张半仙摆弄的圣像图上画的那副'天庭饱满,地阁朝天'的样貌?这地阁朝天哪,是不是说他老人家的下巴真的翘到了天上?我听了,也好让姑娘们在客人面前传道传道……"

朱棣听到这里,不禁"扑哧"一下笑出声来,韩宜可却连连顿足:"这……这些事情岂是你们在下边可以妄传的?圣人圣貌,是面如满月、地阁平阔,哪有你们乱讲的地阁朝天之相?"

莫喜娘却不管他,又径自问:"还有,小佛爷你在告御状时没遇着什么坏事吧?听说你受了三刀穿股、七刃劈胸之苦?"

"难怪你方才就在一直上上下下打量小僧。"道衍呵呵一笑,"你看我这不是好好地坐在你面前吗?"

"对,对。"莫喜娘卷了卷自己的帕巾,"小佛爷神通广大,自能遇难呈祥的。那……那你这御状是告赢了?"

"你说呢?"道衍模棱两可地笑了一下,"这两位公子是朝廷派来的大人,是陪同小僧一道回苏州来暗访民情的。莫喜娘,你这温香楼也算是三教九流的民情汇聚之所。故而,我们有些事情须得向你问上一问,你要如实答来。"

"原来这两位公子是官府的大人?失礼了,失礼了!老身该罚,该罚!"莫喜娘惊得脸上变色,忙不迭地赔礼。

道衍又道:"你也不用找那四个姑娘上来陪侍了。你放心,谈完之后,我们会付给你四个姑娘的陪侍钱。但现在我们只想和你一个人谈话,要千万保密。"

莫喜娘只好走到门边,吩咐下人道:"你让罗三姐在下边代我照应着,我谈完了就下来。"

道衍也让平安、道涤去门口守着,不许他人靠近。然后,他向莫喜娘问了第一个问题:"宋明德一家的通匪逆案,在苏州内外震动不小。你这里来的三教九流之徒甚多,可曾听到有关此案的什么风声?"

莫喜娘眼珠转了几转,巧妙地回答道:"小佛爷,你去金殿告御状,应该比老身晓得更多,还来问老身做什么?苏州府衙这边都不让咱们乱议论这个案子,咱们也不敢乱说什么。"

道衍晓得她有回避搪塞以免害的心理,自己干脆来个单刀直入:"钱大斤不是在你们温香楼里有暗中相好的吗?那个姑娘给你谈起钱大斤的什么事情没有?"

"钱……钱大斤?苏州府衙不是贴出告示,说他对宋家大小姐强奸毁尸后畏罪潜逃了吗?这个杀千刀的,太残忍了!不过他近期也确实没来过温香楼,这一点,老身可以对天发誓,决不撒谎!"

道衍沉沉一笑:"小僧近日虽在京城,对这边的情形也还略有耳闻,钱大斤素来相好的那个姑娘名叫八段青,是不是可以让她来见一见这二位大人啊?"

朱棣、韩宜可敛颜竖目,目光灼灼向莫喜娘看来。她舞了舞帕巾,咬了咬牙,道:"罢了,罢了。小姑娘家的,她正在接客,也不用去劳烦她了。她把钱大斤的事情都给老身我说了的,钱大斤最后一次到她这里来,是在十几天之前,也就是在传出他强奸毁尸消息的前一天。当时,他喝得有些醉了,说话也就没了闸子。他向八段青抱怨过,说有什么大人物要把他们当替罪羊推出来卖掉,他觉得自己这辈子挺不值的……"

韩宜可立刻道:"道衍师父,稍后我们要带走这位八段青姑娘细细盘问。她可是此案的一个重要证人。"

道衍点了点头,又问:"莫喜娘,钱大斤还说了什么?"

"八段青向老身报告的就是这些内容,我相信她也没必要再隐瞒什么。"

"后来,钱大斤就真的再也没来找过八段青?"

"没有,确实没有。"莫喜娘也答得干脆,"你想,他已经被全国通缉,我这温香楼又不是法外之地,不过是逢场作戏之所,他来这里岂不是自投罗网?"

朱棣忽然开口问道:"这个八段青现在在哪间房里接客?"

莫喜娘道:"她在壬字号房间……"

"平安,你去壬字号房间外守着,她一完事儿就带将过来。"朱棣朝门口吩咐道,"尽量收敛一些形迹,莫让外人察觉有异。"

"好。"平安在门口应声去了。

道衍这时才道:"好了,既是如此,正事儿基本上就向你问完了。小僧想问一问你近来的生意。现在听说你们被官府公开征用后,价格一下翻了两三倍,那你们是赚得盆满钵满了?"

莫喜娘"哎呀"一声,拍了拍巴掌:"天地良心,小佛爷你有所不知啊,自从成了官妓花楼后,咱们仍然是出人出屋自己挣钱,每次所得还一样是以前的三两银子,多余的钱都被官府拿走啦!倒是官府把价格抬高到七八两一次,弄得先前那些小商小贩都不来光顾了……他们还不如去自家开屋接客的那里,门帘一关就地解决,连半两银子也……"

"行了，行了。"韩宜可摆了摆手，"你们温香楼平均一天能向官府交多少银子？"

"一天下来还是有一百四五十两呢。"

"这锦雨巷里共有多少家你们这样化私为官的妓院花楼？"韩宜可继续问道。

"大约有四十几家吧？小佛爷你应该知道的，咱们苏州城向来商业繁荣，妓楼生意比应天府也未必差多少。"莫喜娘一边说着，一边提起茶壶给韩宜可倒茶，"大人，您这茶好像喝完了……"

"不用，不用，我自己来。"韩宜可就像被蛇蝎咬了一口似的，拿右手五指盖住自己的茶杯，不让莫喜娘来倒。

莫喜娘提壶的手一下定住了，显得有些尴尬：这大人可是在嫌弃自己这个老鸨不干不净吗？

这时，朱棣却将茶杯递了过来："老大娘，我这杯喝完了，您帮我添一些茶水。"

"好的，好的。"莫喜娘的眼神一下就活泛过来。道衍向朱棣投来满是赞许的目光。

韩宜可兀自问道："他们向官府一天交多少银钱？"

莫喜娘装没听到，一边帮朱棣倒满了茶，一边等他问了两三遍，才随口答道："他们吗？生意好的院楼有一百两左右，生意差的院楼只有五六十两左右……"

"看来，你这温香楼真算是这条街巷里生意最好的了。"道衍悠悠道，"喜妈妈，你觉得靠官府这样以权力逼着强买强卖，你们的生意还火爆得了多久？"

"实话实说，火爆不了多久。当然，官府放开了官妓生意，有些人也就少了拘束，会来得更勤一些。但七八两一次的价格，而且还是强买强卖，再有钱的客商一个月又能要得起几次？现在就有一些外地客商，偷偷给枫桥渡口的十夫长塞红包，或几钱银子，或半两银子，免去登记，拿走路引，省了多少事？你看，苏州魏知府这个化私为官之策，其实倒没让咱们盆满钵满，却让渡口守卒那些人捞得不亦乐乎！"

道衍听得连连点头："你这番话讲得极好。"

莫喜娘连声说道："这些话你们听完就是了，可千万别在外面说是老身我讲的。官府来上门追究，老身我可吃不起！"

韩宜可又问："莫喜娘，请问究竟是哪些人物来你们这里买春的，有没有官衙的人？他们的名单你可有？"

道衍实在是忍不住了，开口道："韩大人，您这些问题就不要追问喜妈妈了，她还在官府辖治之下，怎好回答这些问题，不要难为她了。喜妈妈，你愿意回答多少就是多少，我们尽量不让你因言树敌。"

莫喜娘深为感激地朝道衍行了一礼，一边思忖着一边小心地答道："我这温香楼里，各地来苏州城做生意的客商来得最多。还有来苏州观赏游玩的外邦人也来得不少。近几日便有一群日本商人来的次数最多，付钱也最大方。"

道衍皱了皱眉："日本人？他们是做什么的？"

"他们是和徐立诚徐老板做丝绸生意的。有时候，他们还把自己嫖宿的账记在徐老板的名下。徐老板也认，隔个两三天便来替他们付账。小佛爷你是不知道，徐老板现在从官衙手里买了先前宋明德宝虹绸缎庄一半的资产，以钱生钱，财源滚滚，腰也大了气也粗了，厉害得很！"

道衍若有所思地道："你们妓院里南来北往的客商极多，应该是消息很灵通。喜妈妈，从今以后，你还是多替我们注意一下外邦商人来这里的情况。到时候，会有人和你搭线联系的。"

"好的，好的，老身一定照办。"莫喜娘忙不迭地应承着。

道衍突然又问:"对了,平东行营的将士们会经常来这锦雨巷吗?"

"平东行营虽然驻扎在城郊附近,但他们极少有人到这里来。"莫喜娘目光游移地答道。

"真的?从来都不到这里?"韩宜可十分诧异,"陆侯爷的军纪竟然如此严明?"

朱棣咳嗽了一声,道:"韩大人,你还是太老实了。他们极少到这里来,就不能花钱请姑娘们进军营里吃喝玩乐?是不是,莫喜娘?"

莫喜娘一脸的傻气:"各位大人,老身听不懂你们说什么。"

"有个姓陆的小军爷真的就从没来过这里?"道衍逼问了一句。

"哦哦哦,是有一个叫陆公子的人曾经来过一两次,但似乎都瞧不上这巷子里的姑娘,说她们都是庸脂俗粉,还说自己是曾经沧海难为水,除却巫山不是云……"

朱棣闪了道衍一眼:"看来,宋姑娘也没落到他的手里。不然,他怎会有这些感慨?"

道衍这一次显得面沉如水,一言未答。

第二十七章
赠宝

古往今来，遍观史籍，养贤之道有三：饶之以财，约之以礼，裁之以法也。

何谓饶之以财？常人之情，不足于财则贪鄙苟得而无所不至。先王知其如此，故尔制禄以养贤。自庶民起而任官者，其禄足以代其耕也。由此等而上之，每升一级则加禄，使其足以养廉耻，而离于贪鄙之行。为使其有恒心而不改，又推其禄及其子孙，谓之世禄。如此施为，则贤人何乐而不效忠尽诚也？

何谓约之以礼？贤士有才而超越常人，多有自负之念，目空四邻而易生骄。唯有尊卑上下之礼法纲常至高圣大，可种于其心而使其内敛傲气，不得如山民野人之肆意妄为。虽其大有才，亦必循礼而行事，终至位列卿相而长保安乐。诸葛孔明权盖其主而终身恭顺，足见约之以礼之奇效也。

何谓裁之以法？吏臣有财饶家富而欲不知足、贪不能遏者，唯有以明刑峻法而裁之。欲不足而贪秽，则以法制其身；礼已违而教令不从，则以法锢其行。一文之贪，则裁十文之罚；一衣之污，则裁十衣之偿；亲贵之犯，则裁平正之罚。纵高官大吏而不可宽，纵积功累业而不可轻。天下之行一裁于公，则愚者知错而趋贤、贤者明德而越贤。

胡惟庸坐在圈椅上，漫声念诵完了《论养贤》这篇文章，翘起大拇指赞了一声"好"，又从书案上拿起一张纸，继续吟道：

当世已无荆高市，屈贾相逢汇群英。
卧龙从未忘忧国，请听隆中梁父吟。

吟罢，胡惟庸抚须赞道："你写得不错，当今乃是太平盛世，君明风正，似荆轲、高渐离一样的孤愤之臣不会再埋没市间，而像屈原、贾谊一样的贤良之臣也定会脱颖而出。可远，你爹爹虽是礼部侍郎，却也做不出你这样的佳作精品来。"

被他称为"可远"的，是一位清眉入鬓、眸亮如星的翩翩佳公子，身着一袭银色绸袍，腰束一条珊瑚宝带，气宇极见轩昂。正是吴靖忠的儿子吴可远。

面对权倾天下的胡惟庸，他仍是自负满满地抱拳道："相国大人，小侄诗文虽佳，但尚缺乏积淀，比之李太白、苏东坡，终究还是略略差了一分火候。至于曾巩、黄庭坚之流，小侄自信已可胜之。今日若有不足，还请相国大人赐教！"

"年轻人，有几分傲气总是好的，这样才不致流入庸常凡品。"胡惟庸哈哈一笑，向他丢过来一张纸笺，"本相这里有一首短诗，名叫《秋色》，你来评一评？"

吴可远接过纸笔，只见上面用楷书写着：

天似白纸云似墨，风作大笔画入神。

浓淡疏密都随意，万山凌空看不沉！

他细声吟诵了几遍，吟到后来面色渐变，向胡惟庸敛颜道："这诗是谁写的？小侄愿会他一会。"

"你先莫管它是谁写的，你且评一下它的长短优劣。"

吴可远指着诗句娓娓道："启禀相国大人，这首短诗写得极好，看似写景状物，实则言志述怀。此作诗者于词句之间自诩有巧夺造化之奇功，而暗喻自己有翻云覆雨、移山倒海之大才，气韵沉雄而又内敛。依小侄看来，诗中其韵其境之高华，丝毫不亚于魏武帝曹操的旷世名篇《观沧海》一诗。"

"难得贤侄对它如此推崇啊！"胡惟庸呷了一口清茶，正视着他，慢声慢气地道，"实不相瞒，这首小诗，是本相在你这个年纪时所作的，当时韩国公李善长一阅之下忍不住击节赞叹，立即便提拔本相去做了他的主簿。"

吴可远这一下对胡惟庸真是刮目相看了，"扑通"一声跪倒在地："相国大人文才卓绝而韬晦不露，小侄佩服之极。"

"起来，起来。"胡惟庸淡淡地笑了，"本相已经老了，你才是后生可畏。贤侄，你吴家三代与本相交好，本相也视你如亲子亲侄一般。你的诗文做得越好，本相心头就越是欢喜。来啊，林贤，把那四件宝贝拿过来，本相要好好奖赏可远。"

林贤面无表情，缓步过来，在书案上放了一支毛笔、一方石砚、一叠纸笺和一盒墨块。

胡惟庸满面堆欢，拈起那支毛笔，向吴可远细细介绍道："可远，你看，这支毛笔可不简单哪！它的笔杆是用蓝田粉色玉雕成的，上面刻的是'魁星舞笔'的图案，这笔毛，则是用活了百年的阴山苍狼颈窝里的硬毫一根根积束而成的，质地坚韧之极，难以磨损。"

吴可远本人是豪门出身，见过的优质毛笔不下千百支，也不曾看过如此珍异的精品毫笔，煞是吃惊。

胡惟庸将这蓝田玉毛笔塞进他手里："你得这支宝笔书文写诗，必能如虎添翼、精进百倍！"

"不敢当，不敢当。"吴可远口头推辞着，但终究还是接过了那笔。

"你再看这方古砚，据说是宋徽宗当年最喜欢的天石砚，是由极品的雨花文石天然形成的……"胡惟庸又热情万分地把那方砚台推了过来。

那砚台随物赋形，状如方塘，四周莲花吐瓣，毫无雕凿之迹；方塘起处是一片舒展的荷叶，荷叶上一只青蛙正鼓眼张口，栩栩然似在喷水入塘。细细看去，方塘的黑，莲花的白，荷叶的绿，青蛙的紫褐，都是石质原色，玲珑剔透，自然天成。

胡惟庸将一杯清水倾倒在那青蛙身上，立刻便有一条细细水线从它口中直喷而下，漫过荷叶，注入塘中，汪汪然清光欲溢，整个景色顿时都鲜活了起来。

见此情景，吴可远不禁失声吟道："半亩方塘一鉴开，天光云影共徘徊。问渠哪得清如许？为有源头活水来。好砚、好砚，真是绝妙好砚！"

胡惟庸又拿起一块墨条，向吴可远招了招手，让他上前细看。那墨条黑亮如漆，细润似玉，流香若菊，沉甸甸的重如银块。他认真介绍道："这是皇宫大内专门拿来书写诏书圣旨的玄灵墨，陛下平时也不敢多用。它写在纸张上浓度适中，而且永不褪色，用水洗也洗不掉。"

吴可远正看这墨块看得眼放精光之时，胡惟庸又把书案上那叠纸笺推到了他眼下。一股淡淡的异香扑鼻而来，令他心神为之一振。胡惟庸这才介绍道："这纸笺名叫美人皮。龙文斋你知道吧？那是全国最好的纸庄之一。他们采用紫藤根、黑檀木、灵芝叶、照天草等九种稀世材料制成了这纸。你摸摸，它的纸面光滑细腻如美人之雪肤玉肌，而且入墨既定，毫不洇散。就是陛下的诏书用纸也不值这美人皮价格的百分之一。龙文斋这一年里也就只是制产这薄薄的三百六十五张罢了。"

吴可远退后两步，深躬而谢："相国大人以这文房四大奇宝相赐，小侄感激不尽。"

"贤侄啊，你觉得满意就行。本相待人接士，从来是名实交辉、入心入肺，决不似有些人只知清谈空话，口惠而实不至。"胡惟庸唇边溢起缕缕笑意，"这样吧，可远，你就用这文房四奇宝给本相题写一首诗？"

吴可远一边拿玄灵墨在天石砚里慢慢研开，一边试探着问道："相国大人，您点出诗名来，小侄立刻便写。"

胡惟庸深深地盯了他一眼："还是由你自己选择给本相写什么样的诗词吧！"

吴可远思索有顷，郑重答道："宋代词宗辛弃疾当年深受名相韩侘胄的知遇之恩，遂以《西江月》一词敬奉而上。今日相国大人对待小侄之深恩厚德，无以复加。小侄也以这首《西江月》相敬为上。"他提起那蓝田玉狼毫笔，蘸了玄灵墨，在那美人皮纸笺上，写下了一首名词：

堂上谋臣帷幄，边头猛将干戈。天时地利与人和，"燕可伐与？"曰："可！"

此日楼台鼎鼐，他时剑履山河。都人齐和《大风歌》。管领群臣来贺！

胡惟庸看罢，吩咐林贤收了，深深叹道："可远啊，你这首名词真是写到本相的心坎里去了。依你这惊世才华，只怕此番秋试会考，必定能蟾宫折桂、一举夺魁了！"

"一切多谢相国大人玉成，小侄没齿不忘。"吴可远恭敬行礼，谦卑之极。

胡惟庸从圈椅上撑起身来，唇角划过一抹冷冽异常的微笑："本相自然是一心一意助你玉成的。不过，这世间之事，大多都有美中不足之弊。你在此次秋试会考中，不出意外，应当是能够实至名归考取金榜状元的。但是，有一些奸邪小人却会使出种种诡计，令你壮志难酬。"

吴可远一惊："相国大人，您未免危言耸听了吧？可远一介闲人，不商不仕，从来只是闭门苦读，又能从哪里招来奸邪小人呢？"

"贤侄，你想得太天真了。你思忖一下，你的叔祖父吴进祥是姑苏巨贾，富甲一方；你的父亲吴靖忠是当朝要员，权重一时。你本人纵使凭着真才实学而金榜夺冠，又有多少人会相信这一事实呢？民间始终会认为你是靠着家里有钱有势才成功的啊！"胡惟庸阴恻恻地道，"如此一来，浮言高涨，群情汹汹，朝廷为了以示公平，只有委屈你了，一定会对你极力打压，让你难获状元！"

吴可远直视着他："相国大人，您就是朝廷第一大臣，难道您也不能将这些嫉贤妒能的浮言妄语一举镇压下去吗？"

胡惟庸没有直接答话，而是向林贤递了一个眼色。

林贤会意，从书房铜柜里取出一个厚厚的信封递到吴可远手上："吴公子，您先看看这些材料。"

吴可远打开信封，里面是一张张函件和奏表。他一页一页看将过去，额头上禁不住汗珠直冒："相……相国大人，这……这些东西都是对我叔祖父大人、父亲大人的诬告和抹黑呀……"

"是的，是的，本相自然都知道，你叔祖父、你父亲都是被诬告、被抹黑的。但你看一看里面那些人的头衔,像左御史大夫汪广洋,他和本相几乎是平级比肩的高官重臣!本相也不敢轻易招惹他的。"胡惟庸微微皱着眉头,"你父亲在官场里摸爬滚打这么多年,总是难免有憾于人。你若再子承父业、金榜夺魁、光大门第,他的那些政敌自是更加眼红,也更会变本加厉、火上浇油,到时候会弄得你更加狼狈不堪!"

吴可远脸色一灰,长长一叹:"这么说,无论小侄如何努力,也无论小侄表现得如何优秀,都与这新科状元无缘了!相国大人,小侄实在是极不甘心啊!"

胡惟庸往圈椅上一靠,缓缓问道:"你既然这么不甘心,就得有所动作扭转这个局面啊!你想出办法了吗?"

吴可远闻言,心念一转,朝他躬身道:"相国大人手握乾坤,权倾四海,必是胸有良策的。小侄恭求您不吝赐教。"

胡惟庸的目光投向了那边的书架:"本相记得,《三国志》一书里记载了这样一个故事,当年曹操入仕时,因其出身阉丑之门,而始终为清流儒林所不容。后来,他为了向清流儒林积极靠拢,便以执法严明为名当众杖杀了大宦官蹇硕的亲叔叔,从而与阉宦一党划清了界限。你觉得他做得怎么样?"

吴可远摇头道:"相国大人,小侄身在民间,并无曹操当年的洛阳北部尉之实权,又如何学得他来?"

胡惟庸淡淡笑道:"你学得来的。你缺少的不过是消息和渠道罢了。"

林贤这时才开口道:"吴公子,林某稍后会交给你一份关于应天府通判施之洋贪污四千两白银的证据材料。你选准时机拿去亲自举报给御史台,那你为民除害的清誉便会随之建立起来。"

"多谢相国大人如此为我着想。"吴可远谢过,目光一转,又直问道,"您……您觉得只有这一步妙棋就足够了吗,小侄心中似乎依然没底……"

"当然不够。本相也猜出你已想到了后招。只不过,接下来这一招妙棋,你未必有决心把它使出来吧?"

吴可远垂手沉默着,没有回答。

胡惟庸拿过一杯清茶呷了一口,冷静地道:"据本相所知,你先前一直在杭州府的玄德书院里寄宿学习,你也是今年年初才回京返家的。但为了与你父祖的豪门背景切割到位,你可以在夫子庙贴书公开指责你父亲吴靖忠居官鲜有建树、优游卒岁、德不配位!"

吴可远满脸焦虑之色:"啊?非……非得这样做不可吗?会……会不会连累我父亲……"

"可远,你放心,'优游卒岁、德不配位'并不是《大明律》里确定的罪名,只是一种含有贬义的评语。有本相在中书省,你用这八个字指责你父亲,并不能使你父亲伤筋动骨。但在当今陛下眼里,在所谓的清流一派眼里,你却是通晓'忠大于孝'之大义的贤士君子。你此后必如出身阉宦之后的曹操一般,为当今之清流一派接纳。然后,你才能顺顺利利蟾宫折桂、金榜夺魁。"

"小侄如此之作为,只怕会伤透叔祖父大人和父亲大人的心肝了。"吴可远的眼角居然掉下泪来。

"唉,你把你叔祖父和父亲想得太渺小啦!这个建议就是他们共同向本相提出来,并恳求本相转告于你的。"胡惟庸感叹道。

吴可远顿时泪如雨下:"叔祖父大人、父亲大人,为了可远的前途真是苦心孤诣……"

胡惟庸待他稍稍静定之后,又道:"你做了这两件事后,就火速搬出吴府,以示与父亲水火不容,然后住进同德客栈。届时,要不了多久,清流派的那些人自会到你门下明来暗往的。从那时起,你便能融入清流派的圈子里去了。"

吴可远双袖一拱，躬身施礼道："小侄一定捕捉机遇、金榜夺魁，时时刻刻一切以相国大人马首是瞻。"

胡惟庸把文房四奇宝往他面前一推："你先这样去做吧，本相相信你决不会令人失望的。"

第二十八章
督查

一本账簿被魏忠明慢慢翻开,上面的一串串数字令他笑得连嘴都合不拢了。这是几日来从锦雨巷收取的官妓利钱。短短几日,便有了六七千两银子!看来,胡丞相果然是高明之极啊,推出这以妓富国之策实是大见成效。自己的苏州府在花楼生意上得天独厚,说不定可以比肩应天府而傲视九州!到时候,便可乘势而起、拥盖入京了。

但思绪回到现实中来,魏忠明又觉得自己恰似被当头泼了一盆冷水:钱大斤这个问题实在是棘手!钱大斤是自己和陆仲亨父子先前共同商定的替罪羊,本当由平东行营刺杀后陈尸牢中,造成畏罪自裁的假象,没想到他却突然逃之夭夭了,一直追踪不到。这个钱大斤,家里只剩下个半疯半傻的媳妇,什么也不知道,拿她分明要挟不了他。他的脱逃,实在是这盘大计中百密一疏的一枚臭棋。说不定,将来会成为不可控制的隐患!

魏忠明又想,天塌下来,有高个子先顶着——上边的胡丞相、陆侯爷一定会联手把这个案子轻轻解套的。果然,释道衍到金殿告了御状,拼尽全力,也只得到了一个悬案的结论。

有时候,真是"说曹操,曹操到"。魏忠明正自想着道衍、宋明德一案的事,书房外仆人来报:"大人,寒山寺那个道衍和尚前来求见您。"

魏忠明一时没有反应过来："谁……是谁？道沐和尚？"

"道衍和尚，进京城告御状的那个。"

魏忠明一下惊得脸色发白："他……他来干什么？和他一同来的还有其他人吗？"

"他是一个人来的。"

魏忠明这才稍稍放下了心，深吸一口长气，吩咐道："让他进来，待他客气点儿。"

不多时，道衍白衣飘飘，步履轻捷地走进了魏忠明的书房，向他施礼。魏忠明笑得满脸开花："道衍师父，僧录司那么挽留你，你却还是顾恋故土回来了啊！你看上去气色不错！"

道衍正视着他："魏大人别来无恙！"

"别来无恙，别来无恙。我这皮粗肉实之人，能染什么恙？"魏忠明一边亲自给道衍斟茶倒水，一边近乎谄媚地道，"大师此来有何赐教？"

道衍平静地道："小僧前来感谢您这段日子对寒山寺和灵应观的照顾。"

魏忠明干笑一声："寒山寺上通僧录司、灵应观上通道录司，都是能够上通于天的圣地，本官岂敢对其失礼？"

"魏大人处事一向圆融老到，时时留有余地，难怪是官场的不倒翁。"道衍往窗台处看了看，"正所谓话不传六耳，树上的蝉虫要不要派人打一下？"

魏忠明也往窗台处看了一眼："你只管放心地说话，它飞不出本官布下的缠丝阵。"

"那好，小僧便直言相告了。"道衍眸中精光一闪，"您可知道，陛下特意派了燕王殿下前来督查宋家悬案？"

魏忠明迎视着他:"拱卫司的校尉罗自力大人在这里已经蹲着复查这个案子六七天了,本官也希望燕王殿下驾临后,一瞬间悬案告破、风平浪静。"

道衍看着他:"您真的不担心?"

"本官担心什么?道衍师父,本官一向置身中立,冷眼旁观,不沾不染,无垢无瑕,正所谓'江流石不转,唯我自岿然'!"

道衍冷然一笑:"原来魏大人自视为中流砥柱,小僧失敬失敬。中书省参知政事那个位置早已给您留下啦?"

"你……你何必取笑本官?"魏忠明脸上顿时涨红,"俗话说,神仙打架,小鬼难做。你我易地而处,又将奈何?"

道衍长叹一声:"魏大人,您是逼着小僧把话说得透亮啊,燕王殿下和他身后站着的太子殿下,与胡惟庸、陆仲亨相比,孰轻孰重,你还掂量不清吗?"

魏忠明咬了咬牙,硬着头皮答道:"得罪了燕王,魏某可能会晚几年才死;得罪了胡丞相,魏某马上就会死!"

道衍垂下了眼帘:"今天小僧来此处,应该是你的最后一次机会。"

魏忠明也立即躬身而起:"道衍师父,恕我直言,你也不该离开天界寺返回寒山寺。宋氏一案既成众人皆知的悬案,便是最佳结局——不黑不白,不输不赢,岂不恰到好处?"

道衍锐利之极的目光在他脸上一划而过:"悬案背后仍有重重黑幕,陛下并不认为宋明德真是为了那百万家产而遭殃的!"

魏忠明低下了头:"这个问题,请恕本官不能妄议。"

道衍再次叹道:"小僧今日前来,言尽于此,你可要三思。"

魏忠明也闭目而答:"魏某只怨自己任在苏州而不似陈若余远在常州。"

道衍面色一变:"既是选不得,何如放下?"

"狗有狗命,鸡有鸡命,命中如此,放不得了。"魏忠明只能苦笑,"不过,本官还是真的谢过道衍师父你了。"

道衍缓缓起身:"可惜了你姓名中这'忠明'二字。"

将道衍送走之后,魏忠明停在门边站了片刻,突然暴喝一声:"尤三,我知道你在那里!"

一个灰衣小帽的仆人从墙角那边应声缓缓转了过来,一脸的谄笑:"老爷有何吩咐?"

魏忠明沉着脸问他:"你刚才在窗台下都听到了?"

尤三也不做作:"小人都听到了,老爷您确实是对胡丞相忠心不二!"

魏忠明的脸上没有任何表情:"那你就应该尽到你的职分,好好把这一切转报给相国大人,不要漏掉一个字,也不要错传一句话。"

尤三单膝跪地,连声应道:"好的,好的,魏老爷,您只管放心,您府里也不只我一个人能向丞相府递信儿。您做过什么、没做什么,在相国大人那里,绝对错不了!"

衙堂的那方"明镜高悬"金字大匾之下,朱棣一身武生装束,云领箭袖,显得十分精干,肃然坐在衙案后,不怒自威。他的左手边首位坐着道衍,次位坐着韩宜可,右手边首位坐着魏忠明,次位坐着罗自力。

一声钟响,廷问开始了。朱棣问罗自力:"罗校尉,你提前几日抵达苏州府衙,可曾查出什么蛛丝马迹?"

罗自力起身禀道:"殿下,下官近日对苏州府有关件作、狱卒严加讯问,他们仍是认定宋明德夫妇死于急病,宋紫荷姑娘毁于钱大斤之手。"

"难道就没有发现一些新的疑点吗？"

"已经查出了一些隐隐约约的疑点，我们正在深挖。"罗自力瞧了一下魏忠明，欲言又止。

"好，稍后本王会让韩御史、姚师父和你衔接的。"朱棣皱眉又问，"平东行营与苏州府衙联手查办了宋氏大案，就没派出人手也来苏州衙狱共同监管？他们就这么放心任由苏州府衙一力承担这样的大事？"

罗自力答道："据查，平东行营与苏州府衙的中间联系人是陆飞……陆飞目前也是苏州卫指挥使。"

"你们把他喊来讯问过没有？"朱棣威严十足地问道。

罗自力有些支支吾吾："平东行营来报，声称近期把陆飞抽调到明州府去防备海盗去了……据称他忙于军务，短期之内难以返回苏州……"

朱棣在心底暗暗一叹，却不露任何声色。他摆手止住了罗自力，让其退回坐下，然后看向魏忠明："魏知府可有什么意见要说吗？"

魏忠明起身站到堂下，不停地擦着脸腮的冷汗，愁眉苦脸道："殿下驾临本州，下官只觉三生有幸。但劳烦了殿下的大驾，下官又觉寝食难安……"

朱棣眉毛倏地上扬："谈正事儿！"

魏忠明浑身一震，急忙道："下官有满肚子的心里话向殿下倾诉啊！殿下您有所不知，下官虽有协助平东行营剿匪之功，但也被中书省降级扣俸，惩罚甚重。下官自觉虽有失察失职之责，但也觉得自己太冤太苦了！"

韩宜可实在听不下去了，愤然道："你休要在此直喷苦水！你有何冤？钱大斤在你治下行凶毁尸、乘隙逃脱，你难道不该罚吗？"

魏忠明兀自狡辩道："韩……韩大人，您也要为下官讲一句公道话啊，下官可谓功过相抵，不该遭罚。"

此时，朱棣咳嗽一声，朝坐在一侧的道衍道："姚师父，您有何指教？"

道衍正在翻阅邸报的手一停，转脸望向堂下，开口道："殿下，小僧刚才看到朝廷邸报里有一条消息十分郑重，陛下推出了新规定，从今往后，贪官污吏一律处以凌迟之刑。而凌迟之刑的剐刀之数，也有所改变：汉、唐、宋、元四朝，凌迟之刑最高只割九百余刀，而自本朝开始，凌迟之刑至少不能低于两千三百刀！陛下这是以屠夫手段而显菩萨心肠啊！希望那些贪官污吏能够受此震慑而克己复礼。魏大人，您说是吧？"

"这……这……"魏忠明听罢，苦瓜脸顿时变得青一阵红一阵的，面色煞是难看。

韩宜可会意，拿出一张纸笺，道："魏知府，本官这里收到一份秘报，声称魏大人您每顿餐饭要吃半只山羊、一盆香鸭、八只鸡腿和十二对猪蹄，这样算将下来，你这一个月十几两银子的俸禄基本上就花光了。"

魏忠明冷笑道："魏某这个人从来是今朝有酒今朝醉，今晚有肉今晚饱，俸禄嘛，就是拿来花光用光的嘛！怎么，御史台连这样的私人行为也要强加干涉？"

"我们自然是不会干涉这些私人行为的。只是韩某十分好奇，既然你的俸禄都已花得精光，那么你府院中请来的师爷、管家、奴仆、丫鬟等这一大堆人的薪资又是从何而来的？"

魏忠明干咳了一会儿，答道："这些雇工之薪资，是魏某入明出仕前三四十年间辛辛苦苦积攒下来的，魏某当过前元时期的建业县县令，又当过张匪时期的无锡府同知，在那个年代，积蓄个四五千两的银子，不算什么难事吧？"

韩宜可逼问道："谁人可以证明你从前元时期起就积攒了这么多

银子呢？"

"韩大人，您这是咄咄相逼啊！幸好魏某还有一个证人。"魏忠明面不改色地答道，"你们御史台的陈宁大夫曾经与魏某同为前元之官，你可以直接去他那里取证魏某当年的收入状况。"

韩宜可盯了他一眼："很好，本官回京之后自当向陈大夫查询核实。"

魏忠明又道："其实，魏某还可以告诉韩大人一个情况，我苏州府的晁师爷，是自愿免薪在我衙中效力的。魏某得他相助，从未花过一分一文。"

韩宜可抬脸看了他一眼："魏大人竟有这等怀柔来远之嘉德，倒确是令本官大为失敬了。"

魏忠明沉沉一笑："韩御史，您放心，魏某决不会因贪污蝇头小利而背君误国的。"

道衍在旁听了，哈哈笑道："确实，你贪的不是蝇头小利，你贪的是飞黄腾达，你贪的是高官厚禄！"

魏忠明却是不敢反驳他，把脸别到一边去。

朱棣听到这里，浓眉直竖，砰地一拍衙案，对魏忠明叱道："魏忠明，实言相告，你若是真的在宋氏一案中做了手脚，此刻趁早坦白，本王还可既往不咎；你若是执迷不悟，待本王查明真相，只怕你九族俱灭，悔之晚矣！"

看到燕王如此发威，魏忠明伏倒在地，战战兢兢地答道："燕王殿下以为卑职真的能在苏州府一手遮天、为所欲为吗？那位仵作官赵老伯，从来是最规矩最老实的，他甘愿赔上满门几十口性命和卑职一道弄虚作假？那狱中衙役如此之多，众目所瞩之下，卑职能让所有的衙役众口一词地铸成假案？他们会这么忠心于卑职？卑职只有月俸十几两，又能开出什么样的条件让他们誓死追随、不顾家门？"

在衙堂一片静默之中，那个晁师爷实在是按捺不住，也出列跪下哭道:"燕王殿下,我们苏州府上上下下都知道宋氏一案乃是当今圣上钦定的大案,谁敢稍有轻忽?小人只讲一件事,为怕宋氏一家在狱中因天气潮热而遭到蚊虫叮咬,本府和平东行营还买了贵重的驱蚊杀虫香料,天天焚熏他们的牢房……您看,我们对他们一家人实在是十分宽厚仁慈了。他们发生了这些意外,我们也都没预料到呀!……"

魏忠明在旁急忙厉声喝止晁师爷道:"老晁,你莫要再说了!天日昭昭,燕王殿下不会冤枉我们苏州府的!"

朱棣面现犹豫之色,将询问的目光投向了道衍。

道衍静静地瞧着魏忠明和晁师爷在下面你来我往的一番"活剧",沉吟有顷,对朱棣道:"这样吧,请罗校尉此刻便带小僧前去府狱现场衔接一下如何?望殿下允准。"

第二十九章
香灰

苏州府衙狱的甬巷中，两边石壁上的灯烛幽幽明明。道衍、韩宜可跟随罗自力，在魏忠明派来的师爷晁咸之的陪同下，来到了最里边的一间牢舍里。

一路上，道衍在后面观察着罗自力那副挺直如苍松的腰板和一双穿着草鞋的大脚，观察着他如彪似豹的敏捷姿态，暗暗感叹：朱元璋费尽苦心创立的大内拱卫司之干员，看起来果然精悍得力，名不虚传。他心念一转，亦暗暗起了测验试探之心。

那间牢舍中，仵作赵老伯、狱医曾良佑、狱卒成小乙都在垂手弯腰地等候了。罗自力让人搬来了桌椅请道衍、韩宜可坐下，晁咸之则在桌案右手边侍立着。

"这是我们先前对这衙狱里上上下下几十号人物的询问笔录，请韩大人、姚师父过目。"罗自力一边介绍一边将一大叠厚厚的纸稿卷宗放到桌上。韩宜可出于职业本能，翻开这些笔录卷宗就埋头阅览起来。

道衍声色不动，向赵老伯、曾良佑、成小乙三人看了过去："这三位便是拱卫司筛选出来的关键证人？小僧就先来问他们几句话吧。"

罗自力没料到他一上来就这样毫不客气，心头暗想：这些人都是咱们拱卫司千问万问了的，也都记录在案了，你下车伊始，还有什么可问的？但他又素闻刘璟、云奇、周应泰等人对这个虎和尚多有赞誉，也想借机瞧一瞧这个盛名赫赫的道衍究竟有多大能耐，便不多话，只道："姚师父，你若想问就问，他们也不敢不如实回答。"

道衍微一点头，打量了一下这间牢舍："小僧猜想，这就是关押宋明德夫妇的牢房吧？成小乙，你是这里的狱卒吧？"

成小乙哪想到这假和尚一眼就认出了自己的身份，急忙出列答道："是……是的。"

道衍和颜悦色地问道："你肯定清楚宋氏夫妇是什么时候被送进这里的吧？"

"据……据说就是在您和周应泰道长大闹公堂后离去的第二天。"

晁咸之大声叱道："成小乙，你竟敢胡说姚师父大闹公堂！小心着回话。"

"无妨，无妨。小乙，你有话直说，无须假饰。"道衍一脸平淡，"小僧再问你，宋明德夫妇进来时的身体状况究竟如何？"

成小乙看了看道衍的脸色，细细地讲道："其……其实小人先前已经向罗大人他们禀报过了。据小人观察，宋明德夫妇进来时身体情况已经很惨了，宋明德早被打得不成人形，连舌头也被自己咬掉了半边，说起话来含糊不清，一直在半疯半癫地念叨个不停；而他的夫人则更是疯得抓起地上的泥土就吃……"

道衍听到这里，双手合十，面上一片恻然，低低念了一声佛号。片刻之后，他目光一抬，直视着罗自力，却问成小乙等人："成施主、赵老伯、曾狱医，你们实话实说，这位罗自力大人在询问你们有关案情的时候是怎样严加讯问的？可曾动用刑具拷打过你们？"

他此话一出，在场的所有人顿时惊呆了，连韩宜可也停止了翻动卷宗，抬脸怔怔地看着他。

罗自力更是"嗡"的一阵耳鸣，脸涨得血红，死死地盯着道衍：

这个虎和尚,竟敢当众问出这样尖锐的问题!

晁咸之眼珠连转,暗暗觉得这是一个浑水摸鱼的机会,便开口道:"成小乙、赵老伯、曾狱医,道衍师父在问你们话呢,还不快如实回答!道衍师父慈悲为怀,又与燕王殿下交好,一定会为你们主持公道的!"

他这话暗含挑拨之意,来得十分刁钻。但成小乙、赵老伯、曾良佑三人在静默片刻后,都异口同声地叫了起来:"没有,没有!罗大人他们没有拷打过我们!"

晁咸之一愣,正欲开口再加诱导,却见道衍指了指一旁瞠目结舌的韩宜可:"这位就是素有'铁胆獬豸'之称的韩宜可御史,你们当着他的面尽可实话实说!罗自力他们也不敢事后报复你们的。"

罗自力呼哧呼哧地吐了几口粗气,忍了又忍,还是憋着怒火,没有当场发作。

成小乙鼓起勇气答道:"这位姚师父,您看咱们三人的衣貌穿着,都是整整洁洁的,哪儿有受刑挨打的痕迹啊?罗大人他们来了之后,只是翻现场、找证据、核证词,真没用刑打过我们……"

"真的吗?你们一毫一毛都没挨过打?"道衍继续追问。

这时,赵老伯嘟哝了一句:"有时候,他们就是问得太急了,声音稍大了一些……"

曾良佑暗暗踩了他一脚:"你这个赵老头,不懂就莫乱说!他们问你话的声音大,是因为你的老耳朵有些背!姚师父,罗大人他们对我们的态度还行。"

"哦,原来如此,那还好,那还好。"道衍淡淡地道。

罗自力实在有些憋不住了,愤愤地道:"道衍师父,您竟质疑我们拱卫司办案会屈打成招?您以为我们会像那些昏官一样以严苛治刑狱?"

"罗大人莫怪。"道衍肃正而道,"你们是陛下最为信任的大内拱卫司，是陛下用以明威行法、除暴安良的最后一柄利器。你们的成败得失，关乎陛下的龙颜。如果你们查案严谨、执法严明，陛下的龙颜必是大添光彩；如果你们急功近利、不公不平，则陛下的龙颜也会为之失色。试问，如果连你们都不能给陛下一份经得起检验的答卷，那么陛下还能信任谁呢？小僧多此一举，决非吹毛求疵，而是想将你们的公正严明昭示于天下啊！"

罗自力听完，脸上汗珠颗颗滚落："道衍大师不愧为旷世高人，药石之言鞭辟入里，我等深为受教了。"

韩宜可咳嗽了一声，表态道："罗大人，你们能在此番查案中这般严明守法、不苟不懈，韩某也甚是佩服。"

道衍这边继续讯问成小乙："小僧请问，宋明德那半边舌头是他自己咬掉的？"

成小乙十分确定地答道："嗯。"

道衍长叹一声："看来，宋氏夫妇在平东行营里真是吃了不少苦头啊。那他一直在念叨什么，你们谁听清内容了？"

成小乙道："他一直说他们是被冤枉的，他们是遭陷害的……还说有什么大人物要夺他们家传的秘宝……"

曾良佑也回忆道："曾某也听到他在迷迷糊糊中念着什么诗句，是什么'青'什么'黄'，我们其实也听不清楚。"

"是不是'青灯黄卷'？"道衍追问道，"整段的词句便是'西厢房内，青灯黄卷，一片丹心，永朝佛前'？"

"好像是这么几句，但内容没您讲得这么完整。"曾良佑若有所思地回答道。

"你是曾狱医？"道衍看了曾良佑一眼，"他们进来后什么时候开始发病的，你应该还有印象吧？"

"罗大人他们先前也问过了，宋氏夫妇是进了这里五天后开始紧急发病的。"

道衍剑眉一皱："难道他们在前面五天里就没有异常现象吗？"

成小乙道："在小人的记忆里，自进这狱舍第三天起，他们身上便因为遭到蚊虫叮咬而起疱红肿，还有些头脑发热，神智更加不清不楚……于是，当天魏大人和平东行营下令给他们的牢舍配备驱蚊灭虫香料……"

"下令？究竟是谁最先提出要配备驱蚊灭虫香料的？你们认真回忆一下。"道衍追问道。

成小乙想了想道："好像是平东行营的人先提出来的吧。"

道衍若有所思，又问曾良佑："曾狱医，你肯定也给宋氏夫妇检验过身体情况，你认为那蚊虫之毒可以致人死命吗？"

曾良佑道："他们起疱红肿的时候，曾某便来给宋明德诊过脉，发现他体内湿浊之气极重，蚊虫叮咬则只是加剧了这种症状……"

"你的意思是那蚊虫之毒并无出奇的毒性？"

"是。依小人之医术判断，就是这个结果。"曾良佑认真地回答道。

道衍虎目一转："他们在牢舍里每日的饮食可还正常？"

成小乙道："魏大人一直命令我们要多注意宋氏夫妇，每日的饮食水粮都由晁师爷、钱大斤共同把关。他是苏州知府，肯定不敢让宋氏夫妇这种通匪谋逆的钦犯无故死在自己的管辖范围内……他自己也时不时地来抽查饮食水粮的安全，晁师爷您说小人讲得对也不对？"

晁咸之点头答道："成小乙讲得不错。魏大人一向谨慎，肯定不会因防备不周、管理不善而给自己挖坑误事的。"

道衍停顿了一下，侧头看了看韩宜可："你把卷宗看完了？"

韩宜可点了一下头："不错。罗大人他们问得非常详细，韩某没有什么可以再问曾狱医、赵老伯他们的了。"

"好吧。小僧再问最后一个问题，你们便可以出去休息了。"道衍直视着赵老伯，"赵老施主，你为什么要那么快就决定把宋氏夫妇的尸体火化，不可以再多留一两天详加观察吗？又或是你受到了某股势力的催逼？"

"道衍师父，老汉我可以很明确地告诉您，没有谁催逼过赵某，赵某也觉得不用详加观察。因为今年夏天天气太过酷热，尸体很容易发臭腐烂。所以，赵某依照先前的旧例决定把他们的尸体尽快火化。"赵老伯的回答一板一眼，简洁有力。

道衍听罢，朝外摆了摆手，向晁咸之吩咐道："晁师爷，先带他们出去休息一会儿，小僧要和罗大人、韩御史留下来商量一下案情。"

晁咸之一脸赔笑："姚师父，小人还是留下来服侍你们吧？"

"不必。"道衍面色一肃，"晁师爷，你不要忘了我们三人是奉了钦命前来复查此案的。你作为涉疑对象之一，我们有权让你回避。你也必须服从。"

这下晁咸之不敢再多讲什么，只得带了成小乙他们三人悻悻地退了出去。

牢舍里终于只剩下道衍、罗自力、韩宜可三人。在静默中，罗自力感到一阵莫名的紧张。他面前这个假和尚道衍看起来文文弱弱的，但顾盼之间、举止之中却有一派森严威肃之气直扑而来，令人不敢轻视。

果然，道衍缓缓开口，向罗自力郑重问道："罗施主，你们这段时间在侦查访谈中发现的案情疑点有哪些？"

罗自力定了定神，笑了一下，却朝韩宜可看了过去："韩大人，您在这些涉案卷宗里应该找到了吧？"

韩宜可翻开卷尾一页："道衍师父，罗校尉在笔录案卷的结论部分写了一些疑点。例如，仵作赵老伯和狱医曾良佑在给宋明德夫妇验尸之际，都共同签名注明了他俩当时是'面孔发红、热毒攻心、旧疾骤重而暴亡'。但狱卒成小乙后来赶到抬尸之际，却发现了一些细微的差异，据他回忆，宋氏夫妇死亡时的面色似是红里透青，与赵老伯、曾良佑所记注的情形不太吻合。这是一个重要的疑点。"

道衍皱了皱眉："难道尸体的肤色是可以随时间改变而改变的？这是得了什么暴病？"

罗自力咳嗽了一声："我们对这一点也觉得十分奇怪。尸体变色至少应该在三刻钟左右，而不是一两刻钟就会改变的。"

韩宜可又道："罗校尉他们发现的第二个疑点是，那驱蚊灭虫的香料，居然是由钱大斤和平东行营的特使陆俊，也就是陆仲亨的一个堂侄，一同去购买带回的。据狱卒们反映，这种香料真的有效，点燃了没多久，蚊蛇虫豸就都无影无踪了。当然，它的价值也确实称得上'珍贵'二字。"

"哦？陆仲亨和魏忠明、钱大斤他们为何会这么好心拿贵重香料给宋氏夫妇驱蚊灭虫？这一点，很是蹊跷啊！"道衍一针见血地点了出来。

韩宜可继续道："道衍师父，从第二个疑点就推引出了第三个疑点，在宋明德夫妇死亡之后，他们牢舍，也就是我们眼下所在的这间牢舍里剩余的灭虫香料原物很快便不知道被谁清理得一干二净了。道衍师父，罗校尉他们出身拱卫司，见过太多的大案要案，对这一点极是敏感，因为，陆仲亨、魏忠明、钱大斤一派若要下毒害人，不但可以通过饮食水粮，还可以通过焚香熏染。"

说到这里，韩宜可合上卷宗，微微停顿了一下，问罗自力："罗校尉，韩某觉得你们的怀疑颇为有理，但有一个事实也同样无法回避：那香料若是真的含有剧毒，在这牢舍里也焚燃了好几天，这些在牢舍进出来往的仵作、狱卒、狱医等人又怎么会一直安然无恙呢？这一点,你们作何解释?不然,不好让人心服口服。"

罗自力叹息一声,在牢舍里踱了几步,皱眉道:"是啊,韩大人你问得好。这一点,也让我们举棋不定。关键要看这香料究竟是什么材质、什么来历,假若它是混合型毒物呢?恰好可以激发出宋氏夫妇身上先前所中的某种暗毒呢?"

"混合型毒物?"韩宜可有些不解。

罗自力颇有意味地瞟了一眼道衍:"所谓的混合型毒物,罗某可以举一个例子给韩大人说明,比如鹅肉和柿子,这两种食物分开来吃,没有任何问题;但若是把两者混合起来同时吃下,就会有腹胀胃裂致人死命的恶果。"

"哦,原来如此。"韩宜可立时明白。

道衍也回视了罗自力一眼:"罗校尉,你们这种怀疑也是很有根据的,不排除有这种混合型毒物的可能性。"说着,他往牢舍的地面上看了看:"难道你们真的就没在这里搜索出一星半点的香料残余吗,又或是香灰余烬?"

"这……这……"罗自力忽然踌躇了一下。

道衍手中的玄玉蝉一定,目光灼然地正视着他:"罗施主您和拱卫司的弟兄们尽管放心,小僧和韩施主随燕王来到苏州,一心一意只想为拱卫司分忧解难,决无贪功、争功之念。韩施主,是吧?宋氏悬案能破能解,只能是拱卫司的功劳。"

"对!对!对!我们只是来协助拱卫司办案的。"韩宜可也连忙表态。

罗自力显得有些不好意思,这才亮明了底细:"道衍师父这么说,实在让我等汗颜了。不瞒您说,罗某和弟兄们在这牢舍里连日挖地三尺地搜索,终于在地上砖缝里找到了那些香料燃完后剩下的灰烬残渣。我们请善于用毒的行家察看过了,他们竟也没辨认出到底是何毒物，我们准备带回京城请卧龙署的各位大师父再仔细瞧一瞧。"

道衍双掌一合，施礼道："罗施主，小僧久居寺院，对中外各种香料制品倒是略懂一二。请将那香料灰渣拿给小僧一观，如何？"

"当然可以。这些重要证物，罗某都一直贴身带着呢。"罗自力从胸襟处取出一只小锦囊，打开后又小心翼翼地拿出一只密封的油纸小包，递送到道衍掌心。道衍也极为小心地展开油纸小包，只见里边是青白之色交相混杂着的食指指盖那么小的一撮香灰。他一见之下，面色微变，又拿到鼻下嗅了几嗅，顿时目光闪动不已，表情也随即变得阴晴不定。

看到他举止似是有些反常，罗自力一怔："道衍师父，您认得这种香料？"

道衍没有立刻回答他的话，而是深深地沉吟起来。

"道衍师父有什么难言之隐吗？"韩宜可也追问道。

道衍轻叹一声，把那撮香灰很仔细地包好，道："小僧只是没料到会在这里遇见这东西。其实，这香料中混杂的并不是可以致人死命的毒药。"

"这……这……"罗自力喃喃地道，"难道宋明德夫妇真是死于暴病而并非毒凶？这……这世界上真有这么巧合的咄咄怪事？"

道衍的目光凝注在那只小小的油纸包上："这香料渣末里虽然没有含杂什么致命的毒药，却混合有一种可以致幻的天波弥罗散。"

"天波弥罗散？那是什么东西？"罗自力有些茫然。

道衍其实非常清楚，天波弥罗散是一种作用于人体感官神经的致幻药，同时也是修习玄门幻术的必备之物。当然，这也是玄门中人的最高机密，普通的武林人士根本不知道它的来历，所以，罗自力他们辨认不出也在情理之中。

沉吟了片刻，他向罗自力、韩宜可解释道："天波弥罗散是一种来自天竺的香料型致幻药。嗅到它的人，心神会遭到无形无声的麻痹，从而认假为真、见虚为实，把'耳闻目睹'的假象当作是铁定无疑的真相。"

"哦，还有这种怪药？"韩宜可大为惊奇。

道衍的唇角微微斜吊而起，闪过一丝极冷的笑意："其实，宋氏夫妇之死的真相是这样的——幕后凶手应该是使用了掩人耳目的'双重下毒杀人法'。他们对宋明德夫妇所下的第一波剧毒并不是在饮食水粮里，而是在那些蚊虻虫豸之中。宋氏夫妇体内本有热症之根，再由蚊虻虫豸身上所携带的不知名热毒经叮咬后入体激发，便在外观上形成剧烈的病情发作，暴亡之期指日可待。这一步，连曾良佑这样的狱医也无法诊断出来。

"到了此刻，凶手们再以驱蚊灭虫之香药配上天波弥罗散展开第二波狙击。一方面，他们可以把那些携带热毒的蚊虫驱个干干净净，不留丝毫可疑之迹，让我们找不到证据；另一方面，则是运用天波弥罗散来润物细无声地麻痹赵老伯、曾狱医等人的耳目心神，使他们在幻觉支配下认定宋氏夫妇是暴病而亡！所以，他们一直理直气壮、振振有词，因为他们确实没有在主观意愿上弄虚作假。"

罗自力终于恍然大悟："原来如此！罗某明白了，因为赵老伯、曾良佑在天波弥罗散的香气包围之中时间较长、受幻较深，所以他们当时看到宋氏夫妇的面色是发红热胀；而成小乙进来抬尸之际时间较晚、受幻不深，所以他能看出宋氏夫妇的脸色是红里透青。是不是这样，道衍师父？"

"不错。"道衍缓声道，"凶手利用天波弥罗散之迷香在这间牢舍里制造出了一幕幻象，麻痹了赵老伯、曾狱医他们的耳目心神，诱使他们提供了一系列的虚假证词。但，事实上赵老伯、曾狱医他们却真的是很无辜的。"

罗自力搓了搓手掌，虎眉一扬："这幕后凶手真是太阴险狡诈了！道衍师父，您接下来顺藤摸瓜，应该能够把他们揪出来吧？"

道衍沉默半晌，目光慢慢凝结成一点，遥遥地落在对面的墙壁之上："不好说。这天波弥罗散并不是武林中泛泛之辈可以炼制拥有的。能够使用它的人，恐怕你们拱卫司卧龙署中的前辈高手也难以比肩。我们很难查到，也很难抓到。这需要时间。"

韩宜可却是长叹一声："不管怎么说，我们终究还是将宋氏夫妇暴病而亡的真相完全揭示了出来，也算是不负陛下之重托了。"

罗自力感激得脸放红光："道衍师父，没有您指点迷津，我们对宋明德夫妇暴亡这个案子，恐怕很久都不会找到这样的突破口和出路。"

道衍仿佛显得有些疲惫，恍若不经意地问道："其实另外一桩悬案，宋紫荷被钱大斤先奸后杀、毁尸灭迹的真相，更是容易揭晓了吧，罗校尉？"

罗自力娓娓答道："道衍师父、韩御史，根据成小乙等狱卒交代，从被押进牢舍起，宋紫荷始终长发掩面，未露真容。而她的那个单间牢舍，也只有钱大斤一人在进进出出。后来，钱大斤那一天兽性大发时，室内火光乍起，众人近观之下，只看到钱大斤从舍门衣冠不整地冲了出来，而里面也只剩一具烧得面目全非的焦糊女尸……所以，宋紫荷遇害一案，真的是疑云重重。老实说，那具女尸究竟是不是宋紫荷本人，现在都还难以判定。"

韩宜可也认真地道："确实，这桩案子不通情理的地方真是太多了，钱大斤只因贪恋宋紫荷的美色，便非要把她蓬头垢面、匿形藏娇不可？他只因强暴了宋紫荷，便非要把她事后毁尸灭迹不可？他是唯恐这把大火烧不到自己身上来嘛。"

罗自力点头道："所以，我们会上报陛下，宋紫荷遇害一案，也是一桩彻头彻尾的假案，是幕后黑手操纵钱大斤蓄意为之。"

道衍面色微动若波,在旁徐徐点了一句:"罗校尉,苏州城锦雨巷里的温香楼妓女八段青有一篇证词可以交到你处,作为宋紫荷一案另有真凶的佐证。但你不要泄露给其他任何人。"

　　罗自力大喜:"多谢道衍大师为我们破获此案又助一臂之力。"

第三十章
酒会

　　温香楼底层大厅里,莺歌燕语、翠舞红列,恍若闹市一般。二楼的丙字号雅间里,朱棣在道滌、平安的左右陪护下见到了拱卫司设在平东行营的暗桩、陆仲亨的帐前校尉——焦岗。

　　焦岗易了容改了装走进室内时,朱棣正拿着一柄短刀在切割大瓷盆里的猪腿、猪蹄。一眼看到他进来,朱棣猛地切下一整条猪腿甩了过来:"焦将军,让本王瞧一瞧你的牙口怎么样?啃得动这条清炖大猪腿吗?"

　　"多谢燕王赐食。"焦岗一把将那大猪腿接在手里,十指伸出抓住后使劲一分——粗粗大大的猪腿竟被他皮是皮、骨是骨地一块一块撕成了碎片。然后,他须发虬张,就那样一块一块往自己的大嘴里塞,狼吞虎咽一般吃得津津有味。

　　朱棣看得十分高兴:"好!好!好!不愧是陛下在拱卫司里一手训练出来的猛士,果然有樊哙之风!"

　　焦岗吃罢,拿过桌上的帕子擦了擦手掌上的油渍,扯过一条凳子坐下,大咧咧地问道:"殿下,您有什么事情要交办的,尽管吩咐!"

　　朱棣却没有立即开口,而是慢慢地咽下了一块猪蹄筋后,抬起眼来沉肃之极地盯着他:"焦岗,本王凭空赏了你一条大猪腿,你是不是也应该拿一条大腿来回敬本王啊？"

"好的，殿下！"焦岗也是刚烈过人，眉头不皱一下，右手一伸，抓起桌上瓷盆边的那把短刀，便向自己的右大腿上狠狠扎去。

就在这一刹那，道涤手指一弹，一粒铁丸疾若流星，一闪而至，"当"的一声，将他掌中短刀击得脱手飞去，远远落在墙角。

"殿……殿下……"焦岗有些茫然地看向了朱棣。

朱棣站起身来，哈哈笑道："焦将军果然是忠烈可鉴。小王一向知晓你的为人，怎会真的要你自残明志呢？"

焦岗离座屈膝半跪："殿下，焦某生是大明军，死是大明鬼，对朝廷决不会有二心的。"

朱棣上前亲手将他扶了起来："焦将军，小王有一些问题要问你。你到陆仲亨手下干多长时间了？"

"五六年了。"

"陆仲亨一直还是很信任你吧？"

焦岗颇有把握地答道："他这个人虽是骄悍了些，但还比较重情重义，焦某在战场上救过他几次，他对焦某十分信得过。"

朱棣又问："陆仲亨在平东大军中安插的陆氏子弟多不多？"

焦岗沉吟着答道："他在平东大军中以其堂侄陆俊最为得力，其余的陆氏子弟包括他的亲生儿子陆飞都难成气候。"

朱棣容色一整，深深地看着他，语气中渐渐透出一股冷冽来："焦将军，你感觉陆仲亨有野心有本事把朝廷的平东大军改造成他陆氏私属的陆家军吗？一定给朝廷说实话，朝廷才会有所应对。"

焦岗的脸色也变得极为认真："这……这不可能。平东大军都是陛下授任给陆仲亨的，我们所有的衣食甲冑也都是陛下恩赐而来的，他陆仲亨再大胆再有手段，也无法把大多数的弟兄们招揽成他的私家军！而且，陛下天纵神武、所向披靡、灭元开国、战功赫赫，在我们每一个将士心目中仿佛天神降世一般,谁敢不敬,谁敢不从?他陆仲亨永远也蒙蔽不了我们平东大军去跟着他一起叛君作乱。这一点,请殿下完全放心。"

朱棣点头道:"听你这么说,本王就真的放心了。"但他心中又想到了道衍的一番忠告:这天下诸侯与百万雄师,其实真正敬畏的只是父皇一人而已,这是不行的——他们应该敬畏的是整个朱家所代表的无上皇权,说直白一些,万一父皇有所不测,他们还会自觉自愿地俯首称臣于毫无军功资历的大哥朱标吗?而自己被大哥派到地方镇抚时,压得住场面吗?像平东行营十余万大军的兵权竟掌握于陆仲亨这样的骄臣悍将之手,父皇有积德积威之势自然可以放心,但自己和大哥能够放心吗?

他一边思忖着,一边细问道:"陆仲亨一直紧抓军权不放,口口声声说自己是为了平定张匪余孽和海盗倭寇而用兵效力。焦岗,你说,平东行营内外的真实情况究竟是不是这样?"

焦岗正视着朱棣,肃容答道:"禀告殿下,张匪余孽确实不足为虑,但浙东一带的海盗倭寇也是不可不防。他们贪欲起则结队上岸入侵,劫掠足则携众占岛伺伏,时进时退,乍起乍潜,给明州、杭州等地造成种种骚乱。若无平东行营镇守抗御,浙东之危岂可小觑?"

朱棣目光转动,追问道:"会不会有真正的张匪余孽与海盗倭寇内外勾结、联手作乱的情形?"

"这个……焦某目前尚未发现这种迹象。"

"那么,平东行营之中,可否有人企图通寇以内应、养寇以自重?"朱棣这一问来得锋利之极。

焦岗额角汗珠直落:"这个,焦某眼下也并未查有实据,不敢妄言。"

朱棣的面色沉肃如山:"焦岗,今后你在平东行营里要特别关注本王刚才问的那两个问题，稍有异常须立即上报！"

"属下遵命，一定照办。"焦岗急忙认真答道。

朱棣摆了摆手："今天咱俩就谈到这里。你自己小心回去，定要严谨保密。"

焦岗摸了摸自己脸腮边的假胡髭，点头道："请殿下放心。焦某当日在拱卫司飞鹰署也是训练有素的一把好手。"

待他离去之后，朱棣便对平安吩咐道："你马上去通知一下苏州卫，让他们拨出三百名精兵，随同本王到明州府查探一下海盗倭寇的情况。"

平安劝阻道："殿下，您不能孤身犯险啊！"

朱棣用力地挥了挥手："有你和道涤师父贴身护卫，本王又有何惧！你只管前去调兵。另外，你给道衍师父、韩宜可说一声，让他们只管留在苏州放心查案。"

左御史大夫汪广洋府邸的后花园里，宽阔的草坪上，这一次却并未摆上绚丽多彩的花卉盆景，只有十几条长桌。这与汪夫人平素举办的赏花酒会主题大不相同。

而且，此番汪夫人所邀的，也不都是京中的贵妇名媛了，而是多了一些金发碧眼、高鼻深眸的洋夷女子。

汪夫人盛装端仪，双颊含笑，向前来会宴的工部侍郎贾信的夫人介绍道："这位是天竺国使臣鸠拜斯大人的夫人丹丽丝，这位是占城国使臣莫尔寿大人的冰铃夫人，这位是倭国使臣柯卑利大人的芳合子夫人……"

贾夫人一一见过，眼中隐有鄙视之意，却拿团扇掩住半边面颊，向汪夫人低声说道："您喊这些洋夷夫人来干什么？咱们言语不通、文化迥异，没的扫了大家的兴致。"

汪夫人只装作没听见，又把吏部尚书夏百川的女儿夏小姐、户部郎中冯世伦的夫人、应天府通判施之洋的夫人等一一接入席中。她最后请出陈如意隆重介绍道："这位是原常州知府、现户部郎中陈若余大人的才女陈如意小姐，也是本夫人的干女儿。大家今日见过了，以后可要多多关照于她。"

陈如意今天自然是经过精心打扮的，身穿浅绿色衣裙，外套一件洁白的轻纱，把身段曲线之窈窕完全形于毫巅之妙。那瓜子形的白嫩玉颊上，微微泛着一对梨涡，令人望之可亲；淡抹浅点的胭脂，使她的脸蛋润得如同刚刚绽放的一朵琼花，白里透红，莹莹生辉。她这一亮相，立刻引起了全场上下的瞩目。

那洋夷贵妇丹丽丝用极生硬的汉语赞叹道："这……这位小姐……真……真是太美了！"

贾夫人扬起脸来，直盯着陈如意，幽幽地道："她父亲就是那位编撰了圣语碑林、圣训集锦的陈大老爷？好像他的官阶最多也只是从四品吧？"

汪夫人目光闪动，盈盈笑道："不错。听闻圣上对她父亲的政绩大为赞赏，正在全国各地推广圣语碑林的修建呢！而且，陈姑娘得到好文博学之家风熏陶，堪称我大明朝不可多见的才女，诸位莫要小看了。"

贾夫人脸上皮笑肉不笑地道："女子无才便是德。依本夫人之见，身为官宦闺秀，哪里用得着去吟诗作赋、以才自炫呢？况且，吟诗作赋、科举竞考，那样的抛头露面，是男子才可以做的。我们又能凑什么热闹？"

陈如意实在听不下去了，眼波一转，柔柔婉婉地道："蔡文姬、谢道韫、李清照的诗词文章，这些年来有多少男子为之倾倒折服而吟诵不绝啊？贾夫人，有些人做不到，不等于所有的人都做不到啊！您说是吧？"

贾夫人脸上的笑意徐徐敛起，目光不冷不热地投向了她："这么说，陈小姐心高才佳，必是心心念念以古之奇女子为楷模啰？你有何文才诗艺，展示出来给大家瞧一瞧，看看到底有多少东西可以让人倾倒折服而吟诵不绝啊？"

她这话一出，场中的气氛顿时莫名地紧张起来。

就在这时，汪夫人恰到好处地插了一句进来："贾夫人，我忘了告诉您，陈如意小姐还是右御史大夫陈宁的侄女，陈宁大人对她这个贤惠侄女一向是视如己出的哟！"

陈宁可是朝中响当当的二品大员，不知道比自己丈夫贾信这个侍郎高出多少级去。贾夫人一听立刻蔫了下来："原来是陈大夫的侄女，这自然是才貌双全、蕙质兰心了。"

吏部尚书夏百川的女儿夏小姐也马上甜甜地笑着迎了上来，拉着陈如意和自己同席坐下："陈姐姐，我也是喜好诗词歌赋的，你今后一定要多多指教。"

席间终于安静下来，汪夫人道："诸位夫人、小姐，这一次的赏花酒会，本夫人换了一种举办之法。当然，我们还是要边饮酒边赏花的，只不过今天这花，却不是普通的花。大家请看——"

只见仆人们应声一队队地上来，将一匹匹油光水滑的锦缎小心翼翼地铺展在那些长桌之上：有的锦缎上绣着鲜艳怒放的牡丹，一朵朵迎风招摇；有的锦缎上绣着莹白温润的莲花，一朵朵清香沁鼻；有的锦缎上绣着金亮夺目的菊花，一朵朵华彩照人；有的锦缎上绣着淡雅秀逸的兰花，一朵朵细腻可感……当真是花团锦簇、争奇斗艳、美不胜收。

丹丽丝、芳合子、冰铃夫人等洋夷贵妇们最是喜欢这种五光十色的绫罗绸缎，大呼小叫地扑上去兴高采烈地选着抢着——一些蝴蝶、蜜蜂都把这些锦上花当作了活物,纷纷停落在上面徘徊不去。这更让丹丽丝等人叹为观止,这是何等巧夺天工的丝绸制品啊!

汪夫人立时忙活起来,像经营绸缎生意的老板娘,在这些爱不释手的洋夷贵妇中穿梭介绍着,在她的舌灿莲花之下,丹丽丝已经为本国贵族预购了五千匹,冰铃夫人也预购了四千匹,芳合子则预购了三千六百匹。

但这些锦上花在大明国本土的贵妇名媛眼中,却不算特别诱人出奇的。所以,夏小姐和陈如意就没有上前去凑着挤着。夏小姐剥了一个金橘递给陈如意,低声浅笑道:"陈姐姐,方才你定是觉得贾夫人那张嘴有些尖酸吧?那是你还没见到礼部吴靖忠侍郎的夫人那张刀子嘴呢!万幸的是,她今天没来。"

"哦,是不是昨日被自家公子在夫子庙南墙上公开张贴纸文骂成'鲜有建树、优游卒岁'的吴侍郎?"陈如意含笑而问。

"对啊!吴夫人先前把自己这个独子吹得老牛都飞上了天,而今却遇到这样尴尬的事情,怎好意思再到这里被大家指指点点?索性便告假不来了呗!"

"那你们先前见过这位吴公子吗?"

"听吴夫人吹嘘过,据说他从小就是个神童,如文曲星下凡一般,颇有才气。而且,这位吴公子一向在杭州府最出名的玄德书院读书,今年年初才回应天府的。回了应天府也不爱像那些豪门子弟一样飞鹰走狗的,连胡万年、欧阳伦那样的圈子也不混……我们自是见不着他。"那夏小姐看似文文静静的,一谈起这些京城掌故倒是随手拈来,"所以,这书呆子才把自己的亲爹都当众骂了呀!"

陈如意若有所思地笑了一下:"有趣,有趣!这个活剧倒真是好看,锐意进取的清流少年,抛弃了尸位素餐的老迈父亲,要改换门庭、独树一帜、扬名立万!不过,这么说来,吴公子前些年对父亲的荫泽是享受得心安理得，现今又只凭半年与父亲的相处，就如此仓促武断地判定他父亲是'鲜有建树、优游卒岁'，到底是什么事情刺激了他呢？刺激到他竟不屑与其父同屋共席？"

"陈姐姐看得真是鞭辟入里又留有余地。"夏小姐与她深深对视，"果然不愧为饱读经籍、世事洞明的大才女！"

陈如意心中一动，自知今日的话说得太多了，便吃了一瓣金橘，问夏小姐："夏妹妹，令尊大人是专管天下士子之德业前程的，他对吴公子这一行为如何评价呢？"

"我爹……我爹听了吴公子明文骂父以分清浊的事情后，只说了一句：'意气可嘉，方式不妥，还须缓缓再看。'"夏小姐对她倒是十分坦诚，"不过，听说京中著名文士田尔丰等人倒是非常欣赏他的所作所为。"

那边，贾夫人端着酒杯，瞧得眼红，笑吟吟地靠近汪夫人讲道："汪夫人真是好手段，借着赏花酒会之名，一下就向洋夷藩邦推销出去了近两万匹锦缎，至少赚了一万两白银——您卖的这些花，才是既好看又好吃呢！"

汪夫人不露声色："当今陛下大力提倡通商于外，取财于夷，本夫人只是响应陛下的英明号召而已，并未想着赚多赚少。"

"那么陛下力推设办官妓花楼为国开源纳财，您身为女流也是积极响应的啰？你准备入股几间花楼？"贾夫人说得兴起，一发嘴上没个把门的了。

汪夫人实在忍无可忍，蛾眉一挑，面色冷厉："贾氏，你竟敢妄议朝政、恣谈国事！花楼纳财、入股分利，是你这种身份的人可以乱说的？你家贾侍郎难道不知道朝廷明令在职官员，是连任何花楼的大门小门都不能迈进一步的吗？还敢去纳财、入股？"

贾夫人本来微有醉意，被她这当头一棒敲醒过来，顿时面色发青，慌忙认错："我……我醉酒了，说了胡话，的确是该遭掌嘴的……"

汪夫人盯了她片刻，忽又和颜一笑，把她的手背轻轻一拍："知错就好，莫要再提。咱们这一场大雅之会何必搞得俗气逼人呢？你也是多年历练的贵人了，底下那么多妹妹、姑娘都看着呢，你要做个好榜样！"

"是，是，是。"贾夫人此刻全身的酒液都化作冷汗冒了出来，脸色越发恭谨。

汪夫人徐步走到场中，款款道："诸位方才已经看过了这些锦上花，请大家再观赏这世间的另外一种奇花！如意儿，你准备好了吗？"

在夏小姐讶然的目光里，陈如意盈盈站起身来，伸手拍了数下。一行仆人各自手捧一只雪白瓷盆，鱼贯而入，在长桌上整整齐齐地放将下来。

汪夫人带着丹丽丝、芳合子、冰铃夫人等洋夷贵妇又一同上前细细观赏。只见那一盆盆明澈见底的清水之中，放着一颗颗晶莹剔透、绚丽多彩的玛瑙文石，而每一块玛瑙文石上，都盛放着各种各样的奇花图纹；每一朵花纹都和方才那些锦上花一般娇艳欲滴、摇曳生姿。

丹丽丝拈起鸡蛋大小的一块玛瑙文石，翻来翻去地欣赏把玩着：它的确非常漂亮，它的图纹，从正面看是一朵红艳艳的牡丹花，从侧面看又变成了一朵白嫩嫩的玉兰花。

"大家看，这一块好奇妙！"冰铃夫人展示着她手中那块玛瑙文石，"这上面有一条碧绿的树枝，分别长出了七朵粉色的梅花……"

芳合子也捧起了一大块玛瑙文石，微笑着向大家指点它的妙处："这朵青莲花的花瓣上，还停驻着一只好逼真的红蜻蜓哪……汪夫人，陈小姐，它值多少银两？我买下了……"

汪夫人莞尔一笑："如意，看来你这石中花和我的锦上花一样受人欢迎啊!"

"多谢干妈提供这第一等的平台展现我大明国的物华天宝!"陈如意后半截的话又低又柔,"这些石中花,如意都是敬献给干妈的,请您笑纳。"

"那你真是有心了。"汪夫人微微一笑,"今日既有这等盛会盛事,你就没有一首好诗贡献出来给大家助一助雅兴?"

"如意倒确是想出了一首,只怕会贻笑大方。"

汪夫人的笑容十分淡定:"你只管吟诵出来,我愿为你题字落款,或者也可以请你干爹来做这些。"

"诸位夫人、小姐,小女子方才想出了一首新诗,名为《咏雨花文石》,请大家赐教。"陈如意站到场中,清了清嗓子,抑扬顿挫地吟诵道:

虹雨檀香下瑶台,洪武天子济世来。

万般奇石耀江南,遍地繁花望天开!

"好!好!好!"那些贵妇名媛纷纷喝彩赞叹,"果然是才女!大才女!好诗才!"

汪夫人则含笑迎向各位洋夷贵妇:"列位夫人、小姐有喜欢这些玛瑙文石的,可以和本夫人、陈小姐在这里商谈,也可以下去后到陈小姐于城南开设的石宝轩详谈。丹丽丝夫人,你是天竺人氏,这些玛瑙文石也有传说是由你们天竺国的达摩神僧之精魂化成,被称作'大地的舍利子'……"

她在那里细细介绍着,陈如意却退回席间,令仆人拿过一方红木匣来,打开后取出一颗颗色彩各异的玛瑙文石分送给各位夫人、小姐。

应天府通判施之洋的夫人见她递来一块宝瓶形状的青花瓷雨花

石,甚是欢喜,也回赠了一条天蚕丝白鹄图纹手巾给她:"多谢了,多谢了!陈小姐为人处世真是细致周到。"

夏小姐也得到了一枚天眼文石,拿在手里把玩不已,向陈如意连声道谢。而贾夫人紧捏着那枚摇钱树图纹雨花石不放,却还是管不住自己的嘴巴,酸溜溜地道:"洋夷女子没见过世面,把这雨花文石当宝贝,我们自己人却晓得,这样的石子怎能和于阗美玉、云南翡翠、辽东琥珀相比啊?它终究是登不了大雅之堂的。"

陈如意脸上淡淡地笑着,拿话刺了她一下:"贾夫人,您真是久在深宅全不知啊!去年陛下的万寿节大会上,东宫殿下为陛下虔诚奉上的礼品就是一颗大寿桃形状的玛瑙文石。陛下可是当众把它列为百宝之首了,陛下的金銮宝殿,算不算是大雅之堂呢?"

贾夫人一听,面色骤变,却只得放软了语气:"真的吗?那敢情好,那敢情好。陛下定了它是百宝之首,它当然便是百宝之首!你送我的这块玛瑙文石,我也要回去用清水瓷盆好好供养起来。"

大家正说之间,一队捕快突然闯了进来,在场边齐刷刷地停住。场内的贵妇名媛们几乎都惊得面无人色。

汪夫人倒是镇定如常,上前喝问道:"你们是哪里派来的,居然擅闯御史大夫的府邸?"

为首的捕快头儿躬身一礼:"汪夫人,下官们失礼了。下官乃是刑部的捕役,特来贵府捉拿案犯家属。中书省有令在此,请汪夫人见谅。"

汪夫人接过他递来的缉捕文书看了,轻哼一声,没有答话。那人知道她是默许了,便大步走到应天府通判施之洋的夫人身旁停下,冷冷问道:"是施之洋的夫人吗?你丈夫因为贪贿之罪已被刑部锁拿,你也跟我们走吧!"

施夫人浑身颤抖着,脸上却保持着一如既往的雍容镇静。饮下了最后一杯茶水,她慢慢站起了身。周围的夫人、小姐们如避瘟神一般纷纷躲开。平素与她关系最好的贾夫人，更是躲得连个人影都看不到。

陈如意站上前来，给了她最后的体面和尊严："这枚青花瓷宝瓶文石您请收好，希望它能保佑您遇难呈祥。"

施夫人紧紧握着她的手："我不会看错人。陈小姐，你将来会比她们在座的每一个人都走得更高更远！"

她转身随那群捕快离去后，静默之极的苑场中，汪夫人低沉地吟起了一首前元文人邓玉宾所作的《叨叨令·道情》散曲：

白云深处青山下，茅庵草舍无冬夏。闲来几句渔樵话，

困来一枕葫芦架。

您省的也么哥，您省的也么哥？煞强如风波千丈担惊怕！

第三十一章
消息

寒山寺的方丈净室内,道沐欢欢喜喜地迎着道衍在黄布蒲团上坐下:"大师兄,你可回来了,小弟太高兴了!"

道衍慨然道:"这段日子,真是难为道沐师弟你留在寺里多方操持了。"

道沐引了道溶、道润等师弟在他面前站定,长叹道:"佛门弟子,为民行义,终有诸多不利,大师兄你带头迈出了第一步,小弟又怎会在后退缩?其实,因着大师兄你的见义勇为、奋不顾身,本地的善男信女们听了你的事迹,对我们寒山寺的崇敬之情越深,而对大师兄你的仰慕之情也越浓!"

"这是我们该当去做的,无须在意这些浮华虚荣。"道衍捏了捏掌中的玄玉蝉,问道,"为兄先前让那位平安平施主带给你的口信,你收到了吗?"

"那个口信小弟收到了。小弟记得宋姑娘在苏州衙堂上对你说的最后一段话,所以自那日起便派了道溶等得力的师弟,在西厢房十八间客房内外日夜蹲守,一直等到你今天回来。"

道衍的目光投向了道溶:"这段时间,你们在蹲守过程中可有发现什么异常状况?"

"大师兄，我们每日每夜轮流值守，好像没看到什么异常。"道溶回答道。

道衍微微颔首："你们做得很好。在这十八间西厢客房里，室内既有青灯灯架又有黄卷书架的厢房有几间？"

道沐回忆了一下："这样的厢房有三间，乙字号厢房、戊字号厢房、癸字号厢房。"

道衍起身道："且带为兄去看一看。"

进了乙字号厢房，他先到油灯灯架下的地板上摸了几摸，严丝合缝，显然没有暗设机关。他又到经卷书架上下左右翻找了一遍，也无任何可疑之处。看来，单从"青灯黄卷"这四字暗语并不能破译那藏宝之处。

道沐问："大师兄，戊字号厢房、癸字号厢房也过去探寻一下吗？"

道衍点了点头，如在乙字号厢房一般，到戊字号厢房、癸字号厢房的灯架及书架两处细细地查找了一番，依然是毫无所获。

一直跟随在他左右的韩宜可禁不住问道："这十六字暗语确实难以破解。道衍师父，您还找其他高人一起参详过吗？"

道衍思忖着回答："这十六字暗语，小僧也请黄子澄施主帮着一起参详过。黄施主却说，前元时期有一部戏曲长剧，名为《西厢记》，写的是崔莺莺与张生的故事。他认为，宋姑娘送小僧这十六字暗语，应是表达爱慕之情。小僧觉得他的解析太过牵强，颇为不当。"

韩宜可沉思有顷，缓声道："黄公子之说倒确是有些离谱，但据《西厢记》所载，佛寺的西厢房内却住宿过崔姓、张姓二人，莫非这便是宋姑娘留给您的暗示？"

听到这儿，道衍若有所悟，立刻问道沐："师弟，我们寺中平日住宿在西厢房这边的，有哪一位师弟的俗家姓氏是崔，又有哪一位师弟的俗家姓氏是张？"

道沐仔细回忆了一下："大师兄，小弟记得西厢房那边有两个师弟在出家前姓张，有一个师弟在出家前姓崔。"

道衍吩咐道："立刻去把他们三人找来，为兄在这里等着。"

一两刻钟过后，方丈室的房门被推开，那个俗家姓氏为"崔"的道演和尚走了进来，一见道衍便喊道："大师兄，刚才在后院你不是见过我了吗？有什么话又喊到这里来询问？"

道衍微微一惊，和留此陪侍的道溶互视了一眼。道溶问道演："你刚才真的见过大师兄了？"

"对啊！他刚才还向我问话了呀！"

道衍一招手止住了道溶，向道演发问："为兄刚才在后院是不是问你，师父留下什么东西交给你保管？"

道演连连点头："对啊，对啊！你刚才就是这么问我的。但师父确实没交什么东西给我保管啊，我当时就回答了。"

韩宜可惊住了："这……这是怎么回事？"

"还能是怎么回事，自然是有人易容乔装成小僧的模样去诓问他了。"道衍幽幽一叹，"稍后那姓张的师弟过来，一定也会遭遇和这位道演师弟同样的咄咄怪事。"

高高的香案之上，太上老君的圣像永远是那么慈眉善目、和蔼可亲，他满面红光，长须及腹，手中托着的太极八卦镜却是熠熠生辉，直照得人不敢正视。

一身白绸袍、头顶流云冠的道衍回了这灵应观的上清殿，也须得施以三拜九叩之礼。他礼毕起身，望着三师弟宁虚子唐应尧，拱手道："三师弟，这段时间竟是你在主持这观中事务？二师弟呢？"

唐应尧满面的恭敬之色："大师兄，自一个多月前起，平虚子二师兄就让小弟一同协理观中庶务。后来，他得到道录司左正一封万尘大人的借调手令去了应天府，便再没回过本观了。"

"那么，像天波弥罗散这样的法物等，你也在掌管？"

"禀告大师兄，观中所有的符箓、灵药、法器等，仍都由二师兄掌管，小弟并未接手。"唐应尧肃颜答道，"这段时间观中的香火维持，大多是由小弟向外书画青词等挣来的。当然，二师兄的父亲徐大老板也给观里捐献了一部分善款。"

道衍双眉一敛，长叹道："为兄和应杰都不能再回归观里坐照清修，实在是有违道祖圣训。唉，只是苦了三师弟你留在这里多方周旋。"

唐应尧抬起头来，仰望着殿顶："大师兄，你曾经作诗有'江水无潮通铁瓮，野田有路到金坛'之语，二师兄也曾作诗有'莫道玄门无印绶，万一潜蛟变飞龙'之语。所以，小弟很早就知道大师兄、二师兄你们决非坐井无为之辈，总有一天会到外面呼风唤雨、大显神通的。"

道衍淡淡一笑，右手扬起，食中二指一屈一弹，点点星光散射而出，一蓬儿似的飞入太上老君圣像手中那面太极八卦镜中。那镜顿时光华大盛，恍若烈日降临，映得道衍和唐应尧眉发俱亮。

"师弟你看！"道衍清喝一声。

唐应尧注目望去，铜镜之内赫然映现出他的形容来：紫袍玉冠，金印银杖，姿态庄严，不怒而威，竟是道录司左正一的官服打扮。

他慌忙一个拂尘扫将过去，那镜中影像方才倏然不见，殿内也恢复了正常的光线。他笑着对道衍道："大师兄，你又拿小弟来开玩笑了！"

"虚即是实，实即是虚。你将来会明白的。"道衍悠悠而道，"为兄何尝不想似你一般闲居观中坐照清修？只是时势所逼，为兄也身不由己啊！尘网密密，为兄无时无刻不在寻觅解脱之道。"

唐应尧表现出深切的同情来："大师兄，小弟知道你有一日了结尘缘之后，一定会返璞归真的。"

道衍又问："紫阳子师父可有什么消息传送回来吗？"

"前几天师父让人带信回来，说他还在关中太白山采药炼丹，还寄了一根他亲手采摘的千年人参给观中师弟们共食分享呢！"

道衍注视着太上老君圣像，喃喃道："为兄倒是非常思念师父了，胸中有许多玄机想向师父当面请教。"

"那小弟稍后派人带信给太白山，请师父返观一聚。"唐应尧也颇有同感。

道衍轻轻一摆手："师父为求白日飞升、长生久视之道，一直似行云流水、踪迹不定，你哪里能带信给他？罢了，罢了。"

唐应尧直问而出："大师兄，你此番回观似是心事重重，不如说出来让小弟听一听？"

道衍踌躇了一下，终于问道："二师弟，倘若将来有一天为兄与应杰临阵对峙，你作何选择？"

唐应尧没有立刻回答，在太上老君圣像前来来回回踱了好几圈，才勉强道："大师兄，你身归僧录司，他位列道录司，而祈天求雨法会举行在即，你俩确是难免有星月争辉的一天，小弟和灵应观也只能是中立于外，不好深涉。"

"如果不仅仅是祈天求雨法会的佛道之争呢？"

唐应尧徐徐背过身去："小弟知道，二师兄太过经营徐氏门户，俗缘缠身，说不定有一天还会利令智昏、误入歧途。但，他终究是比不上大师兄的，你也无须我们来相助。"

道衍看着他的背影，心中暗想：原来这位三师弟才是神目如电的世外高人，将来能执天下玄门道宗之牛耳。

朱子曰：古之君子，居大臣之任者，其于天下之事，知之不惑，任之有余，则汲汲乎乘时而勇为之。知有所未明，力有所不足，则咨访讲求以进其知，拔援汲引以求其助，如救火追亡，不敢少缓。上不敢愚其君，以为不足与言仁义；下不敢鄙其民，以为不足以兴教化；中不敢薄其士大夫，以为不足共成事功。屹然中立，无一毫私情之累，而惟知其职之所当为，夫是以志足以行道、道足以济时，而于大臣之责，可以无愧。

林贤将这张明黄纸笺慢慢念完，注视着在躺椅上闭目仰坐的胡惟庸。

胡惟庸睁开双眼，往身边的银壶吐了一口痰液，冷淡地道："这就是陛下亲笔御书恩赐给朝中所有从一品以上大员的座右铭。可笑的是，这样的大臣之任、大臣之责，用得着他来教诲吗？本相不正是这样身体力行的吗？他自己身为人君，恐怕也应该多读一读古书典籍里的人君之任、人君之责。"

他顿了片刻，又徐徐道："西汉鸿儒刘向在《说苑》里写道：'夫王者得贤材以自辅，然后治也；虽有尧舜之明，而股肱不备，则主恩不流，化泽不行。'他还说：'人君之事，无为而能容下。夫事寡易从，法省易因；故民不以政获罪也。大道容众，大德容下，圣人寡为而天下理矣。'这才真真正正是每一位人君务必遵而行之的大道！"

林贤听罢，插话道："陛下自己也曾说过：'举大器者不可以独运，居大业者不能以独成。是故择贤任能，列布庶位，安危协心，盛衰同德。昔殷周之兴也，用伊尹周公诸贤，故卜世永久、历祚灵长。'他所说的和他所做的怎么却是完全相反呢？"

"'愚而好自用，贱而好自专'呗！"胡惟庸轻蔑之极地从鼻孔中喷出一股长气，然后一脸峻肃地道，"吩咐下去，让人把陛下御赐的这段座右铭做成一方紫檀木框、花岗石底的砚屏，放在本相的书房之内，使每一个前来议事的外人都能清清楚楚地看到。"

"好的，孩儿一定悉心办好。"林贤应声而答。

胡惟庸伸手指了指旁边书案上那只黄花梨木盒子，道："徐立诚送了一件礼品来，你打开看一看。"

林贤很小心地打开来，见是一块方方正正的玛瑙文石，通体上下紫莹莹、油润润的。令人称奇的是，在这块玛瑙文石的底部，竟是天然生出了三颗白腻如酥的玉珠，呈三角形拱托其上，形如一只小小的方鼎，十分逼真。

看到这块奇特的玛瑙文石，胡惟庸先是怔了一下，双眼立时又大放奇光："好！好！好！送得好！送得巧！送得妙！徐立诚必是煞费了一番苦心的。"

林贤又从那木盒底层拿起一张纸条，只见上面写道："时襄平延里社生大石，长丈余，下有三小石为之足。或谓度曰：'此汉宣帝冠石之祥，而里名与先君同。社主土地，明当有土地，而三公为辅也。'"他有些疑惑地递给胡惟庸："您看，他留这张纸条是什么意思？"

"他这段话引自《三国志·公孙度传》。这种奇石名为元鼎之石，乃绝世之瑞物。公孙度当年得之而成辽东霸主，享国半百之载。而这块玛瑙质地的元鼎之石，自是更为稀有。"胡惟庸将这方鼎之石托于掌心细细端详，"他这是借此奇石劝进本相尽快问鼎中原、执掌九州啊！"

"呵呵呵，父相，他举动虽是嫌得过急，但他的用心，父相也不可不虑啊。"林贤在这个时候只得顺着徐立诚做好的题目向胡惟庸"锦上添花"。

274

"时机尚未成熟,一切须得从长计议啊。"胡惟庸放下那方元鼎之石,侧头和林贤转移了话题,"说到这种玛瑙文石,本相倒听闻在汪广洋夫人举办的赏花酒会上,这些在玛瑙岗随处可见的雨花文石,居然在洋夷贵妇们那里卖到了二三百两白银一颗!呵呵,这样挣钱也未免太容易了吧?"

"孩儿也听说了,是一个石宝轩的女老板通过汪夫人的赏花酒会售卖出去的。"

"你知道得还不够到位,这个女老板,就是那个礼部新进郎中陈若余的女儿。"胡惟庸慢慢摩挲着手中那根白玉琮,"你别说,这个陈若余能想出修立圣语碑林、编撰圣训集锦的邀宠之术,要么他本人足智多谋,要么他幕后有高人指点。"

"哪有什么幕后高人,还不是陈宁指使他去做的?"林贤也立刻忆起了陈若余,气不打一处来,"但这个陈若余也太不懂规矩了,从州府调往部堂升任郎中,居然不来丞相府感谢一下!父相,是不是应该找个机会敲打一下他呢?"

"他若真是陈宁那条线上的人,那他也只能感谢陈宁,到本相这里还够不着呢!贤儿,你懂得宰相肚里能撑船的道理吗?"胡惟庸端起小几上一杯清茶润了润喉咙,"只要他不是东宫派系那边的人,我们都要包容他。本相毕竟不是当今圣上,还做不到让所有的臣僚都来我这相府里诚惶诚恐、顿首顿首!我们只须抓住朝中那些要害部堂里的要害人物即可,至于清汤寡油的礼部郎官,收来又有何用?倒不如以大方待之,令旁人的观感有所改善也是好的。"

"孩儿浅陋,父相指教的是。"林贤确实钦佩得心服口服。

"这个陈若余的女儿看来很会经商,才能未必在吴进祥、徐立诚他们之下。你去试一试,看能不能把她笼络过来。实在难办,就暂时把盛产玛瑙文石的花石岗、灵石台、玛瑙岗等地封了,不许外人上去开采雨花文石，逼压她来和我们谈判。"

"父……父相，您把这区区一个小女子也看得过重了吧？"

"你懂什么？吴进祥的十三座官办花楼很快就要完工了，但咱们经营花楼的人手真是奇缺啊！吴进祥也不能去当迎来送往的老鸨啊，陈若余的女儿如果确有八面玲珑之才，本相便要放手起用她！"

"好，父相，孩儿先去试一试她吧。"林贤只好答道。

胡惟庸又道："其实，汪广洋的夫人也是一个厉害的角色。汪广洋本人清清白白、一尘不染，但府中里里外外的开支全是他这位诰命夫人经营而来的。汪夫人此番卖给洋夷妇人们那近两万匹锦上花，就是徐立诚从原宝虹绸缎庄抽出来贱卖给她的，基本上是白送。还是汪广洋圆滑透顶啊，只会推他的夫人出面来做他的白手套，免得弄脏了自己的手掌在外面不好看！"

林贤忽然想起了什么，向胡惟庸含笑道："父相，孩儿曾听过一个关于汪广洋夫妻的隐秘消息……"

"那个消息是真的。"胡惟庸眼皮都不眨一下，"这一次秋试会考，我们终是绕不过他啊！希望他不会彻底倒向东宫那边吧。"

林贤双目正视着胡惟庸："父相，孩儿相信汪广洋再圆滑、再精明，他也最终会懂得兔死狗烹、唇亡齿寒的残酷性。"

"贤儿果然是大有进步啊！"胡惟庸又托起那方元鼎之石细细欣赏起来，"为父知道下边送来了几条不太好的消息，你直接禀报吧。为父自信还承受得起。"

"父相，第一件事是，据北平府的眼线，大将军徐达准备向陛下提出'屯田以节用、减兵以务农'的建议，请求将平北大军压缩到三十万左右。而且，徐达还准备信心十足地向陛下保证，凭着这三十万精兵，他就能在两三年内荡平辽东，消灭纳哈出！"

"徐达可真是陛下的精忠之臣啊！他宁可自己在取胜后失去兵权

处于闲职，也要替大明之长治久安而苦心孤诣、无所不为！"胡惟庸一边感叹着，一边在深深地思忖着。过了许久，想得通透之后，他才唤林贤近前，徐徐开口，声音依然保持着极度的平静，仿佛一股暗潮在缓慢地流动："不要慌，他这件事做不成。等他的建议书来到应天府后，你让兵部以'兵农分途，各济其用'的理由来驳挡他。我们只须指出'兵习于战而不习于耕，兵归于野而争利于农'，反而会给后方州府平添负荷。如此一来，陛下必会犹豫不决，只有将这个建议搁置起来，也只有拖到歼灭辽东元寇之后再来决议此事。"

"父相真是高明之至，连陛下也在您的制约之中。"林贤忍不住脱口赞道。

"贤儿，你这话错了。"胡惟庸面如寒潭，"那是目前国空民穷的艰难时势困住了陛下的手脚，而不是为父的聪明才智可以制约陛下。对这一点，为父还没有糊涂。"

"还有一件事是，苏州府衙那边，假和尚姚广孝和拱卫司联手破了宋明德夫妇暴亡一案。姚广孝查出宋氏夫妇二人是中毒而死，不是暴病身亡。他应该还查出了宋紫荷也没有死，而是当时被我们找了另外一个女人来顶包……"

"够了！"胡惟庸重重一拳擂在躺椅的扶手上，"陆仲亨、魏忠明就是只在那里吃干饭的吗？"

"父相，陆仲亨也请了倭国高手在半路截杀过姚广孝，但没有得手啊！"林贤满脸无奈，"在查案的时候，又有燕王亲临坐镇，陆仲亨也不好出面硬碰。至于魏忠明，他哪里是姚广孝的对手？现在万幸的是，钱大斤还没落在他们手里……父相，一切尚大有可为。"

"不错，他们还是要抓到钱大斤才能把这两桩悬案真正捅破。你替为父转告陆仲亨、魏忠明，一定要抢在姚广孝他们前边抓住钱大斤，这一点是最关键的。"胡惟庸森寒的目光紧紧盯住林贤，逼得他心头直跳。

"明白，明白。"林贤慌忙答道，"孩儿之后亲自去一趟苏州。"

"我们也不能只是一味地被动防守。"胡惟庸的口气变得狠厉之极，"我们不是早就酝酿好了一招杀手锏吗？你既是要去苏州，就亲自督导他们抓住时机一击必中，让姚广孝也吃一吃大苦头。"

第三十二章
来客

"多谢小佛爷施舍灵药,才使我温香楼里的姑娘免遭脏病之苦。"莫喜娘跪在净室地板上,向道衍致谢道,"小佛爷心心念念以众生平等为本,实在是功德无量。"

道衍明眸微闭,双掌缓缓而合:"阿弥陀佛。杜牧有诗曾言:'鸟去鸟来山色里,人歌人哭水声中。'貌似超然,实则漠然。小僧送你们一句诗,'情生情灭还自在,花开花闭归本相'。你拿去写在厅堂对联之上,希望能够度得几个女施主将来从良得所。如何?"

莫喜娘正自沉吟,坐在道衍身旁的韩宜可却咳嗽一声:"姚师父,你这'情生情灭''花开花闭'之词,似乎不太清雅。"

莫喜娘听了他这话,鼻中轻轻一哼,暗想道:这些词句如此文绉绉的,还不够清雅?依老娘的看法,厅堂里那副对联应该写成"鸟来鸟去洞天里,人歌人哭极乐中",才最能招揽客人!什么"情生情灭""花开花闭",老娘统统不要!

就在这时,道衍含笑唤了她一声:"莫喜娘,自古以来有做不尽的善事,便会有赚不完的钱财。你说呢?"

莫喜娘急忙应道:"小佛爷说得是。我对楼中姑娘从来不会拘束禁闭的,只要她们攒够了赎身钱,我从来是听她自去自留,决不横加干涉。人心都是肉长的,我是盼着她们个个都好的。"

道衍看了她一眼:"你若真能如此,倒也算是女中菩萨。"

韩宜可却想:这样的婆娘眼里只认得钱,哪会真正在意你的传道解惑?他嗤笑了一声,说道:"姚师父,你也是好为人师。莫喜娘,此番请你前来,我们有正事询问你,近日里那些来你温香楼玩乐的日本商人们可有什么异常?你且细细说来。"

莫喜娘一边回忆一边答道:"上次见了姚师父和大人您后,老身我便对他们的活动暗暗上了心。老身也问过罗四姐、八段青等接待过他们的姑娘,发现这些日本商人嘴里谈及生意的较少,大多都喜欢舞刀弄剑,而且蛮力还不小。有一次,一个日本商人发酒疯,竟一刀把屋里的八仙桌硬生生劈成了两半!"

道衍与韩宜可交换了一下眼神:这些行为哪里像是日本商人做得出的,分明倒像是浪人、武士一般。

韩宜可又咳了一声,对莫喜娘正色道:"莫喜娘,本官今天交给你一桩任务,你回去之后,让你那些姑娘细细套问那些日本人,把他们头领的情况问将出来,本官届时重重有赏。"

"好的,老身一定照办就是。"莫喜娘想了想,又答道,"其实,关于这些日本人的情况,徐立诚徐大老板应该知道得不少,你们也可以去他那里打听打听。"

"这个我们知道。"韩宜可继续问,"另一个问题是关于平东行营的。韩某知道你有所顾虑,就替你挑明了吧,平东行营的将士肯定不会冒险来锦雨巷里公开嫖宿,但会包车包轿召妓去军营里享乐。你说一下,通常谁召妓的次数最多?"

"军营的事儿,老身哪敢乱说?"莫喜娘连连摇头,"请小佛爷和这位大人饶了老身吧!"

"你只管放胆直说,我们定会保你无事。"韩宜可肃然逼问道,

"你若回避,只怕将来难逃遮蔽蒙上之罪。"

莫喜娘没奈何,只得道:"其实整条锦雨巷也都知道,就是那个陆公子最喜欢召妓了,前天还让罗四姐进军营去了呢……反正他也不单在我这一处召妓……"

道衍和韩宜可又是飞快地交换了一下眼神:原来陆飞并没到明州城去平寇除盗,而是仍然躲在平东行营里逍遥快活。

场中静默有顷,道衍又问:"听闻近日你们锦雨巷竟在大张旗鼓地评选花魁?"

"唉,这事儿还不是苏州府挑起的?那个州府师爷晁咸之来宣布,要在锦雨巷各大妓院评选出十名花魁,据说要送到应天府的官办花楼去,工钱比这里高两倍。"

莫喜娘讲到此处,忽然又想起了一件事,对道衍说:"对了,前天下午那个晁师爷来把锦雨巷最漂亮的姑娘选了几个去,说是以官妓的身份在苏州府衙接待一个来自应天府的重要人物……"

道衍听了,眸中波光微微一闪,没有多说什么。

待莫喜娘讲完告退后,韩宜可便迫不及待地问道衍:"那个来自应天府的重要人物到底是谁,你猜一猜?"

"应该是胡惟庸派来的特使。因为小僧已然查出了天波弥罗散,于是宋明德夫妇暴亡案就成了一桩另有真凶的活案;又因为我们找到了八段青关于钱大斤的证词,于是宋紫荷灭口案就成了一桩偷天换日的假案。胡惟庸在这两处都失了先手,必是大为光火的。所以,他会派特使前来苏州面授机宜,查漏补缺。"

韩宜可冷冷笑道:"就是他亲自来了也没用,拱卫司已经将这两桩案件形成正式卷宗送回陛下那里了。"

"不要这般乐观。"道衍微微摇头,"我们终究没有抓到关键人物钱大斤。所以,这两桩案件仍是不能得出最终结论的。陛下那里,也只能是继续搁置,无法把它当作制裁胡党一派的利器。"

"这……这就只有循序渐进、细细追查了。"韩宜可抚胸而叹,"钱大斤究竟躲在哪里,连你这深谋远虑的小佛爷也推测不出?"

道衍微笑了一下:"韩施主,你以为小僧真的有千里眼、顺风耳等大神通?小僧和你一样,也只是一介凡夫而已。"

正在此刻,道沐近乎手舞足蹈地走进净室,满面兴奋之色。但他一眼看到韩宜可也在场时,兴奋之色顿敛,讶异之色毕露,对道衍欲言又止。

"师弟,我寒山寺内无事不可与人言。"道衍看着他,大大方方地道,"你直说吧,为兄听得,韩施主也听得。"

道沐"嗯"了一声,郑重道:"大师兄,方才有一位施主向本寺敬献了一件佛门之宝。"

"佛门之宝?"道衍捏动着掌中那只玄玉蝉,叹了一口气,"师弟,佛门以善德为宝,以悟性为宝,并不是以金银为宝、以珍物为宝。"

道沐呈上了一方锦盒:"大师兄,话虽如此,献宝之心即是向佛之心,向佛之心必是以善为基,也不可轻忽了。"

韩宜可在旁边插了一句:"你师弟说得对,佛门中人,不正是应当'饭来张口、衣来伸手'吗?"

道衍乜了他一眼,伸手接过那方锦盒,慢慢打开,里面是用细细的金链串起来的一堆小海贝,古朴沉雅,五彩斑斓,形状各异,琳琅满目:有的像蜗牛,有的像半扇,有的像吊坠,有的像梳子,有的像竹笋,有的像松果,有的像花瓣……道衍把它们拈在手里,哗哗作响,声如流水。他又将这堆小海贝轻轻铺开,竟似一幅尺二见方的"经卷":每一枚华美闪亮的贝壳背面,都镌刻着两三个经文字句,连在一起诵读——"观自在菩萨,行深般若波罗蜜多时,照见五蕴皆空，度一切苦厄。……"道衍边辨认边诵念，原来是一部《心经》。

"这就是传说中的贝叶真经！果然是佛门奇珍。"道衍徐徐颔首，"难得这位施主向佛之心如此之坚，师弟便请他进来吧。"

道沐看了看韩宜可："那位施主只想和大师兄单独会面。"

道衍沉吟起来。韩宜可很知趣地站了起来："姚师父，韩某先回厢房去休息了。"

"且慢，"道衍微一抬手，"从这部贝叶真经来看，小僧已经知道这位施主是谁了。小僧原本也想建议韩施主去拜会他。既然他今天主动来了，相逢不如巧遇，韩施主，你便去书架后暂时隐身一下，看一看小僧如何与他交往。"

"姚师父，韩某确须如此见他于隐匿之中？"韩宜可不解地问。

"他身份不凡，你确须如此见他。"道衍肃然而答。

"大师兄，这……这样真的恰当？"道沐有些为难。

道衍用手指在半空中虚写了一个姓氏："是不是他？"道沐点了点头。

"那你去请他进来，为兄自有主张。"道衍决然道，他让韩宜可拿了一张圆凳去书架后隐身而坐，"韩施主，你稍后就知道该不该如此见他了。"

道沐、韩宜可只得应声各自而为。

过了一刻钟左右，房门应声而开，走进来的却是一位面罩青巾的蓝袍长者，须发斑白，只露出一双眼睛闪闪生光。

他上上下下扫视了道衍一番。道衍迎视着他，淡然笑道："沈施主，在这净室之中，您不妨以真面目示人。"

"大师目光如剑、睿思如神，沈某佩服。"蓝袍长者缓缓取下面巾，赫然是江南四大富豪之一的沈贯山。

道衍还担心书架后面的韩宜可认不得他,便又悠悠道:"悦生堂沈贯山沈施主难得光临鄙寺,失敬失敬。"

韩宜可听得清楚,心弦一震,这位"神龙见首不见尾"的真正的江南首富终于露面了,却不知有何来意?吴进祥、徐立诚这两大富豪已经公开投向了胡党,而今沈氏的趋向尤为值得注意。

那边,沈贯山已向道衍抱拳一礼,朗朗言道:"大师为宋氏上金殿告御状,而今又协助燕王、拱卫司破解悬案,真是智勇兼备、一代人杰。沈某今后还要多多前来受教啊!"

道衍面如止潭:"沈施主今天能够走进净室与小僧见面独谈,自然是已在心中作了抉择。悦生堂百年基业,沈施主不得不绸缪万全啊!"

沈贯山自是听出他话里有话,双目闪动,缓声道:"道衍师父素有小佛爷之称,指点迷津从无差错。我沈家之事,道衍师父可否赐教一二?"

道衍静静地平视着他,心底的念头却转得飞快:那日自己在苏州公堂和胡惟庸对峙时,沈贯山也是在场的,他当时也只能是龟缩自保。而事情的转折点应该是:前几日自己从京城搬回了燕王朱棣和拱卫司后,沈贯山这样的老狐狸便嗅出了风向变化,也明白了沈家不能"在一棵树上吊死",于是赶来寒山寺这里两面下注了。本来,自己是很瞧不上他的,但东宫一派要和胡党打持久战,背后没有钱柜子支持,终究是不行的。此刻,沈某人既有投效之举,自己也只得暂时替东宫拉拢一下了。可是,也要绵里藏针地敲打他一番,令他畏威怀德而不能有所异图。

道衍心念一定,便缓缓开口道:"这样吧,小僧先与沈施主讲一个故事。一百年前,正是宋元交替之际,杭州府有位卖酒卖布的杂货小老板,无意中得到了一位犯罪横死的贵族留下的荒郊别墅。说是别墅,也早被官府抄成了白屋。小老板得了这别墅之后,三五年间生意渐渐火爆,如有神助,而且往往在困窘之时,总能找到一笔笔合适的资金来化险为夷。就这样,他的生意一天天兴隆发达,终成江南一大富家。"

沈贯山默默地听着,脸上表情没有任何变化。

"人们都说这位大富豪是得了财神照命或是灵宝护体,否则怎会如此日进斗金?但也有人声称,只因他发掘了这座别墅的地下宝藏——那个破落横死的别墅主人,便是宋末一代权相贾似道。贾似道生前贪墨无数,尽皆藏于地库,却为大富豪无意中掘得,所以他暴富如神。但,这些都是传言,一切并无实据。"

道衍讲到这里,忽地停顿了一下,目光直射向沈贯山:"不过,有一点却让人觉得非常巧合,贾似道的表字为'悦生',而这位大富豪所开创的所有产业店铺也都一律取名为'悦生堂'。或许,正是这大富豪的一点感恩顾本之心,才使得自己的产业始终屹立潮头而不偏不倒吧?"

沈贯山脸上的肌肉不自禁地抽动了一下:好厉害的虎和尚,居然把沈家祖业的底细摸得如此清楚!贾似道贪淫无能,正是当今陛下对外公开树立的"奸佞靶子"——若是有人捅破自家与贾氏的渊源,难保也被视为"奸臣余孽"而清除之!这道衍半含半露,锋芒凛凛,不可不小心伺候啊!于是,他眉目间放出笑意来:"大师讲的这个故事真是妙到毫巅,沈某大为受教了。但前路茫茫,我悦生堂还想请您指点一条明路。"

"欲问明路,莫过于占卦测算。"道衍取出三枚洪武通宝,从案头拿过一本《易经》,递给沈贯山,"你且摇一卦出来给小僧瞧一瞧。"

沈贯山闭目合掌,将三枚铜钱拢在掌心,向外连抛六次,第五次时三枚铜钱背面全部朝上。

书架之后,韩宜可心道,道衍师父这又是在以神道设教吗,沈贯山究竟信不信他的话呢？

这边，道衍看过铜钱撒成的卦象后，也不用翻书阅典，直接便道："沈施主，你这一卦的本卦是'上泽下风'之'大过卦'，第五爻为变爻，纯阳变纯阴，而变卦为'上雷下风'之'恒卦'。'大过卦'的卦辞是'栋桡，利有攸往，亨'，卦中九五之爻的爻辞为'枯杨生华，老妇得其士夫。无咎无誉'。而'恒卦'的卦辞是'亨，无咎；利贞，利有攸往'，卦中六五之爻的爻辞为'恒其德，贞；妇人吉，夫子凶'。对不对？沈施主，你翻开《易经》核对一下吧？"

沈贯山翻开《易经》查来查去，发现道衍所言毫无差错："大师，您的记性真好，连一个字儿都没记错。您赶紧帮沈某解卦吧，沈某必有重谢。"

道衍看了看书架那边，娓娓道："好吧，小僧便姑妄言之，沈施主便也姑妄听之。我们看卦析意，以本卦为本，以变卦为辅，以变爻为契机；以本卦为始，以变卦为终，以变爻为其间之转折。你之运程，起于'大过'之卦，而定于'恒卦'。

"你这一卦其实来得非常巧妙，它的本卦、变卦是左右呼应、相得益彰的。本卦之'大过卦'的卦辞里有'利有攸往''亨'五个字；变卦之'恒卦'的卦辞里也有'利有攸往''亨'五个字。这就说明，你在此时此势之下，选择了弃暗投明、归顺于善，始终都会利有攸往、大亨大通的，你心有所感，而卦有所应矣！"

沈贯山眼睛睁大看着他："大师，您……您真的是句句都说到沈某的心坎里了！"

道衍指着卦象，继续对他道："小僧为什么讲得这么笃定呢？因为，本卦和变卦中的变爻之兆最是能够直接应验的关键点。你看，'大过卦'的九五之爻爻辞是这么说的：'枯杨生华，老妇得其士夫，无咎无誉。'沈施主已经年近六旬了吧？你在晚年方才得遇明主,岂不是'枯杨生华'?'恒'卦的六五之爻爻辞是'恒其德,贞;妇人吉,夫子凶',妇人之德在于'从一而终、恒守其节',而必应为吉。只希望沈施主今后莫要像浪子一般三心二意、摇摆不定,而要像烈妇一样全心全意、始终如一。这样,你必能大吉大利、百事亨通!"

沈贯山连连点头,从衣袖中取出一张三万两的银票推向道衍:"大师,您再详谈一下沈某的明主之事。"

道衍合十道:"小僧何德何能,哪里值得了您这三万两白银的赠礼?"

沈贯山笑道:"大师您佛法渊深、舌灿莲花,可谓一字千金啊!"

道衍也不再推辞,收了银票,对沈贯山道:"好吧,小僧无功不受禄,便借着你的名字点破一下玄机。你的姓名'沈贯山'三字,已昭示出你该何去何从。'沈'者,属水之相;'贯'者,一贯钱也,千文之数,属金之相;'山'者,属土之相。'沈贯山'三字倒过来,便是'山贯沈',即土中生金、金又生水的循环往复之格局。所以,你的财运有源有流、生生不息,而其绝妙之处全在一个'顺'字:土顺生金、金顺生水嘛!不过,你命中既有如此旺盛之'水',总不能久积久静,而须顺势生化出去……沈施主,你可悟了?"

"大师一席话,令沈某茅塞顿开!"沈贯山双眸一亮,伸出手指蘸了点茶水,在小几上快速地写下两个字,口中徐徐道,"沈某明白了:水当生木,一顺到底。"

道衍看了看那两个字,正是"标""棣"二字。他面色一正,肃重而道:"沈施主耳目通神、心窍通灵,吴进祥、徐立诚之辈实是永不及您。您的心意,小僧自会转呈于上。"

沈贯山也认真地道:"大师无论有何吩咐,只须带一句话来,沈某赴汤蹈火,在所不辞。"临别出门之际,他又对道衍说了一段话:

"沈某知道大师十分关心宋紫荷姑娘的安危。据沈某的暗线多方打探，宋姑娘其实未死，但她也不在平东行营那边，应该是被送去了应天府。至于究竟是谁要了她去，沈某既无实据，也不敢乱说。"

第三十三章
铁案

沈贯山离开之后,韩宜可一声清咳,倒背双手从书架后面转了出来。

道衍面沉如水:"韩施主,你怎么看?"

"不可不信,也不可全信;不可不用,也不可重用。"韩宜可若有所思地道。

道衍却觉得,朱棣早已扶持了陈如意为"摇钱树",而这沈贯山只不过是来"锦上添花"的,重要性自然不是第一等的。他拈起那张三万两银票递给韩宜可:"你替小僧转交燕王。"

"姚师父,他……他不是送给你的嘛……"

道衍冷声一笑:"他这是向殿下表忠心的,小僧要它作甚?"

韩宜可只得收了:"殿下若是退给你,我再拿回来。"

这时,房门忽开,一个守院僧人进来禀道:"大师兄,苏州府衙主簿晁咸之带了一队衙役过来请见。"

道衍微微一怔:"你让他们进来,顺便把道沐师弟也喊过来。"

半刻钟左右,晁咸之满脸是笑地抢进屋来,上前拱手作礼:"原来韩大人也在此处,甚好,甚好。道衍师父,晁某奉本府钧命而来,冒犯了,冒犯了,还请见谅。"

道衍面无异色,问道:"晁施主,苏州府有何钧命?莫非是魏府君想见小僧一面?"他看了看晁咸之身后,那些衙役已是神色诡异地守住了门口。

"大师兄,怎么回事?"道沐来到净室,也是一脸的诧异。

"道衍师父,魏府君就是想见您,也会亲临求教,怎敢如此?这道钧命不是给您的。"晁咸之转脸看向道沐,"这位师父便是您的师弟道沐师父吧?果然是风流倜傥、一表人才啊!"

道沐连忙合十还礼:"小僧正是道沐。"

晁咸之脸色一变,咳了一声,从怀中拿出一张缉捕文书,道:"道沐师父,魏知府特地有请您赴衙堂接受质证问话。"

道衍本以为自己会被请去府衙,这才喊了道沐过来交接几句,却万万没想到这一次苏州府衙的对象竟是道沐。他还未开口,韩宜可已先问出来了:"质证问话?这……这位道沐师父是做了什么违法之事吗?"

晁咸之张望了一下四周,把目光投在了自己鞋上,嗫嚅道:"这……这个,有些事情涉及寒山寺的清誉,此时还不宜说破。道沐师父,你跟我们到了苏州衙堂,一切也就知晓了。"

道沐只觉莫名其妙:"什么'涉及寒山寺清誉',什么'质证问话'?你们要问什么,在这里问就好了!"

晁咸之笑得扑朔迷离:"道沐师父,那些质证问话只能在公堂之上与相关人等一一对答。这里,总是不太方便的。"

韩宜可只好对道沐说:"道沐,有人把你告了。"

"什……什么?有人把小僧告了?"道沐大吃一惊。

道衍把手一抬止住了他,直视着晁咸之:"晁施主到此似乎一直是话里有话?这样吧,此处并无外人在场,您只管直言不讳。"

晁咸之嘿嘿一笑,把那张缉捕文书呈递到道衍眼前:"现有苏州莲池巷民妇何三姑状告寒山寺僧人道沐诱奸行骗等诸多事宜，本府已经立案，责令道沐即日到堂接受质证讯问。"

他这话一出，室内诸人都吃了一惊。道沐更是高声喊道："冤枉啊，冤枉啊！大师兄，她这是诬告！"

韩宜可的脸色认真起来："晁主簿，你们只怕是填错了缉捕文书吧？真的是要提审这位道沐师父？"

晁咸之也是锋芒直露："韩大人，对方人证、物证样样俱全，又当街擂鼓告上堂来，魏大人不接状纸也不行啊！"

道沐只道："什么人证、物证，这没影儿的事情，哪里冒出来的？大师兄，只怕他们有奸计啊……"

"道沐师弟，你若真的从未违法乱矩，他们诬陷不得你！这样吧，"道衍一眼看到道溶来了门边，便吩咐道，"道溶，你陪你道沐师兄前去苏州府衙一趟。"

韩宜可也道："姚师父，韩某也一同前去看看。"

晁咸之却笑道："韩大人，我们魏知府事前专门交代了，您为人方正，精通律法，审案严明，我苏州府衙正式特邀您一道审理此案，以求不偏不倚、无私无弊。"

道衍若有所思地道："这么说来，魏府君此番是胸有成竹、有备而来了？"

晁咸之微微躬身："哪里，哪里！魏知府也只求实事求是、清平如镜，力争排除诬谗，尽快还道沐师父一个清白！"

道沐看向了道衍："大师兄……"

道衍正颜道："师弟，你放心去吧。《大明律》昭昭在上，韩大人亲临同审，是不会冤枉一个真正的好人的。"

韩宜可、道沐、晁咸之、道溶等一行人赶到苏州府衙大门时，只见门内门外人山人海，那些苏州百姓就像赶集似的跑来这里观看审案。

他们穿过人潮，上了衙堂，魏忠明与诸官差、衙役等早就严阵以待。

韩宜可迎着魏忠明笑道："区区一个质证讯问，魏知府竟然排出这样盛大的阵仗来，非要使得苏州上下尽人皆知不可吗？万一事与愿违，只怕贵府有些下不来台啊！"

魏忠明脸上的笑意似乎比蜜汁还甜："哎呀，韩大人，本官也是为汹汹民意所裹挟啊！此案涉及佛门清誉，加之寒山寺与朝廷的特殊关系，本府焉敢等闲视之？悠悠众口，宜疏不宜堵啊！本官如此施为，也是想在众目所瞩之下还道沐师父一个清白！"

堂下人群中一阵叫嚷："花和尚诱奸民妇，罪大恶极，不查清楚不行呐！"

韩宜可游目四顾，冷笑道："那倒也是。俗话说身正不怕影子歪，道沐师父只要是奉公守法、无罪无错，也不怕再多的人来瞧热闹！"

魏忠明仍是笑容可掬地道："韩大人高见。本官自然是相信道沐师父之清白无辜的，本官也要竭诚尽力使堂下民众都相信道沐师父之清白无辜。来，有请韩大人上座听审。"

"魏知府，你是苏州府的父母官，此案自然由你来主审。韩某只在一边旁听监督即可。"韩宜可径去书案左侧坐下。

"好，那就开堂审讯了！"魏忠明走到书案后面落座，把惊堂木一拍，"叭"的重重一响，大堂上下顿时安静了下来。

道沐还没回过神来，就被身后的两个衙役一下推倒跪在地上了。

魏忠明端坐在那张高兀的书案之后，显得官威十足，他冷声冷气地喝问道："道沐和尚，现有苏州莲池巷民妇何三姑擂鼓鸣冤，告你身为佛门弟子却不守清规，对她诱奸行骗无所不用其极，此事是否属实?"

场外民众顿时哗然而呼,声如潮鸣。

道沐迅速稳住了心神:"启禀大人,何三姑施主到我寒山寺上过香礼过佛,是一位佛门信女,小僧自然是认得的。但小僧从未与她有过不守清规、玷污佛门之举动。她这样胡乱告状,分明是冤枉小僧了。"

魏忠明听罢,也不多话,将惊堂木使劲一拍:"带民妇何三姑上堂与道沐和尚对质。"

听了这话,先前神情闲散的韩宜可凝目往下看去,两名衙役陪护着一个中年妇人,从衙堂侧厢走上堂来。那妇人身穿水蓝色的布袍,淡绿色的长裙,白白净净的脸庞,柔柔细细的长发,眉宇间透着一丝隐隐的憔悴和虚弱,让人看了很是怜惜。

"何三姑,道沐和尚已经到堂。你向大家细细谈一下他当初是如何诱奸欺骗你的。"魏忠明死死地盯着何三姑,语气里寒意逼人,"在这赫赫公堂之上,在这众目所瞩之下,在这御史大人旁听之下,你只管放胆说来,莫要有一丝一毫的顾虑,大家都会为你主持公道的。"

何三姑听着魏忠明的话,全身微微颤抖,正欲回答之际,道沐却抢先开口了:"何女施主,小僧心怀慈悲,从未越矩,待你也是大行方便,你为何竟要如此诬告于小僧?"

何三姑只和道沐对视了一眼,便将目光移了开去,定定地望着衙堂上那方"明镜高悬"的大匾,低低怯怯地讲道:"启禀各位大人、各位父老,民妇一向寡居,膝下只有一个孩子小宝。因今年五月小宝患了热咳之症、久病不越,民妇心里甚是焦急。民妇素闻寒山寺有老佛爷净空大师、小佛爷道衍师父神通广大、包治百病,于是便到寒山寺上香求助。那一日,是这道沐和尚接待了民妇。他当时嫌弃民妇交纳的香火钱太少,说道:'三四钱银子值什么?半头羊羔子都买不来！'不肯出手为小儿治病,也不肯往上代传……"

在堂下民众的喧哗声中,道沐目瞪口呆:"女……女施主,小僧当时何……何曾说过这些话来?……你莫要撒谎!"

魏忠明重咳一声,转头向韩宜可道:"韩大人,您看,这道沐师父总得让何三姑把话讲下去吧?他这么打断原告的陈述,不知御史台对这种行为应当如何处置?"

韩宜可只得说道:"道沐师父且住,少安毋躁,听这位何三姑把话讲完。"

道溶也拉了一下道沐的衣角:"二师兄,你莫激动,忍一忍吧!"

道沐的眼睛早已红了:"韩大人、魏大人,这女施主分明是一味往小僧身上泼脏水啊,她越说下去,必是越加离谱……"

"再离谱,你也得乖乖地听着!"魏忠明板起脸来,"你若再出言打断,本官便令人掌你的嘴了!"

道沐无可奈何,只得闭上了口。

魏忠明又换上一副笑脸,对何三姑温言道:"何三姑,不要怕,你有什么冤屈,继续陈述下去!你看,这大堂之上有韩大人和本官,这大堂之下有父老乡亲,都会为你做主的。"

何三姑幽幽又道:"后来,民妇跪在罗汉堂的地板上向他苦苦哀求了一两个时辰,这道沐和尚才说道:'若要为你小儿治病,唯有与贫僧共修欢喜禅、同享鱼水欢,如此结下善缘,方可相助。'……"

这一下,堂内堂外顿时哄笑之声大作,一个农夫笑道:"俗话讲,'和尚和尚,色中饿鬼',果然不差!"还有妇女在堂门口骂道:"花和尚逼良为娼,猪狗不如!"

道沐满脸涨红,只是闭着双目喃喃道:"说谎!说谎!诬陷!要下拔舌地狱的!"

何三姑听到这话,仿佛身躯微微一震,拿双手掩住脸,还是开口讲下去:"万般无奈之下,民妇只得从了他,任他为所欲为。事毕之后,他便给了民妇一包灵药,让民妇带回去给孩子煎服。那药也有效,不过孩子只能好个十天半月又要重新发病,民妇只得又来求他……这个道沐便又要挟民妇和他苟合……这样下来,倒有四五次之多……"

魏忠明板着脸,抬手对堂下道:"莫闹,莫闹,且听她讲得再仔细一些!"待堂下民众稍静之后,他又追问何三姑:"何三姑,道沐和尚在与你苟合之时,还曾说过哪些话可做证词?"

"有的,有的,大人,道沐有一次对民妇,得意扬扬地道,寒山寺不光他一个人是花和尚,全寺上下花和尚多得很!他透露了一个大大的机密给民妇:凡是前来寒山寺佛前求子而后又得子的妇女,实际上都是和寺里的花和尚们偷偷交合后怀上的私生子……"

她这番话一出,堂上堂下顿时如同炸开了锅,一片叱骂之声骤起:

"淫窝!淫窝!寒山寺竟是个大淫窝!"

"和尚和尚,光头浪荡!和尚和尚,色中饿鬼!"

"这些花和尚都该抓起来……"

……

道溶、道沐听了,悲愤得紧咬钢牙,泪流满面。韩宜可也变了脸色:"魏大人!这些言语皆与本案无关,快让她住口!不要让她再横扯一气!"

"韩大人,这是她揭发道沐和尚淫乱的证言,怎能让她闭口不谈呢?"魏忠明硬挡回来,"您不必在意。"

"魏大人,如果她是凭空捏造、肆意诋毁怎么办?"韩宜可肃颜作色,"寒山寺享誉百年、流芳禅林,素为当今陛下所重。她若是蓄意诬蔑,而你又不加制止,只怕你吃罪不起!"

魏忠明听他讲得如此严峻,也不敢再行阻挠,拿起惊堂木,半晌之后才重重拍下:"何三姑,你揭发他人恶行要指名道姓,不能一竿子乱打一群人!佛门清誉,岂是你可以胡言乱语的?!"

"大人,民妇没有诋毁寒山寺,民妇举告的是寒山寺里的淫僧!是他们给寒山寺抹了黑,不是民妇给寒山寺抹了黑!"何三姑一发说得不可收拾,"您要民妇指名道姓,民妇就直说了,道沐最近还给民妇谈起过,寒山寺那位小佛爷、他的大师兄道衍和尚为什么敢为宋家上金殿告御状,只因他本来就是宋家大小姐宋紫荷的姘头……"

公堂上下,这时更是人声鼎沸、嘘声连连。

一听到这何三姑居然把案子往道衍和钦案、御状上横扯,韩宜可再也按捺不住,径自夺过魏忠明手中的惊堂木在桌案上重重地拍击了十几下,直拍得掌心发麻,才暂时将堂下的嘈杂之声压下。他也顾不得再给魏忠明什么面子了,直接便吩咐道:"何三姑,这些牵扯不在场之第三者的言语,你不要再说了。现在,请道沐师父答辩回复。"

道沐忍着满腔悲愤,朝韩宜可、魏忠明高声道:"各位大人、各位施主,这位女施主真的是在诬陷小僧。小僧也和她有过数面之缘,也有过施药助人之举,但与她从无这等玷污佛门之言行!她这些都是子虚乌有的谎言!举一个例子,这就像她故意指责小僧昨天的晚饭是吃了荤菜而不是素菜,这叫小僧从何辩起啊?!但小僧可以对天发誓,对佛发誓,小僧绝对是清白的,是被诬陷的!小僧若有半句假话,愿堕阿鼻地狱永世不得超生!"

魏忠明正欲开口打压他,却被韩宜可抢过了话头:"何三姑,你听到了?道沐师父已然对天发誓、对佛发誓,已然矢口否认你的一切指控。你虽是弱质女流,但也不能空口说白话吧?你有何过硬的证据敢于当众拿出?否则,你应该明白诬告他人的严重后果吧?"

闻得韩宜可如此峻颜厉色的询问,何三姑不禁微微变容易色,把目光暗暗投向了魏忠明。

魏忠明显得一本正经,向她喊道:"何三姑,你不要怕,你有证据在手,自然能使清者自清、浊者自浊。现在也到了你拿出证据的时候了!"

何三姑静了片刻,从衣袖中取出一条菩提子佛珠手串,呈递上来:"启禀各位大人,这是道沐和尚在与民妇苟合之际所赠送的贴身佛珠手串,它算不算得证物?"

韩宜可看向道溶:"道溶师父,你辨认一下,这究竟是不是你师兄的东西?"

道溶接过手串,细细看过,只得点头。道沐将它抢在手中,一看之下大惊失色:"小……小僧的手串怎……怎么会落到了你的手上?韩大人,这……这是她偷来栽赃陷害小僧的……"

魏忠明冷笑着看向何三姑:"何三姑,道沐师父说是你偷来的,你如何回复?"

何三姑只是柔柔弱弱地道:"各位大人、各位父老乡亲,民妇只是一个手无缚鸡之力的弱女子,怎能从他这身强力壮的大和尚那里偷得这佛珠手串呢?这是戴在他手腕上的,除非自己摘下,谁能撸得下来?你们觉得是也不是?"

堂下又是一片哄然之声。

韩宜可面色沉峻,微一抬手:"何三姑,光凭这佛珠手串,还不能证明什么。它可能不是你这位弱女子所偷,但不能排除另有他人偷来交到你的手上啊!这个证据,不能算是铁定之物。"

魏忠明瞥了韩宜可一眼,又拿过惊堂木用力一拍:"何三姑,你还有什么铁证,只管抛将出来。是对是错,今日堂上堂下自有公论,也不是某一人便能判断的!"

韩宜可这时已然明白此事乃是胡党编织的一个巨大陷阱,欲将道衍和寒山寺搞得身败名裂。他火速地思索着对策,但目前也觉棘手得很,上有魏忠明步步紧逼,下有不明真相的民众被裹挟煽动,实在是不好化解。

何三姑抬起脸,目光慢慢变得冷厉果决,仰视着韩宜可:"韩大人,他道沐秃驴既是如此狡辩不认,如此翻脸无情,也就怨不得民妇撕破脸皮以死证之了!大家听清楚了,道沐和尚与民妇有过多次苟合,民妇记得他后腰处有巴掌大小的一块'山'字形青色胎记!而且,他的阳具粗大如烧火棍,周围却尽是短毛,这也是赖得了的?"

她这话一出,堂上堂下的喧哗之声几乎要把屋顶都掀掉了。

道沐如同遭了重重一记铁棒,面无人色:"你……你是怎么知道的?你……你……你是妖女……"

这一次魏忠明反应甚快:"晁咸之,你带两个差人马上把道沐提到侧厢房去脱了衣裤检查一下!"

韩宜可也是惊得心弦剧震:糟了,胡党一派分明是要把道沐这件事做成一桩铁案,然后以此来打击道衍和寒山寺!他心头电转之际,又问:"何三姑,你说他与你通奸多次,那本官问你,何时何地在何种情形之下,又有何人为证?细细禀来。"

"大人这么讯问,简直是在给民妇的伤口上撒盐巴了。民妇每次想起遭到这淫僧如此逼奸强暴便痛不欲生,简直不想回忆……"何三姑跪在地上掩面而哭,"您若非问不可,民妇便以最近一次受奸情况答复于您。四天前的傍晚,道沐和尚便来莲池巷找过民妇,这有莲池巷巷口处蔡包子铺的蔡八叔为证。魏大人他们是去蔡八叔那里取了询问笔录的。韩大人,您是应天府来的官中之官,您可不能把心长偏了!不然,民妇也要上金殿告御状!"

韩宜可被她这反手一招逼得只有表态道:"何氏,本官身负风宪之责,自会在旁听之后秉公而断。你且放心,假的真不了,真的假不了!"

魏忠明转过身来向韩宜可道:"蔡八叔确实做了证词笔录,稍后晁主簿回来便呈递给您审阅!"

这时,晁咸之和两个衙役押了道沐过来,回禀道:"刚才我等三人细细检查了道沐和尚全身上下,一如何氏之所言,并无差错。"

全堂上下顿时尽是一片怒吼之声:"请青天大老爷为何三姑申冤!请青天大老爷为何三姑申冤!抓了这花和尚关起来!"

道沐已经慌乱,满面不胜悲愤之色,直向韩宜可喊道:"韩大人,这是天大的冤枉啊!这是妖孽在作祟啊!小僧哪有和这……这妖女有过肌肤之触……她……她有电光眼看穿小僧的衣服……"

道溶听得清楚,大哭道:"师兄,您怎么说上胡话了?……大人们、施主们,不要再逼我师兄了……"

韩宜可脑中灵光一闪,深深地盯着道沐:"道沐和尚,你这个案子一桩桩情节来得如此迅猛突兀,敲得本官是头也晕了、眼也花了,你还有何话再说?"

道沐听着,眼睛突然直了:"大人,快快抓这九尾妖狐,她来吃小僧的心肝了!哎呀!我头好痛!"他蓦地在原位跳了几跳,像是踩到了几条毒蛇一般。

道溶急忙来扶他,又哭又叫:"师兄,你怎么了?"

道沐陡然停了下来,用手一擂脑袋,"啊呀"一声大叫,直挺挺地栽倒在地,竟是昏死过去。道溶慌得趴在他身上失声痛哭,又摇又唤,道沐却是醒转不来。

魏忠明恨恨地道:"他这是装晕,拿一盆冷水来泼醒他!"

韩宜可一摆手:"魏大人,公堂不是刑房,被告既然当场晕倒,还请喊来狱医诊治。此刻强打强问,他若再生意外,便是你苏州府衙之事了!且将他收押入狱,容后细细再审,也不急在这一时。他终是飞不掉的。"

他这一席话既是对堂上魏忠明等人所发,也是对堂下民众所发,入情入理,一时令公堂安静了下来。

魏忠明只得向外挥了挥手,衙役们抬着道沐、押着何三姑都退了下去。他转脸盯着韩宜可,把乌纱帽托在掌上,终于露出了凌厉的獠牙,逼问道:"韩大人,道沐之事差不离了。但何三姑所举报的寒山寺僧众与求子之妇女通奸一事、宋紫荷与道衍和尚互为姘头之事,您认为该不该一查到底以解民惑呢?"

韩宜可知道他这是故作姿态、咄咄相逼,沉声道:"似这等空口无凭之事,如何可查?魏知府何必无风起浪?"

魏忠明把脸又缓缓转向了堂下:"这……这大庭广众之下,百姓耳闻目睹,道听途说之间,流言猛于恶虎。您觉得有谁可以平息风潮吗?"

韩宜可一怔,看堂外群情激愤的现状,只得提高了声音答道:"既然民有所告,有司自当尽职尽责。只怕纵火烧人者,将来亦难保会引火自焚!"

魏忠明瞥了一眼隐蔽在某个角落里潜听的林贤,脸上笑意越发寒冷:"纵火烧人也罢,引火自焚也罢,一切还未尘埃落定,终究还是未知之数。韩大人,您看,寒山寺百年清誉今日难保善终,而身为寒山寺代理方丈的道衍和尚难辞失察失职之咎,依僧录司之条例,又有您代表御史台坐镇审听,应当对他处以'面壁十年、禁足十年'之重惩,或许可对平息风潮稍起一二之作用。"

韩宜可到了此时,不得不硬顶而上:"魏知府,你这也是太过心急了!这涉及寒山寺的三个事件传闻尚是风潮乍动,更无最终之定论,他释道衍还没到负咎追责的时候吧?旁人看来,你是不是对上金殿告御状的道衍师父有挟私报复之嫌呢?他害你因失察失职而被连降几级官秩,你很恨他吧?"

堂下一些百姓的讪笑之声直涌而来，逼得魏忠明只好干笑数声以遮掩窘态。看到韩宜可如此软中带硬的反击，又忖度自己今日已是遵照胡惟庸设下的方略而大获全胜，魏忠明便也见好就收，佯装笑道："韩大人言重了，本官怎敢挟私报复当世之高僧？暂时确也动不得道衍师父。因为稍后道衍师父必会自己忙活起来的，只怕须臾之间这千夫万众的口水都会把那寒山寺的山门给淹倒了！"

第三十四章
清誉

"烧淫窝！""抓淫僧！""关掉寒山寺！""赶走花和尚"……一阵阵狂乱的呼喝吵闹之声从山门那边传来，即使远在半里之外，听起来亦觉耳鼓发麻。

普明宝塔的顶层阁楼里，韩宜可、罗自力、道溶等人都眉头紧锁，忧心忡忡地看着道衍。道衍却是满脸的不在意，望着他们一笑。

韩宜可顿足道："哎呀，这都什么时候了，你还笑得出来？"

"小僧笑的是世人易受表象迷惑、信耳而不信目，更不会'观复以知常'。寒山寺平日里广施博济、万善来同、人人称道，如今只为几句浮言诳语，就把寒山寺僧众骂得一文不名，而放弃了自己往日的真知真觉，岂不好笑？"道衍淡然道。

"你先莫笑他们，还是要当心他们哄闹上来把寒山寺的山门拆掉了！"韩宜可切切而道。

"这个倒不必担心。"道衍衣袖一拂，掸去点点微尘，"这些在外边乱嚷乱闹之人，有一些是受了蒙蔽，出于义愤，这可以理解；但也有一些应该是幕后有人花钱雇来的，不然不会这么紧咬不放。山门口有护寺的僧众和善男信女们拦护着，他们闹不出大乱子的。"

"姚师父，您和寒山寺若不赶紧为道沐师父洗清冤情的话，乱子会越来越多、越来越大的！"罗自力的态度甚是认真。

道衍手里拈着那只玄玉蝉，仰望着阁顶，徐徐道："今日小僧为沈贯山卜了一卦，其中变卦中的变爻爻辞是'恒其德，贞；妇人吉，夫子凶'。果然完全应验了。这卦，既在启示沈贯山，也在启示小僧啊！小僧先前认为这'妇人吉'应该指的是宋紫荷施主未有性命之忧，现在看来，这'妇人吉，夫子凶'，却指的是何三姑诬告道沐一事。"

"唉，道沐是和尚，不是什么'夫子'，道衍师父您太过牵强了！"韩宜可摇头道。

道衍含笑而言："韩施主，《易经》成于商周之际，请问商周之际可有僧人？那时的'夫子'一词，即为'男子'之意。道沐就是变爻所指的那个男子。'妇人吉，夫子凶'的寓意是：妇人何三姑因诬告他人而得逞，男子释道沐因遭受诬告而陷危。卦爻之变，岂有错哉？"

韩宜可伸手指了指窗下："你快想一想怎么给道沐和寒山寺逢凶化吉吧！"

道衍这才敛起满脸轻松之色，叹息一声："方才道沐去公堂的那段时间，小僧眼皮直跳，便预感到府衙对质之事不会善了。后来果然如此，我们的确是低估胡氏一党的反扑了。胡惟庸的特使前来苏州，并不是吃白饭的，而是来发动这场惊雷之击，果是来得又刁、又准、又狠！"

罗自力问道："韩御史，您是办案高手，也熟悉罪犯们栽赃陷害的手法，在现场就没有抓到他们的漏洞？"

韩宜可感叹道："你不知道，那何三姑状告道沐师父，招招入骨三分，看上去简直是证据如链、环环相扣，韩某当时也破解不得。罗校尉，你去了也是一样。"

"确实，小僧刚才听你和道溶复述了现场经过，这一整套周密严实的计谋绝不是区区魏忠明、晁咸之等人所能策划出来的,必是胡惟庸的手笔。而且,他们还想借着道沐诱奸民妇这个假案子来隔山打牛,抹黑小僧和整个寒山寺!"道衍幽然叹道,"但小僧一时也想不出破局而出的好对策。"

韩宜可道:"是啊!最可恶的是,那个何三姑还当众诬告你们寺内有许多花和尚,那些前来寺中礼佛求子的妇女若是回去后怀了身孕,大多是与贵寺的花和尚通奸苟合所致。"

道衍面色沉重,双掌一合,闭目叹道:"南无阿弥陀佛!她怎可如此胡乱造谣,把那么多的无辜之人牵扯进来,实在是罪过、罪过!"

此时他心底深处,却忆起了一桩往事:那年那日,他从牟尼堂打坐结束出来,经过观音殿,见里边有一位端庄少妇正虔诚礼拜,身旁放了一顶新婚时才用的大花轿。少妇在祷告时哭得清泪涟涟。道衍心生怜悯,驻足细细旁听,方知她已结婚三年有余,却仍未生下一男半女,不知遭受公婆多少白眼和坊间多少流言,而丈夫也对她喝来骂去苦不堪言。现在她被丈夫送入观音殿"坐夜求子",祈盼菩萨保佑她有多子多福之喜。

这时,一个陪侍的小沙弥出来道:"大师兄,师父说你能诊脉看病,也从医道方面助这位女施主一臂之力吧。"

道衍深深一叹,答应了一声。他见过太多的不孕妇女,其实真正的病根都在她的男人。这位少妇莫非也是如此?

那少妇乖乖撸起衣袖,露出白藕似的小臂,搁在药枕上。

道衍静观了她的气色一番,正欲伸手把脉,那少妇含泪道:"小佛爷,求求您也开一剂灵药给我。我这次'坐夜求子'回去后若是还不能怀上,相公便要狠狠地休了我,把我赶出家去。可我如今父母双亡,被休后又能去哪里?那就只有去妙静庵出家当尼姑了!……妙静庵再不收我,我就只有去投河了……"

道衍不忍再听，低唤了一声："镇定，镇定。佛法无边，慈航普度。"他伸手搭上少妇的腕部脉门，一诊之下，暗暗而叹：她的脉象十分正常，体质也是宜子宜孙之格，看来这又是她丈夫的问题了。

"小佛爷，您看我可以生儿育女吧？"她巴巴地望着他。

"你当然可以，而且你还有多子多孙的吉兆，连补药都不必吃。"道衍长身而起，目光里溢满了慈和可亲，"你放心吧。"

那少妇痴痴地看着道衍："小佛爷既是这么说，民妇就深沐佛恩、永世难忘了。"

道衍出了观音殿，神色顿时一片木然。他嗟叹着走回方丈净室，却见师父净空早在那里等候了。

"观音殿坐夜的那位女施主，你给她诊过脉了？"净空大师淡淡地道，"菩萨能够垂怜于她吧？"

"难、难、难，孤阴不生，又当奈何？"道衍长叹一声。

净空的目光忽然变得空茫悠远："道衍啊，佛经常言，积功累德之妙果可使女化为男、卑化为尊。这红尘中的女子，确实是低于男子一等的，一辈子为奴为婢、不官不仕，难得自由。而且，男人之咎，往往无故迁于女子之身，最是不公不平。祸乱天下者，乃夏桀、商纣，背锅挨骂者，却是妹喜、妲己。例如这位女施主，症结本在她的丈夫，而她来观音殿坐夜祈求又有何用？既无实用，她终是不能怀孕，则她今后在夫家所受之厄运可想而知。"

道衍垂眉一叹："阿弥陀佛。"

净空大师咄了一声，突然跺了跺自己脚下的地板，地底下竟然传来"空空空"的声响。

道衍顿时明白了一切，却不好启齿。

砂锅还是该得由净空来打破："这地板下有一条地下通道，可以通往观音殿的地底。那里有一间地下密室，有床有铺，倒也整洁……"

他看到道衍低眉垂目,又道:"这地下通道和密室已经修建有数百年了。这本是寒山寺的重大机密,只有方丈和寺中长老一级的高僧大德才能知晓。道衍,你可懂了吗?"

道衍双眸徐徐睁开,精芒闪动:"我不入地狱,谁入地狱?"

净空大师的脸上也现出一轮庄严肃穆的神貌:"道衍,你终于开悟了。"

三更时分,夜黑如幕。地道里冰寒狭窄、凉气森森,走出半里之后,眼前方始敞亮,竟是一间二丈见方的密室。有一张铺了百草席的雕花大床,居然干燥不湿。床头有一尊"欢喜佛"铜像,口中含着一颗夜明珠,照得室内如在明月之下。

室角一架木梯,顶着一方铁盖。爬上,掀开,道衍见到了那架花轿的底框。

花轿是正对着观音圣像的,而掀开的板砖就在花轿入口处,被遮没在阴影里。窗外陪侍观察的丈夫和下人们是看不到这些情况的。道衍从地道口升出半个身子,凝望着那幅绣有鸳鸯交颈图案的桃色轿帘,只用手指在地板上轻轻叩响,宛若木鱼乍鸣之声。

那少妇一直在虔心念经祷告,自然是没睡的。她听到声响,小心翼翼地掀开帘子,便看到了道衍英俊的面容和挺拔的身影,顿时睁圆了眼睛,小嘴也渐渐张大,但终是没有尖叫失声。

道衍满脸的从容淡定之色,只因他已被告知,净空大师让小沙弥给她暗暗递了一张字条:"子末丑初,显灵可见,泄则失缘。"那少妇默然接下而不声张,便也是明白了寺中自有一番安排。

此刻,她心中暗想:这世间哪有什么下凡显灵的菩萨,却只有这慈悲为怀的高僧!一行热泪,从她腮边无声地流下。

道衍也只是向她静静地合十一礼。

为了不使在外面守夜陪侍的丈夫和下人们生疑，少妇一边继续低诵着祷告之词，让声音不紧不慢、正正常常地传出窗外，一边轻轻掀起轿帘，让道衍钻将进来……

　　殿外窗下，听着里面娇柔的祷告声绵绵传来，地铺上一个婢女打了个哈欠，继续半醒半梦地等候着天亮。

　　…………

　　"道衍师父，您是走神了吗？那何三姑如此诬陷你们寒山寺、破坏你们佛门净地的清誉，您准备如何化解？"韩宜可一段急促的问话把道衍的思绪一下拉回现实。

　　他剑眉微挑："其实以常理而推之，寒山寺僧众无权无势、不富不贵，凭什么能让女施主们投怀送抱而心甘情愿？求子而得子，正如求仁而得仁，只在女施主们自身之精进努力，怎会来自外界之曲诱苟合？何三姑此言，非但污辱了佛门净土，也污辱了身为女子的她自己！面对无根无据之浮言诳语，我等唯有镇之以静、守之以正而执之以坚，自然会烟消云散。若是刻意反击，以舌斗舌，只怕越描越黑，得不偿失。"

　　罗自力也道："只要还了道沐师父一个清白，那么就等同于还了寒山寺全体僧众一个清白。"

　　道衍沉声道："道沐遭到如此周密严实的诬陷攻击，其实也说明了我们寒山寺本身存在深藏不露的内奸。你们想，谁能暗中偷走道沐腕部的佛珠手串而令他毫无知觉，谁又能记得他身上的特征？至于引诱道沐去莲池巷抛头露面、遭人旁证则更是有人钓之以饵！对这个案件，我们寒山寺也要从内部清查。"

　　韩宜可听得连连颔首，目光一掠之间，忽然瞥到道衍向自己投来一丝意味深长的眼色，嘴角又朝罗自力那里微微一努。他略一思忖，顿时明白过来，便看向罗自力认真问道："罗校尉，寒山寺内之事自然该由道衍师父自行处置,但寒山寺外之事,却要仰仗您为他们主持公道啊!燕王如果从明州府回来,对寒山寺之事应该也不会袖手旁观吧?"

罗自力有些踌躇:"韩大人是知道的,拱卫司一向只办陛下亲自交代的钦案,不好插手地方案件。这件事情,有可能要请旨。"

韩宜可道:"燕王殿下在这里就是陛下的代表。"

罗自力站起身来,在阁室内踱了几圈,最后才下了决心:"我们只能暗中从旁协助寒山寺追查线索,却不能公开介入此案。"

道衍这时才恰到好处地开口了:"如此甚好,小僧只请求罗施主帮本寺去调查一下何三姑的真实底细,她为何要诬告释道沐?究竟是谁用哪种方式控制着她?又究竟是谁在幕后指使她?"

罗自力道:"好,罗某自当尽力。"

道衍向韩宜可深深一礼:"小僧多谢韩大人。当时若不是您急中生智,暗示道沐装昏倒地,迫使案审中断,不知道魏忠明在公堂之上还要借何三姑之口给本寺泼上多少脏水呢!"

"这是小事一桩。"韩宜可嗟叹道,"但道沐也不能一直躺在牢房里装昏不醒啊……"

罗自力咳了一声:"韩大人,他这是在等待道衍师父赶快过去为他出谋划策以消灾弭难哪!"

韩宜可看着道衍沉思道:"你现在去探望道沐,只怕魏忠明会拿出你有'涉案之共情'而阻挡。"

道衍冷笑道:"就凭他一句诬告小僧与宋紫荷姑娘互为姘头的谣言便让小僧裹足不前?无凭无据,小僧为何又退又隐?畏畏缩缩,岂不更加显得小僧心虚胆怯?坦坦荡荡,奸佞小人反而难做文章!"

韩宜可抬眼盯了他一会儿,答道:"你说得对,你就应该这么做。"

第三十五章
疯癫

牢房里灯烛幽幽，光线半明半暗。道沐仍是直挺挺地仰天躺在硬木板床上，双目紧闭，面色铁青，状如石人。

铁门的那方小窗口处，晁咸之盯了一阵儿，见道沐这般情形，不禁向魏忠明问道："大人，他这么一直装昏下去，咱们怎么办？"

"现在暂时让他装，任他装，看他不吃不喝、不动弹能够挺得了多久！"魏忠明森然道，"实在不行，就喊曾良佑过来，用银针把他扎醒，咱们就要他签字画押，把这个案子做成铁案，任谁也翻不过来。"

晁咸之拿眼扫了扫四周，翘起大拇指，压低了声音道："上边亲自过来布下的这个暗局真是太高明了，一下打得姚和尚他们无话可说，也招架无力！"

魏忠明抖了抖衣袖，表情显得更加阴沉："百年名寺、千载清誉，尽毁于姚和尚和他师弟之手，还不知道陛下和他师父会怎样收拾他这个佛门败类呢！"

晁咸之心领神会，脸上同时露出了奸笑。

正在这时，一个捕役来禀道："启禀大人，寒山寺道衍和尚在韩御史的陪同下，前来狱中探望道沐和尚。"

"啊?"魏忠明立刻面现惊容,"他们来得这么快?"

晁咸之恨恨道:"大人,他姚广孝有'涉案之共情',为防串联互通,应当拒而不见。"

魏忠明冷冷一叹:"所谓'涉案之共情',就是那段姚和尚与宋紫荷互为姘头,的流言。但它毕竟只由何三姑口中转述而出,还未审查分明,故暂时扣不到他头上。而且,有韩宜可陪行而来,你认为本府挡得住他吗?唉,让他进来,咱们再见招拆招吧。"

晁咸之拦了一下他:"大人,其实咱们可以火速通禀林贤大人过来阻截他们……姚和尚此刻驾到,必是诡计百出、防不胜防啊!"

"林贤大人是肯定不会公开露面的,不要忘了,这里到处都有拱卫司的耳目!"魏忠明用手按着墙壁缓缓地转过身来,"遵他们的旨意,我们到前边去接招吧。"

然后,晁咸之半搀半托地在右边扶着魏忠明走了出去。

隔着铁牢门,透过小窗口,看到里边木床上道沐那挺直如尸的惨状,道衍不由得湿了眼眶,语调微微震颤:"师弟,你……你受苦了……"

仿佛触电一般,道衍的话声刚刚响起,道沐的手脚便似乎隐隐动了一下。

道衍款款自语道:"你练的是铁头功啊,你怎么会晕死过去呢?想当年,师父请我们在枫桥桥头看大戏、悟大道,那一次你被师弟们挤下了座位,一头栽倒在地,什么事儿也没有,拍拍裤子又是活蹦乱跳的……"

那边,魏忠明、晁咸之二人竖了耳朵辨听,也听不出道衍这一番感慨有什么蹊跷,就不好打断他。倒是韩宜可在旁劝说道:"姚师父,您别太伤感了!道沐师父应无大碍的。"

只有道溶一边抹着眼泪劝导道衍，一边心底却暗暗明白过来：那一年那一次，他们师兄弟在枫桥桥头观看的大戏正是《济癫伏魔记》！大师兄这是在巧妙暗示道沐像济癫大师一样装疯，大师兄真的是太聪明了——他若是暗示得太深奥了，道沐必是难以理解；他若是暗示得太浅白了，又容易被魏忠明、晁咸之等人所识破。他只有传递得不深不浅，才能让道沐心领神会而不为外人察觉。

此刻，道衍也察觉道沐的手指在床边动了几动，明白他应该是听懂了自己的言外之意。于是，他转脸朝魏忠明道："您看，别人的诬陷，竟让我师弟这铜头铁脑也被刺激得昏死过去了。魏大人，可否开门让小僧进去探视一下？"

魏忠明还想缓他一缓："本官即刻去喊曾狱医过来把道沐师父弄醒。"

韩宜可道："道衍师父关心师弟甚切，先开牢门让他进去。"

魏忠明无奈，只得让狱卒成小乙拿钥匙开了牢门。

走到道沐床边，道衍看到他木头人一般的模样，又不禁垂下泪来："师弟，你真的是受苦了……师弟，你醒转过来吧……"

听到他呼唤道沐的这番话，魏忠明的心也一下提到了嗓子眼：只要道沐一被唤醒，他就马上带人强行分开道衍、韩宜可等，然后火速逼迫道沐在笔录上签字画押、做成铁案！于是，他侧过脸向晁咸之递了一个眼色。晁咸之会意，也暗暗打手势让几个亲信衙役近来做好了相应的准备。

就在这时，道沐"啊呀"叫了一声，便似发了羊角风一般浑身激烈地抽搐着，闭着眼睛口吐白沫，喃喃自语道："南无阿弥陀佛、北无阿弥陀佛、东无阿弥陀佛、西无阿弥陀佛……"他猛地睁开了双眼，瞪得比牛眼还大，大喊道："哪路来的妖精！竟还要追我！……"

见他两眼血丝密布，脸色煞是狰狞，道溶吓得赶紧从旁护着道衍后退了两步。韩宜可也惊得大张着嘴，说不出话来。

那道沐伸长了脖颈，拿眼茫然看了四周一圈，最后把幽幽的目光投注在道衍脸上，忽地像见到了什么极为重要的人物一般，一个"鲤鱼打挺"蹦将起来，跪在木板床上不住地磕头："定光佛，定光佛，你可来了！那九尾妖狐非要掳我去做她丈夫，您老大发慈悲，快快救我！"

"道沐，你醒一醒！这哪里有什么九尾妖狐？"道溶喝道，"大师兄在此，休要无礼！"

魏忠明本欲冲上前来，听道溶这话喊得明白，只好忍住再看道沐做何反应。

道沐却似聋了一般，一边重重地磕着头，一边急急地说着："观音菩萨说过九尾妖狐不好惹、不好惹，定光佛您非说不怕不怕，结果贫僧还是被她盯上了……她要夺我元阳、补她精气……"

道衍沉沉地宣了一声佛号，面容一肃，直视着他，朗声道："道沐，你且看仔细了，贫僧是你的大师兄道衍，不是定光佛。"

"咦？你当然是我的大师兄，我是唐三藏嘛！我是如来佛祖的二弟子，你是大弟子嘛！怎么，你不记得了？"道沐停止磕头，抬眼诧然望着他，一手摸着后脑勺，似是莫名其妙。

成小乙在一旁惊愕道："这……这不是《大唐三藏取经诗话》里的人物故事吗？敢情这和尚已经疯了？"

道衍倒是显得十分焦虑："二师弟，你莫要吓为兄！你若疯了，为兄怎么向师父交代啊？"

道沐却跳下床来，凑到他眼前，一脸认真地继续道："定光佛，这九尾妖狐忽男忽女，变化多端，贫僧又不会变身，如何做得她的丈夫？她该去选猴行者嘛！您且劝她一劝！"

"这什么……什么乱七八糟的？"韩宜可醒过神，发起怒来，"魏忠明，你怎么搞的？在你的牢房里，竟把好端端一个大和尚弄疯了！你有何话说？！"

魏忠明这才缓过神来："韩……韩大人，我们可把他看护得好好的呀，一根手指也没动他。这……这人岂是说疯就能疯的？"

这边，道沐兀自喋喋地道："九尾妖狐多方诱骗贫僧与之苟合……贫僧虔心向佛，宁死不从，元阳未泄，她遂发了狠心，要把贫僧沉到紫波潭底冻成冰人……定光佛，你比贫僧更加英俊百倍，她也会来找你的……她会和蜘蛛精一起来网住你的法身……"

道衍双掌合十，两行清泪沿腮而下："师弟，你真的醒不过来了吗？"

魏忠明端起架势，耍起官威，逼近道沐："道沐和尚，擦亮你的眼睛，本官是谁？"

道沐狠狠地盯住了他："白狗精，你是九尾妖狐的小厮嘛！你这几天吃得快要胖成野猪精了！不是贫僧说你，你也只该遭锤敲鞭打才瘦得下来！"

魏忠明哪里会认为他是真疯，凛然道："道沐，你休想装疯使诈！你就真是疯了，本官也要把你审个子丑寅卯出来！"

"你个白狗精，就差头上没插一根狗尾巴了！"道沐拍手笑道，"我唐三藏要炖了你做狗肉汤来喝！"

魏忠明大怒："来人呀——"

"且慢！"韩宜可出言拦道，"魏大人请少安毋躁，《大明律》规定，对癫狂之人不可上刑拷问。"

魏忠明略略抬头，深吸了一口气，觉得胸口有些发闷，却又只能暗暗忍住，努力挤出一丝笑容："韩御史、道衍师父，请借一步说话。"

在邻近的空牢房里,韩宜可迎视着魏忠明,态度依然十分坚决:"魏知府,根据大明律令,不管你愿不愿意,你都只能先把道沐的疯症治好了,这个案子才能继续审问下去。"

魏忠明也撕破了脸皮,眼底深处都快冒出火苗来:"韩御史,他的疯病一日不越,何三姑的冤屈便一日不能昭雪吗?如果在这个节骨眼上搁置这个案子,您不怕激起苏州百姓的汹汹民意吗?"

"魏大人,话不能这么说。"道衍的目光变得格外锐利起来,"小僧的师弟竟在你们府衙的狱舍中莫名其妙地疯了,这也会引起苏州民众的无尽疑虑啊!若不是贵府指鹿为马、颠倒黑白、先入为主、咄咄相逼,道沐他一个少年僧人怎会被迫得精神失常呢?苏州的善男信女们说不定真会闯进这里向魏大人您讨个说法呢。"

魏忠明瞪着他:"道衍师父,休要无风起浪!"

道衍冷笑道:"那么,请您给小僧、给寒山寺解释一下道沐师弟今日发病之根由?!"

"难道他不会是畏罪装疯吗?"魏忠明也硬劈而来。

道衍脸色如铁:"那就只有请出医师在此给道沐当众诊断病情,看他究竟是真疯还是假疯!"

韩宜可插话道:"不错。魏大人,依姚师父之言照办吧。"

魏忠明鼓着两个腮帮子,没有吭声。

道衍就当他是默认了,吩咐道:"道溶师弟,你去街上随便请一位郎中和此中的狱医一同会诊你的道沐师兄。"

"好!"道溶站在门边应道。

"慢着——"魏忠明一摆手,"道衍师父,您信不过我这苏州府衙的狱医?"

道衍目光灼然地看着他:"魏大人,不多找几个医师共同会诊,又怎能得出平正无误的结论呢？您若要怀疑我等选人不公，可让一名衙役陪着我道溶师弟上街随意选个游方郎中来。"

"这……"魏忠明仍是踌躇不决。

韩宜可严肃地道："魏大人，道衍师父所言合情合理，没什么可迟疑的。你且照着去做吧。"

魏忠明无可奈何，只得僵硬地点了点头。

道沐的双手双脚呈大字形被紧紧绑缚在铁架之上，虽然他口中胡言乱语说个不停，却丝毫挣扎不得。

狱医曾良佑和一个从街上喊来的包姓郎中满头大汗地在他身前身后忙个不停，将一根根银针扎在他头顶上、脑勺上、肩窝里、手臂处、膝盖处……刺激着他浑身的神经。依照曾良佑和包郎中的共同说法，道沐这是一时肝火上冲导致痰迷心窍、失了神智。只要疏通了心肝气脉，他应该还是可以恢复正常的。

道沐却任他俩弄来弄去，脸上尽是一种怪异莫名的笑容，显得很僵很硬。他略偏着头，斜斜盯着他面前的师兄道衍，喋喋地道："贫僧没疯，贫僧清醒着呢！是九尾妖狐想要贫僧发疯！你定光佛也不讲慈悲，也跟着他们认为贫僧疯了吗？"

道衍合起双掌，低低垂头，全身衣袍却在微微颤抖，仿佛曾良佑、包郎中的每一针下去都扎在了他身上。

韩宜可拉着他的袍角，不许他走得太近："道衍师父，小心一些……这疯了的人，举止失常，会乱咬人乱喷人的。"

道沐鼓起红通通的双眼，狠狠地啐了他一口："你这个花鹿精，也是眼盲心瞎，竟看不出这里只有我唐三藏一个人清醒着吗？那九尾狐披了一身美人皮，你们就不认得了？你看，你这胸口不正绣着你的本相吗？贫僧一眼就看穿了你，原来是一头怪模怪样的花鹿精！"

韩宜可低头瞧了瞧自己胸前，官服补子上那头獬豸的形态，确与花鹿有六七分相似。他自失地一笑，对道衍道："你这师弟平时是有多么喜欢阅读《大唐三藏取经诗话》啊，疯言疯语全是从那里面来的……他还真把自己当成了唐三藏！"

眼看着道沐的疯症正被一步一步坐实，魏忠明急得就像热锅上的蚂蚁，在狱舍里不停地踱来踱去。这时晁咸之偷偷走近，朝他附耳讲了几句话。魏忠明犹豫了一下，但见到道沐装疯卖癫、死猪不怕开水烫的模样，只好拉下脸来咬着牙点了点头。

晁咸之立刻退出屋去，不多时又走了进来，手里托着一个陶碗，所过之处臭气熏人，那些衙役纷纷侧身捂住了鼻子。

原来那陶碗里盛的是一汪黑乎乎的屎尿！

韩宜可闻到了臭味，皱着双眉转过身来，看到这碗也不禁捂住了鼻子："晁师爷，你这是干什么？"

晁咸之捏着鼻孔瓮声瓮气地答道："韩大人，这正是治好道沐和尚疯病的'药汤'啊！"

道衍回头看到这一切，顿时明白，不由面色大变，两道剑眉微微抖动起来："你们也太过分了吧？道沐现在只是涉嫌之人，你们便要如此折辱于他？小僧决不允许！"

魏忠明干笑了几声，越过晁咸之，缓缓近前："道衍师父，这一碗药汤非寻常物，你我自是退避三舍的，却是验证你师弟是真疯或假疯的一个偏方。这世间，没有一个心智正常的人会喝这碗药汤。如果你不愿让你师弟接受这个考验，是不是恰好说明你自己也从心底暗暗认为你师弟是在装疯？曾狱医在这里，包郎中在这里，他们平时也是这样测验是真疯假疯的……"

说到这儿，他直直看向曾良佑和包郎中。曾良佑紧闭着嘴，一声不吭，倒是包郎中嗫嚅地说了一句："有些地方似乎在用这种方法测验……只,只是太过恶心了些……"

魏忠明接过他的话头,步步逼向道衍:"道衍师父你听,别人也是这样做的,为什么今天用在你师弟的身上,你却大加排斥呢?难道你师弟就非得比别人格外特殊一些不可吗?这会让在场的诸位听了看了后心服口服吗?"

他这番话来得凌厉至极,连韩宜可也不好出口阻拦。道衍脸色冷峻,双手捏得紧紧的,骨节咯咯连响。

魏忠明身后有胡惟庸、林贤顶着逼着,也只有豁将出来,逼前一步,双目煞气渐浓:"道衍大师若是想包庇你的师弟装疯卖癫、戏弄官府,本府也只有依律按法重重罚你!韩大人,您看,他这是在公然挑战《大明律》赋予本官的职权哪!这个官司,本府就是上呈御前也不会怕!"

全场静默下来,静得连一根针掉到地上都能听得清清楚楚。

"这……这……"韩宜可终于踌躇着开口了,就在此时,他身后的道沐突然咯咯怪笑起来,笑完之后大喊道:"定光佛,定光佛!您要带贫僧去赴盂兰盆会了吗?贫僧可是守住了十世不泄之元阳,成就了金身不坏之正果……"

道衍听到这里,泪水一下从眼眶中直涌而出。他的视线渐渐模糊了,声音却显得十分清亮激越——他吟诵了《大唐三藏取经诗话》里一首偈语:"行者今朝到此时,偶将妖法变驴儿。从今拱手阿罗汉,免使家门祸及之。"

一刹那,韩宜可的眼圈也红了,只有道沐仍在嘻嘻地笑着。道衍没有回头,背对道沐,深深地垂下头去。

晁咸之看了看他,又看了看魏忠明,嗫嚅道:"姚……姚师父,魏……魏大人,我……我这是……"

韩宜可恨恨地剜了他一眼:"还不快去测验道沐的疯症?!早完

事早了结!"

那一碗屎尿,最后竟还是被道沐像喝蜜汁一样嘻嘻哈哈、咕噜咕噜地一气喝下去了。虽然嘴角尽是黑一块黄一块让人看了直作呕,他却满不在乎地伸出舌头舔着嘴唇,然后打了一个臭臭的嗝儿。

给他灌下屎尿的晁咸之退开两步,怔怔地看着他:这人真是奇了怪了,连这样臭不可闻、令人作呕的东西也喝了下去,是不是脑子真的疯掉了?难道他真忍得住?

此时,道沐兀自叽叽喳喳地道:"看来这盂兰盆会上的素酒、素汤不好喝呀,酸得要死!定光佛,你让后院的迦叶、阿难他们今后做得好吃一点儿。"

道衍双目平视着他,眸中晶光闪动,却没有说话。

韩宜可嘶哑着嗓子问道:"你们现在觉得怎么样?"

曾良佑、包郎中互视了一眼,齐齐答道:"各位大人,可见这和尚是真的疯了。"

魏忠明又气恼又羞怒,狠狠地道:"本官从来没有怀疑过他是真疯,曾良佑,你要想尽一切办法在这里把他治好!"他猛地扭头盯向道沐,大声说道:"治好了再好好审他!"

道溶实在忍不下去了:"我们要把道沐师兄带走,回去治疗!"

魏忠明冷冷地刺了他一眼:"你问一问韩大人,这符不符合大明的律法?!"

韩宜可重重地哼了几声,没有理他。但他没有回击魏忠明,就说明道沐确实是不可以被带出这里的。

晁咸之也朝道溶阴阴笑道:"道溶师父您放心,我们会每天让阿难、迦叶给你的道沐师兄好好做几碗素汤、素酒,让他喝得胃口大开的。还有……"他一瞥眼看到道衍那两道亮得刺人的目光从旁直射而来，心头一寒之下，赶紧把下面的话吞了回去，不敢再说了。

道沐突然又哭又笑，向道衍大喊起来："定光佛，你看这白狗精、这野猪精、这疯猴精，一直啃着贫僧不放！他们天天让贫僧吞风吃火、霜杯雪盏的，贫僧哪里撑得了？您给佛祖说一声，让他降下虹桥就此超度了贫僧去吧……"

道衍平视着他，声线毫无起伏："三藏师弟，'经、律、论'三部宝典尚未取到，你暂时还解脱不得。你若解脱了，一心期待你凯旋的唐王李世民怎么办？大相国寺的门面怎么办？"

"那，那，那我只有变成乌龟精，才不会被他们烧死、淹死、打死、痛死了……"道沐嘻嘻笑着，把手脚缩了又缩，仿佛要敛成一团蜷将起来。

道衍听得明白，脸角的肌肉不自觉地抽动了几下，神情也有些凝滞——道沐这是在向自己暗示：他确非志坚意刚之人，装疯也装不得长久。与其后来被胡党严刑逼供而伏法，不如就此真疯避祸。他若是真疯了，也会为道衍这边追查真相赢得宝贵的时间。

沉默了片刻，道衍忽然长长地吐出一口气来，眼底泪光隐隐一闪，终于下定了最后的决心。他拢在袖中的右手五指向外暗暗一弹，几缕劲气如针似线疾射而出，无声无息而又精准无比地射入了道沐身上四五处隐穴之中。

刹那间，道沐浑身一颤，眼神骤然变得又浑又浊、又散又乱，连嘴唇也似吊了线一般直抖开来——从这一刻起，他是真真正正地疯了。

道衍缓缓合起双掌，低低念了一句佛号。

第三十六章
赏石

"君子球球如玉,圣贤珞珞如石,佛曰亦玉亦石。"

在一张绯红薄亮的绢帛之上,这十八个楷书大字写得棱角兀挺、劲气横溢,一笔一画便似雕刻上去一般明锐有力。

宗泐双手捧着这绢帛,笑得几乎合不拢嘴:"难得陈姑娘您为老衲求来了陈宁大夫的手书墨宝,老衲不胜欣悦。"

"左善世大人乃是得道高僧,家叔得知是您求字,当下便欣然提笔,写了这幅手书——这十八字妙语,左善世大人还满意否?"陈如意坐在方丈室的一侧,向宗泐盈盈说道。

"满意,满意,老衲当然满意。"宗泐连连点头。其实,他这个僧录司左善世的职级为正六品,比陈宁的右御史大夫低了好几级。而且,他和陈宁派系里的人也不太熟络。据他所知,陈宁外示清廉之貌,极少对外题字送人,而这个陈如意竟能为他讨来陈宁的手书,他不得不再次对这个奇女子刮目相看。

其实,宗泐费心使劲从陈如意手中索要陈宁的手书题字,自有其用意。近日,他听闻道录司左正一封万尘那边勾连了几个监察御史准备弹劾自己"修法无成、作法无能"。现在他拿到了陈宁的手书题字,就等于拿到了陈宁公开颁发给他的"护身符"。那些监察御史投鼠忌器，瞧着顶头上司陈宁大夫的"金面"，自然对他也不好再轻举妄动。这也使他在朝廷中更添了几分底气。

当然，宗泐是要感谢陈如意的。今天他带了一个人过来和陈如意见面，应该对陈如意做生意是有益无害的，也算是自己和她的一个交易吧。但看上去，陈如意仿佛更在意的是自己天界寺万石堂里的宝贝呢。

果然，陈如意唇边笑意浅露："左善世大人，可否允许小女子到您的万石堂一观以提高自己的鉴赏之能？"

宗泐微一皱眉，却又马上笑道："当然可以。以陈姑娘之聪慧机敏，必能给我万石堂有所建议。那就请陈姑娘随我移步吧。"

半途，宗泐微微侧耳，仿佛很随意地道："陈姑娘运用汪夫人举办的赏花酒会把自己的石中花大量推销了出去，真是极高明极巧妙的手法！"

陈如意莞尔道："左善世才是石界巨擘，采石之博、取石之精无人能及，小女子还要向您多多请教。"

"老衲怎称得上什么博、什么精？"宗泐悠然道，"陆游诗曾言，花如解语应多事，石不能言最可人。老衲也只是自幼便与各类灵石有深厚宿缘罢了。这一辈子，就是转世投胎来做石奴的。"

二人交谈之间，万石堂已在眼前：两扇木门徐徐推开，迎面而来的是一座屏风般方正高大的莹白之石，光滑如镜的石面当中赫然是一个斗大的天生小篆"石"字，线条流丽似垂柳，色泽明润若涂朱。而这座天然白石屏风后面，便是一排排仿佛望不到尽头的百宝架，上边陈列着的奇石形态各异、五彩缤纷，令人看了眼花缭乱。

陈如意一边欣赏着，一边往里边漫步而去："小女子久闻中书省胡丞相有一块白玉琮，寒山寺高僧有一只玄玉蝉，都是极品的美玉，传芳名于天下。那么，左善世大人您为什么却喜欢收藏奇石而非美玉呢？左善世大人对玉石之分可有什么心得吗？"

宗泐呵呵一笑，从百宝架上随意拿过一块漆黑发亮的石片，递到陈如意手中："陈姑娘，你把玩一下这块石片，觉得手感怎么样？"

陈如意见这石片中隐隐透着缕缕白纹，抚摸起来温润如暖玉，表面光滑得如同美女的细嫩雪肤，不由得深深赞叹道："这哪里还是石品，分明是一块上好的玉料，只是略微不透光而已。"

宗泐略一颔首，合掌道："奇石和美玉到底谁更贵重更可爱，这本无定数。玉自石中而来，石能产玉而出。玉即是石，石即是玉。在佛门中人看来，玉与石是两面一体的。"

他一边说一边指着百宝架上一座滴水观音形状的玛瑙文石，对陈如意道："美玉之妙，有时候在于人工雕琢之巧，而灵石之奇，则大多在于天工造化之精。你看，这座石观音通体晶莹剔透、流光溢彩，只怕是上品的翡翠、一等的美玉，也稍为逊色吧？"

陈如意也走近仔细欣赏着那座石观音，含笑而问："依小女子所见，诸类天然奇石中多以佛陀、菩萨、罗汉等形象为图纹，可谓禅味十足。莫非这奇石、灵石也与佛门之间实有先天造化之妙缘？"

宗泐手指一方天然石钵，那里面盛着的清水泛起了一层层波纹，煞是奇妙，他悠悠道："在经籍文典之中，佛性属水，润泽群生。而神佛之形，又多为线条圆润流畅，所以在江河之水冲刷塑造之下，世间各地的人形奇石多为佛像之态。这也是佛法无边、无处不在的标志。你看那道门、玄门，在人形奇石之中如同老君像、天尊像者就很少很少。"

陈如意转了转眼眸，款款道："素闻天界寺内有一块佛头石惟妙惟肖，乃沙门千年气运之所注，岂非人间至宝？小女子可否请求一观？"

宗泐脸色微变："佛头石为当今陛下所重，特意昭告天界寺，此石非圣谕而不得观，非大典而不得出。一切还请陈姑娘见谅。"

陈如意急忙欠身施礼："小女子方才出言无状，真是冒犯天界寺和左善世大人了……"

正在这时,一个高冷苍然的声音从一旁的百宝架徐徐传来:"左善世大人,吴某在这里听了半晌,觉得您有些话语还是不太对——自古以来,石有'顽石'之称,玉有'玄真'之誉;顽石者,焉能与灵玉相比乎?石有何功何能,可以凌驾于玉之上?"随着这话声,一个身着碧绸长衫的老者转了出来,迎向宗泐二人。

宗泐对他的出现毫不意外,反向微吃一惊的陈如意介绍道:"这位乃是在工部挂有员外郎之衔的苏州名商吴进祥老施主。吴老施主,这位女施主便是御史台陈宁大夫的侄女陈如意。"

吴进祥上下打量着陈如意:"原来你就是近日在京城声名鹊起的石宝轩老板?听闻你居然把奇石生意做到了西夷各国?吴某失敬失敬。"

陈如意也没料到会在这里遇上胡党幕后的"金主"吴进祥,便款款一礼回敬道:"晚辈不敢当,不敢当。"

吴进祥正欲答话,宗泐却插话道:"吴老施主,你方才的问题,老衲愿略作解答,万望勿怪。其实,石中虽有顽石,而更多的奇石、灵石,其妙处丝毫不在真玉之下。老衲这里有两则故事可作辅证——

"第一则来自《西京杂记》:'汉五鹿充宗受学于弘成子。成子少时,尝有人过己,授以文石,大如燕卵。成子吞之,遂大明悟,为天下通儒。成子后病,吐出此石,以授充宗,充宗又为硕学也。'你听过没有?有的灵石可以化愚为智、化凡为圣、化浊为清。大部分的美玉都做不到这一点吧?

"第二则故事来自《搜神记》:'豫章有戴氏女,久病不差。见一小石,形像偶人,女谓曰:"尔有人形,岂神?能差我宿疾,吾将重汝。"其夜,梦有人告之曰:"吾将佑汝。"自后疾渐差。'这也说明,有的灵石可以治病救人、辟邪生祥,更是迥非凡品之玉可比。"

吴进祥听罢,哈哈笑道:"宗泐方丈真是舌灿金莲,讲起故事来天花乱坠——难怪你这阁堂里文石这么多，吴某受教啦！"

他转过脸，直直地盯看了陈如意一会儿，见她实是容光靓丽、美艳万方，心道：在自己所见过的美女之中，大概也只有美如仙姬的宋紫荷可以压她一头，其余各方女子皆不足道。于是，他试探着问道："陈小姐，老夫见您有些面熟啊，竟与常州府衙的那位小陈主簿颇有几分相似。你也来自常州府衙，又是陈若余大人的千金，莫非他与你还是堂兄弟？"

陈如意明白吴进祥这是在摸自己的底细，脸上却不露异常之色，笑容永远是那么轻盈而飘忽："吴前辈，小陈主簿原是家父的僚属。如今家父上调礼部，他也便辞职而去，恐怕是来参加今年京师举办的秋试会考了吧？"

吴进祥没料到她竟这么回答，目光一凝，含笑道："那他既来京师参加秋试会考，说不定会遇上老夫那个特立独行的侄孙子吴可远。他俩还很有可能会义结金兰、情同手足呢！"

陈如意微笑而答："才子们惺惺相惜，自是人间佳话。"

吴进祥这才宽和了颜色，悠然问道："听闻陈小姐颇有陶朱之才，旬日之间竟使石宝轩生意如日中天、远销海外，果是惊人。不知可有兴趣与我等合作？"

"鄙轩本小利薄，何敢与前辈比肩？"陈如意浅浅笑道。

吴进祥终究是商人气性，立刻便甩起了脸色："济南府的头号富翁侯尔吉这几天向老夫递送了六次帖子，想和老夫合作生意，老夫都还没拿正眼瞧过他呢！"

宗泐在一旁转圜道："吴老施主目前承办了中书省交下的十三座官办花楼的建设事宜，那银子像秦淮河一般从他手头淌过。陈姑娘的生意若能搭上他这座巨船，必是可以一日千里的。"

"这个……小女子自当慎重考虑，晚些时候会到前辈府上登门求教。"陈如意话题一转,"不知吴前辈今日来天界寺有何贵干?"

吴进祥重咳一声,两道目光在百宝架上扫来扫去:"如今陛下为秦淮十三楼中最大的三栋花楼赐了佳名,分别是来宾楼、重译楼、集贤楼——吴某需要在宗泐方丈这里挑选一些玛瑙文石去楼里点缀装饰。陈姑娘,可否给老夫稍示建议?"

陈如意便也走进百宝架丛中寻视了一番,款款言道:"如吴前辈所言,来宾楼、重译楼、集贤楼乃是我大明朝招待外夷商绅所用,故不可无'怀柔扬威'之寓意。若是怀柔来远、风化四域,可以分别选这梅兰竹菊、江河湖海八块玛瑙画面石去楼中供列;若是扬威震服、肃静八荒,可以分别选佛仙神魔、文武将相这八座玛瑙人形石去楼里奉立。左善世大人和吴前辈以为如何?"

吴进祥听得连连颔首,哈哈一笑:"说得是。"他从衣袖中抽出一张一千两的银票递给了宗泐:"左善世大人,吴某这可不是购买贵寺奇石的钱,吴某相信您也不是卖石取利之人。这是吴某敬献给佛祖灯前的香油钱。"

宗泐也不推辞,非常坦然地接了过来:"吴老施主既有这等善念,佛祖一定会保佑你全家幸福安康、繁荣昌盛的。"

吴进祥又满脸含笑地转向陈如意:"我秦淮十三楼里需要以玛瑙文石为饰品的地方太多了,你石宝轩可有精品愿意转让?价钱嘛,一切好商量。"

陈如意淡然道:"承蒙吴前辈青睐,我轩中尚有沉鱼落雁、闭月羞花四大美女之玛瑙画面石为佳,可否请吴前辈闲暇时移驾前来一观?"

吴进祥拈须笑道:"吴某正有此意。"

第三十七章
突袭

在"沙沙沙"的声响中,一头野鹿从树林里飞窜而出,迅如飞矢,几乎便要化为一道黄影消失在草丛中。

"嗖"的一声锐啸,一支利箭疾射而至,正中它的后颈窝——野鹿扑腾腾地往前奔出七八步,终于慢了下来,腿脚一软,趴倒下来。几名士兵跑上前去把它捆住抬起,齐声大呼道:"殿下箭法如神、百步穿杨!可喜可贺!"

穿着一身亮银锁子甲的朱棣在平安、道涤一左一右的护卫下放马而来。他手持一柄宝雕金弓,拈着一支白翎长箭,顾盼之际英气勃发。他的身后,则跟着明州卫指挥佥事牛大能,一脸的紧张之色,小心翼翼地照顾着朱棣的进退奔突之安全。

朱棣这几日在明州只是飞鹰走马、游玩嬉戏。而此时的明州卫指挥使一职空缺,牛大能以佥事之官便成了当地军界的主管人。他摸不清朱棣的真正来意,只当他是来明州海边散心游逛的,便只是一心一意负责把他陪好即可。

看了看天边的日头,朱棣忽而驻马,向牛大能扬声笑道:"牛佥事,怎么样?本王的身手在军队中当个大将,应该没问题吧?"

牛大能赔着一脸的笑容:"那是当然!岂止是一个将军啊,您就是当上徐达大将军那样的统帅也不成问题!"他心底却暗暗想道:这小王爷的精力实在是过剩,真该到铁与火的战场上去消磨一下。

"既然你也承认本王堪当大将,那你和你的手下今天就划在本王麾下听命从令,随本王来一场实地演练!"朱棣看着身前身后围拢过来的三百苏州兵和二百明州兵,冷丁丁地道,"咱们在这化龙山猎获的野兽飞禽也差不多了,这山脉南面便是三羊湾,咱们再到那里捕鱼捞鳖去!"

"什……什么?"牛大能吃了一惊,"四殿下,三羊湾那里可是市舶司直辖的外商船坞……"

"本王就是要去三羊湾遛一下马试一下水,怎么,你不愿让本王去那里游览采风?!"朱棣提高了语调,"莫非你心中有鬼?"

"殿下,牛某心里哪有什么鬼?"牛大能只得耐心解释道,"明州府市舶司是不许外人无故擅入的——中书省和平东行营都向我们卫所下了明文规定,牛某只怕到了那里未必能进得门去!"

"哦,这三羊湾还是不是我大明的地盘了?中书省和平东行营要把它搞成一个'国中之国'吗?本王偏不信这个邪,偏要去那里闯一闯!"

牛大能微微张了张嘴,想说什么却没说出来。

朱棣转身看向那五百人马,把手高高一挥:"弟兄们,咱们冲到三羊湾去捉大鱼啊!"说罢,他一骑当先,旋风般向前直冲而出。

三羊湾码头是明廷市舶司所驻的外商舟船特许停泊之地。从门栅望去,只见密密层层的外夷商船帆旗蔽空,仿佛绵延到了海尽头。而三羊湾地上入口的闸门处,明州市舶司的主事党文宣已经带着侍从和差役在那里等候了。

朱棣一提缰绳,勒马在他面前停了下来:"哦,看来市舶司到处都有顺风耳啊,这么快就有准备了。"

党文宣笑道:"燕王驾到,下官有失远迎,恕罪恕罪。"

朱棣双目精光灼然地逼视着他:"本王今日想进三羊湾捕鱼捞鳖,牛大能却说你们这里是刀枪不入、水泼不进……怎么,本王连这点儿小小的权力都没有吗?"

党文宣赔着笑脸道:"殿下,这天下哪有您去不了的地方啊?你若要捕鱼捞虾,下官带您去前面的五虎沟吧,那里鱼虾多得很!这里外邦商船甚多,实在是不便得很哪……"

"本王就是要捕捉这三羊湾的大鱼!听说它们是从深海底下游过来的,美味得很。"朱棣并不松口。

党文宣狠狠地盯着站在朱棣身后的牛大能:"牛金事,这样的谣言你也敢向燕王殿下乱讲?你不知道这些士卒进去冲撞了外邦商使,会让朝廷有失礼仪的吗?!"

朱棣当然知道党文宣这是在指桑骂槐,便冷笑道:"牛大能可没有向本王乱讲过什么。一切后果自有本王承当,你们且随本王进去!"

朱大能将朱棣轻轻拉到一边,低声道:"殿下,万一惊扰了外邦商使,闹上京师,陛下龙颜动怒,您……"

"大能兄,本王实话告诉你,本王今天要捕捞的鱼可不是普通的鱼,本王要捕猎的是海盗劫匪!"朱棣压低了声音,这才亮出了真实目的,"本王怀疑他们当中有一部分人手伪装成外国商队混进了三羊湾码头,现在,咱们便要进去细细搜捕!"

"什……什么?"牛大能额头上汗珠直冒,"殿下,兹事体大,您不先和平东行营、中书省通一通气?"

"通气?万一事先让他们漏了气怎么办?本王就是要打这些隐伏着的海盗一个措手不及!"

牛大能不无忧虑地道:"万一他们早已得到风声潜藏了起来……"

"事发突然，仓促之间，他们总会留下一些蛛丝马迹的。"朱棣淡淡一笑，把手一挥，五百精兵应命而上，推开党文宣和他手下的兵役，整整齐齐开了进去。

党文宣在后面嘶声叫道："燕王殿下，您莫要后悔！"

朱棣睬也不睬他，高声向那五百精兵吩咐道："你们进去先守住湾里的进出口，然后对这些商船一艘一艘地搜查，若有藏兵挟刃、举止异常者，一律抓来审问！"

牛大能只好配合朱棣下令道："你们分成四队，一队守三羊湾的入口，一队守三羊湾的出口，一队从东边搜过来，一队从西边搜过去。大家照燕王殿下的命令去办吧！"

朱棣看着五百精兵一分为四各自行动，才面露满意之色，在平安、道涤的护卫下，亲自从中间开始向码头那一艘艘外夷商船巡视过去。牛大能没奈何，只得一路随行陪护。

搜过了几条商船，朱棣迎面见到一艘悬挂着朱雀旗的高大官船，船上还隐隐传出淙淙琴声，不禁有些惊讶。牛大能毕竟在海疆驻守日久，对各邦情形更为了解，便向朱棣介绍道："殿下，这是占城国使臣的官船。"

朱棣稍一沉吟，道："可以上去看一看。"

平安会意，便去对那占城官船雇来的华仆吩咐道："我家小将军要上你们船里参观一下。"

那华仆应了一声，就奔上梯板去禀告船主了。

朱棣转头对牛大能说："占城国近年来和我朝商贸频繁，也为我朝输入了不少贡品，算是所有藩邦里最懂规矩的一个。"

这时，那华仆已跑下梯板，前来禀道："各位大人，我家夫人不便下船出迎，还请移步上船。"

"哦，这船上管事儿的是你家夫人？"朱棣倒也没有多说什么，举步登上梯板。到了船上开阔处,朱棣正欲发话,却见那舱室珠帘忽地一卷,从中盈盈然走出一位丽人来:她身材高挑,不施粉黛,浑身肤色如麦,莹润有光,别具一种风采。她全身的装束也令众人眼前一亮:一袭窄袖宽领的蓝布短衫,外面罩着一层金粉丝纱,点缀着一片片闪亮的银叶,宛若一只开屏的孔雀般绚丽。而朱棣的视线更是被她胸前吊挂着的一块红若玫瑰的玛瑙文石所吸引——这位异域女子竟也懂得用中华奇石来装饰自己。

那华仆向他们介绍道:"这位是占城国使臣莫尔寿大人的冰铃夫人,她这几日在这里协调本国的商船贸易事宜。"

"打扰使臣夫人了。"朱棣面色淡定,"本官是为暗查海盗而来,还请谅解。"

冰铃夫人含笑看着他,声音似银铃般轻轻摇响:"这位小将军英姿飒爽、仪表堂堂,倒是个不世出的英雄!几年来似乎是头一次有官兵进这湾里来搜捕海盗,实属难得呀!"

朱棣听出她话里有话,便转头狠狠瞪了站在边上的党文宣一眼。党文宣低下头,不敢正视他。

冰铃夫人仍是浅浅笑道:"海盗杀人越货、横行无忌,人人得而诛之,我占城国大小商船也深受其害。但不知这位小将军前来究竟是真查还是假查呢?"

朱棣毅然道:"当然是真查,而且是一查到底。"

党文宣听他说得如此强硬,登时微微变了脸色。

冰铃夫人回转头来,望向左边的水面,悠然道:"谁是海盗,他们额头上又没有写字注明,本夫人自是不敢乱说。小将军,本夫人只知道那边挂着琉球国钩月帆的两艘大船这几日总是昼伏夜出,来来去去的动静有些太大,闹得本夫人连觉也睡不好!不知小将军可否管上一管?"

党文宣不等朱棣开口,就插话道:"夫人既是有此请求,党某稍后便去警告那两个船主,让他们收敛形迹,不要打扰旁人。"

朱棣却暗暗会意过来,立刻吩咐牛大能:"你带上一队士兵去那两艘钩月帆琉球船上去搜一搜,务要仔细一些。"牛大能应了一声,带着几十个劲卒,飞奔而去。

"小将军雷厉风行、铁面铁腕,果是非同常人。"冰铃夫人笑若桃花,向朱棣邀请道,"您且入舱暂时品茗赏琴,稍后再作定夺。"

朱棣微微点头:"方才你们船上这位琴师的琴曲抚得极好,也是你们占城国从中原聘请来的?"一边说着,一边随冰铃夫人徐步走进舱室。

珠帘缓缓掀开,一位白衣如雪、长眉如剑的中年僧人倚几而坐,满面微笑,手抚一具金丝瑶琴,正自闭目专心而弹。

朱棣原来以为这室中的抚琴师会是一名女子,不想竟是一位僧人,甚为诧异:"这位大师是何地人?琴曲竟抚得如此优美?"

冰铃夫人正欲开口介绍,那僧人却一边抚着瑶琴,一边清清朗朗地吟诵道:

国比中原国,人是上古人。衣冠唐制度,礼乐汉君臣。

银瓮焙新酒,金刀脍锦鳞。年年三二月,桃李一般春。

朱棣认真听罢,低声道:"原来他不是中原人氏。怎么,他是高丽国的僧侣吗?"

"小将军,这位大师乃是日本国腾龙寺高僧闻溪圆宣……"

冰铃夫人正说间,舱门外却猝然传来刀枪交击和喊打喊杀之声:"有海盗!有海盗!"朱棣听出里边有牛大能的粗大嗓音,急忙掀帘而出。果然,那两艘挂着钩月帆的琉球商船上人影闪动、刀来剑往,明朝士卒们和那些船夫已是乒乒乓乓地杀成了一团。他转头盼咐道:"使臣夫人,可喊舵手把船靠拢过去,助我等一臂之力。"

冰铃夫人脆生生地答应了一声,正要向她的手下下令,却见那离得较近的琉球商船旗杆顶上灰影一闪,竟有一个戴笠蒙面人呼啦啦直掠而下,俨若一头苍鹰,朝着朱棣这边飞扑而来。

"殿下小心!"道涤一个箭步冲到,护在了朱棣身前,"他就是在太湖渡口的那个人……"

"天堂有路你不走,地狱无门你进来!"那戴笠人冷叱一声,挥着竹枝剑刺向朱棣面门,"这一次没了虎和尚碍事儿,看谁还能拦得住贫僧杀你!"

朱棣后退一步,右手按住剑鞘,面如铁石,毫无惧色。紧接着嗖嗖连声,兵刃破空锐啸而起,道涤和平安并肩在前,双刀齐发,宛若凭空横起两道银虹,一左一右,合成一环,恰似一个圆桌般大的光圈,团团流转,牢牢护住了朱棣。

"哦?看来虎和尚还是教了你俩一些刀剑合璧之术,"戴笠人冷冷一笑,手中竹枝剑倏地划起一片青光,如同巨斧一般当空直劈而下。"铮"的一响,两柄钢刀硬生生地夹住了那根竹枝剑,同时,戴笠人的身躯也被悬空顶起,在半空中落不下来。

但这一切只是静止了一瞬间,戴笠人蓦地一纵而飞,手中竹枝剑一舞,洒落朵朵剑花,雪片似的再次卷向了朱棣。道涤左掌一伸,拍得朱棣身形倒飞而出,一直落进了那间房门洞开的舱室,同时,他又是利刀一挥,拼命化解着戴笠人绵绵而来的剑招。戴笠人杀心暴起,竹枝剑犹如顽蛇吐信,青芒连闪之下,突破道涤的层层刀影,直向他的眉心点刺而去!

正在这千钧一发之际,舱室内一道白影疾射而至,手中托着那具金丝瑶琴,往竹枝剑剑尖前一挡。"叮"的一声清响,激越非凡,流音盘空,久久不绝。

戴笠人被一股无形劲道震飞退回,落在船板之上,斜眼死死盯着那具碧如翠玉的金丝瑶琴,冷然道:"原来是北朝的妖僧!"

"方圆大师,久违了。"那白衣僧人岸然而立,左手平托金丝瑶琴,右手食中二指却按在了琴弦之上,"请您剑下留人。"

戴笠人冷哼了几声:"你觉得贫僧会听从你的话吗?"

白衣僧人不再言语,手指已在金丝琴弦上轻轻拨动,琴声乍起,清清亮亮,悠长如溪,款款而流。

戴笠人如临大敌,一下握紧了手中竹枝剑。

白衣僧人突然面色一凛,指尖猛一使劲,刹那间琴声有如千狮咆哮、万马奔腾,音波滚滚,排山倒海,直朝戴笠人漫卷而来。

戴笠人也没想到对方一出手便是杀手锏,急忙大叫一声,竹枝剑当胸抬起,向外划了一个半圆,仿佛变出了一堵无形的气墙,将那滚滚音波堪堪抵住。

双方正在僵持之际,白衣僧人身后突然响起一声佛号,一个黑衣僧人似幻影般一闪而出,右手一甩,一串念珠飞了出来,套在了戴笠人的竹枝剑剑尖之上,震得剑身嗡嗡作响,颤抖不已!

戴笠人直瞪着他:"原来你也在这里!"

黑衣僧人也笑着答道:"原来你也在这里!"

他俩话犹未了,白衣僧人已是使出全身劲力狠狠一拨琴弦——轰然一声雷响,气浪四溢!戴笠人再也站立不住,脚下"哧啦"一声,身形被逼得倒滑出去一丈八尺,身前的坚厚船板上已然留下了两行深深的足印。

看到白衣僧人已是多了一个帮手,戴笠人再胆大再心狠,也不敢恋战,只得纵身飞起,逃之夭夭。

金丝瑶琴平放在几案之上，闪着清凌凌的碧光。茶盏上的水汽袅袅升起，舱室内一片安宁恬静。

"多谢两位大师的救命之恩。这一次朱某前来明州巡察庶务之际，道衍师父曾经预言：'此行无畏亦无惧，逢凶化吉有人助。'这句话果然应验了。"朱棣大大方方地向这一黑一白两位日本僧人躬身谢道。

冰铃夫人在他左手边的侧席上用流利的汉语道："小将军，这位抚琴的白衣大师乃是日本国腾龙寺的高僧闻溪圆宣，这位黑衣大师是他的师弟子建净业。"

那黑衣倭僧子建净业看起来性格较为活泼，当下呵呵笑道："这位施主，有什么可谢的？路见不平，举手之劳而已。"

朱棣知道日本禅宗一脉的僧人都通行使用四字法号，也不觉出奇，又含笑而问："两位大师修为精纯、佛法高深，为何却在这三羊湾里隐身不出？我大明寒山寺、天界寺等名刹皆有不少高僧大德，两位大师为何却不北上交游？"

听了他这番问话，闻溪圆宣和子建净业的表情都变得有些复杂起来，对视了一眼，却是师兄闻溪圆宣开口叹道："贫僧和师弟也去过贵国应天府，也曾向贵国中书省投书禀明过来意，但……但贵国中书省始终对我等拒而不纳、阻而不通，又不颁发度牒凭证，只想催我等返回日本……幸得这位冰铃女施主仁慈大方，收留了我们在此驻停。"

"咦，那你们怎么不找你们日本国驻华使臣柯卑利去说明情况呢？中书省应该信得过他的……"朱棣讶然而问。

他话犹未落，闻溪圆宣和子建净业的脸上又都露出了莫名的尴尬之色。

冰铃夫人这时方才清咳一声，在为朱棣斟上一杯新茶之后，娓娓而谈："小将军，我们都知道贵国曾经有个南北朝时期，其实如今日本国内部也分成了南朝和北朝，而且各称正统，互为死敌……"

"哦，竟有这样的事情？朱某确是不知。"

"小将军，日本国的国王陛下都是虚位无权的，南北二朝虽然各自在名义上拥立了一位国王为帝，实际上南朝主政者是怀良亲王，北朝掌权者则是征夷大将军足利义满。您所说的柯卑利是来自奈良南朝的怀良亲王手下，而这两位大师则是来自京都北朝的足利大将军手下。因为奈良南朝的地理位置距离中原上国较近，所以怀良亲王抢在京都北朝之前向大明通贡建交，也等于抢占了北朝的藩邦名分。柯卑利是日本南朝驻华使臣，又怎么会帮助这两位来自北朝的大师呢？"

朱棣沉吟着抬眼盯向了闻溪圆宣："冰铃夫人所言属实？"

"冰铃夫人所言千真万确。"闻溪圆宣很是坦然地正视着朱棣，"小将军，我北朝足利大将军英明神武、尊道贵德、诚敬守信，对中华上国也是仰慕已久、衷心恭顺，决不似奈良伪朝那般口是心非、阳奉阴违。"

朱棣眼底的精光一闪："两位大师在本国的北朝究竟是什么身份，不妨在此言明。"

闻溪圆宣闻言，微微一怔，把询问的目光投向了冰铃夫人。冰铃夫人会意，瞧了瞧朱棣，再向闻溪圆宣深深地点了点头。

闻溪圆宣这才又直视着朱棣，神色十分庄肃，徐徐答道："实不相瞒，贫僧乃是足利义满大将军派来中原请求与贵国通贡建交的特使。也正因如此，奈良伪朝的驻华使臣才会贿赂贵国中书省的高官权要，对我们北朝的通贡请求拒而不纳。"

朱棣仔细听着，沉吟道："原来如此。中书省从来只道柯卑利等人为日本正统使臣，却不将这些情况上报朝廷知晓。"

冰铃夫人道："小将军，难道您没有感觉到日本奈良南朝的势力正暗暗渗进贵国之中吗？"

朱棣不由得全身一震，立刻吩咐平安道："那边钩月帆商船的事儿处置完了吧？你去喊牛大能过来禀报详情。"

在等待牛大能过来的时间里，众人都静了下来，舱室内一片沉寂。朱棣貌似平静无波，实则已是心绪纷纭：日本国存在南北朝，这是何等重大的情况，中书省居然向父皇和朝廷隐匿不报，这又是何等的欺君罔上！而中书省这样偏袒奈良南朝，正如闻溪圆宣所言，若是未得其贿赂之利，怎会如此上心？大明朝本就对这奈良南朝外恭而内不顺的一些举动甚为不满，正巧可以借助其国内南北对立之矛盾而制衡之！但中书省掩蔽事实、欺上瞒下，实在是误国不浅！此番回京，自己必须尽快向父皇禀明才是！

他正思虑间，牛大能已经趋步而入，屈膝禀道："朱……朱将军，经查获，钩月帆商船上确实隐藏着一些海匪余孽，他们的几个头目已经跳水逃走。我等在这两艘船上搜出不少兵器和财宝。对这些海匪的审讯，也正在进行之中。"

"戴笠蒙面人和这些海匪是什么关系？"

"据一些海匪喽啰交代，这戴笠蒙面人也是近期才来三羊湾的，是他们的大头目请来的武术教练。"

"大头目？"朱棣皱眉问道，"他们供出大头目究竟是谁了吗？"

"这……这个，正在审讯之中。据说他们那个大头目一向十分神秘，精通易容伪装之术，从来不以真面目示人……他们也不甚清楚。"

这时，子建净业插话道："其实我们师兄弟二人认得那个戴笠蒙面人是谁。"

朱棣的目光一下转向了他："朱某记得，有一位道衍师父曾经说过他是你们日本禅宗的剑道高手。"

"不错。他是伪南朝卧虎寺的妖僧方圆承一，也是伪南朝怀良亲王的替身僧之一。他潜伏在这里，自然是不安好心的。"闻溪圆宣向朱棣郑重地道，"以贫僧之愚见，这些所谓的海盗劫匪，说不定就是伪南朝的武卒和你们本国的叛乱分子勾结而成的。"

听到这儿，朱棣的唇角立刻飞起了一丝冷笑，目光灼灼地看向了冰铃夫人："原来你们一直都知道钩月帆商船上隐伏的就是倭贼海盗吧？"

冰铃夫人脸上的笑容显得极为诚挚："近年来，日本南朝怀良亲王野心勃勃，居然想在我占城国伏设内奸制造祸乱；而北朝足利义满大将军则愿意与我占城国互通有无、友好合作，燕王殿下您觉得我们占城国会选择哪一边呢？"

牛大能惊呼失声："你……你怎么认得燕王殿下……"

朱棣脸上却毫无波澜，平静之极。

冰铃夫人悠悠而道："燕王殿下，小女子也是占城国驻华使臣的夫人，也出席过一些大大小小的宴会，虽然您不记得小女子，但小女子对您的英风锐气却过目不忘呢！"

闻溪圆宣、子建净业二人听到此处，都不禁双掌合十，面向朱棣道："原来阁下便是大明上国的燕王，我等失礼了。"

朱棣示意两人坐下，缓缓开口："冰铃夫人，站在你们占城国的角度，你们并没有错。但本王却要通过你们之口才能查到海盗劫匪的一些真相，这就是本朝有司之大错了。"

牛大能立刻一头叩下："本将马上去警告党文宣，让他自行引咎认罪。"

朱棣摆了摆手："不必，这一切情况不许向他透露分毫。"

然后，他转脸看着闻溪圆宣师兄弟二人和冰铃夫人："在合适的时候，本王会邀请两位大师前来京师，如何？"

第三十八章
解谜

"圣人之生也天行,其死也物化。静而与阴同德,动而与阳同波。不为福先,不为祸始。感而后应,迫而后动,不得已而后起。去智与故,循天之理。故无天灾,无物累,无人非,无鬼责。"

道衍缓缓搁下了毛笔,看着自己写好的这幅字帖,不禁沉沉然叹息道:"《庄子》里这段话讲得真好啊!不过,'无天灾、无物累'容易做到,但'无人非、无鬼责'又有谁能达到?道沐师弟因我而蒙冤发疯,寒山古刹因我而担负骂名,贫僧实是惭愧啊!"

道溶在旁劝说道:"大师兄,清者自清,浊者自浊,一切终会归于本位。你不必过于自责。"

道衍又看向那幅写着"西厢房内,青灯黄卷,一片丹心,永朝佛前"的字条,微微摇头,他托起那只栩栩如生的玄玉蝉,自语道:"蝉啊,蝉啊,贾岛君称你是'新蝉忽发最高枝,不觉立听无限时',王安石也说'去年今日青松路,亦自闻蝉第一声',你就不能鸣叫一声清音高啸,唤醒一下贫僧脑中的灵感吗?"

道溶实在是听不下去了,咳了几咳,又劝道:"大师兄不必如此坐困愁城,小弟陪你一道去后花园散一散心?"

"好吧。"道衍只得颔首,向室往走去。

后花园立有一座三人多高的太湖石，千窍百孔，形如乘云之龙，又似参天之峰。道衍入神而观，渐觉心境安定了不少。

正在这时，东边传来隐隐的喧闹之声。道衍敛定心神，示意道溶过去察看一下。

不一会儿，道溶回来禀报道："大师兄，是知客僧和东厢房租宿的施主发生了争执。"

"什么争执？"道衍问了一句。

"东厢房丁字号客房里的南墙上，原本挂着的那幅《燃灯古佛坐照图》，因年深日久本就破旧不堪，昨夜竟忽然断成两半掉下地来。住宿的那位施主觉得不太吉利，就向知客僧们发泄不满之情，于是起了争执。"

"哦，原来如此。这有什么可争执的？他闹任他闹，让师弟们不与计较，定心忍过这一阵子就是了……"道衍正说之间，脑海里突然灵光一闪，"对了，你刚才说什么？《燃灯古佛图》？……佛祖图像？厢房墙壁上挂着的佛祖图像！"

他喃喃自语了几句，突然觉得自己便似在一间密封的暗室之中双眼一亮，屋顶砰然破开，洒下了一片光华，顿时令他眼前豁然开朗！他终于找到了破解十六字暗语的关键！

道溶见他如痴如狂，惊讶而问："大师兄，你怎么了？……"

道衍并未答话，蓦然身形一起，迅若飘风，就向西厢房那一排单间客房疾驰而去。

"砰"，乙字号客房的大门被他一掌推开，南墙上空空如也，未挂佛祖图像！

"砰"，戊字号客房也被他撞开，南墙上悬挂的却是《竹篮观音图》！

最后的癸字号厢房室门被他缓缓拂开，他的呼吸骤然一紧，南墙上正是一幅宽大的《如来讲经图》！

他静定下来，细细观察着：在这个厢房里，《如来讲经图》、灯架、书架这三个点构成了一个无形的三角形。而这个三角形的中心部位，恰巧立着一根碗口般粗细的竹柱。

"一片丹心，永朝佛前！"他缓声念叨着，慢步走近那根竹柱，在正对着《如来讲经图》的方向，又在竹柱上面与自己心口平齐的位置，伸出手掌轻轻一拍。"咔"的一声脆响过后，道衍心弦又是一阵骤停：一方暗格终于从竹柱中冒了出来，里边有一只五彩斑斓的锦囊！显然，这就是那份宋明德准备献给朱元璋的镇宅秘宝了。

他屏住呼吸，手掌一翻，将那只锦囊拿在掌心，感觉是一件半月形的硬物，正欲打开细看，窗口处陡然传来一声重响。他应声转头，只见木屑纷飞之中，一团灰影似旋风般飞掠而入，团团疾转，呼呼有声，紧接着一股巨大的无形吸力直袭过来，好似一只看不见的大手卷向他掌中的锦囊。

道衍一时看不明切，但反应极快，身形急忙一转，也似陀螺一般疾旋开来，意图以快应快、借力化力。不料来人一逼而至，根本不给他一丝一毫腾挪转移的空隙，道衍只得本能地奋起一掌狠狠劈出，挟着风声厉啸，往那团灰影之中回击过去。只听一声爆响，道衍这一掌如中坚钢，竟是被反震得虎口阵阵发麻，而那团灰影又似风中轻絮般飘飞而起，在半空中一闪即逝。

道衍一惊之下，倏觉掌中一空，那只锦囊不知何时已是不知去向！

来人身手之快、出招之准、力道之猛，实为道衍平生所仅见，他实在想象不出这天底下还有谁竟能从自己手中空手夺宝而去！自己终究还是修为不足啊，因为破解了十六字暗语而变得心弦大震、惊喜失常，终于给了这藏在暗处一直窥伺着的劲敌以可乘之机！唉，这一着，自己又输了！

道溶等人这时才冲进屋来，看到道衍坐倒在地，面色僵青，正自惊疑之际，却听道衍沉郁地开口了："师父这一次闭关所修的坐照禅未免太蹊跷了。他从来不会超过八八六十四天的——现在已经过去七十多天了——我们应该马上去叩关！"

在浓浓的五彩祥云缭绕之中，八瓣莲花台上的如来佛祖昂然端坐，宝相庄严，正不疾不缓地讲着佛理："以一统万，一月普现一切水；会万归一，一切水月一月摄。展则弥纶法界，收来毫发不存。虽然，收展殊途，此事本无异致。但能于根本上着得一只眼去，方见三世诸佛、历代祖师，尽从此中示现；三藏十二部、一切修多罗，尽从此中流出；天地日月、万象森罗，尽从此中建立；三界九地、七趣四生，尽从此中出没；百千法门、无量妙义，乃至世间工艺诸技艺，尽现行此事。……"

须眉皆白的寒山寺方丈净空大师在下面跌坐着，仰视如来开口讲法，正听得津津有味。"师父！师父！您快醒来啊！"一声声急切的呼唤仿佛从彩云尽头传来，打破了净空那一片安宁澄定的心境。如来蓦地双目一睁，金光闪闪之中，将他往外轻轻一推："净空，你尘缘未了，且去办结再回！"

在一声轻呼中，净空大师身躯微微一震，徐徐张开双眸，只见自己身边围了道衍、道溶、道润等一大群弟子，个个面有焦虑之色；而先前深入梦境的那些呼唤之声正是他们所发出的。

净空刚刚从入定之中醒转过来，只觉有些口干。道衍急忙递上一碗米汤。净空一饮而尽，望着他们，淡淡问道："怎么回事？"

"启禀师父，您这一次坐照禅竟已耗时七十多天了。"道衍的面色沉肃之极，"刚才弟子若不施以九转传神大法发音相唤，您也不会这么轻易醒转过来。"

净空大师一怔，仿佛明白了什么，脸色渐渐变了："道溶、道润，你们先出去。道衍，你留下。"

很快，地室内只剩下了净空、道衍相对而坐。

净空沉吟着慢慢开口："为师这一次闭关坐禅，原来只想用时六六三十六天……"

"弟子知道。弟子就是感觉您闭关的日期似乎不太对劲，再加上近来寺内寺外多有怪事发生，所以才冒昧叩关、闯关，请师父恕罪。"

"你有何错！幸得你机智果断，这才救了为师脱身困境。"净空眉头微皱，"难道为师所中的竟是传说中的萦梦丹？否则，这世间还有何物可以迷乱为师的心智？"他的目光徐徐抬起，盯视着道衍："你说，这段日子里，本寺内外究竟发生了哪些怪事？"

道衍敛颜而道："有人企图让师父您的元神在萦梦丹的作用下一直滞留在九天九地、八荒八极的虚幻梦境之中不能返回现实。"

净空大师长叹一声："是了，一定是宋明德施主送来的那件秘宝导致了这一切事情的发生……唉，为师真是大意了！"

道衍将头深深一叩："师父圣明。"

净空大师直视着他："看来，你已经破解了那十六字暗语，秘宝既已在你手上，又为何如此忧形于色？"

"弟子对不起师父。"道衍不好抬起头来，"弟子确实破解了那十六字暗语，但竹柱暗格里的那件秘宝也同时被人夺走了。"

"居然有人能从你手底夺得宝去？"净空微微一愕，"难怪你要叩关——这样吧，你把为师闭关后寒山寺内外所发生的相关事情从头到尾讲来听一听。"

道衍正了正身形，便将从宋紫荷夜投寒山寺直至昨日西厢房秘宝被劫的所有事情向净空讲了个透透彻彻。净空听罢，幽幽一叹，缓缓

念道:

> 扰扰一京尘,何门是了因?万重千叠嶂,一去不来人。
> 鸟道春残雪,萝龛昼定身。寥寥石窗外,天籁动衣巾!

道衍只是静静地听着,并不多言。

净空炯炯然正视着他:"道衍,你一定很想知道宋明德施主决定献给陛下的那件秘宝是什么吧?"

道衍平和而答:"不错,还望师父告知。"

"你应该听说过这样一副对联吧?五方五玉镇乾坤,三英三奇开太平。"

道衍不由得心弦一震:"启禀师父,弟子在常州府刘秉忠的藏春地宫里见过这副对联。弟子还曾请教过宗泐师叔,他说您应该最清楚这一切。"

"儒家从来不谈怪力乱神,佛家也多是主张物我合一,唯有道家玄门教人要善假于物。所以,关于这副对联,为师大概也是姑妄言之,你也便姑妄听之吧。"净空大师娓娓讲来,"所谓的'五方五玉',指的是五件上古灵玉,传说由当年玄门圣祖鸿钧子炼制而出,妙用无穷,灵性充溢。鸿钧子用它们镇守东西南北中五大方位,而各集金木水火土五行之精元,可以改易天下之气运。它们的名字分别是:东华妙玉玦、太素灵玉琮、天乙玄玉蝉、赤旻宝玉璋和皇极无双璧。也有人传说,修道之士可以凭借这'五方五玉'之灵力助道飞升。但这五方奇玉的功效究竟如何,却没有人真正知道,因为,从来没有人把这五块奇玉集齐过。为师所能告诉你的,也只有这些传言。"

"天乙玄玉蝉?"道衍一惊,拿出了自己那只玉蝉,"它……它莫非就是?"

"不错。紫阳子道友传给你的，可能正是天乙玄玉蝉。"净空徐徐颔首，"而宋明德施主所献的，则是东华妙玉玦。至于刘秉忠藏春地宫里被盗走的，应该是皇极无双璧吧。"

道衍深深而叹："那位幕后高人既已夺得皇极无双璧、东华妙玉玦，弟子这天乙玄玉蝉也迟早会被他盯上的。"

净空思忖了一会儿，忽然开口问道："你刚才说，天界寺的佛头石也失窃了？"

道衍点了点头："宗泐师叔是这么说的。"

净空面有异色："看来，那位幕后高人的布局很是深远啊。"

道衍直问道："以师父您的见多识广，推测得出他是谁吗？"

"除了你的紫阳子师父和大内供奉洪德公，为师实在想不出谁能有这等修为。"

道衍的眼底忽有一线亮光闪过："弟子在灵应观的道家师弟平虚子徐应杰，近来似已改投在道录司左正一封万尘的门下为徒了。"

"哦，封万尘施主？"净空若有所思，"他确是大隐隐于朝的高人。对于他的真实修为，为师也不敢妄言。"

道衍又点了一句："似紫梦丹这样的奇药，应该也只有封万尘这样的玄门高手才能炼制得出吧？"

净空深深地看了他一眼："若无实证，你亦不可先入为主。"

道衍缓缓颔首："师父，弟子明白。"

净空这时又徐徐垂帘闭目："大敌当前，危不可测。为师准备重新闭关修炼，由道润、道涵近身护法，待七七四十九天通佛禅圆满结束后再行大举。道衍，你在外面，去做你应该做的事吧。"

第三十九章
入彀

"朱子曰：如今功夫，须是一刀两段。所谓一棒一条痕、一掴一掌血，使之历历分明开去，莫要含糊。"

朱元璋伏在案上，把这段箴言一笔一画工工整整地写完，直写得力透纸背、墨汁淋漓。然后，他提起字帖上上下下看了几番，忽尔龙颜一变，哧哧几下撕成数片，散落了一地。

云奇慌忙爬到地上去捡拾字帖碎片："陛下字字千金，乃是不世出的墨宝，奈何自毁自弃？！"

"这段箴言乃是朕的座右铭。朕本当遵而行之，却被世间杂务左右掣肘，不得放手去做！"朱元璋满面阴云，恨恨而道，"所以，朕一写完后想起这一点就忍不住发怒，不撕了它还咋地？"

云奇抬起身子仰视着他："陛下乃是天纵奇杰、盖世雄豪，什么事能掣肘得了您？您有百灵护佑，尽可宽心。"

朱元璋听罢一声轻笑，正了正龙袍，坐直了上半身。然后，他脸上不带一丝表情地将一份拱卫司的奏报抽出来往御案上一丢："你看嘛，罗自力、韩宜可从苏州联名发来奏表，声称有确凿证据证明宋明德夫妇是被暗害灭口的，而且宋紫荷遇害一案幕后也是大有文章。现在，可是把胡惟庸和他的爪牙们逼到死角了，只差还没抓到那个所谓的在逃罪犯钱大斤来完成最后的定论了！"

云奇有些怔住了，喃喃地道："陛下，胡党真的敢欺君、欺天哪……"

朱元璋捏了捏自己的拳头，沉声道："他们岂止在这一件事上欺君、欺天？燕王从明州发来紧急奏报，声称中书省下辖的市舶司在三羊湾通商码头的监管上玩忽职守、麻木不仁，竟是纵容海盗劫匪潜伏坐大，又状告中书省胡党一派向朕掩蔽了日本国南北朝对立的情报，而且胡党还刻意对所谓的奈良南朝全力亲和，对京都北朝则是疏离阻隔，似是居心叵测……胡惟庸他们莫非还想勾结日本南朝势力倚以自重于朕前吗？"

他这些话一句重似一句，云奇只得低伏在地，连大气也不敢喘一口。

朱元璋呷了一口浓茶，瞥了瞥云奇："你哑巴啦？有什么建议，说来听一听。"

云奇吓得浑身发抖："奴婢哪敢有什么建议？请陛下饶恕。"

朱元璋瞪了他一眼，没有开口。

云奇只得跪地奏道："陛下明言宦侍不得干政，奴婢不敢妄言。"

朱元璋把茶杯往桌面上一放，浓眉一竖："朕叫你敢你就敢！你有话不说、有屁不放，朕才会治你的罪！"

"是是是！奴婢以为陛下可以适时与日本国京都北朝的势力建立联系，也允许他们来通贡经商，用来制衡胡党所扶持的奈良南朝。但前提是，日本北朝的势力必须向我大明表示足够的忠顺方可。这……这只是奴婢的粗浅之见，还望陛下恕罪。"

朱元璋这才微一点头："你讲得不错。你其实是不是还想建议朕好好教训一下胡惟庸他们？"

云奇伏着身子，不敢答话。

"但朕觉得现在还不是剜掉这块疮肉的最佳时机啊！"朱元璋起身背负双手，徐徐而踱，"苏洵有言：'夫高帝之视吕后也，犹医者之视堇也，使其毒可以治病，而无至于杀人而已矣。'胡党历事甚多而长于治务，朕只能暂时取其长而优容之了。"

说着，他停下了身，又拈起一份奏章放在案角："这不，释道衍、韩宜可他们虽在宋氏一案上把胡党逼得够呛，然而胡惟庸他们反手一剑，做了一个寒山寺僧人诱奸民妇的案子出来，把那个虎和尚释道衍也搞得焦头烂额！这一招才玩得漂亮嘛，真不愧是朕的'得力股肱'啊！云奇，这样的活戏，就是越曲折越出奇才好看，若无胡惟庸的精妙反制，姚广孝这个虎和尚的尾巴只怕快要翘上天去啦！"

云奇双目低垂，嘴唇紧闭，仍是不敢多言。

朱元璋若有所忆，忽而问道："云奇，朕那日定下祈雨法会在哪一天举办？你当时也在场嘛。"

"启奏陛下，祈雨法会举办的日期定在六日之后。"

朱元璋沉吟着道："这一次祈雨法会朕缓了又缓，是因为届时会有各个藩邦的使臣列席参观，所以只能办好不能办砸。但说实话，朕对封万尘、宗泐的修为水平都不太放心，朕还是觉得由净空师兄和诚意伯共同培养出来的释道衍才可以胜任。不过释道衍故作清高、自命不凡，朕若不先挫一挫他的傲气，只怕他不会倾心折节为朕效忠！"

随着话音的停顿，他的脚步也停了下来："眼下这何三姑状告寒山寺一事，释道衍虽是让他的涉案师弟装疯拖延下来，但他一个山门中人，无权无势，纵有才智，也难以彻查真相。只有朕的拱卫司耳目遍天下，可以明察秋毫，朕会让拱卫司给寒山寺僧众一个清白，但前提条件是道衍必须回京参加祈雨法会立功交换，否则，朕凭什么要派御用精锐之士为他效劳？"

云奇深深叩首："陛下手握乾坤、算无遗策，奴婢等恭服之至。"

"朕刚才的这一层意思只可领悟而不可言明。你明天代朕去一趟天界寺,把这一层用意通过口谕传达给宗泐。宗泐不傻,他会明白怎样促使释道衍回京为朕做事的。"

"是,奴婢一定照办。"

朱元璋又问:"全国各地有资格参加今年秋试会考的士子生员应该差不多到齐了吧?"

云奇禀道:"汪大夫日前上了奏报,声称天下应考之士子生员已然基本到齐,除了极少的一部分老弱病残者尚在赶考途中。"

"让各地驿站为这一小部分老弱病残士子生员大开方便之门,足医足食,供奉不怠,尽量帮他们顺利入考。朕也会把开考时间调整到九月份。朕这一次秋试会考,一定要做到'朝无滥竽、野无遗贤'。"

"陛下如天之仁如海之慈,奴婢下去后就传达给汪大夫他们拟旨施行。"

"嗯。繁杂的事情说完了,再说一点高兴的吧。"朱元璋这时方才坐回龙椅上斜倚着,"晋王近日不是进献了一株据称是永不凋落的天宝紫莲给朕吗?呈上来看一看。"

云奇应了一声,趋步往偏殿而去。不一会儿,他双手捧着一只白莹莹的瓷盆过来。朱元璋注目看去,瓷盆中央绽放着一朵海碗大小的莲花,瓣瓣明润如玉,通体犹若笼罩着一层淡淡的紫光,宛然一盏华美至极的宝灯,于坚挺丰盈中又似舒展着轻灵的柔婉。

朱元璋面现喜色,深深地嗅了一下,一股忽而浓郁如蜜甜、忽而淡雅似清茶的异香沁入心脾,令他精神一振,浑身劲气充溢——原来,这天宝紫莲还有健身益智之妙用,不愧为花中极品。

"古有传言:莲者,万灵之源也;佛家以青莲为宝,取其之净;道家以金莲为宝,取其之韧;儒家以白莲为宝,取其之廉。而帝王天家以紫莲为宝,取其之华。"朱元璋缓缓道,"当年唐玄宗获紫莲之祥而改元'天宝'。朕今日能再睹'紫莲降世',殊为难得。晋王能够弄到这样一件瑞物,也算是苦心孤诣了。云奇,你传旨尚方署,赏他黄金三百两。"

"奴婢遵命。"云奇捧着瓷盆,躬身应道。

"另外,稍后把这株天宝紫莲送去道录司通明观那里,由封万尘等人悉心培育。"

云奇一边答应着,一边把瓷盆放在朱元璋的案头:"陛下,天宝紫莲虽是天生灵物,但也应该沾一沾您这天命之子、九五之尊的浩然之气才能更加滋润,您说是也不是?"

朱元璋哈哈一笑,指了指他:"从来只有花养人,哪里却有人润花?朕的浩然之气是分享给天下百姓的,于花鸟草木只是余泽罢了。"

云奇又道:"陛下,说起祥瑞之物,宗泐大师也送来了一块'日月临空'玛瑙文石,您有意欣赏一下吗?"

"'日月临空'玛瑙文石?哦,朕很忙,今天就不看了,届时拿到祈雨法会盛典上去向各藩邦展示吧。"朱元璋摆了摆袍袖,仿佛又想起了什么似的,开口肃然讲道,"听说宗泐和一个名为陈如意的官宦小姐联手做起了应天府的玛瑙文石生意,还远销到了海外诸国?这是一件大好事啊!这样吧,朕把应天府下辖各县玛瑙文石的开采专属之权转赐给那个陈如意办的石宝轩。但他们的卖石收入有五分之二抽为文石税,如何?"

云奇心头暗想,这位陛下真是"兔子跑过拔毛、蜻蜓腿上刮肉"的怪才,一脑门儿的心思都钻到弄钱上去了。只要能给朝廷带来外贸收入的行当,他都要插手分利。当然,这也是国库紧张的缘故,实在是把他逼得太急了。云奇无声地一叹,恭然答道:"好的,奴婢把这件事记下了。"

朱元璋双眉一动,盯视着他,仿佛一下就看穿了他的心思一般,沉沉然言道:"你是不是在心底觉得朕的所作所为像个'雁过拔毛'的奸商,言必称财利、行必求宝货?"

"陛下,奴婢万死不敢。"云奇慌忙跪倒,以头叩地而不止。

"罢了。这大明的家,朕不好当啊!大业初创,百废待兴,无往而不花钱:打胡寇,要用钱;赈灾民,要用钱;修河堤,要用钱;养百官,要用钱……朕并非贪财好利之徒,但这十多年的国事政务之中,朕谈得最多想得最多的就是钱!也许,只有等到有一天把内奸外贼铲除净尽了,朕才不会这般急功近利吧?"

云奇忙道:"陛下开创的洪武之治,必将凌驾文景之治、贞观之治而上之!"

朱元璋听了捧腹大笑,笑得连泪花都出来了。许久过后,他才平静下来,又从文牍堆中找出一张字幅,喃喃地道:"工部来报,十三花楼里的重译楼、来宾楼、集贤楼等八九座已经基本竣工了,特来请旨让朕亲笔题写几副对联过去装点门面广为宣传。这是官办产业,也就是朕拿来挣钱养民的生意铺子啊!朕这个老板,也不能不切实用心啊!"

他一边说着,一边展开那张字幅,又道:"这是礼部为朕拟写的几副对联初稿,朕念出来让你听一听,评论一下长短优劣。"

云奇恭敬而答:"奴婢才疏学浅,辨赏不来啊!"

"朕说你行就行!"朱元璋自顾自念了开来,"第一副对联初稿是'惠风千里满京华,花色万重染轻霄',怎么样?"

云奇只得硬着头皮答道:"奴婢听来,觉得这上下联太过平实了一些,毫无回味之处。"

"朕也是这么认为的。"朱元璋又开口念道,"第二副对联初稿是'千里黛峰千里醉,万顷春潮万顷乐',如何?"

"这一副对联太直白太媚俗了些。"

"嗯,可以挂到花房内室里。"朱元璋一笑,"这第三副对联似是还有些文采——'莺红柳绿月满园，金樽瑶琴醉平湖'。只有这一副堪堪可用。罢了，且让朕来替他们想一想既'好看'又'好吃'的花楼对联吧！"

他思忖之间，脑中忽地灵光一闪："朕近来阅读宋代刘学箕写的一首名词《菩萨蛮》，里面有两句可以移作花楼的对联——'昨日杏花春满树，今晨雨过香填路'，怎么样？这样的词句，才称得上雅俗共赏、回味无穷吧？"

"陛下灵机过人，这确是绝妙佳联。"云奇听得连连点头。

朱元璋又缓缓道："朕方才又想出了一副对联——'朱钿宝玦，漫似梨云梅雪，休怪西子失色；英姿韶华，恰如玉树金竹，不啻潘郎生辉！'这样的词句，那些男客看了也会沾沾自喜、趋之若鹜吧？"

第四十章
比试

深蓝的夜幕缀着点点星光，弯弯的斜月如同一只钓鱼的小船，在宽阔的银河中缓缓航行。

朱标一身便服，倚坐在小画舫舱室的窗口边，凝望着沉金湖上泛起的层层银波，神情若有所思。

"吱呀"一声，舱门忽开，身披斗篷的陈如意轻步而入，取下自己的面纱，在门边下首处恭然静立。

朱标徐徐收回目光，看向了她："小陈老板，近日你在京师里把石宝轩办得是风生水起、闻名遐迩，而且你出入政商两界更是长袖善舞、左右逢源——看来，姚先生和四弟确实目光如炬，没有选错你啊！"

陈如意急忙弯身答礼，盈盈而道："小女子如今的些许建树，皆是在太子和燕王的扶持下取得的，岂敢贪天之功？"

"请坐吧，陈姑娘。"朱标向那张小椅努了努嘴。

陈如意谦辞了一番，方才款款坐下。

朱标负着双手，在舱室内缓缓踱步："刚才，本宫在想，人生世间，不可不为，亦不可妄为；有所得者不必骄，有所舍者不必悔。只有顺逆如一、始终如一，方能有所成就。陈姑娘以为然否？"

"殿下所言甚是，小女子亦有同感同悟。"

朱标脚下微微一停，眼里闪过一丝不易让人察觉的暗芒："姚先生所在的寒山寺遭人诬陷造谣一事，你也知道了？这世间的明争暗斗就是这么你死我活、残酷至极，足智多谋如姚先生，竟也有护不住自己的师弟而被人暗算的时候，何况那些远不如他的人呢？谁都不可能每时每刻永远保持胜利。"

陈如意微微颔首。

朱标又敛容讲道："本宫最敬佩的是姚先生的那位师弟。他为了保护他的师兄和寒山寺的清誉，不惜装疯作癫，每日里吃粪喝尿，过得猪狗不如，这一份忠诚和忍性何等难得？本宫府中的人都应该向他学习啊！"

陈如意立刻明白了朱标话里的意思，认真回答道："小女子自是懂得，欲求胜利，必有代价。太子殿下，小女子也做好了万一有一天失利之时，甘愿承受一切代价之心理准备。"

朱标深深地看了她一眼："陈姑娘既然已有这样的觉悟，自然是再好不过了。"然后，他掸了掸自己的衣衫，似乎要掸去心底那看不见的灰尘："陈姑娘，姚先生和四弟托你带来的话语和东西，现在可以拿出来了。"

陈如意从袖中取出一个信封，呈递给朱标，柔声道："这是燕王殿下送给太子殿下的第一件礼物。"

朱标打开信封一看，却是两张字帖，但那帖上的字迹又似乎不是什么书法精品，笔画甚是稀松平常。他有些疑惑地看了一眼陈如意。

陈如意浅浅一笑，解释道："这是燕王殿下在明州府羊角村里收集的两首民谣，都是由当地的父老亲笔抄录传颂的。"

"哦？"朱标拿起一张字帖，一边辨认着一边念道，"翻天覆地朱洪武，明王转世来救苦。他使百姓享清福，他使贪官怯如鼠。"念罢他双眉一展，大大地叫了一声"好"，又拿起另一张字帖吟诵道：

"一条律法鞭天下，贪官污吏都害怕。你若遭冤莫叫苦，洪武大帝来做主！"

朱标不由连连点头："这确是一件好礼物。本宫若是转呈给陛下，还不知道陛下会有多高兴呢！比三弟送的那株天宝紫莲不知道要珍贵多少倍！'民之颂词，国之宝也。'这才是我大明真正的至宝！"

陈如意以袖掩口，浅笑道："燕王殿下送礼亦是别出心裁，令人惊喜莫名。"

朱标把这两张字帖放回信封收好，又问："姚先生没有什么东西带给本宫吗？"

陈如意笑得煞是有趣："姚先生也送了一个信封给您。"

朱标接过那信封拆开一看，里边是一张薄薄的纸笺。他托在手上细细看去，只见上边写了两行字：右边是一、二、三、四、五、六、七、八、九、十、百、千；左边则是一对一相呼应地写着壹、贰、叁、肆、伍、陆、柒、捌、玖、拾、佰、仟。他不解地道："这……这是什么意思？"

陈如意款款道："姚先生向小女子亲口说起，他在苏州阅览近期的邸报时，发现其中一个案子是写武昌府主簿邓知万在造假账套取赈灾钱款支出之际，将各地县衙报来的总册金额'一万二千两白银'添了几笔几横，改成了'三万三千两白银'，顺手便将二万一千两白银贪进了自己的腰包。这件事在朝野中震动不小。姚先生从中汲取教训，建议殿下向朝廷反映，从今往后可以在财务簿册之中，规定将'一'写成'壹'、'二'写成'贰'、'三'写成'叁'、'四'写成'肆'……如此一来，纵有奸猾之徒上下其手企图中饱私囊，也做不了弊案和假账了，殿下以为然否？"

"好！好！这个建议真好！姚先生真不愧为治国理政之圣手！"朱标朗朗赞道，"本宫会尽快建议给陛下，传令四方有司照此施行而永绝弊根。"

陈如意抿唇微笑，又柔声道："沈贯山也已被道衍师父说服，立誓效忠于殿下，并派其次子沈子荣入京驻办，在明面上只和我石宝轩合作。殿下若有任何需要，尽可向他吩咐。"

朱标迟疑了一下："沈家真靠得住吗？"

陈如意恭恭敬敬地道："殿下之势如同日月当空，而胡党之势则已日薄西山。沈贯山身为江南第一富贾，这一点眼光应该还是有的。"

朱标点了点头，冷声言道："如意，你要记住：商人干政，乃是历朝之大忌。我们只可用其所长，而不可纵其所短。他姑苏沈氏若有违法逆道之举，本宫也不能稍加姑息的。"

陈如意心头一凛，芳容一敛："小女子晓得了。"

朱标又缓缓叹道："其实这一次姚先生回京，还是应该来见一见本宫的。本宫从内心里很想念他。"

陈如意婉转而道："姚先生现在是胡党一派的众矢之的，无论到哪里都有人盯着，加之寒山寺遭诬陷一事的影响，他并不想连累太子殿下，所以先去天界寺了。在合适的时候，他自会来面见殿下的。"

"本宫知道，这一次僧录司急召他回京，是在为数日之后即将举办的祈天求雨法会做准备。毕竟时间太紧，姚先生也耽误不得。"朱标道，"陈姑娘，你替本宫转告他，在寒山寺遭人诬陷造谣一事上，本宫相信他一定能够逢凶化吉、转危为安的。"

"小女子遵命。"陈如意含笑应道。

朱标回身坐到了圈椅之上，沉思片刻，又问陈如意："燕王在明州那边查出了一些海盗劫匪的蛛丝马迹，这很好。他那里短时间还不好抽身吧？"

"燕王殿下来信谈到，他还在处置一些三羊湾的善后事宜。那边的市舶司主事党文宣本是不能再留了，但接任他的，又肯定是胡党一派安插进来的暗桩。燕王本想让牛大能兼任,不过牛大能虽然是徐达元帅的老部下,也还忠诚可靠,但他的全局驾驭能力又不行,亦不擅长管理藩邦杂务……所以,燕王现在又只能让党文宣戴罪留职……"

"唉!"朱标眼底倏然升起了怒气,用拳头重重地擂了一下桌面,"我朝官吏的大部分来源都操控在胡党手里,几乎是无往而不出其门下,我们实是不得不受制于人啊!希望此番秋试会考能够新人辈出、为国所用,组建一个干干净净的通政使司,我们便不再受中书省的掣肘了!"

陈如意急忙宽慰道:"近日陛下对进京赶考的士子生员连下优恤之诏,他们深为感动。太子殿下您放心,大明的贤才必定会为大明效忠到底的。"

朱标这才稍稍缓和了颜色:"四弟那里还有什么事情派你转告吗?"

陈如意踌躇了一下:"燕王殿下让小女子带了一个人来见殿下您。"

"是从日本国北朝来的吧?"朱标双眸精光一闪,"本宫知道他是谁。但本宫对该不该见他,却有些拿捏不准。"

"殿下是在顾虑被人说成是'擅见藩邦外臣'吗?"陈如意斟酌着字句道,"日本北朝确实目前与我朝还未通贡往来。"

朱标淡淡地道:"本宫目前接见他们还不太合适。"

陈如意沉思稍顷,道:"这样吧,就由小女子代为安置此人。待到燕王殿下回京之后,亲自领他入宫面圣。"

朱标微微点头:"如此甚好。"

"只是他提出请大明尽快与他日本北朝建立通贡通商之联系的请求,殿下准备如何回复?"

朱标思忖着道:"通贡之事,由四弟回京后带他处理。至于通商之事，倒可以由沈贯山和你以民间贸易的名义做好前期沟通。本宫会让户部拿出一份物资需求簿子，你们转给他们去对照筹备。当然，你们也可以把合适的商品卖给他们赚取钱财入境。他们既想通商，就一定得拿出诚意和行动来——他们这一次若能从我大明买走二十万两白银以上的商品，本宫和四弟一定会促成陛下与他们的北朝大将军通贡入藩。"

陈如意眸中一亮："好，小女子就遵照太子殿下的旨意去和他们沟通洽谈。"

在天界寺半山腰的采星台地坪上，十二根三人多高的青石柱巍峙而立。石柱的顶端，各自立着鼠、牛、虎、兔、龙、蛇等十二生肖的石像，个个栩栩如生，逼真至极。这十二生肖石柱围成一个方圆十余丈的大圈，大圈的中央放着一尊七尺多高的巨大紫铜香炉，里边烛火熊熊，仿佛永远也不会熄灭。

道衍身着轻装，静静地观察着这一切："宗泐师叔，这便是大明祈雨法会的主坛场？到时候陛下和文武百官、藩邦使臣都要来这里参观？"

宗泐面如止潭，介绍道："不错，陛下特旨要求此番法会一切从简从约，所以我僧录司和道录司都没有张灯结彩，只布置了一些关键性的阵法器物，不敢铺张浪费。"

道衍游目四顾："这主坛场只立了十二元辰柱和昊天混元炉，确实是简化至极。看来朝廷真的是国库吃紧，这一次没给僧录司拨多少银两款项下来吧？"

宗泐脚步一停，不由动容道："师侄你怎么这样讲呢？朝廷哪怕不拨一分一文，为着济世安民之宏愿，对此番祈雨法会，我僧录司也自当倾囊相助！"

道衍深深一笑:"师叔一腔忠君爱民之心,我朝僧众皆不能及。"

"这是自然。当年为从西域求得真经回来,老衲历尽九死一生,谁人可及?"宗泐明知他这话是言过于实,仍厚着老脸坦然受之,"近日老衲进宫为陛下诵经护持,见陛下面有忧色,一问之下才知陛下是在为辽东胡元余寇之事而多思多劳。老衲遂向陛下请愿,愿回天界寺召集三百弟子共念金刚伏魔咒,希望削弱那些胡元余寇的气运。"

道衍面色不变,淡淡而问:"陛下怎么答复你?"

宗泐却是咳嗽一声,有些尴尬地答道:"陛下只是笑而不语,最后才说,你也无须去弄这三百弟子去搞什么念咒伤敌之术了,倒不如从寺中挑选三百个年轻精壮、会些武艺的和尚送入我征辽大军,从十夫长做起吧!"

道衍仍是面无异色:"师叔,你又是如何回复陛下的?"

宗泐长叹一声:"我天界寺本就人手稀少,哪有多余的僧众送去辽东疆场,陛下的旨意,老衲做不到呀!现在,只有寄望于这场祈雨法会以报圣恩了!"

"原来师叔真是为了这场祈雨法会而急召小侄火速入京的呀!"道衍的声音忽地高了起来。

"也不尽然。苏州那边给你们报上来一个寒山寺僧人诱奸民妇案,在朝野上下影响不小。僧录司召你回来,也是想当面问清楚这内里的真情实况嘛。"

"昨晚小侄便已向师叔禀报清楚了,师叔莫非不信?"

宗泐脸色微变:"老衲自是相信你和寒山寺的,也相信你们是遭了胡党的陷害,但陛下和朝廷呢?你不觉得这才是最重要的吗?"

道衍立时沉默下来。

宗泐瞧着四周无人,又娓娓道:"近日老衲入宫也摸了一下陛下的看法。你们寒山寺方丈净空师兄是陛下的替身僧,陛下相信以净空师兄之贤能，不可能使寒山寺有如此藏污纳垢之举。他也相信你的师弟道沐是遭人诬陷造谣的，所以特意派出拱卫司的精锐之士彻查此案，还你们一个清白。圣恩如此深厚，你们将以何为报？"

道衍道："其实小侄在苏州多留几日再潜查暗探，应该也是可以还道沐师弟和寒山寺一个清白的。"

宗泐冷冷地笑了一声："陛下目前希望你能尽快回来参加祈雨法会为佛门增光，同时为了避免让你分神，才特旨让拱卫司代你彻查何氏民妇诬告道沐一案。此恩此德，不可不谓之天高地厚乎？"

道衍微微闭目，合掌而道："小侄自当尽心竭诚为君父分忧。"

宗泐暗暗吐了一口长气，脸上却故作肃重："此番祈雨法会，道家那边也会派出得力高手和我们同台比试。你切不可轻视了。"

"祈雨法会上，道录司左正一封万尘也会出场显示神通吗？"道衍忽然问道。

"这个，暂时还不清楚。"宗泐沉吟道，"据说他新近收了一个天资过人的关门弟子，煞是厉害。说不定他会让这个弟子代为出场。"

道衍又问："宗泐师叔，您对封道长的修为造诣究竟有多少了解？"

宗泐重重一哼："依老衲之见，他溜须拍马的本事比他装神弄鬼的本事更强。"

"请师叔莫要开玩笑。"道衍郑重道。

"好吧，好吧，他的玄门修为应该和老衲差不多吧。"

道衍继续追问："如果他掌握了皇极无双璧和东华妙玉玦呢？"

宗泐听罢，面色变了几变："看来'五方五玉镇乾坤'谶言之来历，你已经从净空师兄那里知道了？"

道衍伸手托起那只天乙玄玉蝉往宗泐眼前一亮："小侄这只天乙玄玉蝉便是传言中的五方五玉之一。"

宗泐将那玉蝉看了一番，冷笑道："这块小小的玉蝉便能镇天安地？老衲倒是眼拙，你给老衲讲一讲它的妙处？"

"小侄就是觉得它没有什么出奇之处。"道衍谦和地道。

"不可能。既然它是先天灵玉所成，必能助道济世。师侄你莫要谦辞。"

看到宗泇逼得急了，道衍只好道："小侄以自身真气对这玉蝉涵育温养，只发现它是一件有助于提升功力的宝物，注入其中一分的真气便可以发挥出十分的威力，如此而已。其他方面的玄妙，小侄并不清楚。"

"哦，它竟能把你的真气灵力化弱为强、化粗为精？"宗泇面无异色地道，"你且将它展示出来，和老衲所祭炼的天生奇石之宝切磋一下，如何？"

道衍合起手掌低头道："师叔的奇石法门之术自是神妙无方的，小侄的天乙玄玉蝉岂能与之相比？小侄认输就是。"

"借灵宝而运幻术，此法古来有之。老衲以奇石为本，也确实研究出了一些法门。现在，正是这二者玉石之辨的机会到了，师侄，请勿推让！"宗泇一边说着，一边从贴身锦囊里取出一座四五寸高的假山型奇石，乃色彩绚烂的花岗石材质，其形上尖下宽、千岩万窍，恍若峰峦缩现。

道衍正看得啧啧称奇，宗泇却向他郑重至极地道："这是老衲的灵石天来峰，你且用天乙玄玉蝉接它一下？"说罢，他右手一扬，那尊天来峰灵石凌空而起，仿佛见风即长，片刻之间化为一座七层宝塔般大小，直向道衍当头压下。

道衍见状，退开数步，立在场中，大袖往上一拂，一股烈烈劲风倏地疾卷而上，向那天来峰硬挡过去。不料，那天来峰竟如实物一般沉重如山，以雷霆万钧之势破开道衍的劲风，不可阻遏地缓缓压将下来。道衍已然明白它这是以真气而催动的释门幻术，只得暗念了一句佛号咒语，飞快地掷起天乙玄玉蝉向上一迎。

只听半空中"哗"的一响，一头硕大无朋的黑鹰乍然而现，双翅一展，令整个天空一下被遮黑了半边。那黑鹰伸出巨爪一捞，便将天来峰灵石幻化出的那座小山紧紧攫住，"扑啦啦"一阵风响，拖向了高高的天穹，渐渐缩化成了两个小点。

"轰"的一声响后，一青一黑两道光华从空中落下，恢复常态的天来峰灵石和天乙玄玉蝉各自被宗泐、道衍一收而去。

宗泐双眉一掀，赞叹一声："不错，不错，老衲这山字诀幻术用在天来峰上竟被你这天乙玄玉蝉破了。来，再看老衲的定海璧！"

他把手掌般大小的一块玛瑙文石取了出来：它圆若满月，石面上映现出叠叠清涛，居然似真波活水一般在无声地自行涌动，波光粼粼之下炫人双目。宗泐将它拈了几拈，"呼"的一下抛将起来，那定海璧灵石便如一泓莹莹然的碧湖盘旋于空，越来越大。

在宗泐柔和平稳的经咒声中，道衍忽觉浑身一紧：耳畔似有滔滔之声大作，四面八方兀然冒出了无边无际的滚滚碧浪，高达七八丈的浪头呼啸着向自己笼罩而下。他急忙闭上眼，竭力定住心神，但心头仍是忍不住咚咚咚地跳个不停。

尽管他知道这一切都是宗泐施展的幻术，然而还是感到浑身所受的无形压力变得越来越大，逼得自己的呼吸也越来越困难。在他苦苦忍耐之际，身体周围忽又变得寒气森森、砭人肌骨，似有一块块无形的巨冰压上身来，挤得自己几乎透不过气来。

原来，这定海璧还有这等灵力！

在大山一般的沉静之中，道衍佛相庄严，双眸微闭，掌心托着那只天乙玄玉蝉，缓缓念动了咒语。

一刻钟过去，那玄玉蝉猝然发出一声清越绝伦的啸鸣，足有穿云裂石之力，道衍只感到浑身压力一轻。紧接着，那玄玉蝉宛如活物一般抬起头来张嘴朝天一吸,弥漫在道衍周围的一股股冰寒之气顿时全被它吸入腹中,那层层碧涛也渐渐平息,化为乌有。

原来,天乙玄玉蝉本身即为玄阴之精所凝,而定海璧灵石所散发出来的也正是玄阴之气,自然会被这更高阶位的玉蝉吸化一空了。

宗泐大吃一惊,把手一招,收回了定海璧灵石。他思忖半晌,最后取出第三块灵石来:黑漆漆的一块晶石之上,一团朦胧的白纹浮现,形态恰如一只开屏的孔雀,栩栩如生。

道衍分明感到这块奇石身上流溢出来的浓浓灵气,顿时心弦一紧,面露慎重之色。

那边,宗泐双手托着这枚孔雀灵石,念起了《孔雀明王咒》:"唵摩由啰讫兰帝娑婆诃!唵摩由啰讫兰帝娑婆诃!……"

刹那间,道衍眼前一花:一只展翅高翔的雪白孔雀在半空中若隐若现,缥缈之中正在渐渐凝形。他急忙将体内真气疾速注入掌中的玄玉蝉,那乌亮亮的玉蝉身上顿时有斑斑点点的金星之芒渗泌而出,越来越密,越来越亮,最后竟形成了一只灿烂夺目的"金蝉"。

那雪白孔雀最终完全凝形后,尾翎张开足有数丈开阔。它迎着道衍双翅一挥,唰唰之声骤起,千百柄白亮的风刃密密麻麻暴射而出,向道衍迎面袭来。与此同时,道衍右掌一甩,一声长啸,那金蝉腾空而起,倏然化为一片金灿灿的光网,铺展开来宛若数亩池塘般巨大,"呼啦"一下便将那白色孔雀罩在其中。那幻化出来的白孔雀猛力一挣,翅羽暴张,竟似把那一片金亮光网险险破开来——随着道衍声声清啸,那光网也随即紧紧一缩,反倒将白孔雀束得更紧了。"扑扑蓬蓬"一阵乱响过后,金色光网越来越密,也越收越紧,同时,也把白孔雀束缚得越来越小,直至小如一只白鸽。

宗泐瞧着这一番情景,只得长长一叹,右手一招,把那块孔雀灵石收了回来。

道衍也收回了天乙玄玉蝉，双掌合起，恭恭敬敬地道："师叔，小侄失礼了，还请师叔见谅。"

宗泓没有立即答话，站在原地呆了半晌，才缓缓开口，话语间流露出一丝莫名的苍凉："看来，这一场祈雨法会，就定了是由师侄你代替老衲出场和道录司那边斗法了。"

道衍双眉微敛，没有答话。

过了好一会儿，宗泓才又问道："祈雨法会虽然对外宣称是两日后举行，但具体的日期并未完全确定。朝廷在咨询我们僧录司的建议。你觉得应该选在哪一天？"

"据小侄推算，两天之后，有壬申、癸酉、甲戌、乙亥、丙子、丁丑六日。这其中甲戌日非降雨之日，可以排除。壬申、癸酉二日水气最足，乙亥、丙子二日稍差。小侄建议选在癸酉日举办为佳。"

宗泓转过头来淡淡一笑："真是巧了，道录司那边，封万尘向陛下建议的也正是癸酉日。"

道衍眼底寒芒一闪："封道长果是高人。师叔，这几日小侄想在这采星台和后山的万福塔细察一下天象变迁之轨迹，可否？"

"当然可以，一切任你所为。"宗泓点头道。

道衍缓步而前："小侄谨扶师叔下山休息。"

"老衲暂时还用不着你来扶持。"宗泓轻轻摆了摆手，"不过，有些事情，也该交给你们分担分担了。你才回应天府，可能不知道，日本使臣柯卑利向朝廷推荐了一个日本名僧，法号为大泽永三，想在京中开坛建寺。陛下交给我僧录司处理。

"老衲给日本方面的答复是：我大明海纳百川，你日本僧人前来开坛建寺，这也可以，但一定要获得全国沙门界的公认许可。于是，这大泽永三便找了京中妙树寺、无方寺、金华寺等高门名刹斗法竞技，听说妙树寺的缘洁长老、无方寺的真度上人都已经落败了。老衲近来忙于祈雨法会，暂时还没顾得上他，但他迟早会来我天界寺斗法的……"

道衍朗朗而道："师叔请放心，他若来天界寺挑战，小侄决不会坐视的。"

"很好，难得你有这一股英风锐气！"宗泐悠悠一笑，迈步沿着石阶缓缓行去。

第四十一章
棋子

应天府金华寺的讲经广场上,梵音阵阵,香烟腾腾,一派庄严凝肃之气。

金华寺方丈圣光长老着一身旧袍,正与一名身披大红袈裟的倭国老僧对面而坐,谈经说法。周围的金华寺僧众沉静而立,恭听而候。

这名日本僧人的容貌生得甚是古怪:两道浓眉黑而亮,三绺须鬓却是白而长,看上去对比极为鲜明。他面带浅笑,对圣光长老侃侃而言:"佛经妙典上有记载,佛国有万千法门、无限神通,如铁树开花、虚室生辉、火内种莲等。常人视为浮夸之言,而智者则知为切身之谈。圣光长老修为年深,想必也领悟了极高极妙的法门神通,不知可否施来一观?"

圣光长老面无波动,悠悠而语:"大泽法师,佛家修为素以悟道为本,以神通为末,您如此重神通而轻悟道,岂非本末倒置乎?"

那僧人正是日本南朝卧虎寺的方丈、方圆承一的师兄大泽永三。他哈哈一笑:"长老说的是'本末'二字,贫僧讲的却是'华实'二字。先华而后实、无华则无实,这也是禅理正论啊!不以'华'之绚烂,何以显'实'之丰满?长老,您想回避辩争吗?"

圣光长老见他巧舌如簧,只得微微一叹,不再多言。他双掌平胸缓缓举起，掌心相对，始终隔有五六寸之距，众人眼前倏然一亮，只见他手掌之间的虚空中骤然现出一团金色光球，浑浑圆圆，闪闪烁烁，翻翻转转，恍若一颗鹅蛋大小的明珠，有形有质，飘浮悬空，神奇之极。

大泽永三轻轻拍起了手掌："好！好！圣光长老的虚室生辉之术果然达到了炉火纯青的境界，贫僧佩服。那么，也请您欣赏一下贫僧的天花聚形之法吧。"说着，他的身形冉冉升空，双目紧闭，十指掐出一个奇异的姿势，脸上缓缓现出一层纯青琉璃色的毫光。同时，他右掌心中一团鸡蛋大小的紫色火焰一冒而出，轻轻悬浮在虚空中，闪动不停。

圣光长老的弟子们见状，都禁不住失声惊呼起来。

大泽永三随即右掌一收，那团紫焰在一伸一缩之际，凝成一朵拳头大小的炫丽紫莲：晶莹夺目的片片花瓣，在他口中流溢而出的声声梵音中徐徐绽放，直至变得海碗一般又圆又大。紧接着，大泽永三右掌向下一翻，往地面上一口瓷盆当中一拂，那团莲花状的紫焰悠悠飞了过去，漂浮在盆中水面上，不散不灭，纯然便同实物一般。

在僧众们的纷纷喝彩中，圣光长老双眸精芒闪动，良久方才叹道："大泽道友你痴于神通而终至精于神通，居然将这'火内种莲、天花聚形'的法门练成，当真难能可贵。"

大泽永三坐回地面，听着众僧们的交口称赞，面露得意之色。他衣袖往外一挥，那朵莲花状紫焰便在一声轻响后凭空消失了。

圣光长老面如止渊，忽又言道："不过，大泽道友你以外物为凭恃，故能无中生有、虚中生实，终是美中不足啊！"

大泽永三心底暗暗一震，脸上却不露一丝异色："长老此言何意，贫僧恃有何物？诸位请看，贫僧空手空脚，身无一物，却是以何为恃？"

"道友不必这般急于辩解。物在何处？在你心中耳！"圣光长老的话语来得深刻之极，"你所恃之物，老衲已然看破。你也须知：物是物，我是我，我虽能驭物，而物终非我所有。大泽道友，外物之力只可凭借一时，若要真正悟通大道、立地成佛，唯有从心做起。什么法宝、灵器、圣物，都帮不了你的。"

"古人有云：'祥生禅苑千峥秀，瑞绕嘉川万叠新。'禅苑不是物吗？嘉川不是物吗？古之高僧尚以此物而明心证道，今之贫僧焉可不效仿之？"大泽永三又施展起他的巧辩之术，"今日贫僧与长老论法讲经、显灵示人，只想最后追问您一句：以眼前贫僧之造诣，可以从此开坛建寺了吗？"

他这一番话刺出，圣光长老沉默下来。一刻钟过后，圣光长老才淡然答道："以老衲之见，大泽道友当然可以在中原禅林开坛建寺、自成一派。但，大泽道友也须努力精进，不可以盲导盲。"

"如此，那就多谢圣光长老成全。"大泽永三脸上不由得掠过一丝喜色。

圣光长老不再看他，缓缓合目言道："我中土大唐著名高僧圭峰宗密曾言：'无碍是道，觉妄是修。道虽本圆，妄起为累。妄念都尽，即是修成。'大泽道友，老衲言尽于此，请务要三思啊！"

大泽永三此时此刻欣喜若狂，哪里还听得进这些话，身形飘起，合十一礼，便施施然去了。

出了金华寺山门，他才放松了心弦，额上冷汗顿时直淌而下。他方才确实仗有一件秘宝而助行幻术，居然被圣光长老一眼看穿而未曾说破，中原高僧，果然了得。看来，即便自己将来真能在这大明国内开坛建寺，也须谨言慎行，不可大意啊！

沉吟中，他上了马车，进厢关帘，目光所及，却见那戴笠蒙面的师弟方圆承一怀揣竹枝剑早已在内等候。

"承一，你怎么来了？"大泽永三眼中异芒一闪。

"师兄，明州三羊湾的事情败露了……"方圆承一见到大泽永三，慌忙把朱棣率兵突袭搜查三羊湾的事情讲给他听。

大泽永三听完，怔怔地思忖了半晌，蓦地手掌一扬，重重一记耳光甩出，把方圆承一的斗笠打飞出去，同时在他满是刀疤的瘦脸上留下了五根指印。

方圆承一唔了一声，捂住脸低下头，连大气都不敢出。

"谁让你去擅自刺杀那个大明皇子的？"大泽永三捏着拳头，低吼起来，"你可以去刺杀那个虎和尚，你也可以去暗中扰乱寒山寺，这都是你作为一个'武痴'可以去做的。但你决不能直接介入他们国内最高层的政争！平九郎是以海盗身份成为胡惟庸他们手中棋子的，而你不是！！！你的背后是我大日本国奈良城皇室禅院——卧虎寺！你和我又是怀良亲王的替身僧！你让朱元璋和他的皇子们如何看待我们？更何况现在还有闻溪圆宣等北朝的伪贼在乘机浑水摸鱼！"

"小弟心想，我们所扶持的胡惟庸一派终究会和朱元璋父子刀兵相见的——在三羊湾，那个四皇子身边没有虎和尚释道衍保护，正是除掉他的最佳时机……只是我没想到闻溪圆宣、子建净业那两个妖僧竟也潜伏在那里……"方圆承一嗫嚅道。

"你个猪脑子能胡思乱想出什么？你以为三羊湾的事情幕后没有人推动吗？占城国的人不也正巧在场吗？"大泽永三厉声道，"罢了，为兄已经说过了，平九郎可以用海盗的身份去做那些事情，但你不行！从今往后，你尽量不要再公开露面了，老老实实藏好自己的形迹，不要再给我大日本国的千秋大计添乱生事了！不然，为兄马上勒令你回国反省！"

"是，小弟遵命。"方圆承一只得恭顺而答。

"闻溪圆宣、子建净业这一次救下了那个大明四皇子，必会煽风点火,构祸生乱,我等日后行事自当倍加小心。"大泽永三目视车顶,冷然又道,"在太湖津口,你既然失手于那个虎和尚释道衍,可见他确是一大劲敌。大明的祈雨法会很快便要举办了,我们也在受邀出席之列。而释道衍也肯定会被派来施法求雨。到时候,为兄亲自前去,看一看这个名闻遐迩的虎和尚究竟有几斤几两。"

洁净如新的一只蓝布口袋被轻轻打开,里面装满了白花花、鲜嫩嫩的饱满米粒。袋口处还放着一只小瓷碗。韩宜可用这小瓷碗盛了一些米粒出来,十分郑重地端到汪广洋面前。

"哦,这是苏、杭二州特产的弯月米嘛!"汪广洋以指尖拈起几颗米粒细看,这米粒形如弯月,两头尖尖翘翘,腹部滚滚圆圆,白如晶玉,甚是奇特。

他缓缓地摩挲着这碗弯月米,沉吟着回忆道:"十多年前,汪某到浙东常遇春将军帐下督战时,曾经吃过这种稻米煮成的熟饭,只觉香甜可口,完全不用配肉配菜——单吃这米饭,就已经是极好的享受了……"

讲到这里,他似是想起了什么,伸手去腰袋里掏着:"这弯月米价值不菲,宜可,本座还是要付给你钱的。"

"大人,您这是哪里的话?宜可这一点儿小小心意,哪能收您的钱?"

"难道你忘了本座是一分一文也不会妄取于人的吗?"汪广洋容颜一肃,"这样吧,本座便让后厨用这弯月米煮一锅枣莲粥,你今天也留下来,咱们一起吃。"

韩宜可拗他不过,只得答应了下来。

汪广洋也知道韩宜可傍晚来访,自是"无事不登三宝殿"的,就让所有在场家仆退下,只留韩宜可一人在小客厅内。他端着茶杯呷了一口，慢慢道："本座听说了，你和姚广孝在苏州真是大展神通——宋氏一案，到底还是被你和他翻转了过来。宋家的清白，也终是由你和他还了回去。你二人之所作所为，实在远胜本座。"

"大人您过奖了。宋家冤案得以昭雪，完全是道衍师父的功劳。"

"但，这件事情看来也只能到此为止了。"汪广洋眼中光芒一闪，若有深意地道，"你看，在胡党操弄之下，民间又有多少个宋氏冤案呢？姚师父的师弟不也是突然卷入了诱奸民妇一案吗？寒山寺的百年清誉，岌岌可危了！"

"陛下已经调派拱卫司的精锐之士彻查此案，也已挖出了一些有力的线索。寒山寺的清誉一定会得到恢复的。不然，宜可还会悠闲地回京与大人您在此促膝交谈吗？"韩宜可莞尔道。

"看来，有陛下的力挺，姚广孝和寒山寺应该能化险为夷了。"汪广洋沉沉一笑，"不过，依本座之见，你那个姚师父付出的代价也实在不小。如果他在几天后的祈雨法会上没把雨水求来，寒山寺僧人诱奸民妇案一定又会成为钦定的铁案了。"

韩宜可正色答道："韩某对姚师父的能力绝对有信心。"

"宜可，这样的活剧本座并不是第一次看到啊！"汪广洋呷着温茶幽幽道，"洪武元年的时候，姚广孝的师父诚意伯刘基参加祭天祈雨大典时也曾向陛下说过，只要斩了贪官李彬，对了，李彬是谁你晓得吧？就是原中书省老相国、今韩国公李善长的亲侄儿。刘基当时声称，只要斩了李彬，就会天降甘露：结果，李彬被当众斩首后，老天却并未降雨，刘基也被迫辞官告老。姚广孝可能在谋略上不亚于他师父，但在呼风唤雨这样的神通上，他会超过他师父吗？刘基尚且做不到，他又能行吗？"

韩宜可听大人讲得如此尖锐，便不好再说什么了。

汪广洋也自觉这番话有些过火了，忙一笑把话题扯了开去："宜可呀，本座近来闲暇之余翻阅《晋书》，对晋武帝司马炎这个人甚感兴趣。宜可，你先谈一谈对司马炎的看法？"

韩宜可思索着答道："据史书所载，司马炎大体上还算一个宽仁平易之君。"

汪广洋呵呵笑道："不错，本座先前也是这种看法。当年，他治下的司隶校尉刘毅当众指责他'卖官之钱尽入私门，虽汉桓、汉灵二帝亦不如'，但他毫无怨忌，反以刘毅为忠良可靠而终身倚重。这也可看出司马炎确是宽仁平易之君，几乎不亚于汉文帝。

"然而，后来本座读到他为了嫡嗣永传、乾纲独断，蓄意逼死了自己的亲弟弟司马攸，一招一式狠辣至极，又哪来一分一毫的'宽仁平易'？所以，古往今来的帝王君主，大多都似司马炎一般是多面一体的。也可以这么说：'外似平易，内实狠辣'，或许才是司马炎的真面目吧？"

大人口中的"司马炎"是在暗示谁呢？难道他真是阅览青史后有感而发？韩宜可正思虑之际，又听汪广洋问道："你这一次去苏州现场办案，应该有所收获吧？"

韩宜可忙答道："宜可愚钝，只是循章依法而已。"

汪广洋自认为应该对自己这个关门弟子把有些话说透，便肃重言道："宜可，其实不瞒你说，在老夫看来，清流之士颇想斗倒胡党，基本上是自作自乐罢了。屈原在《楚辞》里写道，'沧浪之水清兮'，可以洗涤冠缨，这是清流之士的妙用；'沧浪之水浊兮'，可以濯我之足，这又是功利之臣的妙用。当今圣上自有尺度在胸，谁可留谁不可留、谁可进谁不可进、谁可退谁不可退，只能由他来圣心独裁。你所盛赞的姚广孝在朝野间左右摇荡，也不过是当今陛下掌中一枚棋子而已。"

"多谢恩师大人赐教，宜可明白了。"韩宜可急忙起身，恭敬地答道。他坐下之后，沉吟了一下，还是把自己此行的来意彻底挑明："恩师大人，您近来在京中负责秋试会考士子生员的诸多事宜，甚是辛苦。太子殿下对此也甚是关切。请问您在其中发现有何精英之士可以传扬标榜的吗？"

汪广洋一听"太子殿下"四字，倒是敛了一下容色，徐徐道："老夫常常听人们夸这个夸那个，不是称他为天才，就是称他为神童，如同甘罗重生、曹冲再世。黄子澄也罢，吴可远也罢，佳名四传，看上去热闹一时，但在老夫心中，真正的神童、真正的奇才，却是宋朝那位大学士黄庭坚。他写了一首短诗，名为《牧童诗》，内容是这样的：'骑牛远远过前村，短笛横吹隔陇闻。多少长安名利客，机关用尽不如君。'说实话，在一位英明盖世、雄才绝伦的圣君面前，谁也无须表现得多么优秀、多么卓异，只要憨厚老实、乖巧顺从就够了。"

韩宜可见他还是顾左右而言他，便拿出一张字幅，呈递到汪广洋的手上："太子殿下让宜可给恩师大人带了一首亲笔书写的短诗，请您悉心鉴赏。"

汪广洋伸手接过，看到那字正是苏轼写给黄庭坚的诗的选句：

　　我今独何幸，文字厌奇玩。
　　又得天下才，相从百忧散。

显然，太子朱标在这字里行间暗请汪广洋为他收揽招纳士子生员之忠心，以备建立通政使司之大用。但汪广洋也不想过深地卷进这一潭浑水中。于是，他想定之后，朝韩宜可平静地道："来而不往，非礼也。老夫也有一首词曲写给太子殿下，请他指教。"

他提笔写下前元名家陈草庵的《山坡羊》，非常郑重地交到了韩宜可的手里。

> 风波实怕，唇舌休挂。鹤长凫短天生下。劝渔家，共樵家，从今莫讲贤愚话。得道多助失道寡。贤，也在他；愚，也在他。

> 争奈聪慧，争夸手艺，乾坤一浑清浊气。察其实，不能知，时间难辨鱼龙辈。只到禹门三月里。龙，也认得；鱼，也认得。

韩宜可细细读罢，眉头却微微皱了起来。汪广洋这分明是想置身事外，不愿以主事官的身份为哪一个士子而预作造势铺垫，只想单以秋试考场上的成绩高低来定抑扬进退。若是如此，士子们只会认为这功名荣誉是靠自己挣来的，又凭何感恩于外人，东宫派又怎样笼络得了呢？

"父相，这是孩儿从封道长那里给您开来的一剂药汤，依封大人的说法，喝了它之后可以气血充沛、返老还童。"胡万年双手平托，把一钵碧澄澄、香喷喷的药汤恭恭敬敬地递到了胡惟庸面前。

"难得我儿这一片纯孝之心。"胡惟庸一饮而尽，只觉苦中泛甜、余味悠长，丹田内亦有一股热流涌动，不禁叹道，"封道长选的药材真好，熬汤后一点儿也不难喝。"

胡万年压低了眉眼道："这服药汤要用十三根七寸长的金鲨鱼须做药引，孩儿是求了鸠拜斯、柯卑利等好几个藩邦使臣才好不容易收集齐全的。"

"万年，你何必这般自苦？"胡惟庸充满慈怜地瞧了瞧他，又笑道，"这样吧，为父和你谈一件趣事儿。近日陛下在邸报里明发了一条描绘贪庸之官的民谣：'黑漆皮灯笼，半天萤火虫。粉墙画白虎，黄纸写乌龙。茄子敲泥磬，冬瓜撞木钟。唯知钱与酒，不管正与公。'好笑吧？"

胡万年垂下了头，没有接话。

"你是不是觉得陛下在拐弯抹角地讥骂为父所领管的吏部？"

胡万年急忙劝慰道："父相莫要太过忧虑了。"

"唉，陛下若是汉高祖，为父自会成为萧何；陛下若是唐太宗，为父亦会成为房玄龄。但陛下既不是汉高祖，也不是唐太宗，为父也就做不得萧何与房玄龄了。为父走到今天这个境地，也是陛下一步一步逼成这样的啊！"胡惟庸抚摸着那只从不离身的白玉琮，慨然言道，"在他手下，你若是人一己百、兢兢业业，他会猜疑你是在以勤揽权；你若是稳重行事、有条不紊，他又猜疑你是在以慎自固；你若是两袖清风、寸草不沾，他更会猜疑你是在养名蓄势、居心叵测。难啊！难啊！可惜，你父相又不愿成为一条像刘基那样被他招之即来、挥之即去的狗……所以，我们一家人都要做好全面的准备。希望你将来不要怨恨你父相。"

"父相，您何出此言？您怎么说，孩儿就怎么做。"胡万年忙答道，表情恭肃之极。

胡惟庸这才谈起了正事："你觉得晋王朱枫能够被咱们用宋紫荷套得牢不？"

"宋紫荷的美色固然能令朱枫念念不忘、欲罢不能，但以她不甘不服之心性，却不好放到朱枫身边，为我所用啊！"

"为父懂得了，为父会让人想出对策彻底收服她的。"胡惟庸眼底寒光闪闪，"朱枫，才是我们打进他们朱家内部的一根最佳楔子。你只要把他想方设法套牢在咱们的千秋大计之上，这就是你奇功一桩！"

"孩儿晓得，孩儿一定要将他拉下水让他无法脱身。"胡万年重重点头。

胡惟庸这才道："你出去吧，顺便将吴进祥喊进来。"

不一会儿，早在外面静候的吴进祥垂着双手趋步而入："相爷有何钧令，请示下。"

胡惟庸不露声色，只淡淡问道："吴老板，俗话说，佛要金装，人要衣装。你的十三花楼，如果由本相为它们亲笔题写门联，怎么样？"

吴进祥喜得连忙一头跪倒："这……这便是小人无上的荣耀和花楼上下莫大的福气！"

"哦，这就是无上的荣耀和莫大的福气啦？"胡惟庸冷笑了数声，"若是换成当今陛下给你们御赐钦笔门联呢？"

"啊？"吴进祥把头磕得梆梆直响，"不敢当！不敢当！区区花楼，如何值得真龙天子御赐钦笔门联？这么大的福分，我等更是承受不起。"

"陛下叫你承受，你承受不起也得承受！"胡惟庸咳嗽一声，招了招手，让他近前来看书案上放着的几张字帖，"这是礼部送过来的，陛下为集贤楼、重译楼、来宾楼、凤仪楼四大涉藩花楼题写的门户对联。"

吴进祥用袖角擦了擦自己的双眼，认认真真看将过去，只见第一副对联是这样写的：

佳山佳水，佳风佳月，佳人佳事，佳地有佳缘；
痴声痴色，痴情痴意，痴男痴女，痴人得痴福。

他看完之后，啧啧赞道："陛下这副对联写得太好了！谁读了都禁不住缠绵悱恻、流连忘返……"

胡惟庸长笑道："若要真论让人缠绵悱恻，还是魏忠明报来的，苏州有一家花楼的迎宾对联写得甚好——'鸟来鸟去洞天里，人歌人哭极乐中！'另外，陛下选定的刘学箕这两段名词对联'昨日杏花春满树，今晨雨过香填路'，这才算真正的雅俗共赏！"

"陛下的这些御笔对联，吴某一定拿回去请京城最好的工匠临摹镌刻，再欢天喜地、隆重之极地挂到花楼的大门上！"

"陛下给你们的御笔门联，一定会招来顾客多多的。各位藩邦人氏见陛下如此着力扶持花楼，也自会积极响应，多多惠顾花楼的。"胡惟庸正了正腔调，"同时，陛下还明确要求你们尽快开张。这样吧，八月初十举办祈雨法会，八月十五中秋佳节就把这些花楼开张，来得及不？"

"这……这有些急迫了。"吴进祥嗫嚅道，"可否改在九月初三再开张……"

"不行！趁着中秋佳节开张，最显得吉利顺遂！"胡惟庸一口斩断，"就这样定了，你赶紧加快进度吧。"

"好吧，好吧。"吴进祥又进言道，"既然重译楼、来宾楼等四大花楼要先行开张，里面的姑娘就一定要优中选优，要才貌双全，方能一炮走红、顾客云集。"

胡惟庸深深地剜了他一眼："这是自然。吴老板，这样的问题你还来问本相，还要本相来手把手教你做生意？"

吴进祥踌躇了一番，最后还是讲了出来："相国大人请恕罪。吴某的意思是，宋紫荷为江南第一绝色美女，可否将她借用来招揽外宾？您看，四大花楼来的顾客全是外夷客商，他们与中土人氏甚少瓜葛，也认不得她，所以绝不会暴露。"

胡惟庸面色一凝，背负双手在书房里踱了几圈，方才站定说道：

"宋紫荷确是一张极好的王牌，也确能为官办花楼打响名头，但她身份敏感，确实不能有丝毫暴露。你保证得了吗？"

"相国大人，我等肯定要把她装饰成官办花楼里的头牌花魁。对她的顾客，我等也自当严加把关。等闲之人也进不得她的花房……"

"好吧。反正宋家的秘宝也已经被徐应杰他们拿到，她现在也只剩下这副花容月貌的皮囊是最后的利用价值了。你可以带人来这里调教她，待调教成熟后再让她去集贤楼、来宾楼里接客赚钱……"

吴进祥大喜："多谢相国大人成全。她八月十五到集贤楼头夜接客，八月底吴某便可为相国大人贡进十余万两白银。"

胡惟庸灼灼的目光直盯住他："也许，她进集贤楼后第一个接待的客人就是你吧？本相记得，你曾经与宋明德交好，而她算起来还是你的世侄女呢……"

吴进祥惊得额头上冷汗直冒："相国大人误会了，相国大人误会了。吴某如此作为，只想让这官办花楼能够蒸蒸日上、财源滚滚，令相国大人心满意足、后顾无忧啊！"

胡惟庸听到这里，干笑了几声："罢了，你吴家一门三代都在为本相效忠，本相自然是不会亏待你们的。但你们要记住，你们的一切都是本相赐给的，千万不要背着本相玩弄小伎俩。"

"岂敢，岂敢，相国大人是我吴家的再生父母，我吴家岂敢怀有二心？"吴进祥仰视着胡惟庸，伸手不断揩着自己脸上直淌的冷汗。

胡惟庸这才把那几张御笔门联字帖交到他手上，吩咐道："你下去好好办理，八月十五中秋佳节，本相期望看到一个辉煌夺目的开始，十三座花楼甚至未来更多的花楼，将会成为我大明国库的擎天一柱！"

吴进祥唯唯诺诺地倒退着离去后，胡惟庸才坐回圈椅默默地沉思起来。他用手指紧紧按着自己右侧的太阳穴，显得煞是苦恼。正在此时，仆人来报道："相爷，林公子回来了。"

胡惟庸抬起脸，见林贤风尘仆仆疾步走进，连一口气都没喘定，就向他禀道："父相大人，孩儿刚从浙东回来，苏州那边出现了异动：内廷拱卫司突然全面介入寒山寺僧人诱奸民妇案，又调来了一批精干人员在穷追猛打。依照他们的查法，魏忠明、晁咸之等人都可能抵挡不住……"

"为父知道了，你也无须再说了。"胡惟庸闷闷地道。

"陛下为什么会这样啊，居然这样力挺姚广孝他们？"

"你们先前呈报的寒山寺僧人诱奸民妇案文卷，中书省一早就送进大内去了，却一直是石沉大海；涂节组织了一批监察御史上奏弹劾跟进，但毫无回音；六部堂官也纷纷递进了指责寒山寺的奏章，也依然是波澜不兴。

"几天过后，陛下却突然派出了拱卫司的精锐之士赶赴苏州直接复查这个案子，与此同时又急召姚广孝回僧录司说明情况、候旨待处，这说明了什么？这说明陛下是有意要保护姚广孝和寒山寺的。"胡惟庸闷沉沉地一气道来，"但你也不要惊慌过度，陛下不是同时把宋氏一案以'主犯钱大斤未获'为理由搁置了吗？这也是对我们的一种表态。他这是在用不予追究宋案底细之举来交换我们对寒山寺僧人诱奸民妇案的放行。陛下这个时候，不希望内部政争激化过烈。"

林贤听了他这番话，有些不甘不服："其实姚广孝的那个师弟已在诱奸民妇案中被咱们钉得死死的，若不是拱卫司横插一刀，姚广孝和他身后的寒山寺都难逃一劫……"

"笑话，你自己觉得是把对方钉得死死的，反过来，姚广孝他们在宋氏一案上不也是把我们钉得死死的？陛下岂是庸常之人？你以为他看不出宋氏一案的蹊跷之处？天波弥罗散这样的道门奇药，一个小小的州府捕头钱大斤是从哪里搞到的？宋家藏在寒山寺的秘宝又是被哪方高人抢走的？宋紫荷真的是被焚尸灭迹了吗？这些悬念，陛下早已萦绕于心，只是因为朝中还有驱胡灭寇、缺钱缺粮等更为重大的难题掩盖住了这些悬念。他只是暂时摆不脱我们罢了，所以才会对我们宽而待之。"

"这一盘棋局，就这样眼睁睁看着姚广孝和寒山寺全身而退了？"林贤还是很不甘心，"父相大人，祈雨法会不是马上要举办了吗？孩儿阅到邸报上说寒山寺也有高僧参加，那肯定是姚广孝了！我们可以动用一切手段让姚广孝和僧录司、寒山寺在这场法会中颜面扫地。"

"让姚广孝和寒山寺、天界寺颜面扫地，这当然可以，为父求之不得，也很想极力促成此事。"胡惟庸紧紧捏着白玉琮，阴阴冷冷地道，"但不能破坏这场祈雨法会，因为它关系着整个大明的颜面，关系着陛下和我胡惟庸的颜面，也关系着朝局稳定的根本，在四方藩邦面前，大明的赫赫天威不能有丝毫受损！一旦祈雨法会被我们使诈搞砸，你认为陛下会放过我们吗？陛下肯定会把所有的明账暗账都甩到我们头上，而且肯定会来个鱼死网破，但我们做好和他最后摊牌的准备了吗？你应该很清楚，我们暂时还没有。所以，这一次祈雨法会，只能严格局限于僧录司和道录司之间的斗法竞技：我们希望徐应杰和他师父封万尘用道术公开击败姚广孝、宗泐，这才是真真正正的大获全胜。"

林贤的脑子转得很快，听完胡惟庸的话也想通了一切。他若有所思地叹了一口气："徐应杰他们已经夺到了宋家的秘宝，这一次应该稳操胜券了吧？父相已经给了他们最佳的条件，希望他们不要让我们失望。"

胡惟庸缓缓踱到书房"惟精惟一"的金字横匾下站定，深深一叹："其实为父最担心的是明州三羊湾事件。咱们和日本国南朝平九郎等人在兵力上内外合作的事情，一旦被陛下查到，才是最大的隐患。"

"启禀父相，三羊湾事件，其实并不是燕王朱棣多么聪明，而是幕后另有日本国北朝的奸细和占城国的人在共同推动。朱棣发现了一些蛛丝马迹，但没有拿到真凭实据。"

"你懂什么？对陛下而言，只要起了疑心，还怕找不出真凭实据吗？他的拱卫司岂是白白吃干饭的？"胡惟庸沉沉言道，"你带话给柯卑利、大泽永三他们，让他们多留着点儿神，不要再授人以柄了。还有，让陆仲亨他们也收敛一些，平九郎等人要潜伏隐匿，先避过这一阵风头吧！"

"好的。"林贤朗声答道。

"等祈雨法会结束后，秋试会考便要举行了。那才是咱们和朱元璋父子权力争夺战的重头戏啊！"胡惟庸目光闪闪地盯着林贤，"这一次，咱们再不能失手了。"

第四十二章
神通

通明观北园的道场上，一棵亭亭如盖的大榕树下，一位身着蓝绸飞鹤袍的青年道士正在那里端坐讲经。周围有数十名道士簇拥而立，听得喝彩连连。

这蓝袍道士正是道衍在灵应观的师弟——"平虚子"徐应杰。他生得玉面丹唇、秀逸之极，容色清婉若处子，眼眸间却偶尔闪出凛凛寒光，令人一时难以对视。

他旁边站的一个白脸道士扬声赞道："大师兄，师尊称扬您是我中原道门两百年来根器最为优异的奇才，又加上有祖传'神算子'徐子平宗师的家学造诣，将来道录司的左正一之官一定非您莫属！"

"大师兄的修为造诣岂可如此限量？将来朝廷封拜大师兄为'护国天师''忠孝神仙'都是有可能的……"另一个道士也插话道。

"诸位师弟何必这等谬赞？以师尊之贤，尚且未能晋位'护国天师''忠孝神仙'，贫道又何德何能而居之？"徐应杰甩了甩手中的玉柄拂尘，淡然而笑。

这时，一个瘦道士捂胸咳着出列道："大师兄，您家传的子平数术有'知微知彰、洞明五行'之绝妙。请您用此数术帮忙推算一下：自今年立秋以来，小弟便一直咳疾难越，吃药练气均不见好转，这是为何？"

徐应杰也不推拒，先让他报出了生辰八字，略一掐算，就朗朗答道："樊师弟，你是日主乙酉之命，又生于申年酉月，所以命格之中木轻金重、身弱煞多，这便是先天不足。尽管你练有玄门真功护体保心，但是若逢庚辛申酉金旺之月，终究难逃肺痛咳喘之疾厄。"

"那……那，大师兄，小弟如何方能消灾越疾？"

"莫怕，莫怕。"徐应杰轻轻一笑，"你放心，待到今年秋季过去，你就又能生龙活虎了。"

瘦道士急忙朝徐应杰深深一躬："多谢大师兄指点迷津。"

另一个胖道士挤上来，对徐应杰道："大师兄，听闻您所学的子平数术有'闻风占卦''捏沙成象'的妙处，基本上不用蓍草和卦钱。您可否施展出来让大家开一开眼界？"

徐应杰抬眼瞧了一下这胖道士的穿着，见他头戴青纱巾、脚穿黄布鞋，顿时眸中异芒一闪，呵呵笑道："莫急莫急，贫道此刻的卦象已经打出来了，正是巽上坤下之观卦：稍后，会有一青一黄两只雀鸟从你头上飞过，并且是青雀在上、黄雀在下。而我们此时的动作就是一个'观'字。"

他的通明观师弟们听了都哈哈大笑起来，纷纷抬头看向天上，口中喊道："那好，我们就一起来'观'吧！"

但他们的笑声很快便停住了，一个个张大嘴巴说不出话来；天空中叽叽喳喳之声传到，远远地飞过来一只青雀和一只黄雀，而且真的是青雀领先在上，黄雀落后在下。

稍顷，他们就忍不住雷鸣般鼓掌喝彩起来。徐应杰满面得意之色，把手中玉柄拂尘轻轻一举，止住了他们，微笑而言："贫道还能让这两只雀鸟自动降落在手掌之上，你们相信吗？"

众道士纷纷施礼道："请大师兄一显神通。"

只见徐应杰长身而起,双手朝天一扬,迎着那两只雀鸟远远地招动起来。那正在半空中飞的青黄二雀忽地微微一定,然后拍腾着翅膀、散开了爪子,一扑一扑地往下飞来,最后一左一右巧而又巧地落在了徐应杰的双掌之上。在众人直直的视线中,它们忽上忽下地跳跃着、啼唱着,却又似被一种无形的力道笼罩着,始终不能从徐应杰掌上脱身飞去。

通明观道士们的喝彩声顿如潮水般涌起:

"大师兄好厉害!居然能隔空摄物!"

"大师兄真是神人!一出手无人能及!"

....

就在这沸沸扬扬的欢呼和掌声中,一个清朗的声音恰似钢针一般穿了进来:"庄子有云:'入兽不乱群,入鸟不乱行;鸟兽不恶,而况人乎?'徐师弟的玄门修为真的已经达到这等境界了吗?若然如此,那当真可喜可贺。"

随着说话声,身着僧袍的道衍像是平地而现,一步一步缓缓走来,神态从容之极,也悠闲之极。

"什么人,竟敢擅闯通明观?"那些道士纷纷围了上来,想要阻拦他近前。不料,他们刚刚有所动作,便觉一股柔和而浑厚的劲道及身而来,把他们朝两边推开去,让出一条道来。

徐应杰面色微变,盯住了道衍的双眼,似笑非笑道:"俗话说,雀鸟叫,佳客到。姚大师兄居然大驾光临本观,贫道有失远迎了。"

道衍环顾那些纷纷退开的道士们:"贫僧姚广孝,是苏州府灵应观首席大弟子逃虚子,也是你们平虚子徐应杰大师兄的师兄。你们可认得了吗?"

众人大惊:"原来你就是那个投靠了佛家的释道衍?!"

"大道本一体,何必分彼此?"道衍双掌一合,"姚某亦道亦僧，特来求见封万尘道长。"

那胖道士上前怒道："你一个小小的寒山寺俗家弟子，懂不懂规矩？你有什么资格直接求见我们师尊？你师父净空老和尚亲自来，我们师尊也未必接见。"

另一个瘦道士讥笑道："寒山寺盛产花和尚，你释道衍也休要污了我们通明观的清净之地！你滚回去吧！"

紧接着，道士们都七嘴八舌地讪骂起了道衍。

道衍面沉如渊，直直地盯着徐应杰："你就是这样当大师兄的？对你座下的这些师弟如此失礼也不管一管？"说话之间，他眸中隐有一丝精芒幽然一闪。

徐应杰顿觉自己掌心似有一片无形的刀锋倏地一削而过，"哧"的一声，仿佛割断了什么一样——那两只雀鸟立时挣脱了无形的束缚，扑棱棱展翅高飞而去。

见此情形，他的那些师弟们不由噤若寒蝉，不敢再大呼小叫了。

徐应杰脸上暗暗一青，只得低了声气："我们师尊正在为后天召开的祈雨法会而闭关准备，暂时不见任何外人。"

道衍仍是直视着他："那么，现在我只能和你这个通明观的新任首席大师兄谈一谈了。"

徐应杰沉着脸色，右袖往上一举。诸道士会意，随即全部退了下去。

道衍在大榕树下负手而立，眺望着天空中一朵浮云悠悠飘过，缓声言道："徐师弟，你的虚荣之心还是这般浓盛吗？宋朝'神算子'徐子平宗师一直是单身无后、坐化升仙，哪里会是你的先祖？你何必如此伪托名门之裔而自炫自大？"

徐应杰沉沉而笑："大师兄，你若自称是唐代名相姚崇之后人，小弟对你定会广而传之、毫不置疑的。"

道衍眼皮都不抬一下："所以，你进了道录司、通明观？它们确实比灵应观更能让你实现出人头地的执念。"

"执念也罢，志向也罢，贫道和你不一样。贫道是真真正正地活在万丈红尘之中的。"徐应杰脸上挂满幽冷的笑意，"你不懂的，家父徐立诚在商界纵横驰骋，若无贫道在后面为他保驾护航，又怎能四通八达、路路顺遂？"

道衍的目光变得灼亮起来："席应真师父不好吗？他是有心把整座灵应观交给你的——你既为道门高人，只要你父亲不违法越矩，苏州府谁人敢乱动你们徐家？"

"席师父若是对小弟真的那么恩深情厚，又为何将他最宝贵的天乙玄玉蝉传给了大师兄你？"徐应杰唇角的笑意越发冰冷，"大师兄，你是饱汉不知饿汉饥啊！"

"原来你便为这个缘由而忌恨他人？"道衍容色一沉。

徐应杰冷冷地迎视着他："贫道自以为一切修为并不在大师兄你之下。"

道衍的语气也忽地冷峻得像结了冰一样："原来这段日子里，是你和你现在的新师父封万尘在搞事情？"

徐应杰冷冷一笑："你既是先入为主，那么你怎样想，就是怎样吧。"

道衍双袖一抖，直逼上前："在祈雨法会举办前夕，天界寺珍藏的佛门至宝佛头石突然失窃。徐师弟，你认为这一事件最大的获利者是谁？"

"你不就是在暗指家师封万尘和他座下的道录司吗？"

"不错。中土道门之首领封万尘及道录司，是这一事件最大的获利者，也自然是最大的嫌疑人。"

徐应杰冷冰冰地道："释道衍，贫道无法阻止你说什么和做什么，但贫道可以提醒你一句：佛头石是佛家的法器，我道家既不感兴趣也无处施用——你应该想到，只有你们佛家内部的人才会对佛宝有所觊觎。"

"但你们偷走了佛头石，可以让僧录司在即将召开的祈雨法会上缺乏适当的法器与你们道录司争胜。"

"大师兄，你真让小弟有些失望。小弟认为你会时时处处都那么冷静缜密而无失无误呢！"徐应杰终于露出了一丝难得的得意之色，"你好好想一想，如果道录司存有这样的心计，那么你身上的天乙玄玉蝉为何却未失窃呢？它的灵力应该不亚于佛头石吧？它才应该是我们道门之徒盯上的首要目标吧？！"

他这话一出，道衍心头顿时一凉，整个人便似触电般微微一震：徐应杰讲得确实在理，佛头石应该不在他们手上。他静默片刻，才道："好吧，这段话算你有理。那为兄便一针见血了，是谁给了林贤无影化血针，是谁在同德客栈施用了神火符？是谁给净空师父下了萦梦丹，又是谁交给了钱大斤天波弥罗散？徐应杰，你竟不能给为兄一句实话吗？"

徐应杰的面色一阵青一阵红："不能，我什么也不能说。"

道衍仰望天空，幽幽一叹："我真不希望你把自己的成功建立在对同门手足的伤害之上。这样的成功，始终是水中之月、镜中之花。"

徐应杰半晌才沉沉而答："那就让时间来验证你和我将来谁对谁错吧。"

第四十三章
法会

八月初十正是癸酉日。但这天上午仍是艳阳高照、热浪袭人，瓦蓝色的天空只飘着几片薄薄的云彩，大地似乎被晒得快要化开来。

天界寺后山腰采星台道场南面早已搭起了一座宽阔的彩棚平台。平台正中是龙椅御座，左侧是胡惟庸、汪广洋、陈宁等京中三品以上高官的座位，右侧则坐着天竺、日本、占城、琉球、爪哇等藩邦使臣及嘉宾，鸠拜斯、柯卑利和那位大泽永三也在其中。

棚台下面，分八字形列有两条十余丈长的连席，左边长席上坐的是在京应考士子代表，右边长席上坐的是京郊庶民代表。棚台对面的采星台道场上，左边站的是僧录司三百僧人，右边站的是道录司三百道士，各自垂首低低诵经念咒，音如轻潮，却并不震耳。

离祈雨法会的召开还有三刻钟左右，在左侧长席的那群士子代表当中，黄子澄与吴可远并肩而坐，正谈论着什么。

黄子澄远远指着僧录司僧人队列中为首的道衍——他白衣蓄发，衫袖翩翩，始终是那般鹤立鸡群！他心底深深慨叹着，对吴可远道："吴君，你看到那位穿白衫的带发和尚了吗？他就是大名鼎鼎的姚广孝先生。"

"哦，他就是那个假和尚释道衍？"吴可远从自己父亲口中听过道衍的一些事迹,不禁饶有兴致地瞧向了他,"他看起来真是有些与众不同哈!"

"这位姚先生文武兼备、术理双精,实在是天之骄子。幸好他已寄身佛门,若是他入尘出仕,这一次秋试会考他必能独占鳌头、技压群英!"

"是吗?黄君,你未免过誉了吧?"吴可远唇边吊起了一缕冷笑,"缁衣僧道之流,不过是玩弄一些欺民混世的小伎俩罢了,怎么登得了大雅之堂呢?你赞他非同凡响,有何明证?"

黄子澄脸色显得甚是认真:"他曾经写过一首咏景述怀之诗,名为《题观音岩》,黄某这就诵来给你听一听,你觉得如何?"

> 高阁凌虚如履地,长江万里来无际。
> 世人可到不可留,只许禅僧深夏住。
> 乱帆来往逐云飞,隔岸淮山拥翠微。
> 大士岩间常宴坐,一灯夜照客船归。

吴可远静静听罢,也觉得这道衍所作之诗确是意深气淳、文采斐然,一时竟不好答话,面色有些微微发僵。

"吴君,你方才那般说,是因为你还不了解他。你若与他近身交流了,便会很快折服在他的风流才华之下。"黄子澄又展颜道,"没关系,黄某今后会带你去和他结交的。"

"那……咱们就拭目以待?"吴可远直盯着道衍,幽幽笑道,"其实在今日祈雨法会之上,便可辨识出他的真才实学。"

这边,道衍看着宗泐那面红耳赤、汗流满腮的样子,不由安慰道:"左善世何必如此紧张?小僧尚能平静,您又何须如此?"

宗泐苦笑了一下:"众目所瞩,大任在肩,与天争功,呼风唤雨,转晴为雨——你让老衲如何不为你紧张?"

道衍合掌而言:"天不可欺而仰之,君不可轻而奉之,民不可疏而亲之。小僧得天而奉君、顺天而安民,有何紧张失度?"

宗泐叹了一口气:"世事若能如你所言一般轻巧,又岂有流放三千里之说?"

道衍平和而答:"我等已然寄身空门,处处以苦为乐,还怕什么流放三千里吗?其实今天谁能求下霖雨,都无所谓。只要能够真正解君之忧、消民之困,功成不必在我。"

宗泐有些诧然:"莫非你觉得道录司他们一定求得来天降甘霖?"

道衍遥望着一净如水的蓝空:"师叔,天意之变幻莫测,实在是难以捉摸。谁又能自以为神而自居得得意之地呢?"

宗泐只得叹道:"那,咱们只有骑驴看唱本,走一步看一步了。"

棚台的嘉宾座位上,朱标和晋王朱棡同桌而坐。

朱棡远望着道场上的道衍,笑嘻嘻地问朱标:"大哥,那人就是假和尚姚广孝?他真的和当年的诚意伯一样厉害?"

"三弟也听过他的名声?"朱标肃然而言,"古人云,见贤思齐。为兄可以带你与姚先生多多交往,必有进益之功。"

"那倒不用了。小弟和他应该是既不同好,也不同道。"

朱标板起了脸:"父皇现在压力颇大,三弟你就不能替父皇和本宫分担一二吗?飞鹰走狗、醉生梦死,成不了大器。"

"大哥,小弟身为藩王,本就不该有大志、成大器的。小弟比四弟就好在有自知之明。"朱棡冷冷笑道,"另外,小弟在外边飞鹰走狗、呼朋引伴,结交的都是朝中众臣的贵胄子弟,能够对他们知根知底。这也是代替父皇和大哥您看住他们不要胡作非为啊!"

朱标扫了他一眼:"这么说来,你游戏京华、花天酒地,倒还有理有利了?!"

"这是自然。否则,父皇怎么会很少训斥小弟呢?"朱棡低声笑道,"小弟不光知道这些交游之道,小弟还晓得此番四弟去明州府追捕海盗更是风生浪起啊!"

"哦?你倒还不是那么浑噩。"朱标眼中一丝异芒闪过,"你怎么这般说四弟?"

"四弟这个人,刚毅果决,是非分明,这当然是好的。但明州三羊湾来往进出的是二十三藩邦的使船、商船,他在那里像门神一样蹲着,谁还敢上岸放手做生意啊?他们的亲朋子弟好多都找到小弟来说——水至清则无鱼,人至察则无徒。你把来往商船管得死死的,商业怎么繁盛得起来?国库又怎么丰盈得起来?"

听了这番话,朱标不得不拿正眼看他了:"哦,你竟还有这些想法?四弟在那里大刀阔斧,是在防止海盗和倭寇同流合污、为祸朝野……"

"大哥,不是仅他四弟一个人忠君爱国!小弟的心志和他一样!四弟去了那么久,抓到一个倭寇或海盗头目了吗?查到真凭实据了吗?他拿到的都是一些谣言。小弟听闻这些谣言都是他们日本国北朝和南朝互相泼给对方的脏水,四弟竟还当真了。"

朱标若有所思,沉吟了一下,把手一摆:"好了,本宫知道了。三弟你不要再多话了,祈雨法会马上就要开始了。"

朱枫眼底划过了一道寒光,转瞬即逝:"是,小弟就陪大哥好好观赏这场祈雨法会。"

此刻,巳时已到,棚台之上,忽然响起"铮"的一声悠悠长鸣,青铜云板被僧录司礼仪署的小沙弥重重敲响,全场一瞬间静了下来。

只见朱元璋头戴平天冠、身穿黄龙袍,威仪堂堂,在侍从们的左右拥护下,步伐沉稳地拾阶而上,去那龙椅坐下。随后而行的胡惟庸也穿戴得整整齐齐,一袭绯色仙鹤服,一条紫金丝绦带,已将他的赫赫身份展露无遗。

待他二人坐定，那小沙弥又是一敲云板。台上台下众人应声齐齐拜倒，山呼万岁。

朱元璋肃然起身，缓步走到棚台前沿，向在场诸人朗朗而道："诸位臣工，而今天时有缪，各地两月之间不见滴雨，朕心甚焦，特此举行祈天求雨法会，效法先代圣君成汤之所为，甘愿身受炎症之患而请昊天移旱作雨、恩泽百姓。"

他的声音洪亮如钟，劲气十足，全场臣民听得清清楚楚。大家纷纷叩首称扬，赞颂之声响遏行云。

朱元璋双手微微一抬，把全场声浪又压将下去，面现微笑，高声讲道："此番祈雨法会其实只是我们天人相合的一个仪式。我们都是肉体凡胎，谁也没有三头六臂、金身玉躯，焉能夺天地造化之功而为己有？今天若能求下雨来，当然是好上加好；缓个几天再降下雨来，我们也当敬而受之。这一点，希望大家都明白。"

场中众人一怔之余，齐齐山呼："陛下之言中正仁和，臣等拱服。"僧录司和道录司双方的人员则是面面相觑，表情十分复杂。

胡惟庸伏在地上，心中暗想：这朱元璋果然聪明之极，先行抛出这一段话堵住内外臣民之口，万一届时求雨未成，也有退步之地，使各方都无话可说。

朱元璋讲罢，便喊了一声"平身"，自己走回龙椅之上坐下，然后把手一挥。担任法会司仪主持的汪广洋见状出列，高呼道："有请天界寺献上祥瑞之石以启天心。"

宗泐恭然而前，双手高捧一方锦匣呈上，里边是扇面大小的一块玛瑙文石，通体明黄光润，下部是波浪状的条纹，上部却有一红一白两轮并列着的斑纹：红色图纹大如鸡卵，如同初升之旭日；白色图纹状如悬空钩月，雪白莹亮。这便是"日月临空"之灵石。

各位藩邦使臣、嘉宾看在眼里，都不禁啧啧称奇。

这时，胡惟庸领先而出，率众跪曰："日月临空，合为一个'明'字。此乃天启吉兆，我大明必会风调雨顺、政通人和！"

宗泐将灵石送与棚台诸位使臣传观完毕后下台而去，汪广洋又振声宣道："有请通明观献上天宝紫莲以示天佑。"

封万尘稳步而出，捧着一只乳白瓷盆立定台前，只低头往盆中吹了一口长气，倏然之间，一蓬淡淡的紫光腾升而起，随即一朵温润如玉的紫色莲花绽放开来，花瓣层层舒展，茎枝节节拔高，越开越大，越升越高，最后竟有磨盘般大小、人身般高低！

众人一下惊呼如潮，掌声响若雷鸣。

道衍静静地看着，心下暗想：这封万尘的玄门幻术之造诣果然是出神入化，确实不可小觑。

待得封万尘展毕退场之后，汪广洋又大声宣道："请藩邦人氏进献颂词以耀天朝。"

却见那黑眉白须的倭僧大泽永三谨谨然出列，和柯卑利用双手牵展着一幅楷书字帖，上面用碗口大小的字体方方正正地写着：

千里为重，重山重水重九霄；
一人成大，大邦大国大明君！

朱元璋看罢，一捋颌须，大大地赞了一声："写得好！写得妙！"在场臣民亦是交口称赞，为日本国如此深通中华文化而暗暗惊奇。

此时，汪广洋又宣道："有请中书省代表陛下向天告成述功，以邀天宠。"

于是，在万众瞩目之中，胡惟庸昂然出列，手捧告天文书，朗声读道："当今陛下受命于天，削除群寇，驱胡立汉，一统华夏，肃清万里，功勋彪炳：洪武元年之初，大明治下在册之纳粮田地，仅为八万七千零九十余顷；在册之士民户口，亦仅为一百六十余万户。而今，国中可耕之田、纳粮之地已经扩增至四百一十六万三千五百余顷，与宋代在册田亩最高之总数持平，而多过胡元在册田亩最高之总数一倍有余。同时，在册之士民户口亦扩增至一千零六十五万户之数。此乃陛下拓土惠民之丰功，天可鉴之！

"另，陛下心系苍生，念念在民，宵衣旰食，每日平均批阅内外诸司奏札达二百七十余件，秉公处置国事政务达三百九十余件，无一时不勤励，无一刻不敬慎，法天则地，不懈不怠，天可鉴之！"

他宣读结束，全场臣民随即齐齐高呼："圣上敬天爱民、恩泽遐迩，万岁万岁万万岁！"

过了片刻，汪广洋走到台前宣道："向天献礼已毕，现请僧录司、道录司施法祈天求雨！"

第四十四章
祈雨

场上顿时静得只剩下昊天混元炉里的火焰烧得毕剥作响。

采星台道场上,一东一西走出两个人来:一是白衫如云、气宇清逸的道衍,一是蓝袍似烟、面目端重的徐应杰。

道衍双掌合十,目光炯炯,望向了徐应杰背后站着的封万尘:"祈天求雨,乃是道门大事。道录司应该还是由封道长出面施法吧?徐师弟的玄门修为,小僧了如指掌——若无秘宝重器相助,他如何能天人相合、呼风唤雨?"

封万尘却似不愠不火,脸皮极厚,只淡淡言道:"平虚子徐应杰已经承得本尊的全部真传,而且年富力强,犹在本尊之上。由他出面代师施法,最是合适。这些,便不劳道衍师父费心了。"说罢,他容颜凝肃,向徐应杰大声喝道:"徒儿,你大胆去吧!秘宝重器,皆在你心,天亦难违。"

徐应杰浑身轻轻一震,再无犹豫,迈步上前。道衍见始终逼不出封万尘,只得作罢,不再发声。

正在这时,礼部侍郎吴靖忠缓步而至,冷冷地问道:"僧录司、道录司,你们各自准备如何施法求雨?陛下和四方臣民都等着哪!"

徐应杰打了一个稽首:"一切恭请大人明裁。"

吴靖忠看了看道衍："姚师父，您呢？"

道衍的面色显得十分从容："小僧倒是不急。可让徐道长先行施法，时间不限，直到他求来甘霖为止。"

吴靖忠有些意外："这也是宗泐左善世的意见？你们僧录司甘愿放弃优先之权以成全道录司？"

"为民求雨，何论先后？何论高下？何论输赢？何论彼此？我佛门四大皆空，难道连这一点也看不破吗？"道衍面无波动地答道。

听了他这话，离得最近的右边长席上有些庶民代表已是哄笑起来："原来这个白衣假和尚也怕自己手段不灵，承认让道士们先来啊！"

吴靖忠冷笑了一下，朝棚台那边高声呼道："道录司平虚子徐应杰道长誓愿敢为人先、勇于担当，带头施法祈天求雨！"

众人听他这么一喊，都把含义不一的目光投向了道衍。宗泐更是站在那里低低慨叹："这傻小子，怎么把先机白白拱手让人？"

道衍面露浅笑，只向徐应杰把手一引："徐师弟，你先请。"

徐应杰也不再谦辞，双袖一展，恬然大方地走到那座高高的昊天混元炉前，直立如松，神态肃重之极。稍顷，他取出一张绿莹莹的青藤纸，扬声诵念起封万尘亲笔写在上面的通灵青词来：

伏首捧心叩玉阙，青鸾白凤开天门。

紫垣深处显神灵，彩虹送来万甘霖。

绿章封事拜元圣，红尘万民静听旨。

愿降大法赐国安，大明永世供虔诚。

徐应杰字正腔圆，清亮异常地念罢，右手轻轻一拂，那张青藤纸便似被一根无形的丝线牵引着一般直直地飞了起来，山风也吹不歪它分毫。在众人愕然的目光中，它冉冉升到半空，忽地停了片刻，自动转了七圈，又往下面的昊天混元炉中降落。顿时，一片惊呼之声如潮涌起。

原来那青藤纸一入昊天混元炉高涨的熊熊烈焰之中，便爆发出"砰"的一声巨响，一道彤红的火柱似长箭般冲天而起，在半空中又炸了开来，散落成朵朵杯口大小的焰花，飞得满天满地。

吴可远瞧得分明，向黄子澄赞叹道："这可真是'灯树千光照，花焰万枝开'了，实在是极妙极美的法相！"

宗泐看了，却向退回到自己身畔的道衍低声提醒道："你看，你这个灵应观的徐师弟这一手隔空驱物的本事，已经不在封万尘之下。"

"师叔，封道长目前并未真正出手，您怎么知道他现在的真实造诣呢？"道衍也低低地回了一句。

那边，徐应杰右掌一张，朝天一抓，掌心处凭空现出了一柄细长的桃木剑来。他握住这柄桃木剑，笔直指向天空，同时左手掐着一个古怪而陌生的法诀，口中慢慢念起了咒语。

渐渐地，道场上猎猎风起，尘沙一波波上扬，吹得四周的幡旗哗哗作响。

"哎呀，这徐道长真是一位活神仙啊！这么快就把风给招来啦！"长席上的庶民代表们和士子代表们纷纷惊呼着。

台上端坐的胡惟庸，脸上飞快地浮现出一丝喜色：徐应杰终究没让自己失望啊！

坐在他对面的大泽永三也抬头往上看去，刚刚还烈日当头的天空，骤然有一块块阴云聚拢过来，天色竟也缓缓暗沉下来。

宗泐仰望着这一切，禁不住喃喃自语道："这……这小子居然真有这么厉害……"

唯有道衍面无异状，仍是眼睛一眨不眨地紧盯着徐应杰如何施为。

终于，徐应杰拿出了他的"底牌"——他左掌上忽地现出一只碧绸小包，不知里边究竟装了什么物件。然后，他用那支桃木细剑在碧绸小包上一下一下敲击起来：里边的物件竟发出叮叮当当的清越之音，脆亮如玉，悦耳动听。随着这缕缕清音扩散开去，天空中的云块也越来越多、越来越密，浓得似要挤出水来。

这期间，胡惟庸暗暗向外递了一个眼色，涂节、贾信等人会意，纷纷离座，向朱元璋山呼奏道："陛下，道录司法术精深，在陛下圣意所感之下，已从昊天召来了疾风密云，我大明果然灵威无方！臣等庆贺了！"

朱元璋坐在龙椅上，脸上的笑意却深浅莫测："是啊，风也起了，云也来了，道录司神通广大啊！咱们便只等着打雷下雨了吧？"

涂节等人闻言，心下俱是一震：是啊，这风也刮了，云也密了，居然一直没有响雷啊！不响雷，这雨水又怎么下来？于是，他们只得又坐回席位上观望。

台下僧录司的僧人们自宗泐以下已是惊成了一团，只有道衍依然是面不改色。根据他自己严密的推算，今天下雨的最佳时间应该是未时末刻或申时初刻左右。而此时方是未时三刻，徐应杰玩弄这些花招只是响应风起云来的天象而已，却并不能真正催雷下雨。大家看得兴致勃勃、欢呼连连，而实际上则是还要再等候一个比较漫长的"前戏期"——徐应杰的"表演"再卖力再精彩，也始终改变不了现实。

不过，他对徐应杰最后拿出来的那只绿绸小包倒甚感兴趣，那里边的物件一定是十分厉害的秘宝法器，居然能够短时间内迅速提升徐应杰的灵力，使他的幻术施展得范围更广、逼真度更高。莫非它就是皇极无双璧或东华妙玉玦？

他正思虑之际，宗泐又挤到他身边，向他投来诧异惊问之色。不得已，他拉过宗泐的右掌，在他掌心画了"密云不雨"四个字，宗泐这才半信半疑地退开了。

果然,过了许久,采星台上空,风越刮越狂,阴云越聚越浓,日色越变越暗——铅灰色的云块似乎要压到人们的头顶之上。可是,偏偏一声雷鸣也没有,一滴雨水也没有下来!

周围等候得不耐烦的人们渐渐发出了骚动之声。

徐应杰把脸憋得通红如血,头顶上更是汗气腾腾。他拼命用桃木剑连连敲响那只碧绸小包,清越之音也越发急促,但似乎并无效果。棚台之上已是一团死寂,胡惟庸、涂节等人个个面色沉郁。朱元璋眼底的光亮也是越来越森冷。右边的藩邦使臣窃窃私语着,弄得朱标、朱枫他们面面相觑,无话可说。

直到后来,那疾风竟渐渐变缓,阴沉沉的云层倒像在渐渐淡去一般。

顿时,台上台下仿佛炸了油锅似的溅起一片惊呼忧鸣之声。谁也没想到,在徐道长的不懈努力之下,天象居然在逆转了!

道衍听着这一切,看着这一切,暗暗叹息:所谓"未定之天"本就是变幻莫测、顺逆无恒,世人终是看它不透啊。

终于,内侍云奇从棚台那边疾步下来,肃然逼问徐应杰:"陛下郑重问你,你到底还要多久才能召来甘霖?"

徐应杰听了这话,虽然没有回头,却已实实在在地感觉到了远在数十丈外棚台之上朱元璋直逼而来的沉沉威压。他额头上豆大的汗珠顿时滚滚落下,眉毛发鬓都粘在了一处,哆哆嗦嗦不敢立即应声。云奇又逼问了一句,语气更显竣厉。徐应杰无可奈何,只得嗫嚅道:"再……再给三刻钟,应……应该召得下雨。"

"这样吧,再给你半个时辰的时间施法,也就是给你四刻钟左右的时间,如果到时候还召不下雨来,那就速速另请高明吧!"云奇甩下一番重话,便向朱元璋复命去了。

徐应杰这时也停下手，朝右边道士队列首位的封万尘看去，眼神里充满了犹豫。封万尘双眉一抬，长长叹了口气，把手一招。徐应杰会意，急忙朝他跑过去。封万尘面无表情，在他耳边低低说了几句话，同时左掌在徐应杰右肩肩井穴上重重一按。这一瞬间，封万尘脸上似有一层紫光隐隐闪现又瞬忽而逝。

道衍的眼力何等敏锐，立刻看出封万尘在这一掌之上至少向徐应杰体内注入了二三十年的真元功力。他为了帮助徐应杰求雨成功，看来真的是下了厚厚一笔血本。

果然，徐应杰精神似是大振，面露喜色，又急步跑到昊天混元炉前，右手举桃木剑，左手托碧绸小包，继续咬紧牙关作法求雨。

棚台之上，胡惟庸看到这一情形，脸色终于稍稍缓和。涂节、贾信等人不自觉松了一口大气。

但是，过了两三刻钟，天空的云层景象依然变化不大，无雷无震。

徐应杰再次焦急起来，终于使出了最后的绝招：他双目暴凸，"咄"的一声呼喝，咬破舌尖，把一口鲜血喷洒在碧绸小包之上，碧绸小包里随即发出一声龙吟虎啸般的清鸣，回音袅袅。同时，他左手朝天一扬，桃木剑化为一道赤光直飞而起，恰似一匹赤练，往层层阴云之中射了进去。

在场几乎所有人的心弦都随着他这一连串动作被拉到了最高点，呼吸几乎都停滞了，就连那个一直满面傲色的倭僧大泽永三也禁不住紧盯向空中即将出现的情景。

骤然之间，"嘶"的一声锐啸破空而来。众人眼前一花，那支桃木剑在半空之中"砰"的一声爆炸开来，散成点点火星四面飞去，宛若一片片枯蝶落下。

然而，雨水终究还是没能下来。

场中，里里外外一片令人窒息的寂闷。徐应杰面如死灰，颓然坐倒在地，再也没了任何动作。天穹之上，阴云正一层接一层地淡去，阳光一缕一缕地透射下来。全场蓦地涌起一浪接一浪的哗然惊呼之声。

这一刻，只有道衍的声音清朗之极地响了起来，在哗乱声中显得尤为震耳："有请封真人下场求雨！"

所有人的目光齐刷刷射向道士群首位站着的那个人——封万尘的表情简直复杂得无法形容："这……这……道录司已然竭尽全力，只怕天公暂时不作美啊！"

在鼎沸而起的各种声音之中，一个胖道士尖声喊了起来："假和尚，这场霖雨既然连我们都祈求不来，你们僧录司更是莫要妄想了！"

封万尘脸色狠狠一沉，一反手甩了那胖道士一记重重的耳光，同时满面含笑地看着道衍："诸位大师，正所谓佛法无边，通天彻地，我等拭目以待。"

他的话声浑厚之极，显然是以高深内力传送出来的，响若洪钟，在场众人无不听得清清楚楚。

在众人各异的目光中，道衍岸然而立，如松如岩。他镇静如常，缓缓答道："既是如此，小僧也只有勉力一试了。"说罢，往道场中央徐步而去。

有道士上来把徐应杰扶下，道衍与徐应杰几乎擦肩而过。那一瞬，两人目光交错，各自的神情亦是复杂莫名。

第四十五章
功成

说来也怪，道衍刚一走到采星台道场十二元辰柱的亥字位上时，明晃晃的夕阳忽然又暗了下来。在短短的一刻钟内，本将散去的层层阴云又回潮而来，阵阵朔风旋旋落旋起，吹得他的衣带飘飘欲飞。

周围的人纷纷讶然惊呼。封万尘眼底亮光一熄，暗暗而叹：申时虽过，酉时还在，金时生水，天象仍是属阴，看来先前还是应该让徐应杰再硬顶一段时间！

那边，道衍却不露异色，只是缓缓转身，朝向棚台龙椅所在的方向高声讲道："贫僧等人乃是肉体凡胎，焉能与天争胜而强为造化之功？我大明唯有当今陛下为天之骄子，可以奉天承运、呼风唤雨、翻江倒海，而我等仅是仰成受惠而已！故此，贫僧恭请陛下垂恩相佑！"

场中一片寂静，鸦雀无声，只有风沙刮起的呼呼声响。胡惟庸、朱标、朱枫等人的神情俱是阴晴不定。

良久，棚台上传来了朱元璋沉沉的声音："朕虽为天之子，亦为民之父。释道衍，朕相信你道术通玄，朕亦决心助你为民求雨，一切任你施为。"

"贫僧恭请陛下号令列阵在天界峰峰顶的二十九座火炮一齐朝天轰鸣以壮声威、以动风霆！"道衍直视着龙椅御座上坐着的那个高大身影，朗朗然奏道，声音响彻全场。

"来人，依他所言，速去传旨照办。"朱元璋的声音立即传将下来。

马文锐应声赶往后台，落实他的旨意去了。

胡惟庸脸色大变：朱元璋竟在天界峰预设了二十九门火炮？难道他早前便与道衍有所联结而暗中绸缪了？道衍居然已经得到了朱元璋如此深厚的信任？他俩之间究竟在暗底下还有多少不为人知的合作？自己在皇宫大内的耳目细作之功效竟是如此低下……

他正十分紧张地思忖之间，天界峰顶上已砰砰砰地响起了一串炮鸣，火光闪闪之中，宛若晴空霹雳，直上九天，声动四野，震耳欲聋。在众人惊骇的视线里，那渐渐低垂的朵朵云块仿佛被这一声声干雷似的炮响震得摇摇欲坠、裂裂欲崩。

道衍瞧准时机，又振声而道："有请左善世大人以一甲子之禅门功力帮助小僧施术求雨。"

宗泐从震惊中回过神来，身形一闪，竟似流云飞渡般飘到了道衍的身后，一掌按在他背心处三大穴脉之上，向他体内源源不断地注入了内家真气。

烈烈的罡风中，道衍身形稳如山岳，一袭衣衫竟是缓缓飞展开来，状如孔雀开屏。他垂目合掌，显得佛相庄严，沉沉地念出了自己的青词：

> 天公抖擞应人心，一声霹雳破玄云。
>
> 倏然炎气全消去，化为盛世甘露春！

念罢，他双掌托起那只天乙玄玉蝉望空一扬，"飒"的一声响，一股浓浓的白气似匹练般直喷而上，奇寒无比，凝水成冰，一下射进了那沉沉低压的云层之中。

一两刻钟过后,那黑压压的云层突然剧烈地波动起来,中央处旋出一个巨大的旋涡,如同一条苍龙张开巨口,竟然吸起了一道粗大无比的风柱,扶摇直上,声势滔天。

场中诸人顿时感到了直逼眉睫的森森寒气,看来天降霜雨是极有可能的了。他们屏住呼吸,绷住心弦,充满期待地注视着道衍在道场上的一切举动。

在哗啦啦的风声鸣响之中,天地间渐渐变得暗沉之极。更有隐隐雷声,隆隆传来,仿佛来自苍穹的最高处。

一听到这声声雷鸣,躺在道友怀中的徐应杰紧闭的双目蓦地一睁,望向乌云重重的天穹,不禁面色骤变。又惊又怒之下,他瞪了道衍那身影一眼,哇地喷出了一口瘀血,再次昏死过去。

道衍面如深潭,毫无波澜。他再次举起了天乙玄玉蝉,一道道白蒙蒙的冰寒之气飞卷而上,搅得半空中云翻如浪、风吼似虎。

朱元璋的面色越发凝重。他离了御座一步一步走到前台,同时让人撤去了青罗华盖,一会儿瞧瞧天空,一会儿又看看道衍,却是一言未发。

蓦然间,他脸颊微微一凉,那是一滴雨珠打将下来——他的脸上立时绽开了一丝丝灿烂的笑意。台上台下的人震天动地地欢呼雀跃起来:"下雨了!下雨了!万岁!万岁!万万岁!"

藩邦诸使、文武百官、士子庶民等纷纷拜倒在地,向朱元璋、向大明奉上了无比的尊崇和敬仰。

"咔嚓"一声巨响,一道闪电劈下,瓢泼大雨如倾如泻。

胡惟庸虽然伏在地上引领山呼喝彩,却满脸铁青。大泽永三非常惊诧地望着道衍,面现深思之色。朱标拉着朱枫连连欢呼,喜形于色。

只有道衍仍是不言不动地站在疾风暴雨之中，虽被淋得衣衫尽湿，却似一尊圣像般卓然屹立。黄豆大的雨珠从他额前滚下，模糊了他的表情。

朱元璋盯射向他身影的两道亮利如电的目光里，似乎也蕴含了复杂至极的种种意味。

但，这一场众目所瞩的祈雨法会，终是道衍一人赢了。

哗哗的急响突然而来，黑沉沉的夜空飘落下漫天的雨丝，随着疾风吹打在窗户油纸上波波直响。人们的欢呼祈祷声从街上此起彼伏地穿墙而来，震人耳膜。

陈如意一身淡妆，倚几而坐，轻轻呷了一口清茶，悠然自语："我大明真是福祚灵长，姚先生终究还是帮助陛下把这一场及时雨求下来了！"

话犹未了，沈子荣兴冲冲地从外面疾步而入："恭喜陈老板，贺喜陈老板！咱们在这场地下赌雨赛中把全部的赌注押在了姚先生身上，果然一本万利，赢了十二万两白银！那些押道录司的人，都亏大了！比如吴进祥，他就输掉了七千两银钱……"

陈如意仿佛没有听到他讲话一样，喃喃又道："陛下这一次让以姚先生为代表的清流派和以道录司为代表的胡党同台竞技，当场斗法以定取舍，想必此刻已然胸有结论了吧？祈雨法会上姚先生的卓异表现，内臣外藩无不仰服，只怕陛下不重用他都不行了。"

沈子荣也深深赞道："姚先生通天人之机、达古今之变、晓阴阳之道、负文武之才、精幽明之术，日后之成就造诣一定不亚于武侯诸葛亮、诚意伯刘基！"

"哦？通天人之机、达古今之变、晓阴阳之道、负文武之才、精幽明之术，这一段绝佳的评语可不是你能说出的啊？"陈如意深深地盯向他。

"不错,沈某哪有这份才情?"沈子荣哈哈一笑,"这段关于姚先生的评语是由黄子澄、田尔丰他们从同德客栈里传扬出来的,今后必会流行于四方……"

陈如意一听,便懂得这是朱标在暗中指使田尔丰、黄子澄等人为道衍入世从政而造势。看来,道衍届时也可能身不由己之啊!默思之间,她伸手拿过几案上一面铜镜,盯视着镜面里自己的容颜,暗暗一叹:可惜了自己是女儿身,不能公开从政入仕,否则,以自己的满腹韬略又岂在明廷上那衮衮诸公之下?

这时,沈子荣若有心又似无意地提了一句:"陈姑娘,四天过后即是八月十五中秋佳节,重译楼、集贤楼、来宾楼、凤仪楼等四大官办外商花楼即将开门营业,吴进祥那边一直在邀请您详谈合作事宜……"

陈如意沉默了一下,没有回应,而是说起了另外一个话题:"下一场地下钱庄赌赛,就是押当朝的新科状元是谁了。咱们把钱款备足吧,再大大地赚他一笔!"

"这个事情,沈某自会留意的。但吴进祥那边,您准备如何回复?"沈子荣并没有转移中心话题。

陈如意放下手中的铜镜,幽幽地瞥了他一眼:"沈公子一向聪敏过人,应该猜得出吴进祥这老鬼是想让本姑娘究竟怎样去合作的吧?"

沈子荣的呼吸顿时一窒,竟是不敢再开腔。

"吴进祥和他背后的胡惟庸想拉本姑娘进去,就是让我公开出面去当那些花楼的老鸨,甚至还想让本姑娘把身子也脏在那里!可我陈如意自己都还是未婚配的良家女啊……"陈如意的语气里透出了一股莫名的哀伤。

"为了太子和燕王的千秋大业,真是苦了陈姑娘您了……"沈子荣深深地垂下了头。

陈如意摆了摆手:"你出去等着,我暂且静一静。"

一刻钟过后,沈子荣被陈如意唤进了书房。陈如意脸颊上依稀泪痕未干,但她的表情显得十分平静:"官办十三花楼是陛下钦定的吸金工程,是关系国库收入的产业支柱。太子和燕王肯定是极想把眼线渗透进去的,这样才可以防止胡党趁机中饱私囊。

"你派人去给吴进祥回话,就说我明后两天有空闲,可以和他见面聊一聊合作事宜。另外,你把他赌亏在我们这里的那几千两银子退给他——都要成自己人了,还能真和他计较?"

第四十六章
君恩

御花园的绿茵间，扑面而来的是青草的芬芳和鸟儿的欢唱，那树丛叶子上残留的雨珠，还在滴滴答答地顺着叶脉轻轻滑落，宛若叮咚弹动的旋律回旋在人们耳边。

落了整整一夜的雨，枯燥炎热的空气被洗了又洗，让人感到分外的透明洁净。湿润的气息似乎无处不在，透着一丝丝的凉爽，令人心旷神怡。

假山掩映的凉亭里，朱元璋背负双手，岸立如松。他正向云奇询问："拱卫司的人今天到集市上巡街暗访后回来了吗？"

"陛下，回来了。"

"朕想问的那些答案，他们带回来了吗？"

"启奏陛下，他们都带回来了——今天集市里卖的猪肉是二十文钱一斤，白米三文钱一斤，饼子一文钱两个。"云奇早有准备，急忙顺口报出。

朱元璋微微点头，脸上露出了浓浓的笑意："朕记得近日户部报上来的奏章里写道，应天府附近的乡民和雇工每日可挣二十多文钱。看来，今年这个中秋佳节，他们够吃够喝，应该可以过得开心一些了。"

"陛下心系万民、仁泽万方，简直是尧舜再世……"

"好了，好了，还有其他正事呢。"朱元璋大袖一摆，转过身来，望向凉亭玉阶外静候着的道衍，招了招手，让侍卫带了他进来。

"让道衍小师父久候了，"朱元璋返回锦垫机子上坐下，看了看云奇，目光中隐有深意，"给道衍小师父赐座端茶。"

道衍容色淡定，施礼谢过，在云奇推来的机子上坐将下来。他一抬眼，蓦地怔住了：眼前那乌漆托盘的白瓷杯里，淡黄如菊、透亮似冰的液体竟是浓香扑鼻，令人闻而兴叹——哪里是什么茶，分明就是酒嘛！

他拿起白瓷杯，把诧异的目光投向了朱元璋。

朱元璋双目精光灼灼，一本正经地迎视着他："道衍，朕说什么是茶，它就一定是茶，对吧？"

道衍莞尔道："陛下说得对。放眼天下，只有陛下才能指鹿为马，才能颠倒乾坤，其他任何人物都休想如此。看来陛下赐给小僧这一杯与众不同的'茶'，定然大有回味。"

"你先喝一喝看？"朱元璋脸上毫无异色。

道衍微一低头，见这杯中之酒色香俱佳，想来应无大碍，就端到唇边细细饮了一口。刹那之间，他只觉嘴里似嚼了一把涩涩的嫩柠檬，酸得牙都快要掉下来，眉头不禁皱起老高。但他也只有默默忍着，随手就要把瓷杯放回托盘。

就在这一刻，云奇不冷不热地开口发话了："道衍师父，陛下赐茶，焉能不净？三口未完，怕是敬意不到吧？"

他这话来得极重，道衍只得再饮一口。这一次却是又辣又苦——辣得他气冲天灵、鼻腔发酸、泪花欲坠，苦得他舌头发麻、暗暗作呕。但他猛一咬牙，神色一凝，左手紧紧抓住袍角，硬是一声不吭地忍了下来，依然显得若无其事。

朱元璋侧过头，似乎饶有兴致地看着他，眼角慢慢泛出了一丝赞赏之色。

道衍面无一丝波澜，又把瓷杯里的酒喝了一大口。这一口酒顺喉入腹，他口中的苦辣之味渐渐淡去，取而代之的是丝丝缕缕的清芬甘甜从舌齿间沁出。慢慢地，那酒味越发清甜诱人起来，又似散成了一道道细细的热流，在他全身循环游走，激得他气血沸腾、百脉偾张。

道衍感觉自己整个人仿佛云里雾里地飘了起来，一团暗火暖暖地浮动在丹田间；他的气血越行越疾，他的心跳越来越快，他的鼻息也越来越重……他面赤耳热之际，几欲手舞足蹈而欲仙欲死。

可是，就在这心旌飘摇的最后一刻，道衍平素涵养而成的禅门定力终于发挥了效用：他心头虽是醉意盈盈、情潮滚滚，脸上却在忽红忽青、恍惚几番之后迅速变得静若止渊、微澜尽消。

在云奇惊佩之极的目光中，道衍把杯里最后一口酒也缓缓饮了下去——这一次，酒入喉间，却是无甜无味、不香不烈，淡如白水，仿佛所有的刺激都归于虚无，然而又似有隐隐的回甘余味萦绕唇齿之际，渐渐消逝。

这酒确实是极品的佳酿。

"厉害！厉害！不愧是有德有为的高僧！释道衍，你是第一个在朕面前喝完了这杯'茶'而毫不失态的人。"终于，朱元璋双眸一亮，缓缓地开口了，满面尽是欣赏之色，"这是天竺国进贡的七情归元茶，酸甜苦淡百味横陈，入乎口而动乎心——你喝这一杯，就当是把这整整一生的滋味都尝尽了、尝绝了。其实，朕待你不薄！"

"陛下待小僧可谓天高地厚，小僧感激不尽。"道衍双掌合十，无喜无嗔，款款而答。

朱元璋抬起眼皮，上上下下打量了他一番，忽然道："道衍小师父，你看上去比朕上一次在金銮殿见你时瘦了一些。"

"多谢陛下关爱挂念。小僧之瘦，不敢劳动陛下圣虑。"道衍口中虽如此说,心底却暗想:道沐师弟装疯避祸,师门寒山寺清誉受损,自己又虚悬于京师,后方情势如此火急,自己焉能不因忧而身瘦?

"其实,朕也明白你突然消瘦的原因。你放心,朕会让你慢慢心宽体胖起来的。"朱元璋唇角的笑意若深若浅,似是难以测度,"在这之前,朕想和你好好谈一谈几个问题。"

"陛下但问无妨,小僧言无不尽。"

他这话一出,云奇便向四周丢了个眼色,宫女和侍卫们便远远退了开去。凉亭里只剩了他们三人。

"释道衍,你好大的胆子!"朱元璋面容一肃,浓眉一张,"朕来问你,你为何竟在自己祈天求雨之际,擅自拉了朕这块天子之尊的虎皮来做大旗?你就不怕你后面求雨未成而在内外臣工眼前损了大明的天家颜面吗?这个后果,你承担得起吗?"

道衍垂眉合掌,恬然而答:"启奏陛下,小僧已经算准了天降甘霖的时间节点,陛下当时也不必担心。小僧所言所为,只是为了辅助陛下在内臣外藩面前树立赫赫天威而永居超然至尊之地。"

"哦,你的意思已是以伊尹、姜尚而自居?你还真能呼风唤雨、翻江倒海?"

"启奏陛下,小僧毫无此志,也并无此能。小僧当时只是因势利导,促进天气加速变换罢了。小僧所做的,也超越不了当年诚意伯刘基师父的能力范围。"

"超然至尊?"朱元璋冷森森地笑了一下,"你想过没有,万一你求雨不成,在众目睽睽之下,你将置朕于何地?你赌得起大明的天威圣颜吗?"

道衍面沉似水:"小僧知罪。但,小僧到底还是把这一场甘霖求下来了。"

朱元璋直盯着他:"你以天命为借口而如此豪赌,刘基可没敢这样干过,朕也是第一次被你所迫。朕希望你今后不要再在朕的眼皮底下做这样的事情了。"

"小僧记住了。"道衍俯首答道。

"从昨天下午开始,你名声大噪,有一段关于你的赞语更是风行天下——通天人之机、达古今之变、晓阴阳之道、负文武之才、精幽明之术,几乎把你说成活神仙了,甚至有人要推你为镇国大法师……释道衍,你自己怎么看?"朱元璋的话声来得锋利至极。

"陛下,小僧何德何能,岂敢受此虚荣浮誉?小僧的一切作为,皆是在陛下天威的庇佑下拱手仰成而已,请陛下明辨。"

朱元璋这才缓和了颜色:"你能这么想,当然是最好。朕觉得你其实也非常明白,这整个天下,只有朕配为天之骄子,只有朕可以奉天承运、呼风唤雨。在朕的大明决不会有什么神君、仙君、天师、国师的称号,朕的皇权帝位才是至高无上的,你的师父诚意伯刘基,也仅仅是朕的智囊之臣而已!"

道衍急忙离座,屈膝跪下:"陛下此番圣训,小僧永铭于心。"

"平身吧。"朱元璋大手一挥,正容道,"接下来,朕应该好好奖赏你的祈天求雨之功。云奇,去把马文锐、罗自力召过来。"

未过多时,马文锐和罗自力双双趋步而至,在亭门口向朱元璋恭然跪下。

朱元璋瞅着道衍,却向两人问道:"苏州寒山寺僧人诱奸民妇一案,你们拱卫司查得如何?当着道衍小师父的面,给朕细细禀来。"

马文锐推了一下罗自力。罗自力低着头,连眼角的余光都不敢抬起来一下,立即禀报道:"启奏陛下,寒山寺僧人道沐被告诱奸民妇何三姑一案,我司起初本就觉得其中疑点甚多。待道衍师父被召回天界寺准备祈天求雨事务后,我司充实了一批精干吏员继续深入追查。据何三姑交代,她之所以状告道沐师父,是因为道沐师父骗了她的身子后却没治好她儿子何小宝的重症。后来，她把何小宝掩埋下葬后，便到府衙敲了鸣冤鼓。

"但是，有一个十分蹊跷的细节却引起了我们的注意：经访查，她掩埋下葬何小宝时，显得太过仓促，又把棺材封得死紧，现场竟无第二人目睹过小宝的尸体。于是，我等不禁生疑，暗暗掘开何小宝的小坟，才发现里面竟是一具空棺。我等不露声色，将何小宝的坟棺继续掩埋如常，同时一路暗中追查，最后，终于找到了何小宝的隐匿之处。原来，他是被苏州府主簿晁咸之手下的人给囚禁起来了，晁咸之利用他来胁迫何三姑诬告道沐师父。"

"陛下，小僧有话请问罗大人。"道衍眸中精光闪动，忽然躬身向朱元璋开口奏道。

朱元璋面无异色，只是点了点头。

道衍注视着罗自力："多谢拱卫司为我师弟如此尽心竭力地昭雪冤情。小僧请问罗大人，是在哪里找到何小宝的？真的就只有晁咸之的人在看管他吗？"

罗自力闻言，眉棱一动，心头一跳：看来，这道衍师父果然是目光如炬，一下便洞悉了事情的关窍！他们拱卫司其实是通过焦岗这条暗线在平东行营的一处废弃房里找到何小宝的。但陛下事先已经吩咐此案不能涉及平东行营，所以他只得答道："我们是在一个不知名的山洞里找到何小宝的。看管他的，就只是晁咸之派来的人。"

道衍听罢，似笑非笑地望了他一眼："晁咸之为什么要设局诬陷我师弟呢？还有没有幕后的真正指使人呢？"

罗自力咳嗽了几声，继续禀道："后来，我等去围捕晁咸之时，他告诉我们，道沐师父的冤案，正是他一手制造的。他就是因为在宋氏通匪冤案中被道衍师父查出了真相，自己又和钱大斤有所勾结，害怕被追究，所以才借何三姑诬告道沐、寒山寺一案来报复打击道衍师父。但是，在我们即将抓住他的关头，他却猝然服毒自杀了……"

朱元璋勃然怒道："他以为他可以一死了之吗？朕连他满门上下、三亲六戚都不会放过的！"

"陛下，我等从他和他的亲属家中已经抄没赃银二十余万两，正在押解回京的途中。"马文锐应声奏道。

道衍插了一句："陛下，晁咸之虽然畏罪自杀以封口掩蔽同凶，但他的顶头上司魏忠明定是大有嫌疑，不可不拿下讯问。"

场中立时静默下来，马文锐、罗自力都垂头敛容，不发一语。

朱元璋的面容显露出一种前所未有的沉肃："道衍，晁咸之已死，目前依照拱卫司所言，也并无直接的证据牵连到魏忠明，朕也不好先入为主。但晁咸之毕竟是魏某的属官，他的罪责终是难逃。朕决定把魏某戴罪留职使用，让他每天戴着脚镣手铐升堂办事。日后若是再有新的线索明确指向他的话，朕便将他下狱问罪处决，毫不姑息——这样裁断，你可满意了？"

道衍静静地听着，同时已经看出朱元璋今日依然不想借此案对胡党一派波及甚广。他心底暗叹一番，只得垂眉答道："陛下心系本寺、钦差办案，英明雄断，小僧并无二话。"

朱元璋最喜欢杀人诛心、直逼要害，于是又向道衍敲打道："其实，依朕看来，道衍小师父，以你的聪明才智，你在苏州自己一个人也能破掉你师弟这桩冤案，但你为什么还是选择了朕的调令而北上京师呢？"

道衍恭颜而答："君要臣死，臣不得不死；君施臣恩，臣亦不得不受。"

"很好，很好。你能作此之想，朕实是无话可说。"朱元璋又看向马文锐、罗自力，"关于何三姑的处置，你们拱卫司的意见呢？"

马文锐弯下腰来拱手答道："启奏陛下，何三姑诬人诱奸，罪当反坐，本应遭受剐刑之罚。"

道衍面色一变："陛下，何三姑毕竟是遭受奸人胁迫而为，其情甚为可悯，应当酌情处置。况且她还拖有一个嗷嗷待哺的独子……"

朱元璋正视着他，凛然而道："难道她自恃身世可怜，便该攀咬无辜、诬人陷罪吗？这对你的师弟道沐师父公平吗？这对你的师门寒山寺公平吗？"

道衍沉默了一下，答道："小僧的师弟、小僧的师门，在得知何三姑的真情实况后，应该都会谅解她的。"

朱元璋长叹一声："罢了，朕惩罚她每月于集市之日在亭社场口向来往民众公开忏悔自白，为寒山寺和佛门洗净冤屈；同时，将她贬为你们寒山寺之奴仆，为寒山寺侍劳终身以补罪过。如何？"

"陛下宽大为怀、仁泽无方，小僧代师门上下谢过。"

朱元璋脸角的笑意忽又若隐若现："释道衍，你那位道沐师弟装疯装得很辛苦吗？把什么定光佛、唐三藏都搬出来啦？此案了结之后，你们应当重重补偿他。道衍，将来你若不当方丈，就由他接了净空大师的位置吧。"

道衍迟疑起来："……陛下……"

"不要以为朕拱居京师便成了离土三尺、不沾地气的假神仙了！这六合九州，哪一处哪一事不在朕的法眼烛照之中？"朱元璋长身而起，脸上的笑容显得十分深沉，"再比如，朕还知道宋濂先生近来写了一首短诗，名为《赞姚生》，内容是'入相为留侯，在野似邵雍。南南各北北，待时有大用'。刘璟是拱卫司里的阁门使，却在朕的儿子们中间多方称扬你的'神鬼莫测之术、变化无穷之才'——释道衍，他们近年来连一面都没见过你，竟异口同声地为你舆论造势！看来，在朝野上下不少人士的心目中，你就是第二个刘基了！"

"陛下言重了，令小僧甚感惶恐。"道衍慌忙离座向朱元璋跪倒。

"没什么可惶可恐的，该来的还是会来。"朱元璋呷了一口浓茶，娓娓又道，"道衍，你曾经写过一首《观雪峰》的诗，朕记得内容是这样的：'峰高岚重不见人，苍鹰飞来只闻声。白袍隐没罡风里，金樽在手云自深。'你这样的隐逸之士，怕是要当到头了，朕希望你也参加下个月的秋试会考吧！"

道衍双目迎视着他，问道："陛下，小僧若是还俗入仕，对您和太子而言，会是最佳的选择吗？小僧的师父净空大师一直担任着为陛下祈福求安的替身僧，这样的奉献岂不更好？"

朱元璋并不回避他的目光："净空师兄固然佛法渊深，但哪里比得上你文武双全、博学多才而足以出将入相、修齐治平？"

道衍仍不松口："小僧之志以张良、邵雍为楷模，而不以萧何、韩信为喜好。"

云奇、马文锐闻言，俱是惊怒交加，出声喝道："大胆狂僧，竟敢恃宠而骄、不思报效！臣等恭请陛下圣裁！"

在旁边跪着的罗自力也一下吓白了脸。而道衍依然是容色如常，满面微波不兴。

朱元璋脸上全无一丝表情，衣袖一摆，止住了云奇、马文锐，深深地盯着道衍："你有的是时间慢慢权衡思量。朕不逼你。"

"多谢陛下海涵。"道衍徐徐而答。

朱元璋看了看马文锐、罗自力："你俩将道衍小师父送出宫去，传旨给天界寺，让宗泐他们好好优待道衍小师父。"马文锐、罗自力齐齐应了一声，恭送道衍出亭离去。

望着他们的身影从自己的视野里完全消失后，朱元璋才禁不住长长地叹息一声："朕真是羡慕晋宣帝司马懿啊！"

云奇煞是惊愕，却没敢多话。

朱元璋捏着手中的茶杯，悠然自语道："朕记得，诚意伯刘基曾经写过一首《咏司马仲达》的短诗，内容是这样的：'传家衣钵出文贵，不料身是羊刃格。刚明雄毅难为臣，凤妻麟儿济大业。'你看，司马懿开基建业，不需要过于借重外力：他的儿子们就是他最大的助力。他在武略军功之上，不需要过于倚重王昶、邓艾等部将，因为他的长子司马师便能用兵如神、所向披靡；他在文治计谋上，也不需要过于倚重赵俨、虞松等智囊，他的次子司马昭便能算无遗策、百发百中。这如何不让人羡慕至死？你说呢，云奇？"

云奇连忙恭然而答："陛下请放心，太子和列位王爷决不会让您失望的。"

朱元璋闷闷一叹："朕希望如此吧。"

他沉吟有顷，又吩咐道："云奇，你稍后代朕去通明观走一趟，安慰一下封万尘，就说：朕明白他为国占卜而择定降雨之期其实无错，八月初十到底还是下雨了嘛！至于施术偶有不灵，也不能太过自责，人力岂能强扭天时？僧录司也只是运气稍好一些罢了。朕决不会迁怒于道录司的，今后该怎么干还是怎么干，让他们吃好定心丸即可。"

第四十七章
执念

八月十三，秋高气爽，天清日朗，落叶缤纷，给天界寺的采星台道场铺上了一层薄薄的金毡。

在那一幢高高的锦文华盖之下，道衍静静而坐，周围的僧人们如同众星拱月，恭听他谈经讲法。当然，他享受的这份待遇是非常特殊的：他是天界寺自开宗立派以来第一次特邀入驻论法的外僧。

这一场讲经会，不仅仅是宗泐方丈到场听经，便是寺中藏经阁、牟尼院、戒律堂等的长老们也来了现场闻法交流。

道衍神色谦和之极，面现微笑："小僧才疏学浅，哪敢妄为人师？不过，有些小小心得，倒可以与诸位师长、师兄、师弟抛砖引玉。"

宗泐的师弟、戒律堂堂主宗涟长老自恃位尊辈高，呵呵笑道："道衍师侄，你究竟有何心得？可否简而言之？"

道衍脸上化开温暖的笑意："小僧平素最喜欢唐代施肩吾所写的一首禅诗，名为《题禅僧院》，诸位师长、师兄、师弟，以为如何？"

> 栖禅枝畔数花新，飞作琉璃池上尘。
>
> 谷鸟自啼猿自叫，不能愁得定中人。

宗泐抚须而赞："师侄此诗深得淡泊静定之妙，确实值得大家切身体悟。"

宗涟却冷冷而笑："师侄，你借人之诗以述己见，终是不妥。不如你用你自己亲作的诗词歌赋来现身说法吧。"

道衍毫不动容，淡淡说道："也罢，那一年小僧赴丹徒县北固山行游，写了一首《京口览古》，恭请大家指教。"

> 谯橹年来战血干，烟花犹自半凋残。
> 五州山近朝云乱，万岁楼空夜月寒。
> 江水无潮通铁瓮，野田有路到金坛。
> 萧梁事业今何在？北固青青客倦看。

宗涟听罢，脸色大变："师侄此诗似是历尽沧桑、煞气重重，同时又显得奇门捷径、雄心烈烈，岂是佛门弟子所应怀之志趣也？"

宗泐却道："好一个'江水无潮通铁瓮，野田有路到金坛'！前一句暗喻'不疾而速、不行而至'之奇功，后一句暗喻'独辟康庄、别开生面'之气魄！道衍师侄心性修为之超凡越俗，于此可见一斑。"

宗涟正欲插话辩驳，牟尼院首座宗渊长老从旁朗声问道："咱们也不谈空论虚，道衍师侄，你来谈一谈近日祈天求雨法会上，你究竟有何通佛之术求得雨来？"

道衍双掌一合，面容一正："小僧并无通佛之术，而全然是倚仗易数、历法推测之精确所致。"

他此语一出，全场僧人顿时一片哗然。

"可否讲得更为具体一些？"宗渊追问道。

"天气之变，只能以历法数术而推测之，哪有什么通佛之术可行？其实封万尘和小僧都把求雨的时间点共同确定在八月初十癸酉日这一天是没错的——根据天象易数和节气历法来推算，这一天必会降雨无疑。但究竟是在什么时刻节点上降雨成真，却是考验彼此的修为造诣了。

"在癸酉日的白昼，申、酉二时都是降雨的合适节点。而申时之金气最为旺盛。所谓'强金生旺水'，故封万尘才会指使徐应杰抢占了这个时间节点施法求雨。在他们的谋算中，那个时候施展求雨之法是最为灵验的。而且，徐应杰还一直拖延到了酉时初刻，那时已然天近黄昏、云散日沉了，才不得已让给了我们……"

宗泐插言问道："我们当时也看到了云散日沉之景，认为不会有雨降下了……结果师侄你却还是毅然顶上了……"

"是啊！事先谁也没有料到，那云雨之合在未时三刻一直酝酿到酉时初刻都没能化水而降……这个时候，就要保持定力与耐力，主动出击，催云行雨了！但徐应杰一味以'木火通明'之手法焚云激雨，结果是欲速而不达，走偏了门道。"

"说到底，还是你的通佛之术比他的通灵之术更胜一筹。"宗渊硬是觉得道衍在避重就轻。

"宗渊师伯，小僧真的没有什么通佛之术。"道衍显得十分认真，"小僧先前游历四方，看过不少农书秘籍和节气要诀，懂得'云震生变，云冷生雨'的秘理。所以，小僧才会事先建议陛下在天界峰顶设下二十九门大炮。小僧请陛下放响这些火炮，是为了震动云块，促进云层剧烈激荡变化。

"然后，小僧再借宗泐师叔一甲子精纯内力之助，运用玄阴冰寒之罡气射入最低的那块云层，'以一羽而痒九虎'，加速云中水汽尽快在骤然暴降的温度下凝成雨滴落将下来……实在是侥幸得很，小僧这一番施为终于成功了。所以，说穿了，小僧哪有呼风唤雨、翻江倒海的通佛之术，不过是遇到好运气罢了。"

宗渊一愕："师侄，你这'云震生变、云冷生雨'的秘术是第一次拿来赌斗的吗？万一……"

"宗渊师伯，没有什么万一。几年前小僧在苏州郊外一个小山顶上试验过，用这秘术催降过一场小雨。"

听得此言，宗渊、宗泐、宗涟等人面面相觑，对他这一席话都是半信半疑。

正在这时，一个响亮的声音蓦然隔空传来："各位中土大师拈花讲经、妙论迭出，老衲大泽永三好生仰慕，也想进来恭陪末座洗耳受教，如何？"这声音仿佛远在天边一般飘忽，又仿佛近在耳畔一般清晰，显示出来人浑厚异常的内家功力。

"好厉害的千里传音之术！"宗渊听了，骇然失声道。

宗泐郁郁然看向道衍："没想到他到底还是闹上门来了——此人便是日本国的异僧大泽永三……"

道衍面无波澜："树欲静而风不止，就让他进来吧。"

宗泐眉目间忧色尽露："这倭僧分明是想乘你因施术求雨而元气损耗之机特来挑战天界寺的。我们可以拒绝他，改日再行斗法。"

道衍却把手轻轻向外一摆："无妨，任他而来。小僧自有主张。"

宗泐只得转头吩咐一队小辈弟子："你们去山门处把这大泽永三迎将进来。"

一两刻钟左右，一个黑眉白须、气宇清奇、衣袍整洁的日本僧人昂然走进了采星台道场。他目光一转，停在了道衍的身上，展颜微笑之间，便长吟道：

> 香刹依无极，形云拥地维。龙蟠新赐额，龟负旧刊碑。
>
> 金铎鸣凤殿，珠幢影月墀。遥瞻晨祝罢，处处蔼春熙。

列位道友，天界寺果是地灵人杰，可惜我日本国却无此宝刹！"

他吟诵的正是道衍曾作的《题天界寺》一诗。道衍听罢，斜睨了他一眼，也徐徐语道："祈雨法会刚完，中秋佳节未到，大泽法师便马不停蹄前来天界寺，为人乎？为己乎？"

大泽永三也带笑回答："周公一沐三捉发，达摩一苇速渡江，可缓乎？可急乎？"

道衍冷冷笑道："看来，在中土大明开坛建寺，已经成了你此刻心中最大的执念了。"

大泽永三缓缓吟道："独坐叩丹石，绸缪万事先。青峰未登极，白发已暗现。万涛过险滩，山移志不迁。花开月自圆，百川终向前。道衍师父，从你这首《咏怀诗》来看，你心中的执念也很旺盛啊！"

道衍面容一阵波动："为了今日和小僧的这番见面，大泽法师早已做足了功课嘛！"

大泽永三大有深意地看着他："道衍师父，你在中土禅林的名号是虎和尚，而老衲来自日本奈良的卧虎寺，这样说来我俩倒有些渊源。老衲观你虎气腾腾、虎相满满，日后必为一代圣僧。"

道衍哈哈一笑："小僧哪里有什么虎气、虎相？倒是大泽法师你才是来自真正的老虎窝，可能真的才是吃人而不吐骨渣吧？"

大泽永三傲然而道："是虎是猫，稍后我们一辨便知！老衲在此正告列位，禅法生根于天竺，开花于中土，最后必将圆满于扶桑！这是你们不得不接受的事实！"

宗涟长老瞧着他这一副狂态，甚是动怒，大袖往外一丢："天界之紫烟，你可移燃于扶桑乎？"

"呼啦"一响，只见场中昊天混元炉里那一柱紫烟被他袖底罡风一激，便似一根巨杵般扫向了大泽永三。

"道无东西，唯力是移，你且不知？"大泽永三也不示弱，左掌一立，"飒"的一声，一股无形劲道反挡回来，将那柱紫烟一击而散,兜头兜脸地罩向了宗涟。

宗涟见其来势汹汹,不禁变了脸色,便欲移身闪避。

"南无阿弥陀佛!"随着道衍的一声朗朗佛号,一股绵绵的柔风从旁拂来,其中包蓄着重重内力,竟似铜墙铁壁一般将大泽永三的无形劲道挡退而回。

大泽永三一惊之下,双掌一翻,便欲出招。却见道衍右手一伸,平和地说道:"佛门斗法,重在禅理,不在拳脚。大泽法师既是有意挑战,请出题吧。"

"那好,"大泽永三双袖一抖,向他逼问道,"小子,我来问你,如何是达摩西来之意?"

道衍手掌一合:"老僧,我来答你,红轮照万户,碧水润千山。"

"那你为何不照我卧虎之寺?又为何不润我扶桑之树?"

道衍双掌一开:"入我门来,在此起悟:卧虎本非寺,扶桑更非树!若得大圆满,中土任你游!"

他此话一出,四周顿起一片喝彩之声。

大泽永三吃了一惊,身形向后一跃,厉声又问:"如何是顿悟?如何是渐修?"

道衍眼底的笑意似浅非浅:"真理印悟而顿圆,妄情息之而渐尽。顿悟如初生孩儿,一日生而肢体俱全;渐修似长养成人,岁岁增而志气方定。"

大泽永三徐徐颔首,劈头又问:"如何才是僧之衲袍?"

道衍屈指一弹:"针去线不回,色在心已空。"

大泽永三神色峻厉,再问:"如何又是僧之袈裟?"

道衍双掌一张:"横铺四世界,竖撑一乾坤!"

"讲得好!"这一下连大泽永三也失声喝彩起来,"我再问你,功德圆满,僧将如何?"

道衍向他俯身一礼:"无非是衣来伸手,饭来张口,随心所欲,路路皆通。"

"很好,很好,很好。"大泽永三连赞三句,忽地脸色一板,对宗泐道,"下边老衲和虎和尚的斗法将会越发厉害——那些等闲人士可以退下了。"

宗泐轻叹一声,袍袖一挥,其他低辈的僧人纷纷应声离场,只剩他和宗涟、宗渊等长老留下观战。

此刻,大泽永三才笑吟吟地道:"虎和尚果然是舌灿莲花、敏捷无方,风流才情不亚于魏晋名士。老衲这里有一诗一画,请你帮着参详参详。"

说罢,他右掌一扬,似凭空变出一张纸笺,平平展展地飞掠而出,恍若一只翩翩的白蝠,一直飞到道衍眼前停下。

道衍把这张纸笺接在掌中,凝神一看,上面用清秀娟丽的字迹写着四行佳句,赫然是南唐后主李煜所作的名词《菩萨蛮·蓬莱院闭天台女》:"潜来珠锁动,惊觉银屏梦。脸慢笑盈盈,相看无限情。"下角并无落款,只是红艳艳的一个唇印。道衍的脸色渐渐变了,心跳也渐渐快了起来。

"道衍师父慧眼如炬,能看出这是谁的笔迹,谁的唇印吗?"大泽永三阴险一笑。

"卑……卑鄙!"道衍轻叱一声,他手中纸笺上突然"蓬"的一响,每一个字每一个词仿佛都着火燃烧起来,化为飞灰消散不见——然而,空白的纸张,慢慢地在他眼前浮现出一幅活色生香的春宫图来!

那图上有一个壮健男子,正与一名裸女行鱼水之欢,姿态生动,纤毫毕露。道衍一眼看去,竟觉得那画中裸女之髻发容貌似与宋紫荷一模一样。看到这里,他心头一热,鼻息骤紧,却见那画中之"宋紫荷"目微闭而唇微启,神情似极受用,玉臂环抱男子之后腰,婉转承欢之态溢然可感。

他睹此情状,又愤又羞而又心波荡漾,再也平静不了。一咬牙间,他再看那男子的面容,赫然是一张全无五官的"白板脸"!

"糟了!"道衍心底暗呼一声,眼前一花,那男子的"白板脸"一闪即逝,呈现出来的竟是自己的面貌!一惊之下,他不禁闭上了眼睛。

周围的空气骤然炙热,道衍感到自己似是置身于那画境之中——他虽然双目紧闭,两只手掌却如按在两座软玉温香之上,耳边传来一声声令人耳热心跳的娇喘……

幻境之外,旁边的宗渤、宗涟等人看着道衍木立在场,蓦然变得面红耳赤、喘息如牛,个个惊讶之极,却又不好插手,恐怕扰了他的心神。

只有大泽永三,唇角慢慢掠出一丝得意的冷笑。

幻境之中,就在即将身心崩溃的一瞬间,道衍狠狠地咬住了自己的嘴唇,一直咬得血滴如珠,竭力守住自己灵台的最后一丝清明,同时,他沉沉地念了一句:"寂寂断见闻,荡荡心无著。"一字一句平缓之极,也凝重之极。随之而起的,是他的整个心神又如同坚钢一般凝聚起来。顿时,一股清凉芬芳之气从他脊柱直冲而上,沁入他的天灵七窍之中。

他猛地睁开双目,眼前日光灿烂,一切幻象顷刻间化为乌有,一切刺激顷刻间烟消云散。悠悠之际,他手中那张纸笺上除了四行词句外,空白如雪。然而,只有他自己知道,刚才经历了什么。

凝望着这张纸笺,仿佛凝望着宋紫荷的音容笑貌,道衍徐徐一叹,慢声吟道:

> 相思似海深，旧事如天远。泪滴千千万万行，更使人、愁断肠。
>
> 要见无因见，了拼终难拼。若是前生未有缘，待重结、来生愿。

这正是宋代名妓乐婉所作的名词《卜算子·答施》。

宗泐、宗涟等长老齐齐呼道："道衍师侄，你还好吧？"

"无妨。"道衍微一抬手，目光定定地直视着大泽永三，"原来你已经和他们勾连在了一起。这万象迷神术和天波弥罗散混合使用的威力，实是不小！"

大泽永三见他如此快速便能复原如常，不禁暗暗佩服，却又故意刺他一句："看来，虎和尚你终未达到太上忘情之境界，也是百尺竿头，只差一步。可惜可惜。"

道衍微微一笑，清吟道：

> 僧家亦有芳春兴，自是禅心无滞境。
>
> 君看池水湛然时，何曾不受花枝影？[1]

他此诗一出，大泽永三面色波动，却无从反驳。

可是，道衍终究还是骗不了自己。恰在此时，一阵疾风呼啸而过，树枝剧烈地摇动起来，枯黄的叶子纷纷扬扬撒落在他的肩头，让他整个人看起来是那样的忧伤而萧索。

过了好一会儿，他才敛定心神，向大泽永三肃重言道："想不到他们竟是如此卑劣！逼良为娼、陷人于淫，罪莫大焉！佛祖也会金刚怒目，赐给他们一个因果的！大泽法师，你便带我这话给他们吧。"

---

[1] 此诗为唐代诗人吕温所作《戏赠灵澈上人》。

大泽永三知道他说的是宋紫荷一事,面现惭色,不敢吭声。

道衍面沉如水,右手一举,将那张纸笺向他飞掷而来:"大泽永三,你这纸笺上有几个字写错了。"

大泽永三一怔,接住那张纸笺定睛一看,只见上面突然浮现出一首诗来:

扶桑已在渺茫中,家在扶桑东更东。

此去与师谁共到?一船明月一帆风。

正是唐代著名诗人韦庄所写的《送日本国僧敬龙归》。

刹那之间,大泽永三心神一荡,眼前出现了一幕如梦如幻的景象,却又令人感觉真实到可怕:在北朝士卒们震天动地的呐喊声中,在火光熊熊的奈良城门楼上,浑身浴血、披头散发的怀良亲王面如死灰,一手挽起长刀,贴紧自己的颈脖,用力一拉,鲜血泉涌而出,染得他整个视野一片通红!……

"不!"大泽永三面目扭曲,大叫一声,音震四方,显得惨痛之极。

道衍无声地注视着他,低低宣了一声佛号。

大泽永三慢慢睁开双眼,颗颗汗珠从他额门滚下。他喘息了半响,才向道衍冷冷道:"你的诗写得淡而雅之,吾之心却深而痛之。虎和尚,你的传神攻心之术果然非同小可。"

"你若心无执念,又如何能为我所乘?"道衍笑如神佛,"大泽法师,你还要再比下去吗?"

"斗罢了心修之学,咱们再来比一比禅门功力?"大泽永三微眯双眼,缓声而道。

道衍双掌当胸一合:"请。"

大泽永三两眼一瞪,把口一张,一缕啸音如同无形的利箭暴射而出,径自穿入他面前那只陶制茶壶之中。只听"波"的一响,陶壶顿时自动爆裂开来,点点水珠散射而起,嗖嗖作响,直向道衍身上密集击来。

道衍面不改色,只是举起衣袖轻轻一拂,一团白气疾罩而出,瞬间竟将所有水珠包裹其中,而且,在蒙蒙白气之中,水珠一颗颗快速异常地被冻成了冰珠。然后,道衍衣袖一甩,那团白气就裹卷着千百颗冰珠倒飞而去,"呼"的一声,朝大泽永三胸前激撞而至。

大泽永三满面惊骇之色,急忙双掌一合,硬生生将那团白气似皮球般夹在双掌之间旋转不息。道衍冷哼一声,手指隔空一点,那团白气突然爆开,水箭四射、冰珠纷飞,泼了大泽永三满头满脸,弄得他狼狈之极。宗泐、宗渊、宗涟等人都失声笑了起来。

大泽永三怒喝一声,全身上下竟有一层淡淡的红光透射而出,在场诸人只觉四周空气一阵发热,待那红光退去,大泽永三头脸上的水渍已然烘干如初。

道衍却不露异色,只淡淡道:"既然你用了法音传波之功,小僧便还你一首《禅林晨钟》。"

古寺钟初动,惊人第一鸣。玲玲催蝶梦,悠悠胜风吟。

日落月升潮,风吹雨不淫。梵音知报晓,觉世最为明。

在宗泐、宗涟、宗渊等外人听来,他的声音只是显得清朗异常,大泽永三却感到一重重无形的巨浪冲击过来,连自己身上的袈裟衣袍都被震得泛起了层层波动。他全身更是气血翻涌,一时立足不稳,趔趔趄趄地朝后退去。

直到道衍停止吟诵,大泽永三方才定下身来。他干笑了一下,脸上勉强之极地挤出一线笑容:"好诗才!好禅理!好功夫!厉害!厉害!"

道衍待他喘息定了坐地休歇,才直视着他道:"阿弥陀佛,胜负二字,在你这一代高僧心目中竟么沉重吗?你为了那个风雨飘摇的日本南朝,不惜如此拼命,又怎还记得佛祖四大皆空的告诫?"

"你不是也没做到四大皆空吗?"大泽永三浓眉一挺,"你且接了我这最后一招,咱俩再作玉石之辨。"

道衍微微一叹,不再言语。

只见大泽永三满面凝重,结跏趺坐,双目低垂,两掌结印,缓缓念起了"大明圣光咒"。渐渐地,在他身后的虚空之中,浮现出一尊背生八臂、金光灿灿的巨大佛像来。这佛像头顶盘着一团团纯金的螺髻,身上披着金铸般的袈裟,皮肤泛起金块般的质感,逼真之极,也庄严之极。

宗泐、宗涟等人瞧得分明,个个双掌合十,躬身而礼,竟是不敢妄言。唯有道衍冷然一哼,厉声叱道:"你这狂僧,夜郎自大,竟敢借相成佛、假冒迷真!真是金玉其外,败絮其中!"

大泽永三笑得震耳欲聋:"世人只喜欢这金光耀眼的宝相,又如何心仪那朴实无华的真身?我以此宝相,在人间收获的香火胜过你千百倍!"

从方才大泽永三现出金身佛相之时起,道衍掌心中所托的那只乌亮亮的天乙玄玉蝉便随即发出隐隐的清啸,体表之上现出点点宝光流转如珠。他受此感应,也朝大泽永三毅然道:"那我就让你变成脱毛的山鸡,再也假冒不了金凤天鸾!"

大泽永三双眸中凶光一闪,继续念咒语。伴随着震撼人心的梵唱之声,他背后的金佛从大嘴里喷出一个个金亮的符文,甫一出口便似凝为实质,仿佛一块块沉重无比的金砖,飞旋不止,挟着呼呼风响,直向道衍当头砸来。

道衍坐在那里，却蓦然凭空消失了——原地乍然冒出一个黑沉沉的巨大旋涡，深不见其底，旋转如飞轮。这黑色旋涡还隐隐闪现着一种暗沉而神秘的光华，于团团疾转中更是吸力惊人，带动周围卷起层层旋风包拢过来。

那些金砖似的符文方一接触这巨大的黑色旋涡，就被一股无形巨力猛然一扯，倏地吸入旋涡深层，旋即便被搅了个粉碎！

大泽永三见状，不禁呆若木鸡，惊得连经咒也忘了念诵。

同时，那巨大旋涡之中"嘶"的一声暴响，一束锐利之极的乌光猛射而出，"叮"的一声，正中那尊金佛幻相的眉心。"噗"的一声闷响过后，那尊金佛幻相就一片片崩裂开来，化成细细的金粉，一蓬蓬飞散而去。

大泽永三哇地喷出一口鲜血，软倒在蒲团之上。同时，黑色旋涡一闪而逝，道衍现出身来，容色庄严。

喘息半晌，大泽才低低地道："虎和尚，你赢了。"

宗泐、宗涟等人不禁热泪盈眶地欢呼出来。

道衍冷冷地直视着大泽永三："大泽法师，你这金身法相到底是用什么法器催发出来的，你我心中应该有数吧？"

大泽永三按着胸口的右手顿时一僵：原来佛头石在他手上的秘密，也被这释道衍探察出来了？

"佛宝通灵，非善类而不行，唯有德之士可用之。小僧希望您在适当的时候把它还将回来。"道衍肃重而言。

大泽永三却没有正面回答，而是身形一起，似一朵轻云般飘然而去："虎和尚，咱俩的斗法还没结束，一切后会有期！"

宗泐、宗渊二人闻言，欲待纵身而上，却终觉追之不及，只得看向道衍。宗涟开口埋怨道："师侄，你还是应该一鼓作气把他收服了,不怕他到时交不出佛宝来……"

道衍没有答话,这时方才斜斜地倚身在背后的华盖撑杆之上,唇角也有一丝血迹缓缓而下,脸色变得苍白如雪。

宗泐急忙过来扶住了他:"原……原来你……你也……"

"这一次他们真是下了杀手……幸好还有这天乙玄玉蝉贴身护体,否则……"道衍闷闷而道,"不过,大泽永三经此一败,应该是没脸再来这里兴风作浪了。"

宗泐双目泪光闪闪:"道衍师侄,此番中原佛门免遭异类之辱,真是多亏有你了……"

第四十八章
东宫

夜空墨蓝如洗，一轮明月倒映在秦淮河的水面上，阵阵凉风吹来，波光粼粼，整个秦淮河就变成了一条缀满珠玉宝石的银带，摇摇闪闪，漂亮至极。

河面上，一艘画舫缓缓行驶着。上边的舱室内，朱标邀请了田尔丰、韩宜可、黄子澄，还有吴可远等人一起聚会，共度中秋佳节。

船头处，门帘外，琴音如缕铮铮而响，宛若一脉清泉徐徐流淌，又似一堆莺雀切切交鸣，幽沉中透着活泼，灵机里蕴含深邃，煞是动听。

朱标待得这一曲终了，方才喊出一个"好"字，手掌连拍数下。田尔丰笑言："这琴曲是何方高人所奏，可否请出一见？"

"当然可以。"朱标微笑着向外轻呼道，"姚先生、闻溪大师，你们且进来享用一些香饼、清茶吧！"

"姚先生？他也在这里吗？"黄子澄喜不自胜地问道。

韩宜可深深叹道："在八月初十的祈天求雨法会上，姚先生技压群英、大显神通、力挽狂澜，终于求得雨来。这几日应天府大街小巷的民众都在夸赞他是'小佛爷''活菩萨'呢……"

吴可远静坐在那里，知道他们议论的"姚先生"就是道衍，同时也分明感觉到座中诸人对道衍的一种深深崇敬之情。他好不容易通过田尔丰这层关系挤进东宫派的圈子，而释道衍却早在这边成了一个人人膜拜的"神话"。对此，他心底始终萦绕着一丝斩之不断的嫉妒。于是，此刻他也便开口淡淡地点了一下："这位姚大师确实异术高明，能够占风断雨，却不知与近日齐云观里声名大噪的那位'乩仙'相比，谁优谁劣呢？"

"齐云观的乩仙？田某也听闻他十分灵验呢！"田尔丰应声而道，"不过，他俩一虚一实、一人一灵，似乎没什么可比之处吧？"

吴可远佯装义形于色，朗然而道："士之致远者，必先大器而后小术。圣贤之器，自然是那术士之器不可相比的——大雅之堂，只怕也不是一些缁黄之徒所能轻登的！"

他只顾自己说得痛快，黄子澄却连拉他的袖角："吴君，姚先生可是本朝儒宗、诚意伯的关门弟子，宋濂老师都称他是'待时有大用'，只因他生性淡泊不愿入世罢了……姚先生的诗文之才是丝毫不在他的禅门修为之下的。"

吴可远沉沉一笑："哦，真是如此吗？莲冠冲魁斗，拂尘生清华。他竟有这等的本领？那吴某真是失敬失敬。"

韩宜可眉头一皱正欲开口辩驳，只见门帘一卷，俱是白袍如云、恍若一对玉人的道衍和闻溪圆宣携手徐步而入。

朱标喜盈盈地迎了上去："两位圣僧恰似璧玦同辉，请上座。"他一发话，田尔丰、韩宜可、黄子澄等人纷纷站起来表示欢迎。吴可远的脸色微微白了一下，也只得跟着站了起来。

道衍和闻溪圆宣一边谦辞感谢，一边共席入座。坐定之后，道衍便开口道："方才闻溪大师的清音禅曲如何？小僧听之如受灌顶之涤，全身精气神也似好转了不少。"

闻溪圆宣忙道："不敢当，不敢当。姚先生过奖了。"

道衍目光四面一转,最后停落在吴可远的脸上:"这位新文友是?"

田尔丰介绍道:"他是浙东新秀吴可远,诗文双绝,才思过人。"

道衍神色若有所动:"原来就是那位公开宣示与自己父亲'冰炭不同器'的吴公子?"

吴可远满面堆笑,双袖一拱:"姚先生大名如雷贯耳,在下幸会幸会。"

他这前倨而后恭之举,顿时让韩宜可与黄子澄都微微一惊。

道衍看了他一眼:"足下特立独行、与父相绝、洁身远害,小僧亦是佩服。你曾经写过一首《贺新郎·贺田大人》的词,小僧读过,甚有感触。田尔丰大人,吴公子写词如此赞你,又隐寄其志,确实值得你青眼有加。"

多少龙头客。数从前、何官不做,清名难得。万里将旄归报汉,青锁还应催当夕。又一叶、扁舟去国。田史庐前车成雾,未知公,正怕云霄逼。留不尽,二三策。

一声千里楼前笛。遏天涯、浮云不断,镇长秋色。试上层楼分明看,无数水遥山碧。问此意、有谁曾识。独抱孤衷苍茫外,满阑干,都是长安日。终有待,佐皇极。

田尔丰哈哈一笑:"田某为国举贤、为民荐才,自是责无旁贷。吴君,姚先生可是文章圣手,你还不向他请教请教?"

吴可远方才脸上微有羞涩之意,听得田尔丰一催,便转了转眼珠,谦恭之极地向道衍问道:"素闻姚先生文理双修,华实相符,却不知可否赐教通灵之方何在?请不以禅经道典而为论述。"

"想不到小僧两日前在天界寺被日本国高僧大泽永三考校了一番,今夜在此又遇上吴公子问道质疑——呵呵呵,有趣有趣。"

黄子澄一边来拉吴可远，一边向道衍赔笑道："姚先生，吴君似乎有些喝高了，您不必理会。"

"为何不理？才学越辩越明嘛！"道衍和朱标交换了一下眼神，笑道，"针对吴公子这个话题，其实文苑华笈里也有答案。通灵之方何在？《文心雕龙》有言：'寂然凝虑，思接千载。悄焉动容，视通万里。吟咏之间，吐纳珠玉之声；眉睫之前，卷舒风云之色；其思理之致乎？故思理为妙，神与物游。'此语即为通灵之方。"

"答得好！"吴可远微微动容，又笑问道，"请教炼气之道为何？仍不以禅经道典而为论述。"

道衍又道："还是《文心雕龙》这本书所写的：'吐纳文艺，务在节宣，清和其心，调畅其气。烦而即舍，勿使壅滞；意得则舒怀以命笔，理伏则投笔以卷怀；逍遥以针劳，谈笑以药倦。常弄闲于才锋，贾余于文勇，使刃发如新，腠理无滞，虽非胎息之万术，斯亦卫气之一方也。'此语即为炼气之道。"

吴可远笑容一敛，直逼而问："请教处世之道何在？姚先生，若以佛道之典而答，恐怕会流于空泛而虚浮。"

"你放心，小僧不会引金经而据玉书的。"道衍笑意渐深，"小僧仍以《文心雕龙》之章句答之。此书曾言：'刚柔以立本，变通以趋时。立本有体，意或偏长；趋时无方，辞或繁杂。蹊要所司，职在熔裁；隐括情理，矫揉文采也。规范本体谓之熔，剪截浮词谓之裁。裁则芜秽不生，熔则纲领昭畅，譬绳墨之审分，斧斤之斫削矣。'此语岂非处世之道乎？"

田尔丰听得眉飞色舞："姚先生学冠天人，吾等所不及也。"

黄子澄也向吴可远带笑言道："如何？姚先生不愧是那'莲冠冲魁斗，拂尘生清华'的高人吧？"

吴可远脸上溢满浓浓的笑意，把头点得就像捣蒜泥，心中却暗道：这怪僧果然很不简单，日后必是自己在东宫派中的一大劲敌，早晚还得收拾了他才安心。

这边，朱标终于悠悠地开口，点明了正题："今日中秋佳节，本宫唯愿以诗会友，切磋琢磨，请大家畅兴而欢。这样吧，本宫先抛砖引玉，以《述志》一诗敬上。"

  愿以一人为天下，不以天下奉一人。

  大道并行各生辉，四民同乐和气生。

道衍缓缓颔首："殿下诗中用词清浅晓畅，意境却极是宏阔。"

田尔丰向他双手一拱："接下来便请姚先生一展诗才了。"

道衍看了看吴可远："吴公子是新客初到，请您先展诗才吧。"

吴可远却不虚辞，直视着朱标，朗朗而道："殿下，姚先生，近日小生游览应天府城外江中石龙矶，颇有感悟，作一首《观石龙》而述之，诸君请赐教。"

  粼粼五石状游龙，云中鳞甲动风霆。

  谁使幻形托入画，点睛飞去震苍溟！

"好！好！好！此诗气象雄浑、壮心不已！"朱标扬声而赞，"姚先生以为如何？"

"确如殿下所言。"道衍深深地注视着吴可远，"吴公子志不在小，气吞四海，可喜可贺。子澄，该你了！"

黄子澄急忙起身吟道："小生这里有一首《古塔凌云》之诗。"

  水抱山环际，层层塔露尘。云影遮不住，风景壮遥瞻。

  蔚见人文起，祥欣盛世炎。梯空攀绝顶，折桂仰明蟾。

"不错，不错。"朱标向黄子澄敬了一杯清酒，"来，本宫为你浮一大白。"

道衍却悠然笑道："子澄，你这诗中有些兆头甚是巧妙，小僧也在这里祝你'佳句天成'！"

这时，韩宜可出席一躬，笑言："左右是躲不过诸君前来逼诗的，韩某也只得在此献丑了。韩某曾经游历过嘉兴府的大唐贤相陆贽陆宣公的陆公祠，其间感慨万千，遂作一首《游陆公祠有感》，让诸君见笑了。"

> 千载谁识陆宣公？丰碑永新向江头。
>
> 忠如魏征文超凡，惜逢庸主妒国手。
>
> 唐自公殁气运衰，贞观不见使人愁。
>
> 昏君贼子尽成灰，唯我宣公耀北斗！

道衍听罢，颔首而笑："陆贽陆宣公当年曾任监察御史，而今韩大人亦是担任监察御史——两位獬豸之才时隔千年而同声相应，同气相求，真是难得、难得！殿下不该为之额手称庆吗？"

朱标其实先前就听过道衍对韩宜可人品、诗才的评价，遂应声而道："本宫记得了。来，宜可，本宫赏你一壶'桂花香'美酒和一盒'甜入心'蜜饼。"

韩宜可躬身谢过："多谢殿下恩赏。"

他坐下之后，田尔丰也微笑而起："既是如此，田某也以一首拙诗《春晓》来跟殿下讨一壶酒、一盒饼吃。"

> 层峦耸立依长空，状得剑锷气势雄。
>
> 浓浓自成染翠黛，潇洒直欲夺春风。
>
> 森森古木穿云碧，灼灼奇花映日红。

> 恰逢芳辰当好景，天地之画最为工。

"好诗，好诗！该赏，该赏！"朱标连连鼓掌，转头看向道衍，"姚先生，现在应该到你赐诗压轴了。"

道衍浅浅一笑，伸手引向闻溪圆宣："殿下，这里还有一位尊贵的客人没有下场赐诗呢！"

"对，对，对。扶桑国素得唐风汉骨之余润，文艺甚是繁茂，还请闻溪大师赋诗一首以示雅韵。"朱标连忙正颜说道。

闻溪圆宣轻抚了一下身前几上的金丝瑶琴，清音袅袅散去。他笑盈盈地言道："小僧近日游览过京师的鸡笼山之景，特作一首《登鸡笼山》以献丑。"

> 天白地青满山红，云遮雾罩鹤鸣长。
>
> 一手掬起东江水，万般秀色无尽藏。

"很好，很好。想不到闻溪大师身为日本高僧，却能作得如此清新有味之小诗，当真是难能可贵。"田尔丰当即击掌而赞。

闻溪圆宣朝朱标深深一拜，款款讲道："大汉、大唐、大宋、大明，历历皆为我日本之母国。当年宋末崖山之祸，日本上下无不为之义愤填膺、望洋兴叹。而今大明驱除胡元、重铸中华，我日本自当倾心归附，更当学而服之。"

朱标点头而言："讲得好！你放心，你们的苦心，朝廷自会深有体恤的。"

他们正说之间，秦淮河岸边突然传来一阵花炮鸣响，隆隆然十分震耳，一下压倒了舱中的对话之声。唐冲等侍卫为众人掀起窗帘，大家纷纷往外望去，只见四座金碧辉煌的高大楼宇赫然入目，上下华灯千盏、彩幔万重，内外更是人声鼎沸、热闹之极。

迎着朱标疑问的目光，唐冲连忙介绍道："殿下，这是重译、集贤、凤仪、来宾四大官办花楼今夜开业，各处藩邦商民特来游玩……"

他话犹未了，舱室内的气氛顿时莫名地冷淡下来。

朱标回过身，低低言道："放下帘子。"国库经费不足，竟然利用本国女子向外夷商人挣钱，这并不是十分符合大明体面的事情。他自然也不想让这个热点转移了今天晚宴上众人的注意力，便把目光投向了道衍。

道衍会意，长身站起，走到场中，清清朗朗地讲道："诸君，十年前小僧离开京师之际，也是中秋佳节之夜。当时，小僧效仿张继夜宿枫桥，写过一首《夜宿江头》。今日故地重游，特将此诗献上，请诸君赐教。"

他此话一出，田尔丰、黄子澄、韩宜可等纷纷兴致大发，喝彩道："好！好！好！姚先生快快吟来，令我等先品为快！"

道衍面露浅笑，清了清嗓子，一字一句地缓缓吟道："天高云深白月明，心澄气定八荒平。"

田尔丰听到这里，高声赞了一个"好"，喜道："果然是情景交融、大气磅礴！"

黄子澄忙喊道："田大人，莫要打扰了姚先生。"

"无妨。"道衍略一摆手，又吟将下来，"卧听涛声层层起，婉歌渐无金戈鸣！"

在一片掌声之中，黄子澄这才赏析而道："细听姚先生之诗，竟有'腹藏良谋似孔明、胸怀万军如韩信'之感！"

吴可远也插上一句："姚先生之诗妙则妙极，却有隐隐煞气，刺人心扉啊！"

道衍哈哈而笑，双袖一抖："秋试会考在即，科场之搏、诗文之斗迫在眉睫,这煞气还不该浓起来吗?"

众人闻得此言,各各颔首不语。

此刻,画舫虽已远行二十余丈,重译楼、集贤楼等处的欢呼喧闹之音仍是滚滚传来。

韩宜可与闻溪圆宣碰杯敬酒,笑道:"我等只管赏月吃饼,哪管船外尘世纷闹之声。闻溪大师,您说是也不是?"

朱标拉着道衍并肩而至窗边,开了帘子,看着左右两岸点河灯送许愿帖的百姓,娓娓而道:"本宫倒是忆起宋人笔记小说中所写的一则故事,是关于宋仁宗的:某一夜,在宫中闻丝竹歌笑之声,仁宗问曰:'此何处作乐?'宫人曰:'此民间酒楼作乐处。'宫人因曰:'官家且听,外间如此快活,都不似我宫中如此冷冷落落也。'仁宗曰:'汝知否?因我如此冷落,故得渠如此快活;我若为渠,渠便冷落矣。'仁宗盛德博大之风,千载之下悠悠可思。"

道衍未及答话,吴可远已是上前道:"殿下今日惠顾我等而不设歌舞、从俭从约,实乃以宋仁宗为楷模,泽民万方而不为己功,可谓伟矣!"

朱标听罢,看了一眼吴可远,脸上微微一笑,只向他举杯答礼,却不多言。

田尔丰也近来讲道:"田某也记得宋仁宗与文士宋子京的一段佳话,为《尧山堂外纪》所载——'宋子京过御街,逢内家车子,中有褰帘者曰:"小宋也。"子京归,遂作《鹧鸪天》云:"宝毂雕轮狭路逢,一声肠断绣帏中。身无彩凤双飞翼,心有灵犀一点通。金作屋,玉为笼。车如流水马如龙。刘郎已恨蓬山远,更隔蓬山几万重。"其词传达禁中,仁宗知之,问内人第几车子,何人呼小宋。有内人自陈:"顷侍御宴,见宣翰林学士,左右内臣曰:'小宋也。'时在车子中偶见之,呼一声尔。"上召子京,从容语及,子京惶惧无地。上笑曰:"蓬山不远。"因以内人赐之。'由此可见,宋仁宗之平易宽和、雍容大度,实是古今难匹也。"

朱标笑如春风,深深望向道衍:"姚先生,您以为宋仁宗如何?"

"提到宋仁宗,小僧首先想起的,并不是他的仁风惠德,而是在他主政期间流传甚广的一首名词。"道衍正视着朱标,淡淡而言。

朱标略显意外:"是何名词,可否吟来一听?"

道衍神色一肃,缓声吟道:

黄金榜上,偶失龙头望。明代暂遗贤,如何向?未遂风云便,争不恣狂荡。何须论得丧?才子词人,自是白衣卿相。

烟花巷陌,依约丹青屏障。幸有意中人,堪寻访。且恁偎红倚翠,风流事,平生畅。青春都一饷。忍把浮名,换了浅斟低唱!

朱标一听,便知这是宋仁宗时期著名词人柳永所写的《鹤冲天·黄金榜上》,也懂得道衍意有所指,于是微微叹道:"宋仁宗因一时意气而闲置了柳大才子,这确实是他的白璧微瑕之处。"

道衍唇边的笑意若有似无:"殿下,您真以为仁宗皇帝是因为一时之意气而废弃了柳永先生吗?"

"仁宗皇帝不是亲笔在柳公子的殿试卷纸旁边批了'且去浅斟低唱,何要浮名'这句话吗?这难道不是他动了赌气之念?"

道衍娓娓讲道:"不错。在常人看来,仁宗皇帝是针对'忍把浮名,换了浅斟低唱'这句词,才迁怒柳永不重功名利禄而重莺莺雀雀的。当然,仁宗皇帝也许是故意抓着这一句词作为公开的借口来贬落柳永的。但实际上,柳永这首词里,还有一句话是任何英主明君都容纳不了的'锐利之辞'!"

"哪一句?"朱标一怔。

"'才子词人,自是白衣卿相。'这一句才是触怒宋仁宗心头大忌的'锐利之辞'。"

听了这句话,朱标脸上的表情慢慢僵住了,没有再接话。

场中田尔丰、韩宜可、黄子澄、吴可远等人也都闭上了嘴,不好再讲什么。

只有闻溪圆宣这个异域方外之人,长叹而言:"是啊!天下士子人人若是都像柳公子这样凭着几分才学就自封为'白衣卿相',那还要堂堂天子御笔亲封的'紫衣卿相'做什么呢?而巍巍皇权,又岂容得下清流雅士在此恃才自傲?所以,自柳公子写出这首词来,便是汉高祖、唐太宗也难以用他啊!"

道衍深深凝视着朱标,仿佛在等待着什么,也是一言不发。

闻溪圆宣这时又滔滔而道:"如此看来,倒是那位晋文帝司马昭,居然能够优容阮籍先生'越名教而行自然',他应该也能容得下柳三变先生吧?"

"道友,司马昭优容阮籍放荡礼法,实乃非常之时的非常之举。您看,嵇康'非汤武而薄周孔',最后不也是被司马昭诛杀了吗?"道衍终于开口点了出来,目光仍是深深投注在朱标的身上,表情变幻不定。

朱标紧紧地捏着手中的酒盏,缓缓转过身来,迎着道衍灼灼的目光,郑重之极地回答道:"本宫决不会像他们这般唯我独尊、偏私狭隘。只要天下士子有意拥戴我大明王朝,那么谁都可成为大明王朝的'白衣卿相'和'紫衣卿相',本宫也必以最高之礼遇而诚心待之!此语,日月为证,天地可鉴!"

道衍徐徐听完,眼底顿有晶光流转,动容不已。他回过身来,往黄子澄、吴可远、田尔丰等人脸上慢慢看了一圈，然后一撩衣角，带头向朱标跪下："殿下之此心此念，可与日月争辉！天下士子幸甚！小僧等代天下之士子预先谢过殿下！"

第四十九章
绯梦

重译楼、集贤楼、凤仪楼、来宾楼四大官办外商花楼今夜奉旨开业,自然是灯火辉煌、隆重之极。

那些家在异乡的夷商们也不召而至、蜂拥而入。每一座花楼外面,则有明军官兵严加把守,不许汉人偷进,只弄得那些华商汉士在围栏外跌足憾叹。

凤仪楼中,天竺国首席使臣鸠拜斯乘自己的夫人丹丽丝回了家乡探亲,遂来这里消遣行乐。他豪兴大发之下,出了八千两白银拍到了此间花魁绯梦姑娘的"一夜缘"。

花楼方面事先对绯梦姑娘的保密功夫做得极为严实,并不允许真人露面。而鸠拜斯也是凭着楼中老鸨佘婆婆展示的绯梦姑娘画像,才一掷千金拿下她的。那画像自是把绯梦姑娘描绘得美如天仙,佘婆婆向他承诺:若是绯梦姑娘的真容不及这画像上漂亮,立即倒赔他三倍的银钱。鸠拜斯也相信,这大明的官办花楼今夜是第一次开业,后边来日方长,应该是不会失信于外夷的。

绯梦姑娘就住在凤仪楼最顶层的迷仙阁。鸠拜斯推开门,迎面所见的是一座宽大的屏风。屏风上画着一片鲜艳怒放的桃花,旁边用楷书大字题写着唐代白敏中的《梅花诗》:"千朵秾芳倚树斜,一枝枝缀乱云霞。凭君莫厌临风看，占断春光是此花。"

鸠拜斯也是多年驻在大明，在中华文化熏陶下亦颇通文墨。他读罢此诗，便知道这是在夸赞这位绯梦姑娘之天姿国色的。

他拿着那幅画像，站在原地重重地咳嗽了一声，以示自己已然到来。只听得一阵环佩交鸣之音悠悠响起，寂静了片刻，忽有缕缕香风拂掠而来。在他惊疑莫名的目光中，屏风后盈盈然转出一个高挑身影，款步迎上前来。

她脸罩银纱，一双明眸亮如秋水清莹灵动，一闪一闪地直勾人心。浑身曲线玲珑，似是未着衣衫，只是披了一层薄得透亮的紫纱。最吸引鸠拜斯整个心神的是，她胸前双峰似一对白桃般饱满高挺，两点红珠在纱面凸翘而起，几欲透纱而出。更兼她身下无裙无裤，只是紫纱垂足，幽微隐现之处令人心生无限绮思。

随着她一声淡淡的清吟，面纱被她轻轻摘下，那一瞬间，鸠拜斯竟似木头人一般呆住了。在他眼中，他的夫人丹丽丝已算极品绝色，但和这绯梦姑娘一比，便顿有云泥之别了！她全身上下竟把妖娆之美与冷艳之气水乳交融，一挥一洒之间既夺人心魄又欲渎难近。

"太……太美了！"鸠拜斯惊醒过来，一下便将她的画像丢进了香炉里一焚而尽，"你……你比那画上的样子更美一百倍、一千倍！"

绯梦只是浅浅笑着，也不言语，神情似羞含羞，像迎接自己的郎君一般，伸手一牵，把鸠拜斯往自己身前一拥。

刹那之间，鸠拜斯双耳乍然嗡鸣了一下，欲火直冲上脑，再也顾不上什么前戏伪装，直接便将她朝床榻上推倒……

春风几度之后，鸠拜斯歇息半晌，心满意足地起身坐好。却见那绯梦已是披了紫纱，坐在榻旁琴案前，纤指微动，琴音荡起，随后便如清风抚水，漾起泠泠音波，铮铮淙淙之声流转起伏。

手，在拨弄着瑶琴的丝弦；音，在拨弄着男人的心弦。

她轻启朱唇，曼声而唱，眼神却迷离在一个只有她才知道的地方：

玉炉冰簟鸳鸯锦，粉融香汗流山枕。帘外辘轳声，敛眉含笑惊。

柳荫轻漠漠，低鬟蝉钗落。——须作一生拼，尽君今日欢！

听到这里，鸠拜斯痴望着她诱人的背影，心底里吼了一声，全身的欲望又倏地蓬勃了起来：这女人真是一个绝世尤物，自己今夜这半条老命恐怕是要销尽在她温柔乡里了！

重译楼的后堂厅室里，一丛丛的高大蜡烛把里里外外照得亮堂堂的，而窗外的鸡鸣声已是隐隐可闻。

吴进祥和陈如意熬得两眼都是红的，一直还没有歇息。终于，吴进祥合上最后一本账簿，搁下毛笔，打了一个哈欠："来，胡丞相把这个产业真是看准了，这四个外商花楼一夜就……"

他讲到这里，似又想起了什么，起身走去把大门小窗紧紧关好，回过头来朝陈如意伸出右掌的四根手指："一夜就收银四万多两，真的是财源滚滚啊！胡丞相规定的每月二十万两白银的任务，应该是不难完成了。"他在心底盘算了一下，又道："等十天过后，富春院、乐民楼、清江馆等三座面向本国商民的花楼再建好开业，这里便更加繁荣了……"

"那我们就更累更忙了。"陈如意挺身直坐，垂眼瞧了瞧自己的衣裙下摆，那儿被撕破了一个口子：今天晚上，有个高丽商人误以为她也是此中官妓，乘着酒兴和她拉拉扯扯的，就弄坏了这条裙子。

吴进祥看向她："稍后付你一百两银子，拿去买新裙子。如意老板，你今天招待夷商时十分周到……他们很满意，中书省也很满意。"

"这些夷商，只要稍稍挑起他们的虚荣之心，大把大把的银子就掏出来了。"陈如意浅浅笑道，"对了，吴老板，凤仪楼的那个花魁真有那么厉害吗？我听说她居然把'一夜缘'的价钱卖到了八千两白银！"

"你是说绯梦姑娘啊？那可是咱们十三花楼的宝中之宝，是专门从外面调借过来的，今天果然是一鸣惊人……而且，她'只出馆不驻馆'，只管接待夷人，不向国内商民卖身……"

"为什么？"陈如意一愕。

吴进祥喝了一口清茶："你呀，哪有那么多的为什么要问，这是上面的人安排的，咱们照办就是了。"

陈如意心头一动，不知怎的突然想起了宋紫荷，徐徐一叹："要说什么宝中之宝，倒还不如我曾经见过的一个女孩儿，那才是真的天姿国色呢！可惜，听说她已经因失火被烧死了……"

听了这话，吴进祥脸上掠过一阵莫名的波澜。但他还是忍住了，什么也没说。

陈如意看着他，幽幽道："其实，怎样管花楼，小女子真的不熟，吴老板您就多费心了。小女子倒可以来出面迎来送往、左右打点就是了。"

"如意姑娘，你这话又错了。"吴进祥嘻嘻一笑，"在十里花场，你是窈窕淑女，你能逢场作戏，比我吴某人一个糟老头子强多了。不然，中书省为什么非得要吴某请你合作不可？你的价值，远在吴某之上。"

"吴伯父，您再这样说，我可是无地自容了。"陈如意嘴上这般谦辞着，心底却隐隐浮起一些不好的预感。

果然，吴进祥终于图穷匕见了："如意姑娘，你觉得胡丞相怎么样?"

陈如意的眼神微微一晃:"胡丞相那是何等尊贵的大人,小女子离着十万八千里远呢,怎好评长论短?他自然是神仙一般的人物……"

"你的画像已经呈给胡丞相看过了。有活神仙给胡丞相建议,称道你是玉蕊琼葩之命格,有助于他的气运。所以,胡丞相愿意把你纳为他最贴己的自己人,你愿意吗?"吴进祥一字一句毫无波动地讲道。

陈如意骤然动容:"小女子真是受宠若惊。小女子怕是愧不敢当。"

吴进祥想了想,对她说得更加直接:"你先莫急着回答。如意姑娘,你眼下介入我们的事务太深了,你不奉献一点儿诚意出来,胡丞相和他身边的大人们似乎不太放心……十三花楼,总归得由一个女掌柜来管,我吴进祥也只是代办几天罢了。"

陈如意心底暗潮翻涌:没想到,自己终究还是被时势推到这一步了!她当初助父从政,也只是想实现似上官婉儿一般的抱负,而且她只想把自己的所有押注在朱棣一个人身上。但此时此刻,她已深陷局中,有些选择似乎也由不得自己了。慢慢缓过一口气来,她沉沉而问:"可否让小女子考虑几日?"

吴进祥仿佛听到了这天下最大的笑话一样,冷笑着盯向她:"你通常都是那般的聪明,今天为何却糊涂了?这样的好事情送上门来,你居然还要考虑?我告诉你,你老爹陈若余还想在礼部待得长久吗?我侄儿是吴靖忠,他就管着你老爹。他一句话就可以把你老爹打发到各省各地去巡回讲授《圣语集锦》,让他一年半载都回不了京师。这样的做法,就是你的族亲陈宁大夫也挑不出丝毫毛病来吧?万一,你老爹在迢迢路途上遇到些个舟车劳顿或劫匪当道,他不是更加遭罪吗？……"

"够了，容我此刻再想一想。"陈如意的声音一扬。

"如意姑娘，吴某知道你是心气极高的女孩子。"吴进祥敞开了又说道，"你还年轻，你以为你借着一些比较硬实的关系，就能化石成金、化鸦成凤？就能成为朝野内外的大棋手？在六合九州这个大棋盘上，真正能当大棋手的，只有当今陛下，只有胡相爷，也许还有那个人称'小佛爷'的姚广孝……你和我，都不是，都不配。我们都是别人的棋子……"

"好，我答应。"陈如意深深吸一口气，目光从窗口直射出去，投向那座凤仪楼顶层依旧是灯火通明的迷仙阁，仿佛在远视那位卖了全场最高价的花魁到底是何模样。她现在，又何尝不是另外一个绯梦？渐渐平静下来后，她看也不看那一脸泛笑的吴进祥："接下来，要我怎么做？"

吴进祥笑得十分谄媚："如意姑娘果然冰雪聪明。胡丞相就在集贤楼的千秋阁里等着，你沐浴更衣后便去向他禀报今夜这四大花楼的收入情况吧……"

宋紫荷整个晚上都是半梦半醒的。其实，在过去的许多天里，她都是这个状态。

前段日子，她总是被人强迫着灌药汤、喂药丸。无论她怎么挣扎，到最后都管不住自己的身子，发疯似的任人摆布，总是在香汗淋漓中慢慢醒来。她有一次在昏昏沉沉中，听见一个男人阴阴地说道："我们就是要把她从一位家世清白、秀逸迷人的淑女，驯养成一个放荡纵欲、任人采撷的尤物。"那句话，让她从心底里禁不住打了个冷战。

她挣扎过，没有用；她求死过，也没用。直到后来，她只想忘掉这一切。终于,有一天,她被人喂了一颗名叫"萦梦丹"的丹药后,她觉得自己一下就变了,变得对一切都若忘若无,变得越来越喜欢和男人交合,而且自己所碰到的每一个男子都会化为心目中那位"姚先生"的模样。"姚先生"让自己做什么,自己便高高兴兴地随他做什么。

但是今天有些奇怪,在这灯火灿烂的华楼里,她不知道为什么所有的人都喊她"绯梦";她也不知道为什么自己心爱的"姚先生"今天会时不时地说一些她听不懂的语言,有时候也会讲几句很生硬的诗句。而且他求欢的力度和次数更是强得惊人。这让她感到一丝陌生。但她知道,自己只能千依百顺、一心一意地对这个"姚先生"好。他是自己所有希望的寄托。她已经一无所有,却只能紧紧抓住这一丝念想。

她的腰肢似细柳一般轻轻摆动,没有一丝一毫的反感和抗拒。在半昏半梦中,她深一声浅一声地婉转呻吟着。放眼遥望出去,对面的集贤楼一处阁室的窗口里,灯火明亮如昼,也映照出一个绝色的女子在那里正和自己一样服侍她的老夫君。她仰躺在榻床上,仿佛和自己一样享受着。然而,她又和自己一样,好像一边脸流着泪,另一边脸却掩在乌发里,看不明切……

就在身后越来越猛烈的声声嘶吼中,她轻轻甜甜地吟出声来,内容却是一首宋词:

> 天女殷勤着意多,散花犹记病维摩。肯来丈室问云何?
> 腰佩摘来烦玉笋,爇香分处想秋波。不知真个有情么?

当她闷叫一声冲上最高潮时,全身突然一个紧绷,整个心神也突然醒转过来:她是宋紫荷!她的父亲、母亲都被人陷害死去了!她还不能死,她还要报仇雪恨!她还有一个"姚先生"在外面等着自己!他会来救自己的!

可是下一秒,她的清醒转瞬即逝,在绵绵软软中又沉沉昏睡过去……

几乎是在同一时刻,已经回到天界寺禅房休息打坐的道衍,似是心潮一阵暗动,呼吸变得急促起来。

他缓缓睁开眼,仿佛听到了宋紫荷那遥不可闻的清吟之声,目光远远凝注在虚空之处,双颊清泪缓缓而下。

他用一种低得只有自己才能听到的声音,对自己,也是对那看不到的宋姑娘,沉沉实实地说道:"我,一定会把你救出来的。"

第五十章
诏令

"中秋佳节,诸卿在家多是聚友团圆,而朕却为国事忙得废寝忘食。不过,久闻文人雅士喜好赏月作赋、流芳于世,朕便也偷空看了几篇诗词以怡情调气。其中一首词是宋代一位无名高僧所写的《满庭芳》,朕读了觉得甚有意味,愿意在此分享给诸卿品一品。"

朱元璋端坐在金銮殿上昂然而道,同时大手一挥,将一张纸笺交给云奇,让他递给肃立在丹墀之下的胡惟庸:"胡爱卿,你是百官之首,你来代朕念诵这首宋词最为得体。"

"老臣遵旨。"胡惟庸恭恭敬敬地接过纸笺,双手平展,扬声诵道:

> 咄这牛儿,身强力健,几人能解牵骑?为贪原上,嫩草绿离。只管寻芳逐翠,奔驰后、不顾倾危。争知道,山遥水远,回首到家迟。

> 牧童,今有智,长绳牢把,短杖高提。入泥入水,终是不生疲。直待心调步稳,青松下、孤笛横吹。当归去,人牛不见,正是月明时。

他字正腔圆地读罢,群臣耸然动容不已。

朱元璋面沉如水,又吩咐道:"汪爱卿,你听了这首《满庭芳》有什么想法?"

汪广洋略一沉吟,出列而言:"陛下,这是一首教导臣等做好人、做好官的哲理诗词。贪吃原上嫩草的牛儿,暗喻臣等的非法之欲;长绳牢把的牧童,暗喻臣等的守法之智。臣等克己制欲不迷不惑,就能做好人、做好官。"

朱元璋听得连连颔首:"汪爱卿所言甚是。朕希望你们要知行合一、表里如一、始终如一,做好那'心调步稳'的'牧童',莫要误人误己!"

殿中众臣齐齐山呼:"臣等恭记圣训。"

"罢了,罢了。诸位爱卿,朕今日与你们是在此谈诗论赋,你们也无须这般郑重。近日太子上奏给朕提出:有良法而无良吏执行之,如同鸟之无翼、人之无足。朕听完此言,倒想起幼时所闻的一则笑话来。"朱元璋缓缓说着,脸上漫开了浅浅的笑意,"笑话的内容是这样的:一痴人闻盗入门,急写'破门即罪三十杖'七字,贴于堂上,让盗贼看到;闻盗已登堂,又写'室窃须囚三年半'七字,贴于内室;闻盗复进而逼,遂逃入厕中。盗踪迹而及之,他兀自掩厕门咳嗽曰:'持械伤人处重刑!'——此故事虽是可笑,但律法若无得力之干将而执行之,这样可笑的故事将会到处皆是!"

胡惟庸和群臣闻言,哪敢开口发笑,又一起山呼道:"臣等必将努力成为恪守良法之良吏,不负陛下之所望。"

朱元璋"嗯"了一声,注视着胡惟庸,绽颜笑道:"实话说,朕近来甚是高兴。这几天真是好事连连啊!四大花楼在这四五天内就赚了五六万两白银!好!好!好!胡爱卿,你们中书省在这件事情上办得不错!等到另外九个花楼再建好投入,这每月的钱款就更加丰裕了。"

胡惟庸面现谦恭之色："陛下，说实话，在操办这四大花楼的日子里，老臣都不知道是怎么熬过来的。这一切都须仰仗陛下力排众议、独辟康庄之英明啊！"

"你那么辛苦，朕自然是不会让你白干的。马儿跑得这么欢，当然会有草料吃。"朱元璋含笑发话，"这样吧，你名也有了，权也有了，朕就赏你御前座席之待遇。你今后在金殿议事之际，无须跪拜躬立，随时平身而坐即可。"

胡惟庸慌忙答道："老臣决不敢当，老臣决不敢当。"

朱元璋并不理他，看了一眼云奇："去拿一张太师椅来，让胡丞相当廷坐下以彰殊遇。"

胡惟庸吓得跪在地上："陛下这是在折杀老臣啊。"

云奇走将过来，搬着一张紫檀木圈椅放在金殿左列首位，扶着胡惟庸坐下："这是陛下特赐的恩赏，胡丞相您不能拒绝。"

胡惟庸满脸冒汗，不断地用袖角擦拭着，无奈之下只得侧着身子坐将上去。

朱元璋袍袖一展："诸卿可有要事奏来？"

涂节大步出列，凛然而奏："陛下，微臣有本廷奏，寒山寺之释道衍自恃阴阳数术，到处介入俗世庶务，请陛下禁锢此等狂僧，勿令歹徒借阴阳数术之学而扰乱天下。"

"道衍"这个名字近日对在廷诸臣而言，已是如雷贯耳。涂节此语一发，殿上顿时起了一阵轻微的骚动。

朱元璋目光微微一凝："涂爱卿，释道衍介入了何等俗世庶务？"

涂节咳嗽一声，用眼角余光扫了一下朱标："据微臣所知，中秋佳节之夜，释道衍竟与一些士子生员同船饮酒作乐……"

韩宜可一听，立即从他身后出列，开口奏道："启奏陛下，如涂大人所言，八月十五之夜，微臣亦曾与释道衍同舟共乐。但请陛下察知：中秋佳节，万世流传；花好月圆，万民团聚；僧道同乐，普天同庆。这算什么'介入俗世庶务'呢？"

陈宁马上又逼将上来："启奏陛下，老臣认为，佛门弟子，不守清规，呼朋引伴，激扬文字，恐有异图，请陛下慎之。"

看到朱标即将开口发言，朱元璋却抢先哈哈大笑道："陈爱卿，你言重了。依朕之见，高僧名道，激扬文字，化流方外，正是盛世之兆，何来异图？才子词人，尚有'白衣卿相'之誉；沙门高僧，就做不得'缁衣卿相'吗？"

他这番话一出，朱标、韩宜可等人面面相觑：这位陛下当真是耳目遍布天下，几乎是无所不知、无所不晓！

陈宁、涂节等人正欲双双进言再辩，田尔丰立即出列而奏："启奏陛下，依微臣之见，陈、涂二位大人太过敏感，对天下之术业有厚此薄彼之嫌。近日，释道衍以阴阳数术祈求雨功在万民，岂可轻忽？而前元一朝尚知对阴阳数术之学导而不壅，我大明朝之恢宏气象尚且不及前元也？"

朱元璋"咦"了一声，问道："田爱卿，你此言有何依据？"

"启奏陛下，宋濂先生编撰的《元史》一书中记载：世祖至元二十八年夏六月，始置诸路阴阳学。其在腹江南者，若有通晓阴阳之人，各路官司详加取勘，依儒学、医学之例，每路设教授以训诲之。其有数术精通者，每岁呈录省府，赴都试验，果有异能，则于司天台内许令近侍。前元尚且不以旁门而待数术之士，我朝又岂可如此褊狭？"

朱元璋稍一沉吟，道："田爱卿讲得对。这些异学之士今后皆归僧录司、道录司、钦天监收揽，备选候取。朕自能审而用之：有真才者赏，无实学者罚。积功累业者，可任'缁衣卿相'。陈、涂二位爱卿就不要再揪着这个问题了。"

陈、涂二人这才退回班列，不再多言。

朱元璋转头十分郑重地问汪广洋："汪爱卿，这段时间，已达京师应考的士子生员共有多少人了？"

"各省在册士子共五千八百六十余人，目前已全部到京。"汪广洋回答道。

朱元璋一脸沉肃地道："古人曾言，治国在于得贤，得贤在于选拔，选拔在于核实，核实在于严明。此番秋试取贤，所有相关官员一定要公正廉明、举贤无私！不可有徇私舞弊之风，不可有私相授受之举，不可有滥竽充数之徒！谁若犯此铁规，休怪朕辣手无情、严惩不贷！"

汪广洋、田尔丰、韩宜可等人齐声道："陛下口谕，臣等谨记。"

朱元璋又娓娓讲道："此番秋试会考，须当通过策论文章，测取考生们平日积累的学识功底以及临场发挥的机敏天性。就由汪广洋、刘三省、田尔丰你们三人届时各出几个考题，各自密封在册，分别交给内监署，由朕最后亲自圈定。任何人不得对外泄露半分。"

汪广洋、田尔丰和翰林大学士刘三省出列应道："臣等遵旨。"

朱元璋凛然逼视着胡惟庸、陈宁等人："至于其他不涉考务的官员们，更不可私相刺探、弄虚作假、悖公贪墨！朕若查出有谁犯此铁规，定当重重惩处！"

胡惟庸、陈宁等人也齐齐跪答："臣等谨遵谕旨。"

这时，汪广洋慨然奏道："启奏陛下，近日以来，各地考生纷纷前来求谒微臣宅第，强行留下各地土特产物品八百余箱。老臣不胜其扰，特已全部密封，上交内监署，请陛下审查。"

朱元璋朗朗一笑："你为何不养几条猛犬守在家门，把这些无知士子吓退回去？"

汪广洋道："士子生员向老臣赠送这些土特产，不过是欲求微臣之青睐，而其礼品之金额，亦不及罪责之标准。老臣为安诸位士子生员之躁心，只得佯而受之，随后上交国库，不敢徇私截留。"

"汪爱卿，你做得很好，朕绝对信任你。"朱元璋的笑容深如渊海。

胡惟庸随后上奏："陛下，苏州府戴罪理事之官员魏忠明近日上报交纳全州官办花楼收入七万八千两白银。鉴于此，中书省建议可将苏州府'化私为官'之花楼方略通行于天下。"

朱元璋听罢，沉思片刻，却摆了摆手："官办花楼，确是国库纳财一大途径，但也不可滥办。朕意以为，可以在江南各省先行推广，但不许一下全然铺开。中书省，就这样办着吧！"

胡惟庸躬身而答："老臣领旨。"

朱元璋向云奇丢了个眼色，云奇立即高喊："百官退朝，陛下休养。"

众臣听命，须臾之间走了个干干净净。

朱元璋坐在龙椅上静了静神，方向云奇吩咐道："带他们上来吧。"

不一会儿，朱棣和闻溪圆宣从侧殿那边过来，并肩进了大殿，在丹墀下躬身而立。

朱元璋双目炯炯生光，迎视着闻溪圆宣："朱棣，这位高僧便是日本国北朝的'缁衣使者'？"

朱棣朗声而应："启奏父皇，这位高僧法号闻溪圆宣，正是日本国北朝征夷大将军足利义满的替身僧。"

朱元璋继续直视着闻溪圆宣："闻溪大师，你们的所有情况，朕已经知道得清清楚楚了。但是，直到今天朕才接见你们，并非朕的怠忽，而是时势使然。朕想问你们：你们日本北朝凭什么可以越过归顺大明多年的南朝与朕直接建交立藩？"

闻溪圆宣向朱元璋深深拜倒："我日本国北朝君臣上下愿以任何代价效忠归顺大明，请陛下恩允。"

朱元璋眼缝里闪射出精亮的光芒："你们能够给出什么样的代价？"

"为了帮助大明征辽平胡，我北朝可以供奉战马一千匹、战士三万名、甲兵四万副，随时听候调遣。"

"嗯，你们这个条件确实展现了很大的诚意。"朱元璋微微点头，"但是，你们的大队人马，朕用不着。大明之统一大业，不需要任何外力。"

闻溪圆宣当下又道："启奏陛下，我北朝甘愿拿出八十万两白银购买大明的土特产货物。"

朱元璋这才面色一缓："好，这件事情，你们可以和燕王、太子他们详加交涉。朕在这里，不和你们谈琐细杂务。建交立藩，朕答应你们。但是，你们南朝的柯卑利、大泽永三等人久驻我国，我国乃礼仪之邦，也不好对他们硬行驱逐。这样吧，我大明朝同时承认你们北朝和南朝，对你们北朝、南朝一视同仁，不偏不倚，如何？"

闻溪圆宣暗一咬牙，顶了回来："我等恳请陛下驱逐伪贼以正纲纪。"

朱元璋似是诧异之极地看着他："闻溪禅师，你也是一代高僧，怎么却这般心急？难道你不知道我大明有一句谚语叫'心急吃不了热豆腐'吗？慢慢来，名正言顺地来，才会天顺人从的。对你们北朝上下的忠心，朕定会大加赞赏。其实，南朝柯卑利代表那个奈良亲王还曾经向朕上过密奏，甘愿以其国中之半税收入换取我大明出兵支持他们来讨伐你们哪！朕可从来没有答应过。"

闻溪圆宣吃了一惊："还有这等事情，我等怎么从未听说过？"

朱元璋脸上露出似笑非笑的表情："唉，你们不知道的事情还多着呢！只不过朕一向把持得定，不会偏枉偏纵罢了。你真以为如果没有朕的默许，占城国就敢擅自在三羊湾收留你们？"

他的话语虚虚实实、真真假假，令闻溪圆宣深感天威难测，只得俯首恭服："陛下之圣明，小国不敢不敬、不敢不服。"

朱元璋把手一挥："从今天起，你进驻天界寺，那边自然有人安排你的一切事宜。你和你背后的北朝的名分，朕会在适当的时候赐给你们，你先下去吧。"

闻溪圆宣闻言，急忙深深施礼，然后下殿去了。

待他走远之后，朱元璋方才下了丹墀，缓步走到朱棣身边："棣儿，你在明州那边做得很好，不过，朕却要召你回京另有任务了。"

"父皇，儿臣一切行动听从您的旨意。"朱棣一怔之余，急忙恭颜答道。

"朕已经决定由胡惟庸的义子、兵部郎中林贤出任明州卫指挥使。"

朱棣先是一惊，后又明白过来："原来父皇想用欲擒故纵、先予后取之术对付胡党一派。"

"哦，怎么个欲擒故纵、先予后取？棣儿，你在朕面前讲仔细一些。"朱元璋颇有兴致地看着自己这个四皇子。

"您把林贤调离兵部，这本是一步调虎离山的妙棋。林贤是胡惟庸的第一干将，您调走了他，让胡惟庸在京师顿失臂助。而林贤到了明州，肯定会伺机和日本伪南朝的海盗倭寇勾结作乱。这时候，您再雷霆出击，把他们一网打尽，便可以此为理由而驱逐南朝贼人，满足日本北朝方面的请求。这不是极为高明的欲擒故纵、先予后取之术吗？父皇，儿臣之言可对？"

"棣儿，你在外历练，果然是大有长进，朕心甚慰！"朱元璋含笑点头，"你既已熟知这一切，到合适的时候，朕再派你出任平东行营的监军，朕也就心中有底了。"

朱棣又道："父皇，儿臣听大哥谈起，高丽国不是又进献了黄金一千斤、白银二十万两，这可以充作征辽军饷了。徐大元帅那里应该又多添了一分底气吧？"

朱元璋摇了摇头："棣儿啊，中书省一定会把它们东拆西分地拿去填补各个部堂的窟窿，最后落到北平徐达手里的，最多不过三分之一的余款……三百斤黄金、六万两白银，丢在那边只冒个泡就没影了……

"不过，日本国北朝奉上的这八十万两白银货款倒真是大大地解救了朕的窘急！有了这一笔银子，朕就有底气来化解内忧外患了，朕也可以安安心心地睡几天好觉了。"

朱棣黯然答道："儿臣等不能为父皇分忧解难，实在是惭愧之极。"

朱元璋微笑着拍了拍他的肩膀："你又不是生来就会吐金子、银子的神蟾，你惭愧什么？朕希望你尽快成为一位用兵如神的将帅，将来可以藩卫我大明皇室！"

凤仪楼的迷仙阁里，纱幔如烟，异香似梦，莺啼若水。

象牙床上，宋紫荷身无寸缕，半闭着星眸，披散着乌发，似醉非醉，像一只白天鹅般趴伏着。林贤衣衫全解，在她身上猛烈地挞伐着。宋紫荷有些木然地任他为所欲为，终于，林贤大吼一声，在极度的享受中，像野狼一样一口在宋紫荷雪白的肩头处狠狠地咬下……

他今天自然是喜悦之极的，所以才来这里尽情宣泄。朱元璋已经颁下诏书，把他从兵部郎中之位上升调出去，竟然一步到位做了明州卫指挥使！这一份实打实的军职，终于让他得到了，他终于可以从幕后走上前台来大展身手了！而在他自己内心深处最隐秘的潜意识里，是觉得自己终于可以脱离义父胡惟庸的视野去自由翱翔了。

不过，看起来义父对自己这份任命书还是隐隐持有猜疑的。义父觉得陛下这一举动稍稍有些反常——施恩施得过了度。明州是一个敏感的地方，本来又发生了敏感的事件，而陛下却大大咧咧地把它割让出来，这不是太蹊跷了吗？但他又不好劝自己推掉这个职位——万一这真是一个机会呢？胡党是离不得明州这个战略要地的呀！说白了，它是胡党最后的根据地和逃生口。基于此，他纵是有些忐忑，还是让林贤自己接受了任命。

林贤仰躺着一边喘气歇息，一边暗暗想着：管他这个明州卫指挥使职位是舞台还是陷阱，自己先占领后再说！以自己的聪明才智，这条兵船还驾驭不住，那自己在丞相府"第一干将"的名号也真是白叫了！

他正思虑之间，守在门口的贴身亲兵禀道："林公子，大泽永三法师在楼下求见。"

"不要再喊我林公子，要喊我林将军！"林贤翻身坐起，沉思了一下，又吩咐道："让大泽法师一刻钟后再上楼来。"说罢，他转过身去，用手在宋紫荷那潮红的面颊上轻轻拍了拍："快去收拾一下，又要接客了。"

过了一会儿，大泽永三急冲冲地进屋来，一见林贤便道："林公子，你和胡丞相怎么没有挡住北朝伪贼入见大明皇帝呢？"

林贤穿戴得整整齐齐，坐在圆桌边呷饮着茶水，头也没抬："但你们也没能收拾掉道衍和尚啊！那个你们北边伪朝的闻溪和尚，现在已经进了天界寺在他那里被保护起来了！"

"那是另外一回事！"大泽永三恨恨而道，"我奈良王京才是日本正统，大明为什么要与伪朝贼子眉来眼去？"

"好了，好了，你们日本国内的正统之争、名义之争，林某且不去说他。"林贤此刻只有把大泽法师的怒火引向其他地方，"释道衍目前不是在中原禅林力挺闻溪圆宣他们吗？你们也有细作探察，他俩连中秋佳节都混在一起！再加上道衍、宗泐又顺着朱棣他们内外呼应，所以也影响了我大明上下对你们的观感和认知。我们的大明皇帝陛下又从来是善于左右制衡的，他可不像胡丞相那样全心全意结好于你们南朝……"

"这个虎和尚！这个朱和尚！"大泽永三重重地一哼，"等到合适的机会，老衲一定要让他们知道日本禅道真正的厉害之处！"

"你大泽法师的本领，我们自是十分清楚的。林某去了明州，也自会与你的师弟方圆承一，还有平九郎他们共谋一些大事。"林贤放下茶杯，徐徐又道，"只是林某离京之后，却有一事牵挂不已。"

大泽永三愕然道："你有何事牵挂？"

林贤直视着他："林某走后，你就搬到丞相府去住。丞相大人的安危，就拜托在你身上了——他可是你们在中原朝堂之上翻身而起的最后靠山了！"

大泽永三冷冷道："老衲清修坐禅惯了，不愿当别人的家丁家将。"

林贤面露异色，随即哈哈笑道："您且莫先拒绝，我们会让你享受到那个虎和尚姚广孝也享受不到的待遇！"

大泽永三面容一沉："林施主，你这不是在戏弄老衲吗？他有什么享受不到的待遇是让老衲也会眼红的？"

"佛家是不是有'欢喜禅'一说？虎和尚心底的'欢喜禅'可是留在这里的哟！"林贤一边说着，一边举起双掌，"啪啪啪"十分响亮地拍了几下。

室内的纱帘缓缓开启，一身紫衫的绝美女子赫然现身。她全身曲线玲珑浮凸，妖娆之中透着一股冷艳，一颦一笑皆是撩人之至。

大泽永三一见之下，呼吸骤紧："这就是让虎和尚念念不忘、堕入尘劫的那个女子？！"

"正是，正是。"林贤阴冷一笑，"法师您也是只见其画像而未见其真容吧?"

大泽永三死死地盯着宋紫荷,喃喃自语道:"释道衍,你当日送我'一船明月一帆风',原来这'佳风佳月'就在这儿!有趣,有趣!"

林贤从他眼中读出了炽烈的欲望,起身往外走去:"大泽法师,林某便不耽误你慢慢'修禅'了。"

"去吧,老衲答应你的请求。"大泽永三待他出门,右袖一拂,一股无形柔劲涌出,把室门一封而闭。

宋紫荷仍是面含艳笑地袅袅走来。大泽永三单掌当胸,一瞬之间,双眸精光大放,如电如剑,直盯着宋紫荷瞳中一射。宋紫荷呆了一下,浑身立刻便泛起了微微的涟漪。她鼻息间渐渐发紧,仿佛遇到了自己最心爱的男子一般,在又羞又喜、欲拒还迎的神情里,缓缓解开了自己身上那一层薄薄的罗衫。

大泽永三伸手拍了拍她的前额,忽然深深吟道:"残雪入林路,暮山归寺僧。日光依嫩草,泉响滴春冰。"这是唐代诗人皇甫曾的《送普上人还阳羡》里的诗句。诗意虽是高雅清通,此刻由他吟来,却溢满一种说不出的淫靡之气。

宋紫荷却是听懂了,浅浅一笑,立即把自己全身上下毫无保留地展露出来,迎向大泽永三。

"果然是有灵性的奇女子,老衲就代虎和尚接受你的奉献吧!"大泽永三再也忍耐不住,双手箕张,似一头饿狼般狠狠地扑了上去……

第五十一章
箴言

　　天界寺采星台的那棵菩提树下，道衍正在打坐炼气。金甲新、道涤和子建净业俱在一旁观看。

　　道衍于紫草蒲团上盘膝而坐，右手放在膝盖之上，左手托着天乙玄玉蝉，垂眉合目，佛相庄严。他头顶之上，丝丝白气笔直上升，如线如缕，竟是风吹不动。直升到头上二尺一寸之高处，白气缕缕虚悬停聚，最后化为一朵白莲般的小小庆云，凌空旋绕不息。

　　子建净业看得如痴如醉，良久才深深叹道："中原武学异术果然博大精深！这便是传说中的'五气朝元'之玄门圣境吧？"

　　金甲新虽是拱卫司第一流的高手，也不得不点头说道："道衍大师的修为之深，已与吾师洪德公只差半步之遥。"

　　道涤闻言，乜了他一眼："金施主您这话可不要说得似是而非啊！洪老施主的功夫源自杂家之术，我大师兄可是深得佛道二门的正宗真传啊……"

　　说话之间，道衍头顶的白色气团忽又渐渐淡去，一丝一缕游转而下，被道衍徐徐吸入腹中。他慢慢睁开眼来，收功而止，望向金甲新、子建净业，笑道："让诸位久候了。"

　　金甲新上前抱拳道："姚先生，金某奉太子殿下之命来与您交接,黄子澄、吴可远两位公子,您也认识的,是太子殿下非常赏识的两位才子。太子殿下希望他俩寄宿在天界寺内,由您切实指教,督促他们一日千里、蟾宫析桂。"

那边,先前一直在埋头观书的黄子澄起身过来行礼见过道衍。道衍看了看他:"吴施主没和你同来?"

黄子澄答道:"吴君不惯住在禅院寺庙,自己在外边租了房子埋头攻读。他说,他会每隔二三日来天界寺一次专程请教。平时他就在自己屋里用功了。"

道衍面色平和之极:"也好。吴施主是天生聪颖之材,'能自得师者王',三日一切磋、五日一琢磨,亦无不可。"

待他讲完,金甲新咳嗽一声,躬身又问:"姚先生,金某有问题求教一下,您是寒山寺和灵应观的双重高人,自是释道兼济、内外双修。却不知以您之亲身体验,道门与佛门的功法要诀之不同在哪里?我等有何借鉴之处?"

"小僧知道金施主所练为杂家之术,当然也可以吸收佛道二家之长为己所有。"道衍徐徐答道,"玄门清虚炼气之道,在于取外而补内、取天而补人,须得张开全身七窍百孔,引天地之灵气入体而行筋布血,由此筑基而渐升;佛门般若炼气之道,则是虚外而实内,自得而得天,须得返听若聋、内视若盲、静心若亡,闭塞全身感官意识,以己身为小宇宙,独照自性,以一元而应万物,由此一通而百通。这便是小僧释道双修的切己之谈,希望你们从中有所借鉴。"

他停了一下,看到子建净业欲问又止的样子,便含笑道:"子建大师,其实禅宗炼气之士,也是各有法门的:有人提气时自意守足底涌泉穴而起,可以纳地之元气为己所用;有人提气时自意守腹部丹田穴而起,可以聚身之精气为己所用;有人提气时自意守头顶百会穴而起,可以取天之清气为己所用。法门不同,各人的修为造诣也自不同。小僧修炼的是天字诀禅宗气功，以头顶百会穴放气收气，获益而无穷。子建大师，你虽是修习了地字诀禅门气功，但也不妨试一试这天字诀的法门。"

子建净业听得大喜："多谢道衍师父指点迷津。"

这时，黄子澄翻开书卷走了过来，嘻嘻笑着对道衍道："姚先生，您不能光给他们指教武学妙术，也请帮黄某指点一下文学和经学的诀窍啊！"

道衍哈哈一笑，道："黄公子既是这般好学，那小僧便来考一考你——'圣贤之言，须常将来眼头过，口头转，心头运。'这段箴言是谁讲的？"

黄子澄略一思忖，答道："黄某记得是朱子讲的。"

道衍又问："小僧这里有一段箴言，内容是这样的：'《益》之上九曰："莫益之，或击之。"传曰：理者天下之至公，利者众人之所同欲。苟公其心，不失其正理，则与众同利，无侵于人，人亦欲与之。若切于好利，蔽于自私，求自益以损于人，则人亦与之力争。故莫肯益之，而有击夺之者矣。'它又是谁写的？"

"这段箴言摘自宋代名儒程颐所著的《程氏易传》一书。"黄子澄张口便答了出来。

道衍含笑点头："不错，不错。你能将程朱理学了如指掌，此番秋试会考必可登堂入室！"

"姚先生切莫谬赞，黄某是有自知之明的。"

道衍听他这么一说，便也直言道："黄公子，若论诗词才华，你肯定是不亚于田尔丰、吴可远他们的。但秋试之中若要写策论文章，所重的是立意构思，而不在华辞丽藻。这一点，你倒要好好揣摩一番。"

"多谢姚先生的针砭之言，"黄子澄行礼谢过，眼珠一转，又笑问道，"姚先生，您那么聪明那么睿智，几乎是无所不知，您倒不如帮黄某预测一下秋试的题目，让黄某先练一练笔！怎么样？"

"黄施主逗笑了！秋试考题，岂可预测而泄之？"道衍朗朗然一笑，"诗圣杜甫有言：'读书破万卷，下笔如有神。'文豪苏轼曾言：'博观而约取，厚积而薄发。'你且以义理辩证之学结合当今时事之变，必能有所发掘而一鸣惊人，又何须去猜题射题乎？"

"姚先生，您想得太正太实了！这士子生员当中猜题射题的多了，甚至还求神拜佛、问东问西呢！"黄子澄摇头笑道，"您晓得吗？听说京南齐云观出了一位名号为'太平天君'的乩仙，能知过去未来，能辨阴阳休咎，能察巨细本末，很多士子都去向他求题问文呢？"

道衍微微一愕："还有这等厉害的乩仙？齐云观？小僧先前似听人提起过。"

黄子澄立刻叫道："黄某还会骗姚先生您吗？黄某认识的几个士子里如包公望、邓少贤等人，都去齐云观求问过。只不过，每一次求问那乩仙至少要花一百两白银呢……黄某实在是花费不起……"

"太平天君？有意思。"道衍目光一沉，若有所思地颔首不言。

入夜，万籁俱息。天界寺西厢房乙字间里，道衍和道涤正在促膝交谈。

道涤正视着道衍，终于将自己心底的疑问和盘托出："大师兄，小弟此番从明州返回你身边的这几日里，看到你天天都着了魔似的在苦练神功……你这是为什么呀？"

道衍看着自己掌心那只天乙玄玉蝉，长叹道："师父从寒山寺送来急讯，说胡党一派的那个幕后高人既已得到了东华妙玉玦、皇极无双璧，必会加快祭炼参悟的速度，从而暴增自己的功力。将来，此人必是我等之劲敌。为兄此刻若不奋起直追，日后必因技不如人而受制于敌啊！"

道涤又诧然而问："那妖人真的能够参透东华妙玉玦、皇极无双璧的法门吗？"

"那人的修为之深，与师父不相上下，又有奇宝在手，日日祭炼，如何会参悟不透？"道衍眉宇之间愁云隐隐，"为兄深为忧虑者，在于为兄手中只有天乙玄玉蝉一宝，而他手中已有双宝，终是难以取胜啊！只有寄期望于师父也尽快追到'逍遥天'之境而力压群敌。"

"你师父的修为早已达到'逍遥天'之境，甚至你逃虚子姚广孝，离'逍遥天'之境也只差半步啦！"随着一个苍老而熟悉的声音突然传来，房门开处，一身灵逸之气的青阳子周应泰款步而入，"在这武林之中，只有达到'混元道'之境，才能真正做到力压群雄。"

他口中所讲的"逍遥天""混元道"，乃是正宗功法四大境界中的两种。武林之中素有传闻，修为积累达到六十年功力者，称为"金刚界"之境；在"金刚界"之境上，继续修为六十年功力者，称为"自在地"之境；在"自在地"之境上再继续修为六十年功力者，称为"逍遥天"之境。到了"逍遥天"之境，其人在武林中已然登峰造极，出神入化。当然，若有奇宝、秘籍、灵药等相助，亦可一日千里，跨到"金刚界""自在地""逍遥天"等妙境。而那最高层次的"混元道"之境，却是一个神秘的传说，或许只有"忠孝神仙"张三丰一流的盖世高人堪可修成。

道衍一见周应泰，不禁惊喜交加，失声呼道："周师叔，您伤好复原了？小侄实在是不胜欢喜。"

"不错。贫道用了足足四十九天的时间才治愈了毒伤，后来又休养了一段时日，直到今天方来见你。"周应泰与他击掌见过，缓缓又道，"咱们分手后发生的这些事情，贫道也知晓得七七八八了。想不到徐应杰这小子不仅改换门庭投靠了封万尘，还与胡惟庸一党暗中勾结，居然送给林贤无影化血针暗算了贫道……"

道衍凛然而道:"徐应杰的事情,若是让紫阳子师父知道,不知道得有多生气呢!不过,听说自八月初十祈天求雨法会之后,徐应杰便对外宣称'面壁自省'息影不出了。"

"嗯,贫道也偷偷潜入通明观去找过他。这小子不知藏身到了哪里,真是找不着了。"周应泰沉声道。

道衍向他问道:"师叔觉得封万尘此人如何?"

"师侄,你怀疑封万尘就是胡党一派的那位幕后高人?"周应泰沉吟道,"先前贫道因观中庶务,也曾与封万尘交往接触过。此人锋芒内敛,倒是让贫道当时未能看出有何特异之处。"

道衍道:"从徐应杰投身在他门下来看,他应该隐藏了不少神秘的实力。"

"嗯。贫道知道你一直想试探一下他的底细,"周应泰想了一下,正色道,"这件事你暂且不必出手,就交给贫道来办吧。"

"那就多谢周师叔了。"道衍深深一躬,"还请周师叔务必多加小心。"

第五十二章
乩仙

蹄声嘚嘚，马车疾驰而前。车厢之内，朱棣满面带笑，向道衍递过来一个木匣，殷殷而道："这是本王特意从石宝轩为姚先生您挑选的礼物，希望您喜欢。"

道衍也不虚辞，翻开匣盖，注目看去，里边装着一块晶莹剔透的玛瑙文石，形似龟龙出水，昂首隆背，活灵活现，温润细腻却如羊脂美玉。最难得的是它毫无雕琢之迹，纯是天然形成。

看罢之后，道衍笑了一笑："这奇石能长成这等模样，也真堪称'天生瑞物'了。想必宗泐师叔比小僧更加喜欢此物。"

朱棣挥了挥手："姚先生但请收下，宗泐那里休要管他。"

道衍在那块龟龙石上摩挲了片刻，微微扬眉："此石内蕴千山万川之灵气，倒也算是一件玄天灵宝。待得小僧祭炼一番，再送回燕王府以作镇宅纳福之妙用吧！"

"先生，您只管留下把玩，莫要再说这话！"朱棣大大方方地讲着，又取出一物呈在道衍眼前，"您再瞧一瞧这东西是何来历。"

道衍细细观看，此物乃是一柄如意，二尺余长，形同三棱之柱，通体白润如雪，似是由一块块骨节般的星石黏合而成，材质非金非玉，叩之有声，拈之甚重。他久览之下，暗暗变色："这似乎便是曾经妙绝一世的龙骨石如意？它可不是中土之物，而是海外奇珍。"

朱棣听罢，不由得向道衍讶然而视："姚先生果然见多识广、学究天人，这物件确是龙骨石如意，是占城国的镇宫之宝，也是由该国冰铃夫人禀明其国王之后赠送给本王的。据闻它蓄有高深莫测之灵力，姚先生若觉此物可以助道，尽可取去无疑。"

道衍默思有顷，慨然而答："既是如此，小僧便多谢殿下了——实不相瞒，小僧近期确有用它之处。"

朱棣看着他收好这两件礼物，忽地长长叹了一口气。

"咦，小僧以为殿下在明州府应是收获颇丰，却为何有此嗟叹？"道衍眸中异芒一闪。

朱棣淡淡笑道："姚先生，本王若在明州表现不俗，又何至让父皇调来林贤取而代之？"

道衍故作惊愕："殿下，难道陛下竟没有向你亲口言明——你若继续留在明州，便是'打草惊蛇'；而林贤被派往明州，却是'引蛇出洞'？"

朱棣重重地咳了一声，瞪了他一眼："这些话也是您用顺风耳听到的？姚先生，这世间有一些'神通'是'有所必用'，亦'有所不用'的。"

道衍一笑，也不再多讲什么了。

朱棣静静地坐了片刻，突然没头没脑地冒出了一句："本王回京后方才知晓，陈如意擅自打进了十三花楼。"

道衍心中微微一震，表面却若无其事地道："进不得十三花楼，也就进不得胡党的核心圈；进不得胡党的核心圈，也就拿不到胡党的有力罪证。这样看来，陈姑娘确实是长袖善舞。"

朱棣自言自语道："十三花楼是什么地方？她凭什么会获得胡惟庸他们如此的信任？"

这一回换成道衍重重地咳嗽了一声:"燕王殿下论功行赏,应该是'只问结果,莫问过程'的。"

朱棣闷闷地道:"为了获得最后的胜利,难道任何代价都是可以付出的吗?"

道衍沉吟了一下,缓缓道来,语气显得幽幽凉凉:"《史记》里记载楚汉相争之时,'项王患之,为高俎,置太公其上,告汉王曰:"今不急下,吾烹太公。"汉王曰:"吾与项羽俱北面受命怀王,曰'约为兄弟',吾翁即若翁。必欲烹尔翁,则幸分我一杯羹。"'殿下,这个故事你听懂了吗?"

朱棣深深动容,半响没有答话。

道衍也突然不靠东不靠西地冒出了一句:"陈姑娘最大的弱点是她的父亲陈若余。"

朱棣思忖着答道:"本王找太子殿下帮忙,把陈若余调到徐达元帅的手下?"

道衍冷冷而笑:"你能把他调到徐达元帅那里,胡党的势力也能追踪到徐达元帅那里。"

"那么,本王究竟应该如何处置?"朱棣有些疑惑。

道衍伸手掸了掸自己衣衫上的灰尘:"殿下请放心,胡党会做出'为渊驱鱼、为丛驱雀'之事的。"

朱棣极有深意地瞅了道衍一眼:"不错。姚先生,本王一直都相信您的预测从来是百发百中、毫无差错的。"

道衍半闭着双眼:"话虽如此,但殿下一定要心存大义,否则便与司马伦、司马越之徒无异了。"

朱棣深深地盯着他:"姚先生请放心,本王素来便是以唐太宗、宋太祖为楷模的。"

车内莫名地静了下来。

不知过了多久，马车忽然停下。朱棣随着道衍走下车厢，抬眼一看，却是来到了一座道观的大门前，门框顶上横匾的"齐云观"三个大字金光闪闪，十分耀眼。

"咦？姚先生，你带本王来这家道观做什么？"朱棣一怔。

"阿弥陀佛，小僧请殿下过来，就是想瞧一瞧这齐云观中一位常驻乩仙太平天君的神通。"道衍朝他眨了眨眼，低低地问道，"殿下意欲成就千秋大业，便不想再访问一下其他仙君的圣意吗？"

"嗨！本王哪里用得着去访仙问神？您姚先生就是本王身边的活神仙嘛！"朱棣转身欲走，"本王何必还要舍近求远？"

道衍哈哈大笑，一把拉着他的右手便直往道观里走去："殿下，既来之，则安之。咱俩进去好好看一看这位'言无不中、灵验如神'的太平天君究竟是何方神圣吧！"

刚进观门，便听得里边人声如潮。只见上清殿高阶前，排了一条长长的信徒队列，足有五六百人，都是来这里求问乩仙的。

道衍一看，这得排到什么时候才能进上清殿啊！他心念一转，便从袍袖中取了一顶束发青玉冠戴上，然后拿出一张金纸度牒，大大方方地走上前列，对守着殿门的道童打了一个稽首，朗声道："福生无量天尊，贫道乃是苏州府灵应观主持的弟子逃虚子，特来请见你们齐云观观主丹泽子师兄，可否领行引见？"

那道童听闻是苏州名观灵应观的同门来人，亦是大吃一惊：灵应观住持紫阳子席应真道长，如今是道门一派辈分最高的宗师，就是道录司左正一、通明观主封万尘也要对他礼让三分。他的弟子，自然是万万不能怠慢的。验过那张金纸度牒是真品后，那道童急忙向道衍深深还了一礼，恭敬地道："逃虚子前辈，您可去偏殿休息一下？丹泽子住持正在殿中为信徒们解乩析乩，等他稍有空闲后再来相见，如何？"

"解乩启民，当然是头等大事，你们莫要去打扰他。"道衍一笑而答，"贫道亦为助他而来。且让贫道进殿谒叩太平天君，不须他特意相会。"

说来奇怪，道衍的言谈举止竟在平和淡定之中透着一股令人难以抗拒的沉肃威严，那道童自是被完全镇服了，弯腰躬身，让到一旁，放道衍带着朱棣、平安等人径自而入。

后面排队的有些人大叫大嚷起来："他们凭什么能抢先进去？你们这是乱来！"

那道童也高声回应道："这是从其他道观请来的解乩师父，他为何不能先行进去？等会儿你们还要求他解乩析乩呢！莫要惹恼了他！"

众人一听，这才渐渐安静下来。

进得大殿，迎面所见的便是那座高达一丈六尺的太上老君神像。它是齐云观中最神奇的传说之一：这老君像竟是由殿中一棵粗可合抱、拔地而起的黄梨木巨树稍加雕刻而来的，法座下还有它一条条粗实的树根深入土中。另一个神奇的传说，就是老君像脸上那两颗"眼睛"，是由一对鹅卵般大的晶球圆珠嵌成的，溢然生光，流转闪辉，令人无论身在殿中何处都能感到他眼珠中的莹莹光华向自己投射而来，避无可避。

朱棣看得嗟叹连连："这座老君像好高大好灵异，堪称道门之宝了！"

道衍却领着他们站在门槛边，远远地朝那座老君像连躬了三躬。

那边，齐云观住持丹泽子身披朱鹤冲霄丝绸袍，脚登龙纹青莲踏云靴，正在意气风发地帮人解析乩词。他瞧见道衍等三人入门进殿，就略略停住，迎上前来："这位道友是？"

道衍连忙递上金纸度牒："贫道乃灵应观逃虚子，今日特来瞻仰太平天君显灵启民。"

"原来是紫阳子大宗师一脉的高徒，失敬失敬！我道门天下一家，师兄只管瞻仰。"丹泽子口里虽是这么说，眼光却在朱棣、平安二人身上直打转，似是欲言又止。

道衍不露异色，暗暗递上一块金锭："此乃贫道好友洪公子的小小薄礼，聊为香火之资，不成敬意，还请师兄笑纳。"

一见是亮闪闪的金子，丹泽子眉眼间都笑成了一朵菊花："好说，好说，你们尽管在旁瞻仰便是。那位洪公子稍后亦可请出太平天君赐教，只是须得另加香火之资……"

道衍连连点头，拉着朱棣就往里看了起来。只见老君像的香案之前，一张榻床般大小的沙盘摆开，一支五尺长的丁字棍乩笔高悬于空，旁边一位锦袍公子正在等待丹泽子回来解乩。一老一少两个盲眼道士，一左一右扶着丁字棍乩笔，带动棍顶下垂的尖锥，在沙盘上刺啦刺啦地横拉竖画着。道衍和朱棣不言不语，站在一侧，隔着蒙蒙的香烟，认认真真地观看着。盘中那细密的白沙上，被乩笔的尖锥拉得沟壑纵横，形成了大大小小的一行字迹。

"太平天君乩仙自今年六月底降驻我齐云观来，开头写出来的第一句乩语就是'太平天君告曰'……"丹泽子细细介绍着。

道衍定睛看去，那沙盘中的一行字迹果然是："太平天君告曰：驴。"

丹泽子转头问锦袍公子："这位公子近日可曾遇到过与驴有关的事情吗？"

锦袍公子面现诧异之色："太平天君果然不凡，今天本公子乘轿前来，途中确实忽然听到极刺耳的驴叫之声，当时还被吓了一跳！"

他正兀自说着，丹泽子却冷不丁地插话进来："公子的姓名里是不是有卢、午二字？"

那锦袍公子更是惊讶变容："本公子姓卢，名午胜。想不到太平天君连这一点也看出来了……"

道衍暗暗一想，这"驴"字音同"卢"，而"驴"字又有"马"为偏旁部首，且"马"对应的地支为"午"。所以，丹泽子根据乩语推断出他的姓名中有卢、有午，倒也合乎谶纬之理。不过，太平天君乩仙居然能通过盲道士之手把这个"驴"字写出来，也确是有些不可思议。

正在此刻，两个盲眼道士突然再次动作起来，那支乩笔又是一阵划拉，在沙盘上写出了"廿五"两个字来。

卢午胜失声叫道："神了！神了！卢某今年正是二十五岁！"

丹泽子却是笑了一笑，伸手指了指他的腰袋。

卢午胜赶紧取下腰袋，翻开来，一阵寻觅之后，赫然从里边摸出二十五两银子来！他惊得目瞪口呆：自己只知道今早出门前随手抓了几块银子放入袋中，却万万没想到金额恰恰便是二十五两。

就在方才乩笔划拉之时，道衍沉心定气，暗暗运起了天耳通的禅门奇功仔细察看周围的异常动静。虽然空气里隐隐似有极轻微的波动，但究竟是盲眼道士们的动作带动还是四周人群的言行举动之余波影响，他亦一时难以断定，只得继续观察下去。

那边，卢午胜的神情已是显得十分郑重，望着那座老君像请求道："太平天君阁下，卢某乃是进京参加秋试会考的士子，特此请教天君：考场之上，卢某此番文运如何？"

稍顷，乩笔又是"唰唰唰"一阵飞舞，沙盘上现出十个大字来："那日墙根处，破你文昌运。"

一见这行字迹，卢午胜忽地倒退两三步，面色灰白，浑身颤抖得十分厉害。

这一次，丹泽子没有再作解析：显然，这是太平天君乩仙以无上神通戳中卢午胜的私密阴事,只有天知、地知、己知、神知,外人如何能插得了嘴?

良久,卢午胜慢慢恢复了平静,又上前祷告而问:"卢某已知错矣。请天君赐下度厄之方,卢某必当重谢。"

乩笔又在香烟缭绕中闪电般写道:"捐银三百两,包你上皇榜。"

卢午胜一看,喜出望外,立刻便对丹泽子道:"待卢某回去筹足三百两白银,再来劳驾太平天君。"

丹泽子笑道:"卢公子遵从天君之命,自是能遇难呈祥的。"

卢午胜告辞退下后,一个年过半百的蓝衫商人走了上来。他正欲开口祷问,丹泽子却道:"且慢!欲求太平天君赐教,请阁下先焚三支天人感应香。"

说话之间,一名道童端了铜盆清水过来。蓝衫商人急忙将双手洗净擦干,然后拈起三根粗若中指的线香,在老君像前的油灯火焰上点燃,再去香炉中插上。那香烟滚滚涌起,顿时弥漫在沙盘之上,仿佛罩了一层青蒙蒙的薄纱帐。

蓝衫商人早前是给观里捐过一百两银子的,所以他开口直问:"请问太平天君,在下近来可会遇到贵人相助而财运亨通吗?若是遇到,贵人又在何处?"

道衍和朱棣不禁相视一笑:此人求神问仙,目的竟是如此简明扼要,不如换成求财问富还好。

沙沙之声大作,两个盲眼道士一阵挥舞之下,乩笔在"太平天君告曰"之后写出了四句话,似诗而非诗:

宋无头而有身,田去骨而存皮;
玉无佩以成缘,双木立则成真。

蓝衫商人将询问的目光投向了丹泽子。丹泽子细细解析道："太平天君这四句乩语是寓有深意的——'宋无头而有身'，这是'木'字；'田去骨而存皮'，这是'口'字；'玉无佩以成缘'，这是'王'字；'双木立则成真'，这是'林'字。'木''口''王''林'，这四个字让您联想起什么了吗？"

蓝衫商人思忖了好一会儿，眼中忽地一亮，答道："老夫想起来了，当年木口乡的王林老板曾给老夫送了一笔大生意上门，老夫从此发财不断。看来王林老板就是老夫的大贵人。太平天君说得真准。""不过，"他的语气微微一顿，又道，"这些都是过往之事，王林也已老迈，在下向太平天君请教的是将来之事、将来之运……"

丹泽子笑嘻嘻地道："这位老板莫急莫躁。其实太平天君赐给你的这四个字还有另外一种解析之法：'木''口'上下相重，合为一个'杏'字；'王''林'左右相倚，拼成一个'琳'字。'杏琳'二字，您可有什么特殊的记忆吗？"

蓝衫商人惊骇而道："这二字乃是老夫将要聘纳入室的一个小妾的名字。她一个女流之辈，怎会成为老夫将来的大贵人？"

丹泽子一甩拂尘，悠悠而道："太平天君已经向你指名道姓赐予了玄机，一切自然都在天意之中。你将来的生意，说不定也要落在这个名为'杏琳'的贤内助身上呢！你且回家，过不了多久，自会体悟到太平天君之深意的。"

蓝衫商低头沉吟良久，忽地眉毛一动，似是想起了什么，目光变得复杂，也不多说什么，只向老君像拜了三拜，然后道谢而去。

丹泽子面露微笑向朱棣看来，正要引他近前，下面一个大大咧咧的中年汉子忽地闯将上来，朝那沙盘乩笔咚咚咚地磕起了头。

"诸位大人、诸位神仙，我谭老三今天来，不是来打扰太平天君老人家的，而是来向太平天君禀告喜事儿的。上一次我的孩子失踪了，我来这里求问天君，天君写了两句仙语'剥城西老皮，见柳林开花'。当时我们一头雾水，不知其意，根据仙语中的提示，就往城西寻去。在城西大门处，见一个老头正在那里拿刀剥着一只老羊的毛皮。我们赶紧上前一问，这老叔正好姓皮。皮老叔告诉我们，他日前确实见到我家的小孩往那边柳树林里去了。我们又追进柳树林，在那里竟找到一家种花卖花的花姓商人，我家孩子就是被他家收留了……'剥城西老皮，见柳林开花'，这十个字全部应验了！太平天君真是神仙降世！这一次，我谭某人甘愿再拿出五十两白银感谢太平天君！"

场中顿时哗然，一片鼓掌喝彩之声。

朱棣惊喜之极地瞥了瞥道衍："这位太平天君可真是上仙临凡、通灵通神——姚先生，您怎么看？"

道衍面若止水："神仙虽灵，但总要自己上前亲自测验一番才知真伪虚实，对吧，洪公子？"

这时，丹泽子笑微微地迎了过来，朝朱棣递上了三根天人感应香，请道："洪公子，该您求问太平天君了！把问题在心中默念一遍即可。"

朱棣在心底无声地祷告完毕，然后捧着三根天人感应香缓缓睁开了眼。

道衍在他身旁凝神看去，却见那两个盲道士手上一阵晃动，乩笔笔尖在沙盘上画下了两行大字："太平天君告曰：琴瑟相和，八牛东仆。"

朱棣看罢，只觉得莫名其妙。他侧头瞅了瞅道衍，道衍若思若悟，沉默不语。

丹泽子笑问道："逃虚子师兄，您已经帮这位洪公子解析出来了吗？"

道衍躬身而道："贫道学识迂钝，愿闻丹泽子师兄之高见。"

朱棣也哈哈一笑:"这位太平天君怕是说错了吧?洪某尚未婚娶,何来的'琴瑟相和'?"

丹泽子咳嗽一声,挥了挥拂尘,意味深长地看着朱棣和道衍:"当年汉哀帝刘欣和董贤之间的友谊也可称为'琴瑟相和'!"

旁边的平安听得七窍生烟:"你这老道,竟敢拿胡言乱语来侮辱我家公子,小心我砸了你这破道观!"

丹泽子委屈之极地道:"这是太平天君的通灵之语,贫道岂敢胡言?你们错怪贫道了。"

"洪安,休得在这殿中无礼。"道衍喝住了平安,却将朱棣拉到屋角一边,低声对他说道,"洪公子,这个乩仙太平天君可能真的有些鬼门道。"

朱棣一惊:"怎么说?"

"您看他写的这'琴瑟'二字,上面是不是有四个'王'字?"

"对啊!"

"四个'王'字,也就是暗指您啊!"

朱棣听得惊诧起来:"好像也对啊……"

道衍又低低道:"还有,这'八牛东仆','八牛'即为'朱','东'又属甲木,'仆'为'隶',合起来不正是'朱棣'二字吗?"

朱棣瞪圆了双眼看着他:"这乩仙竟有这等神奇?"

道衍又问:"您刚才在心中祷告默念的是什么问题?"

朱棣低声答道:"刚才我既没问什么,也没念什么。"

道衍若有所思,又推了他上前:"您再去求问一次看看。"

朱棣没奈何,只得朝前问道:"请太平天君告诉洪某一生之事业规模。"

只见两个盲道士又是一阵划拉,沙盘上面竟是写出了这样四行暗语:"日月并临,八芝重光。栖云摘星,真人应世。"

一看这十六字乩语,道衍面色大变。那丹泽子正要开口,道衍立刻对他连连摆手:"丹泽子师兄,这段乩语,您就不要解析了。贫道私底下自会向洪公子解析清楚的。洪公子所问已毕,可否让贫道请教一下太平天君?"

"当然可以,当然可以。"丹泽子知他来历不凡,只得也递过来三根天人感应香。

道衍面色肃重,捧香在手,站在沙盘之前向老君像连躬三躬,然后在心底默念求问。但他睁开眼来等候许久,那支乩笔却仍是悬在半空凝然不动。

道衍朗朗言道:"贫道逃虚子,心中有事请教太平天君,恳请天君显灵赐教。"不料,他连讲三遍后,那乩笔依然静悬不动。两个盲道士无所感应,脸上神情也是一片茫然。

丹泽子已是等得颇不耐烦,但又不好催他。又过了两刻钟左右,乩笔始终不动,看来太平天君今天是不会显灵了。道衍脸上露出深有所思之色,缓缓退了开来。

丹泽子连忙过来宽慰道:"逃虚子师兄,您心思灵明、修为过人,所以应该是太平天君觉得无须向您启示什么吧?"

"多谢丹泽子师兄襄助之情。"道衍又从袖中取出一包银子递到他的手里,"贫道自会去道录司和诸大仙观中宣传贵观太平天君乩仙的神通灵验,说服越来越多的同道中人前来瞻仰学习,以推动丹泽子师兄荣升道录司尊长之高位。"

"这个……这个,就有劳逃虚子师兄多多费心啦!"丹泽子笑得满脸开花,直朝道衍连连作礼。

道衍和朱棣一起坐回马车之后,朱棣才忍不住问他:"姚先生莫非觉得这太平天君乩仙另有蹊跷?本王看他甚是灵验,完全便如真神真仙一般……"

"殿下，小僧从来不认为这世间真有什么神仙鬼怪。而且，小僧可以坦然地告诉您，即使是祈雨法会上亲自召来的那一场霖雨，小僧也没有动用什么'佛法'和'仙术'。所以，大凡这世间冒出的神仙鬼怪，其实都是一些人士运用幻术或器具暗暗伪造而来的。"道衍用一种幽沉的口吻认真讲来，"至于齐云观里这个太平天君乩仙，越是显得灵验如神，就越是说明他来历诡异、骗术高明！"

"那……那……姚先生，您准备怎么办？"朱棣追问道。

"小僧今日来得仓促，并未察看出是谁在幕后装神弄鬼。"道衍脸色一暗，"而且，他们如此装神弄鬼，又究竟是何用意？难道只是想在这小小道观里骗钱骗财、图谋小利小惠？还有，那丹泽子未曾认出你我之真实身份，而那乩仙却对你我二人甚是熟知——这也真是奇怪。小僧下来，一定暗暗追查一下。"

朱棣容色微微一凝："既是如此，本王会传话给拱卫司，让他们好好盯着这里。若是稍有异状，便上报朝廷。"

道衍徐徐一叹："目前也只能如此了。"

第五十三章
交锋

　　老树横江岸，挺翘不计年。乌杨留远影，白石见苔钱。

　　水任风涛涌，巢宜鹤鸠眠。荣枯随世态，城府自悠闲。

　　刘三省诵读着汪广洋书房南墙上所悬的这幅字帖，抚须叹道："汪大夫，您这首《咏古树》写得真好。您这一份'江流石不转，心定风不动'的涵养修为也真是令人佩服。"

　　汪广洋微微笑道："依汪某看来，大明朝的官儿，是历代之中最难当，也是最好当的。有了刘大人所说的'江流石不转，心定风不动'的涵养修为，就很好当，就可以平步青云；没有刘大人所说的这种涵养修为，就很难当，就容易身陷囹圄。田大人，你说是也不是？"

　　田尔丰坐在圈椅里轻轻呷了一口清茶："汪大夫喊田某和刘先生过来府里，不会只是和我们谈诗论文吧？"

　　汪广洋咳嗽了一声，拿一方帕巾擦了擦嘴角，目光投向书房里多出来的一个灰衣书吏，对刘三省、田尔丰介绍道："这位小哥是内廷拱卫司派来的特使，专职做我等三个出题官开会议事时的记录之官。我等谈了什么、议了什么，他都替我等记录在案，以供陛下随时查看。"

　　那灰衣书吏似木头人一般面无任何表情，只向三位大人略一施礼，便又坐回门边几案之上，挥笔记录下了汪广洋所讲的话。

刘三省、田尔丰两人神色一凛，都提起了精神，收紧了心思，不敢再轻易发言。

"咱们言归正传吧。"汪广洋站起身来，面南而立，"陛下今日传来口谕——"刘三省、田尔丰及那灰衣书吏也马上站起，垂手躬腰，肃然而听，"陛下令我等三人各自增出九个策试考题，同时对诗书之题减轻分量。陛下说了，'士之致远者，必先器识而后文艺，必先义理而后辞章'。所以，陛下认为，策试之题为重中之重。两位大人可清楚了？"

刘三省、田尔丰二人齐声答道："臣等明白，臣等遵旨。"

宣谕完毕，三人坐下之后，汪广洋又问："两位大人在出题谋题过程中，有何事宜可以反映于上的吗？"

刘三省看了看那灰衣书吏，犹豫道："老夫听闻，陛下似乎通过礼部、国子监、翰林院也在征集考题……"

田尔丰也附议道："田某也听说，陛下还让各省布政使进献考题……"

"这是陛下一贯的英明作风，'谋必以博，断必以简，集思广益，周密无失'嘛！"汪广洋慨然言道，"你俩如此扭捏，是何真意？不妨当着拱卫司特使的面明言。"

刘三省咬了咬牙，便直说了："汪大夫在上，特使在上，若是我等所出之考题与陛下从外面收集的考题雷同相似，陛下会怎么想，会怎么办？"

"你们只管大胆出题、放手出题，若有雷同，纯属巧合嘛！但本座需要提醒的是，若是你有心与外勾连，陛下必能察之而罚之；若是你无心与外巧合，陛下亦必能知之而谅之。在这里，本座可以替陛下而辨明之。"汪广洋凛然讲道，"这些话，请特使大人一字不落记录在册,送回陛下处查阅。本座相信陛下对此亦是深以为然的。"

刘三省没有开口,心底却暗想道:其实他们三个出题官或许只是陛下推出来的"靶子",让他们在明面上替这场万众瞩目的秋试会考迎风挡雨;在暗底下,陛下自有一套备用题库,随时可以浮出水面取而代之。

"陛下如此广开题源、集思广益,也是为了严格保障考题的安全和公平,不希望有任何人从中徇私舞弊。"田尔丰也悟而言道。

汪广洋深深点头,向他俩郑重之至地道:"从今日起,两位大人以及本座都应该闭门谢客、专心研题,不可与外人过多接触,以免授人以柄。尤其是田大人,您文友众多、鱼龙混杂,小心被人设计套题。"

田尔丰耸然变色,朝他深施一礼:"田某今日才服汪大夫之廉明持重,能对田某如此苦口婆心之提醒者,非大公无私者不能为也!"

灰衣书吏在一旁运笔如飞,将他们的交谈对话全部记录了下来。

汪广洋立身而起,举茶相敬:"我们出题为国选贤,可谓深受陛下之重托,唯有尽心竭诚以报之。天下士子备考数年,成败在此一役,只求赢无滥竽、输无遗憾,我们也万万不可负了他们的寒窗苦读之功啊。"

刘三省、田尔丰齐齐起身应道:"汪大夫之深切教诲,我等必铭于心,笃而行之。

迷仙阁里,几个侍女合力抬着一只又长又宽的木匣进来,缓步绕过屏风,在后面的供桌上甚是小心地放好。

接着,她们打开匣盖,从里边共同扶出一根浅紫色的水冲奇石,高达一尺六寸,显然便是石宝轩送过来的天根阳石。

宋紫荷坐在梳台那边,静静地瞧着她们将阳石放稳立正,不由得幽幽一笑:"原来有人想以形补形啊!"

"绯梦姑娘，你已经让好几个男人不能尽兴了。"一个侍女只得实话实说，"上面有人想用它来中和你的魅力与玄阴之气，使客人们多玩几刻钟——花楼里也多赚几千两银子。"

"中和？怎么个中和法？"宋紫荷把玉梳在手里拈来拈去，"其实呀，有它在这里，只会另有坏处的……"

"先在这里放几天吧！若是绯梦姑娘还不满意，就撤了吧。"随着柔丽平和的话声，屏风那边盈盈转过来一个玄衫绝色女子，赫然正是陈如意。

"我……我认得你。"宋紫荷手中玉梳一定。当年，父亲宋明德带她去常州做生意时，她曾在府尹陈若余宅中见过这位小姐。在她记忆中，陈如意是那么的清华高傲，没想到也会在这不人不鬼的地方出现。

"我也认得你。"陈如意的笑容里透着一股深深的苦涩，"是啊！没料到当年那么高华纯洁的两个女孩，却在这种地方殊途同归了！不是很讽刺吗？"

宋紫荷呆在那里，掌中玉梳"叮"的一声掉落在地板上。

陈如意丢了个眼色，侍女们立刻乖乖地退了出去，还把室门紧紧关上。她牵着宋紫荷到象牙床上款款坐下："实话告诉你，这迷仙阁邻近不久也会开一间醉仙阁，里边的绯莲姑娘就是我了。"

她讲完这话顿了顿，看着宋紫荷一脸的惊疑，又道："这没什么可吃惊的。你晓得新修的同乐楼那里来了一个名叫杏琳儿的良家妇人吗？她是被她的商人老公欢天喜地地送进来的。她老公为了谈成几笔大生意，便不惜让这杏琳儿在同乐楼里连续侍寝吴大人、贾大人、涂大人他们整整两个月，直到他们满意为止。这样的事情都有，还有什么事情不会有的？"

"陈小姐，你却不至于此的。"宋紫荷慢慢走去桌几那边给陈如意倒茶，忽又停了手，自己端着要喝，"你总不会也成了犯官之女吧？"

"宋姑娘果然是少见的好心人。乔红儿送给你的百叶香茶饼里含有催老促衰之毒,你宁可自己喝下,也不滥及他人!"陈如意眼波一动,语气微微发寒,"乔红儿本不认识你,只因你名头太响,她便动了嫉妒之心来暗害你——看来,本姑娘要下去好好教训一下她了。"

"不必。她送来的茶饼里有毒,我是知道的。我还嫌她的毒下得太轻了。我只想速速一死。"宋紫荷慢慢地喝着那茶,脸上一片澄定之色。

"那怎么行?那么多大人物喜欢你,你怎么能死呢?"陈如意一边咯咯地笑着,一边倚着桌几坐下,用右手中指蘸着茶水,在桌面上写下了一首短诗:"夕阳阁远树,春云散澄江。不见荡舟人,空对白鹤双。"

宋紫荷一见之下,立时怔住了,泪水夺眶而出——这诗正是寒山寺道衍师父所写的《绿洲曲》。她浑身轻轻震颤着,惊诧莫名地直视着陈如意:"原……原来……"

陈如意伸手一抚,将桌面上的茶水字迹抹去,笑吟吟地回视着她:"绯梦姑娘,未来的日子好着呢,你这时还想死吗?"

"那好,你既来当说客,我便有话直说。"宋紫荷迅速稳定了心神,脸上恢复了冰冷之色,提高声调说道,"你让他们也不要时不时给我下什么迷药幻毒了,我如今认命就是,乖乖当好凤仪楼的头牌花魁,只求他们在外面好好优待我的父母。"

陈如意心头一绞一痛:原来宋紫荷还不知道她的父母皆已被那些奸人陷害身亡了!她迟疑之间,又见宋紫荷目光闪动,心底暗想:也许宋紫荷已经猜到了自己父母的结局真相,便自己骗自己;另外,她又或许是强忍悲痛而故意佯装受骗、虚与委蛇,然后伺机报复。念定之际,她便向宋紫荷轻笑道:"好了,好了!我向大人们转告便是。听说今晚日本国有位平九郎大人点名要你陪侍,你只要真的表现好了，大人们一定会答应你的请求的。"

三只硕大的木箱并列摆放在净室的地板上，一名戴笠蒙面人于旁抱臂而立，凝肃之气四溢而出。

身着紫鹤云纹宽袍的封万尘面无一毫异色，慢慢走近第一口木箱，手中拂尘一甩，那箱盖随即一翻而开，里面全是黄澄澄的金锭，直映得他须眉洒金。他又朝剩下的两口木箱一挥拂尘，箱盖无风自启，一箱满是白莹莹的玉块，一箱满是亮晶晶的珍珠。

"我们玄门有一句名言：'玉屑金粉种灵丹，万钱难买通天药。'本座自是非常感谢胡相爷送来的这三份厚礼。"封万尘一一看罢，眉头动也不动，"可是这还差得很远——炼制万寿丹、驻颜丹、萦梦丹、化形丹，需要更多的纯金美玉和明珠宝石！你带话给胡相爷，让他多多搜寻而来，否则仙丹难成、大业难立！"

蒙面人目中寒光闪了几闪，嘴里仿佛含着一枚铁蛋，很生硬也很钝涩地用汉语讲道："仙长，胡丞相已经送了你这么多宝物，应该足够您祭炼一段日子了……"

"怎么，你替你家相爷舍不得了？你是谁？林贤也不敢在本座面前出口粗气吭个半声！"这时的封万尘言语之间煞气逼人，全然不似平日那般温良谦和。他那两道锐利森冷的目光仿佛把蒙面人脸上的青巾透射而过："原来你就是那个日本国的破月流剑道高手，没想到你和你的师兄都被胡相爷收在了帐下？"

方圆承一也就干脆摘下面巾，冷冷说道："你是中原道门的首领人物，还不是一样被胡丞相收揽在手了？"

"呵呵呵，本座和胡相爷只是互相交易而已，他可不敢命令本座一字一句。"封万尘容色一凛，森然答道。

方圆承一平日也曾见过封万尘，感觉他无甚出奇之处，所以对他这番话满是不信不服之色。

封万尘也不多说，随手从木箱中拿起一锭黄金，握在掌心中缓缓一捏，那鹅蛋大小的金锭，顿时碎成了一把细细的金粉。这一份纯厚非凡的内家功力，连方圆承一也不得不耸然失色。

接着，封万尘把这一把金粉往空一撒，又化为一团闪亮的"金雾"。在他的双掌翻弄之下，这团"金雾"在半空中渐渐浓缩、慢慢凝聚，最后竟然凝成弹丸大小的一颗金珠，滴溜溜飞转个不停。

方圆承一瞧在眼里，嘴上却毫不服软："仙长这一套手法可与东城紫虹桥下卖艺的浪人差不多！"

封万尘冷笑了一下，把那颗金珠拈在掌中："听闻你和姚广孝交过手？"

"姚广孝？谁是姚广孝？"方圆承一有些愕然。

"就是那个虎和尚释道衍。你觉得他修为如何？"

"他确实厉害，我不如他。"方圆承一老老实实地回答。

封万尘放下右手的拂尘，左掌托着那颗金珠："很好。你使出你的绝招，像当初对付姚广孝那样对付本座。"

方圆承一早就想试一试封万尘的深浅，便毫不客气，怪啸一声，竹枝剑以洞金贯石之力似电光石火一刺而出。封万尘不闪不避，原地不动，只是唇角依然挂着一丝冷笑。"嗤"的一响，方圆承一的竹枝剑竟似刺穿了一个纸人般从封万尘的前胸直挺挺地透心而过。他一怔之下，却见封万尘胸前居然滴血未流！

就在这一刹那，封万尘一掌隔空劈出，劲气如潮，他被连人带剑震得离地飞起，顿时感到身遭千刀万剐之剧痛，直痛得在半空中惨叫连连。然而，他刚一落地，身上所受之气劲便一瞬而逝，浑身的剧痛也立时化为乌有！这一下，方圆承一完全惊住了，只得心服口服地向封万尘谦恭之极地垂下了头。

"若是无事，你可以退下了。"封万尘淡淡地吩咐着，便向里屋走去。

"这个……这个……胡丞相还有话让在下带给仙长：这一次秋试会考的谋略布局，您这里应该……"方圆承一嗫嚅道。

"你转告相爷，请他放心，一切都在本座的操控之中。"

"胡丞相请问，您还需要他帮助什么？"

"暂时还不需要——相爷所做的，就是完完全全地置身事外，一丝一毫也不可授人以柄。一切，由本座来绸缪万全。"封万尘背对着他，头也没回。

"这个……这个……相爷说，决不能再出现上一次采星台祈雨法会那种失误……"

封万尘猛地回头，双眼寒光直射，利如锋刃，逼得方圆承一不敢对视："采星台祈雨法会之事，本座难道没有算准落雨的时辰吗？本座早算到了那天必会下雨，只是徐应杰没能坚持到底。而本座也没料到姚广孝他竟然从民间偏门之中学来了'以炮震云、冻气成雨'之秘术！至于这一次秋试会考，请相爷完全放心，本座决不会再失算再失手了，让他宁心定神静候佳音吧！"

方圆承一人只得向他连躬三下，身形一晃，便似鬼魅般从室内消失了。

封万尘也缓缓坐回锦绣蒲团之上，手掐法诀，闭目打坐起来。在他脑后的虚空之中，一轮深黄色的光晕乍然浮现，散发出一圈圈波浪状的光环，把他全身上下罩在当中。仔细看去，这一轮金黄光晕的中心，有一块晶莹透亮的玉璧正在悬空冉冉旋转。而所有的光环，都是它散射而出的。

突然，窗外一声重重的冷哼如石投水般传了进来。

圈圈黄光一闪即逝，净室之中立刻恢复如常。封万尘面隐怒色，长身而立，冷冷地看着窗口。

"果然是你盗走了皇极无双璧，那东华妙玉玦也在你手中吧？"周应泰仿佛从地底下冒出一般在他面前现身。

"想不到无影化血针都没能让你消停下来！"封万尘逼视着他，双目如炬，"你这几天都在明里暗里地窥视着本座。也罢，今夜本座就让你见个真章！"

周应泰摇头而叹："徐应杰居然会背叛灵应观而改投你为靠山，贫道真是想不通！"

"你想不通的事情还多着呢！"封万尘衣袖一展，冷然厉笑，"你知道谁是真神真仙？你知道什么是天机玄机？你知道本座究竟是谁吗？你又知道本座究竟想做什么吗？你还知道本座究竟能做什么吗？"

周应泰心头一震，深深地注视着面前这个封万尘，突然从他身上感觉到了一股莫名熟悉的气息。但转瞬之间，封万尘浑身上下似烈焰暴燃般亮了一下，刺得他双睛一痛——同时，封万尘散发出一股森寒沉峻的威煞之气直逼而到！

他"噔噔噔"后退了三步，肃然开口道："封万尘，你已经身为天下道士之首领，究竟还想做什么？你又想夺取什么天机玄机？"

封万尘凛然道："本座只想脱胎换骨、紫气飞升！对天下奇珍的需求自然是多多益善！"

周应泰冷哼道："原来你竟是一个走邪火入心魔的疯子！"

封万尘大袖往外一拂："你也配来教训本座？"只听"呼啦"一响，平地里一股风柱疾旋而起，猎猎有声，直向周应泰狂卷过来。

周应泰右手一扬，那柄龙骨石如意现于掌中，幻成一幕密密的七彩光网，将那股咆哮而来的风柱挡回。

"原来你得了一件旁门法器就敢前来挑战本座？"封万尘面色一变，"莫说这龙骨石如意不是什么宝物，就算它是先天灵宝，也难伤我一分一毫！"

周应泰沉声道："贫道知道你手中有皇极无双璧、东华妙玉玦，就尽管使出来斗一斗吧！"

封万尘的眼神显得阴狠至极："你可不要后悔！"说罢，他左掌一张，那颗金珠飞旋而出，升到半空，化作斗大的一团金光，呼然有声，直向周应泰当头砸下。

周应泰掌中的龙骨石如意也飞将起来，变成一条淡淡的龙影，旋舞而升，迎着那团金光一口吞去。只听"沙"的一响，封万尘幻化出来的金珠灵光凭空便不见了踪影，随即，那条龙影骤然变大，活灵活现，张牙舞爪，汹汹然挟风带雷，直向封万尘疾扑过来。

面对这龙骨石如意锐不可当的来势，封万尘面色冷峻之极，缓缓抬起右掌，平推而出，他掌心之中顿时绽开一团耀眼的金光，比方才的金珠灵光更亮更盛。

刹那间，龙骨石如意幻化出的那条龙影，在飞扑到封万尘身前四尺之处时定住了，仿佛被一道道无形的钢索紧紧束缚住了一般。龙骨石如意也不再盘旋着光影乱闪，只是凝固成了一条蛟龙之形的虚影，须爪尾鳞清晰可见。而且这条龙影似乎并不甘心被定在空中，仍在那里无声地挣扎咆哮，周围的空间都似要被它撕裂开来。

封万尘掌心中的金光一环接一环激射而出，往那龙影身上套了一圈又一圈，直束缚得整条龙影从里向外发出了爆栗似的咯咯乱响！

周应泰须发皆张，头顶汗气腾腾，拼命往那龙影之中注入内家真气，与封万尘死劲对抗，居然僵持了三四刻钟之久。

封万尘渐渐失去了耐心。他左手食中二指骈起，往虚空中轻轻一划，一弧青蒙蒙的光华似弯刀一般飞掠而出，宛若在轻风中飘浮着的一片孔雀之翎，极轻灵又极沉稳，若悬若升，微微颤动，杀气四溢。他面色一凛，大喝一声"疾！"那一弧青光似游电般暴射而下，以迅不可及之势直朝周应泰当头劈落。

周应泰此刻正在拼命运气之际,避无可避,只得暗暗念了一句梵音咒语。仿佛平地而起一般,一座高峻雄伟的虚影如山如岳在他身前猛涨而现,又似一堵沉厚无比的铜墙铁壁横亘在他俩中间。那一弧青光劈将上去,立时发出一声巨响,如中实物,宛若金铁交鸣。火星四溅之下,那座山形虚影兀自巍然不动。

封万尘紧紧盯视着的瞳眸微微一缩:"好啊,你居然还借来了宗泐那秃驴的天来峰怪石!难怪你今天敢有恃无恐地闯进来!"说着,他意念一动,那一弧青光"嗡"的一声骤然变得更加明亮夺目,锋利如刀刃,气势如长虹,"嗖"的一声锐响,又朝天来峰虚影之上一劈而下。

只见一串火花四迸而飞,那弧犀利无匹的青光就如同破开了一层沙墙般,从天来峰重重幻影之中贯穿而过,在周应泰胸前轻轻一划,周应泰闷哼一声,衣襟上竟有一丝丝鲜血直沁而出。

封万尘阴冷地笑道:"可惜啊!天来峰再坚硬也不过是一块顽石,哪里挡得住东华妙玉玦的锋芒!等一下,看看你承受得了皇极无双璧和东华妙玉玦的两面夹击吗?"

周应泰也知道到了千钧一发的危急关头,铁青着脸,嘶吼一声,咬破舌尖,朝着半空中被定住的龙骨石如意猛地喷出一股鲜血。轰然一响,那龙骨石如意通体红光一闪,倏地挣破了那一圈圈光环,然后它一晃一旋之间,乍然爆裂开来,颗颗石粒化为万点流星,在哧哧尖啸声中四散激射,如蜂如雨,密密麻麻,朝着封万尘全身上下笼罩而来。

"你——"封万尘惊呼未绝,急忙以袖掩面,全身立刻现出一轮金灿灿的光环,仿佛将他的躯体牢牢实实地包裹其中。只听"乒乒乓乓"一阵乱响过后,场中情景一切回归如常,只是封万尘身躯二尺开外的圆圈边缘，散落了数不清的点点星屑、粒粒碎石。

封万尘缓缓放下大袖，脸上一片乌紫。他的眉心处一点殷红徐徐渗出，凝成了一滴血珠——还是有一粒碎石星屑击中了他的要害之处。他微微喘息着，沉沉地看着颓然坐倒的周应泰："你真蠢！拼着舍了一件秘宝、舍了二十年功力，就为在本座这里得到这样一个结果？你真蠢！"

周应泰捂着胸口，几乎要咳出血来："我这一招是舍掉了二十年功力，也毁掉了这件龙骨石如意，可是也换来了你半年之内无法正常运用真气内力。只要半年时间，姚广孝他们便能揭破你们的一切黑幕了！"

封万尘直盯着他，脸上肌肉一阵抽搐，手掌举起又放下，放下又举起，举起再放下，终于长叹一声，转过身去，慢慢走入了虚空之中："你够狠！你回去带话给姚广孝，叫他不要再来惹我。当然，我也不会去惹他。他最好明智一些，本座只想得到'五方五玉'。其他的事情，自有第三者与他结缘。"

第五十四章
锦衣

那块瓷白的龙龟石在道衍的掌心之中缓缓悬空旋转着,色泽变得越来越温润,纹理也变得越来越清晰,形态更是越来越灵动。道衍静坐如石像,左手虚托着它,庄严似一尊佛陀。

一两刻钟过后,他徐徐睁开了眼,却见黄子澄弯着身子凑在他面前诧然道:"姚先生,您这是在干什么?"

道衍敛了真气,从容答道:"小僧在祭炼手里这块龙龟石。"

黄子澄惊得跳了起来:"您祭炼宝物,怎么不到后山腰的采星台大铜炉那里去?那里才有香有火,才能炼制宝物嘛……您这禅房里又没有火焰……"

道衍一笑:"我等法门中人,祭炼宝物确实离不开火。不过,这火是我们的'意念之火''心阳之火',而不是看得见摸得着的凡间之火。当然,你也无须知道这么多了。说吧,你今天又带了什么诗文来小僧这里切磋交流?"

黄子澄恭恭敬敬地奉上几张纸笺:"小生这里有一篇《明王正心以平天下论》,请姚先生赐教。"

道衍接过纸笺,细细看来,只见上面写道:

天下之平,在于何也?若有明王起,人心世事必随其之转移而趋变焉。所以，平物靖事，在于明王之正一心也。明王戒因循，则疲庸淹废之员将因愧而生奋；明王恶贪墨，则赃私狼藉之吏或改节而易行；明王拒钻营，则谄媚躁进者有所畏而不敢；明王杜逢迎，则察颜观色者无所利而自沮。明王布公道，则怀私挟诈者不行；明王重直言，则蔽聪惑明者必少；明王崇气节，则厚颜无耻之徒无所容身；明王贵忠义，则效死勿去之士接踵而至。

　　明王之大欲，乃天下之大欲；明王之大恶，乃天下之大恶；明王之好恶得其正，则天下之好恶得其正。诚能扩天地之量，以公喜怒之端，而泯物我之私，虽亲而不受其壅，虽贵而不受其挠，风行草靡，上施下效，种而无不生，炊而无不熟，呼而无不应，何忧天下之不平？何忧盛世之不治？

读罢，道衍放下纸笺，伸手捏了捏自己的鼻子："好酸，好酸！这文章酸得连小僧的牙齿都快掉下来了！"

"姚先生莫要取笑小生了。"黄子澄脸上红了一大片。

道衍把纸笺递回他手里，道："虽然你的文章十分酸涩，但还是于圣贤之道有所感悟，写得也有条有理、中规中矩，算是上榜之作。只是下去后要多出新意，方可更上层楼。"

黄子澄喜出望外："谢过姚先生指教，小生下来必当多加练习。"他话未讲完，却是伸手按嘴打了一个哈欠，便要告辞而去。

"慢！"道衍唤住了他，"你怎么看起来这般无精打采？是用功太勤、熬夜太深，没休息好吗？"

"姚先生，小生也不知是怎么回事，在这天界寺的日子，小生晚上要么在床上久久不能入眠，要么一睡进去便噩梦连连，真是怪了……"

道衍微微皱了皱眉,让他伸手过来摸了摸脉象,面色一沉,看向道涤:"他的饭菜没有问题吧?"

道涤急忙禀道:"师兄,您和黄公子的一日三餐及端茶送水,都是在我和道洁的监视之下的,谁能在这里面做手脚?"

道衍身形一起,道:"黄公子,请让小僧到你的住房去看一看。"

在黄子澄所住的癸字间厢房里,道衍一边转来转去地察看着,一边问道:"你住进天界寺后,有什么外人来看望过你吗?"

"除了吴可远公子经常来之外,我先前在同德客栈的几个文友,邓少贤、卢午胜、包公望他们几个来过……"黄子澄边忆边答。

"他们可曾给你带过什么东西?"

"有一次他们带了一些时令瓜果来,可是道涤师父已经验看过了,没什么问题。是吧,道涤师父?"

道涤点头答道:"当时确实验看过了,那些果品他们也都吃了,没什么蹊跷之处。"

道衍的目光在屋里四处打量着,忽然落在了书桌上一方色纹奇特的石砚那里:"好一幅蛙莲满塘图,看上去来历不凡。"

"这方天石砚确实奇妙,是吴可远赠送给我的。"黄子澄连忙介绍道,"姚先生,吴公子还告诉了我一个它的奇特之处……"他端起茶杯,向天石砚中那只青蛙背上的窍孔里倒下,茶水似银线般从蛙口喷流而出,泻满了整个砚池。随之而来的,是一股淡淡的异香,飘散开来,沁人心脾。

黄子澄喜盈盈地说道:"怎么样,这注水生香之法很奇妙吧?这香气也很好闻吧?"

道衍深深地嗅了一下,脸上微微泛起莫名的笑意:"不错,不错。注水生香,天石砚果然是件奇宝。"

他沉吟了一番，突然伸手拿起了天石砚，爱不释手地看了又看，然后又厚着脸皮问黄子澄："黄公子，小僧与这天石砚颇有眼缘，你送给小僧好不好？"

道涤在一旁简直看不下去了，觉得师兄实在是脸皮太厚了，急忙阻拦道："大师兄，你怎么能这样？这是黄公子的心爱之物，怎能随便索要？"

"你莫管！黄公子，你愿不愿意？"道衍逼问道。

黄子澄踌躇片刻，道："罢了，罢了，君子成人之美，姚先生既是这般喜欢，只管拿去便是了。"

"可这天石砚是吴公子送你的呀。若是吴公子见它不在，向你问起时，你怎么说？"

黄子澄眨巴着眼睛，很认真地问道："您希望我怎么说？"

道衍咳了几声："小僧希望吴公子不知道是小僧'夺人所爱'了。"

道涤在旁边直翻白眼。

"那小生就说说把天石砚送回老家珍藏起来了……"

"那也不行。你这个借口，吴公子是不会相信的。"道衍笑笑。

"还是请您告诉我怎么说吧。"黄子澄很无奈地道。

"你告诉他，宗泐方丈一向喜欢奇石，是他看中了你这方天石砚，所以借去和小僧共赏了。"

道涤不由叫道："大师兄，您这手转星移的技法越来越高深了……"

道衍轻轻摩挲着那方天石砚，兀自嘿嘿笑着对黄子澄道："黄公子，你确是秉性大方的好公子。因着这一份大方和大气，小僧会好好回报的。你的大气，有时候就是你的救星、福星，知道吗？"

"衣服这件东西，有时候就不需要有那么多山山水水、花花草草、虫虫鸟鸟的图案，谁也不会天天穿晃人眼睛的戏服上堂办事吧？"高坐金殿龙椅的朱元璋一边说着，一边瞧了瞧自己身上那套十分简洁的盘领窄袖明黄袍，淡淡笑道，"不过，朕赏给你们拱卫司臣工的特制官服，却硬是要鲜亮夺目、标新立异，要让所有的人看在眼里、记在心底！"

空阔的大殿之上，跪拜着马文锐和拱卫司卧龙署、猛虎署、飞鹰署、灵蛇署、天马署等十二官署的头领人物，以及数十名拱卫司骨干人员。他们一齐仰望着高高在上的朱元璋："臣等恭谢陛下隆恩。"

朱元璋抬了抬手，云奇立即带领内务署十余名太监各端着十余件衫服叠件托盘出来："这是陛下对拱卫司大人们的特殊恩宠。"他走到左首的马文锐面前，取过一件圆领窄袖衫服，一抖而开，只见五彩缤纷的锦绸之上绣着金丝银线的补色，竟是龙首鱼身、生角长翼的龙鱼图纹，其形一扑一腾之际显得跃跃欲飞。马文锐和十二署头领见了，不禁个个看直了眼。

朱元璋又道："你们是朕最可靠的耳目，也是朕最得力的爪牙。你们来自三教九流，但朕不拘一格、唯才是用！朕要用你们去探察常人探察不到的真相，朕也要用你们去对付常人对付不了的敌手！你们的总供奉是洪德公，当年便是纵横四海的丐帮老帮主，由他和其他高人来调教你们，自当是英才辈出！朕现在特赐你们一大特权：让你们可以锦衣怒马、踏平天下！这便是朕为你们特制的飞鱼服！怎么样，漂亮吧？朕希望你们今后办事也如同这件飞鱼服一般漂漂亮亮的！"

马文锐领着十二署衙头领分别换上了飞鱼服，一个个全身上下显得光鲜亮丽、焕然一新。云奇拍手道："各位大人真是托了陛下的洪福，变得这般神气、这般威仪了！"

朱元璋背负双手，缓步走下丹墀，踱到他们面前，慨然言道："朕当年与你们拱卫司的前辈洪德公、铁冠道人、布袋和尚等高人一起反元复汉之时，我们的初心就是除暴安良、济世救民！而今，洪武之治，天下无盗无匪、无贪无邪，自然也就应该无侠无杰了！他们当年除暴安良、济世救民之初心，便由你们拱卫司的臣工们继承下来！朕希望你们为了大明为了百姓赴汤蹈火、精忠纯一！"

马文锐率所有拱卫司人员齐齐磕下响头："臣等自当为国尽忠、万死不辞。"

朱元璋容色一敛，又拍了一下手掌。云奇向外一招手，又有十余名太监各自端了托盘上来。众人望去，看到前面几个托盘里放着金丝龙纹腰带、纯银嵌珠三宝匕首、泰西水晶镜片等珍稀物件。

朱元璋随手拈起那条金丝龙纹腰带，往自己腰间比画了一番，笑盈盈地道："你们看，这样的腰带再配上你们身上的飞鱼服，一定会更加阔气、更加神气吧？是不是谁都想配上这么一条腰带啊？"

那十二署头领和其他拱卫司骨干吏员听得心花怒放，笑得似乎连嘴巴都合不拢了。只有马文锐面色如冰，冷肃之极，眉宇间更是阴云密集。

朱元璋蓦地一翻脸，将这条金丝龙纹腰带往地板上重重一摔："错了，你们都想错了！这些东西可不是奖励给你们的珍品，而是你们拱卫司中的败类收下的贿品！"

十二署头领和在场拱卫司干员们顿时脸白如纸、气凝如石，慌忙不停地磕头。

朱元璋站定身形，双手抱胸，微微眯眼，目光里充满了一种从未有过的寒意。

只听得"哗哗啦啦"一阵镣铐声响，三个拱卫司干员模样的犯人被一队禁军武士押将上来，在大殿一边深深跪下。

马文锐及十二署头领齐齐伏首在地，一口大气不敢多出。

朱元璋走到第一个拱卫司干员犯人面前，居高临下地看着他，对其他在场的所有拱卫司吏员说道："你们司署里的这个败类，为了一块泰西水晶镜片，竟然去干预镇江府的当地官司，为不相干的人徇私说情！既是如此，便依你们拱卫司的'家法'，打断他的一双'脏手'，再送官府法办吧。"

他话犹未了，四个禁军武士过来，把那犯人拉到殿堂一角，两个武士紧紧按住他的双臂，两个武士挥起浑铁棍狠狠砸下。一声刺耳的惨叫破空而起，殿中之人除朱元璋外均是惊得全身一颤——仿佛这重重一棍打在了自己身上。

朱元璋继续冷笑道："你们看好了，倘有违法乱纪之举，朕这廷杖之刑也不单单是打外朝的文臣武将，内廷的宦官侍卫朕也一样照打不误！下面这一个拱卫司败类，贪名图利，专往权势之门趋走；既是如此，就打断他的两条狗腿吧！"

又是一声尖厉的惨叫响起，在大殿之上余音绕梁，久久不息。

朱元璋用右手指了指地板上那条亮灿灿的金丝龙纹腰带，沉声沉气地道："这最后一个拱卫司败类最为可恶，居然敢瞒着上司与外臣私下串联、跑风漏气！你们说怎么办呢？"

马文锐战战兢兢地答道："启奏陛下，背公立私、擅交外廷者，自当碎尸万段。"

云奇叹了一口气："诸位大人，此处乃是金銮宝殿，不是屠狗宰猪之所。"

朱元璋凛然道："罢了，罢了，这样吃里爬外的狗东西，就用他贪来的这条金丝腰带把他勒死，吊在拱卫司大门上示众三日！"

那犯人鬼哭狼嚎地求饶，被殿前禁军硬生生地横拖了出去。

猛虎署、飞鹰署、灵蛇署的三个头领忙自觉自动地跪上前来："此等败类出在臣等辖下，臣等自甘领罚。"

朱元璋瞟了瞟马文锐："马爱卿，你觉得应该怎样定罚？"

"启奏陛下，这三位主事驭下无方，赐杖四十棍；老臣亦系管理不力,领杖五十棍。"马文锐平平而答。

"四十棍?五十棍?"朱元璋唇角飞起了一丝冷笑,"会不会太轻了?"

马文锐徐徐答道:"依拱卫司的家法而断,臣等该是如此受罚。陛下若有格外之恩典,臣等自是甘之如饴。"

"罢了,罢了,你的责罚今天便免了吧。把这三个拉到外边去受杖吧。"朱元璋缓缓踱回龙椅之处,"你们也莫要蔫了。朕还告诉你们一个好消息,太子向朕建议,鉴于拱卫司劳苦功高,其规格应该提高,由司署升为卫所——升为唐代时期同等的'千牛卫'。但朕觉得'千牛卫'这个名字不太响亮。而且,朕的拱卫司也不单是拱卫皇城,你们还都是'如朕亲临'的'锦衣钦差'——朕在时机成熟之际,升格你们为'锦衣卫'吧!"

马文锐等在场所有拱卫司人员听到此言后,不禁喜出望外,山呼万岁,连连叩头致谢。

此番接见终于结束,朱元璋留了马文锐一人在殿听训。他对马文锐换了一副语调,宽颜而道:"文锐,你姓马,你是朕的妻弟,也是大明的国舅,朕用你的就是一个血写的'忠'字。拱卫司乃国之利器,你可一定要替朕好好把守啊!"

马文锐重重叩首:"陛下之倚重信任,老臣自当肝脑涂地而报之。"

朱元璋微一颔首,忽然从袍袖中取出一团白莹莹的香球形雨花文石,递给了马文锐:"你觉得这块雨花文石怎么样?"

马文锐一怔,不明白朱元璋为何在此时此地询问他这个莫名其妙的问题。他仔细瞧了瞧那团雨花文石球,老老实实地答道:"此石不甚出奇,应该不太珍贵。"

朱元璋笑得很冷:"你再摇它一摇。"

马文锐照着朱元璋的吩咐,把这团石球握在掌心轻轻一摇,里面竟发出了滚珠一般的玲玲声响,甚是悦耳。他吃了一惊:"启奏陛下,原来这是传闻中的'石中石',委实有些珍稀。"

"看来你也有些眼色。不错,这是石宝轩卖给外邦夷商的一块奇石,你认为价值几何?"

马文锐知道应天府石宝轩的石品一向售价颇高,就支起胆子答道:"依老臣之见,这石中石百年难遇,其价应在三百两白银之上。"

"你真是大大低估了它的价值。"朱元璋哈哈大笑,"这块石中石可是出到了八百八十两白银的高价钱卖给了天竺国的一个夷商。"

马文锐不禁失声感叹:"石宝轩能与夷商如此高价交易,真是好大手笔!"

朱元璋笑容一敛:"正所谓'物反常,必有因'。马爱卿,你莫非认为外夷人氏会笨得像猪一样任我汉人随意宰割吗?"

"这……这……老臣请陛下赐教。"马文锐急忙低下头去不敢多言。

朱元璋娓娓讲道:"你有所不知,这块石中石是工部的贾信自称为祖传之物而挂在石宝轩柜台里转卖出去的。石宝轩只收了五十两白银的代卖钱,剩下的八百三十两银钱全进了贾信的腰包。"

云奇在一旁哧哧笑道:"贾大人这财运走得可真是便当……"

马文锐面无异色,仍是恭敬而听。

朱元璋瞥了那石中石一眼,又慢声慢气地说道:"不过,那个天竺商人一转手又把这块石中石卖给了苏州富商徐立诚,价钱是九百三十两白银。天竺商人从中间赚到的差价也只有五十两银钱。但是,徐立诚刚在这边买到这石中石后,他家承建扬州府六所普济院的消息就立刻落实了——你猜,这批文签字的是谁?"

马文锐长叹而答:"莫非正是工部的贾信?"

"除了他还会有谁呢?"朱元璋面色沉沉,"据粗粗估算,徐立诚将从这六所普济院修建中获利两千两白银!而这两千两白银可是从朕的国库里硬生生'刨'到他们碗里的！"

云奇气极而道："想不到如今的贪贿之徒竟是这般老奸巨猾！"

"你想不到，他们拱卫司的人却应该想得到。"朱元璋从龙椅上深深俯视着马文锐，"你们拱卫司可是朕的'御猫'，外边的'硕鼠'那么狡猾歹毒，你们这些'御猫'可要比他们更加机智、更加聪明才是！对也不对，马文锐？"

马文锐惊得把额头在地板上咚咚磕响："臣等一定尽心竭诚，不负陛下所望。老臣下去后便将贾信拿了下狱！"

"暂时先不要动他。"朱元璋摆了摆大袖，"马爱卿，你且来给朕禀报一下近日京中的要事、秘事。"

"启奏陛下，猛虎署供奉周应泰前去挑战道录司左正一封万尘，似乎并未占到什么上风。"

朱元璋眉头一皱："真的是封万尘从释道衍手中夺走了宋明德准备献给朕的秘宝？"

马文锐很小心地回奏道："根据拱卫司收到的每日情报汇总簿册上所记载，道衍师父那一日在寒山寺被蒙ជ人夺走西厢房所藏秘宝之时，封万尘正在近千里之外的通明观主持祈雨法会的筹备事宜……"

"但释道衍总不会无缘无故揪住封万尘不放吧？罢了，这件事情还是由佛道两派自行解决吧，朝廷不必过于介入。"朱元璋挥了挥手又问，"还有其他事情奏报吗？"

"近来应天府齐云观里出了一个自称太平天君的乩仙，似是十分灵验，京内京外有不少士民前去求教趋避转化之道。"

"派几个精干人员去盯牢了，免得有人以乩仙之名装神弄鬼、骗钱害人！"朱元璋凛然而道。

"老臣一定奉旨照办。另外，礼部吴靖忠侍郎正在广泛搜集各州各府之旧望世族的家谱，并要求各地望族上报贤明子弟之名单。"

朱元璋微微一愣:"礼部这是在绸缪推行'家风家教'之德治方略?看来吴靖忠他们也并不是光吃白饭,还是在为朕的文治之道绞尽脑汁嘛……"

马文锐伏在地上,并不多插一语。

朱元璋抬手示意,云奇连忙将那块石中石奉回到他的右掌之上。朱元璋将其在掌心里慢慢转动着,仿佛在侧耳倾听它里边传出的玲玲之声。他缓缓道:"官办花楼已经建起了七八座,这二十多天来的花税银两才交上来六七万两。胡惟庸不是保证一个月内要交二十万两吗?这二十多天里,至少可以给朕交十万两吧?!朕还没有追算明州府、杭州府、无锡府、常州府、扬州府这几个花繁柳茂之地的花税银钱呢!户部这几日抠抠索索地只报来了十一万两左右!呵呵呵,你们相信吗?苏州的魏忠明当时为了戴罪立功,就一次性上交了六万银两!他硬是要比这些同僚更能干些?"

云奇和马文锐深垂着头,不敢回答。

"云奇,你把中书省给朕的'借口'复述一下。"

"启奏陛下,中书省的回复是——外夷人氏贪图花楼美妓者,多是出于一时的新鲜感,谁也不能天天把这倚红偎翠当饭吃,他们玩腻了也就不愿多花钱了……而且,花楼是挣了十七八万两,但是扣除各项成本开支,也只有这么六七万两的纯利润了……"云奇低低地说着。

朱元璋瞪着马文锐:"马爱卿,你觉得他们的这番说辞真实合理吗?"

马文锐在地上连连磕头:"陛下,拱卫司设在官办花楼里的内线正在对中书省报来的这些情况暗访密察,稍等几日便有结果了。"

"看来,你们的行动还不够快捷啊!"朱元璋的语气寒如冰刀,"朕从另外渠道得到的消息是:胡党从包括应天府、明州府、杭州府、常州府等江南要地在内所聚敛来的花税银钱一共有六七十万两,扣去成本开支，还盈余四五十万两，但他们上交给朕的就只有这十六七万两！朕原本还要把这官办花楼开到山东的济南府、河南的开封府、关中的长安府……不过，朕铺的摊子越多，好像被他们截留得就越多……马文锐，你们这些'御猫''御狗'，就是这样给朕看家守财的？"

马文锐慌忙答道："陛下，臣等枕戈待旦、万事俱备，只等陛下一声令下便收网出击。"

朱元璋把掌心那块石中石紧紧一捏，从胸腔深处缓缓吐出一股长气来，容色这才慢慢静定如潭。他心底暗想：待这一次秋试会考结束之后，朕网罗了一批新秀人才，便可以对明廷官场来一次从上到下的大换血、大清洗。唯有如此，朕才不会被胡党蒙蔽窃利！

他心念澄净之后，忽又开口问道："拱卫司近期可发现胡党一派对秋试会考有什么染指的吗？"

马文锐思忖片刻，小心之极地答道："启奏陛下，秋试会考的三个主事官一直在拱卫司飞鹰署的严密监视之下，目前尚无异动。胡党那边也没什么人物和他们私下勾连。中书省对秋试事宜也一直显得漠不关心。"

朱元璋认真听罢，眉宇间不禁溢出一丝惊疑之色："奇了怪了，胡惟庸他们竟会这般顺从、这般听话，对事关全局的秋试会考居然毫不插手、毫不捣乱？他们明明知道朕要从秋试会考中选取新人成立通政使司以取代中书省，他们就这样俯首认输了？这似乎有些不太正常啊……"

云奇恭然言道："陛下，胡惟庸他们应该也是觉得大势难逆、圣意难违，所以他们也不敢作怪吧。"

朱元璋没有答话，而是低眼紧盯着自己掌中那块被摇转得玲玲作响的石中石，森森然自语道："哼，他们最好有这个自知之明，否则……"

第五十五章
考题

夫子庙东厢房的丙字间里，青铜博山炉上香烟袅袅，令人闻而提神。桌几上摆满了糕点、蜜饼、甜瓜、水果等，缤纷塞目，显得十分鲜美丰盛。

这一切的优厚待遇，都是朱元璋特旨提供给秋试主事官们的。汪广洋和田尔丰、刘三省他们一样，独自闭门坐在这房间之中，一边享受着这些优待，一边却丝毫不敢怠慢。他右手拿着巾帕慢慢地擦拭着自己害了"风热之症"而常常溢泪的眼角，左手拿着一块西洋水晶镜片，仔仔细细地观阅着朱元璋让云奇送过来的秋试考题备选帖子。

这张帖子上写满了八十一道秋试策论题目，既有汪、田、刘三位主事官自己拟送的，也有朱元璋从其他渠道收集来的。而汪广洋今日则必须从中选取九道题目呈给朱元璋最后圈定，三日后公布于考场。这些备选题目分别是从以儒学、道门为主的诸子百家之经典语录中摘取出来的，其内容深浅不一，各具意味，如：

《论语》中"子曰：出门如见大宾，使民如承大祭"；
《大学》中"物有本末，事有终始，知所先后，则近道矣"；
《中庸》中"君子远之则有望，近之则不厌"；

《朱子》中"徒明不行，则明无所用，空明而已；徒行不明，则行无所向，冥行而已"；

《朱子》中"凡人所以立身行己、应事接物，莫大乎诚敬"；

《程氏易传·晋传》中"损者，损过而就中，损浮末而就本实也"；

《道德经》中"宠辱若惊，贵大患若身"；

《道德经》中"圣人无常心，以百姓心为心"；

……

他一道一道地斟酌着、权衡着，考题是朝廷用以选拔人才的绳尺，可以测试出士子的学识和阅历，一丝一毫也不能轻忽！例如，《中庸》里"君子远之则有望，近之则不厌"这句箴言，是喻指仁人君子修身养性后的良好效果，虽于官德官风之建设颇有指导作用，但于国计民生、处事行道关系不大，可以划掉。《道德经》中"宠辱若惊，贵大患若身"这句，虽有问心自敛之进益，但毕竟阐述发挥之空间不大，也可划掉。《论语》里"子曰：出门如见大宾，使民如承大祭"透着为官为政持重深慎的庄敬气象，而且也是自己先前拟送的，可以入选为考题。还有《道德经》中的"圣人无常心，以百姓心为心"堪称至理名言，也可入选上报……

他一边圈圈画画，一边又在心底暗想：朱元璋这一次把自己推出来做秋试会考的主事官，分明就是利用自己与胡惟庸在政见上的不合，让自己出头当胡党一派在吏治上的"掘墓人"，帮助朝廷以秋试为平台选出胡党的反对者。可是，胡惟庸和他的党羽被扳倒之后，中书省甚至被裁撤之后，一切便会万事大吉、风平浪静了吗？新设的通政使、通政司，今后难保不会成为第二个胡惟庸和中书省吗？陛下莫非还真想彻底破除了这千百年一直施行不辍的"君相共治"之官制格局吗?……

他心念一定,目光一敛,在眼前《孟子》一书中"仁者无不爱也,急亲贤之为务"这个题目上画了一个大大的红圈:刘邦尚有萧何辅助,李世民尚有房玄龄为相,哪一个君王能离得开贤相辅弼而自己一个人在朝堂上唱"独角戏"?这可是治国理民之正论!

把剩下的题目全部看完之后,汪广洋圈好了九个考题,这才长舒了一口气,拿过瓷盘上的甜瓜切片,慢慢啃了起来。同时,他轻轻摇响了桌角的铃铛。

"吱呀"一声,房门开处,云奇趋步而入,微笑着问:"汪大夫,您建议给陛下的九道考题可是圈好了?"

汪广洋将那张自己亲笔圈过的考题备选帖子细细折好,用红绳系了,装入一个专用木匣之中,外边再用封条贴了,盖上自己的私章,双手托着交给云奇:"老臣已经专心拟好,请云公公转呈陛下最终裁断。"

云奇伸手接过,却又从袍袖中取出一方紫檀木匣,递给了他:"汪大夫,这是陛下赏赐给您的。"

汪广洋郑重接过打开,只见匣中放着一块纹若碧波而层层叠绕、恍若一片海洋之图景的雨花玛瑙石,不禁惊问:"云公公,这是……"

"陛下从石宝轩进献的贡石当中,选了这块'海澜之石',认为它的图纹正巧符合您姓名的意象,特赐于您,以褒奖您近来的忠勤尽职之功。"

汪广洋把那块"海澜之石"托在胸前,深深谢道:"老臣何德何能,竟敢虚受如此隆恩?"

云奇又道:"陛下说了,这块'海澜之石'你还可以随时去石宝轩兑换出一千两白银用作他途。陛下知道您清廉得紧……"

汪广洋热泪盈眶,重重叩首:"陛下仁泽入微,老臣感激不尽。"

云奇咳嗽一声,待他平静下来,这才敛起容色,凛然言道:"另外,陛下有口谕:从现在起,为了保密周全,就令汪大夫一人留居这厢房之中,不与任何外人联系,定心自守,勿泄勿失,一直到九月十五日辰时再出来主持考务。"

汪广洋肃颜而答:"老臣一切谨遵圣谕。"

云奇告辞之后举步而出,"咔嚓"一响,在外面把房门紧紧锁了。

同德客栈的一间厢房里,在明亮的烛光下,鄂州士子邓少贤正在伏案攻读文章,准备着明天辰时的秋试入场竞考。

"吱"的一响,房门被轻轻推开,却见他的同年好友卢午胜满面堆笑走了进来,一手把房门反锁了,然后嘻嘻笑着走到邓少贤面前:"邓君,你还在练笔习作?"

邓少贤停下了笔,拿过茶杯喝了一口:"熟能生巧、勤能补拙嘛!邓某哪里有卢兄这般才气过人?!"

卢午胜背着双手在屋里踱了好几圈,才正容问道:"邓君,说实话,你我关系如何?"

"我俩的关系自然是没得说啊!"邓少贤一怔,"怎么,你有什么事情要找我?"

卢午胜凑拢过来,压低了嗓音,神神秘秘地道:"邓君,实不相瞒,卢某今日从太平天君乩仙那里求到了明天秋试三道考题的具体内容,这可是天大的幸事!你的文笔不错,卢某把考题分享于你,但你要帮卢某拟好三篇论文,如何?"

邓少贤看他兴奋得满脸潮红的模样,冷然一笑:"卢君,你现在越来越走火入魔了!又是齐云观那个乩仙?他居然还能告诉你秋试考题？你别是又在做梦吧？"

"你休要取笑我！我卢某人现在脑筋清醒得很，而且比其他任何时候都要清醒！"卢午胜眼中光焰跳动，"这一次太平天君是把解乩师丹泽子道长都屏退了，把那三个题目明明白白在沙盘上写出来告诉卢某的。那位乩仙算无不中、灵验之极，不由得卢某不相信啊！……"

邓少贤想了想，道："这考题可是陛下近日才御笔钦定的，并紧锁在夫子庙的金柜密匣里——这个乩仙真能算得出来？这样吧，你把那三道考题拿出来给我看一看……"

"不行！你必须事先答应卢某，看了题目后，一定要照着这三个题目帮我拟写三份答卷，我才会给你看！"

邓少贤无可奈何，只得道："好吧，好吧，邓某答应你便是！你快拿出来吧！"

卢午胜这时倒是踌躇了好一会儿，才终于从袖中取出一张纸笺，放到邓少贤眼前。只见那上面第一道题是《朱子》中的名句："朱子曰：谨守规矩，朝夕模之，不暂废辍，积久纯熟，则不待模拟而自成方圆矣。"

邓少贤看罢，思忖片刻后说道："这题目出得切己平实，倒是不错。"

继续往下看去，第二道题目竟是《道德经》中的一段箴言："昔之得一者：天得一以清，地得一以宁，神得一以灵，谷得一以盈，万物得一以生，侯王得一以为天下贞。"

邓少贤读完，微显诧异："没想到这道题目居然出自玄门经典，但也意味深长，有些难写，有些难写！"

卢午胜紧张之极地盯着他："你再看这第三道考题！"

邓少贤注目而视，却见第三道题目是《朱子》一书中的"朱子曰：宰相以得士为功，下士为难"。他大吃一惊，仓促之间说不出话来：这个题目锋芒毕露，暗指当今的宰相"不以得士为功，亦不以下士为难"而纳士不精、用士不广！这分明是在考场上公开鼓动各位士子以手中之笔发泄对当朝丞相和中书省的不平与不满啊？堂堂一国之秋试会考，怎会出这般尖锐而刺眼的时论题目？

在他沉吟之间，卢午胜又塞给了他十两银子，恳求道："邓君，反正你喜欢练笔作文，你就赶紧照着这三个题目写好六篇论文，一个题目各写两篇，内容千万莫要雷同——一篇留你备用，一篇给我备用，如何？"

邓少贤坐回桌旁，连喝了三杯浓茶，才一拍桌面下了决心："也罢，反正这是乩仙出的考题，又不是真正的秋试题目，邓某就拿它们来练一练手笔吧！"

"古诗有云：'丹墀对策三千字，金榜题名五色春。'两位公子目前大考在即，不知有何感想呢？"

禅房的蓝布蒲团之上，道衍正身而坐，面含微笑，向黄子澄、吴可远款款问道。

吴可远双眉一挺，慨然讲道："南宋状元、一代诗豪陈亮写有一首《梅花》之诗，恰好道出了吴某此时此刻的心声，姚先生，您明白了吧？"

疏枝横玉瘦，小萼点珠光。

一朵忽先变，百花皆后香。

欲传春信息，不怕雪埋藏。

玉笛休三弄，东君正主张。

道衍听罢，徐徐颔首："吴公子志气高迈、信心满满，确非常人可比。黄公子，你又有何话说？"

黄子澄却从衣袖中拿出一张纸笺递了过来："小生还在思索如何做好这道题目……"

道衍接了一看，内容是《孟子》一书里的那段箴言："天下有道，小德役大德，小贤役大贤。"他不由得诧然而问："黄公子，你是从哪里找来这个题目的？"

黄子澄瞅了吴可远一眼。吴可远也道："姚先生，实不相瞒，这是太子殿下进献给陛下的备选题目之一……"

"殿下对二位公子真是寄望甚深啊！"道衍笑道，"不过，依贫僧之见，陛下未必会选定殿下进献的这个题目。"

"那……那……姚先生您便大显灵智，为我等射一下考题？"吴可远不硬不软地逼了上来。

"备选练笔的题目嘛，贫僧这里确有一个，你俩先拿去看一看。"道衍仿佛早有准备，从自己身旁的茶几之上推过来一张纸笺。

黄子澄、吴可远翻开那张纸笺一瞧，上面写的是《道德经》里的一段箴言："昔之得一者：天得一以清，地得一以宁，神得一以灵，谷得一以盈，万物得一以生，侯王得一以为天下贞。"

吴可远一见之下，容色微变："姚先生这道题目是自己想出来的还是从别人那里借来的？"

道衍淡然一笑："你先别管它是怎么来的，且谈一谈从何处着手破题？"

"以专精纯一之人，行专精纯一之事，述专精纯一之道，明专精纯一之效。"黄子澄沉吟着道。

道衍没有表态，看了看吴可远："你也是准备如此开卷落笔吗？"

吴可远拱手道："黄君言简意丰，确实已将此文写作之关窍点明无疑。"

道衍微一凝眉，缓声言道："两位公子，你们明日上场作文，写的是经天纬地之大计、吞吐风云之远略，怎可有如此学究气？金榜之文，还请用心三思。"

吴可远、黄子澄连忙恭敬地问道："小生等恳请先生赐教。"

"夜时将深，贫僧也就不再废话了。"道衍道，"《道德经》里这个题目，以当今政略而论，隐含的寓意是'官无二心、权无二用、利无二途，普天之下定于一尊'！这才是这个题目的破题关窍，你们懂了吗？"

吴可远、黄子澄细细品味之下，不禁拍手称绝："姚先生高见，姚先生高见！小生等受教了！必将举一反三，在考场上融会贯通、勇夺桂冠！"

道衍双目精光一亮，直视着他俩："能有如此慧根灵性，二位公子不愧为太子殿下所看重的英才。此时此刻，你们还有什么要紧的话对贫僧讲吗？"

他的口风是问面前两人的，目光却只落在了其中一人的脸上。

吴、黄二人齐齐道："小生等茅塞已开，多谢先生开窍明目之奇功。"

"那你们便早早休息去吧。"道衍双目缓缓闭上。

"这个……姚先生，请恕吴某再多一句废话：您就不担心胡党一派在此番秋试会考中玩弄手法、徇私舞弊，会将我等贬低压伏吗？"吴可远在转身之际忽又回头问道。

"只要你一心一意忠于陛下和太子，谁又能将你蓄意贬低压伏？"道衍连眼皮都没抬一下，似是不屑一答，"你们明日只管放心上场好好发挥。"

醉仙阁里，莺歌燕舞，脂香盈盈，乐音袅袅。

陆飞端着酒杯，望着南面粉壁那张字帖上宋代李元膺所作的诗

《秀女吟》:"小阁争筹画烛低,锦茵围坐玉相欹。娇羞惯被郎君戏,袖掩春葱出注迟。"他笑眯眯地对在旁劝酒的陈如意说道:"陆某书虽然读得少,但觉得这首诗写得好,把小美人的娇态媚颜描绘得太逼真了,让人看了恨不得搂上一搂!"

陈如意却是朝他深深而笑:"这首《秀女吟》乃是一位大人物赠予本阁的,据他说此中寓意极深。而陆公子你却一看便懂,确是天下奇才。"

陆飞哪里明白她话中这暗讽之意,只嘻嘻笑道:"那是!那是!通明观的大道长封万尘曾经给陆某算过八字,直说陆某乃是'富贵双全、红运绵绵'之命格……"

"哦?倘若真是如此,陆公子为何不去参加明天的秋试会考而头角峥露、名扬天下呢?"陈如意捧着白玉壶往他杯中再添了半杯美酒。

陆飞双眉往上一挑,笑得十分森冷:"陈美人,你这话说得离谱了!秋试会考是那小赤佬、穷书生们的出头之路,他们是稀罕得不得了,我陆某人还用得着去走这条道吗?"

"坊间到处流传,陛下对新科进士的态度比对那些豪门子弟更要喜欢一些?"陈如意满含微笑地刺了一句。

"原来陈美人你是在套陆某的话头啊!"陆飞一下把掌中的酒杯捏得死紧死紧。

陈如意掩袖一笑:"花楼女子爱风流——陆公子若能去科场考个进士回来,这里不知会有多少女孩迷上你的。"

"陈美人你这是什么话?我老爹为大明朝立下汗马功劳,硬邦邦的侯爷爵位,不比那虚官闲职好多少倍!就我陆某人这个正牌的苏州卫指挥使,进士们要花多少年才混得上?"

"陆公子讲得甚是。不过,我怎么听说陛下身边最切近的翰林院似乎很少有功臣子弟啊?"

陆飞似被点了穴道一般僵住片刻，嘴唇动了动，最后却说道："我干爹胡相爷说过，这场秋试科考一定会出一桩大事件，让有些人的'锅灶'烧不成……谁也不能骑在我们头上洋洋得意……"

　　"哦，胡相爷这话究竟是何意思？陆公子可否详谈一下？"陈如意眼底亮芒一闪，便把身子朝陆飞怀里倚了进去。

　　陆飞却喝着她伸手递来的杯中酒，眉开眼笑地说着："陈美人，我干爹也就只说了这一句话，哪里有什么可详谈的？别，别，别，让陆某再边喝边想一下吧……"

第五十六章
舞弊

"嗖"的一声锐响掠空而起,音若裂帛。那支箭矢化作一道灰影凌空直射而上,迅似闪电,渐去渐高,最后在人们的视线中缩成了一个小小的黑点,仿佛一直没入云端深处……

朱元璋仰着头直到盯着的那粒小黑点再也看不见了,才缓缓放下手中的雕花金弓,不轻不重地向身边侍奉着的云奇问道:"云奇,你素来不是目光敏锐过人吗?你看,朕今天这一箭射得有多高?"

云奇满脸堆欢,用右手搭着凉棚,眯着双眼往天穹中细看了一会儿,才含笑道:"陛下膂力非凡、日有精进,这一箭射得比上一次更是高了一两丈!"

"呵呵呵,你何必说这谎话来骗朕?上一次离今天是多久了?三个月了!朕又老了三个月,这一箭射到的高度能与上一次平齐,朕就要谢天谢地谢佛祖啦!"朱元璋说着从侍宦手上拿过一杯清茶咕嘟嘟喝了,这才转身往行在围帐外走去。

云奇兀自夸赞呼道:"陛下乃天纵之圣,永葆神力,所射之箭高与天齐,这是万民之幸、社稷之福啊……"

在一旁侍从的朱标却疾步跟上朱元璋,开口便劝谏道:"父皇以射箭练刀而强身健体,固是可取,但您这冲天之箭终有坠地之日,那时候便难免误伤到不幸之人……"

朱元璋倏地停下脚步，瞅了他一眼，并未多言，只是把腰袋中另一支箭矢朝他丢来。

朱标接了一看，却见这支箭矢只有一根光秃秃的箭杆，顶端并无锋利的箭镞，而且还用一块棉布包裹着，掉在人身上应该也伤不了肌肤。他脸上立时泛起一阵羞愧之色。

朱元璋重重地咳了一声，压着嗓子沉沉地训道："这世间就只有你一个人想当汉文帝、宋仁宗？你是如何看待你父皇的？你父皇在你心目中真的就只是汉武帝、唐太宗？"

朱标慌忙跪在地上："儿臣不明父皇之博仁神武，请父皇恕罪。"

"罢了，罢了，和朕一同去行在大帐那边议事吧。"朱元璋甩了甩袍袖，"胡惟庸应该等急了吧。"

黄缎大帐就搭建在夫子庙外南坝上，成了朱元璋临时治事理政的行在。而中书省左丞相胡惟庸确也早在帐门边垂手躬腰，恭候着朱元璋的大驾。

朱元璋一边往帐内大步走去，一边头也不回地问胡惟庸："胡爱卿，你从夫子庙考场正门那边巡察过来，看到各地士子踊跃入场，心中有何感想？"

胡惟庸跟在他身后进得帐来，脸上波澜涌动，眸中亮光流转，款款答道："启奏陛下，老臣今天目睹一个个士子昂首挺胸、意气风发地进入考场，确实心潮澎湃，有不少感慨。陛下记得吗？老臣也是陛下在大吴元年时开科殿试所选拔的状元。那一年，李老相国、诚意伯刘基、赞善大夫宋濂是主考官。老臣当年也是深怀着'致君尧舜上，再使风俗淳'的大志，心心念念想着为陛下肝脑涂地。这十多年来，老臣理庶务、协万机、供粮草、筹国财，一桩桩、一件件兢兢业业，幸得陛下宽容体谅才能腆颜居位至今。眼下，老臣也五十多岁了，有些力不从心了……陛下而今推陈出新，又准备亲手栽培一批新人入朝效力。老臣真是感慨万端，既为陛下高兴，又为老臣自己哀怜。老臣高兴的是陛下之雄图伟业'众星相拱'；老臣哀怜的是自己才疏学浅，已经快要跟不上陛下的步伐了……"

朱标在一边倾听着胡惟庸的这番娓娓长谈，不知为何，他心中暗涌而起的不再是反感和厌恶，而是一丝丝的同情。这位年近花甲的老人，若是没有暗地里招权纳贿、结党营私、胡作非为等桩桩劣迹，其作为和政声是不亚于唐初名相房玄龄、宋代贤辅赵普的。然而，胡惟庸终究违背了"致君尧舜上，再使风俗淳"的初心宏愿，堕落成一代奸相，真是令人慨叹不已！

"胡爱卿，你讲得极是。不过，依你所言，这番秋试会考应该是能够如期如愿顺利举行的了？"朱元璋避开他的娓娓倾诉，转移了话题，暗藏机锋地问道，"朕这几日心系秋试，今天一大早便把行在也搬到了这里，与士子们同进同退，同时也方便处置一些考场上的意外事变。你觉得如何？"

"陛下天威显赫，不动如山，自是群贤毕集、众星相拱，又怎会有什么意外之变呢？"胡惟庸恭恭敬敬地答道。

朱元璋半笑不笑地看着他："说得也是。胡爱卿，你倒是看起来'心宽肚大'得很哪！"

胡惟庸的表情显得更加恭敬了："陛下举办秋试广开贤路博采英才，您这是在为老臣增添助手、减轻负担。老臣一想到这儿，怎能不'心宽肚大'呢？"

朱元璋逼视着他，双目闪射着猎豹一般犀利的光芒："你说的是真心话？"

胡惟庸半躬着身，郑重地道："几处早莺争暖树，谁家新燕啄春泥。老臣先预祝陛下得贤纳士之大喜！"他的话锋是朝向朱元璋的，目光却往朱标那里斜斜一掠而过。

朱标面色微微一变,心底暗暗吃惊:这胡惟庸今天在言谈举止上处处示弱,难道他真的不会在此番秋试考场上兴风作浪?可是从朱棣那边传来的消息,他是要在今天秋试过程中制造一桩"大事件"出来的呀!莫非他只是虚张声势?……

在他思忖之际,朱元璋的目光向他扫了过来,话锋却是朝着云奇的:"云奇,你把这一次秋试会考钦定的三道策论题目拿给胡丞相看一看。这个时候,考场里的士子们已经开卷挥笔了吧?"

"回奏陛下,秋试会考已经进行一刻多钟了。"云奇双手托着那张写有三道考题的朱笔纸笺向胡惟庸走了过来。

胡惟庸接过那张纸笺慢慢地看着,脸色渐渐发红,然后又渐渐由红转青。第一道题目是"朱子曰:谨守规矩,朝夕模之,不暂废辍,积久纯熟,则不待模拟而自成方圆矣。"这其中的寓意倒还罢了,并无锋芒刺人之理。第二道题目出自《道德经》:"昔之得一者:天得一以清,地得一以宁,神得一以灵,谷得一以盈,万物得一以生,侯王得一以为天下贞。"这其中的寓意便有些深长了:陛下这是在意图"揽权归一、不容有异"呢!他借此题目向天下士子显示了他"天下一人"的气魄和地位,同时也是在向自己公开当众警告!胡惟庸的眉头紧紧拧了起来。看到第三道题目:"朱子曰:宰相以得士为功,下士为难。"他的鼻息一下变得粗重异常,隔了好一会儿才平复下来。

在朱元璋笼罩而下的沉肃目光中,胡惟庸收好纸笺,定住呼吸,敛容言道:"陛下圣心独运、考题高明,老臣佩服之至。不过,老臣近来朽迈不堪,情不能下士,德不能得士,正所谓'沉舟侧畔千帆过,病树前头万木春',老臣恳请在此番秋试取贤之后便告老致仕,万望陛下恩准。"

朱元璋注视着他,唇角挂着微微的笑意:"胡爱卿,你手下六部百司人才济济，无事不可为，无功不可立，怎么会'情不能下士、德不能得士'呢？朕选取这道题目，也是在当众夸赞你胡丞相'劳于下士而后逸于得士'嘛，你自己可不要想偏了！"

胡惟庸脸上涌起重重波澜："天下之士，乃天子所能下之士；天下之贤，乃天子所能得之贤。'侯王得一以为天下贞。'这'一'，便是'一心一意之臣子'。六部百司之衮衮诸公，尽是陛下忠心不二之臣子。此与老臣又有何干？历代宰相怎配'下士''得士'四个字？唯君王可以先下士而后得士。老臣请求陛下收回方才的谬赞之言。"

"讲得好！讲得好！"朱元璋转头向朱标爽然笑道，"胡丞相不愧是胡丞相！看来，朕这三道考题由胡丞相来执笔答卷，必能独占鳌头！"

胡惟庸忙跪了下去："老臣才疏学浅，何敢妄谈中魁登榜？千门万户曈曈日，总把新桃换旧符。天下自有新秀逐浪而起，老朽之辈自当恭避贤路。"

朱元璋哈哈笑着："朕是选取这些新秀来替胡爱卿你增添助手、减轻负担呢！你的中书省丞相，还是给朕好好当着吧！对了，天界寺宗泐大师进贡了一块形如玉玺的明黄雨花文石，而它的中央却有一脉金色的奇特图纹，状似一柄刺天而立的玉璋，十分逼真。他们声称这是'元璋之石'。胡爱卿你怎么看？"

"天生瑞石，自是非常之器，老臣为陛下贺喜。"胡惟庸忽又一叹，"只可惜了天界寺一片苦心——它若是朱紫之色成璋成形，倒要好好奖赏一番天界寺！"

"胡爱卿，朕记得，金黄之色，亦是天子器饰所用之正色。"朱元璋向他重重说道。

胡惟庸朗朗道："陛下，金黄之色确是历代天子器饰通用之色。然而，天界寺所献'元璋之石'于历朝历代皆可以瑞物之名供于太庙、示之于众,那我大明又何必独重此石呢?稍有异心者,亦可谬传为'未来之瑞兆''他日之圣物',陛下又当如何?"

朱元璋微微怔了一下,目光转而投向朱标脸上:"太子,你觉得胡丞相所言如何?"

朱标躬身答道:"胡丞相之言,大是有理。"

朱元璋把手一抬:"云奇,这块'元璋之石'便由尚方署收下,不得宣示于外。"

诸人正谈之间,黄帐门帘一卷,却是马文锐慌慌张张地趋步进来,忽又身形一停,瞅了瞅胡惟庸,看向朱元璋欲言又止。

朱元璋一见他这惊慌失态的模样,心底咯噔一跳:看来,该来的终究还是会来啊!他的目光从胡惟庸脸上缓缓掠过,开口却毫无异样:"马爱卿,你是今天秋试的监考官,考场上可是发生了什么事情?你尽管奏来。"

马文锐额角见汗,跪倒在地:"启奏陛下,今日考场之上出现了泄题舞弊事件……"

"泄题舞弊嘛,这有什么大惊小怪的。你堂堂拱卫司首领,竟为此事而失了分寸?"朱元璋的话锋是朝着马文锐的,目光却灼灼然盯视着胡惟庸,面色依然镇静如常,"只要用心去查,幕后的黑手始终是跑不掉的。"

胡惟庸竟是惊得讶然变色,失声道:"此番秋试之保密安全为历年之最,怎还会有考题外泄之事?马大人,情况究竟如何?"

马文锐一脸的苦瓜相:"陛下,臣等方才从一个山西太原府士子身上搜出了此番科考策论三道题目的预备成稿,证据确凿。但据他交代,他是从京郊齐云观的乩仙那里求到考题后挟稿入内的……"

"乩仙?马大人,你的意思是,此番秋试泄题之人并非朝中官宦,而是一个乩仙?"朱标面现震惊之色,"这……这怎么可能?"

朱元璋凌厉的目光又往胡惟庸脸上一划:"乩仙泄题?马文锐,这样的鬼话,你也拿得上来?"

"老臣岂敢欺君欺天?"马文锐以头叩地,急声而道,"臣等埋设在士子中间的一个暗探也禀报,他昨日下午便从一些士子口中得知齐云观的乩仙放了此番秋试考题出来……他当时也是陛下您刚才的这般态度,认为纯属鬼话,毫不相信。直到他方才入场开卷才知道那乩仙所示的正是这三道题目,于是他立刻就向臣等举发了此事……臣等觉得兹事体大,才连忙赶来奏报陛下……"

"哦?原来如此。"朱元璋一愕,"听你如此奏报,考场中还不知道有多少士子事先便已拿到了那个乩仙所泄之题啰?"

马文锐沉沉地点了点头。

朱元璋咬了咬牙,眼底缓缓浮起了两团火焰:"马上传旨下去,暂停今日之秋试会考,所有士子在京稍歇,等候另行开考——朕要先把这一次公然泄题惑众的幕后黑手抓出来!胡爱卿,你是当朝宰相,你以为如何?"

胡惟庸闻言,全身一颤,垂目答道:"陛下当机立断,英明之至,臣等自当为追查泄题惑众之徒而尽心尽力。"

"中书省有你这个态度就行。"朱元璋大声吩咐道,"马文锐,你立即分派下去,让得力人员紧急出动,赶赴那个什么齐云观,火速封观抓人、严查到底!"

"老臣方才已经急事急从权,令飞鹰署的人去齐云观围捕奸徒了!"

"抓乩仙只是一个方面,秋试主管署和夫子庙的人也不能疏忽放过……"朱元璋双目寒光闪闪,"排除那个乩仙,若是以真人活人泄题而论,最大的嫌疑者是谁?拱卫司办案如山,连这个问题都没有想过吗?"

"启奏陛下,若以真人、活人泄题而论,最大的嫌疑者莫过于汪广洋、刘三省、田尔丰这三个人。"马文锐踌躇了一番，终于道。

朱元璋朝外摆了摆手："那就让御史台和你们拱卫司一道对他们三人细细盘问。为了真相，你们都不要怕得罪人。"

胡惟庸此刻却站了出来："老臣有话要奏。"

"胡丞相有什么话要说？"朱元璋盯着他的双瞳微微往里一缩。

胡惟庸缓声奏道："汪广洋、刘三省、田尔丰三人乃是陛下圣心独裁、钦定不疑的秋试主事官。他们深受如此隆恩，怎会辜负陛下如此切实之信任？老臣愿以顶上乌纱、腰间玉带力保他们决非此番秋试泄题舞弊之人。"

朱标深深地瞧了他一眼。

"胡丞相这番话是在为朕将来在秋试考务上'用人失察'而预留田地啊！没关系，朕就该从他们三人先行查起。"朱元璋大手一摆，"只要他们说得清楚，自然便没事。"

"老臣遵旨。"马文锐应声欲去。

"慢着。"朱元璋忽然又喊了一声。

马文锐连忙停下脚步，弯着腰回转身来。

"也不光是要查汪广洋他们，凡是接触过金柜考题的内务署、拱卫司的人都要查一查，即使是云奇也不可例外！"朱元璋冷肃而道。

马文锐立时答道："老臣谨遵圣旨。"

云奇却是"扑通"一声跪在地上："奴婢甘愿受查以证清白，因为奴婢确实未曾向外泄露一丝一毫的考题机密。"

"好吧，你就先跟着马爱卿去拱卫司内狱里把情况说清楚吧！说清楚后，你便回来继续侍候朕。"朱元璋不露声色地说道。

马文锐、云奇退下之后，黄帐之中就只剩下了朱元璋、胡惟庸、朱标三人。

"胡爱卿，朕本来也知道这场秋试会考不会那么风平浪静开展下去的。"朱元璋面无异色地看着胡惟庸,"只不过,这突然冒将出来的一幕乩仙泄题的'活剧',却真是超出了朕的意料呀!"

胡惟庸深躬其身:"事已如此,请陛下执掌大局、顺天应时,徐徐图之以观后效。"

朱元璋静默了一下,摆了摆手:"你可以退下了。"

胡惟庸应了一声,倒退着出帐而去。

待他远去之后,朱标上前进言:"父皇,这乩仙泄题之咄咄怪事定是胡党一派使出的阴招。"

"朕知道是他们使的阴招,可他们却是通过那来无影去无踪的乩仙使出的阴招!你让朕真的去抓乩仙、查乩仙吗?怎么查,怎么抓?它虚无缥缈、无形无相,朕怎么将它归案问罪?"朱元璋的语调显得十分滞重。

朱标语塞了片刻,又进言奏道:"儿臣认为,道衍师父应该会有应对之策。"

"标儿哪,你真把他当成我大明朝的'缁衣卿相'了,一遇到什么难事便离不开他了?"朱元璋狠狠瞪了他一眼,"这一次,先让我大明的有司官署去追查真相,后边看看情况再说!"

第五十七章
疑犯

昏黄的油灯光照之下,汪广洋双手抱腹,微闭双目,在内狱囚室里静坐不动,任由拱卫司派来的一个书吏和御史台来的治书侍御史石葵在旁聒噪。

他实在有些困乏了,眼前的视线渐渐模糊起来,上眼皮和下眼皮就快要粘在一起了——半醒半睡之间,突然有一只大手搭在他肩膀上狠狠一摇,把他又摇醒了,正是拱卫司那个书吏,对着他大声喝道:"莫要打瞌睡,且将这泄题事件说个清楚!"

汪广洋半睁着眼斜视着他:"这位小哥,你们已经连续追问老夫一天一夜了,老夫已经回答了:老夫也不知道这考题是怎么泄露出去的呀!老夫这几天奉旨住在夫子庙、吃在夫子庙、锁在夫子庙——你说,老夫怎么泄得出考题?况且,考题是由陛下在九月十三日下午亲笔圈定后锁进金柜密匣的,那个时候,老夫也被关在夫子庙东厢房里。老夫能从哪里看到考题,又能从哪里泄得出考题?"

旁边的石葵咳嗽了几声,直逼而道:"汪大夫,请恕石某直言,可是只有你们三人和陛下熟知所有的备选题目,若不是你们中间有人泄露出去,那还会有谁?"

汪广洋晓得这石葵是陈宁那一派的人,听了他的话,几乎是不屑一辩,伸手揉了揉自己的双眼:"老夫的眼睛胀痛得很,你们让老夫休息一会儿再说吧。"

拱卫司书吏厉声叱道:"你既是不愿说个清楚,那就不能歇息!好好想通,快快道来!"

汪广洋连连冷笑:"你俩想用这种手法熬坏、熬死老夫?你俩觉得老夫身为御史大夫,哪一套逼供手段没见识过?你们可真是用错地方了。老夫本就是清清白白的,难道还要自己给自己身上泼污水吗?"

拱卫司书吏将手中毛笔捏得紧紧的:"你不说清楚,我们便只能陪着你直到想清楚、说清楚为止。"

听了他这话,汪广洋闷闷地咳嗽一声,双目乍然睁开,两道寒光刺向了拱卫司书吏、石葵二人:"很好,很好。你们若要老夫按照你们所要的'清楚'来说清楚,老夫也不是不可以成全你们——你们且准备做好笔录吧!"

石葵急忙在桌子上铺开笺帖,笑道:"对啊,汪大夫您何必为难我们这两个小卒子呢!"

"你们就这样记录:老夫是在夫子庙东厢房丙字间睡觉时,被齐云观那个太平天君乩仙从老夫梦境中窃去了那些备选考题。这样说清楚,你们满意了吗?老夫愿意在这份记录上签字画押,决不翻供!而且,你们还可以拿着这份证词去向齐云观的乩仙核实。"

"这……这……"石葵和拱卫司书吏都只得搁下笔来,"汪大夫,您这一番戏言,我等如何能记?"

"罢了,罢了,你俩也莫要这样枉做小人了。"汪广洋双目半眯,嗤笑道,"老夫知道陈宁、涂节一定会在外面偷听你们讯问老夫。请他们进来,老夫当着他们的面,言无不尽。"

石葵慌忙摆手:"瞧汪大夫您说的,陈宁大夫、涂节中丞怎会在外面偷听呢?您言重了。"

那拱卫司书吏冷笑道:"陈大夫、涂中丞可没空来这里关注你这个嫌疑之人!你只须给咱们说个清楚就行了!"

汪广洋唇边的笑意越发森冷:"他们若是不来,汪某便从此绝食绝休,陪你们熬到底!汪某大不了豁出命来自证清白!万一圣上追究下来,你们谁能逃脱干系?"然后,他双目一闭,稳坐如石像,再也不言不语。

就在这时,一个熟悉而浑厚的声音从室外传了进来:"汪大夫,您就莫和这些小辈们计较了。陈某来迟,万望恕罪。"随着这话声,陈宁在前,罗自力在后,双双走了进来。

汪广洋徐徐睁开了双眼:"陈大夫,你真的觉得老夫会是那泄题谋利之人?而陛下真的会怀疑于我吗?"

陈宁皱了皱眉头:"老汪,陈某与你共事多年,自然相信你的为人。不过,你家汪夫人多与各府妇女交游,尤其是在这八九月份更是门庭若市——难道她便从来没有从你口中套题而泄?"

"这个还真没有。"汪广洋耸了耸肩,双掌一摊。

"你凭什么这样说?"陈宁阴狠的目光自眸中一闪而出,"陈某这里可是找到了几个证人,可以证明汪夫人曾经向他们谈起过此番秋试考务的事情……"

"陈大夫,请你在此时记住,老夫和她在府中早已分室而居,也早已毫无关联,所以她所做的事情,老夫也是不知不晓。"汪广洋眉头一松,仿佛事先早有绸缪一般,说得十分坦然。

"哦?汪大夫,你这是何意?"罗自力诧然而问。

"实不相瞒,早在四年前老夫自广东布政使位置上调任左御史大夫之时,便与我家夫人签了和离书。而且,老夫也将这和离书的复件送呈了陛下过目,并在内务署存档立据。陛下体谅老夫的身份敏感,便不许在外公布此事。一切,如此而已。只是有些情况令有些人士失望了。"

陈宁双手紧握成拳,脸色渐渐发青:他原本图谋把劣迹斑斑的汪夫人牵扯进来制住汪广洋,却没料到汪广洋棋高一着,早已"金蝉脱壳"!

此刻,汪广洋手掌一张,那颗圆溜溜、碧汪汪的"海澜之石"在他掌心缓缓旋转,闪射着清凌凌的光芒。他正视着陈宁似笑非笑地说道:"陈大夫,你看见这枚雨花文石没有?这可是陛下赏赐给老夫的,他就是怜悯老夫和离之后一直'君子固穷',方才特旨让汪某可以凭着此石去石宝轩兑换一千两白银以补用度。"

陈宁干笑了三四声,不再废话,转头看向了罗自力:"汪大夫这些话,只有请拱卫司去陛下那里亲自落实了。"

罗自力瞧了瞧那个运笔如飞的拱卫司书吏,面无丝毫异色:"这些话本司都记录下来了,陈大夫,咱俩共同签名后奏报给陛下吧!"

"国之将兴,必有祯祥;国之将亡,必有妖孽。"那张唐太宗亲笔所写的十六字幅帖在朱元璋面前缓缓铺展开,笔画之间锐气夺人。他凝视了片刻,用手指揉了揉右侧的太阳穴,沉沉地叹了一口气。

朱标在旁急忙甚为关切地劝道:"儿臣求父皇宽心宁神,勿要过思多虑。"

朱元璋的目光徐徐掠向了朱标:"标儿哪,你相信这世间真的存在言无不中、灵验之极的乩仙吗?"

朱标瞧着唐太宗那幅字帖,肃然而答:"天地之间,一切事物皆由人力运作而来,与鬼神妖仙又有何干?儿臣认为这齐云观的乩仙必是奸人假冒伪装而成的。"

朱元璋没有立刻表态,而是悠悠讲道:"《左传》里有一句箴言是这么说的,'神,聪明正直而壹者也,依人而行'。"

朱标敛颜正色而答："齐云观之乩仙泄题惑众、扰乱秋试，岂是'聪明正直而壹'之神？"

朱元璋微微颔首，又把目光投向了跪伏在地的马文锐："你听到了？现在，你就把所谓齐云观乩仙太平天君泄题一事的调查情况给朕细细道来。"

"陛下，其实齐云观太平天君乩仙显灵之事，早在我拱卫司监视之中。"马文锐娓娓奏来，"九月十五日泄题事件爆发后，本司飞鹰署、灵蛇署派出精干人员细查深查，得知那个太平天君乩仙是通过两个盲道士之手在沙盘上把考题泄之于人的。而那两个盲道士自称什么都不知道，完全是依靠自身感应而写出那三道题目的。臣等继续追查，证实那两个盲道士确不识字。"

"哦，扶乩笔的道士本不识字？"朱元璋自言自语了几句，"齐云观的住持呢？会不会是他在暗中动了手脚？"

"启奏陛下，齐云观的住持名叫丹泽子，他本是那个太平天君乩仙的解乩师。但恰巧便在九月十四日这一天，那个乩仙一早显灵留言屏退了他，而独自借两个盲道士之手向前来求问的三十余名士子泄露了秋试考题……请陛下恕罪，臣等追查到这里，就寸步难行了。乩仙无形无相、不可捉摸，臣等有心无力。"

"罢了，罢了。"朱元璋用御笔叩了叩御案的桌面，"拱卫司早前也向朕奏报过齐云观乩仙的事情，朕当时没在意，以为不过是土地小神一流。不料他却如此插手秋试考务，显然是铺垫已久而后一击必中！眼下他这个乩仙，无论是真是假，都已借着泄题惑众而坐大成势。朕这一次不好下手哪！"

场中静了片刻，马文锐又犹犹豫豫地开口奏道："另外，拱卫司和御史台对汪广洋、刘三省、田尔丰三位秋试主事官认真询问过，亦是毫无所得。此事还请陛下再行明示。"

"汪、刘、田三人肯定不是泄题之人,朕一早就知道。"朱元璋徐徐而道,"九月十二日,汪、刘、田三人分别向朕最后建议九个备选考题,刘三省的建议题目中有'朱子曰:谨守规矩,朝夕模之,不暂废辍,积久纯熟,则不待模拟而自成方圆矣'这段箴言,田尔丰的建议题目中有'昔之得一者:天得一以清,地得一以宁,神得一以灵,谷得一以盈,万物得一以生,侯王得一以为天下贞'这段箴言,但'朱子曰:宰相以得士为功,下士为难'这段箴言却是朕自己撇开所有备选题目最后才添加上去的。

"然后,朕将这三道题目在九月十三日傍晚最终圈定,让云奇他们当即便送去了夫子庙金柜密匣处紧锁保密,周围还派了拱卫司精锐高手严加看护。那么,这三道题目只会是在九月十三日夜至九月十四日夜之间的时间段泄露出去的。而汪广洋、刘三省、田尔丰当时已在夫子庙被关了禁闭,不得与外人交通。难道他们在这一天之内还能把考题送将出去?即使是送了出去,他们也只能泄露两道考题,最后那道可是朕临时添加的!所以,他们三人的嫌疑可以洗清了。"

马文锐重重叩了几个响头:"陛下圣明,终于还了汪、刘、田三位大人一个清白。他们若是亲耳听到陛下如此言语,还不知道有多么感谢陛下呢!"

"马文锐,你下去带话给陈宁他们,朕当时只是让你们去联合讯问他们三人,也只是依法走一个程序,对外以示公平,结果你们底下的人是怎么办事的呢?"朱元璋凛然言道,"那个石葵和你们拱卫司的那个书吏竟在内狱以苛酷卑劣之手段强行逼供汪广洋他们!这还了得?云奇,你稍后传旨出去,把这两个人贬官一级、削俸一年!"

云奇忙低下身来应了一声。

朱元璋又一摆大袖:"乩仙泄题之事固然难破,马文锐,朕相信你们拱卫司能人甚多,应该是能够窥破一丝玄机的。你且下去,好好与十二署头领共同商量着办理吧。"

马文锐只得强撑着答应一声后退了出去。

这时，朱标禁不住开口了："父皇，儿臣有一事不明。"

"你说吧。"朱元璋淡淡地道。

朱标躬身而问："父皇，您既然早已知道汪广洋、刘三省、田尔丰等人并非泄题误国之人，又何必多此一举让陈宁、涂节、石葵他们去讯问这三位大人呢？"

"你以为朕真的是多此一举、无事生非吗？"朱元璋正颜凝容，缓声而道，"实话实说，这三个人都是书生意气、自命清高、不易驾驭——朕就是要借秋试泄密这个机会把他们推进困境之中，让他们尝一尝遭到敌手落井下石的辛酸味道。要让他们明白，只有朕的信任才是他们的安身立命之本。哪怕他们再理直气壮、再无垢无瑕，也毫不顶用！然后，朕及时出手，救他们于水深火热之中，他们自然便对朕忠心耿耿！"

朱标思忖片刻，徐徐又问："父皇之圣心远虑竟是如此高明，儿臣受教了。不过，儿臣窃以为，田尔丰、刘三省秉性纯良，应该会被父皇这套手法所感动而折服，但汪广洋久居宦海，见多识广，父皇这种手段未必笼得住他……"

"对汪广洋，朕暗示陈宁出手对付他，却是另有用意的。"朱元璋淡淡道，"朕这一次在秋试会考中选用了三道策论考题，刘三省贡献了一个，田尔丰也贡献了一个，而汪广洋所献的九个题目朕一个也没选中，你以为汪广洋是才思愚钝吗？他这是故意在装傻充愣，不以朕心圣意为重。朕已经给了他一个最佳的选择机会，他却辜负了这个机会！你说，朕应不应该借机敲打他一下？他应不应该面壁反思一下？"

朱标听罢，沉默了下来，没有再说话。

朱元璋却把云奇喊将过来:"这两日胡惟庸那边有什么令人生疑的异动没有?"

云奇答道:"奴婢密令拱卫司灵蛇署的人严密监视着胡惟庸,他似乎并无任何异动,平日只是履行正常公务而已。"

朱元璋沉沉一叹:"他外无异动,而内必得意,只是装得若无其事罢了。这一次他们剑走偏锋、棋高一着,朕也失算了。"

正在此时,金殿门口处侍宦忽然禀报:"启奏陛下,道录司右正一大人钟万石特来求见,声称有乩仙泄题一事的重要线索上报。"

"道录司?这件事真是越来越有意思了。"朱元璋冷冷一笑,"宣他进来。"

不多时,只见钟万石全副正装、朝服俨然,一脸恭肃,径往丹墀之前深深跪下。

朱元璋把玩着那枚石中石,摇出玲玲的清音,平静问道:"道录司有什么事情不能由左正一封万尘进宫奏报于朕?"

钟万石急忙答道:"左正一大人近日因遭人暗伤在闭关治疗。"

"遭人暗伤?"朱元璋冷冷一笑,"青阳子周应泰和他光明正大地斗法比试罢了,哪里算得上是暗伤?"

钟万石一时语塞,没有答话。

朱元璋看了一眼朱标,平缓了声音:"齐云观所谓的太平天君乩仙对外泄露秋试考题一事,震惊朝野,极是蹊跷,你们道录司也应该给朕一个交代了。"

"微臣今日进宫正为此事而来。"

"你有话直说。"朱元璋一手按着御案,把上半身往龙椅背上靠了靠。

"道录司近日收到天界寺一位匿名僧人投送而来的秘物,请陛下过目。"

朱元璋让云奇拿来，细细看去，竟是一道用朱砂写的黄纸符帖，不由诧然而问："这是何符？又有何用？"

"这便是我道门独传的秘术——千里传神符。运用此符，可以将自己的意念附体在受符之人的身上，然后远程遥控受符之人为己所欲为。"钟万石娓娓奏道。

"哦，玄门之中，竟有这等奇物？朕还是第一次听闻。"朱元璋面无波动，淡淡道来。

钟万石瞅了瞅朱标，仿佛鼓起了勇气，从袍袖里又拿出几张纸笺呈递上来："启奏陛下，这千里传神符的笔迹与天界寺寄僧释道衍的笔迹一模一样。那投送诸物的天界寺匿名僧人在留言字条中讲，这些都是道衍平素亲笔所写的函件。我们道录司请人认真核对过了，千里传神符上的字句笔迹应该就是道衍写的。"

朱标听到这里，再也按捺不住，急忙呼道："父皇，道录司他们是在……"

"太子少安毋躁。"朱元璋一摆手止住了他，双眼俯视着钟万石，唇边笑意森冷，"你们的意思是道衍运用这个千里传神符遥控齐云观执写乩笔的两个盲道士，然后以太平天君乩仙的名义制造了这一切的事端？"

钟万石伏首奏道："那位天界寺匿名僧人投送的留言字条中提到，在九月十四日晚上，道衍辅导黄子澄、吴可远两位公子应考之时，还说出了秋试钦定考题之一'昔之得一者：天得一以清，地得一以宁，神得一以灵，谷得一以盈，万物得一以生，侯王得一以为天下贞'这道题目。这……这不正说明道衍事先就已刺探到了考题内容吗？"

"说得有理。"朱元璋默思片刻后，才抛了一句下来。

钟万石大起胆子又道："微臣恳请陛下即刻下旨搜查道衍的住处，他应该还会留下其他蛛丝马迹的……"

朱元璋盯着他，森然一笑："哦，朕还要请你来教朕怎么做事吗？"

钟万石顿时变了脸色，连连叩头："微臣不敢，微臣不敢。"

朱元璋悠然而问："你们给朕回答这样一个问题：这千里传神符真有这么厉害？可以远程遥控他人？你们试一试给朕瞧瞧。"

"陛下，臣等并无这等深厚的灵力驱动这道千里传神符。但道衍上次在祈雨法会上已然显露了他过人的灵力，他是可以驱动这千里传神符的。"钟万石不得不扭扭捏捏地答道。

"哦，你们是这样推断的呀！"朱元璋沉吟着又问，"朕还是不明白，道衍他为什么要这样做呢？他从这里面要得到什么好处呢？"

钟万石愤然而道："启奏陛下，自上一次祈雨法会过后，他骄狂自大、目中无人，自称'活神仙'，此番就是企图借齐云观泄题之事展示灵力，向世人炫耀自己可以代天启民、君临四方！"

"呵呵呵，这就是你们道门一派扣给他的大帽子？"朱元璋轻轻一笑，"不过，你们说得也有些根据，不可忽视。云奇，传旨给拱卫司，让马文锐亲自带人去天界寺搜查道衍的住处，看一看有什么异常迹象。快去吧！"

钟万石深深一叩首："陛下圣明。"

朱标急得又失声喊道："父皇不可！这分明是……"

"太子请自重！"朱元璋沉沉地喝道，"你要相信，真的假不了，假的真不了。释道衍若真是清白的，他就不该害怕搜查。你又何必为他空自担心？"

第五十八章
落网

禅房之中,道衍一边在紫泥小炉上温着清茶,一边侧耳倾听着黄子澄、朱棣在桌几旁的谈话。

黄子澄大着嗓门讲道:"这一次秋试会考完全是被那个乩仙搞坏的嘛!黄某的文友邓少贤、卢午胜他们都牵涉到乩仙泄题事件里,被朝廷有司抓走关了起来审问……可他们当时也只是抱着试一试、赌一赌的态度去齐云观求题备考啊,他们也有些冤枉!"

道衍面色静若古潭,只是向他递过去一杯刚刚温好的香茶:"咦,这两天怎不见吴公子入寺来聚?他可是病了吗?"

"可远君在那天考场上被通知暂停秋试时好像就气坏了,回到同德客栈也是关起门来生闷气,直说自己多日准备的功夫全白花了。"

"怎么会白花呢,他难道不想养足后劲再考再战?乩仙泄题事件,应该阻挡不了朝廷开科取士的决心啊!"道衍的声调起伏有度,十分从容。

"唉,也不是他一个人,实话说,不少士子对这场秋试的前景很茫然……"黄子澄呷完一口清茶后长叹道。

"有什么可茫然的?"道衍继续追问道,"黄公子,据你所见,此番事件当中,士子们还有哪些想法?"

"根据黄某观察，士子们大多数不相信怪力乱神之说，每天都在议论纷纷，认为这是有人假冒乩仙而操弄秋试考务。他们都在等着朝廷抓出幕后黑手，然后重新开考以才入仕。黄某便是这些士子之一。"黄子澄认认真真地道，"但也有一部分士子在私底下暗传，说是乩仙插手科举，分明是搅局来了，想让大家都考不成，砸掉大明的颜面……"

"岂有此理！"朱棣劲喝一声，"我大明海纳百川，不会辜负天下士子之期望的！"

"这桩事让朝廷压力很大啊！不破此案，朝廷确实难以服众，也不好开考，而且，说不定又有什么人借乩仙显灵之名再弄出什么咄咄怪事来！"道衍给自己倒了一杯温茶，幽幽道，"燕王殿下，齐云观那边挖出了什么线索没有？"

朱棣的面色一下阴沉下来："目前还没找到什么有用的线索。"

道衍端着茶杯，慢慢吹开杯上升起的缕缕白气，若有所思地道："那个太平天君乩仙的确来得蹊跷，但小僧先前出于好奇之心，也陪殿下您一起去现场察看过，似乎也没什么破绽。后来见他们只是骗钱骗人、小诓小窃，小僧便未放在心上。没想到，他却猝然发难于这一场秋试会考之上。看来，此事背景极不简单啊！这样吧，燕王殿下可以安排一下，在适当的时候让小僧再去齐云观那里重新现场调查一下……"

突然，一阵撞门推门之声打断了他的话。穿着飞鱼锦服、全身鲜亮如霞的马文锐紧抿双唇、庄肃异常，带着一批拱卫司力士直闯进来，一下便将道衍等人团团围住。

黄子澄惊慌得失声而叫，道涤也跨步上前护住了道衍。道衍却连眉梢都没有抽动一下，手中的茶杯依然定如磐石。

朱棣一跃而起："马大人，你这是准备干什么？"

瞧见朱棣在这儿，马文锐的脸色变了一下，急忙软和了语气说道："有扰燕王殿下和道衍师父了，我等奉旨搜查这间禅房。"

"奉……奉旨？"朱棣双眉一立，"父皇真的给你们下过这道旨意？"

马文锐咳了一声，转脸看向道衍，不冷不热地道："道衍师父，您肯定相信咱们也是奉旨行事的。您老人家聪亮明允，宽厚为怀，劝一劝燕王殿下吧！"

道衍"嗯"了一声，离座而起，一手拉了朱棣，一手扶了黄子澄，出门在外面廊柱下等待着。几个拱卫司力士过来监视着他。

房间里传出"咣咣当当"的声响，马文锐率着拱卫司人员在里边翻箱倒柜地找起来。

朱棣满面歉意："姚先生，真是对不起您……"

"无妨，先看一看他们到底能从里面找出什么东西来。"道衍双手拢在袖中，面色平静如湖。

两三刻钟过后，屋内发出一阵震耳的惊呼之声。他们应该是找到了什么东西。

朱棣紧张之极地看向道衍："姚先生，您……"

"燕王殿下请放心。"道衍神色如常，"清者自清，浊者自浊。"

这时，马文锐手里拿着一张纸笺跨步出来，递到道衍眼皮底下："道衍师父，这张纸笺是从您室内香案上那张'燃灯古佛守山观雪图'背后找到的。您看一下，这是不是您的字迹？"

那张纸笺上竟写着朱元璋发给汪广洋等人最后圈送的八十一道考题备选名单！

道衍细细看着，开口道："这题单不是小僧写的，但这字迹却模仿得极像！"

马文锐又从衣袋里取出那张千里传神符，直问道："您认得这是什么东西吗?"

"这是《玄都宝录》上所载的千里传神符。它的笔画字迹也很像是小僧的。"道衍平静之极地说道,"原来他们给小僧设了这么一个圈套……"

"什么圈套?"朱棣茫然地看着他,"姚先生,您在说什么?"

道衍正视着马文锐:"马大人,是不是有人在陛下那里举告小僧用千里传神符远程操控齐云观道士,以太平天君乩仙之名泄题惑众而扰乱秋试、自炫不凡?"

马文锐重重地点了点头。

道衍微笑起来:"千里传神符易写易画,但千里传神之秘术自千百年来却是从未见有人练成过。这已是道录司上下众所周知的秘密。"

马文锐幽幽一笑:"在道录司很多人眼里,道衍师父你师承紫阳子席应真,可谓神通广大、无术不精,堪称道门数百年来第一奇才。"

道衍听罢,长长叹道:"看来小僧曾经不得已而施术济民,而今却成了作茧自缚!"

朱棣插话道:"马大人,姚先生决不会是那个太平天君乩仙。他和本王曾经一同去齐云观察看过太平天君的底细。"

"殿下,这难道不会是某人故意借你为证而施行的铺垫伏笔之计?他正可利用您今日为他作证脱罪!"马文锐凌厉之极地问将过来。

"你……你这是先入为主、处处多疑!"朱棣愤愤而道。

马文锐只得又直逼而出:"有天界寺匿名僧人举告,称道衍师父在九月十四日晚上,向黄子澄、吴可远两个考生提起过'昔之得一者:天得一以清,地得一以宁,神得一以灵,谷得一以盈,万物得一以生,侯王得一以为天下贞'这道钦定考题;另一个泄露此题的,便是齐云观那个乩仙!"

"这件事情,本王可以替姚先生在父皇那里说清楚的。"朱棣挡在道衍身前，迎视着马文锐，"本王愿以所有爵位担保，道衍师父决非泄题惑众之人！朝廷不能冤枉他！"

道衍站在他身后，眼中掠过一丝感动，他伸手把朱棣轻轻拉开："殿下不要为难马大人了。你要相信陛下，也要相信小僧。陛下是旷世明君，谁也蒙蔽不了；小僧是无辜之人，谁也诬陷不了。"

马文锐缓缓点头："道衍师父这番话，本座回去后一定转奏给陛下。"

"那么，你们准备怎样对待小僧呢？"道衍淡定地问。

马文锐面色一凛："陛下认为，对任何一个可疑之人、任何一件可疑之事都不能轻易放过。所以，有旨意：请道衍师父随我们回拱卫司内狱去接受讯问。"

道衍抢在朱棣前面快速答道："很好，小僧现在就跟你们走。"说罢，他回过头来，却是看向师弟道涤："为兄走后，你应该晓得去找谁吧？"

道涤双掌合十，躬身而答："师兄，小弟明白。"

那位曾为民众祈来甘露的圣僧道衍竟因假冒乩仙泄题惑众而被朝廷抓捕了。这条消息在京城内外如同一石激起千层浪，朝野士民尽皆为之哗然。

道录司这边，由钟万石牵头，多位道观住持联名上奏，声称道衍"恃术惑众、欺天欺君"，应当速速处决以安天下。御史台陈宁、涂节等人也纷纷跟进弹劾，请求圣上速速严惩道衍，以此重开秋试科考。

而太子朱标、燕王朱棣、僧录司左善世宗泐等人则公开站将出来，为道衍多方辩护，认为道衍纯属遭到栽赃诬陷，应当速速无罪释放。

在这火星四迸的唇枪舌箭之中，朝中只有两个人保持了绝对的沉默：一是当今陛下朱元璋，一是当朝丞相胡惟庸。

五六天过去了，道衍仍在内狱待着，弹劾他的奏章也在御案上堆着，明里暗里的激流在无声地碰撞着、涌动着。而大多数的士子，则在苦苦地等待朝廷了结此案重启科考。

夕阳西下，斜晖遍洒，映得夫子庙连绵的屋舍亮如金涛。

夫子庙的扫地翁孔二九终于可以完工休息了。他拖着沉沉的大扫帚，没精打采地走着，任帚尾"沙沙沙"地在地面上划拉出细细密密的声响。

虽然他的样子看起来悠闲轻松，但他两道花白眉毛下的双眼却滴溜溜地东盯西看，仿佛一直在戒备着什么。

回到自己的棚舍里，他才吁了一口长气，坐到长凳之上，拿起一把陶壶，往嘴里就是咕嘟咕嘟地一阵灌水。

突然，木门被人从外面很有力度地敲响。孔二九全身一抖，险些被茶水呛住。他慢慢回过头去，门口站着那个近期曾经好几次来找自己问过话的拱卫司校尉罗自力。对方远远瞧着自己，脸上挂着莫名的深深的笑意。

咳了两声后，孔二九拿右手遮住门口斜射进来的余晖："原……原……原来是罗大人。您又来找老奴有什么事儿？您的手下已经找老奴问话八十多次……八十多次问话啦……"

"他们只是找你问了十八次，你记错啦！"罗自力一步一步走进屋来，细细打量着棚舍里的一切，"孔二爷多年来在这里住得很艰苦吧？听说你在夫子庙里已经当了二三十年的扫地翁了？"

"是……是的。"孔二九抖抖索索地回答着，又站起身来，用袖子把板凳擦得干干净净，向罗自力递了过去："罗……罗大人，请坐。老奴已经向各位大人说过八十多次啦，老奴绝不是那个潜入夫子庙偷题的人……"

"是不是偷题的飞贼,我们心中自有一杆秤。"罗自力慢吞吞地说着,语音似是有些硬涩。他犀利的目光最后停留在屋里那座一人多高的旧木立柜上,过了一会儿后缓缓道:"你确实不是那个能够潜入密室窃取金柜考题的人!这一点,我们并不怀疑。据我们分析,能够潜入守卫森严的密室并极快地打开金柜取出考题,需要何等敏捷的轻功身手和何等巧妙的匿形之术。而你,只是一个腿脚老迈的普通人。"

"多谢罗大人明察秋毫。"孔二九神色一松,"外边不是传得沸沸扬扬吗?金柜考题是被齐云观那个乩仙偷看了的。乩仙嘛,来无影去无踪,你们即使抓不到,陛下也无法怪罪的吧……"

"你也相信是乩仙偷题?"罗自力凛然一笑,继续紧盯着他,"虽然在明面上你确实没有这个能力潜入密室并开柜窃题,但是根据我们的统计,你却是在外面接近金柜密室次数最多、时间最长的潜在嫌疑人之一。"

"唉,老奴不是夫子庙的扫地奴嘛!这不就该在坝边院角、房前屋后勤扫勤动嘛!老奴还想偷懒呢,庙里的管事儿他们可不乐意哪……"

罗自力走过来,端坐在那条板凳之上,目光深深凝注在他的脸上:"孔二爷,你每天从早到晚都待在夫子庙里洒水扫地。这半个月来,你也没出庙一次。你在扫地的时候,也完全在我们拱卫司的监视之下。但是,你中午时分、晚上时分都会回到这间棚舍里吃饭休息。这就是我们没能监视到的空隙之处。

"所以,罗某有一个大胆的假设:也许,有时候你在外面会是一个动作迟缓、年迈无能的扫地翁,有时候你又会变成一个暗藏绝技、身手不凡的武林飞贼……"

孔二九半弯着腰,捂着胸口笑得咳了起来:"罗……罗大人您真会讲笑话,老奴又不是《大唐三藏取经诗话》里的猴行者能变能化……您莫要再逗老奴了……"

"我会逗你,你值得我逗吗?"罗自力板起了面孔,"你确实不能变身幻形,但或许有一个人却能变成你的模样在夫子庙里四处打探,直至摸到金柜密室那里伺机行窃!"

听到这番话,孔二九虽然还是强撑着边咳边笑,但他的脸色却在不知不觉中慢慢发青。他眼角的余光偷偷射向了那座旧木立柜。

罗自力也转身正对着那座立柜,右掌一抬便朝那立柜猛地隔空劈去。"砰"的一响,柜门被掌风震成木屑四散纷飞,里面却空空如也,并无一人藏身其中——只是吊挂着一件破旧棉袍。

孔二九吓得滚在地上,失声惊呼:"罗大人,您这是干什么?"

罗自力紧紧盯着那件破旧棉袍,厉声喝道:"借物易形,也不过尔尔!"说着,他突然骈指如剑,直向那棉袍一划而去,一缕劲气猛射而出,嘶啸有声,似利矢一般贯入其中。

"嚓"的一响,那棉袍乍然裂开,里面又倏地跳出一个人来,赫然正是另一个"孔二九"!

那"孔二九"冷声大笑:"拱卫司果然高手如云!你这小小一个校尉,居然也能识破我这横行扶桑的灵隐幻形术!"

"果然是你以灵隐幻形术伪装成这孔二九,显得脚步蹒跚、身手迟钝,令人毫不生疑。可是到了暗夜之中,你却能缩骨瘦身,潜入金柜密室开匣偷题!"罗自力双目精光灼灼,向他厉声言道。

那"孔二九"却满不在乎,迎视着他嘻嘻而笑。

罗自力双目扫向那坐倒在地的真孔二九,凛凛言道:"其实,你也不是全然无辜。至少你被他们收买了,全心全意地配合这个假孔二九迷惑拱卫司在夫子庙内内外外的耳目细作。"

真孔二九此刻面色惨白,浑身哆嗦,却是说不出话来。

假孔二九打量了罗自力好一会儿,突然目光一亮:"你也不是真正的罗自力,你居然也使了我日本国的灵隐幻形术!你且现出本相来,咱俩好好切磋切磋!"

罗自力幽幽一笑,右手在脸上轻轻一抹,同时身形急速一旋,"咯咯"一阵骨节声响,他身高倏然暴长半尺,现出另外一副眉目容貌——原来竟是日本国的绝世高僧闻溪圆宣。

假孔二九一见之下,骇异而叹:"原来是你这北朝妖僧,你竟然投靠了大明朱家来狙击本尊!"说着,他右脚往地上重重一跺,平地一团白烟爆开散去,现出来的真身却是方圆承一。

他看了那坐在地上一脸死鱼相的真孔二九一眼,扭头问闻溪圆宣:"闻溪,你们是从什么时候察觉出这个扫地老头儿的破绽的?本尊和他配合得天衣无缝,应该是无懈可击的。"

闻溪圆宣掸了掸自己那套因身材变高还原而撑得又短又紧的飞鱼锦服,从容地道:"我们根本不相信这个世间会有什么未卜先知、通天彻地的神仙存在。我们推理破案,也只能是一切从事实本身出发:锁在密室金柜里的考题,只能是被里应外合的飞贼偷走了,那么把近期进出夫子庙的所有人氏排查下来,只有这个孔二九,除了他的作案能力不足外,其余的作案条件最为齐备。这不能不让我们怀疑他、锁定他……你和他在前天傍晚时分互换身形出去到庙门口处打探消息之际,你因身手突然变得有些轻捷、呼吸突然变得有些深长有力,而终于被我们察觉到了。所以,你和这个扫地翁的'双簧戏'就这样被我们看穿了……"

方圆承一冷笑一声,傲然道:"是本尊大意了。不过本尊每次与这个扫地老头儿互换体貌出去的时候,随时随地都在用内视天聪术察看着周围的环境,以你的修为造诣,也逃不过我的火眼金睛!你背后的高人是谁,竟能避过我的内视天聪术而觑破我一举一动之细微漏洞?"

"这个问题，就要靠你自己去猜想了。"闻溪圆宣面容一正，"方圆承一，这间房子已经被拱卫司的高手重重包围，你只有随小僧出去向他们投降了。"

"你这是痴人说梦！"方圆承一冷哼一声，右手一挥，竹枝剑脱袖而出，幻成千道锐影，嘶嘶作啸，从四面八方向闻溪圆宣飞刺过来。

闻溪圆宣身形原地一旋，"飒"的一响，一道白练似长虹般旋舞而出，矫若游龙，在一片"叮叮当当"的金玉交鸣之声中，把竹枝剑幻化出来的道道剑影全部接了下来。

方圆承一见状，"咦"了一声，不敢恋战，身形一拔，朝窗户疾掠出去。那条白练也如影附形似的飞卷而来，"唰"的一响，在他左小腿上一抽而过。"啊呀！"方圆承一只觉腿部一凉，竟是如遭刀割，痛得叫了出来。他在屋外落地一看，自己左小腿上已然被划破一条长长的伤口，正自血流如注。

面前的闻溪圆宣长身玉立，手中那条白练在月华映照之下反射出凛凛的寒光。

"这便是腾龙寺的镇寺利器——刚柔兼备的雪绫剑？"方圆承一大吃一惊。

"你知道就好，还是乖乖投降吧。"闻溪圆宣道。

方圆承一怪啸一声，反手一扬，竹枝剑化为一道冷电，笔直地向闻溪圆宣迎面射去。闻溪圆宣双手一舞，雪绫剑忽柔忽刚，恍若虬龙盘空，一卷一绕之下，竟将那竹枝剑剑身紧紧缠住，绞在了半空。方圆承一咬紧牙关，拼命往后一扯剑柄，却硬是不能挣脱雪绫剑的缠绕束缚，但竹枝剑一向是他心爱的护身利器，他又舍不得就此放弃，便和闻溪圆宣当场运用内力拉扯起来。闻溪圆宣的功力也只与他平分秋色，双方拉拉扯扯之际，竟成了僵持不下之战局，彼此急得头顶直冒汗，但谁又不敢先行放手。

正在这时，只听呼呼风响，场外一道白影似鹰隼搏兔般疾纵而来，一掌只在方圆承一的后心处隔空轻轻一按。方圆承一闷哼一声，回过头来，一见他的面容，只喊出一句"原来是你"，便浑身绵软无力地跌坐于地，再也反抗不得。他手中的竹枝剑劲道一松，被闻溪圆宣一卷而收。

那白衣人身形一定，缓缓回转过来，赫然是释道衍。

方圆承一似乎见了厉鬼一般惊呼起来："你……你怎么会在这里？我们安插在拱卫司的人，不是一直报告你被关在了拱卫司内狱里没有出来吗？原……原来你就是那个隐在幕后调查我的高人……"

"哦，你有你的扶桑灵隐幻形术瞒天过海，小僧这边就没有精通华夏易容乔装之术的朋友暗为相助吗？"道衍合十笑道。

方圆承一面色灰白："早知是计，本尊岂会放心留在此处……"

道衍微笑着向他徐徐走近："方圆道友，小僧还希望从你口中知道那个所谓的太平天君乩仙究竟是谁伪装的呢！"

"看来，这世上竟有连你这虎和尚也破解不了的谜题啊！"方圆承一闭着双眼只是冷笑不已，"你来问我，那可真是让你失望了——本尊其实也不知道他的真实身份。他究竟是人是仙，你们可要大伤脑筋了！"

第五十九章
假面

窗户外悬挂的小竹笼里，画眉鸟婉转而悦耳地鸣叫着，一声声清亮如水，沁人心脾。

田尔丰面无表情，正俯身在书案上写着字帖。吴可远恭敬之至地走了进来，在他身边立定观看。

"可远来了？"田尔丰写完字帖，搁下毛笔，抬头看了他一眼，神色淡淡的，"今天请你过来，是想让你帮一个忙。"

吴可远满脸笑容："田大人但有吩咐，吴某无有不从。"

田尔丰的目光瞧向了那竹笼中长吟短唱的画眉鸟，若有深意地道："这一番田某进了拱卫司的内狱，方才明白诚信笃实之难能可贵。经得起反复审问的人，才是真正可靠的人。"

"圣上明鉴、田师安好，吴某深为可贺。"吴可远笑道，"适当的时候，吴某请几位文友一起为您压压惊、开开心。"

田尔丰并不多言，把那张写好的字帖往他面前一推："这是田某所写的一首短诗《林中偶拾》，你帮着瞅一瞅有什么可改进的字词。"

吴可远往纸上看去，只见上面写道："云宁天自净，荫深雀对语。潭底沉松影，游鱼麾霞衣。"

他看罢之后，深深叹道："田大人，这首诗的意境空明清澈，实非凡夫俗子之浅语。吴某修改不来。"

"可远，本座感觉此诗之意境未免稍显幽静，你可略略改得更为活泼灵动一些，如何？"田尔丰淡淡道。

"那……那吴某便献丑了。"吴可远推辞不过，只得答道，"这诗中第一句里的'宁'字，可以改为'移'；第四句里的'麾'字，可以改为'争'。如此一来，这诗便有动静相宜之气象了。"

田尔丰听了，轻咳一声，往书房东壁处那座缥纱屏风瞟了一眼，吟诵道："云移天自净，荫深雀对语。潭底沉松影，游鱼争霞衣。可远，你自认为这确实是改得更好的了？"

"吴某只是尽心而为，不敢自夸。"吴可远低垂了头，恭容而答。

田尔丰深望着他，把字帖缓缓折起，幽然叹道："此诗之中，'宁'字多好，你非要改成一个'移心易虑'的'移'字不可；'麾'字多好，你非要改成一个'明争暗斗'的'争'字不可！吴可远，你果然让本座失望了。"

吴可远心头暗震，额门冷汗颗颗冒出，大惊而问："田大人请勿吓我！不知田大人此语何意？"

田尔丰慢慢退到一边，不再看他："今日请你相见的，其实并非本座，而是另有一位高人。"

随着他的话声，从那座缥纱屏风背后，缓缓转出一个人来，赫然是释道衍。

"道……道衍师父？"吴可远的目光有些闪缩，竟是不敢与他对视。

道衍走近书案一侧，望着那涵水白瓷缸里的一颗颗雨花文石，浅浅吟道：

石中生花本是奇，白月赤海亦珍稀。

我欲说禅忽口涩，坐看黔驴脚乱踢。

吴可远心弦大乱，却强装着若无其事地上前："晚辈见过道衍师父。不知道衍师父如此唤我过来，所为何事？"

道衍不言不语地盯视着他，从袍袖中把那块"蛙莲满塘"天石砚取了出来，放到他眼前。

吴可远伴装惊问："这……这是晚辈送给黄君的那块天石宝砚。"

"贫僧当然知道。不过，这砚上的蛙莲之中到底装了什么，吴公子，你自己难道不清楚吗？"

吴可远连连摇头："吴某没听懂道衍师父您这番话。"

道衍看着窗边竹笼里画眉鸟叽喳鸣叫，轻轻叹道："吴可远，贫僧还是给过你一次机会的。贫僧讲过，这块天石砚会由宗泐方丈带给贫僧一起观赏。这便是贫僧有意留下机会给你——你就没想到这砚里'注水生香'而溢出的软筋化骨香万一会被贫僧察觉出来吗？"

"吴……吴某真的不知道什么叫软筋化骨香……"吴可远嗫嚅而言。

"所谓的软筋化骨香，是一种慢性毒药。初时闻它，人的身体一切正常；闻十天半月之后，便会心疲体软、元气渐弱；时间再久一些，受害者将会全身瘫痪、中风暴亡。你用它来对付你的同窗好友黄子澄，不令人齿冷吗？"

"道……道衍师父，您……您错怪吴某了！"吴可远连连叫道，"道衍师父，吴某也不知道是谁在这块天石砚上做了手脚，故意挑起我们之间的猜疑和内斗啊！"

"你这话说得有些可笑。"道衍看向田尔丰，"田施主，若有外人借这砚台'注水生香'挑起我们之间的猜疑和内斗，那也应该是放在贫僧这里或是田施主你这里,这样的离间计才会有成效吧!哪个外人会针对毫无威胁的黄子澄下手?哦,对了,黄子澄对某个人也不是毫无威胁——吴可远,黄子澄与你年纪相当、才学相平,他才是你进军科场的强劲对手吧?!"

田尔丰双眼直瞪着吴可远:"吴可远,本座真没想到你居然是这样的人!"

吴可远捏紧了双拳,嘴唇哆嗦着说道:"道……道衍师父,你……你没有直接看到吴某往天石砚蛙身里注毒、放毒,你就定不了吴某的罪!这一切都是你的先入之见!"

"往天石砚蛙身里注毒、放毒?你怎么会把这个手法过程说得这么清楚?"道衍脸上笑意四绽,"刚才贫僧所说的'注水生香'之法,其实颇有几分是自己瞎蒙的。贫僧也不晓得究竟是砚台上蛙身内含毒还是莲枝中含毒,没想到你一口就说出是蛙身含毒!这可是你自己说漏嘴了……来,来,来,你教一下贫僧如何往这石蛙身上注毒、放毒?"

吴可远的脸顿时铁青,狠厉的目光恨不能把道衍削成碎片。

道衍逼视着他:"其实,这软筋化骨香和之前苏州宋明德一案中发现的天波弥罗散一样,都不是市面上能买到的毒药。它也是由玄门高手秘制而成的。吴可远,你能解释一下是谁送给你的吗?"

吴可远咬紧了嘴唇,没有答话。

道衍幽然道:"胡党一派的玄门高手用天波弥罗散害死了宋明德夫妇,那么你手中的软筋化骨香也应该是从同一个途径得来的啰?或许,让贫僧大胆地猜想一下,你以此毒暗害黄子澄只是一个初步的测试?接下来,便是田大人、韩大人……"

田尔丰恨恨地唾了一口:"想不到你竟是如此的狼子野心!"

吴可远紧盯着道衍,哆哆嗦嗦地骂道:"释道衍,你真是一个魔僧！"

"承蒙谬赞，贫僧只是一介贫僧。"道衍莞尔笑罢，又静静地从袍袖中取出三份东西：一份是钟万石状告他的那道千里传神符原件，一份是写有那八十一道备选考题的题单原件，还有一份是吴可远一篇策论习作文稿的原件。

田尔丰在旁看着，不禁失声而问："道衍大师，您……您这是……"

"吴公子，你可是'学得一手钟会笔，真伪难辨乱人心'啊！"道衍幽幽一叹，"你委实堪称模仿别人之笔迹达到以假乱真地步的天赋之才。"

"难……难道这些东西是他模仿来栽赃给您的？！"田尔丰越发惊愕莫名。

吴可远紧闭双目，并不言语。

道衍凛凛然向他逼视过去："但是你再精于模仿，也在一些细微之处上习惯性地有所忽略，我的这些字迹，被你模仿得有九成九相似了，但唯有那细细的一捺，露出了破绽。"

"那……那一捺……"田尔丰急忙向三份纸件看去。

"田施主请看，这一份文稿才是贫僧平日的习作。"道衍又取出一张自己亲笔写的纸笺，与那三份纸件细细比对，"贫僧平素所写的一捺，其尾端之处是平掠出去如一叶，不翘不弯。而这道千里传神符中的那一捺，这张八十一道备选考题题单上的那一捺，和他吴可远的亲笔文稿里的那一捺，都是在尾端之处平掠出去后又微微斜翘如小钩。吴可远，这是你久养而成的写捺时的习惯性动作，一时半会儿是改不过来的。就是你那几乎细不可察的微微一翘，暴露了你模仿贫僧笔迹用以栽赃的真相！

"而且，贫僧也知道，你一定很奇怪贫僧怎么会在秋试开考之前就知道'昔之得一者：……侯王得一以为天下贞'这道考题吧？你抓住这一点攻击贫僧知题泄题，真是有些狼心狗肺啊。可惜，你怎么便没想到这道题目其实是贫僧先前借燕王殿下之口建议给陛下，而陛下后来又将它选为考题的呢？"

"不必多说了。"吴可远脸上肌肉一绷，"吴某认输了，一切任你处置。"

道衍没有看他，而是注视着那小竹笼里跳跃欢唱的画眉鸟，平和地道："吴可远，其实你先前伪装成吴靖忠之逆子的身份接近我等，我等虽有暗疑，却仍对你毫无偏见。否则，太子殿下也不会让你和黄子澄一起来贫僧座下受教。可惜，你辜负了太子殿下的一腔宽仁大度之心，也破坏了太子殿下化疏为亲、化敌为友的宏图大略……

"就是你后来用毒物暗害黄子澄时，贫僧也不忍戳破，只认为你是出于小小的'文人相妒'。贫僧还想着等这场秋试会考结束后，再徐徐为你化解心劫。不料，你终是完全倒向了胡党，变本加厉，奉了别人密令竟对贫僧这个师长也要伪造手笔而栽赃陷害之！不义于友、不忠于师，你这是自绝于天哪！"

吴可远睁开眼，沉沉地看着他，闷闷地道："我的叔祖父是胡党的人，我的父亲也是胡党的人，你认为我还能挣脱这些牵绊而大义灭亲吗？况且，胡党以乩仙泄题的手段已经搞得连你都一筹莫展，你让我这样一个小小的文人书生如何去反抗他们？道衍师父，我已认罪服输，只希望你将来终会获得一个好的结局，完成我完成不了的梦想。"

田尔丰重重跺脚道："巧言令色！你这是自寻死路，休要文过饰非！"

道衍转过身去，根本没有在意吴可远的这番话，而是将自己掌心中的玄玉蝉紧紧一捏后又缓缓松开，语气若深若浅地道："贫僧如今抓到了你，想必那位隐在幕后的太平天君乩仙也很快就会现身了吧？！"

"你知道我府里那个老奴胡淘吧？"胡惟庸阴沉着长马脸，在密室中对刚刚从明州卫应召潜回的林贤道，"他还是我胡氏宗亲中人呢！前几天已被查出是拱卫司的密探，本相将他处决了。"

"陛下的耳目暗探密如天网，几乎是防不胜防啊！"林贤感叹道，"我等出招行事，务必加倍小心，切勿中了他们的圈套！"

胡惟庸一下瞪圆了双眼："你这直觉倒是精准得很。我们而今就是中了朱元璋和释道衍联手设下的明修栈道，暗度陈仓之计了！"

林贤愕然而问："道衍不是被关进拱卫司内狱了吗？道录司、御史台不是正在联手弹劾他的'泄题惑众、欺君欺天'之大罪吗？"

"本相从一开始就不认为钟万石、陈宁他们可以把那假和尚栽赃成齐云观乩仙而得手，但他们固执地一心想用这一招去对付道衍，本相也只好乐观其成。"胡惟庸敛住了胸中浮气，尽量保持着平静讲道，"当然，本相也存有一丝侥幸之心，赌的便是道衍在朱家父子心目中的价值和地位。倘若朱家父子顶不住内外舆论的重重压力，最后还是把道衍抛出去当替罪羊了呢？等他们解决掉道衍之后，咱们再次让太平天君乩仙显灵示谶，以此搅动朝局，到那个时候，朱家父子没了道衍从旁辅佐，必会周章失措、落于下风！"

听到这里，林贤赞道："父相这一招'螳螂捕蝉，黄雀在后'确也高明。您这般谋划，应该也不会有什么纰漏吧？"

胡惟庸紧紧皱眉，额上青筋突然凸起："然而，钟万石没想到，陈宁、涂节没想到，甚至连本相也没想到，朱元璋实际上是将计就计，佯装把道衍下了内狱，造成一种他们君臣失和、互不信任的假象，用来麻痹和迷惑我们！钟万石、陈宁在前边攻击得气势汹汹、山崩地裂，而朱元璋父子早从后门把道衍放了出来四下狙击！

"你看,这短短几日里,方圆承一突然失了联系,吴可远也突然失了踪迹,这都是朱家父子和道衍联手送给我们的惊雷之击啊!本相必须力挽狂澜,否则后面将是处处受制、步履维艰!"

林贤沉吟有顷,开口问道:"父相准备如何反击?但请吩咐便是。"

"现在,齐云观太平天君乩仙是我们最后的也是最大的天牌了!只要他一出手,释道衍也无计可施。你代本相火速去和齐云观那边衔接,可以让他们在恰当的时候发动雷霆一击,把朱家父子和道衍打个措手不及!"胡惟庸双目寒光毕露,阴沉沉地道,"本相要让朱元璋的这场秋试选贤变成他自己都不得不捏着喉咙生咽下去的苦果!"

第六十章
图穷

九月二十六日上午巳时,京城归云峰山脚的白鹄观扶乩现场,众目睽睽之下,乩笔无故而自动,写下了一行字:"太平天君告曰:吾之齐云观,何事遭封禁?重开齐云观,吾来传真言。"

几乎与此同时,京城玄武湖畔的游仙观扶乩现场,乩笔也是无故而自动,当众写道:"太平天君告曰:泄题我为之,与人皆无关。欲知真相何,还到齐云观!"

这两条乩言不胫而走,迅速引爆了全城舆论,朝野上下人声鼎沸,几乎都在议论这太平天君乩仙突然显灵示谶,是在向朱元璋和朝廷公开发声施压。

二十七日早朝,朱元璋召集群臣廷议此事。

面对如此不可思议之奇事,大多数朝臣都沉默了。胡惟庸却站了出来,明确表态:"乩仙再现,显灵示众,若是置之不理,恐为不妥。唯有恭请移驾齐云观亲自核验真伪虚实,然后重开科考以安众心。"

朱元璋别无他话,只道:"也好,如卿所言。秋试泄题之事也闹了十天,天下士子都被耽搁了,也该给一个最后的了断了。"

他当场允准,并定于下午申时摆驾齐云观。

同时,因为太平天君乩仙的自动显灵,先前道录司、御史台强加在道衍头上的所有罪名也就不存在了。朱元璋特下旨意，立即从内狱释放道衍，并让他陪太子同往齐云观。

在齐云观大殿之上，朱元璋负手而立，仰视着那座由天生大树自然形成的老君像，盯着圣像上那一对幽幽闪光的晶球大眼珠，向胡惟庸悠然问道："胡爱卿，看来你是倾向于相信这太平天君乩仙是真实存在的。那你给朕建议一下，朕此时此地应该如何核验这位乩仙是真是假呢？"

"世间鬼神仙怪之事，若有若无，若幽若明，老臣不敢轻易肯定，但也不敢轻易否定，以免误了朝局大事。老臣之意，仅此而已。"胡惟急忙恭逊道，"至于测验真伪之方，还请陛下圣心独裁。"

朱元璋听罢，淡淡一笑，转身望向殿中群臣："胡爱卿这是不想授人以柄啊！既是如此，众爱卿尽可直言，朕明辨而用之。"

最后，还是刘三省出列奏道："启奏陛下，若要核验这乩仙的真伪虚实，其实甚为简单。依老臣之见，此时便请陛下屏退众人，于这大殿之上，由陛下、太子、胡丞相三人先后一一在老君像前写下各自心目中重开科考之时的策论自拟考题，然后投入这空香火箱中封好。

"陛下三人投完之后，立刻开殿召集盲道士执笔，当众求问太平天君乩仙。乩仙若能在沙盘上准确写出陛下三人各自拟写的秋试考题，则应为真灵示众无疑；若其不能，则为虚妄之物，可以当众拆殿封观、昭告天下。"

朱元璋的目光投向了站在殿角沉默而立的道衍，口中却朝众臣问道："诸卿以为刘大人之言如何？"

道衍迎着他的目光微微点了一下头。同时，众人齐齐答道："刘大人所言可行。"

"那就这么办吧。"朱元璋肃言道。

空荡荡的大殿上，朱元璋扫视了一圈四周，确定无人偷窥，才缓步走到香案之前，略一思忖，提笔在铺开的纸笺上写了一段箴言题目，然后便将它折好投进那个空空的香火箱内。接着，朱标在他一呼之下进殿，如他一般在纸笺上写了一段箴言题目，投进空香火箱后便站到朱元璋身旁。最后是胡惟庸入殿，一切依朱元璋、朱标之所为，并乖乖退到了右下首方位站定。

这时，朱元璋才向外面重重地拍响了手掌。云奇、马文锐领着群臣进殿。丹泽子和那两个盲道士也随之奉命而入。

朱元璋焚起三支天人感应香，插进铜炉之后，向两个盲道士吩咐道："有劳你们开始替朕请来乩仙显灵降谶吧。"

大殿之内，立时变得深潭一般沉寂。众人都紧盯着那根丁字棍乩笔，大气也不敢乱出一下。

片刻之后，一阵疾风掠过，在香烟缭绕之中，两个盲道士扶着乩笔底部的手突然动作起来，"沙沙沙"一阵声响，在沙盘上迅速地写下了一行行清晰的字迹。

在场诸人看到这一幕，几乎都一下睁圆了眼。只有道衍，一双锐目在前前后后、上上下下打量着殿中的一切，脸色也变得越来越沉峻。

第一段箴言题目的内容在沙盘上已经呈现出来了，是来自《道德经》的："以道莅天下，其鬼不神。"不一会儿，第二段箴言题目的内容也出来了，是来自《论语》的："孔子谓季氏曰：'八佾舞于庭，是可忍也，孰不可忍也？'"末了，第三段箴言题目的内容也浮露而出，是来自《朱子》的："朱子曰：毋不敬，是正心诚意之事；思无邪，是心正意诚之事。"

朱元璋、朱标、胡惟庸三人面面相觑，勃然变色。

云奇正要上前将那密闭的空香火箱打开，朱元璋突然喊了一声："停！"云奇立刻动作一定，僵在了当场。所有人的目光一下聚射在朱元璋身上。

他停顿稍顷，狠狠地倒抽了一口粗气，咬了咬牙，向外摆了摆手："除了胡丞相和太子之外，所有人都退出去等候圣谕吧。"

在齐云观的一间偏殿里，朱元璋深深地饮了一大口清茶，然后看着朱标、胡惟庸："朕拟写的箴言题目就是《道德经》那一段，《论语》里的箴言题目是太子拟写的，《朱子》里的箴言题目应该是胡爱卿拟写的。对吧？"

朱标、胡惟庸齐声应道："不错。"

朱元璋长叹一声："若是诚意伯重生，只怕也没有这等神通呢！"

胡惟庸试探着道："陛下，看来这乩仙确是真实存在了。您以为如何？"

朱元璋面色沉沉，没有答话。朱标也是一脸惊疑，不好多言。

胡惟庸鼓了鼓自己的内气，又缓缓奏道："陛下，外边还有一百余位大臣和数千名士子等着呢。老臣大胆陈奏，乩仙既然真的存在，那么秋试会考就不能再举办了。倘若乩仙又向他所认为的有缘之人泄露考题，其他的考生必会群情汹涌、酿成哗变……"

"哦，那你的意思是……"朱元璋扫了他一眼。

"老臣之意，既然乩仙先前多次向世人泄露秋试考题，到了今日亦是如此，则说明乩仙是在代天传旨，不允许再以科考取士。"胡惟庸终于将这番话硬声硬气地讲了出来。

朱元璋听罢，和朱标交换了一下眼神。他慢慢端起茶杯，脸上却毫无异容："那又当如何取士？"

胡惟庸此刻也只能硬顶而上："老臣认为，应当采取魏晋之际的九品中正取士之法。"

朱标神色一变，正欲发话，朱元璋却伸手将他暗暗一按，朝着胡惟庸平平而道："九品中正取士之法，岂不是以家世定才品、以门第论英豪？以亲举亲、以贵举贵，哪里还有公平二字？"

胡惟庸皱眉答道:"老臣所讲的办法,其实是迫不得已而为之的办法。上天通过乩仙之口一再泄露考题,我等又能如何?即使陛下再次出题秋试,恐怕又有泄密扰众之忧……"

朱标实在听不下去了,插话道:"胡丞相,你就断定这所谓的太平天君真是乩仙而不是乩妖?它一个区区的所谓乩仙,便能真的代天传旨?"

"太子殿下,无论他是乩仙也罢,是乩妖也罢,他能未卜先知、泄密扰众,便是我等不可不为之重视的呀!"胡惟庸的话语越发锋利起来,"那日祈雨法会上,道衍师父那样取巧于天,陛下还不是认可了?只因他终究是呼下了风、唤来了雨呀!而这无形无相的乩仙显灵告民,不知道比道衍高明多少倍……"

听着这些话,朱元璋脸上不露分毫声色,隐忍着怒火在袍袖中暗暗紧握成拳,指甲深深抠进了掌心里:"原来胡爱卿给朕出的考题竟然在这儿呀!难怪吴靖忠一早就在收集各州的世族家谱……"

"陛下这话真是让老臣无言以对了,吴靖忠的所作所为,老臣哪里知晓?"胡惟庸只得强撑着答道,"乩仙泄密扰众,乃是朝局当前之大患,老臣只是极力绸缪之。难道老臣错了吗?陛下若不尽早明断,天下难保不会生变啊!"

朱元璋面色一定,渐渐变得沉静下来。他喝光了杯中余茶后,才缓缓发话道:"朕也明白你的苦心。一切容朕再徐徐思量一番,朕届时自有决断。这期间,你也可以先草拟一个九品中正取士之法的具体条陈呈上来让朕看一看。"

"老臣遵旨。"胡惟庸虽然把头深深地伏在地上,语调也变得十分卑恭,眼角却暗暗闪过了一丝得意之极的光芒。整件事情的走向,正按照他事先的谋划步步实施,他焉能不为之深深窃喜?!

"终于图穷匕见了!"朱棣赶到天界寺禅房一见到道衍,便将今天下午朱元璋、朱标和胡惟庸在齐云观偏殿谈话的全部内容一字不落地告诉了他。

道衍一边轻轻摩挲着自己掌中那只莹润光亮的天乙玄玉蝉,一边问道:"陛下最终的决策是什么?"

"陛下让本王带口谕给您:请姚先生务必在本月月底帮助朝廷彻底了断此事,令胡党无法兴风作浪。"朱棣沉肃异常地讲道。

道衍神色一敛,不紧不慢地道:"燕王殿下,其实胡党一派终究会介入秋试会考,贫僧自然是有所预料的。贫僧原来以为,他们不过是在事先偷窃到秋试考题,拿给他们的亲信士子作弊入围,然后以这些士子为楔子安插进通政使司。没想到胡惟庸竟如此阴险,以太平天君乩仙之名假冒天意泄题于众,借机废除科考而重归九品中正取士之制,利用他们在州府之中的爪牙往朝廷输送他们的人才!这才是釜底抽薪的一记狠招,他们这是要把大明的吏治大权完全架空啊!"

朱棣一咬钢牙:"胡惟庸既如此阴险,该当如何应对?"

"无妨。他们想装神弄鬼,我们便杀神灭鬼,让他们搬起石头砸断自己的脚!"道衍面色一松,胸有成竹地答道。

"姚先生,您可想好对策了?"朱棣握着拳头大喜道,"那真是太好了!"

道衍正视着他,侃侃言道:"贫僧今日在齐云观细细观察那所谓的乩仙显灵示众,倒也发现了一些蹊跷之处。后面这几天齐云观不是要继续开门迎客吗?乩仙不是要继续明示真言真语吗?我们就是要让他多多表演,多多显灵!他表演得越多,显灵得越多,纰漏也就暴露得越多。贫僧和闻溪大师可以易容改装后去近身实地监视住他……燕王殿下,请转奏陛下,请他放心:这世上哪有包得住火的纸袋和毫不透风的土墙?"

第六十一章
败局

齐云观的上清殿里，香烟腾腾，乩笔如飞，人立如鹄，同时却又鸦雀无声，肃穆之极。

自当今圣上驾临齐云观求问太平天君乩仙之后，这里便热闹非凡。京城内外的富豪人家纷纷前来求乩问卜，渴望得到乩仙垂示而无往不利。

这一日，丹泽子在场主持解乩，太平天君乩仙又通过两个盲道士之手给一个求问财运的富商留下了乩言："太平天君告曰：卯午见红，遇胡而兴。"

那富商见了这八个字，顿时惊得双目圆睁，连声高呼："太平天君果然料事如神！说得太准了！说得太准了！"

丹泽子在旁边咳嗽了三四声，厚起脸皮提醒道："天君自然是出口神断，无有不准的。你还不虔诚地向天君奉上谢礼？"

那富商立刻掏出二百两银票塞给丹泽子："在下岂敢在天君面前失了礼数，这不是自寻祸端吗？"

丹泽子嗯了几声，接过银票，正要把对方礼送出去，却见眼前一花，一个不知从哪里猝然冒出的白衣秀士笑呵呵地挡住了富商的去路。他用一柄折扇指着富商手中的字条，很是好奇地问道："这位老爷，听你说这太平天君灵验得很？那你就从你的亲身感悟出发，说说他明示给你的乩言到底精准在哪里？"

那富商两眼一瞪："你是哪个？我凭什么要告诉你？"

"小生也是来求乩问事的。"白衣秀士神色不变，哈哈笑着，向他递上一块二十两的银锭，"我就是想听一听你的现身证法，好让我待会儿掏钱有个准数。"

他这么说，丹泽子在一边听得明白，便也不好过来攥他，毕竟看样子他也是一个大客户、大施主。

那富商收了银锭，指着字条上"卯午见红"这句话，说道："老弟，你看太平天君说我'卯午见红'，就是点明我在今年二月（卯月）、五月（午月）时会'开门见红'，发一笔大财。实不相瞒，我今年确实是在二月、五月分别做成了两笔大买卖……"

"那这'遇胡而兴'呢，又是什么意思？"白衣秀士不动声色地继续问道。

"刚才丹泽子道长帮我解析过了，我也认可了——'遇胡而兴'嘛，太平天君肯定是预言我将来会得到一个姓胡之人的帮助而更加兴旺发达嘛！"那富商捋着胡子乐呵呵地笑道。

白衣秀士缓缓摇头："实言相告，小生却不是像你这般领悟的。在小生看来，所谓'卯午见红'，应该是另有一层意思：它说的是你今年在二月、五月分别经历过一次血光之灾。你好好回忆一下，你在今年二月、五月是否发生过什么流血见红的事情？"

"呸呸呸！你这破口话、乌鸦嘴！"那富商先是跳着脚狠狠往地上唾了几口，冷静下来后想了一阵儿，又道，"也是，我记起来了，我在二月份吃水果的时候一不小心被刀子削破了手指，流了一点血渍；我在五月份下马车时也摔了一跤，把膝盖跌伤流血了，还在床上静养了七天……"

白衣秀士朗朗一笑："是啊！你看，我这个解析也和你的实情照应得上，对吧？而且，在小生看来，这句'遇胡而兴'，也不是喻指你遇到姓胡之人相助，而是指你从胡人夷商那里大发横财，是也不是？"

"哎呀！我近来正与天竺胡商做香料生意，确实是一本万利，还是你这老弟点拨到位！"富商一拍膝盖，向他赞叹道。

"不是我点拨到位，而是这位太平天君降下的乩言乱语故意显得模棱两可、左右逢迎，让求问之人自以为说中要害而无错无误！他玩弄的就是这种哑谜式的文字游戏，利用的就是你们这种因崇敬膜拜而自动迎合的顺从心理！"白衣秀士双眸厉芒一闪，拉了那富商的手往沙盘那边闯去，"你若不信，让咱俩再来与他当面对质！"

丹泽子一见，慌忙拦了过来："大胆狂生，竟敢在乩仙面前胡言乱语、迷惑人心！小心天君降你一个灵感报应！"

富商一听，急忙甩开白衣秀士的手，死活不敢上前。那白衣秀士也不再逼他，拿眼斜睨着那座老君巨像，冷笑道："什么太平天君，什么乩仙显灵，若是换了我姚某人来做，照样也能弄得这些善男信女们迷迷糊糊、颠颠倒倒、顺顺从从的！但这一切，终究也不过是井蛙望天、夜郎自大罢了！"

丹泽子气得嘴斜鼻歪，狠劲跺脚，朝自己的弟子们怒喝道："你们还杵在那儿干什么，快把这个疯子赶出去！"

一直隐在人群后面的金甲新把外面的罩袍一扯，露出里边的飞鱼服来，同时疾步上前，把一块铭刻着拱卫司密使的豹头银牌一亮："谁敢乱来？这位是天界寺的道衍师父，正在奉旨办案！"

在丹泽子等人惊诧之极的目光中，那白衣秀士把脸徐徐一抹，露出真容，正是道衍。另有一个青衫书生也走上前来，把头上小帽一摘，却是闻溪圆宣。

一队拱卫司力士出列，易衣换袍森然而立。金甲新把手一摆：

"不相干的人全部清退出去。"

不多时，大殿之上，只剩下了道衍、闻溪圆宣、金甲新和丹泽子、两个盲道士这些人。

道衍容色淡定，抬头遥望着那座高高的老君圣像，和那一对晶球眼珠坦然相视，沉声道："太平天君阁下，贫僧到此有扰了。你终该露面了。"

丹泽子在旁边嗫嚅道："道衍圣僧，老君是老君，乩仙是乩仙，您……您问错对象了。乩……乩仙是用乩笔显灵现形的……"

道衍毫不理睬他，只问两个盲道士："两位道友，你俩实话实说，太平天君降临显灵之际，是怎样操纵你们手中的乩笔的？究竟是附体在你们身上还是另用什么异术作用在乩笔之上？比如说是这样——"

他双手十指拢在袖中，往外屈指而弹。哧哧几声轻响，四五缕有质无形的指劲激射而出，一下接一下撞击在乩笔的尖锥之上，驱动着它在沙盘上画出一道又一道痕迹。

两个盲眼道士虽然都手握着丁字棍乩笔的柄杆暗暗体感着，却异口同声地叫了起来："不是这样的！不是这样的！"

"那究竟是怎样的？从实讲来！"道衍厉声逼问道。

年老的盲眼道士怯怯地答道："启……启禀大人们，我们先前感到太平天君降临时，是忽然觉得乩笔顶部莫名地一紧，然后便有一股强劲的无形力道牵动着整支乩笔开始画写字迹，而我们只是顺势而为罢了……但绝不是您这位大师这种运用指劲撞击笔尖画字写字……我们也是练过一些内家功夫的，对您的无形指劲还是能分辨出来的……"

道衍听罢，哈哈笑道："玄武湖的游仙观太平天君降临显灵一事，就是我的这位闻溪道友以无形指劲隔空撞击乩笔而写字的。至于归云峰白鹄观里,可能就是这位真正的太平天君所写的了!他的手法和我们的手法不一样,但他急着现身显灵的心情和我们急着请他现身显灵的心情却是一样的。

"贫僧先前也来过齐云观亲眼观察过太平天君如何显灵,贫僧也曾经怀疑是这位丹泽子道友暗中以无形指劲使弄的手脚。但当时在现场,以及这两日在现场,贫僧发现丹泽子你确实只是在解乩析乩,并无任何异动。贫僧又怀疑你们莫非真的被人施了秘术而遭所谓的'阴灵'附体,但,这更不可能!一来,这世间从没有那种夺舍附体的妖法秘术;二来,你们这两位道友在挥笔动笔时神智似属正常。现在细细想来,那个所谓的太平天君操纵你们手中乩笔的,就只有最后一种可能了!……"

他身形突然一个疾转,双掌反手一翻,两股雄浑已极的掌风骤然击向那供台上老君圣像的两颗晶球大眼珠,同时锐声喝道:"兀那太平天君,你还藏在太上老君的肚子里作甚?!"

果然,"哗"的一声,那老君像头顶的冲天青莲状木雕法冠被一掀而起,露出一个大洞来,一道灰影从中闪掠而出,飞快地站在了老君头像顶上,赫然是一个玄衣蒙面人。他双目如刀,恨恨地直盯着道衍。

那丹泽子见此情形,不禁"啊呀"一声大叫,脸色发白,双腿一软,竟是当场跪倒。

道衍毫不畏惧地迎视着那个玄衣蒙面人,凛然而道:"原来这天生树成、拔地而起的老君神像居然是空心的,这位太平天君就躲在他的身体里,通过两只晶球眼珠观察外面的一切!陛下和太子在他的眼皮底下书写考题,自然是无密可保!"

闻溪圆宣念了一句佛号,感叹道:"难怪小僧总感觉这上清殿里有人在隐隐窥视呢……"

道衍的目光收了回来,瞧了瞧呆若木鸡的丹泽子,冷冷又道:

"这位丹泽子道长是齐云观的住持,不可能不知道这老君树像空心的秘密。他或许是被财欲迷了心窍,又或许是这位太平天君的同党吧?"

金甲新大手一挥:"拿下!"两个拱卫司力士立刻上前拖走了瘫得似一堆烂泥的丹泽子。

闻溪圆宣又问:"道衍师兄,小弟还是不甚明白,这位太平天君乩仙究竟是如何操纵乩笔的呢?"

道衍幽幽道:"这就要问这位太平天君,不,通明观的平虚子道长徐应杰近期练成的一种无形利器——水灵丝了!"

闻溪圆宣、金甲新等人失声惊呼道:"原来是无形无色的水灵丝!怪不得这两个盲道士一直声称乩笔是被一股无形劲道所拉动操纵,原来就是水灵丝!"

"为了掩蔽水灵丝,他故意要求各位求乩者先烧什么天人感应香,其实就是用香烟迷蒙大家的视线,对水灵丝看不明切。是也不是,徐道长?"道衍朝着那玄衣蒙面人逼视而道。

一声深深长长的叹息过后,那玄衣蒙面人缓缓取下了面巾,果然是徐应杰。他回望着道衍,沉声道:"既生亮,何生瑜?逃虚子师兄,你是怎么知道我修炼了水灵丝的?"

"也许你自己都记不得了。一个月前,贫僧第一次到通明观访问封万尘时,你不是正在道场上显露奇技而隔空操控青、黄二雀吗?那便是你暗练而成的水灵丝吧?"

徐应杰闻言,脸上肌肉不禁剧烈抽搐了片刻,最后还是僵硬着声音说道:"逃虚子师兄,既是如此,就请考校一下小弟的水灵丝修为如何?"说着,他双手一扬,银光一闪,两条水线直向道衍飞射而来。

道衍身形不动,衣袖一挥,劲风飒然,把那两条水线隔空吹偏开去。那两条水线在半空中一旋,"嚓嚓"两声,竟在殿中大柱之上射出两个深深的洞眼。金甲新和闻溪圆宣相顾骇然,想不到这徐应杰的水灵丝之刚锐灵敏竟已厉害如斯！

"妖人敢尔！"几个拱卫司力士见状，一齐出手，飞镖、短匕、铁丸、袖箭，嗖嗖乱响，纷纷朝徐应杰身上急射而去。徐应杰不管不顾，右掌一张，一团透明之极的水球飞滚而出，往殿中地板之上一落。"大家小心！"道衍疾声提醒了一句，同时双袖一展，遮挡住了自己的脸。

那边，各色暗器已然纷纷打在了徐应杰身上，他的身体却如没有实体的幽灵一般无知无觉、无伤无痕——修炼了水系功法的他，已是变得体软如绵、刀剑难透。

而这边，"嘭"的一响，那枚水珠落地炸开，一蓬蓬水星迸射而出、四溅而飞，几个拱卫司力士闪避不及，被一点水星溅到脸上或身上，顿时如中利刃，痛得钻心刺骨，不禁纷纷惨叫起来。闻溪圆宣和金甲新却是各运功力，双袖齐飞，呼呼生风，以内家真气把那些水星震散开去。

徐应杰大喝一声，手指一动，千丝万缕的无形水线纵横交叉，密如蛛网一般，又朝道衍当头罩落。

道衍身形一拔，飞退而起，动作潇洒之极——那一片水网却如影随形，紧跟着向他飞罩过来。

"道兄小心！"闻溪圆宣左臂一伸，雪绫剑化作一道白虹疾射而出，旋空一绕，"哧啦"一响，把那片密集的水网破开了好大一个口子。

道衍身轻如燕，迅捷之极地从那口子中闪身而出，同时，他左掌乌光一闪，玄玉蝉口中迸出一缕足可洞金贯石的犀利劲气，直向徐应杰迎面射去。

就在这一瞬间，徐应杰双掌环胸一抱，面前骤然升起一幢透明的水幕，把道衍发来的劲气化解得无影无踪。

徐应杰冷哼两声，左手在空中虚抓一记，一股无形旋涡般的气流透掌而出，将道衍的身躯紧紧吸住，直往那幢水幕中飞拢过来。

道衍面无一丝慌张之色，竟是坦然伸开臂脚，任由徐应杰运用水幕将自己一吸而入，层层水光裹卷上来，把他像蚕蛹一样死死封住。

在闻溪圆宣、金甲新等人眼中，道衍似被一个巨大的水球结结实实地包裹于中，连气息也透不出来。但看上去，他却神色镇静、垂眉合目，竟在这水球之中打起坐来。

徐应杰脸色变得十分狞厉："姚广孝，徐某倒要看看你究竟能在这密闭无缝的水灵真气球里撑多久？！"说着，他双掌隔空紧紧一收，水球越缩越小，竟把道衍的身躯从外向内重重挤压。在这越来越紧实的挤压之下，道衍全身的骨节都似爆栗子一般发出"咯咯咯"的脆响，脸也涨得一片通红。

"糟了！"闻溪圆宣惊呼一声，手中雪绫剑一摆，便欲飞射而去破开那个水球。

"且慢！"金甲新伸手一按闻溪圆宣的肩头，努了努嘴，"你看道衍师父他……"

只见道衍合掌闭目，宝相庄严，浑身上下透出一层淡淡的金光，躯体骤然一下暴长二尺，竟似一尊佛像般从内向外膨胀开来！徐应杰咬紧牙关拼命握拢手掌，却始终阻止不了道衍的法身越胀越大。终于，"哗"的一响，整个巨大的水球似迸裂的透明蛋壳般一爆而开，道衍的身形一瞬间也恢复如常，而徐应杰则似受到极为强烈的反震之伤，一口鲜血直喷而出，在老君圣像头顶上摇摇欲坠。

道衍抓住机会右掌一划，一团白气凝若实物，恰似一朵玉莲透空而出，飘飘然一掠而至，在徐应杰胸前轻轻一撞。徐应杰闷叫一声，身形倒栽下来，落在香案之上，急又翻身坐起，捂着心口直喘粗气。

金甲新、闻溪圆宣等人一见，喜出望外，纷纷动身便要上前擒他。徐应杰却朝道衍猛一伸手,尖声叫道:"姚广孝,我现在带你去一个地方,见你最想见的那个人!"

"好,你们住手。"道衍定定地看着他,缓缓答道。

齐云观后院的那棵大槐树长得郁郁葱葱、亭亭如盖。

道衍观看着树身上那个被藤蔓掩蔽的水桶大小的洞口,若有所悟地道:"原来这里面有地道一直通往老君树像的肚子里,难怪你在拱卫司的严密监视下还能从上清殿进出自如。只不过,你刚才怎么不从这条通道遁走呢?"

徐应杰用手按着胸口咳了几声,自言自语道:"我先前对自己新近练成的水灵丝还是颇有几分自信的……"说着,他右袖一举,"嗖"的一声,一支火箭射上半空爆了开来,焰花飘飘,同时却有一股淡淡的异香随风而下,微微泛动。

道衍双眉一皱,用袖角掩住口鼻,疾退至二丈开外。

徐应杰却全不在意,大大咧咧地笑道:"这是信号箭,又不是伤人箭,你有必要这么提防戒备吗?"

待到异香散尽,道衍才放下衣袖,开口道:"小心驶得万年船。你有时候总是有些大意,到现在也没改。罢了,你刚才所说的那个人什么时候才到?"

"他对徐某盼咐过,万一失手可在齐云观发出这支信号箭,两刻钟之内他必会现身。届时,他自有说法当面给你。你且少安毋躁。当然,等一会儿我会劝他对你高抬贵手的。"徐应杰一口气说完,便闭着眼睛自顾自运气疗伤。

道衍只得在他身畔坐将下来:"你既死活不肯明说,我自然是陪你一起等他。我也很想见一见这个竟能在幕后指使你的人。"

时间一分一秒地过去,终于金钟阁那里传来了未时的钟声。不消说两刻钟，连三刻钟都已超过，这里一切依然如常，无风无影亦无外人。

道衍启目立身："看来，他违约了。应杰师弟，随我走吧，回去向陛下自首投诚。"

徐应杰也着急了，一跃而起，脸色变得惊讶莫名："不……不可能！他不可能失约，他也不可能不救我……"

话音未落，他只觉心弦剧震，喉头一甜，鲜血从他唇角直流而出。同时，他腹痛如绞，汗出如浆，不禁捂着小腹呻吟起来。

道衍大惊失色，火速上前，先封了他前心后背八处重穴，阻止毒液在他体内经脉中蔓延。然后，他握住徐应杰左腕脉门一摸，不禁愕然道："你居然中了不解之毒？恐怕就是刚才信号箭里散发出的异香！原来，他要你发出信号箭召唤之际，便是把你铲除灭口之时！你快说，他是谁？"

"是……是吗？我……我真……真傻！……"徐应杰大口大口地吐着鲜血，连一句囫囵话都说不清楚，"姚……我……我还是不……不能告诉你……你……你斗不……不过他……他的……"结结巴巴地说了没多久，他的头往左一歪，躺在道衍的怀里，没了气息。

道衍抱着他的身子，喉结无声地滚动着。他慢慢朝着苍蓝如海的天穹仰起脸来，眼角竟有一丝泪光闪过。

"砰"的一声巨响，通明观的大门被狠狠撞开。

马文锐率着宗泐、宗渊、圣光长老等一大批沙门高手长驱而入，瞬间冲到玉清殿坝前。他就不信，有这么多禅林异士同行同进，他封万尘还能飞天遁地不成？拿住他，不在话下！

一队道士从那边几乎是连滚带爬地迎了过来。

马文锐手托诏书，威风凛凛高呼道："有旨：着道录司左正一封万尘即刻入宫面圣,违则拿下!"

却见那道士队列中带头的钟万石红肿着双眼趋上前来,号啕而哭:"封……封师兄刚刚坐化升天了……"

第六十二章
征兆

九月三十日早晨，风和日丽，天清气爽，是应天府这两三个月来罕见的好天气。

夫子庙正殿前的考场上，黄子澄、邓少贤、包公望、卢午胜等士子们各于书案之后正襟危坐，神态恭谨之极。

殿门台阶的御座之上，朱元璋头戴翼善冠、身着明黄袍，脸上极为难得地溢满了笑容。看得出来，他此刻的心情是十分高兴的。目前齐云观太平天君乩仙一案的黑幕已被公然戳破，胡惟庸借以实施九品中正制架空皇权的图谋也就此崩坏。而且，朱元璋已经得到日本北朝足利幕府的资金，基本上可以在北边摆脱胡党一派的掣肘。他现在已经有足够的底气来选择新人助力、开设通政使司了。在长时间的坎坎坷坷、曲曲折折中，自己和朱标、朱棣他们终于挺到了胜利的终点，朱家的天下，终于彻底稳固了。这让朱元璋此时此刻如何不为之笑逐颜开？

而胡惟庸，在遭到这一系列的重挫之后，只有敛意卑伏，对外宣称自己身患暴疾而在府中卧养不出。所以，在今天开考场的日子，他自然是没有来的。他的缺席，标志着胡党一派颓败的征兆已然渐渐浮出水面。

朱元璋已经用不着考虑他和他背后那股势力的感受和反应了。

当开考的钟声徐徐敲响时,朱元璋站到了前台,面向场上的列位士子考生,开始侃侃宣讲:"临考之前,朕和在场诸君剖心剖肺地讲几句真心话。诸君都是饱学之士,诸君都是国之令器,诸君都是朕之助手——从今而后,朕的大好河山,就由你们替朕牧守;从今而后,朕的万千子民,就由你们代朕抚理。你们若不负朕,朕亦决不负你们!你们只要在入仕之后守好了清、慎、勤三个字,朕就保你们有全始全终的福、禄、寿三个字!……"

黄子澄在下面仰视着朱元璋,听得热血沸腾、感慨莫名:洪武大帝果然是高山仰止、非同凡响!自己投身于他的庙堂,必能丰上泽下、一展宏图!

此时,朱元璋又庄肃有力地道:"如今妖氛已净、妖人已除,再无奸邪之徒扰乱会考。朕也不再预作备选之题,以免有人从中勾探。所以,朕今日在此向诸君亲自现场出题:各位士子,你们只管结合当今朝野时势,不拘题目,不限长短,或虚或实,或深或浅,或远或近,或巨或细,直抒胸臆,言无不尽,把你们的见解和策论尽心写来,朕再审而定之!"

黄子澄听得分明,心头波澜迭起。今早在他出门应考之前,道衍曾将他拉到一边,然后伸指过来,笼在衣袖之中,于他掌心之上暗暗写了"乾纲独断"四个字。

此刻朱元璋宣布了让大家放开手脚尽情挥写,那么投其所好、精准押题,便是考验各个士子的阅历与功力之重要关头了。黄子澄再敦厚,这时也明白了道衍的暗示之意:自己只有围绕那四个字的主题来写策论文章,才会赢得朱元璋最大的青睐和欣赏。

于是,他轻轻颔首,深深一笑,提起笔来,在卷纸上徐徐写将下去。

禅房的桌案上，整整齐齐地铺放着一件纯黑色丝绸佛衣，看上去光滑如水、润亮如油，胸襟处用细密银线绣着一轮圆日与一弯斜月并列对临的精美图纹，透出一股说不出的典雅华贵之气。

"道衍师父，在此番挫败胡党奸谋、揭破秋试泄题黑幕的战役中，您实是居功至伟。"朱棣笑吟吟地向道衍介绍道，"父皇知道您不贪名不求利，便奖赏了您这件日月佛衣。"

道衍看了看那件日月佛衣，沉吟了一下，道："多谢陛下隆恩。一衣之赏，物美价廉，贫僧便收下了。"

"道衍师父，这件日月佛衣物美是真，但其价不廉啊！"朱棣含笑细细道来，"您穿上它后，可以享有三大特权：其一，除谋逆大罪之外，您可以免除一切大明律法之罚，等同于'免死丹书铁券'的用途；其二，您若在官场上以日月佛衣示人，可以视为一品侯爵在身，并可行使拱卫司首席统领之职权，朝中从一品以下文臣武将均可任您差遣；其三，若遇紧急事宜，您可身着此衣，在任何时候、任何地方闯宫面圣，任何人不得从中阻拦。"

道衍听罢，浅浅而笑，摆了摆手："原来陛下是想让贫僧做大明的'缁衣宰相'啊，贫僧如何承当得起？"

朱棣看了看身边站着的朱标。朱标也笑着道："姚先生，您就不要推辞啦！以您的聪明才智，大明的'缁衣宰相'非您莫属！"

道衍沉默了片刻，终于开口道："这件日月佛衣，贫僧便暂且收下了。"

朱棣咳了一声，又道："父皇还有一件礼物特赠予您……"

道衍微微皱眉："出家之人，要这么多外物有何用哉？"

"道衍师父，也只有您敢这么拒绝御赐之物。"朱棣嘻嘻一笑，"父皇说了，您若见到这件礼物，一定会懂得他的意思。"

"既是如此，贫僧便恭敬不如从命了。"

朱棣打开一只木匣，取出一物，正是那枚玲玲作响的石中石。

道衍接过那枚石中石，握在掌中摇出声声清响。倾听片刻，他若有所悟，突然面色微变："贫僧明白陛下的深意了。贫僧一定尽心尽力，不负陛下所托。"

朱标这时才插话笑道："现在父皇的礼物姚先生您都收完了，本宫这里也备了一份薄礼，姚先生您可千万不要推拒啊！"

"陛下、殿下待贫僧是言听计从、恩重如山，贫僧怎能再受厚礼？"道衍连忙道。

"道衍师父您放心，我大哥送您的不是什么宝贝，而是一篇绝妙佳文，请您好好欣赏一下。"朱棣在旁不由"扑哧"一下笑出声来。

道衍这才接了朱标递来的那筒纸卷，在桌案上缓缓翻展开来，一边注目看去，一边抑扬顿挫地吟诵道：

　　　　论天下有道则礼乐征伐自天子出

　　治道隆于一世，政柄统于一人。夫政之所在，治之所在也。礼乐征伐，皆统于天子，非天下有道之世而何哉？

　　昔圣人通论天下之势，首举其盛为言。若曰天下大政，固非一端，天子至尊，实无二上，是故民安物阜，群黎乐四海之无虞；天开日明，万国仰一人之有庆。主圣而明，臣贤而良，朝臣有穆皇之美也；治隆于上，俗美于下，海宇皆熙皞之休也。非天下有道之时乎？

　　当斯时也，语高明则一人所独居也，语乾纲则一人所独断也。若礼若乐，国之大柄，则以天子操之而掌于宗伯；若征若伐，国之大权，则以天子主之而掌于司马。一制度，一声容,议之者天子,不闻于以诸侯而变之也;一生杀,一予夺,制之者天子,不闻于以大夫而擅之也。皇灵丕振,而尧封以内,咸凛圣主之威严;王纲独握,而万旬之中,皆仰一王之制度。信乎!非天下有道之盛世,孰能若此道哉?

诵罢,道衍转过身来,朝已是惊得目瞪口呆的黄子澄双袖一拱:"好构思!好手笔!好文章!黄公子,贫僧祝你蟾宫折桂、独占鳌头。"

朱标也笑意盈然地道:"昨夜父皇已经召见本宫,向本宫当场盛赞了这篇文章,决定确立黄公子为本场会试之状元!他还准备把这篇文章明发邸报、颁示四方以彰英奇!"

黄子澄喜得双眼发花,几乎要晕过去,但还是强撑着向道衍屈膝跪下:"生我者父母,成我者君上,而导我者姚师也!这大恩大德,黄某永世难忘!"

道衍莞尔笑答:"黄公子,你做到了'毋不敬''思无邪',自然便能得天独厚、五福临门。你自思而自得、自成而自立,此事岂有贫僧丝毫之功乎?"

黄子澄只是凝望着他,眼角清泪长流,感动得说不出话来。

朱标又向道衍正颜道:"父皇已从数千名考生当中选出三百名俊秀之士,一律入职新成立的通政使司。胡惟庸把持的中书省从今而后再也不能一手遮天、欺上瞒下了!"

"确如殿下所言。"道衍深有同感地点头道,"现在,就差最后一粒火星把胡党一派这根朽木烧得灰飞烟灭了!"

正在大家谈笑风生之际,道涤忽然推门进来禀道:"大师兄,道沐二师兄派道溶师弟来报喜了!"

"报喜,道沐师弟有什么喜事来报?"道衍微微一愕。

只见道溶抢身而入,也不顾其他,径向他一头拜道:"大师兄,道沐师兄让小弟连夜赶来给您报个喜讯！"

"难道是师父安然出关了？"道衍急忙问道。他想了一下，又对道溶道："快来见过太子殿下、燕王殿下、黄公子……"

道溶一边抹着额角的汗水，一边向朱标、朱棣等人行礼见过，又回头对道衍道："不是，师父还未出关。大师兄，您还记得那个苏州府衙的捕头'钱抓手'钱大斤吗？他在寒山寺被咱们抓住了！"

"钱大斤？"道衍闻言，面色剧烈波动起来，霍地一下站起了身，"就是宋氏灭门悬案那个逃脱了的关键嫌疑人钱大斤？你们是怎样抓到他的？"

朱标、朱棣、黄子澄等人皆是惊呼出口，欣喜之色溢于言表。

道溶细细地讲道："嘿，大师兄，您绝对没料到这个钱大斤好生狡猾：他出事之后，也没逃去别的地方，而是剃了发、易了容，就近潜伏下来，竟然假装成一个从外地游方投靠的伙头僧，藏身在了本寺的厨房里。真的是'最危险的地方往往是最安全的地方'，谁也想不到他居然会躲到咱们的眼皮子底下来，这真是灯下黑……"

"他既是隐藏得如此之深，那你们又是怎么察觉的？"道衍继续问道。

"自从上一次师父遭遇萦梦丹事件后，道沐师兄一直在对寺里的僧众暗中排查，结果查到厨房时就发现这个钱大斤假扮的伙头僧有些可疑，深挖之下，他就这样暴露了。现在，他正被我们严密扣押在寺中呢……"

道衍这时方才脸放红光，他双掌合起宣了一声佛号，向朱标、朱棣深深施礼道："因果循环，果然报应不爽；证人归位，终究悬案可破。看来，当今陛下'天下无贪、百官无邪'的雄图大志，很快就可实现了！贫僧在此预先向陛下、殿下祝贺了。"

朱标、朱棣回视着他，俱是喜色一敛，凝肃而又沉缓地点了点头。

尾　声

钱大斤的落网，直接捅破了宋德明灭门惨案的最后一层黑幕。他供认了魏忠明、陆飞在胡惟庸的指使下觊觎宋氏财宝而构陷栽赃、杀人灭口等罪行。

朱元璋得到真相证据后，一直隐忍不发。待到半年后徐达在北边重挫残元势力之际，他终于出手了。

洪武十三年春，占城国驻明使臣绕过中书省，御前上告胡惟庸"阻隔贡路、挟私欺君"。朱元璋雷霆震怒，下旨彻查。

随着拱卫司的步步紧逼，胡党的种种劣迹被一一揭发出来。朱元璋、朱标父子遂全力追击，将胡惟庸、陈宁、涂节等尽行拿下，同时调离陆仲亨、林贤等方面将领于闲散之地，以朱棣等皇子代其兵权，实行了吏治"大清洗"。以胡惟庸为首的胡党就此崩溃，所有涉案人员皆被问罪严惩、抄家灭门，余波所及而牵连致死者共三万余人。

胡党覆灭之后，朱元璋顺势废除左右丞相之制，裁撤中书省，分其职权于六部有司，而以通政使司为耳目出纳之机关，以拱卫司（后升格为"锦衣卫"）为"爪牙搏击"之官署，从而彻底掌握至高权柄，完全实现了中国有史以来真正意义上的乾纲独断。他借此开创了轰轰烈烈的"严于束吏、风清弊绝"的洪武之治，刷新宋元以来之颓浊世风，彪炳于史册。

（完）